马健翎剧作选

（上）

李梅 主编

陕西新华出版传媒集团
陕西人民出版社

《马健翎剧作选》编委会

主　　　编：李　梅
编　　　委：常树华　李东桥　王咸民
　　　　　　董利森　戴　静　谭建春
编辑部主任：戴　静
副　主　任：胡建琴
编　　　辑：闫　娜　王永平　马　骊
　　　　　　王引娟　李　鹏

人民艺术家
马健翎
1907—1965

马健翎生平简介

马健翎，著名戏剧家、剧作家。1907年出生，1965年逝世。陕西米脂人。1927年加入中国共产党，1933年入北京大学哲学系学习，后任教于河北清丰师范学校。1936年返陕，在延安师范学校教书，组织"乡土剧团"，演出反映抗日内容的剧目。1938年遵照毛主席指示，与柯仲平组建陕甘宁边区民众剧团。曾任中共米脂县委委员，宣传部部长，民众剧团编导主任、团长，西北军政委员会文化部副部长兼戏改处处长，中国戏剧家协会理事，中国戏剧家协会陕西分会主席，中国作家协会西安分会主席，陕西省戏曲剧院院长等职。

马健翎一生致力于秦腔、眉户、碗碗腔的改革与发展，既改造传统戏推陈出新、古为今用，又开以戏曲形式反映现实生活之先河。抗战初期，创作了《查路条》《好男儿》《中国魂》《三岔口》等戏。大生产运动中，写了眉户剧《十二把镰刀》《大家喜欢》等。1942年延安文艺座谈会后，创作了大型秦腔剧《血泪仇》《穷人恨》《一家人》等。这些剧目的编演，在当时的历史条件下，对于激励人民、打击敌人，起到了积极的舆论导向作用。1941年以后，着力于新编历史剧的创作和传统戏的改编，有《反徐州》《斩马谡》《鱼腹山》《打渔杀家》等戏。1944年被陕甘宁边区民众政府授予"特等奖状"和"人民群众的艺术家"称号。新中国成立后，创作、改编的传统戏和现代戏有《赵氏孤儿》《游西湖》《窦娥冤》《两颗铃》《雷锋》等计50余本，很多剧目被誉为"推陈出新"的典范，至今脍炙人口，盛演不衰，成为剧院的"看家戏"。曾出版有《马健翎现代戏曲选集》。马健翎长期担当艺术团体管理者的重任，在艺术队伍建设上，广揽戏曲艺术人才，重视新生力量的培养，为民族戏曲艺术的发展壮大做出了卓越贡献。

《查路条》剧照 阎冬贤饰刘姥姥，刘小虎饰汉奸，王玉娴饰王二婶

《十二把镰刀》剧照 史雷饰王二，贺明饰桂兰

《血泪仇》剧照 张云饰王仁厚

《大家喜欢》剧照　张云饰乡长，黄俊耀饰王三宝

《一家人》剧照　张云饰老田

《穷人恨》剧照　原安民饰安兴旺，王群英饰安老婆

大家马健翎（代序）

陈　彦

马健翎先生对于今人来讲，可能已经有些陌生了，但一提起他的诸多戏剧作品，人们当会感受到他的分量，曾经产生过巨大影响的现代戏《血泪仇》《穷人恨》《中国魂》《十二把镰刀》《大家喜欢》等就出自他的手笔，而至今仍是多家剧团经典保留剧目的《赵氏孤儿》《窦娥冤》《游西湖》《游龟山》《四进士》等传统戏，更是经过他的悉心删改才生命鲜活，久演不衰。有人说马健翎的戏剧成就，重在对诸多传统历史剧的重新打造和整理改编，其现代戏由于趋时随世，时过境迁，已成明日黄花，而我以为恰恰是对现代戏的开创性贡献，才更加奠定了马健翎作为戏剧大家的不朽历史地位。在民族现代戏曲初创阶段，曾经出现过把朱德总司令当"大花脸"装扮，毛泽东当"红生（红胡子）"装扮，周恩来也是戴着诸葛亮式的"黑三缕"，摇着"鹅毛扇"的形象。想咱们的"朱总司令"扎一身大靠，挥一条马鞭，出场先威风凛凛地"哇呀呀"喊叫一通，然后将胡子来回摆扎几番，拿腔卖调地自报家门："俺——总司令朱德是——也！"那是怎样一种滑稽幽默的场面，据说连宽厚的朱总司令听说后都笑出了满眶眼泪。而马健翎创造的现代戏，一开始就注重对生活的真实模仿与提炼升华，不仅具有生活的原汤感，而且注重"以歌舞演故事"的戏曲美学把握，最终发展成为让广大观众喜闻乐见的现代戏曲艺术。因而，在中国现代戏曲史上，怎么强调马健翎的功绩和地位都是不过分的。

马健翎1907年生于陕北米脂的一个飘着书香的贫民家庭，父亲做过多所学校的教员，后因主张"革政治，雪国耻，废八股，办新学，讲白话，反迷信，以教育学生"，遭旧士绅攻击而去职。兄长做党的地下工作，遇叛徒告密而就义。二哥与妹妹也都做着与社会进步相关联的事，这给马健翎的成长环境营造了极其特殊的氛围。加之米脂这个出产美人的地方，商业活动特别发达，演艺市场火爆，有时各类戏班一月数次光顾，马健翎幼小的心灵便播下了丰富的戏剧种子。他不仅陆续学会了多种乐器，而且还练就了一手讲故事的能力，而这个能力对于戏剧创作来讲，可谓是最重要的"入辙"前提。由于在学生时代就演"宣传进步主张"的"文明戏"，当教师后，又利用课堂阵地和寒暑假外出从事相同活动，险些遭国民党逮捕。无奈之下，逃往北京，一边在北大选修哲学、《诗经》和宋词元曲，一边广泛涉猎戏曲精粹，不仅反复亲睹了梅兰芳等艺术大师的精彩表演，而且对其他剧种的特色、形态也一一熟知起来。以致后来经人举荐，到河北清来县（现属河南）任教时，已成为能自编自导自演"让观众泪流满面"的抗日话剧的"戏剧多面手"了。1936年，"西安事变"爆发，全国政治形势急剧变化，"四处流浪"的马健翎很快回到陕北，应邀走上了延安师范学校校长的岗位，先是领导学生组建了"乡土剧团"，由于好戏连台，观者如潮，而引起毛泽东的注意，紧接着，便在毛的倡导下，与诗人柯仲平一道，成立了陕甘宁边区民众剧团。由此，一个民间"戏剧爱好者"，便日渐走入绚烂壮阔的戏剧大家之路。

综观马健翎的创作，大体可分为两个阶段，一是延安时期（新中国成立前）的现代戏创作，二是西安时期（新中国成立后）的传统戏改编与创作，两个相对完整而又独立的单元，构成了马健翎丰富多彩的戏剧世界。著名作家丁玲、文艺理论家周扬和许多老一代文艺家，都曾撰文评介过马健翎的文艺创作功绩，有学者甚至这样肯定马健翎延安时期的创作："如果有人问，谁的作品比较全面地反映了陕甘宁边区的生活，我们的回答首先是马健翎。"无论是在生活视野还是历史视野上，马健翎都对边区生活与波澜壮阔的政治军事斗争画卷，以及老百姓的精神面貌和生存状态，提供了最鲜活的生命记忆。他的《中国魂》《十二把镰刀》《血泪仇》《大家喜欢》《一条路》《好男儿》《查路条》《穷人恨》《保卫和平》等剧的成功演出，不仅鼓舞了抗日士气，对旧的统治也起到了摧枯拉朽的作用，连美国朋友斯诺都几次对毛泽东讲："没有比'红军剧社'更有力的武器了，也没有比这更巧妙的武器了。"这些剧目中的诸多片段，由于生活气息浓郁，人物性格鲜明，且具有真实的感情力量，而成为盛演近七十年不衰的"红色经典"。尤其是作品中始终如一的底层老百姓的生命呐喊之声，引发了整个陕甘宁边区乃至所有解放区军民的情感互动，因此，他被边区政府授予"人民群众的艺术家"称号。

这里要特别提到的是，由于柯仲平、马健翎和民众剧团的实践，使善于由形象思维进入抽象思维、由点到面、由地方性上升到普遍性的毛泽东，很快抓住了"你从哪达来，从老百姓中来。你又往哪达去？到老百姓中去……（民众剧团团歌）"的"民众意识"，再结合他的诸多调研和思考，发表了著名的"延安文艺座谈会上的讲话"。老文艺家胡采曾回忆说："毛主席总结、研究、吸取了多方面的经验教训、情况和问题，其中也包括民众剧团的经验在内，发表了闪耀着马克思主义思想的《在延安文艺座谈会上的讲话》。"

如果说战争时期他是以现代戏创作为主，那么和平时期则把传统戏的创作改编放在了首位。两个时期虽然都有相互交叉的创作式样存在，但总体看，侧重点是异常显明的。在解放区，他的创作特别贴近生活，注重反映当下现实；而新中国成立后，则趋向于历史传承与推陈出新。这是在"战争"与"和平"条件下同时推动戏剧进程的不同方式，也是一种目标高远的民族戏曲建设思维和心态。在西安，他先后对秦腔《四进士》《游龟山》《游西湖》《窦娥冤》《赵氏孤儿》等一大批传统戏，进行了"旧瓶装新酒"式的梳理改编，这在今天看来，都是一项功德无量的创新工程。由于传统戏在观众心目中深入持久的积淀和影响，如何保留精华，去其糟粕，便是一件需要十分谨慎的事。马健翎对传统之审慎，用他自己的话说："就好像一个考古学者，一个珍爱古董者，在发掘一件珍贵的古物，小心翼翼地唯恐它受到一点损害。"正是这种特别的珍爱和呵护，才使他的"发掘"每每能化腐朽为神奇，最终获得观众与戏剧史的深切认同，不似今日的某些"传统改编"，已在解构、颠覆和"借壳生蛋"中把精华葬送殆尽了。马健翎的创作实践所留下的最宝贵经验是：戏曲必须走大众化的路子，既要反对庸俗，更要反对一味地雅化，戏曲史上"花雅之争"的"雅部"败北，已有前车之鉴。马健翎每次将剧本创作完稿后，先要拿去给炊事员们念，如果这些人听不懂或者不喜欢，他就会反复修改，直到他们点头为止。从这个意义上讲，马健翎的成功，很重要的来自于他对民族戏曲本质的谙熟与圆通，如果只是寻求在剧坛上的怪叫一声，从而招来一阵热炒，混个圈内"脸儿熟"，恐怕他的创作与改编实践，早就随着上个世纪六十年代的含冤去世而灰飞烟灭了。

马健翎不仅在艺术创作上独领风标，而且在艺术管理上也匠心独具，功莫大焉。他 1941 年从柯仲平手中接过民众剧团大旗，1949 年率团奉调进入西安，尽管当时身兼西北军政委员会文化部副部长、陕西省作家协会和戏剧家协会"双料主席"，以及其他诸多职务，但他始终把根扎在民众剧团（1949 年更名为西北民众剧团），在他看来，唯有"扎扎实实搞戏才是本行"。即使后来上面对他有更高的升迁动议，他都婉言谢绝了，甚至连省作家协会主席一职也主动申请辞去，把全部精力都用在了戏剧创作和管理上。马健翎的"管理经"与今天最时髦的"现代管理学"比较，有许多异曲同工之妙，其核心一是"先把人拢到一起"，这种人才观，不仅把西北五省区的众多戏曲精英"抟在了一堆"，而且还把远在福建的著名国画家蔡鹤洲、蔡鹤汀兄弟都吸引来为剧团"画布景"了。二是"观众不买账啥都不顶"。这不仅是一种创作指导思想，更是一种市场经营理念，正是这种理念，才使诸多作品具有了经久不衰的传承品质。三是"一棵菜精神"。所谓的"一棵菜"，就是一台戏的演出要像一棵完整的大白菜那样有向心力，偕同力和协调性，这不正是现代管理学说得云山雾罩的团队精神吗？马健翎把舞台艺术中的演艺"验方"，用作团队管理，不仅形象明了，而且朴素实用。始终把各种艰深的理论转化为深入浅出的朴素实践，这便是马健翎获得创作与管理双丰收的根本经验。加之他真正的爱戏、懂戏、用生命营养戏的情怀与精神，最终把一个"十几个人、七八条枪"的"乡土剧团"，带到了集研究、教学与示范演出于一体的"西北秦腔最高学府"的艺术高地。

马健翎离开我们已经四十多年了，他的百岁诞辰日趋临近，面对这样一位戏剧巨人，我们深深感到学习、传承、借鉴、纪念的迫切和重要。几乎是自发的，近百名艺术家和管理者捐了款，大家的共同愿望是，给马健翎塑一尊像。大家普遍觉得，尤其是在今天，给富有开拓精神、创新精神、吃苦精神、淡泊名利精神和民众精神的马健翎塑像，具有特别的时代价值和意义。马健翎昔日的文学秘书、今日的国家著名导演陈薪伊在上海听说后，先带头慷慨解囊一万元。著名表演艺术家李瑞芳，更是感念师德风范，以两万元巨资推动雕像落成。陕西省戏剧家协会、作家协会都以特别的方式，与陕西省戏曲研究院一道，将共同的创始人马健翎，永久性地树立在了这块滋养过他、他又深情反哺过的大地上。马健翎是无愧的戏剧大家，更是大家永远的马健翎。

2006 年 3 月 19 日于西安

（原载于《美文》2007 年第四期）

目 录

上 册

一条路 …………………………………… 1
查路条 …………………………………… 20
好男儿 …………………………………… 41
十二把镰刀 ……………………………… 59
血泪仇 …………………………………… 81
大家喜欢 ………………………………… 170
一家人 …………………………………… 222
穷人恨 …………………………………… 300

中 册

鱼腹山 …………………………………… 397
两颗铃 …………………………………… 470
中国魂 …………………………………… 548
蟠桃园 …………………………………… 607
雷　锋 …………………………………… 686

下 册

飞虹山 …………………………………… 763
四进士 …………………………………… 811
游龟山 …………………………………… 873
赵氏孤儿 ………………………………… 928
游西湖 …………………………………… 979
窦娥冤 …………………………………… 1013

编后记 ………………………………… 1054

一条路 秦腔

编剧：马健翎（1938）

人物表

刘　公：年六十余岁，是一个精明强干的人。
老　媪：（刘公妻）年五十余岁。
虎　儿：（刘公子）壮年农夫，年二十七八。
媳　妇：（虎儿妻）年二十五六。
环　儿：（虎儿女）七八岁的小女孩。
军官（中国）：（一名）
中国兵：（四名）甲、乙、丙、丁。
日本官：（一名）
日本兵：（四名）甲、乙、丙、丁。
难　民：（四名）甲、乙、丙、丁。

（旧形式，新内容，秦腔、山西梆子、京调都可以随意排演。）
时间：一九三八年。
地点：山西汾阳。

第 一 场

刘　公　（引）虎狼抖威风，抱头听吉凶。

　　　　（念）平安虚度六十春，
　　　　　　　国家大事概无闻。
　　　　　　　飞机大炮从天降，
　　　　　　　逃东跑西弄不清。

　　　　（白）老汉姓刘名和，乃山西汾州府刘家庄人氏，自幼务农为生，一家人勤勤苦苦，倒也勉强度日。只想平安度过一生，不料东洋鬼子，欺我中国无人，武力侵略，到处横行，闻听人说，太谷失守。我想太谷落于贼手，平遥必然吃紧。平遥要是有什么差错，汾阳如何得了。不免叫出家中老少，共同商议逃难之策。便是这个主意。环儿！

环　儿　（内答）爷爷！

刘　公　请你祖母、母亲到前边来。

环　儿　是！

　　　　［环儿扶老媪上，随后跟着媳妇。

老　媪　（念）远闻大炮轰，每日祈神灵。

媳　妇　（念）心慌神不定，不知吉和凶。

　　　　（众人落座）

老　媪　（白）唤我们前来，有何话说？

刘　公　（白）是你非知，今日清晨，我到庄前庄后游散，见人心惶恐，东奔西跑，他们说日本鬼子已经把太谷夺去了。

老　媪　（白）啊哟不好，想我们娘家一门老少，都在平遥，离敌人很近，但不知他们能否活在世上。唉！难见的亲人啊！

刘　公　（白）这样的荒乱年间，死了的人，不知有几千几万，我们伤心也伤心不过来了。

媳　妇　（白）战事如此吃紧，我们这一家人，该往哪里逃生？
刘　公　（白）我叫你们前来，原为此事相商。
老　媪　（白）我想我们凭着门前的几亩田地，勉强度日，若是逃往他乡，一来没有路途盘费，二来往后的日子如何得了！
刘　公　（白）我也曾这样想过，怎奈那日本鬼子，十分残忍，他们若是来了，你就是老老实实当一个好百姓，他也会要你的命呢！
老　媪　（白）唉！真是无法可想！
环　儿　（白）爷爷！阎督办不是有很多的兵吗？有马有枪，枪上还有明晃晃的刀子。难道还挡不住日本鬼子么？
刘　公　（白）咳！傻孩子，那日本鬼子，如同恶狼饿虎一般。用他那不讲理的飞机大炮，到处乱轰，你姥姥的家，让他们占了。
环　儿　（白）啊哟！不得了！姥姥的家要是让鬼子抢去，我小翠姐姐，该到哪里睡觉？还有我的一支小木马，不知道还在不在啦。（略做沉思状）不要紧不要紧，我姥姥家有一只大黑狗，谁也进不了他们的门的。
老　媪　（白）咳，傻孩子呀。
刘　公　（白）媳妇。
媳　妇　（白）爹爹！
刘　公　（白）你将咱们家中那些零碎首饰银器，收拾在一起，带在身上，若是风色不好，我们只好逃跑了。
媳　妇　（白）是！
老　媪　（白）虎儿看他舅父还未曾转回，等他还家，咱们从长计议。
刘　公　（白）能收拾的，先就收拾，大料凶多吉少，虎儿回来，也只有跟我们一起逃走。

〔一阵锣鼓，虎儿昏头昏脑，脚步不稳地走出来。刘公将他扶坐在凳上。

老　媪　（白）虎儿醒来，为娘的在这里。
刘　公　（白）虎儿醒来！
虎　儿　（慢慢睁开眼，猛见人，吓得躲开，扬手发抖）（白）你……你们是

　　　　　　　什么人？

老　媼　（白）虎儿，为娘在此！

刘　公　（白）虎儿不要害怕，你到了自己的家中。

　　　　（此时媳妇与环儿，抖着在一旁呆视）

虎　儿　（白）噢！你……你是老爹爹！（转眼看见他娘）嗳！我的老娘呀！

　　　　（唱）见老娘不由得珠泪滚滚，好也是，万把刀刺痛我心，平遥府被鬼子抢夺去了，我外祖一家人全都丧命！

老　媼　（白）哎哟！（昏去）

　　　　（唱）听一言吓得我真魂不在，三魂渺渺转回还，我这里哭一声富全兄弟，那……那是我的好兄弟……咳……不见兄弟在那边，若要姐妹重相会，除非南柯一梦间。

　　　　（白）罢了，兄弟呀！

刘　公　（白）我儿怎样逃出虎口？

虎　儿　（白）日本鬼子，打进平遥县城，直杀得鸡犬不留，血流成河，我外祖母家中男女老幼，任他凌辱！当他们拿起枪刀之时，儿我不顾生死，跳出院墙，耳边听得枪声乱响，人声哭叫，可怜他一家人尽被杀死了！

刘　公　（白）敌人是否有西犯汾阳的行动？

虎　儿　（白）啊哟爹爹！孩儿一路上几次遇险，亲眼看见，日本鬼子开兵过来了。

刘　公　（白）啊哟不好！敌人马上就要到来，我们赶快逃走！

众　人　（白）该往哪里去？

刘　公　（白）事到如今，到处慌乱，谁能断定去处，只好到哪里就算哪里了。媳妇！

媳　妇　（白）爹爹！

刘　公　（白）赶快收拾衣物。

媳　妇　（白）是！（下场）

　　　　［此时众人呆然不动，媳妇带衣物抱一小孩上。

虎　儿　（白）你们女人家总是离不开娃娃儿女。这般光景还要他做甚？

媳　　妇　（白）一路上，你我轮着背抱，留他一条小命吧。（哭）

虎　　儿　（白）二老爹娘上了年纪，沿路上，我要扶持老人家们前行，谁能顾得了他。

老　　媪　（白）嗯……我儿这就不是，想我二老这大把年纪，只有这一个小孙子，怎舍得丢弃？你不抱他，来来来，我来抱他。

虎　　儿　（白）妈妈不要生气，孩儿抱着他走就是。

老　　媪　（白）这还罢了。

环　　儿　（白）妈妈，你为什么不带枕头，晚上怎么睡觉？

虎　　儿　（白）（把环儿打了一下）谁要你多嘴。

刘　　公　（白）不必同孩儿生气，赶快逃走！

（大家拟出门）

　　　　　（白）且慢，我们走后，刘门祖先，从此无人供奉，大家走到神柱跟前，最后把祖先拜得一拜，也算尽了我们后辈儿孙的心了！

　　　　　（唱）恨日本害得我刘门好苦！

虎　　儿　（唱）跑四海到天涯怎样谋生？

老　　媪　（唱）到神前不由人珠泪滚滚。

刘　　公　（唱）跪平地只觉得心内酸痛。

　　　　　（白）祖先呀，前辈的老人！想你们辈辈住在这里，至今有二百余年之久，谁知到了后辈儿孙之手，东洋鬼子眼看杀到门前，将这祖传的田园土地，不得不忍心丢弃，逃往他乡，祖先们若是有灵，神灵早离故土，后辈儿孙就此拜别了。

　　　　　（唱）我这里泪汪汪弯身下拜，
　　　　　　　　尊一声祖先灵细听我音。
　　　　　　　　今日里不得已别了故乡，
　　　　　　　　但不知是何日才能回程。

（大家起立，相视而哭）

　　　　　（白）大家不必只顾啼哭，赶快动身逃走哇！

虎　　儿　（白）走……（不动）

老　　媪　（白）走……（不动）

媳　　妇　（白）走……（不动）

　　　　　　（忽然锣鼓紧张，闻远处人声叫喊）

刘　　公　（高声叫白）走哇！

　　　　　〔一阵紧张的动作，老媪连倒数次，一家人惊慌下场。

第 二 场

　　　　　〔一群难民——四个——上，他们狂癫样子，对视而哭。

难民甲　（唱）恨日本凶如狼，杀人放火，

难民乙　（唱）将我的全家人杀个精光。

难民丙　（唱）好房屋好田园全都丧尽，

难民丁　（唱）赤条条空两手来到他乡。

难民甲　（白）诸位难友！

众　　人　（白）老兄！

难民甲　（白）我们从火坑里逃奔出来，路上丢弃了妻子儿女，受尽人间痛苦，白天晚上，跑了将近半月，每日遭逢几次危险。到如今，还不能找到安然所在。难道我们一直跑死不成！

难民乙　（白）我们大家该想一条活路才是。

　　　　　（大家做思状，忽然锣鼓紧张，人声哭喊，飞机从空而来，逃众伏地抖颤，一弹掷于丙旁，丙死）

难民众　（对哭）

　　　　　（白）我们如何得了！

难民甲　（唱）飞机大炮头上来，

难民乙　（唱）炸死同胞有万千。

难民丁　（唱）跑东跑西难逃命。

众　　人　（唱）眼看性命到眼前。

　　　　　〔又一阵紧张锣鼓，逃众慌忙退场。

第 三 场

刘　公　（幕内叫板）走哇。
　　　　（唱）一家人来至荒郊旷野，
　　　　［刘门一家人颠扑而上，大家对哭。
　　　　（接唱）老的老小的小好不惨然。
　　　　　　　可怜我年迈人气衰力尽，
　　　　　　　可怜我小孙孙举步艰难。
　　　　　　　头顶上不时地飞机摔弹，
　　　　　　　无处躲无处藏性命难全。
　　　　　　　无奈何我把苍天怨，
　　　　　　　苍天爷你为何不来睁眼。
　　　　　　　我刘门一家人辈辈行善，
　　　　　　　为什么遭逢了这样天年。
　　　　　　　到如今前无路后有凶灾，
　　　　　　　一家人到何处去把身安。
老　媪　（倒地白）我实在走不动了。
刘　公　（白）趁此时四下无人，我们休息了吧。
环　儿　（见路旁一死人，惊叫）妈啊！又一个死人。
虎　儿　（打环儿）一路上，见过多少死人，老要大惊小怪！
　　　　（环儿哭个不住）
虎　儿　（还打环儿）你哭，你再哭！（环儿更哭）
刘　公　（白）虎儿！
虎　儿　爹爹！
刘　公　（白）你看我遭逢这样的灾难，孩子跟随我们东奔西跑，也够痛苦，你怎忍心跟那不明白的小孩子（哭）常常生气哪！……

虎　儿　（哭）唉！我的老爹爹！
　　　　（唱）非是孩儿多生气，
　　　　　　　孩儿也知父子情。
　　　　　　　老父老母难扎挣，
　　　　　　　谁能照管小畜生。
　　　　　　　若是他们都死了，
　　　　　　　双亲与我好逃生。
刘　公　（哭）唉，我的儿哪！
　　　　（唱）我儿不必那样想，
　　　　　　　听我把话说心上。
　　　　　　　我与你母年纪老，
　　　　　　　不久就要见阎王。
　　　　　　　后辈儿孙有希望，
　　　　　　　刘门靠他增荣光。
　　　　　　　我儿你把心宽放，
　　　　　　　我二老你不必挂在心上。
虎　儿　（白）爹爹呀！
　　　　（唱）老爹爹你不必那样思想，
　　　　　　　有孩儿我岂肯不顾爹娘。
　　　　　　　儿孙们到将来还有希望，
　　　　　　　二爹娘年高迈全靠儿郎。

　　〔全家对哭，忽然锣鼓紧张，大家惊缩一起，中国兵上。

刘　公　噢！原来是我们中国的将军。
军官（中国）（白）老丈你从哪里到此？
刘　公　（白）我从汾阳逃到这里。
军官（中国）（白）可曾看见日本鬼子？
刘　公　（白）幸喜未曾遇着日本鬼子。
军官（中国）（向士兵们）同志们！此地并未走过鬼子兵，他们向哪里去了？

众　兵　（白）我们再到前边侦察。

军官（中国）　好！老丈请在，我们去也。

　　　　　　　［兵先下，军官随后。

刘　公　（白）慢着！官长！慢走一步，小老儿有事相求。

军官（中国）　（白）老丈，有话请讲。

刘　公　（白）我儿正在少年，力粗气壮，小老儿让他跟着官长，一路上牵马坠镫，侍候大人。不知官长意下如何？

军官（中国）　（白）打日本是我们大家的事，国家正在用人之际，你儿若是愿去，我们非常欢迎。请你与他商量，随后追来。请！（下）

刘　公　（向虎儿）儿呀！

虎　儿　（白）爹爹！

刘　公　（白）你看日本鬼子，说不定马上就要到来，眼看全家性命难保，你跟官长一同前去。为父上了年纪，不能跟随，只好在这里照看他们，（指全家老幼）我儿意下如何？

虎　儿　（白）父母妻子都在这里，要死大家同死，孩儿岂肯独自逃生。

刘　公　（白）我儿这就不是，为父也舍不得离开了你，怎奈情势如此紧张，你若老守我们，全家人就谁也不能逃生，儿呀！说是你走吧！

虎　儿　（白）孩儿舍不得二位老人家！孩儿我不去！

刘　公　（哭白）虎儿！儿呀！事到如今，你还是留恋我们，若是全家丧命，日后就没有替我们报仇之人，刘门从此就断了根呀！

　　　　（唱）叫我儿随官长大步前行，
　　　　　　　保存刘门一条根。
　　　　　　　日后若有好机会，
　　　　　　　打倒日本你再把家回。

　　　　（父子对哭）

　　　　（白）儿呀，说你快走！走！

虎　儿　（白）孩儿我不去！

刘　公　（白）走！自古常言讲得好，这"孝敬不如遵命"，难道你让刘门断后不成？

虎　儿　（白）爹爹不必生气，孩儿前去就是。

　　　　（唱）老爹爹命我去投军，

　　　　　　　不去爹爹不容情。

　　　　　　　无奈何只好从父命，

　　　　　　　抛弃双亲独自行。

　　　　　　　含泪拜别家中人。（跪拜二老）

　　　　（唱）那……是老爹爹……

刘公、老媪　……那……是我的儿呀！

虎　儿　（唱）哎……我的爹娘！

刘公、老媪　我的儿呀！

媳　妇　（唱）哎……我的夫呀！

虎　儿　跟随那官长杀敌人。（下）

　　　　（刘公遥望虎儿忍痛转身）

老　媪　儿呀！

刘　公　（白）哭个什么？（看了大小一遍，又望前边）

　　　　（哭）儿呀！

　　　　（一阵紧张的锣鼓）

　　　　（白）大家赶快逃走！

　　　　〔老媪倒地，刘公扶起欲走，日本兵赶到。

日本兵甲　（以枪口挡住刘公）（白）哪里走！（逼刘门一家到中场）

日本兵丙　（白）你们身带什么财宝，早早交出，如若不然，你们来看，（以枪示众）马上就送你们到阴曹地府。

刘　公　（白）我们庄户人家，哪里来的金银财宝！

日本兵丙　（白）难道你们就不带路途盘费？

刘　公　（白）我们贫穷之人，哪里来的路途盘费。

日本兵丙　（来到老媪前）带什么首饰银器，快交出来。

　　　　（老媪呆望，抖颤，无语）

　　　　（日兵丙先到环儿前，抓住她的耳朵）

　　　　（环儿尖叫躲闪）

日本兵丙 （白）你们带什么好东西，告诉我们，回头给你馍吃。

环　儿 （白）我不知道。

日本官 （白）哪里有许多工夫和他们说嘴，来呀。

众　兵 有！

日本官 （白）把他们男的女的老的少的与我一个一个地搜！

众　兵 是。（挨次搜全家，最后搜媳妇）

日本兵 （将孩子抱过来摔死地下，众日兵大笑，刘门老少哭）

（揉媳妇奶，调笑）好绵和！（媳妇低头）

众　兵 哈哈……

（日兵摸到小腹处）

（媳妇用手护肚）

日本兵丙 （白）这里边疙里疙瘩是什么东西？

（媳妇使劲按肚）

日本兵乙 （白）大概肚里有孩子吧！

众　兵 哈哈……

日本兵丙 （大喊）放开手！（从内衣里取出零碎银器）好家伙，肚子里有金肠银肚！报告！官长！搜出首饰银器。

日本官 （白）好！藏起来！（走到媳妇前，瞵视一番。以手捻其脸笑说）

（白）这位中国娘子倒也年轻，来随我到后山游逛游逛！（以手拉）

（媳妇口咬日官，日官放手）

日本官 （大怒）（白）把你这个不识抬举的狗东西，来呀！

众　兵 （白）有。

日本官 把这个娘子，给我拉到山沟去。

众　兵 是。（日兵乙、丙捉着媳妇）

媳　妇 （被日兵拉走，尖叫）婆婆……

（老媪上前拉媳妇）

（日官一枪打死老媪，持枪逼媳妇退场）

（日兵甲手提环儿，并禁止刘公动）

［此时日官、媳妇、日兵丙乙丁下场，幕内媳妇哭骂。

日本兵甲　不准叫！
　　　　　（环儿尖叫不止）
日本兵甲　（喊）再叫！（将环儿打死）
刘　　公　啊哟！（摸环儿尸）
　　　　　（日兵甲一脚踢过刘公，并发一枪，中刘公腿部）
　　　　　（刘公翻身倒地，昏过去了）
日本兵甲　哈……（下场）
媳　　妇　（幕内哭板）
　　　　　（唱）耳听得我的儿放声哭叫，
　　　　　（披头散发，两乳被割掉，鲜血淋淋，疼痛挣扎地走了出来）
　　　　　（唱）一声声好似火把心烧。
　　　　　　　　抱血乳强挣扎前来观照，
　　　　　　　　那……那是娘的儿……（抱住环儿）
　　　　　　　　叫环儿睁开眼来把娘瞧。
　　　　　（白）环儿，环儿，（见环儿已死）哎呀……（气急死去）
刘　　公　（慢慢爬起，腿已破，血流不止，俯视全家尸骸，望鬼子去处）
　　　　　（白）日本鬼！我把你奸贼！
　　　　　（唱）咬牙关骂一声日本贼寇，
　　　　　　　　无人心无人道不如禽兽。
　　　　　　　　何一日将尔等个个斩首，
　　　　　　　　才能消中国人旧恨新仇。
　　　　　（白）环儿！媳妇！我的妻呀！（咬牙发恨）哎呀！（弯身将死者推在一处，用手挖土掩盖毕）环儿！媳妇！我的妻呀！今日你们虽死，还有我来掩盖，明日我要丧命，（哭）有谁照管！小孙孙，妻呀！你们虽然死得悲惨，人世上还有我那虎儿存在，大中华民族，还有千千万万的同胞，总有一天，大家齐心合力，将那鬼子赶出中国，那时你们在天之灵也应该含笑黄泉了！
　　　　　（唱）一家人全死在荒郊旷野，
　　　　　　　　丢下我年迈人好不惨然。

　　　　　乌鸦叫红日落天色惨淡,
　　　　　孤零零只觉得山空路远。
　　　　　苍茫茫望不见故乡真面,
　　　　　大路上铺满了同胞的尸骸。
　　　　　我这里把虎儿一声呼唤,
　　　　　虎儿,儿呀!
　　(唱)用头颅和热血奋勇杀敌。
　　　　　何一日赶走了日本贼寇,
　　　　　才能够转回了自家的家园。
　　[一阵锣鼓,刘公惊慌回望,虎儿从左门出,二人惊疑凑近。

刘　公　(白)你……你是虎儿!
虎　儿　(白)你……你是爹爹!
刘　公　(白)罢了!……我的儿呀!
虎　儿　(白)罢了!……爹爹呀!
刘　公　(白)我儿转回,莫非那官长待你不好?
虎　儿　(白)孩儿同那位官长从东山跑过,路遇许多难民,大家抱头相哭,感到走投无路,与其让日本鬼子零碎杀完,不如大家齐心和鬼子拼命!打退鬼子,再回自己的家乡。
刘　公　(白)你们那里一共有多少人马?
虎　儿　(白)四方难民联合军队总有三千有余。
刘　公　(白)大家都能决心抵抗么?
虎　儿　(白)爹爹!大家觉得逃走不能逃命,他乡难以谋生,只有赶走日本鬼子,打回老家去,才能够活了下去,因此我们大家插香宣誓,要是赶不走日本鬼子,打不回老家去,大家决不活在世上。
刘　公　(白)虎儿呀!当真如此?(用两手握虎儿)
虎　儿　(白)当真如此!
刘　公　(白)果然如此?
虎　儿　(白)果然如此!
刘　公　(在悲惨的面容下露出笑容来)哈哈!嘿嘿!……哈……

（白）这才是老天睁眼，惊醒了同胞大众，若是大家早有此心，鬼子不能如此张狂。儿呀！

虎　儿　（白）爹爹！

刘　公　（白）事到如今，为父我也明白逃难不能逃命，他乡难以谋生，唯有杀贼才能防贼，我儿呀，下定决心，同着大家努力杀敌去吧。

虎　儿　（白）孩儿定要努力杀敌！

刘　公　（白）既然如此，你就该不顾一切随着大家冲上前去，转回此地，为了何事？

虎　儿　（白）孩儿转回，一来为报告我们准备杀敌的消息，二来探望二老爹娘。

刘　公　嗯……

（虎儿低头）

刘　公　（白）我儿这就不是，想那聚集东山的好汉男儿，要是个个恋念家中老幼，分散心力，那就不能决心杀敌了。

虎　儿　孩儿请假一时，马上要转回。（四望）噢！爹爹！我那母亲呢？

刘　公　（白）你那母亲么？（拉长声）

虎　儿　（白）爹爹怎样！

刘　公　（白）为父的将他们安放在山中躲藏去了。

虎　儿　（见满地血）啊哟爹爹！这许多鲜血是哪里来的？

刘　公　（白）唉！这个……

虎　儿　（白）什么？……

（刘公低头，伤心无语）

虎　儿　（白）啊哟爹爹，莫非……

刘　公　（正颜厉色）哇！莫非、莫非、莫非什么，堂堂男儿，到了这般光景，还不能拿出最后的决心，思亲念幼，懦弱无能，真个是没有出息的东西。

虎　儿　（哭白）孩儿我……我……我明白了！

刘　公　（白）明白了好，明白了就马上前去！

虎　儿　（白）爹爹同孩儿一同前往？

刘　公　（白）儿呀！你看为父这大年纪，左腿不能提起，到了你们那里，无能出力，反而妨害大家。你还是忘了你这不中用的老父，赶快同大家杀敌去吧！

虎　儿　（连说带跪）啊哟爹爹！刘门全家只丢父子二人，孩儿在世上，只有爹爹一个亲人。若是爹爹不去，孩儿定要同爹爹一起守死。

刘　公　（高声白）哎，这个……（两手抱虎儿肩）
　　　　（唱）我儿讲话太伤心，
　　　　　　　倒叫为父无法行。
　　　　　　　设法哄儿离开我，
　　　　　　　碰死树头了此生。（看看大树点头）
　　　　（白）好，我儿起来，为父随你前往就是。
　　　　（虎儿拜刘公，行走几步后，刘公腹痛）

虎　儿　（白）爹爹怎么样了！

刘　公　（白）儿哟！为父甚是饥饿，腹内疼痛，你到前边与为父取一点水来。

虎　儿　（白）如此，孩儿背着爹爹前去。

刘　公　（白）唉唉！为父这里等候，你独自前去好了。

虎　儿　（怀疑）嗯……

刘　公　（白）我儿不要胡思乱想，赶快与为父取水去吧！
　　　　（虎儿犹豫回顾而去）

刘　公　（故意稳坐一会，然后站起来，远望，低声呼唤）虎儿！虎儿！且住！我儿不忘父子之情，要我同他前往，我想我这年纪，腿是受伤，如若前去，必然连累他们，不如碰头而死，让我儿无有牵牵挂挂，一心一意杀敌去吧。虎儿！儿呀！为父死后千万不要伤心，决心杀敌，何一日赶走鬼子，重回故乡，为父我就甘心瞑目了。
　　　　（唱）见我儿从父命后山取水，
　　　　　　　父子们见面只这一回。
　　　　　　　我儿将父忘了吧，
　　　　　　　一心一意杀强敌。

　　　　　　咬紧牙关头碰树，
　　　　　　望虎儿杀敌要努力。
　　　（白）儿呀！虎儿！你不要挂念为父，努力杀敌去吧！（搬头瞪眼，碰头三次而死）

虎　儿　（两手端一香炉水，对付着走出来）
　　　（白）爹爹！爹爹！（见父尸）啊哟！
　　　（香炉望空摔弃，扑到刘公尸前，抱起刘公）
　　　（唱）我一见爹爹丧了命，
　　　　　　那是爹爹……咳……
　　　　　　好似钢刀剜了心，
　　　　　　你今丢下儿一个，
　　　　　　哪里再有我亲爱的人。
　　　　　　抱住爹爹心难忍，
　　　（白）爹爹，老爹爹！
　　　（唱）你为何不把眼来睁！
　　〔一阵锣鼓，虎儿吃惊，紧抱尸首张望，中国军官与甲兵乙兵及难民，提枪、执斧、持锄，窥探而出。

虎　儿　（白）噢！原来是自家兄弟！
军官（中国）（白）刘同志，老人家怎么去世了？
虎　儿　（白）是我离开诸位同志，来到此地，只剩下我爹爹一人，我把我们的杀敌计划告诉与他，老人家甚是欢喜，催我即刻前来，我执意要求老人家同我前来，老人命我取水解渴，不想老人家唯恐我不决心杀敌，他……他……就碰头自尽了！
军官（中国）（白）噢！老人家如此英烈，令人钦佩，诸位同志！
众　人　（白）同志！
军官（中国）（白）这位老人家希望他儿子决心抗战，老人家碰头自尽，为的让他儿子奋勇杀敌，老人家尚有如此壮志，我等少年更要勇敢有为了！
众　人　我等誓死杀敌！

军官（中国）　（白）现在，我们大家向刘公致最后的敬礼！（大家将刘公掩盖，有的向刘公敬礼，有的垂头而立，虎儿跪地哭。忽闻锣鼓紧张，众人惊慌，军官远望）

军官（中国）　（白）诸位同志！

众　人　同志！

军官（中国）　（白）远远望见尘土飞扬，想是敌军到来，我们大家不必惶恐，分头四下埋伏，乘敌人不备冲杀上去。这是为了自己的生命，保存我们的家乡，大家须要奋勇当先。

难民甲　（白）众家同志！我们大家都已明白，逃难不能逃命，他乡难以谋生，只有拼命一条生路，谁要贪生怕死，就是自送性命。一路上，男女老少的尸体不计其数，他们哪一个不是贪生怕死，结果都让鬼子杀害。此时还不奋勇杀贼，更待何时！

虎　儿　（白）诸位同志！我们父老妻子，全被鬼子杀害。要是还来苟且偷生，一来全属妄想，二来即使侥幸偷生，请问有何面目活在世上？（向军官）同志！我情愿自先奋勇，冲打先锋！

军官（中国）　（白）好！如此，同志们听我分派了！

（唱）诸位同志仔细听，

听我把话说分明。

日寇到处来横行，

杀我父老真苦情。

大家若要寻活命，

只有死里去求生。

鬼子若是来到了，

不顾生死往前冲。

大家四下埋伏好，

准备合力杀敌人！

（众人四下埋伏）

第 四 场

日本官　（内白）大队皇军往前进，（随锣鼓出台）要把中国一口吞。（白）唵！大日本皇军司令板垣自从攻打中国以来，所向无敌，数月夺得华北几省，杀人千万，到处任我横行，好不痛快人也！适才接得情报，竟说此地有军民经过，是我带领一批人马，前来侦察，士兵们！

众日兵　有！

日本官　（白）四下细细搜查，若是看到中国人，与我全数杀死！

众日兵　是！（四下张望一会儿）

日本兵甲　（白）报告官长，并无一人。

日本官　（白）想是中国军民闻听皇军到此，连忙逃走。来呀！

众日兵　有！

日本官　（白）向前追赶！

众日兵　是！

日本兵丙　慢着！大人！待我向前边放一大炮，弹落山后，再看动静如何？

日本官　（白）好，瞄准放他一炮。

日本兵丙　（装腔作势地准备扳机，忽然远处猛来一枪，应声而倒）

　　　　　（众日兵紧张四望）

　　　　　（白）哎呀！误中埋伏，大家选好地势，沉着抗战。

　　　　　（日兵与日官卧地，向四方打枪。此时四面枪声乱响，日兵甲与日兵乙相继中弹而死。日官与日兵丁打算冲回，站起来一边放枪，一边往后退）

　　　　　（难民甲手持斧头）

军官（中国）　（从日兵背后跳出大喊）杀！

　　　　　（难民甲将日官左膀砍掉，军官将日兵打死，日官大喊一声，转手一枪将难民甲打倒，虎儿猛然突进从日官身后跑出，将日官手臂咬抱不放，二人一扯一拉，难民甲就地咬日官腿，被日官一脚踢了一个跟头，军官持枪不敢放，后来兵乙夺日官枪，虎儿乘机咬住日官咽喉，日官哼哼倒地。虎儿就地拿起难民甲的斧头，三斧将日官头剁下，其余大众一拥而出，将虎儿抬在空中，虎儿满口血，满脸血，满身血，左手提日官头，右手扬举斧头惨笑着，众人抬虎儿绕一个圈子）

大众、虎儿 （齐声大喊）杀！

——剧　终——

一九三八年写于延安

查路条 秦腔

编剧：马健翎（1938）

人物表

刘姥姥：爱逗笑的老婆子。
王二婶：寡妇。
汉　奸
贵娃子：十一二岁的小孩。
小　狗：十岁左右的小孩。
军　官
勤务员
自卫军甲乙二人
农民甲乙二人

时间：一九三八年。
地点：晋察冀边区。

刘姥姥　（在内）贵娃子！噢，贵娃子！

贵娃子　（在内）叫我说什么呢？奶奶！

刘姥姥　（在内）奶奶我要到路口放哨去呢！回头给我送来几个窝窝头，不要忘了。

贵娃子　（在内）我们少先队开会呢，没有工夫。

刘姥姥　（在内）好我的娃呢，叼空给奶奶送来，奶奶我也是做救亡工作呢。

［刘姥姥上。

刘姥姥　（念急口令）

　　　　我、我、我老婆子六十六，
　　　　三碗五碗吃不够。
　　　　上山拔黑豆，
　　　　坐在家里缝棉裤。
　　　　全家老少七八口，
　　　　男男女女都受苦，
　　　　自己种棉织细布，
　　　　自己拦羊吃羊肉。
　　　　虽然不敢说我有，
　　　　吃穿二事不发愁。
　　　　谁知来了日本兵，
　　　　横行霸道不讲情，
　　　　杀男人，抢女人，
　　　　金银财宝都抢尽。
　　　　妈妈不见面，
　　　　爸爸的死尸血淋淋，
　　　　我村百姓死得真苦情！
　　　　谁也不敢哭一声。
　　　　老的小的男的女的面黄肌瘦眼通红，
　　　　半夜三更泪盈盈；
　　　　泪盈盈，眼通红，

看着看着活不成，
看着看着活不成。
正在无法行，
忽然来了八路军。
八路军，真来能，
爬山过洼快如风；
鬼子一见事不成，
手忙脚乱逃性命，
紧跑慢跑到山中，
偏偏碰见个八路军。
八路军，真勇猛，
大喊一声向前冲；
带盖密拉斯，
枪枪瞄得准，
手榴弹轰、轰、轰！
打得鬼子胆战惊。
全村百姓真高兴，
杀猪宰羊去欢迎。
成立后援会，
组织自卫军，
练刀练枪学本领，
念书识字学文明；
男女老少都有用，
大家团结好威风！
有人要来把我问，
妇女联合会里有我的名，
我也是打倒日本帝国主义解放中华民族的一个人。

我老婆子刘氏。因为我爱说话，人人都叫我长嘴刘姥姥。家住晋察冀边区五台县吴儿洼。从前糊里糊涂地靠天过日子，不愁穿，不愁吃，什么事也不问，什么事也不管。想不到来了个日本鬼子，奸淫掳掠，杀人放火。恨得人要命，怎奈无法可想。自从来了八路军，赶走了日本鬼子，他们今日说，明日讲，我才知道国家有了难，要全靠老百姓搭救，因此组织自卫军、后援会、妇联会、少先队，把男的女的老的少的都变成救国的人。你们大家可不要小瞧我，我现在知道的事情可不少呢！什么打倒日本帝国主义，民族革命，群众运动，抗战到底，满满地装一肚子呢。这还不算，我还能做许多的工作呢：缝补衣服送前线，盘查放哨捉汉奸。今日本村青年壮丁，全体练习刀枪，乡政府派我同王二婶子到五里坡查路，不免到前村找她一回。

（唱）从前不问国家事，

　　　如今变成救国人。

　　　正在行走抬头看，

　　　王家不远面前迎。

来到虎儿家门前，待我敲门。宝娃娘的在家吗？开门来。

［王二婶在后台叫板上。

王二婶 （唱）抱小孩不由人泪流两行，

　　　想起来我的夫好不惨伤；

　　　背地里骂一声日本贼寇，

　　　害得我一家人不得安康。

　　　耳听得门外边有人呼唤，

　　　原来是后庄的刘家大娘。

噢，原来是刘大娘，请到家中。

刘姥姥 我不进去了，时候不早，咱们快到五里坡查路去吧。

王二婶 咳！刘大娘，你看我这般光景，愁断心肠，实在顾不得担负什么工作了。

刘姥姥 你家里好好的，什么事把你愁断心肠了！

王二婶 咳！刘大娘，是你不知，昨天晚上得到一个消息，言说他——

刘姥姥 谁？

王二婶 宝娃的大。

刘姥姥　我的爷！他怎么样了？
王二婶　他……他……他……他，他阵亡了！
刘姥姥　噢！
　　　　（唱）听罢言来吃一惊，
　　　　　　　年轻的虎儿丧了生。
　　　　　　　此事还得好好劝，
　　　　　　　虎儿媳妇听分明。
　　　　我说宝娃娘的，虎儿虽死，他是为国牺牲，人人尊敬，你还是往开里想，不必过分伤心才是。
王二婶　咳！我的刘大娘。
　　　　（唱）非是我想不开过分伤心，
　　　　　　　你听我言和语细说分明。
　　　　　　　全村里少有我王门亲近，
　　　　　　　我母子孤零零怎能谋生？
刘姥姥　哎！宝娃娘的啊！
　　　　（唱）宝娃娘你不必那样思想，
　　　　　　　听老身我把话细说心上：
　　　　　　　你丈夫今日里战死沙场，
　　　　　　　为国家丧了命也算荣光！
　　　　　　　政府里对军属十分照顾，
　　　　　　　定能够有方法给你帮忙。
　　　　　　　到如今你要把心肠拿定，
　　　　　　　做工作打日本才是良方。
　　　　　　　何一日打倒了日本贼寇，
　　　　　　　仇报仇冤报冤大家安康。
　　　　我想政府极力优待抗日家属，虎儿为国牺牲，政府必然有方法照护你母子二人。岂不知抗日高于一切，只有努力参加救亡工作，打倒日本，才算对得起你那阵亡的丈夫。
王二婶　刘大娘言之有理，只是在这抗日时期大家忙碌，谁还顾得了我们。

刘姥姥　难道你就忘了抗敌后援会主任讲的话吗？打倒日本是一件大事，要想老百姓打仗，就得让老百姓能够过日子。如今我们都参加救亡工作，大家团结，互相照护，一定想办法给你帮忙。你还是不要过分担忧，安心地做工作才是。

王二婶　刘大娘说得很对，我屋里乱七八糟，待我整理整理，然后一同查路。

刘姥姥　好好好，我先自告奋勇，给你帮忙。

（与王二婶下）

［贵娃子背粮袋上。

贵娃子　走哇！

（唱）适才间少先队开会讨论，

［小狗背柴炭上。

小　狗　（唱）对前方好战士一致欢迎。

贵娃子　（唱）我二人找二婶前来慰问，

小　狗　（唱）王二叔为国家牺牲性命。

贵娃子　只因我村王虎舍命杀敌，为国牺牲，少先队召集临时会议，决定慰问他的家属。乡政府派我二人送柴送米，赶快前去了。

（唱）政府里对百姓爱护周到，

小　狗　（唱）为烈属送柴米补赏功劳。

贵娃子　来到王二婶子家下，待我呼叫。王二婶子在家吗？

［刘姥姥上。

刘姥姥　这是哪家小鬼喊叫呢？口音熟熟的，待我看来。

（出门）哟！原来是贵娃子。

贵娃子　奶奶你这大年纪为什么不懂道理？

刘姥姥　放你的小屁，为什么我不懂道理？

贵娃子　你既懂得道理，为什么逃避工作？

刘姥姥　谁敢说我逃避工作？

贵娃子　你还说嘴呢，人家派你到五里坡查路放哨，你为什么躲到我王二婶家里？

刘姥姥　我把你个小鬼，黄毛还没脱尽，动不动就想批评人。你当我做什么呢？
贵娃子　你，我晓得。
刘姥姥　你晓得个屁！
贵娃子　你躲在我王二婶子家里，烤火取暖，是也不是？
　　　　（刘姥姥提手打贵娃子，贵娃子躲）
贵娃子　咋呀咋呀！
刘姥姥　我打你个小王八日的，你懂得什么呢？年纪轻轻的，说话狰狰的。我在这里慰问抗日家属呢，你只看到一面，看不到全面，还敢多嘴！
贵娃子　噢！原来如此。
刘姥姥　噢，原来如此。
贵娃子　说了半天，我那王二婶子到底在家不在？
刘姥姥　看看看，我说你不行，你还说你能，她不在家我慰问土炕不成？
贵娃子　奶奶快引我们进去，我二人代表少先队员慰问她母子来了。
刘姥姥　那你为什么不早言语，胡扯胡拉，乱说一气，把你的中心任务都抓不住。来，随着我来。（进门）宝娃娘的快来，少先队代表慰问你来了。
王二婶　（上）哎！
　　　　（唱）锅不刷碗不洗无心干净，
　　　　　　　闷悠悠走出了自己家门。
　　　　　　　用手儿揩干了流泪双眼，
　　　　　　　我面前站定了两个儿童。
贵娃子
小　狗　王二婶子安好！
王二婶　你们到此为何？
贵娃子
小　狗　只因王二叔奋勇杀敌，为国牺牲，少先队派我二人前来慰问，王二婶子可好？
王二婶　唉！（擦泪）
贵娃子　王二婶子不必伤心。王二叔为国牺牲，人人尊敬，政府决定派我们少

|||先队给你家中经常送柴送米，担水扫院。王二婶子有什么事，尽管呼唤我们，我们一定前来。
王二婶|多谢你们大家关照。
贵娃子
小　狗|王二婶子不要那么客气，这是我们应尽的义务。
这是政府给你送的柴米，请你收下。（将柴米放下）待我二人与你抬一桶水来。
王二婶|慢着，我家中水还够用，我要同刘大娘去五里坡查路放哨。你们且去，明日再来。
贵娃子
小　狗|如此，告辞了。
贵娃子|（唱）王二婶可算是妇女榜样，
小　狗|（唱）她的夫丧了命还来救亡。
贵娃子|（唱）我二人在此间不可久站，
小　狗|（唱）从此后每日里为她帮忙。

［贵娃子、小狗同下。

刘姥姥|宝娃娘，天色不早，你我赶快前去查路。

（刘姥姥出门，王二婶抱子出门后向前望）

王二婶|刘大娘，说是你来看。
刘姥姥|看什么？
王二婶|你看对面山上的老麦，还是宝娃他大种的，那麦子还在生长，我那年轻的丈夫他就不在世了！（一边走一边唱）

　　见麦青不由人珠泪滚滚，
　　想起了我的夫好不伤心。
　　我夫妻相亲爱恩情不尽，
　　他受苦我守家安然谋生。
　　看不过日本鬼苦害百姓，
　　别妻小告奋勇前去投军。
　　两军阵全不顾自己性命，

　　　　　　战场上打冲锋为国牺牲。
　　　　　　幸喜得好政府怜爱民众，
　　　　　　发命令优待那抗属家庭。
　　　　　　到如今我只有牙根咬紧，
　　　　　　下决心做工作为国辛勤。
　　　　　　何一日打倒了日本贼寇，
　　　　　　才算是报答了夫妻恩情。
　　　　（宝娃哭，王二婶抱起拍）

刘姥姥　宝娃不满周岁，就懂得人情。他见他妈伤心，他也表同情呢！

王二婶　这孩子爱哭爱闹，真教人熬煎。

刘姥姥　想是娃要尿呢，来来来，叫我端娃撒尿。（说着把宝娃从王二婶怀中端出，向观众撒，然后把孩子抱过来端详一番）我说宝娃娘的。

王二婶　刘大娘讲说什么？

刘姥姥　你可不要愁肠了，你看宝娃生得眉长眼儿大，必定能长大；嘴小鼻儿高，心眼比人好。好娃，好娃，好娃呦嘿……（将孩子交还）

王二婶　但愿借老人家的福口，能够长大成人。

刘姥姥　能长大，你看娃的脸上带福气的呢！（向两边看，见字牌）噢！在这里呢。

王二婶　什么？

刘姥姥　识字牌子，我看这是："全国人民——"（认不下去）

王二婶　想是"全国人民武装起来"。

刘姥姥　对了，对了，倒是你们年轻人比我的记性好。（念两遍）今天"武装"两个字写得大，你我赶快把它认下，晚上他们要考问呢。

　　　　（二人看字就地学写）

刘姥姥　我就凭着每天查路，捎来带去的识几个字，现在已经认得三十三个半字了。

王二婶　什么字你才认得半个？

刘姥姥　就是这个"武"字，我虽然认得了，但是我还不会写呢。

　　　　（后台有赶驴的吆喝声）

刘姥姥　前边来人了，你我留神。
（她二人站了起来，严阵以待）
［二农民背粮袋上。

农民甲
农民乙　走哇！
（唱）一重山两重山穿山过洼，
　　　　打日本全靠着百姓参加。

刘姥姥　站住！你们是做什么的？

农民甲
农民乙　我们是往边区政府送救国公粮的。

刘姥姥　从哪里来？

农民甲　我从×××来。

农民乙　我从×××来。

刘姥姥　带不带路条？

农民甲
农民乙　带着呢。

刘姥姥　拿出来我看一看。
（二农民从怀里取出路条，刘姥姥歪看一阵，顺看一阵，嘴唇动了一下，然后细细端详二农民）

刘姥姥　你们为什么送救国公粮呢？

农民甲
农民乙　为了救国。

刘姥姥　救国公粮是给谁吃的呢？

农民甲
农民乙　给前线上抗日战士吃的。

刘姥姥　你们舍得把自己的粮送给他们吃吗？

农民甲
农民乙　人家为了保卫国家，把性命都舍出来咧，难道我们的一点儿粮都舍不得么？

刘姥姥　说得很对很对，你们×××离这里多远？
农民甲　三十五里大。
刘姥姥　你们×××离这里多远？
农民乙　四十里小。
刘姥姥　（再端详一番）看你的样子，一定不是坏人，对不起，对不起，耽误你们的路程。
农民甲
农民乙　这是应当的，你们是为了清查汉奸的。
刘姥姥　好的、好的，你们也是懂得道理的。
农民甲
农民乙　我们也是常常开会讨论问题呢。
刘姥姥　不用说，你们都是参加救亡的同志，时候不早，你们赶快前去，切记顺着山根走。××河的大桥，被汉奸王八蛋破坏唎，过不去。
农民甲　多谢老人家指点，我们告辞了。
　　　　（唱）辞别了老人家放开大步，
农民乙　（唱）按时间送公粮不敢耽误。
农民甲　（唱）恨汉奸破桥梁大路被阻，
农民乙　（唱）卖国家无羞耻良心全无。
　　　　（刘姥姥拿出怀里装着的鞋底子纳了起来）
刘姥姥　我现在越想越高兴，你看老百姓都明白了救国的道理，大家有力的出力，有粮的出粮，这样一来，我们一定能打倒日本的。
王二婶　是的，现在连我们女人跟那些小孩子都给国家出力呢。
刘姥姥　旁人我不知道，我自己自从参加救亡工作以来，才觉得我也是人。
王二婶　你老人家从前也是人。
刘姥姥　哎！你可不要那样说，从前我觉得男人是人，女人不是人。
　　　　〔八路军某军官随带一勤务员上。
军　官　走哇。
　　　　（唱）昨日里与友军取得联系，
　　　　　　　约定了到明天攻打河西。

刘姥姥　站住！有没有路条？
勤务员　他是一百二十师的营长。
刘姥姥　他就是团长，也得有路条子才能放过。
勤务员　报告，路口有一位老婆子要看路条。
军　官　待我去问。这位老人家要看我们的路条子吗？
刘姥姥　正是。
军　官　查路条那是为了盘查老百姓，我是军人，武装齐备，还查个什么？
刘姥姥　你可不要说那话，军人也有冒充的，还有开小差的，上边给我们的任务，军民人等一律清查。
军　官　要是我没有路条子，硬要过去，你还有什么法子？
刘姥姥　有的是法子，我们晋察冀边区组织严密，到处联系。你们若是凭仗武力，以势压人，不听命令，硬冲过去，我马上报告乡政府，乡政府报告区政府，区政府报告县政府，县政府报告司令部，司令部调动人马，发动群众，把你团团包围，管教你插翅——难飞！
军　官　难道连我们军官都不能通融吗？
刘姥姥　军官，军官也是一样，连朱总司令要是不带路条子也不能放行的。
军　官　谁告诉你的？
刘姥姥　就是朱总司令告诉我们的。
军　官　我就不带路条，我一定要过去，看你把我怎的？
刘姥姥　好，（生气）你就去！我不挡你。（转过头）
军　官　（笑了起来）老人家不要生气，我是开玩笑呢。（将护照取出来）老妈妈同志请看！
（刘姥姥接过护照看了一阵，向王二婶点头示意）
王二婶　刘大娘，那是护照。
刘姥姥　噢！就是"护照"的。（向军官）官长，对不起，麻烦你了。
军　官　你老人家认得字吗？
刘姥姥　字倒认得不多，不过上面的花花我们看熟了。
军　官　哈哈，国家的兴亡，担在你们的身上了。
刘姥姥　不敢当，不敢当。

军　　官　老人家手里拿的是什么东西？

刘姥姥　是一只鞋底子。

军　　官　做它何用？

刘姥姥　打算做一双棉鞋，慰劳你们前方的战士呢。

军　　官　老人家太辛苦了。

刘姥姥　官长说哪里话来，你们为国为民，不惜性命，我们这一点小意思算得什么呢？

军　　官　噢！老妈妈！

（唱）听罢言来心感动，

　　　　抗战提高中国人。

　　　　老人家为国把心尽，

　　　　前方战士更英勇。

　　　　男女老少齐发奋，

　　　　何愁胜利不来临。

　　　　我这里辞别了老年人，

　　　　雄赳赳迈大步好不威风。（作别）

刘姥姥
王二婶　请。

［军官与勤务员齐下，刘姥姥纳鞋底子。

刘姥姥　自从抗战以来，什么事都跟从前不一样了。你看这些吃粮的、当兵的，对咱们老百姓和气得多了。

王二婶　刚才你那样的对他们，我心里害怕得很呢。

刘姥姥　这是你们年轻人少有经验，现在如今，如今现在，军民平等，共同担当国事，连我这个干老婆子都觉得跟他们是一样的人呢。

［贵娃子拿一支矛枪，手巾里提着窝窝头跑了出来。

贵娃子　（大喊）看枪！

刘姥姥　（吃一惊，即执矛对抗，同时大喝一声）看矛子！

贵娃子　（笑）哈哈……

刘姥姥　我把你个小杂种，吓了我这一跳。（说着要打）

贵娃子　奶奶，给你送窝窝头来了。
刘姥姥　什么，送来咧？
贵娃子　送来咧。
刘姥姥　（放下手）将功折罪，饶你一顿饱打。宝娃娘的快吃，好得太太呢！
王二婶　我不想吃，你们快吃。
贵娃子　王二婶子，你尽管吃吧！多得很，我拿的时候就给你多带着呢！
（他们三个人吃了起来）
刘姥姥　贵娃子！你们今天做什么工作呢？
贵娃子　×××自卫军给乡政府送来一个信，说有一个汉奸混进咱们这一带，测量地形，调查军情，所以咱们的自卫军少先队，全体动员，到处搜查，你们也得留神。
刘姥姥　有这等事，我还不知道。贵娃子！
贵娃子　奶奶！
刘姥姥　赶快做你的事去，不要在这里贪吃咧。
贵娃子　好吧，你们在，我去。（下）
王二婶　贵娃子年纪虽小，他倒懂得许多事咧。
刘姥姥　我娃能得很呢，心灵嘴巧，做什么都好。
王二婶　但不知宝娃什么时候才能长大呢？
刘姥姥　你不要愁，快得很呢。我记得真真的，你才五六岁，把你妈的尿盆子打烂了，你妈的脾气不好，把你打了个七出二阵，你趴到你咿门旮旯哭得"花眉画胡子的"，现在不知不觉你也有了娃咧。
（自卫军甲悄悄地从她俩身旁跑过，伏在地下，二人吃惊非小）
刘姥姥　呔！你是什么人？要是不过来，我就把你当汉奸办呢！
（自卫军甲不语）
刘姥姥　呔！你是什么东西，再要不听命令，老娘我要大喊一声，四路埋伏团团围上，把你狗日的活活地五牛分身呢！
自卫军甲　（笑）哈……刘姥姥你好厉害的一张嘴！
刘姥姥　我把你个害人贼，偷偷扭扭鬼来鬼去，咿是干什么呢？我要是手里有枪，早把你鬼吹灯咧。

自卫军甲　噫，打死人要偿命呢，说了一个干净。

刘姥姥　告诉你，在这军事吃紧时期，一句话不对，就要命呢。

自卫军甲　啊！刘姥姥，我把你红萝卜调辣子呢，吃出没有看出，你现在变成政治家了。

刘姥姥　你不要奇怪我，连你从前也不懂政治不政治呢。

自卫军甲　哈……这话说得一点都不错，我们大家现在的见识，比从前高得多了。

刘姥姥　闲言少叙，我来问你，你一个人出来干什么呢？

自卫军甲　刚才我从老峰山里搜查汉奸回来。你们也要留神，我还得到百草山去一趟呢。（说着就走）

刘姥姥　来，麻子，我这里还有两个窝窝头呢，你拿着吃去。

自卫军甲　（拿起就吃）刘姥姥，从前人家都叫你铁公鸡，一毛不拔，如今你变得大方得多咧。（一边说一边吃）

刘姥姥　我刚才还同宝娃娘说呢，现在如今，如今现在的世事不一样咧，从前你过你的，我过我的，现在大家一条心，互相帮助，当然我也改变我的作风哩么。

自卫军甲　我真佩服你老人家的精神，这大的年纪，什么事都肯干。

刘姥姥　其实无论什么事，只要是做官的跟老百姓相亲相爱的大家一齐干，那谁都乐意干了。

自卫军甲　你老人家说得很好，打日本非得咱们老百姓跟政府一齐干不行。（忽然想起什么）啊哟不早了！你们在吧，我去了。（下）

刘姥姥　宝娃娘的，我提议咱们唱几个歌子，你我高兴高兴好不好？

王二婶　我也赞成，你说唱什么好？

刘姥姥　唱几个小调子吧，我还会学那剧团的扭屁股呢！

王二婶　好。

（二人随便地唱）

（眉户〔点点花〕调）

一

日本鬼子是王八，

走到处来把人杀。

怕的人叫妈妈,

——怕的人叫妈妈。

二

叫妈妈来叫妈妈,

鬼子还要把人杀。

劝大家来想办法,

——劝大家来想办法。

三

想办法来想办法,

大家齐心把它打,

管叫它变王八,

——管叫它变王八。

(二人扭了一阵,正在高兴的当儿,刘姥姥往前边一看,猛转身把王二婶嘴捂住)

刘姥姥　快悄悄地,悄悄地,你看前边有一个人,游来游去,探头探脑,一定不是一个好东西,你我留神才是。

王二婶　刘大娘,我心慌的要紧。

刘姥姥　不要紧,不要紧,你把胆子放大,看我的眼色行事。

(汉奸蛇眉鬼眼,探头探脑地走了出来。她二人伴装不知,汉奸临到她们跟前,装出大模大样的派头,打算随便就过去)

刘姥姥　(猛然转过身来,持矛示威) 站住!

汉　奸　(先是吃一惊,随即装出不在乎的样子) 那是咋呀?

刘姥姥　路条子!

汉　奸　没有。

刘姥姥　没有,你是个做什么的?

汉　奸　我是一个做生意的。

刘姥姥　噢,你是做生意的,怎么不见你的京货担子、花线包子?

汉　奸　我做的是大本生意,车来马送,你当我是挑担的、背包的。

刘姥姥　不管你是大本生意、小本生意，要从这里过，就得有路条。

汉　奸　路条是一张纸，不能吃不能喝，你要它做什么呢？

刘姥姥　哎！老乡！你可不要胡支里对，这是公事，上边的命令，不见路条是不能放过一个人的。

汉　奸　上边的命令，他们就该自己干，十冬腊月让你们老年人在大路上受罪，实在不是办法。

刘姥姥　我看你这人就观念不正确，我给你一个最后的警告，请你不要说话咧，快把路条子拿出来！

汉　奸　好我的老人家呢！不要多心，没有错，咱是个好人。

刘姥姥　我们认条子不认人，拿出来！（傲然）

汉　奸　拿什么？

刘姥姥　（怒）你这个人，太不识抬举，请你莫要多嘴，你我没有话，赶快把路条子拿出来。

汉　奸　好我的老妈妈呢，并不是我要多嘴，只因我自己不小心，把路条子给遗咧。

刘姥姥　什么？你把路条子遗咧！

汉　奸　遗咧么，老妈妈！

刘姥姥　那算你倒霉，来来来，跟我走。

汉　奸　到哪里去？

刘姥姥　到乡政府里去。

汉　奸　去一去倒没有什么的，只是我忙得要命，不能耽误时间，请你老人家特别宽放宽放才是！

刘姥姥　宽放？不行，我们这里不讲宽放！

汉　奸　好我的老妈妈呢，你就把我宽放一次吧，我一定不能辜负你老人家的。

刘姥姥　告诉你，这些话在我们晋察冀边区是无用的，有路条子放你走，没路条子跟我走。

汉　奸　（态度转硬）怎么说，你一定不宽放么？

刘姥姥　不能！

汉　奸　连一点儿都不能么？

刘姥姥　不能不能万万不能！

汉　奸　你要是太不给人带面子，我要是变了脸，你可吃罪不起！

刘姥姥　告诉你，日本鬼子的飞机大炮我都不在乎呢，谁怕你变脸。你就把裤子脱了……

汉　奸　（拿出几张钞票）好，这是路条子，请看！

刘姥姥　你这个人，太得捣蛋，有路条子故意不拿出来。（看了几遍，奇怪的，同王二婶眼色会意一番）这不像路条子，好像是钞票子。

汉　奸　你老人家想一想，路条子好，还是洋钱票子好呢？

刘姥姥　（向王二婶使了一个眼色）当然谁都知道钱好么，这位客人，你这钱是给我们看呢，还是……

汉　奸　老妈妈，你要是困难的话，慢说这一点儿小意思，咱们有的是钱。

刘姥姥　噢！对不起，对不起！刚才太得不客气，请你原谅，原谅！

汉　奸　不要紧，不要紧，老妈妈是好人。

刘姥姥　咳！好我的客人呢，是你不知道，我们干这个事情，实在不是情愿如此，没法子，不由人。

汉　奸　老妈妈，不要紧，你听我说，有钱使得鬼推磨，老妈妈若肯，我能替你想办法。

刘姥姥　你能给我想什么办法？

汉　奸　老妈妈若肯，就说我是你的亲戚，让我在你的家里常来常往，老妈妈，你就不要愁肠没有钱花。

刘姥姥　嗯！（看王二婶）

汉　奸　请问这位大嫂是老人家的什么人？

刘姥姥　她是我的女儿，我那女婿被迫从军，死到前线上了。

汉　奸　可怜，可怜，年轻轻的就要守寡，即使把日本打倒了，但是娃他爸再也不能见了！

刘姥姥　咳，我们太可怜了。

汉　奸　不要紧，不要紧，你家里的费用，有我一人担负。

　　　　（轻浮）这位大嫂年轻轻的何愁没有出路。

刘姥姥　只要客人肯帮忙，我们就感恩不尽了。

汉　奸　有办法，有办法，只要你们心眼想得开，一定会发财。（说着又取出一些钞票来）这些钱，你们暂时花用，给我那位大嫂买几件好料子，打扮得花花的，谁见了能不爱呢！

刘姥姥　这就不该，你用吧。（话虽如此说，把钱接到手里了）

汉　奸　老妈妈，咱们这里有没有穷朋友？只要他愿意发财，咱家定能给他想办法。

刘姥姥　有的是，多得很呢。你不要忙，慢慢地我给你运动，一定教你满意。（后台有脚步声）

刘姥姥　可了不得，来人咧，来人咧。

汉　奸　来了人就说我的路条子查过了，咱们是亲戚。（手摸怀中枪）

　　〔自卫军甲上。

刘姥姥　噢，王麻子，你做什么呢？

自卫军甲　转呢，这位同志有路条无有？

汉　奸　有呢，老人家已经查过了。

刘姥姥　查过了，他还是我的亲戚呢。（使眼色，捏手）

汉　奸　她老人家是我的老妗子呢。

自卫军甲　噢，原来是刘大娘的小外甥，好，你们谈话吧，我还没有吃饭呢。再见，再见。（下）

汉　奸　他是一个什么人？

刘姥姥　他是一个老百姓，没关系，不要紧。

汉　奸　哼！他就是什么人，我也不害怕他。你看！（拿出手枪）哪一个不服，我就马上要狗日的命！

（她二人吃了一惊）

刘姥姥　哎哟！我的爷，快快藏好，要不得，要不得，要是让外人看见可不得了！无论谁问你的时候，你就说我是你的老妗子，管保无事。

　　〔汉奸将枪藏好，贵娃子跑了出来。

贵娃子　奶奶，快回去吧，饭熟了，等你去吃呢。

刘姥姥　时间不到呢，再待一会。

汉　奸　他是老妈妈的小孙孙吗？

刘姥姥　是的。

汉　奸　（从怀里掏出糖）来来来，这是水果糖，好吃得很呢。

贵娃子　（高兴地）嘿！好东西，好东西。

刘姥姥　你不知道，人家好东西多得很呢！

贵娃子　还有什么好东西？

刘姥姥　人家还有明光光的一支手枪。（捏手，使眼色）

贵娃子　咳，我要看看。

汉　奸　不好看，不好看，还是吃糖吧。

贵娃子　不，我要看，我还没有见过手枪，一定好看得很。

刘姥姥　你就给娃娃看一看，给我娃开一开眼界。

汉　奸　（向周围看一遍，拿出枪来）你看，就是这样的一件东西，有什么好看。

贵娃子　你交给我看一看。

汉　奸　不敢，不敢，小心出错。

贵娃子　你捏着我看不见。

汉　奸　（把手枪放在他手掌上）这样你就看见了。

贵娃子　好得很，好得很，哎，这上边还能装子弹呢。（说着猛然将枪夺去大跑大叫）捉汉奸，捉汉奸！

（汉奸紧追，刘姥姥以矛横挡，汉奸夺矛，二人正在挣扎）

［自卫军甲、乙从两侧持刀枪上。

自卫军甲、乙　不准动！

（汉奸呆立，手里仍捉矛头，自卫军甲用矛刺汉奸手，逼他放脱）

自卫军甲　放手！

［汉奸放手。此时刘姥姥与王二婶持枪监视，贵娃子跑出来，把手枪交与自卫军甲，他自己把自卫军甲的矛子拿在手中，监视汉奸。

贵娃子　搜！

（自卫军乙开始搜汉奸的浑身上下）

刘姥姥　　早就看你不是好东西，贼眉子六眼窝。

自卫军乙　嘿！镜子，这一定是给飞机做暗号的东西。哎，这么多小本子，上边有许多地图。这是一包什么东西？（闻了一下）哼，毒药，毒药；（搜出皮折子）呀，这小子有这么多的钱！

刘姥姥　　（把刚才接受汉奸的钞票，取了出来）这些钱，也是这小子给我的，合在一起，捐给前方的战士。

　　　　　（汉奸偷空从自卫军手里夺手枪，刘姥姥一扑上去把他的手咬脱）

汉　奸　　（向刘姥姥怒视）呸！我把你个臭老婆子。

刘姥姥　　我把你个贼娃子，你把老娘我当谁呢，告诉你，我们晋察冀边区的人民，是有组织的，有训练的，把你驴日的早就认得咧，瞎了你狗日的眼，把老娘我当贪财爱利的小人咧！同志们！

自卫军甲、乙
贵娃子　　有！

刘姥姥　　把这贼驴日的给我拉着走。

众　人　　（大喊一声）走！

　　　　　［在紧张的锣鼓声中，众人把汉奸一把一把地推了下去。
　　　　　［刘姥姥得意骄傲地跟随下场。

——剧　终——

一九三八年冬写于延安

好男儿 秦腔

编剧：马健翎（1938）

人物表

杨盛德：伪县长。（须生）
郑二虎：义勇军。（武生）
王小侯：原名王恭议，是汉奸。（小丑）
佐　藤：日军司令官。（黑头）
衙役四名：甲、乙、丙、丁。
佐藤的卫兵一名。
汉奸王小侯的卫兵一名。（日本人）
日军探子一名。
伪县府传达一名。
队　长：义勇军队长
义勇军若干人。
日军官一人。
日兵若干人。

时间：一九三八年。
地点：被日本鬼子占领了的某县城。

第 一 场

［郑二虎在内叫板"哎"，被两个日兵拉上。郑二虎把他们摔过来摔过去。

郑二虎　（唱）蛟龙困在黑水坑，
　　　　　　　骂一声日本鬼狗肺狼心。
　　　　　　　你国的法西斯存心可恨，
　　　　　　　不量力妄想把我中国并吞。
　　　　　　　贼皇军走到处杀人放火，
　　　　　　　恨得我中国人咬紧牙根。
　　　　　　　好男儿一个个从军奋勇，
　　　　　　　拿起了刀和枪救国救民。
　　　　　　　你老爷虽然间落在儿手，
　　　　　　　大丈夫为国家不怕牺牲。
　　　　　　　我这里放大胆贼营去进，
　　　　　　　任儿杀任儿剐不吐真情。
日　兵　走！
郑二虎　走！
　　　　［一阵紧张表情配合锣鼓声三人下场。

第 二 场

［甲、乙二衙役上。
衙役甲　（念）自从来了日本兵，

衙役乙 （念）话不留神命归阴。（垂头丧气）
衙役甲 伙计。
（衙役乙垂头愁思不理衙役甲，衙役甲用手拍衙役乙的头）
衙役甲 哎，伙计！
衙役乙 你有什么话你就说吧！
衙役甲 我来问你，你怎么老是愁眉不展，到底有什么心事？
衙役乙 咳，你看我们自从活在日本鬼子……
衙役甲 住口！
（衙役甲用手按衙役乙口，二人探视周围介）
衙役甲 日本鬼子怎么样？
衙役乙 我们自从给日本鬼子当差以来，每日挨打受气，连一顿饱饭都吃不上，眼看把家中老少快要饿死了，教人如何不愁！
衙役甲 咳，我的老大哥，你还不高兴吗？像我连老婆都让他们抢去，还要糊里糊涂活着。
衙役乙 唉，老弟，迟早我们谁也活不了，你看昨天杀了那些男女老少，哪一个不是好百姓？日本鬼子打定主意把我们中国人杀光才算完事。
衙役甲 你可不要那样说，山里的义勇军游击队十分厉害，你看哪一个日本鬼子敢出城五里！
衙役乙 老弟，你说义勇军游击队是什么人？
衙役甲 他们都是中国的好男儿。共产党领导着呢。
衙役乙 人家是好男儿，你呢？
衙役甲 我么……我……我也是中国人。
衙役乙 你既是中国人，为什么替日本鬼子当差呢？
衙役甲 这个，嗯……你先不要说，我来问你，你是个干什么的？
衙役乙 我么，老实告诉你，现在因为家中老少都在贼手，要是有一天山里的义勇军游击队打进城来，我一定携带家中老少随他们进山，跟鬼子拼命，除一除我心头之恨。
衙役甲 你当打算这样干的就是你一人吗？
衙役乙 还有谁？

衙役甲　全城的老百姓，我们这伙当差的，谁不这样打算？

衙役乙　真的吗？

衙役甲　谁还哄你不成！活在鬼子手里，说话就要命，谁愿意脑袋穿窟隆。大家不过心里想口里不说就是了。

衙役乙　你我不必多言，听说有一位义勇军混进城里，打探军情，被鬼子拿住，定今日开审，你我准备站堂。正是：

　　　　（念）日本鬼子乱世情，

衙役甲　（念）犯法的都是大英雄。

　　　　［丙、丁二衙役上喝堂，甲、乙二衙役立公堂桌两旁，衙役乙也随着呼喊，杨盛德上。

杨盛德　（念）居官无良心，

　　　　　　　苍天岂肯容。

（很愁肠地入座）

　　　　（诗）白发飘飘两鬓霜，

　　　　　　　遭逢凶年实可伤；

　　　　　　　老天若能显圣灵，

　　　　　　　催我早死了一场。

本官，杨盛德，人称官宦人家。恨我不听甥儿之言，早逃他乡，只想不管闲事，以度晚年。不料日本鬼子逼我做官，我若不从，全家性命难保。自从上任，本人毫无权力，任皇军摆布。每日替人作恶，杀死不少无辜男女，提起来好不伤心人也！适才差人报道，言说皇军拿住游击队侦探，命我今日开审，但不知哪家少壮青年又遭磨难了！

　　　　［二日兵押郑二虎上。

日　兵　（引）拿住义勇军，

　　　　　　　送到县衙门。

来在衙门！呔，里边有人，滚出来一个。

（衙役等惊介）

杨盛德　王头。

衙役乙　有。

杨盛德　门外有人喊叫，你出去看是什么事。

衙役乙　是。（低着头连走带说的）这是哪一个好大的性子？

日　兵　（打衙役乙头）呔，是你皇军太爷。

衙役乙　（赔笑脸）噢，原来是皇军大人，有什么事，我与你传禀传禀就是。

日　兵　进去禀告县长老狗，就说皇军拿住一名土匪，叫他审问。说是你快去！

衙役乙　是是……

日　兵　呔，说是你快去！

衙役乙　（倒退）是。（声稍高，做不高兴状）回禀县长大人，皇军捉得一名土匪交来审问。

杨盛德　请他们押进来。

衙役乙　是。县长大人请皇军大人将土匪押进来。

日　兵　呔，哪里那么多的大人？

（两个日兵将郑二虎拉了进去）

日　兵　呔，杨县长！

（杨盛德拱手站立）

日　兵　这是一名土匪，偷偷进城接头反日分子，你要将他仔细审问，一定问出他们的巢穴所在，要不然，小心你的老命！

杨盛德　是是是，噢，皇军请坐。

二日兵　我等有事在身，哪有工夫久待。告辞了。

杨盛德　（离座相送）送皇军。

二日兵　免送，请。

（杨盛德目送二日兵走后，低头愁闷地入座。郑二虎昂然仰首不理）

杨盛德　这位青年姓什名谁？因何生心造反？快快讲来。

郑二虎　拿住你老爷要杀就杀，要剐就剐，何必多言。（最后一句转过身来，用手指杨盛德；二人惊异注视一会儿，郑二虎回过头去）

杨盛德　你……你是甥儿？

郑二虎　我就是不怕死的郑二虎，当年劝你逃奔他乡，你执意不听，今日才知你为的是升官发财。事到如今，谁是你的甥儿？你是谁的舅父？（说

完昂首背立）

杨盛德　呵哈，甥儿，悔当初不听你言，留恋家产，只想当个平民百姓，安然度过晚年，不料皇军到此，逼我做官，如若不从，全家的性命难保。甥儿，应知舅父的苦情！

郑二虎　（冷笑）嘿……说什么全家性命难保，想你既为伪官，必然替日本鬼子杀害良民，那些百姓谁不是父母生养，难道就是你家的命贵？

杨盛德　（感动气急）嘿嘿……

　　　　（唱）甥儿一言问住我，
　　　　　　　满脸含羞面发红。
　　　　　　　王法现在鬼子手，
　　　　　　　如何搭救他的性命？

〔传达由内跑出。

传　达　报告大人。

杨盛德　（吃惊）何事？

传　达　佐藤司令同王大人到。

杨盛德　嗯……（惊慌作难色，审视周围与郑二虎一番，踏脚作难）有请。

〔传达应声下。

〔喇叭声中日军司令官佐藤与王小侯各带卫兵一名上。

杨盛德　这个司令在哪里？这个司令在……

　　　　（佐藤已到他身边，傲然入内。王小侯也到杨盛德身边）

杨盛德　噢，王大人也来……

王小侯　杨县长！哈……几天不见，你瘦了许多，想是公事忙坏了吧！真可谓为国勤劳了，哈哈！

杨盛德　（强赔笑脸）王大人又来取笑了，请到县衙。

王小侯　要到县衙。（立刻摆起臭架子来傲然地看郑二虎笑而入座）

　　　　（佐藤、王小侯坐于桌两旁，他们的卫兵站立两厢）

杨盛德　（垂手侍立）不知二位驾到，有失远迎，多多得罪。

佐　藤
王小侯　我们常来常往，何必客套。

杨盛德　多谢大人恩宽。
佐　藤　杨县长！
杨盛德　司令。
佐　藤　这一名土匪身带信件，代表城外游击队进城，与城内的反日分子接头。他们必有什么暴动的计划，我们务须认真地审问。要问出城中的反日机关同反日分子，还要问出游击队的主力所在。然后我们调动大军，剿杀山中匪寇，将那些反日分子一网打尽，我们大家才能安枕。
杨盛德　嗯……（低头）是是是。我们一定要认真地审问。
王小侯　如此就请升堂。
杨盛德　二位大人在此我岂敢上座。
王小侯　（看佐藤）请问司令，他可否升堂坐正？
佐　藤　这是他的衙门，理应升堂坐正。
王小侯　就请升堂。
杨盛德　如此不恭了。

（拜佐藤与王小侯，佐藤同王小侯站定，让杨盛德入座，杨盛德非常作难的，左右看一番勉强入座）

杨盛德　下边这一青年姓什名谁？因何生心造反？快快讲来。
郑二虎　姓什么叫什么，不与你等相干。
王小侯　难道你是无名之辈？
郑二虎　你老爷大大有名。
王小侯　你是什么人？
郑二虎　你老爷是大中华的好男儿。
王小侯　既是大中华的好男儿，就该敢作敢当。我来问你，你是不是一名游击队员？
郑二虎　你老爷就是一名游击队员，你便怎样？
王小侯　我再来问你，你奉命进城接洽城内的反日分子，这些人的名字叫什么？现在何处？还有你们游击队的主力现在何处？一共有多少人？你们打算何日进攻县城？
郑二虎　全城的老百姓无论男女老少都是反日分子，城外到处有游击队，人马无数，哪一天哪一日都在打算杀尽你们这一伙狗贼！

佐　藤　这分明是胡言乱语，不上王法，大料不会招承。来呀！

众衙役　有。

佐　藤　与我取刑来。

王小侯　慢着慢着，我看此人兴软不兴硬，待我好言相劝。（起立走向二虎）那是壮士，哎哈……我看你年轻力壮，必然是一个好人，再不要上那些反日分子的当。他们是送死的糊涂虫。你看皇军多么厉害，有钱有势。你若能将城里的反日机关、城外游击队的主力告诉出来，说是你来看，我王小侯在皇军面前说话，保你有官做，有钱花，你看好不好？

郑二虎　王大人你进前来。

（王小侯犹豫不定，有点高兴，很滑稽地走近郑二虎）

王小侯　噢，莫非壮士要悄悄告诉于我？

郑二虎　呀呀呸！

（王小侯忙闪一旁，又羞又气）

郑二虎　（叫板）我把你好贼！（以手指王小侯）

　　　　（唱）骂一声狗汉奸良心丧尽，
　　　　　　　当走狗你还要拉扯好人。
　　　　　　　你老爷我本是堂堂好汉，
　　　　　　　与尔辈小走狗大不相同。
　　　　　　　大丈夫只知道民族神圣，
　　　　　　　当汉奸到头来杀头抽筋。

王小侯　好言相劝，反来骂我，告诉于你，大日本皇军带来不少新式刑具，如若还不招承，动起刑来，看你招承不招承！

郑二虎　你老爷是堂堂男儿，谁管你上刑不上刑！

王小侯　我看你年轻轻的，所以极力照护于你，再要执迷不悟，恼怒皇军大人的性子，将你一刀两断，那时节就是你悔也悔不及了。

郑二虎　你老爷为了大中华民族，早就将那生死二字置之度外，慢说什么狗皇军，就是那日本天皇，我也恨不得将他碎尸万段！

（佐藤紧打惊堂木，大家都惊动，唯郑二虎神色不变）

佐　藤　好恼！

　　　　（唱）听此言气得我心头冒火，
　　　　　　　儿竟敢在这里信口开河。
　　　　　　　叫衙役赶快将刑具戴上，
　　　　　　　硬拷打哪怕他闭口不说。

　　　　来呀！

众衙役　有。

佐　藤　与我烧红铁条一根，赶快带上来。

杨盛德　慢着，司令大人！我想那年轻之人，火性太大，我们不必动刑，慢慢地问来。

佐　藤　呸！我把你这个老不中用的东西，闪过一旁，来呀。

众衙役　有。

佐　藤　快去。

　　　　（众衙役不想动，彼此相视）

王小侯　快去，快去。（以手打衙役甲头）

衙役甲　（退场，取红铁条上）报告，红铁条到。

王小侯　哎，好汉子，你到底说不说？

郑二虎　叫你老爷说什么？

王小侯　将城里的反日机关说出，再说你进城同他们接洽有什么计划？

郑二虎　你老爷进城的计划，打算杀尽你们这伙狗贼。

佐　藤　不必再问，与我好好地烧啊！

　　　　（丙、丁二衙役架郑二虎臂）

　　　　（衙役甲走近郑二虎，不想动）

王小侯　你们越来越不中用，心软手软，没有出息。（说着以手打衙役甲头）赶快给我烧！

　　　　（众衙役被迫用铁条烧郑二虎背）

　　　　（郑二虎咬牙忍痛，立即镇定，如是三次，稍晕厥。杨盛德于每次上刑时表示痛苦）

王小侯　好汉子，好受不好受？

　　　　（郑二虎低头不语）

王小侯　（走近郑二虎，用手拍肩）哎，城里的反日机关你知道不知道？

郑二虎　知道。

王小侯　（表情愉快）他们在哪里？

郑二虎　在你老爷的心里。（恢复昂然之气）

佐　藤　还是这等厉害！来呀，与我换上大刑来。

杨盛德　啊哟大人！我想还是将他带了下去，本官慢慢地劝问，要是动起大刑，倘若气绝命断，岂不误了大事？

佐　藤　你又啰嗦，义勇军铜心钢胆，不动大刑，岂肯招承；不必多言，快取刑来。

杨盛德　大人万万使不得。

佐　藤　说是你坐、坐、坐了。（将杨盛德撞回坐下）

佐　藤　卫兵。

卫　兵　有。

佐　藤　快去司令部，将那大刑取来。

卫　兵　是。（下）

杨盛德　请求司令大人，待本官下堂问他一番。

佐　藤　动刑尚且无用，你有何能？

王小侯　就让他问一问。

佐　藤　好，你与我问来。

杨盛德　（下堂走近郑二虎）我说壮士壮士，事到如今，眼看性命难保。（哭）你……你……你还是实说了吧！

郑二虎　国家大事就坏在你们这些懦夫手中，难道为我一条性命，陷害许多同胞不成？不必多言，退了下去。

杨盛德　（叫板）哎，我的……我的壮士哪！

　　　　（唱）壮士不必心太傲，

　　　　　　　听我把话说根苗。

　　　　　　　你赶快把实话讲，

　　　　　　　不讲实话命难逃。
郑二虎　（叫板）哎，好气！
　　　　（唱快板）老儿讲话惹人恼，
　　　　　　　　请你闭嘴莫唠叨。
　　　　　　　　汉奸卖国已可恨，
　　　　　　　　你比汉奸更糟糕。
　　　　　　　　日本军阀太残暴，
　　　　　　　　到处横行杀同胞。
　　　　　　　　大家若不齐奋斗，
　　　　　　　　亡国灭种命难逃。
　　　　　　　　好男儿就该不怕死，
　　　　　　　　为国牺牲立功劳。
　　　　　　　　劝你不必多开口，
　　　　　　　　我虽死要做个盖世英豪。
杨盛德　（叫板）哎，我好难也！
　　　　（唱）他那里讲一篇忠心大道，
　　　　　　　成仁取义是英豪。
　　　　　　　背转身骂一声日本贼寇，
　　　　　　　害得我中国人骨肉成仇。
卫　兵　（上）报告大人，刑到。
佐　藤　与我将儿推倒上刑。
王小侯　要死要活，就在这一时，你倒是招不招？
杨盛德　你还是招了吧！
王小侯　赶快打定你的主意。
郑二虎　任凭你们如何横行，想要你老爷招承是万万不行的。
佐　藤　（拍桌）哪里来那么多的废话，快与我上刑。
　　　　（二卫兵给郑二虎上刑。他先是咬牙挣扎，渐渐支持不住，昏倒在地。
　　　　此时杨盛德想要上前，被日兵推过）
二卫兵　报告，匪贼断气。

杨盛德 （抓住郑二虎臂）啊哟！

（唱）见甥儿断了气不声不应，
　　　好似钢刀刺我心。
　　　你与我本来是骨肉亲近，
　　　死我手百年后怎见先灵。
　　　我这里连忙地高声呼唤，
　　　叫醒了甥儿说分明。

甥儿醒来，甥儿醒来！

郑二虎 （唱）昏沉沉只觉得魂飞天外，
　　　浑身疼痛难起来。
　　　强挣扎睁开眼，
　　　满腔愤怒在心怀。
　　　在公堂骂一声汉奸日寇，
　　　中国人一条心要报冤仇。
　　　四万万好男儿英勇奋斗，
　　　赶不走贼强盗决不回头。
　　　今日里你老爷虽落贼手，（吐鲜血）
　　　咬牙关宁肯死不动咽喉。

（幕后炮火乱响）

探　子 （急上，来势突然，大家吃一惊）报告司令，大事不好！

佐　藤
王小侯 何事惊慌？

探　子 司令容禀：（念，带铜器）
　　　小子奉命探军情，
　　　高山望见义勇军。
　　　人山人海往前行，
　　　红旗满天飘空中。
　　　小子骑马忙报信，
　　　游击队勇猛攻西城。

（王小侯听探子话时，身软颠簸，众衙役兴奋，互相送眼色，佐藤将探子踢了一下）

佐　藤　再探。

［探子下。

佐　藤　（唱）听一言来心胆寒，
　　　　　　　游击队胆大要翻天。
　　　　　　　我这里急忙出外看，
　　　　　　　带兵将登城观一番。

　　　　　王参议。

王小侯　司令。

佐　藤　留你在此监堂。我看这个土匪不是等闲之辈，如若再问不出口供，马上结果了儿的性命，记下了没有？

王小侯　记下了。

佐　藤　卫兵。

卫　兵　有。

佐　藤　随我到西城去。

（王小侯、杨盛德送佐藤）

王小侯
杨盛德　送大人。

佐　藤　免。（下）

杨盛德　王大人，司令走后，暂且留他（指郑二虎）到下所休养，然后再问。

王小侯　哪里有工夫让他休养！哎，好小子，你到底说不说？我们再不能久等啦。不说就送你到阎罗殿。

（郑二虎不语）

王小侯　你快说呀！

（郑二虎不语）

王小侯　你不要装死狗，装死狗也装不过去，说吧。

（郑二虎不语）

王小侯　哈哈，装了个怪好，待我割儿一刀，看你说话不说话。（说着把腰中

藏的匕首拔出猛向郑二虎砍去）

（杨盛德将王小侯臂架住，脸色大变）

杨盛德　王大人，哎咳王大人，（将王小侯手摔下）想你也是中国人，我们的祖宗三代辈辈相亲，你为何这样不留情分！

王小侯　我也不管中国人不中国人，什么情分不情分，我只知道升官发财要紧。

杨盛德　嗯……

　　　［探子从内慌忙跑出。

探　子　报……报告大人，义勇军攻打西门甚紧，司令有令，命你即刻调动你的壮丁增援；还命你马上结果那个土匪的性命，以免后患。军情吃紧，不能久待，我去也。（急下）

王小侯　卫兵！

卫　兵　有。

王小侯　赶快到团部，命副官率领壮丁马上到西城助战！

卫　兵　是。（下场）

王小侯　杨县长。

杨盛德　王大人。

王小侯　方才探子传令，字字分明，请你赶快命衙役将他推出去活埋了。

杨盛德　嗯……王大人，小老儿有一事相求，不知大人能否答应？

王小侯　能答应的就答应，不能答应的就不答应，你先说来。

杨盛德　王大人说是你也来看。（指郑二虎）

王小侯　看什么？

杨盛德　他是我的甥儿，我那同胞妹妹少年守寡，只此一子，不幸遭此大难，敢求王大人看在我的面上，（哭）设法留他一条小命吧！

王小侯　不行不行，你问问他，若是他们抓住了我，能不能饶我的命？

杨盛德　王大人你还是开恩开恩才是！

王小侯　不行，不行，万万不行！

杨盛德　（叫板）哎，我的王大人呀！

　　　（唱）我这里开言泪满面，

尊一声王大人细听我言。
人生在世要学好，
天理良心最当先。

王小侯　（唱）杨县长不必再吵闹，
我把良心早弃抛。
若要还来胡打搅，
连你的狗命也难逃。

杨盛德　啊哟……

（唱）我苦口相劝好一阵，
劝不动无有良心的人。
县长衙门我为主，
不传令哪一个敢来执行！

哎呀，我这里苦心相劝，这贼狼心狗肺毫不讲情。我想在这县衙门我为主，我不传令，看他哪一个敢来执行！（态度激昂）

王小侯　哈哈！我把你这个老杂毛，在我面前也摆起臭架子来了！你算什么臭官，你是一个鸡蛋官！皇军想玩就玩两天，不想玩的时候，将你老杂种摔成鸡蛋黄子，你算他妈的一个什么东西！（面向外傲然不理）

杨盛德　嗯……（焦急沉思）

（众衙役早就骚动，向杨盛德示意造反，杨盛德会意）

王小侯　（猛然转过身来）哎！

（大家都吃惊）

王小侯　说是你赶快把他推出去，还等什么？

杨盛德　王大人，世上哪有舅父杀外甥之理？

王小侯　噢，看这样儿，你是真的不打算传令吗？

杨盛德　王大人恩宽。

王小侯　放屁！什么恩宽？你也不想活啦！（命令众衙役）与我拉出去！（昂然转面）

（众衙役互视，气愤不动）

王小侯　（猛转身）怎么你们也不动吗？（众不动）好小子们都要寻死！哼，

回头再说。

（王小侯亲自拉郑二虎，杨盛德阻止，众护郑二虎）

王小侯　（异常气愤）怎么，你们这是为了什么？嗯……为了什么？快与我讲！

（王小侯步步逼近，众气愤咬牙不语）

衙役甲　（忍耐不住，大声）为什么？因为他是中国人。

王小侯　（哎呀）哈哈……你们要造反不成？

（王小侯说着取手枪，衙役乙跳过去捉住王小侯臂，并夺其手枪）

衙役乙　反就反！

（其他的人乱嚷"反就反"，高呼"打倒汉奸"等口号。王小侯被拉倒，跪在平地向杨盛德告饶）

王小侯　（用哭音）啊哟杨县长，我的杨大人！你刚才说得好，中国人不打中国人，快快放了我吧！（连连叩头）

衙役乙　我把你这汉奸，平日欺压良民，无恶不作，哪里容得！

（众喊杀，王小侯惊慌回望，衙役乙用夺得的手枪顺势将王小侯打倒在地，王小侯挣扎起身又倒，死在前场。杨盛德急急制止众人，众人不理）

杨盛德　你们将他打死，霎时皇军到来，如何是好？

衙役乙　杨大人，城中老百姓个个咬牙切齿，痛恨鬼子，趁着义勇军攻打西城之际，我们号召全体人民一齐动手，给他一个里应外合，杀尽日本皇军替大家报仇。

杨盛德　噢，当真如此么？

衙役甲　当真如此。我们不能等待，马上动手！

杨盛德　嗯……待我慢慢想来。

郑二虎　舅父，事到如今，你还等什么？

杨盛德　非是我要担忧，诚恐布置不妥，触恼日寇，全城父老兄弟就难以逃生了！

郑二虎　舅父！

（唱）舅父不必太担忧，

　　　　　　　甥儿把话说从头。
　　　　　　　昨日进城非无故，
　　　　　　　接洽城内有计谋。
　　　　　　　民团壮丁都反正，
　　　　　　　计划今日要报仇。
　　　　　　　大军城外攻日寇，
　　　　　　　城内百姓猛下手。
　　　　　　　胜利把握早议定，
　　　　　　　你何必还来多担忧？
杨盛德　好。（唱）甥儿与我把话讲，
　　　　　　　倒叫老夫喜洋洋。
　　　　　　　百姓还有爱国志，
　　　　　　　难道说读书人全无胆量。
　　　　　　　转面来我把弟兄叫……
众衙役　有！
杨盛德　（唱）听我把话说细详：
　　　　　　　日寇做事太无良，
　　　　　　　杀害同胞实可伤。
　　　　　　　从此再不受鬼气，
　　　　　　　要与鬼子算总账。
　　　　　　　将我甥儿背身上，
　　　　　　　联络百姓上城防。
　　　　　　　杀汉奸，斩日寇，
　　　　　　　要勇敢，要坚强。
　　　　　　　弟兄们此地莫久站，
　［衙役乙早就下了郑二虎锁，将郑二虎背起绕场下。
杨盛德　（唱）舍老命同鬼子干他一场！
　［众气昂昂地下。

第 三 场

（守城日官与二日兵在城楼攻打义勇军，日兵乙转机关枪扫射。义勇军在城下顽强抵抗，杀声震天，枪声乱响。城内时见火花，有时义勇军故意沉着不动。日兵乙探头俯视被义勇军一弹射中，立时身亡。日官乱发枪并大喊，忽被衙役乙一刀将头砍掉城外，日官身流鲜血，两手垂于城下。此时城内喊"打倒日本帝国主义！"等口号，城楼高挂红旗，并出现两条大标语："欢迎义勇军！""中华民族解放万岁！"立时城门大开，杨盛德与百姓架郑二虎出，义勇军队长向前问郑二虎）

队　　长　你是郑二虎同志？
郑二虎　　王同志，为何攻城太早？
队　　长　听得郑同志被捕，因而提早攻城。郑同志多受苦了！
郑二虎　　为国不怕牺牲，何言受苦。
杨盛德　　请队长进城，百姓们准备酒宴庆祝胜利。
队　　长　他是何人？
郑二虎　　他是我的舅父，被迫做了伪官，如今也反正了。
队　　长　噢，老先生白发壮志，令人钦佩！
杨盛德　　不敢当，不敢当，全凭队长搭救，才有今日。
群　　众　多亏队长英勇攻城才有今日，请队长进城赴宴。
队　　长　好，同志们，我们务须遵守纪律，爱护百姓，记下无有？
群　　众　记下了。
队　　长　好，排队进城。

（在群众热烈的欢迎口号声中，队长昂然进城）

——剧　终——

一九三八年于延安脱稿

十二把镰刀 眉户

编剧：马健翎（1941）

人物表

青年铁匠王二和他的老婆桂兰

时间：一九四一年。
地点：陕甘宁边区某小村镇。

［和缓的锣鼓声中，幕徐徐开。
［王二是一个爱开玩笑的喜乐人，庄稼汉打扮，健壮，精神愉快，满面笑容，手拿一把镰刀上场。

王　二　咳咳。
　　　　（快板）太阳下山红又红，
　　　　　　　　不由我王二笑盈盈。
　　　　　　　　边区的百姓真高兴，
　　　　　　　　日子过得一年一年往上升。
　　　　　　　　抗战三年还有零，
　　　　　　　　最大的困难到来临，
　　　　　　　　中国人要翻身，
　　　　　　　　只有艰苦奋斗，
　　　　　　　　坚持抗战，
　　　　　　　　一步一步往前行。
　　　　　　　　共产党有本领，
　　　　　　　　把这个世界看得清，
　　　　　　　　开了几个代表会，
　　　　　　　　号召全国人民自力更生，
　　　　　　　　克服困难莫稍停。
　　　　　　　　你看边区陕甘宁，
　　　　　　　　努力生产多么凶，
　　　　　　　　开荒地，修水利，
　　　　　　　　山上山下大不同。
　　　　　　　　从前是荒草一片路难行，
　　　　　　　　如今是糜子谷子满山满地像黄金。
　　　　　　　　这都是共产党打冲锋，
　　　　　　　　政府机关学生群众参加劳动不放松。
　　　　　　　　昨天我们对过山上来了男女一大群，
　　　　　　　　大家劳动实在能。

　　　　里边有的是大学生，

　　　　还有留过西洋的人，

　　　　手不停，口不停，

　　　　唱的歌子真好听，

　　　　男的唱（粗声）："起来！不愿做奴隶的人们！"

　　　　女的唱（细声）："我们是新社会的主人！"

　　　　你说好听不好听，

　　　　你说好听不好听。

我王二，从前在外边跟师傅打铁，叮当叮当受了几年罪，银钱赚得不少，可是没有我的份。后来改行种庄稼，租子太重，一年到头不够吃，一生气我就参加了革命。现在边区政府给我分得一块土地，我把老婆子也搬来了，夫妻二人好不快活！说起我这个老婆，年轻好看，精明能干，就是刚从外边来，思想落后不大开展。我每天给她讲闹革命打日本的道理，现在有些转变。适才遇见警备团的政治委员，他说今年边区开的荒地多，部队收获庄稼，镰刀不够用，街上的铁匠承应的太多，打不及，叫我连夜动手打十二把镰刀。这是帮助政府，帮助军队，努力生产，克服困难。这是咱老百姓应当干的事，我马上回去跟我的老婆子一齐动手打镰刀便了。

（唱〔岗调〕）

　　　　咱边区可算是生产模范，

　　　　军与民开荒地又修水田。

　　　　喜洋洋走进了自己家院，

　　　　叫桂兰近前来细听我言。

桂兰！

〔王二妻桂兰，年轻，活泼，聪明伶俐，心眼多，打扮得很好看，但是还朴素。轻快的步子上。

桂　兰　你回来了？

王　二　回来了。

桂　兰　今天做了些啥活？

王　二　我把屹塔峁的谷子割完了。
桂　兰　噢，今天受苦不少，快到窑里歇缓歇缓。（说着给王二身上打尘土）
王　二　不行，不能休息，今天晚上要打夜工做活。
桂　兰　做什么活呢？
王　二　打铁呢。
桂　兰　打什么呢？
王　二　打镰刀呢。
桂　兰　给谁打镰刀呢？
王　二　警备团。
桂　兰　谁叫你打的？
王　二　政治委员。
桂　兰　政治委员是个大官还是小官？
王　二　政治委员是个大官，跟团长差不了上下。
桂　兰　是他亲自叫你打的？
王　二　他亲自叫我打的。
桂　兰　（笑）哼，我看你欺我是女人家，什么都不懂，我就不信你咻话。
王　二　看你，妖里妖怪地说了一大套，我还不懂你咻是什么意思。
桂　兰　什么意思？我就不信人家做大官的会亲自跟你一个庄稼汉说话。
王　二　把你给精的灵的俏的，假装是人前跑的！告诉你，慢说是政治委员，就是陈团长见了我都是哈哈大笑呢，我两个还逗趣呢！
桂　兰　这些话我看你就是在我跟前吹呢！
王　二　在你跟前吹？你说昨天坐在咱炕上，跟我谈了半天话的咻是谁？
桂　兰　你说咻是谁？
王　二　咻，咻就是政治委员。
桂　兰　噢！原来政治委员才是个当兵的！
王　二　当兵的？咻人的本事大得很呢！肚子里文章装得满满的，什么都懂，什么事都办得好，全团的同志都佩服他。这里的老百姓没有一个说他坏的。你这人是少见多怪，咱们八路军不贪财不爱利，吃的穿的都不讲究，他们跟老百姓相亲相爱，打成一片，这就叫军民合作，大家团

桂 兰	结。你晓得个啥！
桂 兰	照你说来，八路军是不欺负老百姓的？
王 二	哎，把你也算一个听话的呢！外边的坏军队在老百姓身上求利呢！八路军是给老百姓谋利呢！给你说了半天，你没有听明白。
桂 兰	并不是我听不明白，是因为我在咻外边呀，把军队的咻气受得够够的，一提起来我就害怕。
王 二	从此以后，你就大放宽心，咱边区没有咻些事，咱边区当官的、带兵的、老百姓，谁也不欺负谁。闲话少说，马上收拾炉子打镰刀，今天你要给我帮忙。
桂 兰	帮啥忙呢？
王 二	递锤子，揭火盖。
桂 兰	我干不了。
王 二	干得了，简单得很。
桂 兰	我没干过，我不会。
王 二	不要紧，不管啥事，不干不会，一干就会。
桂 兰	不，我们女人家没有打铁的。
王 二	看你咻旧脑筋，如今女人跟男人一样，男人干的事女人也能干。
桂 兰	你一人还干不了么？
王 二	干倒是干得了，人家生产忙碌，急着用呢。赶今天晚上至少要打十二把镰刀呢。
桂 兰	那他们给你多少钱呢？
王 二	没有说，随便给多少算多少，反正咱们八路军是不会亏人的。
桂 兰	我看你真是一个傻瓜。
王 二	咻又是啥意思？
桂 兰	啥意思？你为什么不预先说好，多要几个钱。他们等着用镰刀，一定肯花钱的。
王 二	嗯？我看你年纪虽小，心眼不少。这是为了帮助咱们政府生产，克服困难，改善人民生活，我们应当干的事情。你动不动把钱挂在嘴上，世事好了比钱好得多。

桂　兰　嗯,(娇俏地)说得怪好听,我看还是谁有钱谁就过得好,没钱的都受罪。政府,帮助政府,傻子才干咻事呢。

王　二　我看你这人,刚从外边来,没有一点"观念"!

桂　兰　你先不要说我,连你都做不了官,我要咻"官念"做啥?

王　二　你没受过一点教育。

桂　兰　我心里明明的,谁管他"叫驴""草驴"!

王　二　你这人肚子里一点"文化"都没有,我不跟你说话啦。

桂　兰　(生气)不说话了拉倒,你也别打算我给你帮忙。

王　二　唉,(俏皮地)看你咻脾气,恼的咻神气,我是跟你逗笑呢!(上前拉桂兰)不说闲话咧,起来赶快收拾炉子。

桂　兰　(扭身)我不会干。

王　二　好我的桂兰呢,今天晚上要打十二把镰刀呢!动得迟了,明天交不了活。

桂　兰　谁管你交了交不了。

王　二　哎,好我的咻你哩!听我说,今晚上打镰刀,你不要当是做生意,这是工作。边区政府是咱老百姓的政府,八路军是咱老百姓的军队,人家爱护咱们,咱们就应该帮助人家。你看我从前在外边当铁匠赚不了钱,种地不得够吃,全凭革命,才有今日。就拿你来说,不是因为边区政府好,我哪有法子把你搬到这里来过日子?你还不是在娘家受苦受罪!现在打日本救中国,大家苦干,咱老百姓应当好好帮助政府,政府才能有办法;政府有办法,才能赶走日本帝国主义,咱们的日月光景才能过得好,你应当明白这个大道理才是。

(唱〔五更〕)

　　我把桂兰唤,
　　你听我说心间,
　　帮助政府来生产,
　　克服那困难理当然。
　　那日本太野蛮,
　　杀人太凶残,

坚持抗战大家来干，

赶走了日本帝国主义再享太平年。

打镰刀为生产，

生产少困难，

军队人民齐生产，

不愁吃来不愁穿。

桂兰，你看我说的道理对不对？

桂　兰　（站起）来！

王　二　做啥呢？

桂　兰　收拾你咧火炉子。

王　二　火炉子在外边呢，咱们就在外边干。

桂　兰　不，把火炉子抬到院子里，外边人家看见了，我嫌害羞呢！

王　二　你这人就太"封建"了！

桂　兰　是的，外边的风太大了！我受不了。

王　二　（学桂兰的话扭扭捏捏地）外边风太大咧，我受不了。

桂　兰　讨厌！

王　二　对，你说搬到里面咱就搬到里面，来来来，到门外收拾家伙走。

（最后尾音叫板，奏起配合出来进去搬运用具的调子。二人把做工作以前应有的整理衣服或包头束腰等动作做好以后，王二先出门，桂兰随后）

（先抬出风匣，风匣的正面与两边是实的，其他是空架子，务须能抽动，正面是黄色，中间当火炉背影处，是鲜红淡黄色，表现红光，置放于舞台中心。放下去的时候，把桂兰的脚给压住了）

桂　兰　哎哟，快！快！

王　二　（连忙扶起风匣）看你是个做啥的。

（桂兰做疼痛状，弯腰揉脚，随着走出去。

第二次抬出火炉，炉是木做的，正面贴以砖金，明光灿烂，放下后，二人齐下。

第三次王二抱砧子上，桂兰抱大锤子、手锤子、钳子两把、大剪子、起子。砧子是木的，染以鲜亮的真红色，明光灿烂。王二双手抱砧子，沉重得直不起腰来。进门正准备放到一个适当的地方。

其他的东西桂兰都用左胳膊夹着，唯有大锤子在右肩上捎着，当往下放其他东西时，右手帮左手，不小心，把大锤子往后一掉，尖声的哎呀一声，往前一跑，碰在王二的身上）

王　二 （闪了几步，砧子脱手）哎呀！你差些把我失塌了。

（将砧子抱起）

（桂兰把大锤子拾起，和其他工具放在一块）

王　二 零碎家伙都带来咧？

桂　兰 带来咧。

王　二 好，生火做活，动起手来！

（唱〔岗调〕）我这里点起一把火，

（两手向炉子一压，放火一把）

（这一把火放后，舞台上最好立刻放下一片桃红色的后幕来）

王　二 （接唱）霎时间满院通钢红。

　　　　世上的事儿有千万，

　　　　第一名要算我们劳动的人。

　　　　我说此话你不信，

　　　　我问你那吃的穿的住的用的靠着何人？

　　　　我抬起头把桂兰仔细观看，

　　　　火光下照得她满脸儿红。

（唱〔戏秋千〕）

　　　　头上青丝金呀金簪明，

　　　　身穿上一件花衫红；

　　　　叫桂兰听我言，

桂　兰 （唱）"崩"——"崩"上前迎，

　　　　你叫我啥事情？

王　二 （唱）今夜晚要劳动，

王、桂 （唱）咱二人一齐来做工。

桂　兰　（唱）请你莫要细叮咛，
　　　　　　　我的心中自呀自分明，
　　　　　　　咿儿呀，要做工，
　　　　　　　十二把镰刀要完成，
　　　　　　　帮助生产好进行，
王、桂　（唱）这才是好人民。
王　二　（唱）我问你生产为呀为何情？
桂　兰　（唱）克服困难打呀打敌人。
王　二　（唱）咿儿呀，好聪明，
桂　兰　（唱）我就不是糊涂人，
王、桂　（唱）打倒日本享太平。
王　二　（唱）闲里闲话莫呀莫再论，
　　　　　　　收拾家伙快呀快动工，
　　　　　　　咿儿呀，快动工。
桂　兰　（唱）二人做活叮里咚。
王、桂　（唱）咱二人一齐劳动。（收）
王　二　桂兰！
桂　兰　哎！
王　二　现在我要做活，你要听我的指挥，人常说"铁匠难，剪刀镰"，镰刀难打得太呢，鼓劲干，不要怕受苦。
桂　兰　你放心，我也是受苦长大的。
王　二　好，你的任务是揭火盖、递锤子、起镰刀，干得了么？
桂　兰　干得了。
王　二　干得了就好，干得了才是我的好老婆呢！
　　　　（二人各坐在自己的位上）
王　二　（唱〔闪扁担〕）
　　　　　　　扇起风匣呼呀呼啦啦闪，
　　　　　　　哎呀谄的，哎呀闪的，
　　　　　　　闪的、谄的、闪了一个谄，

　　　　　拉来拉去把火扇,

　　　　　"枸子木"儿不楞楞生,

　　　　　粤南箱,叮里咚……

　　　　　就地里起了风。

　　　　(重唱一句,落在小锣的最后声中紧扇两下,表示要拉出铁来打了)

王　二　哎……揭火盖子,快,快!

　　　　(桂兰不知怎么好,跳起用手揭,怕烧)

王　二　钳子,钳子!(等不得,把红铁夹出来,放在砧上)

　　　　(桂兰这时候才拿起钳子,把火盖夹得高高地看着)

王　二　拿大锤子,拿大锤子,捣!捣!

　　　　(桂兰丢下钳子,连忙取大锤,刚捣了一下,锤子一扬,把自己的头打着了)

桂　兰　哎哟!

　　　　(把锤子一扔,两手抱头,大锤恰恰打着王二的腿)

王　二　哎哟!(一只脚跳起来,连吹带揉走到桂兰跟前)不要紧吧?(替桂兰揉头)

桂　兰　不要紧。(站起来,拿锤子)

　　　　(桂兰扬起锤子再打,王二看见讽刺地笑了)

王　二　算了算了,再不要亏人啦,这一火铁算是完咧。你听我告诉你,再一回你听见我把风匣"忽托""忽托"紧扇几下,你就用钳子把盖揭开;见我把铁放到砧子上,你拿锤就捣,记下没有?

桂　兰　记下了。

王　二　小心你头。(转过身,又转过来)还有,回头咱两人一人一下打铁的时候,我要是把手锤往前边一指,你就停手,记牢牢的。

桂　兰　对!

王　二　好!(叫板)重来,(过门)盖火盖。

　　　　(桂兰盖上火盖)

王　二　(唱〔闪扁担〕)

　　　　　火炉子见风,呼呀呼啦啦闪,

　　　　　哎呀红的，哎呀明的，
　　　　　明的红的，红的明的，明了一个谄，
　　　　　一股一股黑烟上了天，
　　　　　咿儿呀，烘烘烘，
　　　　　粤南箱，叮里咚，
　　　　　好一似驾了云。（落如前）
（桂兰连忙用钳子揭起盖，拿起大锤捣了一下，这一回因为避开脑袋，把锤子偏右肩，锤子太重把她带倒，跌了一个老虎吃天）

王　二　（连忙走上去，拿过大锤，将桂兰扶起，拍桂兰身上）看你，你……把人活活地急死咧！（指火炉）这是火里求莲花，你当啥呢！铁匠的讲究："宁舍四两肉，不舍一火铁。"你这人简直是糟蹋东西，啥都干不了。

桂　兰　我说我干不了，你一定叫我帮忙，把人家弄得打滚碰头，你还说长道短。好，我干不了。你干你的，我不管。

王　二　看看看，看看看，把你皮薄的、脸嫩的，连一点批评都受不了。

桂　兰　你好是你的，我不好，你才知道。

王　二　你好，谁敢说你不好。来来来，闲话少说，再烧一炉火。（拉桂兰）

桂　兰　我不管。

王　二　喂！好我的你呢，再不要难为我，咱们是少年夫妻，高兴了耍一阵，不高兴了打一阵，我要是说错了几句话，你还能见怪么？千不是万不是，都是我的不是，待我给你赔情。（喊）敬礼！哎看，我给你敬礼呢。哎，快看么！
　　　　（桂兰瞅一眼）

王　二　这下该好了吧？（拉桂兰）
　　　　（桂兰推过王二手，扭身）
　　　　（王二在桂兰后，恨不得扬拳要打，觉得打不得）

王　二　哎，我的那桂兰呀！
　　　　（唱〔岗调〕）
　　　　　叫桂兰你莫要糊涂捣蛋，

你听我把道理细说心间：
　　咱边区好政府人民皆爱，
　　男和女同劳动都享平权。
　　女人们也应该自尊自爱，
　　学一个男子汉站立人前。

（唱〔五更头〕）
　　再莫要变眉眼，
　　你听我细说心间：

（唱〔一串铃〕）
　　从今后劳动莫偷闲，要争先，
　　一而再，再而三，
　　妇联会找你把话儿谈，
　　人人夸你是好青年，
　　《群众报》上把你的美名传。
　　要是等上一个纪念会，
　　到会的人儿有万千。
　　区长登台笑满面，
　　开口先把你宣传，
　　他言说王二的婆娘实在好，
　　劳动工作占了先。
　　群众听言都高兴，
　　鼓掌欢迎笑连天。

（唱〔五更尾〕）
　　那时候看你喜欢不喜欢。

（唱〔勾调〕）
　　这道理你就该早明白，
　　帮助政府为自己。
　　叫桂兰你把头来转，
　　莫要糊涂把脸翻。

>   我这里上前去逗个喜欢，
>   逗个喜欢。……

桂　兰　不要脸！（笑了）

王　二　是是是，我不要脸，（用手扶桂兰肩）快坐下再烧一炉火。
　　　　（桂兰娇怒地把王二推过去，拿起钳子夹起火盖）
　　　　（王二斜着眼笑看桂兰）

桂　兰　烧不烧？

王　二　（高兴地笑了笑）来，来，来了！（坐下又扇起风匣）
　　　　（唱〔岗调〕）

>   有桂兰夹起了红火盖，
>   我王二连忙地扇起火来，
>   夫妻们吵一会玩耍一阵，
>   你恼我不恼喜笑颜开。
>   做铁活费力气烟熏火燎，
>   为革命做工作不图赚钱。
>   边区好普天下谁不见爱，
>   八路军打日本忠勇双全。
>   好政府好军队为民除害，
>   老百姓来帮助原是应该。（落）

　　　　（桂兰夹起火盖）
　　　　（二人很顺手地打了一阵，最后王二将小锤往前一指，桂兰不曾注意到，空打了一锤，惊叫一声，锤子脱手）
　　　　（王二慌忙起立躲闪）

桂　兰　（不好意思的）我倒忘了你咏一指了。

王　二　这算不了什么，下回就好了。你现在已经进步了，受一回苦头子，得一次"经验教训"。不要忙，慢慢地就会了！
　　　　（唱〔岗调〕）

>   人常说天下无难事，
>   只怕自己不用心。

　　　　　只要你不怕苦热心劳动，
　　　　　做啥事都能够保险成功。
　　　　　今夜晚只觉得十分高兴，
　　　　　鼓起劲扇几下红火上升。
　　　　　叫桂兰你那里准备行动，
　　　　　这一回一定要特别用心。（落）
　　（很顺手，王二指手锤时，桂兰已将大锤打下，随时停住，二人都笑了）

桂　兰　（得意地）这一回怎么样？
王　二　这一回么？桂兰！
桂　兰　哎。
王　二　你算是成功了！（扇风匣扇得越发起劲，高兴得摇头摆尾）
　　　　（唱〔十里堆〕）
　　　　　桂兰这一回咿儿呀支哟，
　　　　　打得好咿儿呀支哟，
　　　　　我王二心中乐得花儿开，
　　　　　喜咿呀，喂咿呀，一哟一枝花哎呀。
王、桂　（唱）得儿……呀子哟哎呀哈，
　　　　　　喜咿呀，喂咿呀，一哟一枝花哎呀。
　　　　（二人重唱落，这次打得完全顺利）
王　二　桂兰。
桂　兰　哎。
王　二　你的本事不小，成功咧，成功咧！
桂　兰　当然要成功呢，难道连这一点小事都干不了。
　　　　（骄傲地）
王　二　还要小心，不敢大意。
　　　　（唱〔大杂会〕）
　　　　　桂兰聪明真呀真可爱，
　　　　　哎哎哟号，哎哎哟号，

　　　　桂兰聪明真呀真可爱，
　　　　手巧心又灵，呀咳哟，得儿呀子哟，
　　　　手巧心又灵，哎咳哟。
　（唱〔戏秋千〕）
　　　　桂兰打铁手呀手儿软，
　　　　腰儿闪几闪，
　　　　越看越好看，
　　　　咿儿呀，气儿喘，
　　　　"崩"——"崩"打得欢，
　　　　好像刘海戏金蟾，……
　　　　王二我好不喜欢。（落）

王　二　这一把镰刀马上就要成功，（拿起大剪）来，大锤拿得稳稳地，瞄准！好好地捣。
　　　（桂兰拿起大锤）
王　二　（挡住）慢着，这一回要紧得太呢，一下打不好，前功尽弃，枉费辛苦，你可要端端地下锤子。
桂　兰　不要紧，你来。
王　二　对。
　　　（桂兰打头一下）
王　二　照准！
　　　（桂兰打第二下）
王　二　拿稳！
　　　（桂兰打第三下，手慌了，打扁了，把剪子打飞了）
王　二　看看看，教你留神，留神，唉！把我能急死。（拍手踏脚的）
桂　兰　（用钳子把烧铁夹起来）你看，这不要紧。
王　二　不要紧，不要紧，你懂得个啥呢，你这一下弄得不得弯咧。
桂　兰　不得弯，不要紧，给公家做活将就一点就对啦！我看你就太得认真咧。
王　二　唉！（指桂兰）说了半天，你还是"天黑地黑鸟肚黑"，给公家做活应当比给自己做活还认真呢。我看你这人问题大得太呢,完全是坏心眼。

桂　兰　好,人家坏心眼,你好,你好。(很生气地扭身坐下)

王　二　看看看,又"罢工"咧!你这人太不明白道理,政府是咱的政府,军队是咱的军队,你看那些做官的当兵的,谁都不贪财不爱利,不怕死,喜眉笑脸的,辛辛苦苦的,给咱老百姓办事。咱要是给人家帮个忙还不认真,良心上得下去不得下去?哎!好我的你哩,再不要糊涂咧,好好地干,重来一回。

(拉桂兰)

桂　兰　我不管!

王　二　哎!你要是这样,回头人家都说王二的老婆不好,不爱劳动,没有出息。我虽然不好看,你也不大体面。告诉你,为人活在世上,应当让人家看得起才对呢。

桂　兰　我不好,你不要管。

王　二　你当真不管?

桂　兰　不管!

王　二　是实不管?

桂　兰　不管!

(王二恨不过,举手想打,长叹一声,不知怎么好,走了几步,想起一个办法来,挤眉弄眼地示意一下)

王　二　好,你就不要管,我干,我干。(坐下扇了几下风匣,桂兰正往下走。王二假装把脚烧了,大喊一声)哎哟!

(用手抱脚)

桂　兰　(吃惊,连忙走过来给王二揉脚)怎么啦,不要紧吧!

(王二哎哟哎哟地拉长声音叫)

桂　兰　不要叫啦,来,我给你慢慢地揉。

(王二忍不住哈哈大笑)

桂　兰　呸,真是个淘气鬼!

王　二　并不是我淘气,是你太得淘气了!

（唱〔勞子〕）

　　为公家出力气应当认真，
　　好军队就如同自己的人。
　　老百姓靠军队抵抗日本，
　　老百姓靠政府安然谋生。
　　好军队好政府为民出力，
　　老百姓理应当真诚欢迎。
　　陕甘宁成边区万民之幸，
　　不愁吃不愁穿万事亨通，
　　曾不记咱夫妻当年苦痛，
　　今日里有办法应知何情。
　　从此后该觉悟热心劳动，
　　管保你走到处受人欢迎。（落）

（先打后剪，没有出错）

桂　兰　这一个好不好？

王　二　好，好得太，把两面子戗一下就成咧！（说着将镰刀扔到桂兰的身旁，拿钳子另找铁片）

（桂兰用手取镰，烧痛惊叫。王二慌忙跑去，揉）

王　二　哎！看你，忙啥呢，冷了才能戗呢。疼不疼咧？

桂　兰　疼得很呢！

王　二　哎！我看你弄不成咧，你还是先去睡去，来，我一人干。

桂　兰　不，我能干呢。

王　二　你的手烧痛了，不能干咧！

桂　兰　不要紧，今夜晚我一定要帮助你完成十二把镰刀。

王　二　你当真有这样精神？

桂　兰　当真有这样的精神。难道你是好人，我就不是好人了么？

王　二　（高兴极了）哎哟桂兰！（跷起拇指）你大大地进步了！

（唱〔岗调〕）

　　桂兰她讲出了几句好话，

　　　　　　　喜得我王老二心上开花。
　　　　　　　我这里跳一跳连忙坐下,
　　　　　　　挽起袖鼓起劲拉起风匣。
　　　（此后完全唱〔岗调〕,愈唱愈紧,二人的动作一定要迅速、紧张、轻快）

王　二　（唱）叫桂兰你那里倾耳细听,
　　　　　　　你听我把世事细表分明:
　　　　　　　世事好世事坏全靠劳动,
　　　　　　　靠劳动才能把世事换新。
　　　　　　　只要咱劳动人大家革命,
　　　　　　　好社会一定会快快来临。
　　　　　　　到那里世界上人人劳动,
　　　　　　　享幸福享权利大家公平。
　　　（过门中紧扇风匣,示意打铁。这时桂兰还在戗镰,连忙坐下打铁。王二连打带唱）

王　二　（唱）那时候劳动人不受贫穷,
　　　　　　　男和女老和少快乐安宁。
　　　（捣铁后桂兰继续戗镰）

王　二　（唱）这就是新社会人人庆幸,
　　　　　　　在如今只有那苏联实行。

桂　兰　（唱）新社会那样的人人庆幸,
　　　　　　　为什么咱中国不来实行?
　　　（王二在桂兰唱第二句收尾时紧扇,在过门里打铁完,剪镰）

王　二　（唱）咱中国在如今受人压迫,
　　　　　　　打倒了大敌人才能实行。（剪毕）

桂　兰　（唱）大敌人是哪些真来可恨,
　　　　　　　哪一个对咱们来得最凶?（起另一把）

王　二　（唱）大敌人是那些帝国主义,
　　　　　　　唯有那日本鬼来得最凶。（过门中打铁毕）

桂　兰　（唱）既然是日本鬼那样可恨，
　　　　　　　　何一日才能够打倒敌人？（过门中打铁毕）

王　二　（唱）只要咱全中国团结一心，
　　　　　　　　打日本就能够提早完成。（剪毕）

桂　兰　（唱）恨不得一下子打倒敌人，
　　　　　　　　恨不得新社会马上来临。（另戗一把镰）

王　二　（唱）要心想新社会马上来临，
　　　　　　　　中国人都应当加紧做工。（过门中打铁毕）

桂　兰　（唱）今夜晚咱二人热心劳动，
　　　　　　　　桂兰我也成了有用之人。（打铁剪镰）

王　二　（唱）边区里每个人如此劳动，
　　　　　　　　八路军在前线越发威风。（收拾家伙用具）

　　　　（此时桂兰戗最后一把镰）

桂　兰　（唱）全国人一个个热心劳动，
　　　　　　　　就能够很快地打倒敌人。

　　　　（王二走到桂兰身旁笑微微地看她）

桂　兰　（接唱）从此后我定要热心劳动，
　　　　　　　　咱夫妻做一双劳动英雄。（落）
　　　　（拿起一串串明光灿烂的镰刀，得意地摇动镰刀响叮当，笑眯眯地仰头看王二）你看，十二把镰刀都完成咧，明天见了政治委员，他一定会夸你是好人的！

王　二　桂兰！

桂　兰　哎！

王　二　我是好人，你也是（出拇指）好人了！
　　　　（唱〔五更鸟〕）今晚火炉呀……一夜红。

王、桂　（唱）咱夫妻双双齐呀齐动工。

王　二　（唱）火儿扇得红，

桂　兰　（唱）锤子打得紧，

王　二　（唱）我把风匣动，

桂　兰　（唱）我把铁锤抡，
王　二　（唱）扇得火儿轰轰轰，
桂　兰　（唱）打得铁儿叮当叮；
王　二　（唱）轰轰轰，
桂　兰　（唱）叮当叮，
王　二　（唱）十二把镰刀已完成，
王、桂　（唱）完成任务好光荣。
王　二　（唱）一更二更月呀月东升，
桂　兰　（唱）夫妻两个人，
王　二　（唱）动手把火生；
桂　兰　（唱）风匣扇得快，
王　二　（唱）越扇越精神；
王、桂　（唱）直扇得火儿轰轰轰轰，
　　　　　　　轰轰轰轰，轰轰轰轰，
　　　　　　　就地着起了风。
王　二　（唱）三更三点月呀月当空，
桂　兰　（唱）火儿扇得紧，
王　二　（唱）黑铁红又明；
桂　兰　（唱）锤子打得准，
王　二　（唱）钳子夹得稳；
王、桂　（唱）只听得锤儿咚咚咚咚，
　　　　　　　咚咚咚咚，咚咚咚咚，
　　　　　　　火花儿满院子红。
王　二　（唱）四更五更月呀月西行，
桂　兰　（唱）铁片打得平，
王　二　（唱）镰刀快成功，
桂　兰　（唱）起子戗刀刃，
王　二　（唱）戗刀戗得凶。
王、桂　（唱）只听得起子噌噌噌噌，

　　　　　　　噌噌噌噌，噌噌噌噌，
　　　　　　　戗得镰刀明又明。
王　二（唱）十五的月儿分外明，
　　　　　　　那风匣扇得轰轰轰轰，
　　　　　　　轰轰轰轰，轰轰轰轰。
桂　兰（唱）那锤子打得叮当叮当，
　　　　　　　叮当叮当，叮当叮当。
王　二（唱）那起子起得噌噌噌噌，
　　　　　　　噌噌噌噌，噌噌噌噌。
　　　　　（王二、桂兰轮唱，二人拿起镰刀数，一边数，一边唱）
王　二（唱）一把两把，
桂　兰（唱）两把三把，
王　二（唱）三把四把，
桂　兰（唱）四把五把，
王　二（唱）五把六把，
桂　兰（唱）六把七把，
王　二（唱）七把八把，
桂　兰（唱）八把九把，
王　二（唱）九把十把，
桂　兰（唱）十把十一，
王　二（唱）十一十二，
桂　兰（唱）十二十一，
王　二（唱）十一十把，
桂　兰（唱）十把九把，
王　二（唱）九把八把，
桂　兰（唱）八把七把，
王　二（唱）七把六把，
桂　兰（唱）六把五把，
王　二（唱）五把四把，

桂　兰　（唱）四把三把，
王　二　（唱）三把两把，
桂　兰　（唱）两把一把。
王、桂　（唱）轰轰轰轰，轰轰轰轰，
　　　　　　　咚咚咚咚，咚咚咚咚，
　　　　　　　噌噌噌噌，噌噌噌噌，
　　　　　　　直做到大天明……
　　　　　　　十二把镰刀放光明。

〔落尾声中二人将镰刀绳子攀展，摇得叮里叮咚。王二微笑看看桂兰，桂兰微笑看看王二，王二退两三步，桂兰摇起镰刀作响，得意地大笑。幕急落。

——剧　终——

一九四一年写于延安

血泪仇 秦腔

编剧：马健翎（1943）

人物表

王仁厚：老农民，五十多岁，为人耿直果断。
王老婆：仁厚妻，五十多岁，操劳过度，软弱无能。
王东才：仁厚子，年二十七八岁，农民，为人老实。
桂　花：仁厚小女，十二三岁，活泼伶俐。
狗　娃：东才子，年七岁。
东才妻：年二十四五岁，为人忠厚。
田保长：年三十多岁，是一个贪财爱利的小人。
刘　荣：联保主任的心腹，保丁。
郭主任：联保主任，四十岁左右，大烟鬼，奸猾恶毒。
孙副官：国民党军队的副官，三十岁左右，凶残、腐化、奸险。
兵　甲：国民党军队的班长，姓侯，兵痞，很坏。
兵　乙：国民党军队的士兵，即壮丁二。
保　甲：保丁，很凶残。
保　乙：保丁，性颇良善，有良心。

韩排长：孙副官的心腹，坏蛋。

壮丁一：三十岁左右的农民。

壮丁二：二十多岁，农民。

兵　丙：国民党军队的士兵，坏蛋。

兵　丁：国民党军队的士兵，稍有良心。

老　冯：国民党统治区的一个老农民，为人忠厚。

县　长：陕甘宁边区县长，三十五六岁。

白科长：边区县府科长，三十多岁。

小勤务：边区县长的勤务，年十三四岁。

团　长：八路军团长，左臂因受伤直而不能屈，年三十多岁。

勤务员：团长的勤务员，年十三四岁。

乡　长：边区乡长，三十七八岁，忠厚朴实。

指导员：边区乡指导员，很坚定，年三十多岁，农民出身。

工作员：边区县政府工作人员。

女工作员：边区县政府工作人员。

吴老二：农民，二十七八岁，自卫队的班长。

吴得贵：孙副官的勤务兵。

胡　老：老农民，性强，几年前逃来边区的难民。

张老婆：边区的老婆婆，很进步，五十六七岁。

刘二嫂：边区农村进步妇女，纺织组长。

张虎儿：农民小伙子，二十多岁，勇敢，张老婆的儿子。

黄先生：四十多岁，八字胡，穿长袍，医生，隐蔽在边区的汉奸特务。

善　牛：年十二三岁，少先队员。

党先生：国民党统治区的老先生，正直，斯文。

任医生：八路军团部医生，三十岁左右。

祁连长：国民党军队的连长。

兵　戊：国民党军队的士兵。

刘　三：边区农民自卫队员，二十多岁。

高连长：八路军的连长。

兵　子：八路军的士兵。
兵　丑：八路军的士兵。
兵　寅：八路军的士兵。
兵　卯：八路军的士兵。
何　大：边区农民。

时间：一九四三年。
地点：从河南经关中到陕甘宁边区。

第一场 议丁

［田保长上。

田保长 哎！

（唱）这几日把人忙坏了，
　　　每天起来到处跑，
　　　只要把钱弄到手，
　　　哪管他百姓哭号啕，哭号啕。（进门）
郭主任，郭主任。
［刘荣由下场门上。

刘　荣 噢！田保长来啦，快坐下。

田保长 联保主任呢？

刘　荣 出去啦！

田保长 出去啦，现在还不到晌午，平时这时候他还没有起床呢！今天有啥要紧事么？

刘　荣 啥事都没有，人家昨天晚上就没有回来。

田保长 哪里去了，今天得回来不得回来？我忙得很，等不得。

刘　荣 我给你叫，走不远，跑不出这圈子的。（轻浮的笑容）

田保长 噢！我明白咧。（轻浮的笑容）

刘　荣 你明白啥咧？你不得明白。

田保长 我不得明白，他跟曹三家媳妇，睡觉去啦，你说是不是？

刘　荣 看，我知道你不明白，咻媳妇多得太呢！

田保长 媳妇多，再没啥好的。

刘　荣 没啥好的？我问你，杜拴的媳妇还不美吗？

田保长 （惊讶地）主任把那弄到手咧？

刘　荣 哎！

田保长　美！美！真好！（猛然想起）我给你说，你们要小心，咧杜老头子凶得太呢！只有一个儿子，还抓了壮丁，再把他的媳妇教谁霸占了，咧敢跟你拼老命呢！

刘　荣　把你愁的，他再凶，还能比这（指身上带的枪）凶？告诉你，联保主任说他抗交公款，把老驴日的送到县政府咧！

田保长　哎，这还好，主任真是有福气，有办法。（表示庆祝联保主任的成功）

刘　荣　你要见联保主任是交款子吧？

田保长　是的。

刘　荣　款子收得怎么样？

田保长　哎，收得不好，刚够数。

刘　荣　你不要骗我，联保处给你保上摊了三万元，你下去摊了三万五，老百姓还敢少出一个钱吗？（高声地）你不要骗我，我又不要你的！

田保长　好我的你哩！声低一点，你有困难，我哪一回不帮助么，不怕，下一回你到我保上来，我总不教你空回。

刘　荣　我跟你说笑呢。

田保长　快请主任去。

刘　荣　好，你等一会儿。（下）

〔郭主任疲乏地走上。

郭主任　哎！

（唱二六）昨夜晚我在那杜家睡觉，
　　　　　那媳妇直哭得两眼红桃，
　　　　　虽然间成美事心中不快，
　　　　　懒洋洋只觉得难以展腰。

（揉眼打呵欠，进门）

田保长　郭主任。（轻浮）

郭主任　（品麻的，落座又打呵欠）你来得早。

田保长　我来一会儿咧！

郭主任　款子收齐了吧？

田保长　收齐啦！

郭主任　好收不好收？

田保长　哎，难得太呢，旱灾水灾，老百姓都没办法，非打不给钱！

郭主任　能打出钱来，就算不错；不打不行，胆子放大。

田保长　（拿出一个小包交郭主任）这一回的三万元，如数收到。

郭主任　（接过钱笑着说）你也能搞几个吧？

田保长　（笑着说）我不敢多搞，弄得够跑路钱就是了。

郭主任　（笑）哼……没有关系，你就多搞一点怕啥呢！

刘　荣　（内喊）报告，（急上）来了个副官带两个士兵。

郭主任　快给我拿湿毛巾。

　　　　（刘荣取湿手巾一块，郭主任忙乱地擦了一下脸）

　　　　〔孙副官傲然地带勤务兵吴得贵上。

　　　　（郭主任笑嘻嘻地迎出，田保长随其后）

孙副官　你就是联保主任？

郭主任　（恭敬地）是的。

孙副官　你姓郭？

郭主任　是的，请到里边坐。

　　　　（同进）

　　　　（刘荣摆凳子）

郭主任　副官请坐。

　　　　（孙副官落座后，审视周围）

郭主任　（恭敬地给副官纸烟，擦火点着）副官到这里是……

孙副官　我是师部政训处的政训员，我到这里的任务是要调查惩办坏分子。听说你们这一带的老百姓，因为旱灾水灾死人不少，好多人不满意咱们的政府和咱们的军队，非把这些坏东西铲除干净不可。

郭主任　是的，是的，老百姓非压迫不可。

孙副官　以后你要多留意，调查这里有没有共产党，他们总是主张改善民生坚决抗日；你应当明白，这对于我们是不利的。

郭主任　是的，是的，我们应当小防。

孙副官　（瞪起眼来）什么，小防？
郭主任　（赔笑脸）我们应当镇压屠杀他们。
孙副官　我告诉你，不消灭共产党，做什么都不方便。
郭主任　是的，是的。
孙副官　还有，你们县上的壮丁是派给我们部队里的，师管区教我来催，县上让我直接到你们联保处要。
　　　　（拿出几封公文交郭主任看了一下）
郭主任　噢，这一次是八十名壮丁。
孙副官　怎么，你觉得多吗？
郭主任　不多，不多，国难当头，国家要用人么。
孙副官　本来按平日，你们每一联保每月抽壮丁四十名，不过，我们这一师，要大大的补充，所以这一次你们要多出壮丁，一定要办到。
郭主任　那是自然的。不过，这几年来，这地方旱灾水灾老百姓苦得很，副官还得另眼看待。
孙副官　国难当头，老百姓苦一点算什么。
郭主任　咱们都是一个领袖，事情商量着办，天理国法人情，都叫有着。
孙副官　这是国家大事，不能随便，我们当军人的说一不二，不讲情面，少一个都不行！
田保长　副官，我们实在难为得很呢。
孙副官　不要多讲，公事公办。
郭主任　好，我马上召集各保长计划计划，副官请到上房休息休息！
孙副官　（起立要走）事情要很快地办，我可不同别人，马马虎虎是不行的；你们要是随便抓几个人，买流氓，违法欺天，小心！
郭主任　不能，不能。我也是战干团受过训的，哪能不晓得国家法律。
　　　　〔郭主任把孙副官送下，又上场。田保长不安地徘徊着。
田保长　郭主任，八十名壮丁，一个也不能少，不抓不买，杀人都办不到。
郭主任　你不要担心，上边要的少，我们有小办法；上边要的多，我们有大办法。
田保长　我看这个孙副官好像不爱钱。

郭主任　世上没有不爱钱的人。

田保长　你看，这个神气不对，凶的呦样子！

郭主任　凶，凶是要的钱多！

田保长　（愉快起来了）你说这一回花钱还能行？

郭主任　你简直没见过啥，我告诉你，不管是县政府，不管是军队，吃钱吃的嘴都油油的，看见呦洋钱票子，比我都馋。

田保长　只要他们也肯要钱，咱就有办法。

郭主任　你听我说，这一次八十名壮丁，按理你们保上应抽十名，你回去派上十四名，能出钱的壮丁按一万元，实在不行的七千八千都可以，你看着办去；一个钱都拿不出来的穷小子，把驴日的绑起来，送到联保处。

田保长　现在是抓人容易，弄钱难。

郭主任　你应当知道我们为的是啥。

田保长　当然我知道多搞几个钱好，可是老百姓这几年来，一年不如一年，老百姓的钱难搞得很！

郭主任　我问你，你说老百姓怕死不怕？

田保长　当然怕死么。

郭主任　怕死，就有办法，你逼着教他死，看他花钱不花钱。

田保长　自然，要是硬打硬上，钱是能搞到的；我就怕弄得寻死上吊，风声一大，上边知道了，咱们受不了。

郭主任　呸！把你干了几年公事，胆小的呦"屎"相！你知道上边是个干啥的？县长、专员、主席、团长、旅长、师长，哪一个不发财，哪一个不是在老百姓身上弄钱，你懂得个啥！

田保长　那你说不要害怕？（得意地）

郭主任　不要害怕。孙副官还是师部政训处的政训员，老百姓里边要是谁敢反抗，就按共产党办。

田保长　你说不害怕，我就不害怕；不害怕了，就有办法。

郭主任　由你的办。（下）

田保长　好。

（唱二六）　辞别主任忙回家，
　　　　　　这一回又能大财发。（下）

第二场　派　丁

　　［王仁厚上。
王仁厚　哎。
　　（唱四句慢截）
　　　　　　遭兵荒遇水灾天又大旱，
　　　　　　河南人一个个叫苦连天；
　　　　　　这样粮那样款摊个不断，
　　　　　　眼看着老百姓就要死完。
　　［狗娃慌张跑出。
狗　娃　爷！快走。田保长进庄了。
王仁厚　（大惊）田保长又来了？
狗　娃　来啦！还带着保丁，绳子棍子；我怕，咱们快走。
王仁厚　（抚狗娃头）孩子，不要怕，不要紧！
　　［田保长带保丁甲、保丁乙气汹汹地上。
保丁甲　（急拍门）开门！
　　（狗娃吓得缩到王仁厚怀中）
王仁厚　（惊疑）谁？
保丁甲　保长来啦，快开门！
王仁厚　（稍示惊慌犹豫，安慰狗娃）孩子，你到后边去。
　　（狗娃下，王仁厚环视周围）
保丁甲　（猛拍门）快！
王仁厚　（惊缩一下）这就来。（开门）噢，田保长，快请屋里坐。
　　（田保长等凶狠狠地进去，田保长坐下）

田保长　为大家办事（冷笑）就是这样。
王仁厚　保长真是太辛苦。
　　　　［此时狗娃扶王老婆由下场门暗上，偷听。
田保长　王仁厚。
王仁厚　保长。
田保长　这一次又叫大家难为，你要给我帮忙！
王仁厚　保长有什么使用，我绝不推辞。
田保长　这一次上边派的壮丁多，公事紧，没法子，你的儿这一次可非去不可！
王仁厚　保长，你忘了吧，上一次我卖了十亩地，花了八千元，买过壮丁了，（从腰里掏出一个纸单）这是收据。
　　　　（王仁厚给看收据，田保长接过来没有看就装在衣袋里了）
田保长　前几天县政府派委员重新登记户口，以前买壮丁"替"名字的都不算啦，又要重来。
王仁厚　保长，这不对，你要想办法！
田保长　上边的命令，谁也没有办法，你敢违抗委员长吗？
王仁厚　这简直不讲道理，要老百姓的命！
田保长　（大声斥责）混蛋！什么不讲道理，国难当头，老百姓的命算啥，把你的儿子交出来！
王老婆　（站立不定，跌倒地上，大哭大喊）天哟，又要人的命了！东才，快跑！……
　　　　（王仁厚、田保长等呆瞪一会儿，保丁紧张握枪捏棍）
王东才　（急忙跑出来，扶其母）妈！什么事！
田保长　（命保丁甲、保丁乙）抓住！（踢王老婆）不准叫！
　　　　（桂花、狗娃悄悄出来将王老婆拉回）
　　　　（保丁甲、保丁乙拉定王东才，王东才浑身打战，目瞪口呆）
王仁厚　保长老爷！要是把东才拉走，我这一家人就完了。
田保长　国难当头，委员长的命令，我管不了，你自己想办法。
王仁厚　保长老爷，你看我把地要卖完了，地都让水推了，我有什么法子可想？

田保长　什么，你一点儿办法都没有？

王仁厚　实在没有。

田保长　（示意保丁把王东才捆了）捆了！

（保丁甲、乙捆王东才）

王仁厚　（急得乱动）保长！

田保长　拉着走。

（保丁甲、乙拉王东才要走，王仁厚拉住田保长）

王仁厚　保长，你要救我，你要想办法！

田保长　你没办法，我哪里来的办法！（大声）拉着走！

保丁甲
保丁乙　（大声应）是。

保丁甲　（用力击王东才背）走！

王仁厚　（向保丁甲、乙作揖，哭诉）你们先不要拉走，（转身向田保长）田保长，（跪下）说是你恩宽恩宽，容小人一时，我还是想办法就是了。（起立）

（唱紧拦头）

　　　　拉我儿把我的心肝疼烂，
　　　　田保长他好比催命判官。
　　　　保丁们一个个凶气满面，
　　　　我的儿只吓得胆战心寒。
　　　　前一次买壮丁卖地一片，
　　　　丢下了十五亩靠它吃穿；
　　　　这一次逼得我还要出卖，
　　　　顾不得全家人日后安然。

（转身向田保长）

　　　　转面来对保长话讲当面，
　　　　我还是卖田地情愿花钱。
　　　　田保长怜念我多行方便，

念起我全家人常受饥寒。

田保长 （变笑容，唱）

王仁厚莫要哭一旁立站，
你听我言和语细说心间。
并不是我保长做事太坏，
政府里有命令我也为难。
这一次我与你多寻方便，
买壮丁我替你出力周全。
如今的东西贵啥都不贱，
买一名壮丁费一万二千。

王仁厚 （唱带板）听一言吓得我浑身打战，
从哪里能搞出一万二千？
我这里把保长一声呼唤，
这一回还要你格外恩宽。

田保长 走！

（唱带板）王仁厚你莫要那样打算，
听我把话对你言。
拿出钱来事好办，
拿不出钱来送当官。

王东才 老爹爹！

（唱带板）我这里忙把爹爹唤，
（喝场）我的老爹爹哪，……老爹爹……呵……
（接唱）听儿把话说心间：
十五亩地不敢卖，
卖了全家无吃穿；
儿情愿当兵上前线，
为一人害全家儿心不安。

王仁厚 哎，儿哪！

（唱带板）我儿莫要胡盘算，

　　　　　为父心中自了然。
　　　　　当兵打仗还犹可，
　　　　　壮丁几个活命还？
　　　　　咱家中老小无能耐，
　　　　　全靠我儿你动弹。
　　　　　为父心中有主见，
　　　　　我儿低头莫多言。（截）
　　　田保长，反正尽我的家产变卖，我一定花钱买就是了。
田保长　这就好。我得先把东才拉到保上。
王仁厚　保长，你把他留下，他不会跑，我一定把钱送来。
田保长　这是手续，钱送来一定放回，你放心。
王仁厚　保长，你知道我们是本分人。
田保长　（不耐烦）看你，这不是你一家，无论谁都是这样办，你懂不懂？
　　　　（瞪视王仁厚）
　　　　（王仁厚低头不敢言）
田保长　拉着走！
　　　　（保丁甲、乙拉王东才，王东才难为地看王仁厚一眼，低头而下。王仁厚焦灼地目送田保长等下去后，恨得骂）
王仁厚　田保长，我把你害人的贼！
　　　　（唱二六）官家做事太无理，
　　　　　　　　把百姓全不在心里；
　　　　　　　　有一日百姓全做鬼，
　　　　　　　　看你们做官再靠谁！
　　　　　　　　越思越想越流泪，
　　　　　　　　无奈何卖地走一回。（下）

第三场 交 款

［田保长手里提一大包钱上。

田保长　（唱二六）出门来只觉得身轻脚快，
　　　　　　　　　拉壮丁耍心眼从中赚钱。
　　　　　　　　　见主任我对他细讲一遍，
　　　　　　　　　管叫他哈哈乐喜笑开颜。（截，进门）
　　　　　郭主任，副官。
　　　　　［郭主任带着刘荣，孙副官带着吴得贵上。
郭主任　怎么样？
田保长　还好，就是高二栓跳井死咧，再没有出什么事。
郭主任　我问你钱怎么样？
田保长　很好，一共搞到六万五千元，只有常家李家两家和赵家一家，一点儿办法都没有，在保里押着，就连王仁厚我把老驴日的还坑得出了七千元哩！
郭主任　（高兴地看孙副官）你看怎么样？
孙副官　好的，好的，有办法！
郭主任　七个保，已经有五个保办得不坏，那几个保我想也不成问题。（问田保长）照你说那三家搞不出钱来？
田保长　不行，穷得太不像样子，赵家把一个娃都饿死啦！
郭主任　那就绑起来，交给副官。你把钱暂时交给文书，回头再细算！
田保长　是！
　　　　　（田保长立起走出门来，郭主任跟出来）
郭主任　田保长！
田保长　（转回）主任。
郭主任　你们保上赌博"头子"为什么还不交来？

田保长　那容易，马上就可送到。
郭主任　没有钱送二两大烟土也成。
田保长　对。
　　　　（郭主任向田保长使眼色，意思要知道收到多少壮丁费的确数。田保长捏手码七与八，得意的表情）
　　　　（郭主任高兴地进门）
　　　　［田保长下。
郭主任　事情就是这样，心硬，胆大，就有办法。
孙副官　按现在的情形，大概只能搞二十人左右，回去不好交代。
郭主任　报一些开小差的，吃一些空名字就行了。
孙副官　你倒什么都懂得。
郭主任　告诉你，就是师部军部咻鬼，哪一件我不晓得？
孙副官　无论咋说，二十名有点太少。
郭主任　我知道，你带的是兵，有的是枪，路上有的是人，还愁抓不下三十二十？
孙副官　你真是个内行。咱们惯啦，我要跟你商量一件事。
郭主任　什么事？
孙副官　（示意吴得贵与刘荣）你们下去。（吴得贵与刘荣下）我告诉你，这一次我们师部的意思，钱也要弄，人也要弄，我自己也当然不能空回。
郭主任　那是自然么。
孙副官　因此抓人补数是难免的，倘若路上抓了你保上的老百姓，要是没有什么关系，你可不要向我要。
郭主任　那不成问题，你肯帮助我，我还能不给你带面子？
孙副官　那就好，咱们出去打牌走。
郭主任　好！
　　　　［二人下。

第 四 场 上 坟

〔桂花扶王老婆，东才妻拖狗娃上。

王老婆 （唱二六）清早间老头子去保上，
东才妻 （唱）为什么这时候还不回乡？
王老婆 （唱）莫不是钱少没希望，
东才妻 （唱）等爹爹回来问端详。
〔王仁厚与王东才上，王东才垂头，脸色不好看。
王仁厚 （唱二六）在保上哭哭啼啼哀求保长，
　　　　　　　　　　好容易将我儿带回家乡。（截）
王老婆 （一见他俩回来，惊喜非常）噢，你们回来咧！
狗、桂 （同跳上去抓王东才）爸爸！（哥哥！）
　　　　（同望王东才的脸）
　　　　（王东才难受地用手抚狗娃、桂花的头）
王老婆 （走上前审视，王东才哭）我娃去了两天把脸都黄了，他们打你没有？
王东才 没有，妈！（用手擦泪）
王仁厚 哎，人是回来了，日月光景怎么过？你们大家都坐了，听我说。
　　　　（大家都落座）
王仁厚 咱家里辈辈受苦，只靠三十亩地过日子，现在是都完了，完全是穷光蛋了。在这河南地面东边是日本鬼子捣乱，地方上欺负穷人，军麦征粮各种款子，谁能支应得起。人越穷了，越发吃亏，怎能活下去。我已经打定主意，向西边逃难去，你们愿不愿意？
王老婆 逃荒出去又怎么办？……
王东才 我看到哪里都一样，出去还不是没有办法。
王仁厚 哎！这都是没办法的办法，你们看咱河南人死了多少，人吃人，犬吃犬，简直不能活下去了。我就不信咱中国到处都没有穷人路，也许西边好一点儿。

王老婆　咱们现在穷得要命，连路途盘费都没有。

王仁厚　我一辈子没有道谎，这一次我求保长的时候，没说咱卖地卖了八千元，（掏腰）总算剩下一千，（交王老婆）你先藏在身上，这就算咱的路途盘费。

王老婆　这能吃几天？这不够。

王仁厚　哎！穷人要打穷主意，我们说走明天就要走，多一天，说不定上边还要摊下什么款子来，东才！

王东才　爹爹！

王仁厚　我们就要远离家乡，不知道什么时候才能回来！咱父子这就到街上买上几份香纸，去到坟茔把王门祖先祭得一祭，哎，（哭）把祖先祭得一祭，算尽了后辈儿孙的孝心了。

（唱二六）全家人就要离家院，
　　　　　但不知何时可回还；
　　　　　叫东才随父坟茔去，
　　　　　到坟前痛哭一声祭奠祖先。

［王仁厚、王东才下，王老婆等坐哭。

保丁甲　（上唱）经征处要保长催收陈欠，
　　　　　不觉得来在了王家的门前。（截、进门）
王仁厚。
（王老婆吓得呆视不敢言，孩子们缩到大人怀里）

保丁甲　（生气）王仁厚在家不在家？

王老婆　他出去了，你有什么事？

保丁甲　你们还有五斗征粮陈欠，经征主任催得紧，快送去！

王老婆　哎，老总，你们保里知道，我家里穷得什么都没有了。

保丁甲　不行，国难当头着呢！国家的征粮谁敢不出。委员长的命令，违抗征粮就是汉奸。

王老婆　（走上前拉保丁甲，连说带跪）老总，你给保长说，我们实在没办法!

保丁甲　我管不了。(把王老婆摔倒)明天交不出,看你受了受不了。

　　　　[保丁甲凶气满面地下。桂花和东才妻扶起王老婆,王老婆拿出票子。

王老婆　天哪!天哪!这一千元还不得够啊!

　　　　(唱)又是壮丁又是粮,

　　　　　　穷人活得无下场,

　　　　　　等他们回来讲一讲,

　　　　　　全家人舍命逃他乡。(截)

　　　　[众齐下。

第五场　抓　丁

[幕内皮鞭声,斥责叫骂声,疼痛叫喊声。韩排长带兵甲、乙,押三壮丁绳连着上。

兵　甲　(用枪托打第三壮丁)走!

　　　　(第三壮丁倒,其他亦倒)

兵　乙　(用皮鞭乱打)装鬼,走!

韩排长　(正在乱打乱叫之际,发现前边有人)你们暂时躲在那里,前边好像又来人啦!

　　　　[兵甲、乙推壮丁三人于下场门桌旁,韩排长也隐在一边等着。王仁厚与王东才上,王东才手提小筐。

王仁厚　(唱二六)祭祖先哭得我肝肠裂断,

王东才　(接唱)父子们一路上两泪不干。

王仁厚　(接唱)但愿他年回家转,

王东才　(接唱)全家老少祭祖先。(截)

韩排长　(挡定王仁厚、王东才)你们从哪里来?

王仁厚　我们刚才上坟去,祭奠祖先回来。

韩排长　（指王东才）他是你什么人？
王仁厚　他是我儿子。
韩排长　老头子，你不要胡说，我认得他，他是我们队上的逃兵。
王仁厚　啊哟，老总，他是我儿子，你认错了，他不是兵！
韩排长　（拿出枪）不准叫！
　　　　（王仁厚、王东才呆立不敢动）
韩排长　来一个人。
兵　乙　（走上前）韩排长，有什么事？
韩排长　（指王东才）这也是一个逃兵，跟他们捆在一起。
兵　乙　是。（抓王东才）
王仁厚　老总，这……
韩排长　（逼近）不准叫！
　　　　（王仁厚呆立，王东才打战，由兵乙摆布，把他和其他的壮丁捆在一起）
兵　乙　报告排长，捆好啦！
韩排长　拉着走！
兵　乙　是。
兵　甲
兵　乙　（推打带喊）走！
王仁厚　（不顾一切地奔上去）东才，东才。
韩排长　（一脚将王仁厚踢倒）驴日的再来就要你的命！（韩排长与兵押壮丁下）
王仁厚　（唱〔伤寒调〕）
　　　　　　昏沉沉只觉得三魂不在，
　　　　　　蒙眬眬强挣扎头儿难抬，
　　　　　　我这里拼老命将身立站，
　　　　（挣扎起而复倒数次）
　　　　　　不见我儿在哪边。
　　　　　　哭了声东才难相见，

（喝场）那，那是东才呀，
　　　　父的儿……呵……
（接唱）大料我儿命难全。
　　　　迈大步我把主任见，
（绕一个圈子）
　　　　来到了联保处大喊屈冤。（截）
冤枉，冤枉！
［刘荣急上。

刘　荣　什么事？
王仁厚　快请联保主任，我有话讲！
　　　　［刘荣进去引郭主任上。
郭主任　什么事？
王仁厚　（跪下）啊哟，联保主任，我只有一个儿子，前一个月，我买了壮丁，这一月又买了壮丁，还……还让他们抓去了。
郭主任　谁抓走啦？
王仁厚　队……队伍上。
郭主任　哪部分？
王仁厚　我不晓得，他们穿黄绿军衣。
郭主任　那有什么办法，政府管不了军队上的事。
王仁厚　啊哟，联保主任，你不能不管，我买壮丁给你们花了一万多块钱呢。
郭主任　混账！你给谁花钱？花钱还不是为了你们自己。大声喊叫什么？滚蛋！
　　　　［郭主任气愤愤地下。王仁厚呆呆地望着。
王仁厚　啊哟，我的天哪！
（唱带板）王仁厚有难向谁告？
（喝场）我的天哪……老天爷……呵……
（接唱）急得人无泪放声号！
　　　　强挣扎忙往家中跑，
　　　　回家去老的哭小的叫怎么开交！（下）

第六场 逃 难

［桂花扶王老婆，东才妻拖狗娃上。

王老婆 （唱二六）日落月上天色晚，
东才妻 （唱）为什么他们不回还？
王老婆 （唱）将身儿打坐小门外，
东才妻 （唱）单等爹爹早回来。
王仁厚 （内唱尖板）

　　　　王仁厚心中似火烧，

（上，跌倒，爬起）

（接唱）走一步来跌一跤，

　　　　浑身打战往前跑，

（全家一见惊慌，挽他进门，老少齐叫）

王仁厚 （接唱）叫一声姥姥，（看见王老婆及儿媳）不……不好了！
王老婆
东才妻 （惊异）什么事？

王仁厚 （唱）我与东才正前行，

　　　　中途路遇见了土匪兵。

王老婆
东才妻 （大吃惊）怎么样？

王仁厚 （唱）横行霸道不讲理，

　　　　把咱的东才……（看全家）

　　　　他……他抓了逃兵。

（全家放声大哭，他随着后音哭，俩小孩也随后音哭）

王老婆
东才妻 啊哟，不好！

（同唱）听一言把人的肝肠裂断，

（喝场）那……那是我那 东才儿……娘的儿呵……
　　　　　　　　　　狗娃大　狗娃大

（接唱）这一回性命难保全！

王老婆　（接唱）忙把老老一声唤，
　　　　　　　　听我把话对你言。（截）

你就该去联保处告状！

王仁厚　我见了联保主任龟孙子，他不管就是了，还把我骂了一场。

东才妻　就该到县政府去告。

王仁厚　儿呀，咱们这里，穷人只有受屈，哪有申冤的地方？你们晓得前庄里殷老二，儿子也是路上让军队抓去，他到县政府里去告状，到如今人死财散，有什么下场？！

（东才妻长叹一声，拭泪）

王老婆　谁也不要怨，单怨姓魏的不是好东西！你舍出一条老命，跟他拼命去！

王仁厚　哪一个姓魏的？

王老婆　派款、征粮、抓壮丁，他们哪一回都说是姓魏的搞的，难道你就没有听见么？

王仁厚　他叫魏什么？

王老婆　你糊涂了，他叫"魏员长"。

王仁厚　哎，你不懂！委员长，就是蒋委员长蒋介石，他好比从前的皇上，（发恨）大大的昏君！

王老婆　那你说我们怎么得了？

王仁厚　咋？……事到如今，我们只有（看狗娃、桂花）将这两个小孩子抓养成人，就算好了。（严肃庄重地说）狗娃娘！媳妇……

东才妻　爹爹。

王仁厚　今天我要把话说明，你看东才让人抓走，回来回不来，活了活不了，大半凶多吉少，王门就是（指狗娃）这一小根苗，我们只有去外边逃难，也许能活下去，你……你愿意不愿意？

东才妻　爹爹不要多心,你们到哪里,我就到哪里。(哭)我要把狗娃抓养成人!

王仁厚　(感动地哭音)你当真愿意?

东才妻　愿意!

王仁厚　你不怕受苦受罪?

东才妻　(哭)爹爹,你不要担心,我不怕受罪!

王仁厚　哎,说是狗娃,狗娃,小孙孙,你还不与你娘跪了。

(狗娃向东才妻跪下,桂花也跪下,全家人沉痛,东才妻抱狗娃哭,王老婆半昏落座)

王仁厚　(唱紧拦头)

全家人直哭得肝肠断,
受苦人直落得这样可怜。
并不是穷人无能耐,
怨只怨官家横行霸道欺压百姓杀人贼。
发海誓离开这河南地面,
全不信普天下没有老天。
叫媳妇你莫哭将身立站,
到明天全家人逃往外边。(截)

你们不要哭了,今晚收拾行李,明天我们就要上路。

王老婆　明天保上要收征粮陈欠。

王仁厚　什么,他们今天催过了?

王老婆
东才妻　催过了!

王仁厚　如此,千万不敢等到明天,赶快收拾!连夜逃走!

(叫紧带板)

(东才妻提包袱一个,王仁厚担一担,一边是破被,一边是烂东西)

王仁厚　(唱)立逼的今夜晚就要逃走,
离家乡忍不住热泪交流;(用手拖狗娃)
叫媳妇扶你娘随在身后,

这一去全家人冒闯冒游。

[众齐下。

第七场 活 埋

[孙副官带吴得贵上。

孙副官 韩排长。

[韩排长上。

韩排长 有！

孙副官 这几天没有跑什么壮丁吧？

韩排长 上边那一排房子，前天跑了几个，我们下边这几个房子没有跑一个。

孙副官 上边有命令，队伍要开走。

韩排长 往哪里开？

孙副官 西边几个师都要出动。

韩排长 我明白啦，包围边区，是不是？

孙副官 不准随便说。

韩排长 那咱是不是和日本讲和咧？

孙副官 （生气）你不要管这些。监视壮丁，新兵行军，是很麻烦的事，你们要留神！

韩排长 是！

孙副官 （指壮丁房）这里有病号没有？

韩排长 有。

孙副官 重不重？

韩排长 重得很！

孙副官 是不是走不动啦？

韩排长 不行，连站都站不稳！

孙副官 那就干脆，就在今天晚上抬出去活埋了。（向吴得贵）所有的重病号都要这样办，你到下边传达去！
吴得贵 是！（下）
孙副官 看严一点。
韩排长 是！
〔齐下。

第 八 场 指 路

（王仁厚只有一条破被子搭在肩头）
王仁厚 （内唱尖板）
　　　　一家人无依靠逃门在外，
〔上，搜门，引全家上，东才妻、桂花扶王老婆，王仁厚将狗娃拖过来，到中场全家对视哭，一边走一边唱。
王仁厚 （唱场板）讨的吃要的喝好不为难。
　　　　离家后到如今无处立站，
　　　　走到处贫寒人有谁可怜；
　　　　白昼间讨饭吃无人怜念，
　　　　到晚来憩古庙冷冻难挨。
　　　　可怜我全家大小泪满面，
　　　　一个个直饿得骨瘦如柴。
　　　　最可恨保丁联丁军队警察太短见，
　　　　把穷人当作了猪狗奴才。
　　　　我只说离河南世事改变，
　　　　谁料想到陕西越发可怜；
　　　　这才是走投无路把谁怨，
　　　　一家人哭啼啼哪里安排；
　　　　大路小路有千万，

逃难人该走哪一边？

王老婆　（呻吟叫板，唱二六）
　　　　　　开言我把老老怨，
　　　　　　咱不该逃难到外边。
　　　　　　全家人离家乡胡跑乱窜，
　　　　　　难道说跑来跑去死外边！

王仁厚　（唱）姥姥不要把我怪，
　　　　　　　有饭吃谁肯到外边。
　　　　　　　你我全家逃难，
　　　　　　　在家不还是个泪涟涟。

东才妻　（唱）老娘莫把我爹怨，
　　　　　　　万般出于无奈间；
　　　　　　　恨只恨如今世事坏，
　　　　　　　穷人到处哭皇天。

王老婆　（唱尖板）一阵阵只觉得身乏体软，
　　　　　　　　　浑身无力难向前；
　　　　　　　　　老老莫走且立站，
　　　　　　　　　咱全家老少歇一歇。（截）
　　　　我们走了半天，我浑身疼痛两腿困酸，歇一歇再走！

王仁厚　（左右探望了一下）好，我们歇一歇再走。

狗　娃　爷爷我饿了。

王仁厚　（抚狗娃头）我娃饿了，不要紧，前边有村庄，到了那里，我给你要点东西吃。

狗　娃　不，我等不得，我要吃，……（哭）

王仁厚　狗娃不要哭，我给你找东西吃。

狗　娃　我就要吃！我就要吃！（跳，擦泪，哭）

东才妻　（拉过狗娃）狗娃，不要哭，到了前边就有吃的。

狗　娃　我等不得，我就要吃，把我饿死了！（跳，哭）

东才妻　（打狗娃屁股）你总是不听话，再哭，再哭！（拉着狗娃左膀，转圈

子，狗娃越哭越凶，她越打越急）

王仁厚　（拉过狗娃）说是媳妇，媳妇，你莫打他，小孩子当真的饿坏了。

（狗娃一跳，睡在地下打滚，放声大哭。王仁厚将狗娃抱在怀里）

王仁厚　（唱二六）　叫媳妇莫把狗娃打，

小孩子年幼不懂啥；

几天没有吃饱饭，

他怎能不哭不怨咱？

［老农民老冯上。

老　冯　（唱二六）正行走来抬头看，

红日又要落西山。（截）

王仁厚　老大哥到哪里去？

老　冯　走亲戚看我女儿去。

王仁厚　老大哥，你身上带不带吃的，你看，我有个小孙孙，两天没有吃饭了。

老　冯　（看王仁厚全家）你们是逃难的？

王仁厚　是的，我们从河南跑到这里。

老　冯　哎，如今的可怜人太多了。

（从腰里掏出一个大黑面馍给王仁厚）

王仁厚　多谢老大哥！狗娃，不要哭了，这给你吃。

（狗娃接馍大吞大嚼）

老　冯　（审视王仁厚全家）你们此地有亲戚朋友没有？

王仁厚　没有。

老　冯　没有，你这一家人怎么得了？

王仁厚　老大哥，你看你们庄上，是不是用人？（指王老婆、东才妻）她们可以缝衣作线，两个小孩子可以侍候人，我虽然上了年纪，还能受苦种地。只要有人用，不图工钱，有一碗稀饭吃，饿不死就是了。

老　冯　哎，你不晓得，如今人人都为难，我们这里粮重款子多，常常拔壮丁，十家有九家穷，水推龙王庙，吾身顾不了吾身，谁还顾得用人呢！

王仁厚　哎，你说我们该咋办呀？

老　冯　（看周围无人）听说边区里好，那里粮也轻，款也少，老百姓日子过得好，你们河南逃难的，到那里去的不少，都有办法。

王仁厚　边区在哪里？

老　冯　往北走，两天就到了。

王仁厚　那里是谁家管？

老　冯　那里是共产党八路军的世事。

王仁厚　共产党？我们保长常说，共产党杀人不眨眼。咱们敢去吗？

老　冯　哎，你还不明白，保长嘴里没有好话，你只管去，不要紧。

王仁厚　（低头想）噢！保长不做好事，哪里来的好话？

老　冯　对着呢，快到边区里去吧！

　　　　（唱）我们都是老百姓，

　　　　　　　因之对你说实言。

　　　　　　　我要走，你们在，

　　　　（临走再指路）

　　　　　　　到边区往北走两天。（下）

王仁厚　（接唱）老大哥与我讲一遍，

　　　　　　　诚心实意露真言。

　　　　　　　从此一直往北走，

　　　　　　　到边区也许有青天。

　　　　［兵丙、丁上，兵丙夹一只鸡，王老婆、东才妻、桂花、狗娃怕得缩作一团。

兵　丙　（唱二六）前村后村搜庄院，

兵　丁　（唱）见啥拿啥不出钱。（截）

兵　丙　（向兵丁）妈日的，老百姓穷得连啥东西都搜不出来。

兵　丁　老百姓也就是可怜。

兵　丙　（向王仁厚等）你们是做啥的？

王仁厚　我们是逃难的。

兵　丁　一定又是河南人。

兵　丙　　不准你们到北边去。

王仁厚　　老总，南边没有办法。

兵　丙　　（端起枪）你敢不听话，嗯！

兵　丁　　莫管咻些，你就教他们去。

兵　丙　　不行！

兵　丁　　你就太的……

兵　丙　　哎，你是啥意思呢！

兵　丁　　这……这可有啥意思呢！

兵　丙　　你小心！

兵　丁　　小心啥呢，我犯了法了是不是？

兵　丙　　我看你人就不对路！

兵　丁　　你凭啥说我不对路？嗯，你凭啥说我不对路？

韩排长　　（上）什么事？

兵　丙　　有几个难民，想往边区跑呢。

韩排长　　哼！

（韩排长走近，王仁厚等怕得躲闪。韩排长发现东才妻，伸手摸她的脸，她一把推开，转过身去。韩排长从冷笑转为残酷）

韩排长　　你们又是想到边区里送死去，是不是？

王仁厚　　不是的，我们在这里讨饭。

韩排长　　哼，不是的？你们不到边区去，跑到北边做啥呢？往南边去！

王仁厚　　南边没有办法，我们才到这里来的！

兵　丙　　放屁！（踢王老婆等）起来，到南边去！

王仁厚　　老总，到南边我们就要饿死！

兵　丙　　（把枪端起）不准你说话，到南边去！

（王仁厚无奈，退了回去）

（韩排长招手叫来兵丙和他耳语）

兵　丙　　对对对！

韩排长　　盯好。

兵　丙　　是。

［韩排长下。

兵　丁　哎，良心要紧。

兵　丙　要良心，像你一辈子发不了财！

兵　丁　我就不想发财！

兵　丙　少说几句，小心你的命！

兵　丁　哎！

　　　　［二人下。

第 九 场　龙王庙

王仁厚　（内唱尖板）

　　　　　　可恼军队太无理，

　　　　［全家人上。

王仁厚　（接唱）立逼我全家又转回。

　　　　　　只见红日向西坠，

　　　　　　一家人今夜晚住在哪里？（截）

东才妻　爹爹，天黑了，我们今夜晚该在哪里住？

王仁厚　你们站在这里，（哭）待我到高坡望一望吧。（走了几步，脚尖点地探望）那里大路旁边有一座旧庙，咱们就到那里休息一夜了。

王老婆　哎，我还不如早死了好！

王仁厚　不要那样说，随着我来。（转圈）

　　　　（唱二六）姥姥莫要多言语，

　　　　　　　　小孩子听了太伤悲。

　　　　　　　　我们此地暂躲避，

　　　　　　　　等机会全家人逃往边区。（截）

　　　　原来是龙王庙，我们就在庙里躲避一夜再说。

　　　　（全家人进庙，压门，坐的坐，躺的躺，不时长叹）

（兵丙、戊，做黑夜摸行状，后随韩排长）

兵　丙　（低声说）韩排长，就在这里。

韩排长　好，你们把她带到前边树林子里来。（下）

兵　丙　是。（示意兵戊）不要害怕，不要心软。

兵　丙　（打门）开门！

（王仁厚全家人大惊，老少缩作一团）

兵　丙　快！

王仁厚　你……你们是什么人？

兵　丙　清查户口的。

王仁厚　我们是逃难的百姓。

兵　丙　不管逃难不逃难，快开门！

王仁厚　（紧压门）饶了我们吧，这里有女人娃娃，他们害怕。

兵　丙　（生气，用力踢门）他妈的！

（王仁厚正在压门，被兵丙一脚将门踢开，王仁厚跌倒在地，小孩惊叫，王老婆和东才妻急忙把他们搂抱，不使作声）

兵　丙　（踢王仁厚一脚）为啥不开门？

王仁厚　我正要开门，你把门踢开咧。

兵　丙　哼，这里有几个人？

王仁厚　大小五个人。

兵　丙　（走到王老婆等跟前）这婆娘是你的什么人？

王仁厚　她是我的儿媳。

兵　丙　前庄上有一个女人跑咧，我们把她拉去，教人家看是不是。

（兵丙拉东才妻，她死拽住不走，王老婆拉住她。王仁厚跑去求告）

王仁厚　老总！

兵　丙　（向兵戊）把他挡过去！

兵　戊　（将王仁厚拉过）不准动！

（王仁厚不敢动）

兵　丙　（踢王老婆一脚）放手！（抽出枪指东才妻）走！

（王仁厚等吓得不敢动，兵丙逼着东才妻走出门，下）

兵　戊　不准你们出来，出来就要开枪。(下)

王老婆　(哭叫)哎，天哟！这是什么世事，我们不得活，我们不得活……

(王仁厚一家小的、老的大放悲声，忽听后台有打人、骚动、喊叫声。韩排长喊："你们不要拉，她咬着我不放。"兵丙说："韩排长，你拿刀子。"东才妻："哎哟！")

王仁厚　(听到声时已站起)你们等着，我出去看看。

王老婆　(拉王仁厚)小心！

王仁厚　我怕什么？

(连说带走。一头碰在门墙上，一边揉，一边昏沉颠倒地出门摸着走。东才妻露臂，满脸血，臂上有血点，也昏沉颠倒地摸着走出来。王仁厚、东才妻相碰，二人惊叫，狗娃、桂花闻声大叫，做紧抱状)

王仁厚　你……你是谁？

东才妻　你……你是老爹爹？

(王仁厚上前将东才妻架定拖回)

(东才妻回庙昏过去，全家喊她)

东才妻　(唱〔阴司调〕)

　　　　我只说老少难见面，
　　　　谁知又能转回来。
　　　　强打精神睁开眼；(抓住狗娃)

(喝场)我的……狗娃，(看桂花)

　　　　小妹妹，罢了，爹娘呵！

(带板)浑身疼痛实难挨。

　　　　爹娘多把狗娃看，
　　　　儿媳性命难保全。
　　　　讲话中间好气喘，

(跌倒，老少叫，气喘挣扎，睁眼看老少)

东才妻　老娘，爹爹，妹妹，(强抱狗娃一下)我的狗娃，

(接唱)丢不下年迈二老小儿男。

(跌倒死去，全家叫，东才妻不应，大放悲声，狗娃伏在妈尸上哭，

　　　　　　王仁厚呆坐一旁抖颤。王老婆急疯）

王老婆　（唱带板）我一见媳妇把命断，
　　　　　（喝场）东才的媳妇……我，我的好媳妇哪……呵……
　　　　　（哭叫时，狗娃、桂花和之）

王老婆　（接唱）怎忍心丢下了老少儿男！
　　　　　　　　年幼的狗娃谁照管，
　　　　　　　　我二老年迈能活几天？
　　　　　　　　不由得我把东才唤，
　　　　　（喝场）那、那是东才儿呀，娘的儿呀……呵……
　　　　　（狗娃、桂花和之）

王老婆　（接唱）不知我儿在哪边。
　　　　　　　　一家人直落得人死财散，
　　　　　　　　老的老小的小疼烂心肝，
　　　　　　　　死的死活的活太得伤惨，
　　　　　　　　我不如碰头一死也心甘。

（王老婆碰死）
（王仁厚见老婆碰头时，急忙上前阻挡，没有来得及，将老婆尸扶住叫唤。狗娃、桂花都起立叫唤。老婆倒地后，王仁厚疯了似的，摸一摸老婆尸，摸一摸东才妻尸，看一看狗娃、桂花——此时狗娃伏东才妻尸，桂花伏王老婆尸哭叫——忽然放声大哭）

王仁厚　啊哟我的天哪！
　　　　　（唱带板）媳妇姥姥都把命丧，
　　　　　（喝场）那、那是媳妇，那、那是姥姥，呵……
　　　　　（哭时，狗娃、桂花和之）

王仁厚　（接唱）好似钢剑刺胸膛。
　　　　　　　　死的死，亡的亡，
　　　　　　　　丢下一老少一双。
　　　　　　　　天黑地黑明星朗，
　　　　　　　　两个孩子都哭娘。

　　　　　难民无势难告状，

　　　　　哭声天，叫声地，

　　　　　我、我……我无有主张。（思忖）

　　唉！（另起尖板）

　　　　　王仁厚收住泪两行，

　　　　　事到了万难要硬心肠。

　　　　　死的死了她……她……她们无希望，

　　　　　活的活着还要活。（手拖狗娃、桂花起）

　　　　　你们莫哭听我讲，

　　　　　哭死了你们她……她还是不能再活。

　　　　　咱老小此地把她们葬，

　　　　　埋葬了她们再商量。（截）

　　狗娃！

狗　娃　爷爷。

王仁厚　桂花。

桂　花　爹爹。

王仁厚　你们不要哭了，哭上个什么？我们把她们掩埋了吧。

　　（在悲哀音乐声中，俩小孩不时啜泣拭泪，将王老婆、东才妻抬的放在早就铺好的大单上，然后三人拿起单子遮盖。王老婆、东才妻下场，单子下边放两个小凳，单子放下去如坟丘状）

王仁厚　（向狗娃、桂花）来！跪下叩头。

　　（桂花、狗娃叩头毕，王仁厚手拖上他们）

王仁厚　咱们走！

狗　娃　爷爷，就是咱们走？

王仁厚　就是咱们走！

狗　娃　妈妈，（向后看坟放声大哭）妈妈不跟咱来么？我要妈妈哩！（连跳带哭）

王仁厚　（紧抱狗娃，滚白）我可没说狗娃、狗娃，我的小孙孙！你那妈妈死了，死了就不能活了！她再也不能跟着我们来了。唉！

（在锣声中，狗娃跳在坟上挖土，意欲要娘出来，王仁厚将他拉住抱在怀里）

王仁厚 （再叫滚白）狗娃，狗娃，不明白的狗娃，糊涂的小孙孙，你再莫要傻想，莫要挖土，就是把你娘挖了出来，她也是不会讲话了。

（唱二六）手拖孙、女好悲伤，

两个孩子都没娘：

一个还要娘教养，（看桂花）

一个年幼不离娘；（看狗娃）

娘死不能在世上，

怎能不两眼泪汪汪。

庙堂上空坐龙王像，

枉教人磕头又烧香。

背地里咬牙骂老蒋，

狼心狗肺坏心肠。

你是中国委员长，

为什么你的文武官员联保军队赛豺狼？

看起来你就不是好皇上，

无道的昏君把民伤！

河南陕西都一样，

走到处百姓苦遭殃。

我不往南走往北上，（拉狗娃、桂花）

但愿得到边区（看狗娃）能有下场。

［同下。

第 十 场　进边区

［边区县长与白科长及工作人员两名掮镬上。

县　　长　（唱二六）生产热潮真高涨，

白科长　（唱）党政军民齐开荒。

县　　长　（唱）又丰衣又足食人民兴旺，

白科长　（唱）边区的老百姓喜气洋洋。（截）

　　　　　（四人取手巾擦汗）

白科长　县长，我看你今天下午该休息休息，这几天太累啦。

县　　长　不要紧，我是受苦出身的，你看咱三科长从小念书念大的，现在挖地开荒蛮有劲，真是模范。

工作员　看，那山上的女同志也开荒哪！

白科长　嘿！今年很多妇女开荒都出名咧。

县　　长　我实服咱们毛主席的计划，咱们边区这么穷的地方，这几年大家生产，竟然搞得公家百姓都过好光景；顽固分子封锁咱们，心想咱们吃不到穿不上，教那些东西到咱这里看一看！

白科长　哎，国民党反动派只晓得挖苦老百姓，升官发财，一点儿都不给老百姓想办法，老百姓实在受不了！

县　　长　你等着看，把老百姓逼得太不像样了，迟早老百姓会不受的。

　　　　　[小勤务上，向县长、白科长敬礼。

小勤务　县长，你们快回去吃饭，都等着你们呢。

县　　长　今天靠你们小鬼做饭，我看一定搞不好。

小勤务　咦，回去看一看，我们的萝卜菜，比他们平时还切得细，我们还要争取模范呢！

县　　长　看！那里好像又来难民啦，咱们等一等。

　　　　　[王仁厚带着两个小孩上。

王仁厚　（唱二六）昨晚偷过封锁线，

　　　　　　　　　是不是来到了边区里边？（截）

　　　　　（县长等迎上去，王仁厚等畏缩退后）

县　　长　老人家，你不要害怕，你从哪里来的？

王仁厚　老总，这……这是什么地方？

县　　长　这是边区。

王仁厚　你……你们是八路军？
县　　长　哎，我们是八路军。老人家，你从哪里来的？要到哪里去？
王仁厚　哎，我是逃难的人呵！（拉两个小孩走上前）
　　　　（唱二六）我姓王家住在河南地面，
　　　　　　　　天荒旱无收成少吃缺穿。
　　　　　　　　那里的联保军队行事坏，
　　　　　　　　公粮公款任意摊。
　　　　　　　　百姓死了有大半，
　　　　　　　　有人把自己亲生儿女杀死充饥寒。
　　　　　　　　我全家出于无奈计，
　　　　　　　　连夜逃走进潼关。
　　　　　　　　一家人逃出五条命，
　　　　　　　　只有三人活命还。
　　　　　　　　昨夜偷过封锁线，
　　　　　　　　但愿得到这里能把身安。
县　　长　（唱二六）听罢言来好凄惨，
　　　　　　　　外边的百姓太可怜。
　　　　　　　　转面来我把小鬼唤，
　　　　　　　　快叫乡长这里来。（截）
　　　　　　小鬼。
小勤务　有。
县　　长　请乡长到这里来。
小勤务　是。（下）
　　　　（王仁厚疑心地上下打量县长）
县　　长　老人家不要伤心，咱们这里，优待难民，一定要给你想办法。
王仁厚　外边的老百姓都说你们这里好。
　　　　（县长拉狗娃，狗娃畏缩）
县　　长　小孩子不要怕，怕啥呢？
乡　　长　（上唱二六）

县长派人将我唤，

急急忙忙走上前。（截）

县长，你还没回去吃饭？

王仁厚 （惊讶）嗯，你是……

白科长 他是县长。

（王仁厚连忙跪下叩头）

王仁厚 你是县长老爷，你看我还不晓得！……

（县长急忙扶起王仁厚）

县　长 老人家，不要这样，咱们都是一样的人，咱们边区人人平等，再不要这样。乡长，你吃过饭了吧？

乡　长 吃过啦。

县　长 老人家（指王仁厚）是河南逃难来的难民，可怜得很，我看就分配到你们乡上，找地方，借给粮。

（向王仁厚）老人家，你能受苦吧？

王仁厚 能么，我就是受苦种地的人么！

县　长 很好，很好。（向乡长）老人家上年纪啦，给搞一些好地，大家多帮助。

乡　长 有办法，现在咱们群众都热心帮助难民，什么问题都好解决。

县　长 好，你把老人家引得去。

乡　长 （向王仁厚）你不要担心，不能叫你受困难。

县　长 乡长，老人家刚从外边来，不习惯，有困难不好意思说，你们要多关照。

乡　长 那是自然的。好，（拉王仁厚）咱们走。

王仁厚 县长老爷，这就实在……我忘不了你的恩！

（说着，跪下叩头，县长急忙扶起王仁厚）

县　长 老人家，再不敢这样，这样就不对啦！

乡　长 你不晓得，咱们边区，做官的跟老百姓是一家人常在一块呢，咱们走。

县　长 好，再见，过几天看你来。

〔县长同白科长由上场门下，王仁厚等与乡长由下场门下。
〔王仁厚惊讶、感激、回头瞧，下。

第十一场　互　助

〔团长担一担饭，一头是馍，一头是汤，筐里有碗勺筷等。
〔勤务员随其后，提一桶菜，二人由下场门上。

团　长　（唱）战士们开荒上山去，

　　　　　　　我给他们送饭到山里。

　　　　　　　军民人等多种地，

　　　　　　　丰衣足食笑嘻嘻。（截）

〔乡长带王仁厚等由上场门上。

乡　长　（惊奇问团长）唉，你送饭呢？

团　长　（扬左臂）我因为这一只胳膊打仗带花咧，不能拿镢头挖地，所以我做饭给他们送，生产是大家的事么。这位老人家又是逃难的？

乡　长　是么，可怜得很，一家人死了几口，好容易才跑到咱们边区来。

团　长　哎，外边把老百姓不当人。（放下担子，拿出两个馍给王仁厚）给娃娃吃去。

　　　　（王仁厚不敢接，看乡长。乡长接馍转交他手）

乡　长　不要紧，给娃吃。

　　　　（王仁厚接馍，分给两个娃，两个娃吞吃。勤务员给两个娃夹菜。团长取出碗勺，盛汤给狗娃）

团　长　来！喝一碗汤。

　　　　（狗娃不敢接）

乡　长　（向狗娃）不怕的，你喝。

　　　　（狗娃怯怯不前，边走边看王仁厚，展手欲接。团长以为狗娃接住了，把手一松，连碗带汤倒在团长脚上）

团　　长　　哺哺！（揉脚）
王仁厚　　（急得推狗娃一把）你做啥呢！（向团长）老总，对不起，烫着了吧！
　　　　　　（拾起碗，欲给团长揉脚）
团　　长　　（接过碗，阻止王仁厚）老人家，不要紧，娃才从外边来，看见军队就害怕呢，不要紧。
　　　　　　（说着又另取出一个碗盛了汤，把狗娃拉过来，交到他手里。团长一边擦脚，稍表示烫痛，一边说着，狗娃接汤喝起来，又给桂花喝）
团　　长　　老人家放心，到咱边区来的难民，政府帮助，老百姓也帮助，大家给你想办法。（向乡长）你们乡上粮要是一时不方便，我们可以给你借一些。
乡　　长　　现在群众都热心帮助难民，什么问题都好解决。
　　　　　　（桂花将碗筷放在筐内）
团　　长　　你们乡上安了多少家难民？
乡　　长　　已经安下二十多家啦，都有地种。
团　　长　　很好，很好。（担起担子）你们在，我就走了。
　　　　　　（唱二六）外边的世事真可叹，
　　　　　　　　　　　到边区，
　　　　　　（插白）老人家，
　　　　　　（接唱）你把心放宽。（与勤务员下）
王仁厚　　他是咱们八路军的弟兄？
乡　　长　　他是咱们八路军的团长呢。
王仁厚　　团长？
乡　　长　　团长。
王仁厚　　就是带领营长连长的团长？
乡　　长　　哎，告诉你，咱们的团长带领的人马，比外边咻团长还多。
　　　　　　（王仁厚转过身，向团长去处远望）
乡　　长　　（拉王仁厚）老人家，咱们走。（绕一圈）
王仁厚　　哎，人家也是团长！
　　　　　　（唱二六）王仁厚听言泪满面，

想不到那人是军官。

怪不得人人都说边区好，

到边区另是一重天。

[吴老二上。

乡　　长　吴老二！

吴老二　唉，乡长，有什么事？

乡　　长　这位老人家是刚逃过来的难民，你家里能不能腾出一个窑洞，让他三口住下？

吴老二　行，能成！老人家，就到我家里去，我给你找地方。

王仁厚　这就教你老兄难为。

吴老二　不要紧，人么，谁都有个一灾二难哩！到咱们边区，就跟一家人一样。

乡　　长　好，你找地方，我再动员大家帮助。（向王仁厚）老人家，你先跟他去，我还有事。

王仁厚　你……你走呀。

乡　　长　我就来。（下）

吴老二　先在这里坐一会儿。（引王仁厚等进门，找几个馍出来）你们先吃一点儿，我给你们腾地方去。（下）

王仁厚　（将馍分给两个小孩）孩子，咱们到了好地方啦！

桂　　花　（瓣一块馍给王仁厚）爹，你吃。

王仁厚　你们吃，我不饿。

狗　　娃　（也瓣一块给王仁厚）爷爷，你还没有吃东西呢，快吃！

王仁厚　（接过两块馍吃着）孩子，记住这里就是边区，这里就是共产党八路军的地方。

[老农民胡老，拿一个铁锅上。

胡　　老　（唱二六）听说又有难民到，

　　　　　　借给他个铁锅把饭烧。（截，进门）

你老兄就是刚逃难来的？

王仁厚　是的，你老人家有啥事？

胡　老　　我借给你一个锅子，你好做饭。

王仁厚　　老人家，你真是好，我忘不了你的恩！（作揖）

胡　老　　看你老兄，不要这样，咱们这里不同外边，政府极力地照护老百姓；政府一好，老百姓就变成一家人啦。我是前年逃难来的，政府给我粮吃，大家都帮助我，种二十亩地，三年不出公粮，五年不出租子，外边把能过日子的人都弄得没法活，这里把多少穷人都搞得有办法，这里是咱们老百姓的天下。

王仁厚　　这里好，这里做官的和老百姓都好。

胡　老　　咱们这里做官的，都是咱老百姓推选的，是咱们自己人。

　　　　　〔张老婆手拿两个碗，两双筷，还带两个馍上。

张老婆　　（唱二六）手拿两碗两双筷，

　　　　　　　　　急忙送与难民来。（进门）

　　　　　胡老，你倒先来咧，你给人家借啥呢？

胡　老　　我送来一口锅。

张老婆　　正好，我送来两个碗。这两个孩子都是你的？

王仁厚　　她是我的女儿，他是我的小孙孙。

张老婆　　好娃么，亲亲的。来，我给你们拿来两个馍。（说着拖过两个娃，给了馍，问狗娃）你几岁咧？

狗　娃　　七岁咧。

张老婆　　（问桂花）你几岁了？

桂　花　　十二岁啦。

张老婆　　你会不会纺线？

桂　花　　会哩，我在家纺过线。

张老婆　　会纺线就有办法，我给你寻纺织组组长刘二嫂子，叫公家给你借上一个纺线车子，纺一斤线可赚的钱不少哩！

桂　花　　怕人家不借给我呢！

张老婆　　嗯——你还不晓得，咱们这里公家，一天忙来忙去，就是给咱老百姓办事呢，纺线车子公家给你借，棉花公家都给你发。（向王仁厚）你不要愁，你种地，（指桂花）你纺线，能下苦的，在咱们这里不要愁过不好日子。

［乡长背一袋米上。

胡、张 （齐说）乡长也来了。

乡　长 哎，你们真好，把东西都送来咧。

张老婆 你当就是你好，你背的啥东西？

乡　长 我从乡政府借的一斗米。吴老二呢？

吴老二 哎。（跑上）

乡　长 地方弄好了没有？

吴老二 弄好啦……

［指导员很匆忙地上。

指导员 乡长！

乡　长 哎，指导员，你有啥事呢？

指导员 我听说来难民啦，跑来看一看。

乡　长 （给王仁厚介绍）老王，这是咱们乡上的指导员，"单故"跑来看你的。

王仁厚 （很感激地，连跪带说）这就实在担当不起……

指导员 （连忙扶起）老人家，不敢这样。你到这里来，大家想办法，不能叫你老少受饿。（向大家）你们给老人家借啥东西？（大家把自己借的东西一一说完）你们都好，实在，全中国的老百姓，都是一家人，应当互相帮助。

乡　长 好。（向王仁厚）这是政府给你借的一斗米，你暂时（向吴老二）住他的地方，过几天你也参加变工队。大家帮助，给你开一块荒地。

王仁厚 我是五六十岁的人咧，没有见过这样好的地方，没有见过这么多的好人，你们边区真好。

胡　老 老大哥，这是咱们的边区。

吴老二 哎，是咱们的边区。

乡　长 老人家，看你说的，咱们是一家人。

王仁厚 你们不嫌弃我？

指导员 老王，世上受苦的穷人，都是一家人。

王仁厚　（笑着问）咱们是一家人？

众　人　一家人。

王仁厚　（感动得掉泪）哎，你们都是我的恩人，（向众人作揖）

　　　　（唱二六）王仁厚来泪满面，

　　　　　　　　众位恩人听我言：

　　　　　　　　我离家逃难有半载，

　　　　　　　　走到处穷人受可怜。

　　　　　　　　眼看老小难存在，

　　　　　　　　大家救我活命还。

　　　　　　　　外边的政府军队行事坏，

　　　　　　　　多少人饿死大路边。（截）

（张老婆擤鼻子，擦起泪来）

乡、指　你哭啥哩吗？

张老婆　（哭着说）我哭啥呢，民国十八年逃难到这里，那时候这里还是国民党，看不起穷人，受他们多少欺负，把我三岁的二女娃，活活地饿死。那时节要有咱边区政府、八路军，大家照护，我的娃就不会死的，活到现在（指桂花）比这娃还长的大呢！

乡、指　好啦，好啦！你现在儿也有，孙也有，不愁穿不愁吃，还哭上个什么？走，（推张老婆）咱们大家帮助老王把地方搞好，走！

　　　　［众齐下。

第十二场　派　差

　　　　［孙副官上。

孙副官　（唱二六）政训主任对我讲，

　　　　　　　　他言说那边有暗藏。

　　　　　　　　要我找人去帮助，

　　　　　叫出排长细商量。
　　　　勤务兵！
　　　　　[吴得贵上。
吴得贵　有。副官！
孙副官　请韩排长。
吴得贵　是。(敬礼，下)
　　　　　[孙副官拿出纸烟抽。韩排长上，敬礼。
韩排长　副官，有什么事？
孙副官　坐下，前几次派出去那几个到边区里做破坏工作的人，有什么消息没有？
韩排长　还没有得到什么消息。
孙副官　政训处刚才又通知我，这里的联保处高主任说，对过的边区边界上，有咱自己一个人，做特务工作，是河南人；他自己在那里不好行动，要求这里再派一个帮手。联保主任要咱们派一个河南人去，看你排上谁合适？
韩排长　(做想状)河南人里边可靠的人……哎，有一个新兵叫王东才，虽然没有多干事，这个人还老实，好利用，副官看怎么样？
孙副官　叫来咱们谈一谈。
　　　　　[韩排长下，引王东才上，王东才害怕，不知何事。
韩排长　来！(进门)
　　　　(王东才怯步而进门，不自然地脱帽行礼)
韩排长　副官，他就是王东才！
孙副官　你叫王东才？
王东才　是。
孙副官　你家在河南吗？
王东才　是。
孙副官　你想家吧？
王东才　哎，副官，我家里离开我，一家人就不得活。
孙副官　你家里有什么人？

王东才　我家有老父亲，老母亲，一个小妹妹，我的婆娘，还有一个小娃；老的老，小的小，离了我就没办法。

（孙副官拿出日记本，一边问一边记）

孙副官　你父亲叫什么？

王东才　叫王仁厚。

孙副官　你母亲的娘家姓什么？

王东才　姓张。

孙副官　你女人的娘家姓什么？

王东才　姓吴。

孙副官　你妹妹叫什么？

王东才　桂花。

孙副官　你的孩子叫什么？

王东才　叫狗娃。

孙副官　你家里穷吧？

王东才　家里本来就穷，现在把地都卖完了。哎，非饿死不可！

孙副官　那不要紧，你有胆量多做点事，赚许多钱给你家里捎回去，不很好么？

王东才　哎，我能做啥哩么！

孙副官　只要你肯实心实意给咱们办事，有我照护你。

王东才　只要副官照护我，我还敢不干么？

孙副官　你愿意干？

王东才　愿意。

孙副官　王东才，这可是你自己说的话，是不是？

王东才　（疑虑）是！

孙副官　好。（指）边区那边有咱们自己一个人，是一个医生，姓黄，他也是河南人，你回头打扮成一个摆小摊做买卖的人，到他那里去，就说你们是表兄弟，到那里，他叫你干什么你就干什么。

王东才　到那里干什么呢？

孙副官　到那里，你假装成担担背包做买卖的人，调查那边有多少军队，把每条路都记清楚，常常回来报告情况。

王东才　副……副官我……我不敢去，人……人家……

孙副官　不要紧，那一位黄先生在那里，人也熟，地也熟，你听他的话，担保不会吃亏。

王东才　副官，我不敢去！

孙副官　混蛋！

（王东才吓得哆嗦了一下）

孙副官　这是命令，你敢不听命令？

（王东才害怕得不知怎么好）

韩排长　王东才，你应当想开一点儿，做这事又能升官，又能发财，这是很好的事。再说，军队里，长官叫你干什么，你还敢不服从吗？

王东才　（想了一下）副官，韩排长，我愿意去，有一件，我回来以后，请求官长们，能放我回家去！

韩排长　回家可不能，咱们……

（孙副官挡住韩排长的话头，一边眼瞪韩排长，一边说）

孙副官　那成么，为什么不能？（视王东才）只要你搞得好，回来以后，我让你带很多的钱回家去。

王东才　那我就感你们的恩，你们就算救了我一家人。

孙副官　要干就要实干，要是不实干，不但要你的命，连你家里的老小都活不了，你知道不知道？（指本子）你家里的人都在这里边记着呢！

王东才　嗯！

孙副官　到那里，人家黄先生叫你干什么，你就干什么，不能说一句二话，是不是？

王东才　是！

（孙副官站起来，向王东才表示亲热）

孙副官　好好地干，干好啦，一定叫你回家，一定叫你带上好多的钱回家。

（王东才没有答应，但也不敢表示不赞成）

孙副官　到那里不要叫真名字，把你名字改成（稍想）何三，记牢！

王东才　是！

孙副官　回头打发你走，你先下去。

　　　　（王东才拟走）

孙副官　不准告诉人！

王东才　是。（行礼，下）

孙副官　韩排长。

韩排长　副官。

孙副官　你要放灵活一点儿，我们用这一类的人，就要顺着他的心眼走，任务完成了以后，他还能跑得出我们的手么？

韩排长　是的，是的。

孙副官　下去把一切的手续搞好，多给他说些有利的话，还要教他知道不干就不得了。

韩排长　那是自然的。

孙副官　路口上谁放哨？

韩排长　侯班长。

孙副官　可以告诉他。

韩排长　是！

孙副官　好，下去马上就办！

韩排长　是。

　　　　〔孙副官由下场门下，韩排长由上场门下。

第十三场　放　哨

　　　　〔兵甲与壮丁一，此后壮丁都穿军衣，壮丁一背步枪，没有精神，兵甲带短枪，上。

兵　甲　（唱二六）每日里路口把哨放，
　　　　　　　　　来往行人要严防；
　　　　　　　　　若能碰到好机会，

　　　　　　耍一个心眼弄大洋。（截）

　　　　　刘老大，看你咈乏样子，一点儿精神都没有。

壮丁一　好班长呢，人常吃不饱饭，肚子里饿着呢么，哪里可来的精神？

兵　甲　胡说，哪一顿不给你吃饭。

壮丁一　哎，你没吃那饭；不晓得是什么米，闻都闻不得；连一点儿菜都没有，谁能吃饱呢。

兵　甲　以后这些话不准随便说，国难当头着呢，谁都要吃苦呢！

壮丁一　（无可奈何地把兵甲看了一眼，叹气）唉……

　　　　〔王东才打扮成一个商人样，担一担货上。

王东才　（唱二六）打扮商人做买卖，

　　　　　　但愿能够早回来。（截）

壮丁一　站住！

王东才　刘大哥，是我。

壮丁一　呃，是你，王东才么，（转过看一下兵甲）你……

王东才　咳！人家叫我到边区去呢。

壮丁一　你去边区做啥呢？

王东才　孙副官说，那里有个姓黄的……

兵　甲　不要胡说。（把壮丁一与王东才瞪了一眼）王东才，自己为自己，心放狠一点儿，心放毒一点儿，心善的人发不了财，你明白不明白？

王东才　噢！对，对。

壮丁一　（向王东才）呵，你做坏事去呀！

　　　　（兵甲啪地打壮丁一一个耳光，并骂）

兵　甲　什么叫坏事？（连骂，又打一个耳光子）

　　　　（壮丁一忍受，不敢动）

兵　甲　（向王东才）一切手续，可不敢忘了。

王东才　记着呢。

兵　甲　好，你去吧！

王东才　是！（对壮丁一有点表同情，难为情地下）

兵　甲　走，跟我到那边去看一看。

〔二人下，壮丁一在后咬牙发恨。

第十四场 纺 棉

〔奏起幽雅的丝弦，桌上放瓷盆，盆内有勺，旁边有碗筷，预先在地上放好一个线兜子。
〔桂花衣服换新，上身穿粉红衫，脸色也干净好看，拿笤帚簸箕，扫地倒土，端出纺线车子，洗手，卷花后，开始纺线。

桂　花　（唱花音慢板）

　　　　　王桂花在窑内转轮纺线，
　　　　　只觉得一阵阵好不喜欢。
　　　　　来边区还不到六月半载，
　　　　　我一家三口人有了吃穿。
　　　　　老爹爹开荒地三十亩半，
　　　　　又种谷又种豆又种花棉；
　　　　　我每日能纺线五两半，
　　　　　交到工厂能赚钱；
　　　　　狗娃年幼也能干，
　　　　　拦羊放牛照庄田。
　　　　　我三人劳动不偷懒，
　　　　　到明年吃肉吃面还要把好衣穿。

〔刘二嫂上，夹着棉花和线穗包。

刘二嫂　（唱花音二六）

　　　　　身带棉花又拿线，
　　　　　我要把纺线的细查一番。
　　　　　前庄里走来后庄里转，
　　　　　不觉得来到了王家门前。

　　　　　　不进门我这里偷眼观看，（绕板）

哎，好娃！

（接唱）王桂花在那里正在纺棉。

　　　　　　窈窕小手把轮转，

　　　　　　身穿一件粉红衫；

　　　　　　红光满面真好看，

　　　　　　教人越看越喜欢。

　　　　　　小小年纪真能干，

　　　　　　选她个纺织模范理当然。

　　　　　　我在此间莫久站，

　　　　　　进门去与她把话谈。（进门）

桂　花　（对刘二嫂非常欢迎，很活泼地）哟！刘二嫂子来咧！

　　　　（放下纺车，跳起来）快坐下。

刘二嫂　你真是好孩子，能劳动。

桂　花　（拿勺碗忙舀饭）刘二嫂子，吃点饭！

刘二嫂　（夺碗相拒）我刚吃过饭。

桂　花　刘二嫂子，你看我能吃你的馍馍，你就不能吃我们的饭？

刘二嫂　我是饱着呢，你当我是客气的不敢吃你的饭。（四周上下看）你们的屋子真干净，这地是谁扫的？

桂　花　我扫的。

刘二嫂　你真是好孩子，脸也干净，手也干净，地方也干净！

桂　花　嗯……（愉快撒娇的音调）我还干净啥哩些。

刘二嫂　（拉桂花手比自己的手）你看，你的手比我的白净得多呢。

桂　花　我是刚才洗的，纺线子不洗手，把线子弄脏了，织出布不好看。

刘二嫂　你比我都想得周到，把你纺的线拿来我看。

桂　花　（在地上车上卸下线穗子给刘二嫂）刘二嫂子，不要见笑，我纺得不好！

刘二嫂　（拿线端详）咦！你这小鬼真巧，纺出来线子又白又细，谁敢说不好。

桂　花　嗯，我不会纺线，好啥哩些。

刘二嫂　你一天能纺几两线？

桂　花　我现在每天要抬水做饭，叼空纺线，能纺五两半。

刘二嫂　你真有本事，年纪小事情忙，纺的线子又多又好，（从包内又取出一个线穗子）你看，比她们的都好。

桂　花　嗯，我哪里比人家的好。

刘二嫂　我告诉你，区政府教我检查纺线的呢，咱区上给你们纺线好的发奖呢，我看你就是第一名！

桂　花　比我好的人多着呢。

刘二嫂　你不信咱们走着看，第一名定跑不了你！

桂　花　刘二嫂子就爱说笑话，说得人家怪不好意思。

刘二嫂　这有啥不好意思，你要是得了头名奖，连我这纺织组的组长都是光荣的！

桂　花　刘二嫂，咱们边区对我们穷人真是好，你看我们来到这里不够半年，政府帮助，大家帮助，现在搞的有吃有穿。刘二嫂，我永远忘不了你的恩。

刘二嫂　咱们都是一样的人，我们从前还不是穷得要命么，共产党闹起革命，我们才翻身的。哎，咱们只顾谈话，耽误了你的纺线，你快纺线去。

桂　花　不要紧，刘二嫂子，咱们再多谈几句。

刘二嫂　咱们往后再谈，我还有事，我就去了。

　　　　　（唱二六）我要去，你纺线，
　　　　　　　　　　许多的话儿改日谈。
　　　　　　　　　　二斤好花交当面，
　　　　　　　　　　我还要到那边检查一番。（绕板）

　　　　　（取棉花交桂花）桂花！你把棉花收好，我还要到乔大娘家里去呢。

桂　花　你不再坐一会儿？

刘二嫂　（连说带出门）不坐啦！过几天再来。

桂　花　（送出门）过几天一定要来！

刘二嫂　一定来，你快回去！（下）

桂　花　哎！

（唱二六）刘二嫂与我把话讲，

　　　　　桂花心中有主张。

（进门，坐车旁，一边纺一边唱）

　　　　　从此后把线更多纺，

　　　　　才不负人家好心肠。

［王仁厚脸色比过去好看多了，拿旱烟袋，捐锄上，笑容可掬；狗娃随王仁厚，红光满面，手提水罐；二人穿的衣服整齐干净。

王仁厚　（唱二六）八路军帮助百姓来锄地，

　　　　　一个个和和气气笑嘻嘻。

　　　　　这才是国家的好军队，

　　　　　普天下要算第一的。（截，进门）

桂　花　爹爹回来了。

王仁厚　回来了。（把锄放在桌后）

狗　娃　姑，饭做好了没有？

桂　花　好了，你快吃去。

王仁厚　来，大家一起吃。

（桂花停纺，站起来。三人一边吃饭一边说话）

桂　花　爹爹，你们把阳洼地锄完没有？

王仁厚　今天的地锄了个美，连后沟条的地都锄完了。

桂　花　嗯，我就不信。

王仁厚　你不知道，今天八路军帮助老百姓锄地，真好，八路军无论做官的当兵的真好！

桂　花　那你为什么不叫人家来咱家吃饭呢？

王仁厚　人家不吃么，谁家的饭都不吃；做官的、当兵的把我抬举得就和老人一样，我心上实在不得过去。

狗　娃　爷，我听见变工队队长给吴老二说，你今年开荒开得多，锄草锄得好，又肯给大家帮忙，众人要选举你当劳动英雄呢。

王仁厚　这话可不敢给旁人说，自己说自己好，人家笑话呀！

桂　花　（得意地）爹，今天纺织组组长刘二嫂子到咱家来检查我纺线呢，她说我纺得好纺得多，还说我是第一名，给我发头等奖呢。

王仁厚　嗯，说这话的人多哩，我娃纺的线就是不错；边区真是好，把老百姓看的和亲生儿女一般！

狗　娃　爷，你们都是劳动英雄，我算啥呢？

桂　花　你还小呢。

王仁厚　（开玩笑）我要是劳动英雄，你就是劳动孙子。

狗　娃　我不要，劳动孙子不好！

　　　　〔指导员上。

指导员　（笑眯眯地唱）

　　　　　　王仁厚年虽老努力劳动，
　　　　　　他的女王桂花纺线出名；
　　　　　　他二人男女老少都信任，
　　　　　　许多人要举他劳动英雄。（截，进门）

王仁厚　唉，指导员，快坐下。

狗　娃　指导员，（跑上去）八路军明天再锄草来？

指导员　（拖狗娃）还锄。你看八路军好不好？

狗　娃　好，他们给我教唱歌呢。

王仁厚　指导员，快坐下！

　　　　（桂花将车拿起，往桌后放）

指导员　坐么，（一边落座，一边看着桂花，微笑地说）桂花这个小鬼，纺线出了名啦。（说时，桂花立定笑着听）

桂　花　（一边走一边说）我纺线纺得不好。

王仁厚　她还小呢，不行！

指导员　能成，人人都夸奖呢！

王仁厚　指导员，有什么事？

指导员　团部叫咱们政府访问你们，调查军队帮助老百姓锄草怎么样？

王仁厚　咦，好么，咱们的军队又和气，又出力，完了连饭都不吃，真是跟自己人一样。

指导员	也许有一个两个不好好搞,你只管说;咱们这里不同外边,政府军队是老百姓自己的,有不对处就批评,不要怕!
王仁厚	我说的是实话,都好!
指导员	咱们八路军就是这样,前方打日本救中国,后方生产学习帮助老百姓。
王仁厚	我活了这一辈子都没见这样好的军队。
指导员	老王,你和桂花都准备着。
王仁厚	准备啥呢?
指导员	变工队要选你劳动英雄,妇女们说桂花纺线纺得好,政府要给她发奖呢。
王仁厚	指导员,我们担当不起,你给大家说,不要这样。
指导员	大家都说你们好,我说你们不好也不行;劳动英雄很光荣,你们果真好,有啥担当不起。
王仁厚	你看我们逃难到这里,全靠政府帮助,大家帮助,搞得我们能吃能穿,这就了不得咧,你们再要抬举我,我实在担当不起。
指导员	政府应当帮助你,大家应当互相帮助,咱们边区就是这样,谁肯劳动,努力生产,帮助大家,谁就是劳动英雄!
王仁厚	劳动生产,为自己么,于自己也好么,大家还为什么要这样抬举呢?
指导员	我告诉你,全边区的人,都能很好地劳动,咱们边区就有办法。要是全中国的人,都能很好地劳动,全中国就有办法。咱们劳动的人有了办法,毛主席最喜欢。
王仁厚	毛主席这个人,真是老百姓的救星!
指导员	老王你们准备着,将来选举出来,开大会,给你们发奖,你还要上台讲话呢!
王仁厚	唉,我连台子下边都不敢讲话,还敢在台子上边讲话,绝不敢……
指导员	不讲大家不让。
王仁厚	我实在讲不了。
指导员	有啥讲不了,咱们老百姓的话,老实话,心里有啥就说啥。
王仁厚	心里有啥就说啥?

指导员　噢。

王仁厚　那我心里有话哩！

指导员　你当讲话还讲啥呢。

王仁厚　我当讲话要讲文话呢。

指导员　嘿，……咱们就讲心里的老实话。好，你们在，我就走了。

　　　　（唱二六）大家都说你们好，
　　　　　　　　生产劳动比人高。
　　　　　　　　劳动英雄跑不了，
　　　　　　　　两面旗挂在你们的窑。（绕）

　　　　你们在，我走啦。（起立出门）

王仁厚　指导员，你要常来呢。

　　　　（全家出门送指导员）

指导员　对，你快回去。（下）

王仁厚　哎！

　　　　（唱二六）边区真爱老百姓，
　　　　　　　　穷人个个能翻身。
　　　　　　　　想起外边咬牙恨，（进门）
　　　　　　　　逼死了多少好人民。（留）

　　　　［关门，众齐下。

第十五场　投　军

［张虎儿背一袋粮，拿一支土枪。

张虎儿　（内唱）听说是顽固派又来捣乱，（急上）
　　　　　　　　不由我一阵阵咬紧牙关。
　　　　　　　　到政府我把乡长见，
　　　　　　　　要参加自卫队打倒汉奸。

（张虎儿气汹汹地连走带唱，几乎碰倒急急忙忙背一背篓菜给军队送的胡老）

胡　老　哎……

张虎儿　（急忙扶定胡老）唉，胡大伯，你到哪里去呢？

胡　老　（急喘着）我心里急，我看你也心里急得很。

张虎儿　你老人家心里急啥呢？

胡　老　听说国民党坏蛋顽固分子要打咱们边区，狗日的太可恨！咱们八路军开来咧，人家都送公粮呢，捐钱哩，我背了一背篓菜，给咱们军队吃得美美地，把狗日的国民党坏蛋打得远远的，好狗日的又想欺负咱们。

张虎儿　胡大伯，你看，（出示土枪）我要到乡政府报名去，参加自卫队，国民党狗日的胡调皮教他狗日的吃家伙。

胡　老　对，好小伙子，打！教狗日的知道咱们边区老百姓的厉害。走，咱们走！

张虎儿　走！

〔张虎儿在后扶胡老的菜捆，二人下。

第十六场　接　头

〔黄先生上。

黄先生　（唱二六）前几天去信高主任，
　　　　　　　　为什么还不见来人？
　　　　　　　　在家里只觉得心神不定，
　　　　　　　　出门去望一望路西路东。（绕）

（出门瞭望）

〔王东才担担上。

王东才　（唱二六）一边走一边问，
　　　　　　　　莫非他就是黄先生。（截）

老先生，有一位姓黄的黄先生，在哪里住？
黄先生　你是不是他的亲戚？
王东才　是么，我是他的表弟，他是我的表兄。
黄先生　哎，你看几年不见我就把你认不得咧！快回屋里去！
王东才　你就是表兄？
黄先生　是么！
王东才　你姓黄？
黄先生　（挤眉弄眼，东张西望）是的，走，快回去。
　　　　（王东才怀疑地看着黄先生，进门，将担放下）
　　　　（黄先生向两边看了一下，进门，稍停，听外边有什么声息没有，以后才说话）
黄先生　你带的东西呢？
王东才　我就担一担货！
黄先生　不是问这东西，手续。（最后二字要重音）
王东才　噢。（从袜子里取出一个小纸包交黄先生，然后呆然地上下打量黄先生与屋子里的一切）
　　　　（黄先生接过纸包，打开看信后，走近王东才耳语。王东才点头）
黄先生　你坐下。
　　　　（王东才落座）
黄先生　你以后还是背着货包出去方便一点儿。
王东才　对。
黄先生　从明天起你先到西沟里卖东西去，咿里边驻八路军着哩，你看他们住多少地方，约莫有多少人。
王东才　西沟，西沟在哪里？
黄先生　你今天到这里，路上看见一座关帝庙没有？
王东才　看见啦。
黄先生　就在咿关帝庙西边，不是有一条大沟吗？里边有区政府，八路军就在那一带呢。
王东才　噢。

黄先生　西沟转上几天，就在边界上转的卖货，把大路小路记在心上，捎来带去叨空往井里放毒药。

王东才　噢，黄先生！往井里放毒药，会毒死人的，我……

黄先生　上边不是要你听我的话吗？

王东才　他们没说叫我下毒药害百姓么！

黄先生　我叫你干啥，你就得干啥，要是不干，不光是你，连你家里的人一个也活不了。中央军把你没办法，就不会派你到这里来，你明白不明白？

王东才　我……我知道。

黄先生　我们这里还有几个人呢，叫你做啥你不做，有人会报告我的，那时候不要怪我无情。

王东才　对，对，我听你的话。

黄先生　每天下午太阳快落的时候，一定要回来，这是最要紧的。

王东才　对。

黄先生　干这一种事，最要紧的是守规矩，不能大意一点儿，出了岔子，不敢说实话，不敢咬旁人；说了实话，八路军要活剥了你的皮，咬出旁人，有人会要你的命，知道不知道？

王东才　知道！

黄先生　（起立）好，到里边吃饭，晚上慢慢地细谈。

〔王东才懒洋洋地随黄先生下。

第十七场　政府忙

〔吴老二背一袋粮在前，王仁厚背一袋粮在后随上。

吴老二　（唱二六）心儿里可恼国民党，

王仁厚　（接唱）走到处害百姓太无天良。

吴老二　（接唱）军粮军草准备好，

王仁厚　（接唱）替人送来救国粮。（截）

　　　　（二人将粮放下。吴老二先进门）

吴老二　乡长！

　　　　〔乡长上。

乡　长　唉，你倒送粮来啦，好的，真快！

吴老二　当然要快么，咱们八路军为了保护老百姓，说话就开下来啦，咱们的粮，当然要送快呢。（说着出门同王仁厚将粮背进来）

乡　长　哎，老王，你怎么送粮呢，不要你们难民出粮。不敢这样，我知道你没有啥粮么。

王仁厚　哎，我就可恨我自己没有粮，我是帮助他送粮呢。

乡　长　你是上了年纪的人，背那么多的粮受不了。

王仁厚　不咋，人心里有劲，气力就大。

吴老二　乡长，你还不知道，这几天老王简直疯咧，走到处说国民党，把多少人说的都流眼泪哩。我不让他背，他非背不行。

王仁厚　乡长，我着急我没有东西给咱们公家拿出来，咱们的政府军队是老百姓的恩人。国民党狗日的是什么东西，他们不晓得害死多少老百姓，他们放着日本鬼子不打，跑到这里打咱的边区。从前我不懂啥，现在我明白咧，有咱们共产党八路军，世事就有办法，我再也不害怕他狗日的。咱们有八路军，咱们老百姓，打！把狗日的坏"厌"杀！你不知道，中国人快教他们害完咧！

吴老二　狗日的，自己做坏事，还不让人家做好事，看见咱们边区老百姓日子过得好，狗日的眼红呢。

　　　　〔张虎儿背粮急上。

张虎儿　（唱紧二六）急急忙忙往前行，

　　　　　　　　　不觉来到政府门。（截，进门）

　　　　乡长，这是我家的公粮。

乡　长　啊哟，大家都齐心，咱们的粮，一定能按时完成。

张虎儿　乡长，我报名参加自卫队。

乡　长　自卫队可要脱离生产呢！

张虎儿　当然，我知道，国民党狗日的想来欺负咱们，瞎了他狗日的眼！慢说咱们的八路军，就咱们老百姓，也够他狗日的拾掇，狗日的不服就来！

乡　长　好的，少年英雄，咱乡上的青年差不多都报名了。
（写了一个字条给张虎儿）你找自卫队连长去。

张虎儿　对。（接过字条，气呼呼地下）

乡　长　老王，你还不知道呢，咱们边区的老百姓是打出来的好汉。国民党顽固分子要是跟咱干起来，你看，老百姓都是赵子龙、杨七郎。
［王仁厚捏着拳头，咬着牙，低头沉思着，胡老背菜上。

胡　老　（唱紧二六）
　　　　一边走，一边喘，
　　　　不觉得来到了政府门前。（截，进门）
　　　　乡长，咱没有好东西，给咱八路军送来一捆菜。

乡　长　老胡，政府不让你们难民出东西，你一身一口，光景不大好。

胡　老　老天爷在上，我不敢说光景不好，从前在外边，饿死老婆，卖了女儿，还是活不下去；现在有吃有穿，国民党狗日的又想来欺负咱。乡长，我也要参加自卫队。

王仁厚　哎，乡长，我也参加，我要是看见国民党的军队，我非打死他们个不可！

乡　长　不行，不行，你们上年纪啦，不合政府规定。
（王仁厚欲说，被胡老抢先了）

胡　老　能打死人的，就该让参加！

王仁厚　乡长，我能打死人，能！能！

乡　长　好啦，好啦，政府的规定，你们要服从。

王仁厚　乡长，那我就太对不起咱们边区，粮出不上来，人也出不上来，你要给我寻事情干。

胡　老　给我也寻事情干！

乡　长　对，有你们干的事情。
［张老婆夹一只鸡，提一筐蛋上。

张老婆　（唱紧二六）

　　　　　　送来鸡，送来蛋，

　　　　　　见了乡长说一番。（截，进门）

　　　　乡长，我家的公粮，送到没有？

乡　长　送到啦，一早就送到啦。

张老婆　我再没啥好东西，把这一只鸡一筐蛋，送给咱八路军，把国民党打在十八层地狱里边，教它永辈子不能翻身。

乡　长　你老人家真好，做啥事都要跑在人前哩。

张老婆　乡长，我永远忘不了革命的好处，革命救了我全家人，我的儿女，都是革命扶持大的，国民党又来反咱们的革命，又想叫咱们老百姓受罪，不行，我就不让。

［黄先生背一袋粮上。

黄先生　（唱紧二六）

　　　　　　为了调查见乡长，

　　　　　　我也送来一袋粮。（进门）

乡　长　唉，黄先生，辛苦，辛苦！

黄先生　不要紧，咱们政府待我真是好，我给咱们军队送粮是应当的。

乡　长　黄先生，你看国民党反动派可恨不可恨，把河防上挡日本的军队，调来打边区，又要搞内战呢。

黄先生　我看不要紧，打不起来，难道他不怕日本过黄河来吗？

乡　长　哎，你还不明白，他们根本就不认真打日本，国民党顽固派的坏军队在华北华南许多地方，跟日本军队串通一气打咱们八路军、新四军，简直不是中国人。

黄先生　真是要不得，咱八路军是好军队么，为什么要打呢？

乡　长　国民党反动派，想投降日本，当汉奸，自己做坏事，见不得咱们这些好人。

黄先生　哎，你说这打起来，实在不好，这些东西，真混账！我就担心他们的人多，咱们，哎……

胡　老　人多？还有咱老百姓多？

王仁厚　咱们八路军一出头，外边的老百姓，都要起来跟他们算账呢，你不要怕他们人多。

张老婆　黄先生，你到边区才两三年，你还不知道革命的厉害呢，打起仗来，你看，咱们老百姓都是兵，比他还多。

乡　长　我给你说，咱们从前闹革命，三个人才有一支烂步枪，两颗子弹，还有一颗是塌火的，不能用，就那把国民党反动派打得落花流水；现在咱们八路军，枪也好炮也好，顽固分子来了非消灭他不可！

黄先生　只要打倒国民党，比啥都好，我赞成！

〔指导员急上。

指导员　乡长！

众　人　唉，指导员，这几天真把你忙坏了。

指导员　做革命工作，应当多出力！（看见粮菜等）唉，你们都是好的，送粮送菜。大家不要担心，这一次国民党反动派若是公开投降日本，搞内战，我们非打倒它不可。乡长，区上来人啦，你快到我屋里开会去。（向大家）好，你们在，我还有事。（匆忙地下）

众　人　指导员真好，常是一头汗一头水地为大家办事。

乡　长　东西暂时放在这里，明天你们取面袋来，我要开会去。

（众人出门，只有黄先生向上场门去，走了几步停下偷听）

胡　老　乡长，有什么事，我能干的，你只管说。

乡　长　对。

张老婆　乡长，我娃报名参加自卫队，验上没有？

乡　长　验上啦！

张老婆　对，教娃们把反动派杀完，咱们子孙万代再不受人的欺负。

王仁厚　乡长，我心里难受得很，家里没有人能参军，哎！东才！东才！

乡　长　老王，不要太伤心，有咱们共产党八路军，不怕报不了仇！

〔众齐下，黄先生亦下。

乡　长　哎！

（唱二六）边区都是好百姓，
　　　　　大家团结一条心；

反动派若要胡扎挣，

尔好比飞蛾扑火活不成。（下）

第十八场 放 毒

［桌裙下放一木瓢。王东才背一包货，手拿货郎鼓上。

王东才 （唱二六）一边走一边看，

见一口水井在面前。

撒毒药害人我不情愿，

不撒药又怕有人背地观；

我把毒药撒一半，

害人不死心里宽。

（向四方瞧了一下，取出药包，几次欲解药包而不忍，终于打开药包，四下张望，手颤抖地撒了一点儿，将纸包揉成一团丢了，呆呆地站了一会儿。忽听后边有人唱的声音，急忙摇鼓而下。吴老二担一担水桶，随随便便哼着小曲子，到井边，弄了两桶水担下。桂花、狗娃二人，抬一水桶上，用木瓢舀了一桶水，狗娃抬水，调皮地下）

第十九场 中 毒

［桂花拿鞋子，一边唱，一边纳，上。

桂 花 （唱二六）手拿鞋帮穿针线，

要与军队做好鞋。

八路军穿上把贼赶，

赶走了国民党大家安然。（留）

［狗娃提一罐饭，罐上放一个碗，上。

狗　娃　（唱）手里提着饭一罐，

　　　　　　　送给我爷到深山。（截）

　　　　姑，我给爷爷送饭去呀！

桂　花　今天不送饭。

狗　娃　为啥不送饭？

桂　花　今天你爷给军队送柴去了，回家来吃饭呢。

狗　娃　我还不知道，我倒先把饭吃了。

桂　花　吃了就吃了，把饭倒在锅里，你爷回来热热的好吃。

狗　娃　对。（转身，忽然肚子疼）哎哟。（把罐子放在一边，用手按肚，挣扎疼痛）

桂　花　（急忙扶狗娃）狗娃，你咋啦？

狗　娃　我肚疼得要命，哎哟，疼死我了，快，不得活了……（要倒的样子）

桂　花　不要怕，不要怕，等你爷回来给你请医生。

狗　娃　哎哟，疼死我了……

　　　　［桂花一边安慰，一边给狗娃揉肚。王仁厚上。

王仁厚　（唱紧二六）

　　　　　　　适才送了柴一担，

　　　　　　　转回家中用饭来。（截，进门）

桂　花　爹，快看，狗娃肚疼得要命呢！

王仁厚　（把斧绳一丢）什么病？快来我看。

狗　娃　爷爷，我不得活了，肚子疼得要命，哎哟！疼死我了。

王仁厚　（问桂花）什么时候得病的？

桂　花　早上还好好的，吃了饭就不对了。

王仁厚　（揉了一阵，没办法）桂花，你先瞧着，我出去问一问人家，看有什么办法。

桂　花　好。

　　　　（王仁厚一出门就看见乡长与团部任医生来了）

王仁厚　唉，乡长，我的孙子，今天早上还好好的，吃了一顿饭，忽然肚子疼得要命哩。

乡　长　没有错，又是一个中毒的。

任医生　小孩子，你把口张开。

（狗娃张开口）

任医生　不要紧，毒中的很轻。

乡　长　他妈的，非把这些汉奸特务抓到手不可。

任医生　（取出两包药）小孩子，把这一包药吃下去，晚上再吃一包。

（狗娃吃药后稍静）

王仁厚　（向乡长问任医生）这一位同志，是……

乡　长　这是咱们团部的医生。有坏东西给咱们井里边放毒药啦！咱们庄上中毒的人很多，任医生治好了几个啦。

王仁厚　咱们的军队真是好！

任医生　以后你们在水缸里边，放上一个青蛙试验水里有毒没有毒。（向乡长）公共用的水井，要派专门人照看。

乡　长　对。

王仁厚　（问任医生）同志！你看这孩子要紧不要紧？

任医生　不要紧，待一会儿一吐就好了，好好地躺几天，吃点软的东西就好啦！吃了药有时还要疼痛，不要害怕。

王仁厚　这就实在多亏你救命！

任医生　老人家，这没有什么，咱们军队、人民是一家人。乡长，咱们再转几家，看还有中毒的没有？

乡　长　对。（拟走，又站定）老王，狗娃不要紧，你放心。这里有一封信，赶快送给区政府，通知各乡，教大家都注意，这是很要紧的事！

王仁厚　对，（接信）我就去。（拿草帽和红缨枪匆忙下）

任医生　（向桂花）你把小孩扶到炕上睡下好一点儿。（与乡长下）

［桂花扶狗娃下。

第二十场 逼 刺

［黄先生上。
黄先生 （唱二六）适才间见老王西沟送信，
　　　　　　　　要转回至少过二更。
　　　　　　　　他每日到处宣传连哭带说
　　　　　　　　惹得大家把国民党恨，
　　　　　　　　气得人心中冒火星。
　　　　　　　　今夜晚定要送了他的命，
　　　　　　　　谁敢再骂中央军。
［王东才背货包上。
王东才 （唱）日落西山天将晚，
　　　　　　背着货包儿转回还。（截，进门）
黄先生 今天怎么样？
王东才 转了许多路，刚才过路，给东边那个井里把药撒进去啦。
黄先生 好的，撒了一个是一个。何三，你升官发财的机会到啦。
王东才 哎！我能回家就对啦，升啥的官，发啥的财呢。
黄先生 真的，这一次是好机会，今天晚上我派你过去，给长官送个信，能立一功。你的运气好，今晚偏有个老头子，手拿红缨枪，从区政府回来，一定要路过关帝庙，你先到那里藏好，等他过来，猛不防弄死他。我将给你开证明，能得一份大赏呢。
王东才 黄先生，你叫我送啥，我就送啥，杀人的事，我没干过。
黄先生 你是嫌钱多了咬手哩，是不是？
王东才 我不能杀人。
黄先生 （严厉地）何三，你应当明白你是个干啥的，简直不像话啦，竟敢违抗命令。

王东才　黄先生，这……
黄先生　就是这事，非干不可！干，能发财；不干，小心你的命！干不干？
王东才　那要是等不上那个人呢？
黄先生　当然，等到三更还不见那个人，你就不再等啦，连夜过那边去。
王东才　好，我干。
黄先生　你情愿？
王东才　情愿。
黄先生　我知道你情愿。人么，还能见利不取嘛。
王东才　那你给我办手续，办路条子！
黄先生　好，你等一会儿。（下）
王东才　哼！
　　　　（唱）王东才好为难，
　　　　　　　活在人下把头低。
　　　　　　　动不动要我犯大罪，
　　　　　　　我不从来他不依。
　　　　　　　暂且答应免受气，
　　　　　　　岂肯杀人把心亏。
　　　　　　　到了那边苦哀告，
　　　　　　　求官长容我把家回。（留）
黄先生　（上接唱）各样手续办齐备，
　　　　　　　　　大事成功在眼眉。
　　　何三，手续办好啦，到后边吃一顿饭，马上就去，不要误了大事。
王东才　对。
　　　　［二人下。

第二十一场 遇 父

[王东才背货包上。]

王东才 （唱二六）糊里糊涂由人调，
　　　　　　　此事不做第二遭；
　　　　　　　恨不得一步跳过关帝庙，
　　　　　　　过边境放开大步跑。
　　　（忽听前边有人咳嗽而来，连忙躲闪一旁）

王仁厚 （上唱二六）
　　　　　　　区政府送了封信，
　　　　　　　月光下面转回程；
　　　　　　　一路走得身乏困，
　　　　　　　抽一袋旱烟再动身。（截）
　　　（坐下取烟袋）
　　　（王东才用惊讶的神情，追随王仁厚的后边，王仁厚坐下了，他也把货包放下，仔细端详，王仁厚擦火点烟，认出来了）

王东才 你……
　　　（王仁厚吓了一跳，猛立退步，直喊三两声，手拿红缨枪对着王东才）

王仁厚 谁？

王东才 （浑身打战，要抓王仁厚的样子）你……你……

王仁厚 嗯，你……

王东才 （一把抓住王仁厚）你是爹爹！

王仁厚 东才。

王东才 （大哭）爹爹。（下跪，紧抱王仁厚腿，哭）
　　　（王仁厚一时也不知说什么好，抚摸王东才，二人稍沉静一会儿）

王仁厚　东才，东才，你抬起头来看一看。

王东才　（抬头）爹爹，我是东才。

王仁厚　（细看王东才后，怀疑地看天，看周围）这……这是梦吧？

王东才　爹爹，不是梦，我当真是东才。

王仁厚　你……你……你还活在世上？

王东才　是的，爹爹，我没有死。

王仁厚　你……你怎么能到这边来？

王东才　爹爹，我……我是……

王仁厚　你……你怎么能到这边来？

王东才　我……我是开小差，做……做小买卖到这边来。爹爹你看，那就是我的货包子。

王仁厚　（看了一下）你……你站起来。

　　　　（王东才站起，王仁厚抓住他的两肩细看）

王东才　爹爹，我是东才。

王仁厚　你……你是东才？

王东才　我是东才。

王仁厚　你……你回来啦！

王东才　我回来啦！

王仁厚　（大声）好！参加咱们八路军，报仇！

王东才　爹爹，你怎么来到这里？

王仁厚　我……我走遍了天下，受尽了痛苦，好容易才走到这个好地方来。这里是共产党的地方，是咱们老百姓的天下。

王东才　爹爹，我娘来了没有？

王仁厚　你娘？

王东才　我娘怎么样？

王仁厚　你娘……你娘也来啦，咱们一家人都在这里；走，跟我回！

王东才　（将货包背好）爹爹，走。

王仁厚　（拉王东才）走，回，参加咱们八路军，报仇！

　　　　［王东才怀疑地随下。

第二十二场　全家哭

〔桂花扶狗娃上，此时桌上点油灯一盏。
桂　花　（唱二六）爹爹去了未回转，
　　　　　　　　　等得桂花不耐烦；
　　　　　　　　　放下狗娃出门看，（绕板，出门眺望）
　　　　　　　　　月光下望不见爹爹还。（进门，坐狗娃旁做鞋）
〔王仁厚、王东才上。
王仁厚　（唱二六）手拖我儿泪汪汪，
　　　　　　　　　低下头儿心内伤，
　　　　　　　　　他妻他母不见面，
　　　　　　　　　全家人难免哭一场。（截）
　　　　（进门。桂花惊奇地看王东才）
桂　花　爹爹。
王仁厚　狗娃，你看谁回来了。
　　　　（狗娃抬起头看王东才）
王东才　狗娃。
桂　花　你是哥哥。
狗　娃　（连哭带叫）爹爹！
　　　　（扑在王东才怀中。王东才抚摸狗娃，哭）
王东才　狗娃！
狗　娃　（仰起头看王东才）爹爹，我妈教人家砍死了，我要妈呢。
王东才　嗯？
桂　花　哥哥，你回来了，咱妈不在了。妈！（伏在桌上放声大哭）
王东才　嗯？爹爹，究竟怎么一回事？

王仁厚　嗯？
王东才　爹爹！爹爹！
王仁厚　嗯！（全家哭）
　　　　（唱慢板）孩子们哭娘亲放声叫喊。
　　　　　　　　　到如今伤心事不得不言。
　　　　　　　　　叫东才听为父细讲一遍，
　　　　　　　　　你莫要太伤心咬紧牙关。
　　　　　　　　　自那日（转二六）咱父子上坟祭奠，
　　　　　　　　　拉走你一家人逃往外边。
　　　　　　　　　有一天龙王庙休息一晚，
　　　　　　　　　来两个坏军队口出胡言；
　　　　　　　　　将你妻拉出了荒郊旷野，
　　　　　　　　　用钢刀砍得她血染衣衫；
　　　　　　　　　你的妻转回来痛哭一遍，
　　　　　　　　　一霎时咽了气命丧黄泉。
　　　　　　　　　你的娘直哭得浑身打战，
　　　　　　　　　她一头碰死在龙王庙前。
　　　　　　　　　哭了声姥姥媳妇难得见面，
　　　　（喝场）那……那是姥姥，那……那是媳妇……呵……
　　　　（全家哭）
王仁厚　（接唱）丢下了小儿女好不可怜。
　　　　　　　　想起了龙王庙教人心颤，
　　　　　　　　你的娘临死时叫你几番。
王东才　（接唱）听罢言来浑身颤，
　　　　　　　　我的娘我的妻死得可怜。
　　　　　　　　哭一声老娘难相见，
　　　　（喝场）那……那是儿的娘，那……那是我的妻呀呵……
　　　　（全家叫哭）
王东才　（接唱）好似钢剑把心剜。

我只说全家人都在，
有朝一日大团圆；
闻人说韩排长庙里行短见，
原是我妻被他奸。
回营见了他的面，
我定要杀贼报仇冤。
转面我把爹爹唤，
你三人到后来怎样安排？（留）

王仁厚 哎，儿呀！

（唱二六）听人说边区好难民优待，
因此上我三人逃到这边。
到此地政府里十分招待，
又借粮又借款各样周全。
众同胞一个个相亲相爱，
好一似一家人骨肉相连。
我三人到边区不过半载，
不愁吃不愁喝不愁衣穿。
共产党为人民寸步打算，
八路军同百姓兄弟一般。
好军队好政府真是少见，
中国人全靠它收复河山。
国民党到处把人害，
多少百姓受可怜。
如今越发行事坏，
不打日本这里来。
我儿今日回家转，
你参加八路军报仇冤。（截）

（狗娃忽然呕吐喊叫）

王东才 爹爹，狗娃怎么样了？

王仁厚　哎，这都是国民党的罪孽。它暗暗地派来汉奸特务，狼心狗肺，水井里撒毒药害百姓，狗娃中了毒了。

（王东才疯了似的，一把抱起狗娃）

王东才　啊哟，狗娃！狗娃！

（王东才看一下王仁厚，看一下桂花，急得乱跺脚，王仁厚、桂花莫名其妙，唯恐狗娃掉下来，两边招架着，王东才最后将狗娃扔下，昏死过去了）

桂　花　（一边扶狗娃，一边叫王东才）……哥哥
王仁厚　　　　　　　　　　　　　　　　　　东才

王东才　（唱〔阴司调〕）
　　　　　听一言把人的心急坏，
　　　　　浑身无力难起来。
　　　　　我强打精神睁开眼，
　　（看王仁厚、桂花、狗娃，放声大哭）……啊……
　　（接唱）气得人鲜血满胸膛。
　　　　　咬牙关骂一声国民党，
　　　　　你把我王东才变成狗狼。
　　　　　你害我贤妻老母把命丧，
　　　　　又逼我狼心狗肺把人伤。
　　　　　共产党爱护百姓人敬仰，
　　　　　你为何明打暗算丧天良？
　　　　　到如今我成了什么模样，
　　　　　害大家害自己坏了心肠。
　　　　　若还我把实话讲，
　　　　　唯恐怕全家老少遭祸殃。
　　　　　若还不把实话讲，
　　　　　雪地埋人难隐藏。
　　　　　对不起边区共产党，
　　　　　对不起同胞大家帮助

　　　　　我的全家老少好心肠。
　　　　　左难右难难心上，
　　　　　思前想后无下场。
　　　　　王东才我低下头再思再想，（绕）
有了！（接唱紧带板）
　　　　　忽然想起好主张。
　　　　　回去先杀韩排长，
　　　　　不顾生死闹一场。
　　　　　活着投降共产党，
　　　　　死了报仇也应当。
　　　　　为人生在尘世上，
　　　　　大仇不报脸无光。
　　　　　真言实话不敢讲，
　　　　　满腔怒火暂隐藏。
　　　狗娃，我对不起你。
王仁厚　狗娃吃过药，不要紧了。
王东才　爹爹，我……我对不起你们，我……我对不起……
　　　　我对不起大家！（连哭带说，低头落座）
王仁厚　东才，你不要太伤心，我现在把世事看明白了：共产党八路军是真正救中国的人，有他，把日本鬼子就能打下去；有他，咱们老百姓就能活。你回来就好，明天我带你参加八路军，打！把那些害苦老百姓丧尽天良的国民党坏东西，见了就打，报仇！
王东才　爹爹，我……
王仁厚　你怎么样？
王东才　我……我……哎。（低头哭）
王仁厚　我告诉你，从前我们到处受国民党的压迫，老百姓不敢说一句话，现在有共产党八路军，我们什么都不怕了。你不要怕当兵，当兵当了八路军，救国救家救人民，才是真正的光荣。东才，八路军是咱们老百姓的。

王东才　爹爹，我……

王仁厚　你怎么样么？

王东才　我……我……

王仁厚　东才，事到如今，你还贪生怕死吗？告诉你，我这么大的年纪，要是看见国民党的军队，我非打死他们几个不可，你们是青年人，怕什么？

王东才　哎，我好难也。

（唱二六）东才难来难又难，
　　　　　话到口边不敢言。
　　　　　老爹爹那里催得紧，
　　　　　说一套假话离家院。（截）

爹爹，我愿意参加八路军，只是我还有些东西货物丢在外边，我要将它拿了回来。

王仁厚　你把东西丢在国民党那边了么？

王东才　我……丢在……

王仁厚　要是丢在国民党那里，东西不要，小心吃亏。

王东才　就……就在这边，不远。

王仁厚　那就好，明天给咱买肉，好好地吃上一顿，再去取东西，早一点取回，早一点儿参加八路军。

王东才　爹爹，我一定要报仇！

王仁厚　好的，我们要报仇。

王东才　爹爹，你老人家休息了吧。

王仁厚　好，大家休息。

（大家做睡状，王东才不时睁眼看王仁厚等，见他们都睡了，叫了几声不应）

王东才　哎！

（唱二六倒板）全家人直睡得昏迷不醒，
（场板）王东才心有事坐卧不宁。
　　　　　老爹爹见儿回欢喜不尽，

哪知晓儿本是犯罪之人。
天不明我就要翻山过境，
到那里杀仇人不顾死生。
平日里想家常做梦，
今夜晚相见不相逢。
残灯燃烧心头恨，
不杀仇人气难平。
这一去吉凶祸福说不定，
父子们团圆杳无踪。（绕）

（看父抚子依恋不舍，忽听鸡叫连声）哎！

（唱尖板）耳听得雄鸡连声唤，
王东才不敢多留恋。
舍不得年幼妹妹还有小儿男。
恨只恨国民党做事太短见，
害得我全家不团圆。
忍泪吞声离家院，
不杀仇人不回还。（截）

（低声哭）爹爹，妹妹，狗娃，我去了，我要报仇去。（出了门，又探头进来，看了一下全家，决心下）（王仁厚醒来，向空一望）

王仁厚　天明了，东才，东才。（不见王东才，出门去叫了几声，转回来自言自语）哎，这孩子心太急了，忙什么。桂花！

（桂花醒来看窗，吹灯）

王仁厚　快起来，做饭。

桂　花　（不见王东才）爹爹，哥哥怎么不见了？

王仁厚　他寻东西去了，就会回来的。（拿起锄头）好，你就准备饭，把咱的鸡杀上一只，给你哥吃。我们变工队今天帮助咱们军队锄草，我就去了。

［桂花扶狗娃下。

王仁厚　（唱二六）手拿锄头心喜欢，

想不到我儿转回还。

回来后引他把团长见，

参加了八路军报仇冤。（下）

第二十三场　回　营

［王东才上。

王东才　（唱紧二六）

王东才来泪汪汪，

有家难归好心伤。

幸喜一路无阻挡，

回营来等机会大闹一场。（截）

［兵甲当王东才上时，也从下场门慢腾腾地上。

王东才　侯班长。

兵　甲　唉，你回来咧？

王东才　回来咧。

兵　甲　怎么样？

王东才　我要报告副官！

兵　甲　好，你来。

［二人转一圈。吴得贵由下场门上见兵甲与王东才。

吴得贵　做什么呢？

兵　甲　回去报告副官，就说王东才回来了，有事报告！

吴得贵　等一会儿。（下）

［孙副官上，吴得贵随其后。

孙副官　你回来啦？

王东才　（立正）回来啦！

孙副官　（向兵甲）你先下去。

兵　甲	是。（敬礼而下）
孙副官	你带回什么东西没有？
王东才	有。（从怀里取出一纸包，交孙副官）
孙副官	（看了一下，笑着说）好得很，你和黄先生都有功，这一回就有把握啦！我们就要袭击他们的乡政府，要你引路，下去换衣服去。
王东才	是。（出门，咬牙愤恨而下）
孙副官	（向勤务兵）叫韩排长去。
吴得贵	是。（下）

〔韩排长上，吴得贵随其后。

韩排长	副官。
孙副官	今天你可以带一部分人，袭击对过乡政府。
韩排长	副官，听说八路军开来不少。
孙副官	怎么，你害怕吗？
韩排长	（立起）不害怕！
孙副官	上边给我有指示，在没有进攻以前，我们要经常部分扰乱他们，破坏他们。
韩排长	听说有一次，他们的一个班，把咱们一个营打死了二十几个人。
孙副官	那是因为我们中了人家的埋伏，这回你看。（取出黄先生的情报给韩排长看）
韩排长	（看情报）这当然有把握了，他把啥情况都给咱弄清楚啦。不过，要万一人家那里有准备，该怎么办呢？
孙副官	不要紧，我可以告诉三营第一连连长，教他们也准备，要是你们遇到八路军的抵抗，他们会来接你们退回的，这你就放心了吧。
韩排长	好。
孙副官	快去。
韩排长	应当怎么搞？
孙副官	怎么搞？见地方就烧，见东西就抢，见人就拉。你应当明白，一来我们要破坏他们，二来还能让咱们白干不成？放大胆！
韩排长	好，那我就去。（敬礼，转身）

［二人分头下。

第二十四场 爆 炸

［韩排长上，吹哨子。上场门跑上王东才、兵丁，下场门跑上兵甲、壮丁一、壮丁二，都穿军衣带手榴弹，拿步枪，兵甲带短枪。

兵　甲　（敬礼）报告排长，什么事？

韩排长　我们马上要过边区那边搞他们一下，大家不要害怕，我们有情报，没有危险。大家准备好，到了那边，大家都有好处。（向王东才）王东才！

王东才　（立正）有。

韩排长　要你引路，我们先搞乡政府，抓乡长。

王东才　是！

韩排长　好，下去把子弹枪支准备好，听哨子立刻集合。

众　人　是。（分两边下）

韩排长　侯班长。

兵　甲　（转身立正）有！

韩排长　你先到我屋里谈一谈。

　　　　［二人进门落座，王东才从上场门暗上偷听。

韩排长　这一次是我们发财的机会，你们可以见人就拉，见东西就抢，随便搞！

兵　甲　（高兴地）上边让么？

韩排长　上边的意思，就是为了破坏他们，要把他们搞得一塌糊涂才好。

　　　　（此时，王东才咬牙发恨，向左右看有没有人）

兵　甲　那就有办法，能这么样，咱们的弟兄就不要命啦。

韩排长　侯班长，你要留神，碰到漂亮姑娘，你们不要随便……

　　　　（王东才早就拿出手榴弹，咬牙切齿，浑身打战，听到此处，揭盖套

兵　甲　（高兴，笑着说）那自然么，好的总要给排长么。
韩排长　（得意地点头称赞）哎……
兵　甲　哈哈……

〔正在他们得意忘形之际，王东才将手榴弹摔了进去，霹雳一声，放火一把，韩排长与兵甲倒地，兵甲躺下未动，韩排长挣扎要滚。王东才走了进来，用力踏韩排长三脚。后台有人跑的脚步声，王东才立刻拿出另一个手榴弹，去了盖，将引线套在指上，两臂向后背，紧张相待。兵丁由上场门跑上，壮丁一、二由下场门跑上，手里都端着枪。

众　人　什么事？
兵　丁　（见尸首）嗯。你……

（众拟拉栓上子弹，王东才紧握手榴弹，逼近一步大喊）

王东才　不准动！

（众愕，不敢动）

王东才　把枪放下！（众把枪放下）弟兄们！我们哪一个不是可怜人，我们教人家拉了壮丁，人家不把我们当人看，我们受过多少罪；国民党欺负我们家里人，日本鬼杀了中国多少人，他们不打日本，他们叫我们打边区，打共产党。弟兄们，我刚从边区过来，共产党八路军是最好的人，不压迫老百姓，跟老百姓是一家人。多少难民到边区都有吃有穿。我家里的人，从河南逃难，遇着韩排长这狗日的，把我的老婆强奸、杀死，把我的老娘逼死，我父亲带了两个小孩，跑到边区，人家那里公家帮助，老百姓也帮助，现在有吃有穿。孙副官逼我到人家那里做坏事，叫我往井里放毒，叫我暗杀好人。（越说越颤，连哭带说，大家也擦泪）弟兄们，我们是干什么的，我们有没有良心！国民党把我们害得不像人了！难道我们情愿做坏事吗？

孙副官　（后台先喊）什么地方随便打枪？（急急忙忙上）你们干什么哪？

（众人有点畏惧。孙副官看见尸首）

孙副官　嗯！（取手枪）

（王东才扑上去，紧抱孙副官两臂，厮打起来）

孙副官　（大声喊）造反了，造反了……

（众拉孙副官腿，孙副官与王东才齐倒，王东才夺孙副官枪。壮丁一向孙副官打一枪）

孙副官　（大叫）啊哟！（挣扎起）

（兵丁再打一枪，孙副官躺下不动。众围孙副官，看他死了没有。后台像有好多人疾奔，与吹唢呐声相和着）

王东才　弟兄们！咱们投降八路军去。

众　人　对！

王东才　走！跟我来！

［一齐跑下。

第二十五场　见　尸

［祁连长手提短枪，带兵乙、兵丙、吴得贵及兵戊端枪跑上，把三个尸首翻着看，吴得贵向后瞧。

吴得贵　报告连长，那边有我们的队伍向边区跑。

祁连长　追！

［众往下跑。

祁连长　开枪打！

［枪不断地响着，众下。

第二十六场　追　赶

［王东才等跑，向上场门一边打枪一边走，退入下场门。

［祁连长带众一边打一边走，追入下场门。

第二十七场　自卫队

〔后台枪声不断响着,自卫队吴老二提快枪,张虎儿提土枪,刘三左手提红缨枪,右手握手榴弹,指导员提手枪,四人一拥而上。

吴老二　哪边响枪?
张虎儿　东边。
　　　　(四人向下场门远望)
指导员　上东山!
张、刘　对!(四人跑下)

第二十八场　布　防

〔八路军高连长,带兵子、丑、寅、卯,端枪跑上,四面张望。

兵　子　报告连长!敌人从东边一直往边区跑来。
高连长　同志们!绕弯跑过去,(用左手指)压在左边山腰里,跑步!
　　　　〔众一齐跑下。

第二十九场　二老碰

〔后台枪声正在响着。胡老手提红缨枪从上场门跑上。王仁厚手提红缨枪从下场门跑上。二人碰倒。

王仁厚　(先起立)谁?

胡　老　（也起立）我。
王仁厚　胡老。
胡　老　你哪里去？
王仁厚　国民党的军队打来咧，我非把狗日的"攮"死几个不可。
胡　老　东边响枪呢，走！
王仁厚　走！
　　　　〔王仁厚先跑下，胡老绊了一跤，跑下。

第三十场　击　退

　　　　〔后台枪声还响着，自卫队跑上，张虎儿站在桌上翘望，边望边说。
张虎儿　狗日的向咱们跑来啦！
吴老二　（喊张虎儿）趴下。（并用手拉）（站起压倒虎儿）趴下，你不要命啦！
　　　　（四人伏下探头张望，准备开枪，后台脚步声愈响愈大，枪声愈响愈亮）
指导员　前边跑的好像是逃兵。
　　　　〔王东才、壮丁一、壮丁二、兵丁一边向后望一边跑上，向上场门打枪。张虎儿拟向王东才等放枪。吴老二挡张虎儿不许动。
壮丁二　（中弹）啊哟！（倒地）
兵　丁　卧倒，盯住打！
　　　　（三人卧下，向上场门打枪，祁连长带众一步一步逼王东才等退）
指导员　瞄准，开枪！
兵　乙　（中弹）哎哟！（倒地）
祁连长　卧倒，打！
　　　　（此时逃兵打追兵，民兵打追兵，追兵打逃兵和民兵）
祁连长　注意，那里只有几个老百姓，不要害怕，（指中间桌子，最好也用假山围起来）我们爬到上边去。

（高连长带众跑上桌，刚碰到兵丙、戊上桌子，高连长等连打带踢，兵丙等滚了下去，一阵乱闯乱碰乱叫）

祁连长　（站起来急得乱叫）快跑，往回跑……

（高连长瞄准祁连长放枪）

高连长　哪里跑！

祁连长　啊哟！（腿上中弹，倒地，连喊带爬地回去。他的兵连滚带跑地下去了）

（王东才拿着枪，向两边望。八路军向国民党军队跑处，打了一阵枪，高连长止住，遥望）

兵　子　狗日的跑过去了。

兵　丑　咱们追！

高连长　不要去，咱们现在为了团结抗日，我们还是忍让他们一下，不到他们那边去。

（兵子发现王东才等人）

兵　子　这里还有！

（高连长等瞄定王东才等，王东才等怕得两手举枪，将身斜着）

高连长　干什么的？

王东才等　我们投降八路军……

（吴老二站在桌上，向高连长等做远呼声）

吴老二　唔唔……不敢开枪，他们是逃兵，听见没有？他们是逃兵。

高连长　（连点头扬手带说）听见了。（向王东才等）你们把枪支（指鼓怀）架到那里！

［兵丁、壮丁一先架，王东才也把枪架起。王仁厚从下场门上，连喊带说，扑了上来。

王仁厚　打！打！……狗日的哪里跑！（照住王东才的头，猛刺一枪）

（王东才哎哟一声倒地）

（王仁厚把枪"攮"进地里，拔出来，又准备"攮"下去）

（中桌上兵卯放哨，高连长一边喊，一边向下跑）

高连长　老人家，不敢打！

（捉住王仁厚枪杆。王东才等怕得举起两手不敢动）

高连长　老人家，他们是好人。

（此时胡老亦上，被吴老二等下山挡住）

王仁厚　好人？我认得他们是国民党的军队。

（王东才脸上带伤，猛起抓住王仁厚）

王东才　爹爹！

兵　子　（抓住王东才）不准动！

王东才　爹爹！

王仁厚　嗯，（上前细看）你是东才，你是怎么一回事？

王东才　（哭诉）爹爹，我对不起你老人家，（向爹作揖）我对不起家，我……

（王仁厚拉住王东才手）

王仁厚　你到底是怎么一回事？

王东才　哎，我……我对不起大家。（看着大家哭说）

（王仁厚紧握王东才）

王仁厚　你到底是怎么一回事！

王东才　哎！我……我……

高连长　老人家，他心里像是难受得很，慢慢再谈，把他的伤揉一揉。

（王仁厚急得很厉害，给王东才揉伤）

王仁厚　哎，你把我弄糊涂了。

〔王东才半痴半癫地呆着。后台许多人，用愉快的口音，夸奖八路军，紧接着，张老婆得意地连说带走，提一筐馍馍，善牛提一块肉，另一农民何大担一担馍和慰劳品上。兵卯向后看笑了一下，瞧前边仍放哨。慰劳的群众多人。

张老婆　国民党狗日的"胡拧瓷"，看它碰钉子不碰钉子！（见高连长）高连长，你们有本事，胜利万岁！大家快吃馍。

高连长　老人家，谢谢你们！

张、何、善　这算什么，咱们八路军、自卫队，保护大家，我们应当慰劳你们!

（将馍分散八路军、自卫队和王东才等）

［黄先生提一筐馒头上。

黄先生　高连长，好的，胜利！我慰劳你们。

高连长　黄先生，你太多心啦！

（王东才看见黄先生大喊一声）

王东才　嗯！

（黄先生与众都怔住啦，不知怎么一回事。他随后上下打量王东才，觉得事情不好，打算脱逃，连说带转身）

黄先生　好，你们在！

（王东才上前一把扭住黄先生的领口，大喊）

王东才　汉奸！

黄先生　（态度强硬地）你胡说！

王东才　你……

黄先生　我怎么样？随便咬人，小心你的命！

高连长　同志，你认得他吗？

（王东才要开口时，又看高连长等，恐怕说出自己也不得了，所以又急又为难）

王东才　他……

高连长　（看出他的矛盾）同志！你有什么话，只管说，不要害怕，只要你很好地坦白，我们欢迎你，绝对不会难为你的。

众　人　欢迎坦白……（一声）

（王东才看高连长及众人，再看王仁厚，表示犹豫）

王东才　我……我……

王仁厚　东才，你不要害怕，有什么话只管讲，咱们边区政府、八路军最欢迎说老实话的人，不要害怕，快说。

众　人　欢迎坦白！……（一阵鼓掌声）

王东才　（连哭带喊）同志们！你们大家不知道，我知道，他叫我给你们井里放毒，他叫我杀人。你们不要吃他的馍，有毒有毒！（更用力地扭住黄先生）狗汉奸！狗特务！

高连长　捆起来！

（兵丁、丑把黄先生手背绑起来。王东才向大家作揖，哭诉）

王东才　哎，我对不起大家，你们处罚我，国民党把我害了，我对不起大家。

高连长　同志！你不要害怕，不要难受，你能坦白说出来，就是好的，我们欢迎你。

王东才　（还有点害怕）我……我该死……

（王仁厚拉住安慰）

王仁厚　东才，你不要害怕，坦白了好，多少做坏事的人向边区政府、八路军真心坦白，大家都欢迎，你不要害怕。

（王东才放心了，很受感动。张老婆向黄先生脸唾一口）

张老婆　把你一天还当个人呢，要脸不要脸？

（王仁厚抓住黄先生就打）

王仁厚　你是什么东西？

（胡老用枪杆敲黄先生）

胡　老　把狗日的砍了。

众　人　把狗日的砍了。

（乱吵乱骂，非常激愤。高连长挡住大家）

高连长　同志们！咱们回去开大会欢迎这几位（指王东才等）同志；同时公审这个特务。（指黄先生）

众　人　（应声如雷）对！

高连长　好，（向王东才等）你们到这边来，咱们就是同志，我欢迎你们，请到前边走！

（王东才等有点不好意思。八路军上去握手，很亲热地拉拉扯扯地推他们前走）

高连长　（生气地向众人示意，对黄先生）拉着走！

兵　丁
兵　丑　走！

［高连长笑嘻嘻地安慰王东才，并拉着他同走，其他八路军携兵丁和

壮丁一等同下。

[老百姓有的骂,有的推,把黄先生拉下去了。

——剧　终——

一九四三年写于延安

大家喜欢 眉户

编剧：马健翎（1944）

人物表

王三宝：年三十岁左右，调皮而且嘴巧的二流子，脾气很大。
李玉贞：三宝妻，生性温柔，勤劳辛苦，年二十七八岁。
羊　娃：三宝的娃，十岁左右的男孩。
冯二婶：五十几岁，健康，愉快，勤苦，爽直，会说话。
乡　长：五十几岁，朴实忠厚，沉着耐心。
石万明：年四十岁左右，健壮的农民，心直口快。
指导员：年三十几不到四十岁，细心。
眸　子：男孩，比羊娃大一点儿，穿着干净朴素。
一妇女：农妇，三十几岁。
自卫军某：农民。

时间：一九四四年春。
地点：陕甘宁边区接近蒋管区的一个地方。

第 一 场 劝 说

［在一个短小的丝弦与打击乐器配合演奏的悲调声中，幕徐徐开，紧接七锤子。李玉贞拖她的羊娃上。李玉贞衣服破烂，但还干净，面黄肌瘦，苦眉泪眼。羊娃破鞋赤脚，衣不遮体，哭丧着脸，以手压腹，冷得打战不止。

李玉贞 （唱〔慢西京〕）

好几日我母子没吃饱饭，
身无衣最可怕冷月寒天。
娃的大他不把正事来干，
每日里抽大烟还要耍钱。
可恨我女人家无有能耐，
明哭夜夜哭明两泪不干。（落座）

羊　娃 （哭着说）妈！我饿咧，我肚子痛。

李玉贞 不要紧，再等一会儿，等你爸爸回来，我叫他想办法给你弄点吃的。

羊　娃 （哭、抖）妈！我冷得很。

李玉贞 我娃不要哭，来，妈把你抱在怀里就不冷啦。（把羊娃抱在怀里，羊娃哆嗦，自己不由得伤心掉泪，擦泪）

［洋烟鬼王三宝，蓬头垢面，浑身破烂，披一件破皮袄上。

王三宝 （唱〔岗调〕）

王三宝倒了霉心中不快，
政府里禁赌博不让耍钱。
没赌场从此后无处游转，
弄不到亏心钱不好抽烟。
低下头我进了自己家院，
闷忧忧坐一旁闭口不言。（坐到左边）

李玉贞　（见王三宝空手回来，很不高兴，难受地移坐于右）把锅子卖了没有？

（王三宝不语）

李玉贞　我问你把锅子卖了没有？

王三宝　（讨厌的神气，连看都不看）卖咧！

李玉贞　钱呢？

王三宝　你问它干啥呢？

李玉贞　该买些吃的么，娃哭了一天咧！

王三宝　爱哭就叫哭！

李玉贞　娃饿得肚子疼哩，你知道不知道？

王三宝　我发瘾比饿还难受，你知道不知道？

李玉贞　你把钱都买了烟咧？

王三宝　都买了还不够过瘾呢！

李玉贞　（非常难受地）哎！好你呢，你常常就不打算日月光景，这不对的，你应当做点正事，人常说只要勤不怕穷，你应当……

王三宝　（很不耐烦地打断李玉贞的话）好啦好啦，不要说啦，我听够啦，又是老一套，我们男子汉比你们女人心里明白得多呢。

李玉贞　明白，明白就该做明白事么，为什么……

王三宝　不要你多嘴。

李玉贞　唉！我看咱们这一家就活不下去，跟上你，我们就要饿死。

王三宝　想死了就早一点儿死，不要麻烦我。

李玉贞　（有点生气）你就太把我们不当人看！

王三宝　（生气地站起来）就把你们不当人看，你能咋！婆姨女子，想说什么就说什么，简直不像样子，怨你的命不强，没生在好八字上，嘟嘟嘟嘟嘟嘟胡说啥呢，难道你想叫我怕你不成？

（李玉贞长叹一声，拭泪）

羊　娃　（哭诉）妈！我饿咧，给我吃啥呢？

李玉贞　（抚摸羊娃）不要哭。

羊　娃　我肚子疼，把我饿死了！

李玉贞　我娃不哭，慢慢想办法。

羊　娃　（连跳带哭）不，我就要吃，我就要吃！

王三宝　（气汹汹地把羊娃从李玉贞怀里拉出来）你狗日的哭！

　　　　（羊娃被拉时尖叫，然后害怕地呜咽着）

王三宝　（凶眉瞪眼地逼近羊娃）你哭，你再哭！

　　　　（李玉贞把羊娃抱怀中，羊娃呜咽，李玉贞抽泣擦泪）

　　　　（王三宝又凶又不高兴地落座）

　　　　（全家沉默一会儿）

　　　　［冯二婶上，穿得朴素干净。

冯二婶　（唱〔岗调〕）

　　　　　　政府里发动妇女纺棉线，

　　　　　　一斤能赚好多钱；

　　　　　　羊娃的妈妈太困难，

　　　　　　劝她纺线弄吃穿。（截）

　　　　（进门，王三宝见冯二婶，讨厌地站到一旁没有理）

冯二婶　哎！我就没看见过你有个好脸。

李玉贞　（连忙擦干眼泪）冯二婶子快坐下。

冯二婶　噢！你坐么。（落座于王三宝的地方，看李玉贞）你为啥哭么？

李玉贞　我没有哭。

冯二婶　没哭，两只眼哭成两颗红桃咧，还没哭，为啥事么？

　　　　（李玉贞长叹一声，又擦泪）

冯二婶　你们吃过饭了没有？

李玉贞　吃过啦。

羊　娃　（哭着说）吃屁呢，两天都没有见饭。

　　　　（李玉贞把羊娃拉了两下，表示禁止他说话）

冯二婶　嗳！羊娃妈！我知道你爱好，有难过悄悄装在肚子里；你不要把我当外人看，咱们惯了，啥话不能说，说了还能笑话你么。

　　　　（李玉贞更伤心擦泪）

冯二婶　（向王三宝）王三宝，算你家里的事，我比算卦先生还灵呢！你又把啥东西卖了，抽了大烟不管家里饿肚子，羊娃妈说上几句，又要你咻压迫人的脾气呢，你说是不是？

王三宝　（生气地）耍脾气不耍脾气，跟你不相干。

冯二婶　唉！你爱听就听，不爱听了拉倒，眼瞪得跟牛眼珠子一样，吃人呀！

王三宝　你少说话。

冯二婶　我告诉你，今年不得过去，乡长组织全村劳动哩。扎工变工，大家都要参加生产呢，懒人都要种地呢，不让咱村里有一个二流子。

王三宝　（羞怒）谁是二流子，谁是二流子？

冯二婶　（觉得王三宝太糊涂，改用好言相劝）哎，羊娃大。

（唱〔劳子〕）

　　　　羊娃大莫要把脸变，
　　　　听我把话对你言：
　　　　为人在世要有脸，
　　　　抽烟赌博大家嫌。
　　　　你还是一个年轻的人，
　　　　生产劳动定能成。
　　　　开几亩荒来把地种，
　　　　打下粮食不受穷。
　　　　大家齐心都劳动，
　　　　好吃懒做弄不成。
　　　　莫等众人把你问，
　　　　自动改过才光荣。
　　　　转面再把羊娃妈的唤，
　　　　咱们妇女们也要生产。
　　　　每日里叼空来纺线，
　　　　纺线能赚许多钱。

李玉贞　（唱〔前调〕）

　　　　冯二婶子是好心肠，
　　　　穷人怎能把线纺？

　　　　　买不起车子买不起花，
　　　　　两手空空无主张。
冯二婶　（唱〔二心子五更〕）
　　　　　羊娃妈你还不知晓，
　　　　　听我把话说明了：
　　　（转〔一串铃〕）
　　　　　政府里好主张，
　　　　　办了一个合作社给大家帮忙，
　　　　　纺线车子他们给你借，
　　　　　领到了棉花把线纺；
　　　　　纺了线子忙交上，
　　　　　一斤能赚好多大洋。
　　　　　只要你勤俭不偷懒，
　　　　　管保你吃饱穿暖不受恓惶。
李玉贞　（唱）合作社的同志我不熟，
　　　　　　　人家不理咱脸无光。
冯二婶　（唱）我是咱村的纺织组长，
　　　　　　　领你前去量无妨。
　　　（落〔五更尾〕）
　　　　　哎咿呀哈咱快走我引你到前庄。
　　　羊娃妈，咱就走，我引你到前庄合作社领花领车子，一天纺几两线，满能顾住你娘儿们两个的吃喝。（说王三宝）他不生产，叫他饿着。走。
李玉贞　好。（起立，整头发）
羊　娃　妈，我要吃。
冯二婶　羊娃，你也跟我们来，我给你馍吃。（说着拖羊娃向门走来）
　　　〔王三宝转过脸和冯二婶视线一碰，马上转过头去，冯二婶瞪了王三宝一眼，同李玉贞、羊娃下。
　　　（王三宝哼了一声，气汹汹地独坐）

〔乡长上。〕

乡　　长　（唱〔岗调〕）
　　　　　　　　政府号召多生产，
　　　　　　　　耕二余一备荒年。
　　　　　　　　扎工变工大家干，
　　　　　　　　二流子也不让他游手好闲。（截）
　　　　　（王三宝见乡长进来，不满意地离座，扭过头站立一旁）

乡　　长　你在家哩？
王三宝　我不在家还跑咧！
乡　　长　你就常是呦样子。
王三宝　我就是这个样子么！
乡　　长　三宝，你还在抽大烟吧？
王三宝　早就丢完咧。
乡　　长　你不抽大烟，常到蒋管区里跑啥哩？
王三宝　难道我就不能到蒋管区里转一转么？
乡　　长　当然能转么，不过你到蒋管区，跟人家不一样，你一去蒋管区，就不是干好事，一定是从那里搞大烟去咧。
王三宝　你不要随便冤枉人。
乡　　长　我就不冤枉人。
王三宝　不冤枉人，不冤枉人你看见我从蒋管区拿回大烟咧？
乡　　长　好娃呢，我是为你哩，不是害你哩，你看你抽成个啥样子咧！简直跟城隍庙的吊死鬼一样，有啥好么？
王三宝　反正我从此以后不抽大烟，不犯法就是咧，请你少说那些难听的话。
乡　　长　那就很好。你近来的光景怎么样？
王三宝　你放心，饿不死。
乡　　长　饿不死？饿死就迟咧，没人给你谈咧。
王三宝　光景好了就好光景，光景不好了就坏光景，你问它干啥呢？
乡　　长　我想叫你把坏光景变成好光景，你说好不好？
王三宝　我的事由我着呢，谁也管不了。

乡　长　王三宝，这话在咱边区说不过去，共产党八路军一心要坏人变成好人，你不好也不行。

王三宝　我不懂得啥叫好人！

乡　长　劳动生产就是好人。你今年也要参加生产，咱们全乡立下公约啦，要改变你们这些二流子。

王三宝　我什么地方像二流子？你说！你说！

乡　长　你好吃懒做，抽烟耍钱，不务正事，浑身上下都是一绺子扯成两绺子，一满是二流子。

王三宝　教你把我就说完咧！

乡　长　说不完。你只要能生产劳动，你就是好人。我给你正式通知，今年你要把烟戒了，参加生产开荒种地。

王三宝　我干不了！

乡　长　干不了不得行，非干不可！

王三宝　难道我不种地也算犯法么？政府管的事就太多咧！

乡　长　好娃呢，这是为你好，你开了新荒地，政府又不征粮，有吃的有穿的，婆姨娃娃欢天喜地还不好么？难道你一辈子就当穷洋烟鬼呀？婆姨哭，娃娃叫，讨的吃，讨的穿，你心里就不难受么？

王三宝　惯咧！不难受，不要你操心。

乡　长　我知道你能说，咱们等着看，今年你要是不劳动生产，不得过去。

王三宝　哼！告诉你，我大我妈活着都把我没办法，旁人能把我咋？

乡　长　哎，三宝！

（唱〔岗调〕）

　　　王三宝你莫要那样傲慢，
　　　听乡长我把话细讲一番。
　　　共产党为百姓寸步打算，
　　　他比咱的亲生父母还周全。
　　　毛主席号召组织生产，
　　　要把咱边区党政军民上上下下齐动员。
　　　婆姨女子都要干，

二流子一个也不让闲。
能生产生活就改善,
不愁吃来不愁穿。
咱边区人人都发展,
丰衣足食好喜欢。

(转唱〔采花〕)

我这样劝你原为好,
收心改过第一条。
希望你早把瘾丢掉,
上山开荒把地掏。
不改过人人把你笑,
二流子的臭名去了。
朋友们见你不说话,
好亲戚见你把头摇。
大家为你把心操,
政府为你常来跑。
假若是你再不学好,
开一斗争会悔也迟了。(截)

好,我话给你讲明白啦,你早点把烟丢掉,准备受苦劳动,我就走咧。(下)

王三宝 哼!

(唱〔岗调〕)

王三宝来好生气,
乡长常常把我欺。
上山挖地我死不去,
看你把我能怎的!(截)

〔发瘾打哈欠,晦气地走下。

第二场　借　钱

［石万明上。

石万明 （唱〔岗调〕）

石万明我好高兴，
这几年的日月光景大不同：
能吃面来能吃肉，
不像从前受贫穷。
这都是共产党有本领，
政府里领导人民向前行。
适才间乡长对我把话论，
他言说今年的生产要搞得更凶。
毛主席号召组织劳动，
要把那全劳动、半劳动、男男女女、老老少少、牛儿、驴儿、马儿、扎工变工组织起来，我帮助你，你帮助我，大家互相帮助，一齐动工。
劳动力组织起来了不成，
八个人就能做十个人的工。
没牛的人工变牛工。
没驴的人工变驴工。
男的女的老汉娃娃都分工，
全村里里外外没有闲人。
这个计划我赞成，
今年要特别加油争取一个劳动英雄。
我越思越想越高兴，
赶快把镢头、锄头、犁儿、耙儿收拾妥当准备开工。（截）

（预先桌子旁边要放钁头一把，还有锄头一把，斧子一把，碎木楔几个。石万明拿起斧头，收拾钁头）

［王三宝饥饿发烟瘾上。

王三宝 （唱〔二心子五更〕）

王三宝我发了瘾，

又饿得肚子疼，

左思右想没法子行，

没奈何只得找亲朋。

不觉得来到石家门，

进门去找表兄，

明知晓他见我不欢迎，

厚着脸装他一个不脸红。（落）

（进门。石万明正在埋头苦干，收拾钁头，没有发觉。看了一阵，不好意思开口，终于怯懦地开口）

王三宝 表兄！

石万明 （一见王三宝就讨厌，看了王三宝一眼，毫不理睬）做啥呢？

王三宝 我闲转呢。

石万明 你就常闲着呢！

王三宝 好你哩，咱们是姑表兄弟么，我就不能到你家转一转谈一谈吗？

石万明 我忙着哩，没有工夫跟你扯淡。

王三宝 哎。（想走，但觉得非得搞一点儿钱不可，又停住，很低声怯懦地说）表兄！

石万明 说你的话。

王三宝 我这几天实在没办法，你给我……

石万明 我给你啥？

王三宝 你帮助我一下么。

石万明 我连我都过不前去，还帮助人呢！

王三宝 你们如今丰衣足食咧，借我一半斗米算什么呢！

石万明 米，米是我受了苦才打下的，不是天上掉下来的。

王三宝　看你，好好地谈几句话么；你给政府还帮助救国公粮哩么，咱们是至亲么，更应当帮助才对么！

石万明　把你说的比唱的还好，政府是个啥，你是个啥；政府、军队保护老百姓，又帮助老百姓过好日子。你是个啥东西！

王三宝　你不要骂人么！你……

石万明　对，我骂得不对，我的过。我给你说，今天我啥都不帮助你，现在咱们政府动员全乡群众都要劳动生产，二流子也非劳动不可，只要你把瘾丢了，种地生产，慢说咱们是表兄弟，就是另外旁人，我也肯帮助的。今天没事。

王三宝　你给我借一斗，借上五升？

石万明　没事！

王三宝　三升？

石万明　没事！

王三宝　二升？

石万明　（非常讨厌地瞪王三宝一眼）没事！

王三宝　我开了口了么，你总不能不给我一点儿面子。

石万明　二流子就是个没有脸，要啥面子哩！

王三宝　你不要太把我不当人！

石万明　是你自己把自己不当人。

王三宝　（生气）姓石的，你不要把话说完把事做完，我姓王的也不是好惹的！

石万明　我借给你是个人情，不借是个本分，我惹你的啥咧？

王三宝　告诉你，我姓王的也有点名气呢，你不给我点面子，我教你受不了。

石万明　你不要拿咧话吓唬我，我不是泥娃娃，摔不烂。告诉你，现在订下村民公约咧，大家团结，反对坏人呢！从前是好汉怕懒汉，懒汉怕死汉，现在啥都不怕。张怕你，李怕你，大家就不怕你。你不信要个流氓看，把你算啥哩。米是我种的，钱是我挣的，就是不给你这二流子借！（说罢，气愤愤地下）

王三宝　（干生气没办法）哎！

（唱〔岗调〕）

　　　　王三宝我倒了运，

　　　　生了气不敢胡乱行。

　　　　在从前只要把眼瞪，

　　　　谁敢不对我让三分。

　　　　如今大家都齐心，

　　　　流氓手段要不通。

　　　　外边的路子闭了门，

　　　　回家去、打娃子、骂婆姨、卖盆卖碗耍威风。（截）

〔发烟瘾打哈欠，下。

第三场　偷　线

〔李玉贞夹一包棉线上。

李玉贞　（唱〔银纽丝〕）

　　　　李玉贞来喜盈盈，

　　　　我每日纺线五两有零；

　　　　交给合作社，

　　　　票子到手中，

　　　　我也是参加生产劳动的人。

　　　　可恨那羊娃大太得气人，

　　　　每日里胡生事不丢烟瘾；

　　　　问我硬要钱，

　　　　不给还不行，

　　　　动不动不讲理常常发凶。

　　　　妇联会同志常谈论，

　　　　她们说男和女应当平等；

　　　　男人不学好，

　　　　女人要斗争，

　　　　不应该常受压迫不出声。

　　　　从此后我要和他斗争，

　　　　他要是耍脾气那可不行；

　　　　妇联会帮助我，

　　　　告状定能赢，

　　　　我要把二流子变成好人。（截）

　　（把线包放在桌子上打开整理）

羊　娃　（在内）妈！（跑上）妈！

李玉贞　啥事么？

羊　娃　你走咧，我学你纺线呢，把车子弄坏咧。

李玉贞　（着急地把羊娃推了一下）把你个顽皮鬼，叫你不要动不要动，你总是由不得，车子是人家的，弄坏了咋办价？哎！……

　　（说着跑回去，羊娃也跟着回，因而急忙把线子丢下了）

　　［王三宝上。

王三宝　（唱〔岗调〕）

　　　　这几天越发行不通，

　　　　走到处人家给我碰钢钉。

　　　　懒洋洋进了自己的院，

　　　　寻几件破东西再好出门。（截）

　　（进门看见线子，周围仔细听了一下，把线装到怀里，把包线的包袱故意弄得凸起，放桌上，往门上走）

　　［李玉贞上，羊娃跟着上。

李玉贞　羊娃大！

王三宝　嗯。（转过身不自然地装咳嗽）你说啥呢？

李玉贞　你到哪里去来？

王三宝　我到外边转了一转。

李玉贞　你不要胡逛咧，好好地住在家里把烟瘾戒了，做点正事，你看人家多少人都进步咧，你也应当争一口气。
王三宝　我争气着哩。
李玉贞　你看，我纺线你种地，咱们就能过好日子。
王三宝　啥叫好日子，发了瘾就没好日子。
李玉贞　哎！你总是不听话，听我说，好好地住在家里，我今天交线呢，换些米回来，管你的饭，等把烟瘾丢了，上山种地。
（说着向桌上取线去。王三宝见李玉贞取线，想出门去躲。李玉贞不见线，大吃一惊，猛扑上去把王三宝抓住）
李玉贞　是不是你把线子拿走咧？
王三宝　啥么？
李玉贞　线子，我纺的棉线。
王三宝　我没见。
李玉贞　（急）你没见，就是你一个人在这里，快给我。
王三宝　（生气）我没有见，给你啥哩？
李玉贞　好我的爷爷呢，我纺线挣下的钱，你用多少都不要紧，这是人家的线，你卖了我赔不起。你把人急死咧，快给我，不给不行。
王三宝　你不要缠我，我又不是个贼娃子，我偷过谁？
李玉贞　好你哩，把线给我，领来钱都给你就是啦！
王三宝　（把李玉贞一把甩开）滚蛋！
李玉贞　（又扑上去抓住王三宝）不行，你不给线子就不得行！
王三宝　你当我怕你哩？
李玉贞　我也不怕你，今天你不给线子，我就要到政府里告状。
王三宝　（一掌把李玉贞推倒）滚你妈的，把你也学成咧，给我讲平等，你就跟上八路军的人跑，看把你的命送得了送不了！
（羊娃怕得直哭，李玉贞猛起立，又抓住王三宝）
李玉贞　你太不讲道理啦，走！跟我到政府去！
王三宝　（又把李玉贞摔倒）去你妈的！
（李玉贞猛扑上来。王三宝向李玉贞腰用力踢了一脚）
王三宝　你造反呀！

李玉贞　啊哟！（倒地）

　　　　［羊娃直号，王三宝气汹汹地下。李玉贞十分疼痛，双手压腹。

李玉贞　哎！我不得了了。

　　　　（唱〔五更〕）

　　　　　　李玉贞好难过，

　　　　　　我浑身颤嗦嗦，（连起带唱）

　　　　　　强打精神将身站，

　　　　　　骂一声流氓太可恶。

　　　　　　我几年把你让，

　　　　　　今日难下场，（拉羊娃出门）

　　　　　　出的门去我要把冯二婶子找，

　　　　　　到政府告你个耍强梁。（落）

　　　　羊娃，跟我走！（下）

第四场　卖　线

　　　　［王三宝上。

王三宝　（唱〔岗调〕）

　　　　　　王三宝好着急，

　　　　　　跑到东来又到西。

　　　　　　张王李赵都不买，

　　　　　　他言说二流子的东西是偷来的。

　　　　　　说不了再到后庄去，

　　　　　　谁敢买我就卖给谁。（下）

第 五 场 告 状

〔李玉贞拖羊娃上。

李玉贞 （唱〔岗调〕）

　　　　李玉贞我泪汪汪，
　　　　手拖羊娃到前庄。
　　　　找到了冯二婶细讲一遍，
　　　　我要她领我见乡长。

冯二婶子！冯二婶子！

〔冯二婶上。

冯二婶 （唱〔采花〕）

　　　　我正在窑里纺棉线，
　　　　忽听得门外有人言；
　　　　用手开了门两扇，
　　　　原来是羊娃妈在面前。

羊娃妈快到屋里坐。

李玉贞 （唱）我有个要紧事细对你言：
　　　　（哭音）羊娃大偷了我的线，
　　　　　　胡支理对不要脸。

冯二婶 （唱）你就该向他把线要，
　　　　　　你不要他一定卖掉了。

李玉贞 （唱）我要来他把我骂了一顿，
　　　　　　拳打脚踢摔了我几跤。（哭，拭泪）

冯二婶 好恼！
　　　（唱〔紧诉〕）
　　　　听一言气得我浑身打战，

　　　　　　二流子流氓翻了天。
　　　　　　偷了线子还不算，
　　　　　　骂人打人为哪般？（向李玉贞）
　　　　　　新社会不同旧社会，
　　　　　　压迫婆姨他犯了条款。
　　　　　　我看那人不会改变，
　　　　　　离婚拆散走两边。
　　　　　（拖李玉贞，边唱边走，转一个圈）
冯二婶　（唱）来来来随我到政府里去，
　　　　　　　见了乡长说一番。
　　　　　　　我劝你把心拿定，
　　　　　　　同那人过日子太受艰难。（截，进门）
　　　　　乡长！乡长！
　　　　　［乡长和指导员上。
乡　　长　唉！冯二婶子你来咧，快坐下。
冯二婶　好，今天遇了个巧，指导员也在呢。
乡、指　你有啥事呢？
冯二婶　太不讲理，简直把人欺负得活不成咧！
乡　　长　啥事吗？
冯二婶　乡长你要给我们妇女出气哩！这还了得！
乡　　长　到底为啥事么？
冯二婶　二流子王三宝抽烟耍赌，不务正事，（指李玉贞）他的婆姨参加我们纺线小组，挣下的钱供他吃，供他喝，他还嫌不够，把线子都偷了，问他，不给就是咧，还要压迫人，打人。乡长！不行！我代表我们妇女，不能容让这一件事！
乡　　长　王三宝这家伙，实在不识好歹。
冯二婶　乡长！这事你要办理。
乡　　长　这人真没办法。
冯二婶　乡长！你看，（指李玉贞母子）快把这两个饿死咧，我看弄不成，活不下去，干脆离婚拆散算了。

乡　长　（向李玉贞）你是啥意思？

　　　　（李玉贞不好意思开口，长叹了一口气，擦泪）

冯二婶　你把主意拿得牢牢的，跟他离婚。

李玉贞　哎！怨我的命不好！

冯二婶　哎，你还是个封建脑筋，啥叫命么？从前人常说谁的命好，谁的命不好，如今教生产劳动就把命给打倒咧！多少人说他的命不好，现在生产劳动，吃得好，穿得好，再也不说命不好。你自己日子难过，不是命不好，就是因为王三宝是个二流子，不生产不劳动，你跟他非饿死不可，离婚！离婚！

乡　长　（向李玉贞）你表示你的态度！

李玉贞　噢！实在没办法就离婚。

乡　长　（向指导员）指导员，你看这事情……

指导员　（向乡长）王三宝，你劝过他几次？

乡　长　哎！我前后劝过他八次啦！

冯二婶　我都劝过他好几次咧，把人的话秋风过了驴耳朵咧！

指导员　我也劝过好几次，这人顽固得很。

乡　长　咱们乡上，就是这一个二流子还没有转变好。

冯二婶　不听话么，人为他说好话呢，他还不给人一个好脸，没出息。（向李玉贞）离婚！离婚！

指导员　（向冯二婶）冯二婶子，你的主意是对的；不过咱们共产党边区政府，对于二流子，总要想办法救他；都是人嘛，我就不信他转变不好。我们还是多想些办法再把他救一救。

乡　长　（拍着头走来走去）哎！想个啥办法哩么！

冯二婶　旁人有救，王三宝一点儿救都没有！

乡　长　（猛然想起）这么办！（向李玉贞母子）你们两个到你娘家去，你能纺线，还可以种几亩地。我亲自跟王三宝变工开荒。他能好，你再回家；他好不了，干脆，离婚就离婚。有我给你做主。

冯二婶　唉，……你把主意打错咧！跟王三宝变工把你急死，一定是个吃力不讨好。

乡　长　不怕，我吃点亏不要紧，只要他能变好，我吃亏也是个高兴的。

指导员　我赞成你这种精神，只要你把王三宝转变好，你就是转变二流子的模范。

乡　长　对！我给咱争取这个模范。

指导员　好！你把他叫来，不要客气，条件定的严严的！我就去咧。

乡　长　你也参加讲条件吗？

指导员　我还要跟大家研究咱们乡上的牛、驴子编队的事情呢。

乡　长　对，那你去。

　　　　［指导员下。

乡　长　（向李玉贞）你同意不同意我的意见？

李玉贞　好嘛。乡长，你只要把他转变好，就是我全家的恩人。

冯二婶　你要是能把王三宝转变好，你就是活神仙。

乡　长　（向李玉贞）王三宝来了，你把态度放得硬硬的，咱们大家逼着他往好处走。

李玉贞　对，我听乡长的话。

乡　长　好！找人叫他。（出门眺望，喊）唉！路口上谁放哨呢？

石万明　（内答）是我们两个。

乡　长　你们来一个人！

石万明　（内应）对。

　　　　［乡长进门。石万明跑上，进门，拿着红缨枪给乡长敬礼，不大自然。

石万明　有啥事呢？

乡　长　王三宝把他婆娘纺的线偷地卖去啦，你赶快把他找来，顺便查问一下，看他把线子卖给谁咧。

石万明　卖不了，咱们村民公约上，谁要给死二流子借钱借粮，买死二流子的东西，受处罚呢！谁敢买？

乡　长　许卖不了，你快去找他去。

石万明　对。（跑下）

乡　长　他今天再给我发凶，我就给他个不客气。

石万明　（内）正寻你哩，走，跟我走！
王三宝　（内）哪里去呢吗？
石万明　（内）乡长叫你呢。
王三宝　（内）我忙着呢。
石万明　（内）忙也不行，走！
　　　　　［石万明与王三宝上。
王三宝　好我的表兄哩，咱是亲戚嘛！你就说没见我。
石万明　现在不能论亲戚，这是公事，乡长的命令，进！进！
　　　　（王三宝转过身去想溜，被石万明抓住）
石万明　你哪里去？
王三宝　你叫我解个手么。
石万明　解手，能行，快一点儿。
　　　　（王三宝解手，把怀里的线子装在裤子里。石万明把王三宝的行为观察出来啦，可是只觉得线子在怀里，没有看到装在裤子里）
石万明　进。
　　　　（王三宝进门，看见李玉贞等把头转过去。石万明与王三宝一齐进门）
石万明　乡长，还有啥事？
乡　长　好！你放哨去。
石万明　对。
　　　　（下场时，给乡长示意，线在王三宝怀里）
乡　长　（点头）你刚才做啥来？
王三宝　闲转哩么。
乡　长　你把线子呢？
王三宝　我就没见啥线子。
乡　长　那你说羊娃妈纺的线子，谁偷去咧？
王三宝　不晓得哪个贼娃子偷去啦。
乡　长　哪个不长眼的贼娃子，跑到你家里偷东西呢？
王三宝　那我就说不来咧。

乡　长　不要胡说咧，把线子交出来！

王三宝　我只管说没见，没见，给你交啥呢？

乡　长　交线子！

王三宝　（不在乎地走向前一步逼乡长）没有，不信你就搜……

乡　长　你自己拿出来，别让人搜。

王三宝　不敢搜呀！当乡长随便诬赖人……

乡　长　明明线子不拿出来，才是不讲道理的。（打量王三宝藏线子的地方）

王三宝　没有，没有，你看么。

乡　长　（在王三宝的身上捏来捏去，猛然发现腿凸出一块，用手一抓）这是啥东西？

王三宝　（把乡长一推，装痛）啊哟！你这人笨手笨脚的，人这里有疮呢，随便动哩。（装着用手按凸处，装出疼得很厉害的样子）

乡　长　装啥鬼哩，拿出来！

王三宝　真是个疮么。

乡　长　你的疮跟人家的疮就不一样，你的疮又能跳又能滚，活动得很。

王三宝　外病好治，一把拿出来就好咧！

（王三宝还在装痛）

冯二婶　我就没听说你腿上害疮嘛！

羊　娃　没有疮，我知道。

王三宝　（起立瞪视羊娃）滚你妈的蛋！

（羊娃吓得缩到李玉贞身后）

乡　长　（正颜厉色地）王三宝，不要调皮啦！把线子拿出来，再耍流氓，我叫几个自卫军来，就不大好看啦！

（王三宝气愤愤地不动。乡长更大声地命令）

乡　长　拿出来！

王三宝　（把乡长看了一下，气汹汹地掏出线子摔到地上）拿去！

（冯二婶把线拿起来，拍打几下，瞅了王三宝一眼）

乡　长　王三宝，你自己想一想，犯了几次赌，抓了几次大烟灯，偷公家的线子，无故地压迫妇女，随便打婆姨，谁劝说你，你就给谁碰钉子，政府容让你多少次啦！你应当明白，咱们是民主政府，爱护人民，所以对你客气，忍你让你，希望自己变好，你应当识人抬举才对。

王三宝　我打我自己老婆也算犯法？你们还想管我的什么事？

乡　长　老婆是你的老婆，人是边区的老百姓，政府当然要保护。现在男女平等，谁也不准压迫妇女，欺负女人。

王三宝　这都是你们的鬼礼行！

乡　长　尽管给你点面子，你不要当政府是怕你哩！

王三宝　当然嘛，谁怕谁呢，谁也不怕谁！

乡　长　王三宝，你不要当流氓是常耍的，再要胡支理对，大模大样不讲理，政府就要办你！

王三宝　好，看你怎么办！（说着就要往外走）

乡　长　（拉住王三宝）你到哪里去？

王三宝　我回我的家么。

乡　长　事情没有解决，不准你回去！

王三宝　你们算讲民主呢，我连回家的自由都没有咧！

乡　长　你犯了大错误啦！有人把你告下啦！包文正说陈世美的话"先打官司后上朝"，现在，你没有自由！

王三宝　你把我吃了！

乡　长　你太欺负人啦！（气极啦，走出门去，向远处喊）石万明！石万明！

石万明　（内）哎！

乡　长　叫自卫军连长派两个人来！

石万明　（内）我们俩的哨已经换了，就我们两个来吧！

乡　长　也好。（进门）

　　　　〔石万明与另一自卫军各执红缨枪上。

石万明　乡长。

乡　长　你们就站在外边。

石万明　好。（二人分两边站）

乡　长　王三宝，你的事情大家都知道，你自己也知道，用不着再说，现在只有两条路：第一条路是改邪归正，生产劳动，变成好人；第二条路是乡上把你送到区上，区上把你送到县上，硬要你劳动。再没有第三条路啦！

（王三宝气汹汹地不言语）

乡　长　大家都忙得很，全乡人正在组织生产劳动着呢，我没有闲工夫和你顶嘴，只要你说一句话，走第一条路，还是走第二条路？

（王三宝还是气汹汹地不言语）

乡　长　你想一想，全家人有吃有穿，欢天喜地好呢，还是婆娘离婚，自己受恓惶，人人瞧不起好呢？

（王三宝在乡长说话时，气稍平，听完以后不凶了。乡长见有转变，更用感情地说话争取）

乡　长　指导员、我、自卫军连长，你的亲戚朋友跟大家，对你费了多少劲，好劝一阵，歪劝一阵，哪一个不是为你学好，如今二流子吃不开啦！你知道吧，耍强耍不出去，谁也不可怜，你怎么能活下去呢！

（王三宝长叹了一声，蹲下，两手抱头）

乡　长　你说话么，到底走哪条路？

（王三宝又长叹了一声）

乡　长　王三宝，你不要耽误我的时间，我忙得很，我不能再等啦！（起立，走近王三宝）你说吧，一句话！

王三宝　（顺从也不是，反抗也不是，告饶的口气）我还能学好，我穷得学不起好，我啥都没有！

乡　长　只要你愿学好，能劳动，政府也帮助你，大家也帮助你，不能叫你没办法。

王三宝　对，那我也"试火"劳动一下。

乡　长　"试火"一下？劳动就要下决心，不要三心二意的。

王三宝　对，劳动。

乡　长　劳动？

王三宝　劳动。

乡　长　好，咱们现在把条件讲好，我给你借八亩熟地，咱两个变工，给你开十二亩荒地，给我开十二亩荒地，天天要劳动，不能误工，办到办不到？

王三宝　对。

乡　长　不要口里说对，做起来就不对啦！如果你不好好搞，还是第二条路。先说明白：羊娃妈要住在她娘家，靠她自己生产过日子；你能变好，她就回你的家；你变不好，政府就要给你们办离婚手续。人家一个勤苦妇女，没有跟你受一辈子罪的道理。

王三宝　乡长，你叫她跟我回，我学好就是啦！

乡　长　跟你回去！你好花她纺线挣下的钱，是不是？

王三宝　我一定要学好。

乡　长　不行，不行，学好了再说。

王三宝　乡长，你要我学好，我就学好，我们夫妻的事情，你不要管嘛！

乡　长　不是我要管你夫妻的事，羊娃妈人家不愿意受你压迫。

王三宝　我从此以后，再也不打她，再也不骂她就是了。

乡　长　那只有天知道。你没有变好以前，谁也不信你的话。

王三宝　（急）哎！乡长！你行个好，你叫她跟我回。

乡　长　你自己问去。

［乡长装咳嗽，唾痰，出门示意石万明等回去，石万明与自卫军下。

王三宝　羊娃妈，你跟我回！

李玉贞　我把罪受够了，我不回去。

王三宝　我再也不打你不骂你了，你回！

（冯二婶给李玉贞使眼色，坚定李玉贞的主意）

李玉贞　我不回去，你就没有说过一句实心话。

王三宝　（急）哎，你跟我回，我一定要学好。

李玉贞　你咻好还在空里吊着呢！好了才算好咧。

王三宝　我就不信，你真不打算回咱家吗？

李玉贞　看么，你学好了再说。

王三宝　哎。（急得走两步，转过身）羊娃，你跟我回！

羊　娃　（很坚定爽快地）我不跟你回去，你一个人回去。

王三宝　哎！（哭了，擦泪）

（李玉贞也哭了，擦泪）

王三宝　羊娃妈，咱们十多年的夫妻咧，难道我就对你没一点点好处吗？

李玉贞　十多年，我挨打挨骂受饿十多年！

王三宝　（哭着说）哎！你看我为你都哭鼻子咧，你就没一点儿心。

（冯二婶又示意李玉贞，把主意拿牢）

李玉贞　（哭着说）你不要说这些话，我白天晚上哭鼻子七八年啦，谁可怜我？

王三宝　哎！我……我……哎……

李玉贞　你好好打你学好的主意，不要想我现在跟你回家。

王三宝　哎！（又蹲下）

乡　长　好啦，不说啦，事情就这样的办。王三宝！

王三宝　嗯。（立起来）

乡　长　不要难过咧，打主意下决心学好，变好了，有吃有穿的全家团圆，对不对？

王三宝　对。

乡　长　对了就好，我再把咱们的条件说一遍你就回去。

（唱〔岗调〕）

　　　　只要你学好能转变，
　　　　我保你全家大团圆。
　　　　假若你还不转变，
　　　　离婚拆散走两边。

（转〔五更〕）

　　　　咱二人把工变，
　　　　每日开荒上高山。

（转〔一串铃〕）

　　　　你和我搞生产，
　　　　劳动纪律要先谈：
　　　　第一你把烟瘾戒，
　　　　不准你前庄后庄到处玩；

　　　　　　　　起得早睡得晚，
　　　　　　　　叼空拾粪送上山；
　　　　　　　　开荒要出力，
　　　　　　　　种地按时间；
　　　　　　　　庄稼都要锄三遍，
　　　　　　　　锄得好了长得欢；
　　　　　　　　南瓜常要压瓜蔓，
　　　　　　　　洋芋根下把土堆圆；
　　　　　　　　每日加油努力干，
　　　　　　　　生产计划要做完。
　　　　　　　　身上多流汗，
　　　　　　　　土里生金圆；
　　　　　　　　吃饱又穿暖，
　　　　　　　　全家能团圆。
　　　　　　　　朋友见你笑着脸，
　　　　　　　　亲戚见你都喜欢；
　　　　　　　　政府还要表扬你，
　　　　　　　　劳动模范在人前。
　　　　　　　　你能照着上边干，
　　　　　　　　我给你借米又借钱。
冯二婶　（唱）我给你借锅能煮饭，
李玉贞　（唱）我母子双双都回还。
乡　长　（唱，转快）
　　　　　　　　假若你抽烟还偷懒，
　　　　　　　　我要罚你受艰难。
冯二婶　（唱）我把锅子不给你借，
李玉贞　（唱）要我回家难上难！
乡　长　（唱）我把此话讲一遍，
　　　　　　　　两条路儿再没三；

　　　　　一条好一条坏，
　　　　　　看你要走哪一边？
　　　（转唱〔五更尾〕）
　　　　　　哎咿呀哈，
　　　　　　希望你早下决心早转变。
　　　就是这些条件，非办到不可。你回去。就到开荒的时候咧，我找你来，先给你开荒！对不对？
王三宝　对。
乡　长　回去。
　　　〔王三宝叹了口气，无可奈何地下。
冯二婶　我看没事，王三宝学不好了。
乡　长　走着看么，反正我要下决心叫他转变哩。
李玉贞　乡长，我把借公家的纺线车子丢在家里咧。
乡　长　不要紧，我叫人给你取的送来。好，我还要参加组织劳动会哩。（向李玉贞）你到你娘家去，参加变工，好好生产，不要难过，我想一切办法叫羊娃大学好。
李玉贞　哎！害得乡长费多少心！
乡　长　没有关系，咱们公家为的是给老百姓办事，应当的，你不要多心。
　　　（李玉贞长叹一声，擦泪）
冯二婶　不要难过。（拖李玉贞）走，我送你到娘家去。
　　　（冯二婶、李玉贞与乡长都出门，冯二婶、李玉贞向上场门去，乡长向下场门去）
乡　长　（向下场门走了两步，又回转）羊娃妈。
李玉贞　（站住）乡长。
乡　长　王三宝转变不好就不说咧，要是转变成好人，你可要回家哩，不敢把心变了。
李玉贞　（哭诉）乡长，你不要多心，我一定听你的话。
乡　长　好啦，好啦，不要难受，你们去吧。
　　　〔分两头下。

第六场 变 工

［王三宝上。

王三宝 （唱〔岗调〕）

　　　　我自从那一日政府回转，
　　　　这几天睡不着好不熬煎；
　　　　洋烟瘾坑的人浑身发软，
　　　　羊娃妈不在家有话无处言。
　　　　耳听得公鸡叫了三遍，
　　　　睡不宁坐不稳（打哈欠）两腿困酸。
　　　　背地里我把乡长怨，
　　　　谁叫你不让我抽大烟！（打战）
　　　　我浑身打战你没见，
　　　　骨头里酥的人针扎一般。（乱抓骨节）
　　　　乡长说今天开荒把工变，（紧接落板）
　　　　天保佑乡长今天不要来再迟几天。

　　（落座，打哈欠，呻唤，浑身抖，转来转去）
　　［乡长扛着两把镢头上。

乡　长 （唱〔岗调〕）

　　　　东方亮天上的明星几点，
　　　　我来找王三宝开荒上山。
　　　　上了山我挖地要起模范，
　　　　初开头我还得让他几天。

　　（把镢头放在门外，进门）三宝！

王三宝　怎么啦！

乡　长　你好吧！

王三宝　好啥哩，浑身疼的。

乡　长　戒烟当然要难过，受得几天罪，一辈子享富贵，好得很呢。

王三宝　哎！

乡　长　三宝，咱今天就开荒，先给你挖几块好地。

王三宝　（在这一段中，经常表现发烟瘾难受的动作与表情）哎！这几天发烟瘾发得浑身疼，难过得要命哩，过几天咱们再动工，忙啥哩嘛。

乡　长　开荒要争取时间哩，给你开完，还给我开哩，迟了就赶不上咧。

王三宝　我几夜都没睡觉，人难过得很，动都不想动。

乡　长　你知道，咱乡上刘二娃常三虎，哪一个的洋烟瘾不是我帮助他丢的。丢烟非劳动不可。睡在家里你由不得想抽烟，腿也疼哩，腰也疼哩，白天坐不住，晚上睡不着。你跟我走，美美地受上一天苦，出上几身汗，晚上回来，一觉就睡他个大天明，几天就抗过去咧。

王三宝　哎！不行，你不知道我的难过。

乡　长　我说的是老实话，听我的话没有错。

王三宝　好你哩，再等几天么！

乡　长　等几天还是这样，早劳动早治病，走！

王三宝　再等两天！

乡　长　说干就干，不能等，越等越坏。

王三宝　再等一天！

乡　长　不行！咱们说好的，你不要胡捣蛋！

王三宝　（无可奈何地）哎，我没有钁头么！

乡　长　我给你拿来咧。（出去取钁头回来）你看，你一把，我一把。（给王三宝一把）

王三宝　（接过钁头，无精打采地）哎！我从小就没干过这事，弄不成！

乡　长　啥事情不干就不会，干起来就会咧，哪一个庄稼汉从娘肚里生来就会种地哩，不说闲话，"三早出一工"。快走！

王三宝　哎！

乡　长　哎啥哩，走！

（二人出门，王三宝乏乏地随乡长走，转一两个圈）

乡　长　（唱〔岗调〕）
　　　　　　戒大烟一定要劳动，
　　　　　　劳动烟瘾杳无踪。
　　　　　　男子汉要把心拿硬，
　　　　　　生产劳动最光荣。（截）
　　　　你看，这一块地又平又向阳，能种一片好糜子，咱就从这里挖起，镢头这样（做样式）拿着，把子要握紧，"握紧镢头把，不起泡疙瘩"，记下没有？

王三宝　记下咧。

乡　长　好，挖！
　　　　（适当的音乐声中，乡长拿出很大的精神挖起地来，王三宝不大出力地跟着挖，每挖一下配大鼓一响。鼓法是王三宝轻，乡长重，下镢要随着音乐的节奏，挖了几下后，乡长看王三宝挖的地）

乡　长　三宝，你怎舍不得出力？挖地要用劲呢，挖得深深的，庄稼长得好，打得粮多。

王三宝　哎，我就没力气么！

乡　长　你才是三十左右的一个小伙子，敢说没力气，像我这五十岁的老汉，该说啥哩？鼓劲，把镢头扬高一点儿，挖！

王三宝　对！
　　　　（说话时音乐要轻奏，挖地时音乐要高朗。二人又挖了几下，王三宝稍微出了点力，就停手啦）

王三宝　乡长，歇一会儿吧！

乡　长　（一边挖，一边说）唉！才动手么，倒想歇呢，不行，挖！

王三宝　（又挣扎地挖了几下，哀求地）乡长，我实在撑不住火咧！

乡　长　不要紧，心里拿上个劲，不要心"松"了，挖！

王三宝　（长叹一口气，慢吞吞地挖了两三下，拉住乡长）乡长，你歇一歇，太累咧。

乡　长　你累了就歇一歇，我不累，现在是给你开荒哩么，我要是不出力，还能对得起你！（说罢，往手上唾了两口，更有劲地挖起地来）

（王三宝不好意思地，只好也挖，挖了三四下，腰疼得受不了）

王三宝　乡长！

（乡长不理）

王三宝　乡长！

（乡长不理）

王三宝　（生气怨恨地，但是哀求地，大声）好我的乡长爷爷哩！你歇一歇。

乡　长　（只管挖着）哎，我不累。

（唱〔岗调〕）

　　　　受苦人心里要有劲，
　　　　没心劲啥事都弄不成。
　　　　咱二人变工挖荒地，
　　　　我给你出力应当认真。
　　　　我要偷懒胡鬼混，
　　　　你批评我几句我面发红。
　　　　你莫当我年纪老，
　　　　我还要争取一个劳动英雄。

（一边挖，一边擦汗，越挖越精神）

王三宝　（见乡长那样，难为情地）哎！

（唱〔岗调〕）

　　　　王三宝我好羞愧，
　　　　小伙子我不如一个年老人。
　　　　乡长为我出力气，
　　　　自己不动面皮红。
　　　　人活脸树活皮，
　　　　难道我肚子里不长心？
　　　　不管腰疼和腿困，
　　　　咬紧牙关干一程。

（二人挖了一会儿，王三宝实在支持不住了，气喘得很厉害，停了手，想开口叫乡长休息，又不好意思，终于开了口）

王三宝　乡长！

　　　　（乡长不理，只顾挖。走上去拉乡长）

王三宝　乡长，歇一歇，实在缓不上气来了。

乡　长　（停手）好，你真的应当歇一歇，我不要紧。（说罢又挖起来）

王三宝　（又拉乡长）你也歇一歇么。

乡　长　我不累么。（又回转身）

王三宝　（赶快拉住乡长）好我的乡长爷呢，你不歇，我怎好意思歇呢么！

乡　长　（很诚恳地）你跟我不一样，你没受惯苦，又发烟瘾呢，身上难过，应当歇一歇，我能原谅你，我说实心话哩，（推王三宝歇）你应当歇一歇，歇一歇再挖地。（说罢，又挖起来）

　　　　（王三宝坐在地下揉腰揉腿，过一会儿，看见乡长挖，不好意思地站起来，把镢头动一动，要想挖实在困了，不挖不好意思）

王三宝　哎。

　　　　（唱〔岗调〕）

　　　　　　乡长越挖越有劲，

　　　　　　自己不挖理不通。

　　　　　　说不了我也要硬扎挣，

　　　　（向手唾了两口）

　　　　　　舍命陪他做苦工。

　　　　（这以后的挖地要表现虽然受不了，但是硬挣扎，挖下去一时挖不起来，不时擦汗，腰疼恨不得打腰，腿疼恨不得打腿，气喘着，瞪眼皱鼻咬牙。乡长看见王三宝拼命挖地，胜利地笑起来）

乡　长　（接唱）世事要好靠劳动，

　　　　　　　　劳动人世上最光荣。

　　　　　　　　边区处处爱百姓，

　　　　　　　　共产党爱的是劳动人。

　　　　　　　　从此后你要多劳动，

　　　　　　　　劳动惯了你有精神。

　　　　　　　　你能劳动算进步，

二流子也能变劳动英雄。（落）

（停手看王三宝，王三宝还在挣扎地挖着，可以说昏昏迷迷地挖着）

乡　长　（得意地微笑着）三宝！

（王三宝一镢刚要往下挖，听到乡长叫，一闪几乎跌倒）

乡　长　（连忙扶住）你很累吧？

王三宝　嗯，……（气喘得说不出话）不……不累。

乡　长　你是好的，有心劲，有办法。

王三宝　我……我……不累。（擦汗）

乡　长　你看，咱俩今天挖得不少，有成绩。

王三宝　咱们再挖。

乡　长　好啦，该吃饭啦，走，到我家里吃饭去。

王三宝　唉，……给我开荒哩么，还能吃你的饭？

乡　长　我知道，你没啥东西，走。

王三宝　我不给你管饭就不对咧，再吃你的饭，太不像话。

乡　长　看把你客气的，人么，谁也有个困难哩，现在你吃我，等你打下粮，我再吃你，走！

王三宝　这就……实在……

乡　长　不要害羞，羞啥哩，以后咱们就是好弟兄，明天我给你背一斗米，现在咱们吃饭去，走。（拖王三宝下）

（注）上面这一场，动作表情是很复杂多样的，剧本只是指出很少的一点儿罢了，扮王三宝的演员要多访问抽烟人戒烟的各种难过，而且要多想，多练习。

第七场　放　羊

［四个人反披羊皮袄，爬着走装羊，由羊娃和另一个叫眸子的小孩拦了出来，每人手里拿一把小镢头，从内先喊拦羊的吆喝声，羊先出，

人后上，眸子在前，一边唱，一边赶羊转圈圈，羊娃随后。

眸　子　（唱〔岗调〕）吃了早饭把羊放，

羊　娃　（穿的和从前一样，脸上比以前干净了）

（唱）黑山羊白绵羊都是好羊。

眸　子　（唱）大人们上山开了荒，

羊　娃　（唱）娃娃们拦羊出了庄。（截）

眸　子　羊娃！（向下场门一带指）你看，那一片好草地，你把羊赶到那里吃草，（向上场门一带指）我到那里挖小蒜去。

羊　娃　你不要去，拦羊是咱们的正事，咱要好好地拦哩么，我不让你去。

眸　子　我挖一会儿就来咧。

羊　娃　你就不听话，小心人家批评你。

眸　子　看把你倒是个好的，谁不知道你是二流子王三宝的娃。

羊　娃　你这话就不对，他是二流子，我又不是二流子。

眸　子　你再说得好，王三宝总是你的大呢。

羊　娃　如今他不是我的大咧。

眸　子　不是你的大？啥东西都能换呢，大可换不了。

羊　娃　如今我不在他家里住咧，他就不是我的大咧。我们不要他。

眸　子　对，你大不好，不要他。（指脚下）这一块地挖开能种好庄稼呢，羊娃，咱两个变工，挖这一块地。

羊　娃　不能，现在咱们就变工着呢，人家大人种地哩，咱们娃娃拦羊放牛哩，再不能变工咧。

眸　子　那是大变工，咱们来一个小变工，你照看羊我挖地，我挖累了，我照看羊你挖地，轮来轮去，能挖好多地哩，他们大人知道了，一定说咱好呢。

羊　娃　种啥呢？

眸　子　种南瓜，种洋芋，种下咱们两个分。

羊　娃　再种小甜瓜吃。

眸　子　对。

羊　娃　好，谁先挖？

眸　子　我先挖，你把羊赶到那里吃草去。
羊　娃　对。(把羊赶到下场门一带，站在一个小凳上，吆喝羊)
眸　子　快去！(一边挖一边唱，非常快乐活泼地)
　　　　(唱〔岗调〕)
　　　　　　手拿镢头把地挖，
　　　　　　挖好了荒地种南瓜。
　　　　　　洋芋甜瓜也要种，
　　　　　　收下了东西拿回家。(停手叫喊)
　　　　羊娃！
羊　娃　哎！
眸　子　轮你挖呢。
　　　　(羊娃挖时眸子照看羊如前)
羊　娃　对，来了。(也是一边唱一边挖，非常愉快活泼地)
　　　　(唱〔岗调〕)
　　　　　　又拦羊来又开荒，
　　　　　　多种地为多收粮。
　　　　　　种几窝甜瓜多上粪，
　　　　　　结下的瓜儿甜又香。(停手叫喊)
　　　　眸子！
眸　子　哎。
羊　娃　又轮到你挖哩。
眸　子　来了。
　　　　(唱〔岗调〕)
　　　　　　大人们变工多种地，
　　　　　　娃娃们叼空也开荒。
　　　　　　种下地来人夸奖，
　　　　　　拿上粮卖成钱换几件好衣裳。(截，停手)
　　　　羊娃。
羊　娃　哎。

眸　子　草还多不多？

羊　娃　草快完了。

眸　子　那咱们再换地方。

羊　娃　咱们在这里开荒哩么，不能换地方。

眸　子　还是要把羊吃好呢，吃不好回去大人看见羊肚子不胖，又要说咱呢。明天找一块好草地，够羊吃一天，咱们每人照看半天羊，挖半天地，就把这块挖完咧。

羊　娃　对。

〔从凳上往下一跳，把两个羊惊得向眸子猛奔乱跳而来，两个娃娃连喊带叫费了一阵劲，才把羊赶走了。齐下。

第 八 场　拾　粪

〔王三宝提粪筐，拿小锄，掮镢头，衣服还是如前，面孔稍微好看了一点儿，比较愉快地上，一边唱一边拾粪。

王三宝　（唱〔岗调〕）

乡长同我把工变，

他每日催我务庄田。

老人家真来是好心一片，

再不改二流子难把头抬。

（转唱〔落子〕）

洋烟本是心里的鬼，

你心中有鬼鬼就把你欺。

多干正事忘了鬼，

心中无鬼鬼不欺。

从前只当受苦难，

受苦好比坐水船。

前三天浑身疼来浑身软，
后三天腰腿就硬起来。
我心想羊娃妈回家转，
没有成绩不敢言。
单等人人说我好，
婆姨娃娃转回还。

（转唱〔采花〕）

正行走来抬头看，
不觉得来到了乡长门前。
我放下筐子把他唤，
我二人开荒齐上山。（落）

乡长，乡长！

〔乡长上，揉眼，刚起来，开门。

王三宝　乡长！

乡　长　唉！你今天起得这么早？

王三宝　我都拾了一筐子粪咧。（指粪）

乡　长　好的，好的，兄弟，你有办法。

王三宝　今天是给乡长开荒，我当然要起来得早哩么。

乡　长　你的咻烟瘾完咧没有？

王三宝　快完咧，我把它不放在心上。发了瘾我就硬干活，晚上发了瘾没有月亮干不成活，我就在院子里硬跑。乡长！从前是烟瘾把我拿住咧，现在我把烟瘾拿住咧，我不让它再欺负我。

乡　长　对！好的，有志气！就这样干，过一向大家就佩服你咧。人就是这，自己好起来，人人都爱。

王三宝　乡长！咱们到地里走。

乡　长　走。（顺手拿起镢头）

（二人出门向上场门走，王三宝忽然拉住乡长）

王三宝　乡长到哪里开荒？

乡　长　到南坻上去。

王三宝　咱们走小路。

乡　长　为啥？

王三宝　我怕看见熟人呢。

乡　长　你如今有了转变，差啥呢？

王三宝　（非常坚定地）不！我拿定主意，干下好成绩来才见大家的面呢。

乡　长　对！走小路。

〔二人转向下场门下。

第九场　压　瓜

〔李玉贞手拿小锄头上，穿的比从前新了，面色也好看了。

李玉贞　（唱〔平音西京〕）

　　　　李玉贞拿小锄去压瓜蔓，

　　　　离了家到如今快有半年。

　　　　我每日多劳动织布纺线，

　　　　还开了五亩荒务弄庄田。

　　　　听人说羊娃大有了转变，

　　　　但愿他成好人谢地谢天。

　　　　不觉得来到了我的地面，

　　　　这一片好南瓜令人喜欢。（截）

（跪下走，压瓜蔓，一把完了又一把，应配着音乐）

〔羊娃脸色红润了，手拿小锄头上。

羊　娃　（唱〔岗调〕）

　　　　适才间和眸子去放羊，

　　　　看见了二流子到前庄。

　　　　他比从前好看了，

　　　　见了妈妈说细详。（截）

妈！

李玉贞　你到这里来做啥呢？

羊　娃　我给你有话说呢。

李玉贞　有话晚上回来再说，好好拦你羊，快去！

羊　娃　羊有眸子照着呢，我给你说几句话就走咧。

李玉贞　说啥哩，快说。

羊　娃　我看见二流子咧。

李玉贞　谁？（多少有点生气）

羊　娃　就是……嗯……（有心说大，可是不愿意，不知说什么好）就是从前我那一个大。

李玉贞　羊娃。

羊　娃　嗯！

李玉贞　你再不敢叫他二流子！

羊　娃　他手里拿一把锄头，脸比从前大，肿起来咧。（用两手等自己的脸做样子）

李玉贞　（脸上浮着微笑）羊娃，那是他胖咧，不是肿咧。他跟你说话没有？

羊　娃　没有，我见不得他，我见他来咧，我趴在羊肚子底下，他没看见就过去咧。

李玉贞　他穿的好不好？

羊　娃　穿的比从前好。

李玉贞　（眼向斜瞪着沉思了一会儿，微笑）好，你快去！

羊　娃　对。（跑下）

李玉贞　（一边压蔓一边唱〔采花调〕）

　　　　　　羊娃大手里拿锄头，
　　　　　　一定是上山务庄田。
　　　　　　看起来他如今大大转变，
　　　　　　低下头儿喜心间。
　　　　　　乡长可算活神仙，
　　　　　　他把一个二流子改过来。

　　　　政府里对百姓真怜爱，
　　　　把大家搞得不受艰难。
　　　　今天我压瓜压呀压得快，
　　　　不觉得东边到了西边；
　　　　我的瓜真可爱，
　　　　一窝一窝长起来，
　　　　遍地都把花儿开，
　　　　花儿开了瓜就来。
　　　　摘一朵瓜花头呀头上戴，
　　　　不由得心中笑呀笑起来；
　　　　羊娃大有转变，
　　　　开了荒地一大片，
　　　　今年就能过好年，
　　　　全家人能团圆。
　　（转唱〔岗调〕）
　　　　玉贞今天不疲乏，
　　　　不觉得压完了一片瓜。
　　（高兴地环视所有的瓜）
　　　　　停了手儿将身站，
　　（起立，打衣服上的土）
　　　　回娘家还纺棉纱。（截）
　〔轻松愉快地走下。

第 十 场　思　妻

　　〔王三宝拿把锄头，穿的比以前干净，脸红胖起来了，愉快地上。
王三宝　（唱〔岗调〕）

　　　　　王三宝笑满面，
　　　　　我如今人人不讨嫌。
　　　　　自从收心把过改，
　　　　　开荒拾粪在人前。
　　　　　羊娃妈知道我转变，
　　　　　她一定心中暗喜欢。（忽然有点伤感）
　　（转唱〔劳子〕）
　　　　　想起从前行事坏，
　　　　　不由得教人好心酸。
　　　　　羊娃妈常为我泪满面，
　　　　　她为我常常受屈冤。
　　　　　为人不把正事干，
　　　　　不懂道理尽胡来。
　　　　　如今我把正事干，
　　　　　才知道从前不应该。
　　　　　这一向有面不吃面，
　　　　　单等她娘儿两个转回来。
　　　　　明天我把冯二婶子见，
　　　　　请回了羊娃妈夫妻团圆。（落，下）

第十一场　送　饭

〔冯二婶担一个担子，一边是一筐馍，另一边是一个罐子，后随一个妇女，左手提个大筐，内放碗筷馍，右手提个罐。二人愉快地上。

冯二婶　（唱〔闪扁担〕）
　　　　　担上担儿软呀软溜溜，
　　　　　唉呀软的，

     哎呀闪的，

     闪的软的，

     软的闪的，

     软了一个闪，

     我老婆子不服他们男子汉。

     过一个沟，

     转一个弯，

     一步一步走向前，哎唉哎唉咿呵，

     要把饭儿送上山。

一妇女 （接唱〔五更鸟〕的一段）

     手提篮儿往呀往前看，

     遍地的庄稼长呀长得欢；

冯二婶 （唱）南瓜结疙瘩，

一妇女 （唱）洋芋开了花；

冯二婶 （唱）玉米要胡子，

一妇女 （唱）豆荚子把它拉。

王二婶 （唱）鸟儿树上吱吱吱，

一妇女 （唱）青蛙河里哇哇哇；

冯二婶 （唱）吱吱吱，

一妇女 （唱）哇哇哇；

冯二婶 （唱）惹得我老婆笑哈哈，

冯二婶 （接唱）哎唉哎唉呵今年的好庄稼，

一妇女 得儿呀吱咿呵今年的好庄稼。（落）

冯二婶 咱们歇歇再走吧？

一妇女 好！

   （二人放下东西坐下休息）

冯二婶 我活了几十岁咧，这几年才活得有了劲咧。

一妇女 噢，这几年大家的日子过得就是好。

冯二婶 自从八路军发展到咱们这里来，一下子就不一样咧，从前我家里穷得

|||栖惶没办法,娃娃饿得哭哩,大人急得叫哩,我就想早死。现在我就觉得我年轻了一截子,啥事情都想干。

一妇女　从前咱们穷人叫人家扣得死死儿的,挣死命都翻不起来,现在共产党八路军寸步照护咱们哩么。

冯二婶　共产党的办法就好得太呢,你看现在编变工队、扎工队,大家都劳动,谁都不能闲,这实在了不得呢。

一妇女　我家里没有牲口,娃他大给人家变工,人家的牛给我们耕地,我们今年就多种了二十亩地,人家也不吃亏,真好!

冯二婶　如今大家都跟一家人一样,我见了谁都是亲热的。

（冯二婶刚说完时,王三宝已经走到她们跟前啦）

王三宝　冯二婶子!

冯二婶　（瞪了半会儿）哟!你是三宝么,一向不见,你真变得好看咧。

王三宝　为啥你们妇女送饭哩?

冯二婶　现在突击锄草哩,他们回来吃饭耽误时间呢,我们妇女做饭给人家送呢,你地里的草锄完了没有?

王三宝　锄咧,我都锄过两遍咧。

冯二婶　好的,你算把二流子丢咧,乡长常夸奖你哩。

王三宝　冯二婶子,（不好意思地搔头）我想我羊娃哩。

冯二婶　你是想羊娃妈哩,还是想羊娃呢?

王三宝　羊娃我也想呢么。

冯二婶　羊娃妈不敢回来,怕你打哩。

王三宝　好冯二婶子哩,再不要提我从前做的咻些坏事咧,从前我抽烟发霉着哩,每天跟人家吵哩打哩,胡说不讲理,现在我变好咧,啥都明白咧。

冯二婶　你才明白咧!

王三宝　哎!（难受地）羊娃妈在我身上受的屈不少!

冯二婶　好!我给乡长说,明天教羊娃妈回家,你如今转变咧,她也该回家咧。

王三宝　她回来帮助我,我还能种更多地哩!

冯二婶　　好几个月咧，你明天应当好好地搞一顿饭才对。

王三宝　　我准备着呢，我把面都舍不得吃，给他们留着哩。

冯二婶　　还要搞点肉呢。

王三宝　　肉？……（摇头）我手里没有钱么！

冯二婶　　我给你借上三千元，（说着掏出一卷票子，数几张给王三宝）割上二斤肉，再买些调和，好好地做一顿饭。

王三宝　　（把钱接到手里）这样一来，我明天还要请客呢，冯二婶子一定要来，我还请指导员、乡长呢。

冯二婶　　对，我一定来，我想到你家里看一看。

王三宝　　好，我准备去，你早点给他们说一下。

冯二婶　　误不了，你走你的。

王三宝　　好。（高兴地下）

一妇女　　把这人都变好咧。

冯二婶　　我给你说，政府里对咱们老百姓，比亲大亲妈都费的心大。

一妇女　　我们该走咧。

冯二婶　　好，咱们走。

（二人重新整理筐罐，把担子担起来）

冯二婶　　（唱〔戏秋千〕）

　　　　　　咱们的政府真呀真正美，

　　　　　　爱百姓如同爱自己。

　　　　　　发动了群众们，

　　　　　　大家一齐来生产，

　　　　　　哎唉哎唉咿呵丰衣足食大家喜欢。

〔二人同唱落尾一句下。

第十二场　请　客

［桌上放两个小盆，碗，筷子，一个大盘，内装馍馍。
［王三宝上。

王三宝 （唱〔岗调〕）

　　昨夜晚我做了一夜饭，
　　馍馍蒸下一大筐；
　　今早又把肉煮烂，
　　有酒有肉样样全。

（转唱〔五更〕）

　　我忙把地来扫，
　　还要把炕铺好，
　　羊娃妈见了她一定心里笑，
　　她心想（学女音）羊娃大变好了。

（转唱〔山茶花〕）

　　王三宝好喜欢，
　　今天夫妻能团圆，
　　羊娃进了我的院，
　　亲他个嘴儿抱在怀。

（转唱〔岗调〕）

　　收拾碗筷把菜摆，（将盆碗放端正）
　　一位一位要分开：
　　冯二婶子乡长指导员上边坐，
　　羊娃妈跟我两边排。
　　我把什么都准备好，
　　单等着他们早回来。（截）

（再摆碗筷，摆得齐齐整整的）

[李玉贞夹一大包袱，羊娃拿纺线车上。

李玉贞 （唱〔唠子〕）

手拖羊娃把路赶，

不觉得来到了自己门前。

半年没有回家转，

不觉得叫人心内酸。

（进门，王三宝正在摆碗筷，二人一见，都低下头去，无语。王三宝走出桌外，李玉贞坐下审视屋子周围上下，端详王三宝，王三宝看李玉贞，二人眼一碰，又各低头，李玉贞拭泪，王三宝也拭泪，羊娃在看盆里的肉菜，不注意他二人）

王三宝 羊娃，大给你蒸了一个大兔子馍。

（羊娃瞅了王三宝一眼，躲到李玉贞身旁）

（王三宝不知怎样好，低下头沉思）

[乡长与冯二婶上。

乡　长 （唱〔岗调〕）王三宝他成了劳动模范，

冯二婶 （接唱）咱二人到他家庆贺团圆。

（二人进门。王三宝欢迎得很，马上打破沉默）

王三宝 唉，乡长、冯二婶子来咧，快坐下，（说着给二人取凳子）怎么指导员没有来？

乡　长 指导员忙着哩，有事情。

王三宝 他也应当来。

乡　长 我来一样。

李玉贞 （见二人进门，起立，笑微微地）乡长、冯二婶子快坐下。

乡　长 （向李玉贞）你们早回来咧。

李玉贞 刚回来。

（冯二婶子看屋子）

乡　长 你们都喜欢吧。

王三宝 大家的喜欢么，嘿……

乡　长　真是大家的喜欢，如今咱乡上不论是谁，一提你王三宝，大家都高兴得很，你如今谁都喜欢。

冯二婶　哟！菜也做好了，屋子也打扫干净咧，炕也铺得展展的，谁搞的？

王三宝　我搞的。

冯二婶　你是大大地变咧，咱们政府真好，真有办法，依我的意见早就不理你咧，羊娃妈早就跟你离了婚咧。

乡　长　羊娃妈，你看，羊娃大胖了吧，比从前好看了吧。

　　　　（李玉贞低下头笑而不言。王三宝也不好意思地低下头，抿着嘴笑）

冯二婶　哟，把你们半年不见，又变成新媳妇新女婿咧，羞得连话也不会说咧。

乡　长　（向冯二婶）真的，你不要说，真的像新媳妇新女婿，你看，他两个都吃得红光满面，年轻得多咧。

冯二婶　（审视王三宝、李玉贞）嗯，像一对新媳妇新女婿。

　　　　（猛然看见羊娃）哎！羊娃站到这里就不像咧。

王三宝　乡长，冯二婶子，你们两个坐在上边。

乡　长　随便，咱们不要讲究这一套。

王三宝　哎！你要坐在上边哩，冯二婶子，快，你们往上坐。

乡　长　一样，就坐在这里。

冯二婶　乡长，你就坐在上边，不要麻麻烦烦的尽让咧。

乡　长　你哩？

冯二婶　我也坐在上边，今天咱们是客，坐一坐不要紧。

乡　长　对！

　　　　（乡长、冯二婶坐在上边。王三宝收拾酒壶，用手巾揩，李玉贞不知道搞什么好）

冯二婶　羊娃妈，你也坐下。

李玉贞　我不坐。

冯二婶　坐下么，今天你也是客哩，尽管坐，没有错。

　　　　（把李玉贞拉到座位上。王三宝拿两个酒盅，提一壶酒，先给乡长斟酒）

乡　长　唉！看你这娃，咱们弟兄么，吃上一顿就对咧，你花的这钱做啥哩，这我就担待不起。

王三宝　乡长，如今咱边区不讲封建，要不然我就给你老人家叩几个头也是应该的，你老人家喝一盅酒算啥呢，你老人家比我大我妈都好，我大我妈从前把我"兴"坏了，你老人家把我才引到人路上咧。

冯二婶　乡长，你就喝，今天大家喜欢，高兴高兴。

乡　长　对。

（王三宝给乡长斟了一盅，又给冯二婶斟）

冯二婶　我不敢喝酒。

王三宝　不，冯二婶子今天也要多喝几盅。

冯二婶　不行，我喝上一点儿就辣得嘴都抿不住咧。

王三宝　少来一点。

冯二婶　对，你给我倒一点点就对咧。

（王三宝给冯二婶倒酒）

冯二婶　对咧对咧！（把酒盅拿开，王三宝来不及收壶，把酒倒下一些）哟，可惜的。（连忙用手指沾酒，用舌头舔，顿时辣得受不了）辣死人咧。（吸气，又用手帕擦舌头）

乡　长　你一点儿酒都见不得。

王三宝　（向冯二婶）我给你舀一碗凉水去。

冯二婶　不要紧，一会儿就过去咧。（把酒盅放在桌上）你喝去，我不敢喝。

王三宝　好！（自己给自己倒下一盅）乡长，冯二婶子，请！

（乡长、王三宝举盅饮）

冯二婶　（拿起筷子）羊娃妈，咱们不会喝酒，咱们吃。

李玉贞　快吃。（也拿起筷子抄菜吃起来）

（羊娃拿起筷子，抓了一个馍不客气地只管吃）

乡　长　三宝，你记不记得，从前我在这里劝你学好的时候，你凶得跟啥一样，把我给扎咧！

王三宝　哎！从前我就不是人。（非常诚恳地）乡长，你让我参加自卫军，我死都要跟上咱共产党走呢。

乡　长　能成，你现在有资格参加自卫军咧。
冯二婶　这都是天睁了眼咧，要教咱们老百姓翻身呢。
乡　长　现在你们好咧，你叫羊娃念书去。
王三宝　对。
冯二婶　（向李玉贞）你可再不要发愁咧，"子弟收心，饿死总兵"，羊娃大已经变成劳动模范咧。
　　　　（大家早就吃好咧）
乡　长　只要你更努力，争取他个劳动英雄。
王三宝　对，我也想见一见咱们的毛主席呢。
乡　长　好！（向冯二婶）咱们走吧。
冯二婶　走。
王三宝　再坐一会儿，忙啥哩。
乡　长　我有事哩，咱们乡上这几天变工队突击锄草，我们忙得很呢。
李玉贞　冯二婶子多坐一会儿。
冯二婶　我也要走呢，如今男女都变工着哩，我在这里时间太长了，把工变不好，对不起大家。
乡　长　好，你们在，我们就走了。
　　　　（唱〔银纽丝〕）
　　　　　　我这里开言笑满面，
　　　　　　再叫三宝听我言：
　　　　　　你这一转变，
冯二婶　（唱）大家都喜欢，
冯、乡　（齐唱）从此后可要努力干。
乡　长　（唱）边区遍地一层金，
冯二婶　（唱）劳动人才能拿到手中。
乡　长　（唱）你把地来种，
冯二婶　（唱）纺线莫放松，
冯、乡　（齐唱）担保你们能过好光景。
王三宝　（唱）乡长莫要细叮咛，

	我夫妻生产一定要加紧；
	要把地多种，
李玉贞	（唱）纺线不放松，
王三宝	（唱）我还要争取一个劳动英雄。
乡　长	（唱）只要你二人好好劳动，
冯二婶	（唱）用不了一年就翻身；
王三宝	（唱）我要多劳动，
李玉贞	（唱）我也不后人，
乡、李、冯、王	这样来大家都高兴。（落）

（乡长、冯二婶出门，王三宝、李玉贞、羊娃送出来）

王三宝　你们要常转来呢！

乡　长　对，一定来，好，你们回去。（下）

李玉贞　冯二婶子，你也要常来呢。

冯二婶　不要你说，管保要把你们的"门槛"踏平呢，快回去。（下）

（王三宝还在外边目送乡长、冯二婶，李玉贞进门收拾碗筷，王三宝进门）

王三宝　碗筷我收拾，今天你不要劳动。

李玉贞　我收拾，这是我们女人的事。

王三宝　你如今把我教育好了，从前对不起你，我应当"侍候"你哩。

李玉贞　（娇怒地）去吧，我收拾。

（王三宝高兴地笑着看李玉贞收拾家具。这时羊娃在前台拿一个什么东西玩着，李玉贞端碗筷下）

王三宝　羊娃。

（羊娃瞅王三宝一眼，转过头去）

王三宝　（走近羊娃身）羊娃，大把你抱一抱。（说着展手欲抱）

羊　娃　（把王三宝推了一把）你去吧，我见不得二流子。

李玉贞　（当王三宝要抱羊娃时，已经上来）羊娃，不敢胡说，教你大把你抱一抱。

王三宝　来！（把羊娃抱起来，与其说给羊娃，不如说向李玉贞自夸）羊娃，你大现在好咧，大现在把洋烟瘾丢尽咧，种八亩熟地，跟乡长变工开了十二亩荒，大我自己还开了五亩荒呢，我不是二流子咧，再不要见不得我。

羊　娃　（笑着，眼看着王三宝说）你再打我不打我咧？

王三宝　不打咧，大如今学好了就不打人咧。

羊　娃　（亲热地两手抓王三宝）大，我要念书呢！

王三宝　对，你住学校，大参加识字班。

李玉贞　你哪里的钱买酒肉呢？

王三宝　我自己有钱么。

李玉贞　你还说假话呢！

王三宝　（笑着说）我借的冯二婶子的钱。

李玉贞　我纺线挣的钱很多，你给人家还了。（说着从怀里取出一卷票子数着）

王三宝　你如今不怕我胡弄么？

李玉贞　你还抽烟耍钱吗？

王三宝　我早就不干咻事咧。

李玉贞　那我还怕啥呢，（把钱交王三宝）快拿去，早点给人家还了，我还带回来布哩，给你缝两件新衣服。

王三宝　（把羊娃更紧一抱，非常兴奋）呵哟羊娃，大活成人咧！（狂热地亲羊娃的脸蛋儿，摇摇摆摆地得意地哼着曲子下）

　　［李玉贞随其后下。

——剧　终——

一九四四年三月五日脱稿于陇东庆阳

一家人 秦腔

编剧：马健翎（1946）

人物表

老　田：六十几岁，朴实忠厚勇敢的农民，代表老解放区的人民。
牛　娃：老田的小孙子，十三四岁，聪明伶俐。
王大嫂：老田的女儿，四十几岁，是一个艰苦忠厚的农妇，代表新解放区的人民。
拴　虎：王大嫂的儿子，十七八岁，忠实而勇敢的农民。
玉　兰：十二三岁，王大嫂的女儿。
冯大妈：六十几岁，苦难中锻炼出来的老婆子，为人正直，口快心直，坚强不屈。
冯得明：冯大妈的儿子，三十几岁，是一个结实而勇敢的农民。被人民选为乡长。
老　曹：老农，七十岁左右，贫苦忠厚的好人，有点痴呆。
教导员：八路军的教导员，负重伤，姓刘，三十几岁，精明能干，和蔼可亲。
吴天才：教导员的警卫员，十七八岁。

队　　长：八路军的队长，三十岁左右，勇敢坚定。

党班长：名占魁，二十七八岁，贫农出身，先是国民党的士兵，后来自动参加八路军，勇敢坚定，当了班长。

兵　　甲：八路军队长的勤务员。

兵　　乙：八路军士兵。

兵　　丙：八路军士兵。

兵　　丁：八路军士兵。

唐政训员：国民党军队师部政训处政训员，是一个阴险恶毒、贪财好利的特务，虽然才不过中上尉阶级，但在一般军官面前，臭架子十足。年三十几到四十岁。

卫兵一：唐政训员的卫兵，十七八岁。

陈连长：国民党的军官，为人良善，虽然不能说是进步的人，但也不是坚决主张打内战的人，年三十几岁。

卫兵二：陈连长的卫兵，十七八岁。

白老五：国民党军队的班长，是一个特务，奸猾狡诈、贪财好利，年三十六岁。

党占雄：二十五六岁，勇敢直爽，在国民党军队里当副班长。

田树高：三十几岁，农民出身，被拉壮丁，在国民党军队里当了好几年兵，一心想弄几个钱偷跑回家。

张　　三：四十岁左右，为人正直，不易受人欺骗，与田树高等一块当兵。

吴　　四：三十几岁，农民出身，与党占雄一块当兵，二人是好朋友。

时间：一九四五年十月下旬到十一月初。（国共会谈《双十协定》半月后）

地点：新解放的一个村庄。

第一场　行　路

［老田捎着布袋领着牛娃上。

老　田　（唱二六）一路上百姓喜洋洋，

　　　　　　　　汉奸特务着了慌；

　　　　　　　　人民翻身起大浪，

　　　　　　　　八路军到处放豪光。（截）

牛　娃　爷爷，快到了吧？

老　田　牛娃，再走二十几里路就到啦。你乏啦？

牛　娃　我不乏，我是心里急得，恨不得一下就看见我姑母。

老　田　我娃不要急，咱把两天的路都走过去啦，今天这一点儿路，说说话话就到啦。

牛　娃　爷爷，你说我姑姑见了咱，认得不认得啦？

老　田　你姑见了我，还许能认得，一定认不得你。她离开咱那地方的时候，你才不过四五岁，七八年啦，你如今长得这么大，她一定认不得啦。

牛　娃　爷爷，咱家还有啥亲人呢？

老　田　咳！你祖母死啦！你妈妈死啦，你爸爸大半……咳！大半也不在世啦！咱家的亲人，就剩下你姑姑一个啦。

牛　娃　（笑看老田）爷爷，我心里常想我爸爸还活着呢。

老　田　哎！国民党反动派把你爸爸拉了壮丁，一天不给吃，不给喝。日本鬼子打来啦，他们把咱庄上的壮丁，用一根绳子套着拉走啦，我把他们送到二郎庙湾里。你爸爸瘦得浑身上下一张皮，尽骨头没肉，他还能活？哎！不在世啦！不在世啦！

牛　娃　爷爷，你再不要说我爸爸不在世啦，我不爱听。我心里常想我爸爸回家哩。

老　田　牛娃，难道说爷爷我，难道说爷爷我还不愿意你爸爸活在世上！

（唱二六）爷爷半辈受苦难，
　　　　　只生下一男一女在面前；
　　　　　你爸爸教人家拉了去，
　　　　　你姑姑逃难到外边。

［拖牛娃下。

第 二 场　看　女

［王大嫂形容消瘦，衣衫破旧上。

王大嫂　（唱慢板四句留）
　　　　　一家人到此地为了逃难，
　　　　　死不了活不成受罪几年；
　　　　　幸喜得八路军除了祸患，
　　　　　但愿得老百姓能把身翻。
　　　　　［玉兰上。

玉　兰　（唱二六）庄前庄后抓坏蛋，
　　　　　百姓起来除汉奸；
　　　　　急忙回家讲一遍，
　　　　　妈妈听了定喜欢。（截）
妈，你再不要哭啦，那些害咱们的汉奸坏蛋，如今城里乡外大家开大会跟他们算账呢。

王大嫂　旁人不旁人，啥时候把害死你大的仇人大黑狗除了，妈妈我才心甘哩。

玉　兰　妈，大黑狗是汉奸中队长，他在城里一定跑不了，大家会把他杀了的。等我哥哥从城里回来就知道啦。
　　　　　［拴虎上。

拴　虎　（唱二六）城里杀了大黑狗，

>报了百姓大冤仇。
>
>汉奸坏蛋无处走，
>
>要把恶霸都铲除。
>
>八路军来了好比晴天打雷一声吼，
>
>受难的同胞出了头；
>
>穷人大家有活路，
>
>从此后日月光景不发愁。（截，进门）

妈，城里开大会大家诉冤告状，公审咱们的仇人大黑狗，我把他害死我爸爸的事情也在会上讲啦！他还给我胡支理对。我打了他一个耳光子，我冯婆婆把狗日的脸都抓破咧。会上决定没收他的银钱土地给大家分，今天早上把他拉出去枪毙啦。

王大嫂 这才是恶人的报应，老百姓除了个大害虫。拴虎，我们不要忘了八路军的好处，八路军不来，咱们的仇报不了还是小事，我常担心咱们母子活不到头。

拴　虎 哼，从前汉奸走狗，硬说共产党八路军是土匪，杀人放火，我就知道狗嘴掏不出象牙。

王大嫂 拴虎，这就好啦，坏人除了，咱们再穷都不要紧，再没有人要咱的命啦。

拴　虎 妈，共产党处处给老百姓想办法，咱们这里要减租减息呢，所有种地的老百姓，给地主出的租子要减少。放账吃大利的财主，把利吃得比本还多的就要一笔勾销。要教咱们受苦的穷人够吃够穿呢。

王大嫂 阿弥陀佛，这才是老天爷睁眼呢，咱们穷人也有了救星啦。

拴　虎 妈，现在咱们老百姓起来啦，啥事都是咱们自己管哩，坏蛋恶霸，再不能欺负咱老百姓啦。前庄我冯叔叔，大家把他选成咱们的乡长啦。

王大嫂 拴虎，我娃往后要好好受苦哩，咱们穷人自己也要争气哩。

拴　虎 妈，从此后我当然要把庄稼当事着务哩，管保咱们能过好光景。听说共产党领导许多老边区，那里的老百姓都把日子过好啦。

王大嫂 照你说你外爷家一定过得好。

拴　虎 妈，我外爷家一定过得好，那里是老边区。

王大嫂　哎！你舅舅教人家拉壮丁啦，你外爷说不定在世不在世，他老人家要是不在世了，一家人就散啦。七八年没有音信，谁知道成了个啥样子啦，哎！

玉　兰　妈，现在咱们这里跟我外爷家一样，都是八路军的地方，今年就能到我外爷家去啦。

王大嫂　哎！两三天路哩，不容易！

老　田　（领牛娃上，唱二六两句截）

　　　　东边访，西边问，
　　　　听人说这就是王家的门。
　　这就是他们的门吧？

牛　娃　是哩，人家指的就是这个门。

老　田　（在外边叫）里边有人没有？

王大嫂　（听到老田的声音像闪电似的刺激，一瞪）嗯！

拴　虎　谁呀？（说着走出门）你找谁呢？

老　田　你们是不是王家？

拴　虎　是的，你从哪里来？

老　田　嗯……（上下打量拴虎，拖牛娃进门）

　　　　（拴虎莫名其妙地跟着进门）

　　　　（当门外老田与拴虎交谈时，王大嫂惊讶地起立静听）

老　田　（进门注视王大嫂）嗯？……

王大嫂　（注视老田）嗯？……

　　　　（其他的人注视老田与王大嫂）

老　田　（声有点颤）噢，你……你是……

王大嫂　（哭音）噢！爹爹！（低头啜泣拭泪）

老　田　（将泪擦干，用坚决的口气）不要伤心，咱们能见面就好。

王大嫂　爹爹，你坐下。

　　　　（老田将布袋顺便放在桌上，打量拴虎、玉兰，落座）

王大嫂　（向拴虎、玉兰）这就是你外爷。

拴、玉　外爷！

王大嫂　快去端两碗开水，给你外爷做饭去。

　　　　〔拴虎、玉兰下。

老　田　好，娃娃们都长大啦。牛娃，这就是你姑。

王大嫂　噢，牛娃，到姑跟前来，让姑把我娃看一看。

　　　　（牛娃走到王大嫂怀前）

王大嫂　（抚摸牛娃头）我娃长得这么大啦。

　　　　（拴虎端上两碗开水放在桌上）

王大嫂　拴虎，快担水去，玉兰做饭还没水哩。

拴　虎　噢。（下）

王大嫂　爹爹，我树高兄弟有信没有？

老　田　没有，七八年啦，连一个字都没有，问也问不上。哎！田树高，田树高，不在世的多啦！

王大嫂　哎！多少人都没有音信啦！

老　田　（把周围看了一阵）你们家里的人都好吧？

王大嫂　爹爹！拴虎大他……

老　田　嗯？他……他……

王大嫂　（哭）嗯！……

　　　　（唱二倒板）自那年逃难到这边，（啜泣）

老　田　哎！（难过地低下头拭泪）他……？

王大嫂　哎！爹爹……

　　　　（唱慢板）日本鬼随后就赶来。

　　　　（转二六）汉奸走狗把人害，

　　　　　　　　　硬拉他修路冬寒天，

　　　　　　　　　肚子饿，浑身颤，

　　　　　　　　　活活冻死大路边。

　　　　　　　　　丢下我母子三个受磨难，

　　　　　　　　　叫爹爹你看我可怜不可怜！

老　田　哎！

　　　　（唱二六）叫女儿莫要泪满腮，

听我把话说开怀：

虽然间虎娃大他把命断，

两个娃娃长成材；

只要留得青山在，

往后就能把头抬。

伤心事儿数不尽，

你把它一件一件都丢开。

王大嫂　爹爹，我娘、牛娃妈她们都好吧？

老　田　牛娃他娘被日本鬼子糟践死啦！

王大嫂　（惊）嗯！爹爹，我娘她老人家怎么样？

老　田　你娘……

王大嫂　她怎么样？

老　田　……她也活活的急死了！

王大嫂　（唱尖板）听一言把人的肝肠疼烂，

（放声大哭扯喝场）

我……我的老娘……牛……牛娃妈……哎……

（唱二六）你们死得好可怜！

鬼子汉奸把人害，

要见亲人难上难。

我把爹爹一声唤，

你二人一老一小怎样的活下来？

老　田　嗯！

（唱二六）眼看着百姓们走投无路死难免，

八路军西边打过来。

他们为人民能除害，

受难人跟他们一同打仗把头抬；

把日本鬼子赶得远，

钻到城里不出来。

共产党处处把民爱，

减租减息发动生产，

穷人们一个一个日月光景过得好起来。

我也算抗日家属受优待；

我二人没有受可怜。

你母子三人从今以后展开愁眉换笑脸，

你看咱八路军赶走日本、打倒汉奸、扶持

　　百姓，大家喜欢，

虎娃妈，从此后再也不会受可怜。

〔冯大妈提一小筐上。

冯大妈　（唱二六）如今的鸡蛋真难买，

　　　　　　　　前庄跑到后庄来。（截）

　　　　（站定叫）虎娃妈！

王大嫂　噢，冯大妈，（出门）做啥呢？

冯大妈　我有点事哩。

王大嫂　到屋里坐一坐。

冯大妈　对，进屋里给你说。（进门看老田，很奇怪地）

王大嫂　（随冯大妈进门）冯大妈，他是我娘家爹爹来啦。

冯大妈　噢，从上边老边区来的？

老　田　是的。

冯大妈　哟，这可是你们的大喜临门啦，恓惶得几年都没见亲人，如今才看见亲人啦。（向老田）走了几天？

老　田　走了三天。

冯大妈　哎，你们那里的人真有福气，共产党八路军到得早，我们这里硬硬比你们多受了几年罪。

老　田　老大嫂，你们也有福气，如今咱八路军把鬼子赶跑啦，打倒汉奸，老百姓就能翻身的。

冯大妈　可不是吗，老百姓都起来啦，这几天我们大家跟汉奸算账哩！（向王大嫂）虎娃妈，咱们的仇人大黑狗，现在大家把他的罪孽都讲出来啦，我在人前大众把他骂了一顿，你看他还给我瞪眼哩，恨得我把驴

　　　　　日的门面都给抓烂啦。今天早上就把他拉出去枪毙啦！（向老田）哎，老人家，我们这里的人这几年把罪受到底啦，如今要申冤报仇哩，老百姓一跳三尺高简直要把天顶开窟窿呢！

老　　田　　是的，我们不能把汉奸走狗轻饶了。

冯大妈　　老人家，我家几辈子受穷，在人家手里活着哩，我老汉就是穷死的。这几年更是七难八过的，老鼠钻在炕洞里啦，把世事一满看成是黑的了，如今一下就眼明唎。你看，我娃是个受苦的庄稼汉，大家把他都选成乡长啦。（向王大嫂）虎娃妈，再不要哭啦，你看我这么大的年纪啦，还打算好好地活几天哩，咱们穷人的好日子在后边哩。

老　　田　　老大嫂，你说得对，我们顾不得伤心，我们要争取过好日子。

冯大妈　　哎！你老人家一句话就说到根上啦。

王大嫂　　冯大妈，你坐下说话。

冯大妈　　哎！看我，只顾了跟你们说话呢，把正事都忘啦。你们有鸡蛋没有？

王大嫂　　没有，我们的鸡叫汉奸军队抓的吃完啦。

冯大妈　　哪里都一样，我前庄跑到后庄，谁家都没有鸡蛋。不是我要吃，咱们八路军的一个教导员带花挂彩唎，在我家里养病哩，咱们乡下啥都没有，就是个米汤面，面米汤，我实在心里不得下去。

牛　　娃　　教导员姓啥？

冯大妈　　姓刘。

牛　　娃　　是不是他的警卫员叫个吴天才？

冯大妈　　是的。

老　　田　　（吃惊）嗯！刘教导员挂彩啦？

冯大妈　　是么，伤还很重的！

老　　田　　老大嫂，刘教导员实在是个好人。他从前就在我庄上住，我们熟得很。日本鬼子投降啦，不给咱八路军缴枪，他才带上弟兄打出来的。他的学问好，满肚子文化，那么大的本事，那么大的官，自己给自己种菜吃，一点儿架子都不摆，谁都爱跟他拉话。

冯大妈　　人家就是好，一点儿脾气都没有，见了人不笑不说话。哎！我这走到哪里，一说话就扯得长啦。我赶快要回去哩，好，你们在。（说着就

　　　　　　出门)
王大嫂　(送冯大妈出门)冯大妈，常转来。
冯大妈　我来呀，你快回去招呼老人家，我常来哩，还送啥哩？快回去。
　　　　　(下)
　　　　　(王大嫂进门)
老　田　今天黑啦，明天买一点儿东西，看一看教导员去。
牛　娃　我也要去呢！
老　田　对。
　　　　　〔玉兰跑上。
玉　兰　妈，饭做好啦。
王大嫂　爹爹，到里边吃饭去。
老　田　好。
王大嫂　(拖牛娃)牛娃跟姑到里边吃饭。
玉　兰　(很亲热地拖牛娃另一只手)走，牛娃，咱们吃饭走。
　　　　　〔齐下。

第三场　相　遇

　　　　　〔党班长背步枪雄赳赳地上。
党班长　(唱)受难的人们都解放，
　　　　　　　百姓到处闹嚷嚷。
　　　　　　　反动派真把良心丧，
　　　　　　　南边上来耍强梁。(截，往下走)
　　　　　〔老田手提小筐装挂面、鸡蛋上。赶上叫党班长。
老　田　党班长，党班长！
党班长　(扭转身一看)噢！老田！(急忙上前亲热地握手)你老人家怎么在这里？

老　　田　　我看女儿来啦。

党班长　　噢，你女儿就在这里。你现在到哪儿去？

老　　田　　我出去买点吃的东西。党班长，咱们真有办法，一出来就打胜仗，老百姓们真高兴。

党班长　　老人家，气人的事情还多着呢，咱毛主席亲自到重庆才跟老蒋把和平民主团结的大事商量好，现在国民党反动派竟然开来大批军队，前天强占了咱们从日本鬼子手里夺来的几个地方。

老　　田　　这不对，不能让他们占。

党班长　　就是的，老百姓气得要命。

老　　田　　教我就不愿意，谁愿意坏人欺负自己！

党班长　　就是的，反动派欺负老百姓真不像话，今天他们又有动静，听说他们跟日本鬼子、汉奸军队合在一起打咱们，真坏透啦！

老　　田　　非打不行，党班长，咱们不能让。

党班长　　是的，反动派要是再向我们进攻，咱们就要自卫，非把他们赶出去不可。

老　　田　　对，赶出去！

党班长　　老人家，我马上要到队部去呢，再见。

老　　田　　好，明天我看你来。

党班长　　好。（下）

老　　田　　（忽然想起）党班长，党班长！

党班长　　（折回）老人家……

老　　田　　我问你一句话，教导员是怎么受伤的？不要紧吧？

党班长　　哎！我们从你们那里打下来，城里的日本鬼子、汉奸军队，死守不退，还说国民党政府把他们编啦，他们是中国军队，骂咱们是土匪！真把人气得两眼冒火，大家宣誓非要把城攻下不可！队长在西边打，教导员在东边打，日本鬼子的火力可重呢，冲了几次不得过去。教导员带彩啦，浑身都是血，脸白得跟一张纸一样。大家都急啦，他一跳起来，喊了一声"冲哇！"大家的血都变成火啦，一口气跟他冲上去，把敌人打了个落花流水。老人家，鬼子跑啦，咱们的教导员也倒啦，我们把他扶起来的时候，才看见他身上也带花啦！

老　田　（很担心地）人不要紧吧？

党班长　人还不要紧，现在养病着哩，人扶着还能起来。

老　田　噢，那就好，那就好。

党班长　好，老人家，我走啦。

老　田　好。

〔党班长下。

老　田　哎！

（唱二六）八路军为民把血流，

他本是日本鬼子汉奸走狗的死对头。

百姓们都要跟他们走，

管教那反动派难以存留！（下）

第 四 场　慰　问

〔教导员脸色苍白，左臂无力而不能动，右腿裹药布，胳肢窝夹拐杖，被吴天才扶上。

教导员　（唱二六）昨晚队长对我讲，

反动派还是太猖狂。

心有事难躺病床上，

我出得院来晒太阳。（落座）

〔玉兰和牛娃上。

牛　娃　（唱二六）跑得快来走得欢。

玉　兰　（接唱）来到冯家大门前。（把牛娃挡住）到啦。

牛　娃　就这个门？

玉　兰　嗯。

（二人进门）

牛　娃　（一见教导员很高兴地）教导员！（扑到教导员怀前）
　　　　（玉兰进门后生疏而又不好意思地站在一旁）
教导员　（很欢迎地抚牛娃头）小鬼，我知道你要来的。
牛　娃　你知道我来啦？
教导员　我知道，冯大妈昨天告诉我的。
牛　娃　（很难过而表同情地，端详教导员的脸色）教导员，你的脸白得很，伤好了没有？
教导员　不要紧，快好啦。（向牛娃问玉兰）她是……
牛　娃　教导员，她是我的姑表妹妹呢。
教导员　噢！（向玉兰）好孩子，来来来。
　　　　（玉兰不好意思地走到教导员跟前）
教导员　（摸玉兰头）你叫什么名字？
　　　　（玉兰不好意思地低头微笑）
教导员　你怎么不说话？
牛　娃　她叫玉兰。
教导员　噢，玉兰。玉兰还害羞哩，不好意思啦。
牛　娃　教导员，来的时候，她说她跟你不熟不愿意来，她说她怕队伍呢。
玉　兰　（对牛娃很不高兴地）谁给你说的，不要胡说！
教导员　她是小娃娃，没见过我的面，当然还不惯呢！（向玉兰）玉兰，牛娃来了，你认得认不得。
玉　兰　（渐渐习惯了）认不得，连我外爷都认不得。
教导员　现在你把我认下没有？
玉　兰　认下了。
教导员　我是谁？
玉　兰　你是教导员。
教导员　好的。（向牛娃、玉兰）我现在病着呢，你们常来玩，好不好？
牛、玉　好。
牛　娃　（高兴地想问教导员一句话，连说带抓）教导员！（两手抓教导员两肩）

（教导员被牛娃触到左臂痛处，本能地推开牛娃，手按痛处，咬牙吸气）

吴天才　小鬼，不敢在那里动，那里是伤口。

牛　娃　（难过，而且不好意思地）教导员，我不知道。

教导员　（立即赔笑，摸牛娃头，安慰地说）不要紧，不要紧，咱们谈谈吧，你还在学校里念书吧？

牛　娃　念着呢！

教导员　先生给你们讲现在的世事没有？

牛　娃　讲哩。

教导员　我问你一个问题。

牛　娃　好。

教导员　玉兰，我问你们几个问题，看你们两个谁能答上？

玉　兰　好。

教导员　好，（想）你们说哪些人是坏人？

牛　娃　日本人、汉奸、特务、国民党。

教导员　（向玉兰）你说对不对？

玉　兰　对着哩。

教导员　对着哩？

牛、玉　对着哩。

教导员　有的对，有的还不大对，你们再想一想。

牛　娃　（自言自语）有的还不大对？

教导员　汉奸不成问题是坏人，特务也是坏人。

牛　娃　我想起啦，日本的军阀是坏人，日本老百姓还是好人，是不是？

教导员　（向玉兰）你说是不是？

玉　兰　你们说是就是。

教导员　那么国民党是不是都是坏人？

牛　娃　哎，国民党反动派顽固分子才是坏人。

教导员　对，再问一个，你们说世上最多的好人是什么人？

牛　娃　共产党。

教导员　不是。

玉　兰　八路军。

教导员　不是。

牛　娃　（想，自言自语地）最多的好人？

教导员　哎，最多的。

玉　兰　教导员，咱们共产党八路军人很多，都是好人，为啥不是？

教导员　共产党八路军都是好人，不能说是最多的。

玉　兰　那你说最多的好人是什么人？

教导员　最多的好人是做庄稼的、做工的、男的女的……

牛　娃　（被教导员的话提醒，急得把教导员口按住）我知道啦，我知道啦，最多的好人是老百姓。

教导员　（高兴地拍牛娃头）哎，世上最多的好人是老百姓，共产党也是老百姓，八路军就是老百姓拿枪杆子保护老百姓，连反动军队里的当兵的也是老百姓，绝大部分都是好人。

牛　娃　（向玉兰夸）看，我猜着了，你可没猜着。

玉　兰　人家教导员点出来了，你才猜着的，看把你还能的，你不说，我也会说呢！

教导员　你们都猜着啦，都是好的。

玉　兰　（向牛娃）咱们该回啦。

教导员　再玩一会儿，忙啥哩？

牛　娃　等爷爷来了一块回。

教导员　对，再等一会儿。

玉　兰　我不敢，转的工夫大了，我妈要骂我哩。

牛　娃　不怕，有爷爷哩。

玉　兰　咱们回去走一转再来么。

牛　娃　好。

教导员　那你们可一定要来呢！

牛、玉　好。（走出门）

教导员　一定要来呢！

牛、玉　（往下走着应）哎。（下）
教导员　（看两个天真的孩子下去，有所感的）

　　　　（唱二六）小孩子聪明伶俐真可爱，
　　　　　　　　　好人坏人能分开。
　　　　　　　　　但愿得人民解放早实现，
　　　　　　　　　把这些好儿女培养起来。

　　　　〔老田提挂面、鸡蛋上。
老　田　（唱二六）反动派南边兵开到，
　　　　　　　　　恨得人咬牙气难消。（进门）
　　　　教导员！
教导员　哎，老人家！（挣扎起来）
老　田　（连忙上去阻止）哎……你不要动。（压教导员）你不敢动。
教导员　好，（向吴天才）给老人家找个坐的。
　　　　（吴天才取凳放在一边）
老　田　没有啥好东西，天才，（递筐）把这给教导员放下。
教导员　老人家，看你这是……谁教你花钱买这些东西，不敢这样。
老　田　这能花几个钱，又不是啥好东西，天才，收下。（把筐子放在桌上，端详教导员的脸色，担心难过的口气）教导员，你的脸色不好看，伤得重吧？
教导员　老人家，伤不算太重。
老　田　你要当个事，好好将养呢。
教导员　不要紧，我想再有一个月就差不多啦。
老　田　千万要小心，不敢大意。
教导员　老人家，你的精神真好，听说你还是走来的。
老　田　我好着呢，你该知道，我还能受苦种庄稼哩么。
教导员　老人家，你看这里怎么样？
老　田　好么，城里城外搞得红火热闹，咱们到哪里，哪里的百姓就自由解放啦，就开了花啦。
教导员　咱们共产党领导全国人民、八路军英勇奋斗，苏联红军在东北出兵，才把日本帝国主义打得投了降，如今国民党反动派又调兵遣将，到处进攻我们。

老　田　教导员，我正要问你哩，听说在南边咱们给国民党反动派让出了几个地方，这我实在不赞成。

教导员　这是为了争取和平民主，老人家，咱们中国的老百姓，都希望和平哩！

老　田　世事能太平当然好，老百姓日夜谋算盼望和平呢，和平可要跟好人和平呢，坏人跟狼一样，贪心不足，你越让，他越能，你给他掏出肝花，他还要你的心。反动派要是只管进攻咱们八路军，欺负咱们老百姓，你说我们还能忍受吗？

教导员　当然，他们要是执迷不悟，坚决打内战，那就是出卖祖国、欺侮老百姓，我们一定要保卫和平，打倒这些坏家伙。

老　田　对，这就对，如今有共产党八路军，谁敢欺负老百姓，咱们毛主席不能饶他们的。

教导员　老人家，你说得很对。

（唱二六）共产党坚持抗战打日本，
　　　　　因此胜利才来临；
　　　　　如今又坚持和平民主为百姓，
　　　　　努力争取不放松。
　　　　　不打内战万民幸，
　　　　　大家都参加政府不让坏人把坏事行。
　　　　　反动派若还联合日本鬼子汉奸军队
　　　　　　　横行霸道罪孽重，
　　　　　到头来管教他们一败涂地渺无踪。
　　　　　毛主席他把世事看得清，
　　　　　中国前途有光明。
　　　　　只要咱全国大众团结一致向前进，
　　　　　人民解放定成功。
　　　　　到那时中国真强盛，

四万万……
老人家，
（接唱）四万万同胞们快乐安宁。

老　田　（唱）听了你的话儿我真高兴，
如今才把心放平；
中国百姓有福分，
自己有了大救星。
毛主席说话有分寸，
他句句话儿不放空。（截）

（隐约听到枪声）

教导员　老人家，你听……
老　田　枪声，枪声，……这又是……
　　　　〔二人静听，不下场。

第五场　突　围

〔老田和教导员在场。

党班长　（在内紧张地喊"教导员"大步上。进门）教导员！
教导员　什么事？
党班长　反动派联合日本鬼子汉奸军队，向我们进攻，现在我们已经开始抵抗了。
教导员　我们要坚决自卫！
党班长　我们在这里的兵力少，前边情况很紧，队长教你准备，我带一班人在这里警戒。
教导员　（低头发恨）哼！《双十协定》把半个月都过去了，还是这样反动。
　　　　〔冯大妈上，自言自语地。
冯大妈　哪里响枪哩，这又是啥事么？

党班长　老人家，反动派跟我们打开了。

冯大妈　教导员，你看国民党反动派讲理不讲理，日本鬼子在这里七八年，他们钻到老鼠洞里不出来；如今咱把鬼子赶跑啦，老百姓正好活啦，他们又来欺负人，这是啥世道哩么？……

教导员　反动派就不愿意老百姓好好活。

〔牛娃内喊"爷爷"急跑上。

牛　娃　（进门抓老田）爷爷，打顽固分子哩，人家给咱军队送饭送汤，我姑母也送去哩，叫你快回去。

老　田　我送去。（欲出门）

（队长在内紧张而大声地喊："教导员！"）

田、党、冯　队长来啦。

队　长　（急上）教导员，国民党反动派，竟然丧心病狂，联合敌伪军进攻我们，咱们上级有命令，要我们突围出去，会同四团七团，集中兵力，另有任务。

教导员　好，这样我们就能争取到主动地位。

队　长　我们要猛冲猛打，紧急行军；给你们要另找个适当的地方。

〔冯得明在内呐喊"队长！"急上。

冯得明　妈。

冯大妈　得娃，怎么样？

冯得明　国民党反动派联合日本鬼子汉奸军队向我们进攻，我要带领民兵跟他们拼命。

冯大妈　对，得娃，拼命。

冯得明　队长！我把那几个伤兵安插好啦，教导员要另找个地方住，他住在我家里知道的人太多。

〔拴虎内喊"乡长！"急上。

拴　虎　（进门）乡长，听说还有受伤的同志，可以到我家里住。

冯得明　对，你们左近没有人家，后边有一个地窖，教导员，你就到他家里去。

教导员　他是……？

老　　田　教导员，他是我的外孙，你到我女儿家里住，我们招呼你。

教导员　那就好。

冯得明　妈，你快给教导员把东西收拾起来。（下）

（此时枪声近而密了）

兵　　乙　（内喊"报告"急跑上）报告队长，石炭沟敌人的兵力很强，李排长要求增援。

队　　长　石炭沟是很重要的地方，要是把敌人挡不住，我们就没法子从北边冲出去。

党班长　报告队长，我们这一班人增援。

队　　长　（紧握党班长手）党占魁同志，这是个很重要的任务，绝不能让敌人冲过来。

党班长　是！

队　　长　好，快去！

党班长　是！（急下）

〔兵乙随党班长下。

〔吴天才带背包、挂包、草绿色军用毯一块、药品、棉花、药瓶上。

教导员　吴天才！

吴天才　有！

教导员　你跟队长去！

吴天才　是！（放下东西）

（冯大妈收拾吴天才放下的东西）

队　　长　教导员！这里老百姓坚决保卫家乡，民兵要干到底，我们完全有把握收复这些地方。好，我们就走啦。

教导员　（很严肃地）队长！现在我们看得更清楚啦，反动派是最残暴、最无耻的，出卖国家民族，欺负老百姓，我们绝不能宽容，要坚决打击。我们要坚决保卫和平！我们要胜利！

队　　长　好，（目扫应去的人）走！

（吴天才、兵甲，拉出枪先出门，队长跟着，冯得明随队长出门，老田、冯大妈、牛娃送出门）

队　　长	我们不久就会来的,教导员要全靠大家招呼……
老　　田	你放心,队长,我们绝不能让教导员受症。
队　　长	好!(向大家敬礼,急下)
冯得明	妈!我们民兵也要去,我们就在这周围呢!反动派再厉害,死都不能教他们知道教导员的地方。
冯大妈	(沉痛慷慨地)得娃,妈我几十岁的人啦!如今好容易看见咱们穷人有了救星啦,死了也够数啦。你放心,妈我不能做出对不起大家、对不起儿女的事。
老　　田	对,我们这一辈子人把命舍出来,要教我们子孙万代永辈子不受人欺负。(向冯得明)乡长,你只管去,放心!
冯得明	好。(急下)
	(枪声更逼近了)
老　　田	拴虎,快把教导员背上走!
冯大妈	绕背路,不要教人看见了。
	〔拴虎背教导员出门,老田、牛娃随下。
老　　田	(嘱咐冯大妈)老大嫂,把屋里应收拾的收拾好。
冯大妈	对,你们要小心。
	〔老田、拴虎、牛娃下。
	〔冯大妈下。

第 六 场　抢　劫

〔在枪声中,一阵打骂斥责和男女小儿惊叫哭喊声后,走上反动派的一班人来,内有白老五、党占雄、田树高、张三、吴四,除张三之外,其他的都拿着从老百姓家里抢来的东西,包袱、被褥等物。

白老五	党占雄!
党占雄	有。

白老五　你跟张三到那前边看看，看那拐弯子里有啥没有？

党占雄　是。（同张三走到下场门口探望了一下转回）什么都没有？

白老五　好！咱们就坐在这里歇一歇，（向吴四）你给咱瞭哨着。

吴　四　好。

（其他的人都无次序地落座）

田树高　八路军就是厉害。

白老五　（不高兴地把田树高瞪了一眼）哼！

田树高　你看，咱们这么多的人，到底人家打出去了。

白老五　少说几句成不成？

田树高　好。（翻看自己抢的东西）

白老五　你们真是些瓷锤，死坠着不很快地跑过来。往后要是咱们的军队把啥地方占了，切记往前跑，抢人要先下手，迟了就轮你娃啃干骨头哩。

田树高　班长，你看，我一进门就看见这么好的被子，顺便拿上就跑。

白老五　你就光光拿了一块被子？

田树高　这是一块好被子。

白老五　你才是个瓷锤！好被子？我给你说，以后看见谁家家里有好被子，你就开柜子，能盖好被子的人家，柜子里值钱的东西多哩。

田树高　真的，你说得对，我再走一趟。（说着起立要走）

白老五　算咧，算咧，以后再说。

党占雄　乡下老百姓，穷的多，没有啥好东西。

田树高　我满想咱们到城里去，偏偏又是个乡下。

党占雄　那些日本鬼子兵又进城啦。

田树高　日本鬼子兵，我总看着不顺眼，还是人家占强，有钱的地方咱去不上。

白老五　田树高，我看你想发财想得头都昏啦！

田树高　好班长哩！我家离这里两三天路，老人、婆娘娃，不晓得穷成个啥样子啦，弄几个钱好见面么。

田树高　班长要多照顾呢。

白老五　那是自然的。

（后台吹集合号）

吴　四　集合啦！

（大家都起立）

白老五　到地方，你们要把东西都交给我，我给你们发钱。

〔大家并不表示愿意，也不敢表示不愿意，随着白老五齐下。

第 七 场　报　信

〔冯大妈做黑夜行路状，摸着上，走到台中，摸着门，向周围细听一阵后才轻轻用手拍门。

〔拴虎警惕地悄悄上，听动静。

（冯大妈比较重地拍门）

（拴虎更惊，两手做压门状，很紧张地）

冯大妈　（低声）玉兰！

（拴虎将耳贴门听）

冯大妈　（比较高声）玉兰！

拴　虎　冯大妈？

冯大妈　是我，快开门。

拴　虎　妈！我冯大妈来啦。（开门让冯大妈进去，关门）

〔王大嫂端油灯一盏与老田上。

王大嫂　冯大妈，黑天半夜你来有啥事哩？

冯大妈　拴虎不敢留在家里，前庄的年轻人，都叫反动派拉了壮丁啦！

王大嫂　嗯！

冯大妈　还有，石炭沟党班长跟第二排把反动派的军队挡得住住地，打死他们好多人，保护咱们八路军都退出去啦，就是党班长带花啦。

老　田　嗯，党班长带花啦？

冯大妈　是的，咱们八路军同志把党班长抬到三关庙那块大石头底下藏着哩。

老　田　嗯！党班长马上要救回来！要不，明天就完了！拴虎，走！

拴　虎　我一个去！

老　田　不行，你一个不行，这些弟兄他们都认得我，我非去不可，拿上个啥东西，快走！

拴　虎　（顺手拿起红缨枪）走。

老　田　要避开大路。

拴　虎　几条小路，我都熟悉着呢！

老　田　走。（向拴虎）咱们走。

　　　　（拴虎开门与老田出门，静听一会儿）

老　田　（转身向站在门口的王大嫂）把灯吹灭，等着。

　　　　〔老田、拴虎摸下，王大嫂关门。

冯大妈　这是八路军同志给党班长送的药品和伙食费，你收好，回来了要给洗伤呢。

王大嫂　（接过药）好。

冯大妈　虎娃妈，牙咬紧，等着，咱们八路军会来的。

王大嫂　冯大妈，要想法子弄吃的哩，我家里满没粮咧。

冯大妈　不怕，有我哩，我能找上人呢，人人都爱八路军，大家会想办法的，粮有我给你送。好，我就走啦。

　　　　（唱）八路军对咱百姓好，

　　　　　　　人人对他把心操。

　　　　　　　米面粮食会送到，

　　　　　　　大家拾柴火焰高。（下）

　　　　好，你等着，我就走了。（出门，王大嫂送出）

王大嫂　（关门）哎！

　　　　（唱二六）我把门儿紧关闭，

　　　　　　　　　盼望他三人早转回。（下）

　　　　〔拴虎背党班长，老田扶着由上场门上，由下场门下。党班长穿衬衣，用军衣裹腿。这一个地方在表演上一定要谨慎而紧张。

第八场 转 移

［王大嫂上。

王大嫂 （唱二六）爹爹拴虎还不到，
　　　　　　　　一阵一阵好心焦。
　　　　　　　　开开门儿（开门）往外照，
　　　　　　　　黑夜漆漆路难瞧。（截）
　　　（张望静听，忽听有人来，躲进门去）

拴　虎 （背党班长到中场，老田跟着，气喘地）到啦。

王大嫂 （几乎是跳出来）拴虎！

拴　虎 快到屋里点灯。
　　　（王大嫂进门点灯）
　　　（拴虎背党班长进门）

老　田 （向周围注意了一下，进门关门）背到地窖里。
　　　［拴虎背党班长下，老田随下。
　　　（王大嫂走到门前，细听一阵）
　　　［牛娃、玉兰悄悄地上。

玉　兰 妈，回来啦？

王大嫂 回来啦。

牛　娃 是不是党班长？

王大嫂 我没有问。

牛　娃 我进去看一下。（说着就要往下走）

王大嫂 （拉住牛娃）不敢去！

牛　娃 姑，党班长跟我们熟得很，常帮助我爷爷锄草哩，我要看去呢！

王大嫂 好！咱们都去。
　　　（王大嫂、牛娃、玉兰往下走了几步，老田出，把他们挡回来）

老　田　虎娃妈！地窖太小，住不下；拴虎不敢家里留，我们住在这里也不方便。党班长伤很重，只好留在这里，你们要滚烫滚水好好地侍候。翻过这一架山，（指）拴虎说有两眼破窑，我们商量好啦，教导员、我、拴虎、牛娃，今天晚上连夜就要搬到那里去。

王大嫂　分开也好，就是那里没有做饭的锅灶，汤水不方便。

老　田　躲难哩，顾不了许多。教导员养了十几天啦，还能对付，饭要家里送哩！

王大嫂　也好！

老　田　虎娃妈，党班长交给你啦，山上的人也全靠你，哪怕反动派要了我们的命，也不能叫教导员党班长受一点症。虎娃妈，我们要对得住我们的恩人，要对得起你死了的丈夫，对得起你死了的老娘。

（唱紧拦头一句转二六）

　　　　虎娃娘你听我把话讲，
　　　　反动派他本是汉奸狗娘。
　　　　救苦救难共产党，
　　　　八路军为百姓流血受伤。
　　　　党班长要你多保养，
　　　　教导员有我在身旁。
　　　　大恩大德不敢忘，
　　　　对那些反动派死不投降。

王大嫂　（唱）爹爹只管宽心放，
　　　　　　我的心中有主张。
　　　　　　只要我还在世上，
　　　　　　绝不让八路军受灾殃。

〔拴虎扶教导员上。

教导员　（唱二六两句截）
　　　　　　党占魁英勇把敌挡，
　　　　　　他为大家负重伤。
　　　　党班长的腿伤很重，王大嫂，你们要用开水把烂的地方洗净，把药撒在上面裹好，这是很要紧的，千万要记着。

王大嫂 好，我记下了。教导员，你要好好将养你的病。

教导员 王大嫂，你们是我们的恩人。

王大嫂 哎！你们是我们的恩人。

老 田 教导员，我们是一家人。

教导员 是的，我们是一家人。

田、王、拴 一家人。

教导员 一家人。（相互表示亲切感激的笑容）

老 田 好，咱们走。

拴 虎 走！（背教导员下，牛娃随拴虎下）

老 田 （最后出去，转身向送出的王大嫂）虎娃妈，党班长交给你啦，教导员的话记牢，要给他洗伤。

王大嫂 爹爹，我记下啦！

老 田 要小心。（追下）

王大嫂 哎！

（唱二六）八路军早把坏人赶，
　　　　　大家再不把心担。
　　　　　转面我把玉兰唤，
　　　　　你不敢对人说实言。

［拖玉兰下。

第 九 场 布 置

［唐政训员带卫兵一上。

唐政训员 （唱二六）师部里命我下乡镇，
　　　　　　　　到乡下我是为王人。（截）

卫兵一 （向下场门喊）哎，这里是不是连部？

〔卫兵二上。

卫兵二　这就是连部,你们从哪里来的?

卫兵一　我们从城里来的,回去报告你们连长,就说师部唐政训员要见他呢。

卫兵二　是。(下)

〔陈连长带卫兵二上。

陈连长　(看着唐政训员)政训员!(敬礼)

(唐政训员把陈连长斜视了一下,很傲慢地,向卫兵一使了个眼色,进门)

陈连长　(也随着进门,让唐政训员坐下)唐政训员,你是……?

唐政训员　师部专门派我到这里来的,你没有接到通知吗?

陈连长　接到啦,早上就接到啦。

唐政训员　这里隐藏的八路军、共产党,你们调查得怎么样?

陈连长　现在还没有调查出什么来。

唐政训员　上边有情报,这里有好几个伤病员,还有一个重要干部刘教导员,没有跑出去。听说八路军在的时候,他在乡长家里养病。

陈连长　我们也正在调查,从老百姓口里,什么都问不出来么。

唐政训员　哼!你的经验还少,选几个人给我,我就不信把老百姓还没办法。

陈连长　(向卫兵二)叫第一排第一班到这里来。

卫兵二　是。(下)

唐政训员　陈连长,营长说你的心太善啦。

(陈连长不语)

唐政训员　这一班人,里边的成分怎么样?

陈连长　班长白老五是上边派来的,当然不成问题。副班长党占雄,从前他的哥哥党占魁也在这里当兵,去年春上进攻八路军阵亡啦,因之他对共产党有仇恨,也可靠。

唐政训员　嗯!有这么两个人在这里就好办。(得意地)哼!日本宣布投降的时候,这一带,满是共产党八路军,眼看把多半个天下给完啦,上边真有计划,联合日本,改编伪军,共同进攻奸军奸党,真是妙不可言!大家都很高兴吧?

陈连长　许多士兵都知道共产党给咱谈好啦，中国要和平，好多人在下边吵闹，不愿意打仗。

唐政训员　这你可要注意，说这些话的人，抓起来，杀他几个。我们一定要消灭共产党，我们有美机械化军队，美国帮助我们，我们要一直打下去，打他一个乱七八糟，不能让《双十协定》成功。

（白老五内喊"报告！"）

陈连长　进来。

白老五　（带一个班站立外边，自己进门）报告，第一排第一班全到。

陈连长　（向唐政训员）好，咱们出去看一下。（与唐政训员走出，向众）这是……

（众立正）

陈连长　（点头）稍息。这是师部的唐政训员，到这里有公事，你们这一班人，暂时归他指挥，要绝对服从。

白老五　是。

陈连长　（向唐政训员）政训员，给他们训话。

（唐政训员点头走向前来）

白老五　立正！敬礼！

（唐政训员扫视大家，微微点头）

白老五　礼毕。

唐政训员　这一次进攻共产党，我们胜利啦，你们都有攻劳。上边有情报，这个地方隐藏有共产党、八路军，有几个伤病员，师部专门派我调查，要把他们捉拿惩办。你们要听我指挥。

白老五　是。

唐政训员　你们要知道，共产党根本就是土匪，杀人放火，不要老子不要娘，是我们的大仇人，非消灭不可。

白老五　是。

唐政训员　哪一个是姓党的？

党占雄　有。

唐政训员　你叫党占雄？

党占雄　是。

唐政训员　你的哥哥叫共产党杀啦，是不是？

党占雄　去年进攻八路军，我亲眼看见我哥受伤，倒在地下，晚上我去找，连尸首都不见啦。

唐政训员　那一定是共产党活埋啦，共产党不晓得活埋了我们多少好弟兄，记着，要给你哥哥报仇。

党占雄　是！

唐政训员　白老五！

白老五　有。

唐政训员　你带几个人，在庄外周围活动，进来的人要检查仔细，一概不准这庄里人出去。

白老五　是。

唐政训员　党占雄。

党占雄　有。

唐政训员　你带几个人在村里经常游转，观察来往人的行动。

党占雄　是。

唐政训员　好，详细的办法，回头在下边谈，最重要的是一句话，（语气加重）绝对服从命令！叫你们干什么就干什么，干好了有赏，谁要有一点儿含糊，就不要想活。

白老五　是！

唐政训员　（向陈连长）最好把他们的长枪换成短枪。

陈连长　好。

唐政训员　我们在哪里住？

陈连长　咱们前后庄分开住好。这是前庄，你们住到后庄。

唐政训员　也好。

陈连长　（向白老五等）你们下去就搬家。

白老五　好。

（陈连长、唐政训员下）

白老五　敬礼！

［陈连长、唐政训员下。

白老五　（见陈连长、唐政训员下去，转过身，喜眉笑眼地）哎，你们该听见啦吧，这是好差事，管保有钱花。（登时摆架子，沉着脸）不过，大家可要听我的话，谁要不好好干，不服从命令，送了命可不怨我，是不是？好，下去搬家。

［白老五与众齐下。

第十场　送　粮

［王大嫂手拿棉花、纱布、药包等上，玉兰端一盏麻油灯随上。

王大嫂　（唱二六）党班长不愿洗伤口，

　　　　　　　教我心中好发愁。

　　　　　　　今夜变脸硬下手，

　　　　　　　洗伤口还要把药敷。

　　玉兰，今天不管党班长教洗不教洗，咱们非洗不可，再过几天伤口越烂越大，怎么得了！

玉　兰　（上来后就把灯放在桌子上）妈，地窖里太小，不方便。

王大嫂　那咱们把他扶出来。

玉　兰　好。

　　（二人正在桌前检查药布等）

［冯大妈夹一包粮，摸着上，拍门。

　　（王大嫂把灯一口吹灭，拉玉兰耳语，意思教把药等藏了，玉兰藏药时，王大嫂走向门前）

冯大妈　玉兰……玉兰！

王大嫂　冯大妈？

冯大妈　是我，快开门。

　　（玉兰听到是冯大妈，把药等放在桌上，点着灯）

（王大嫂开门让冯大妈进来，关门）

冯大妈　（见药等）你们给党班长换药呢？

王大嫂　哎，冯大妈，我给他洗伤，他硬不洗，真把人能急死。

冯大妈　党班长的伤你要当个事哩，不管他愿意不愿意，硬给他洗，哪怕他变脸。虎娃妈，他全靠我们活哩，你就把他当你的娃看。

王大嫂　是的，今天我跟玉兰商量好啦，把他扶上来，硬给他洗，他不洗我不让。

冯大妈　他是个当兵的，年轻人，直气朗嗓的，你跟他慢慢谈闲话，谈顺了，再给他洗伤。

王大嫂　好。

冯大妈　虎娃妈，这是大家送的粮。

王大嫂　冯大妈，山上几天没有吃的，他们受饿着呢。

冯大妈　哎！这两天村里村外都有人明察暗访，军队到处游转，山里的人不敢来的；连咱们乡上的指导员都告诉我，暂时不要找他。哎！不晓得要出什么事哩！

王大嫂　他们外边问上问不上？

冯大妈　问不上。哎！你还不知道，城里来了个大坏蛋，把咱们乡上的人给苦啦，他们见人就问乡长。虎娃妈，你看着，我快出事咧。

王大嫂　冯大妈，我害怕，你要有个一长二短，那还了得。

冯大妈　不怕，没有事便罢，有了事，我一人顶着，哪怕他们把我油锅炸了，我也不会说一句实话的。

王大嫂　哎！祈天祈地，不敢出了啥事！

冯大妈　（很严肃而沉痛地）虎娃妈，无事防有事哩，我给你叮咛几句话：我娃临走的时候，我说我不能做出对不起大家、对不起儿女的事；我要死了，你见了我娃，就说我是他的好妈妈，我死也不投降反动派，我做鬼都要跟上八路军走，（说着哭了）教他不要想我，好好地跟上八路军干。

王大嫂　冯大妈，不要紧，好人有天保佑哩。

冯大妈　我的话，你要记住，你们快给党班长洗伤，我就走啦。

王大嫂　冯大妈，再坐一会儿。

冯大妈　哎！早一点儿回去好。

　　　　〔王大嫂开门听了一下〕

冯大妈　（出门转回身）虎娃妈，我要是出了事，曹大伯会给你送东西的。

王大嫂　曹大伯上年纪啦，耳朵听不见，说话不方便。

冯大妈　就因为他上年纪啦，坏人不会注意他。

王大嫂　好。

冯大妈　没有事了，大人娃娃，不要出去，务必要小心，记着。

王大嫂　噢。

　　　　〔冯大妈摸索着下。

王大嫂　哎！

（唱二六）冯大妈真是好心地，

　　　　　但愿她平安无是非。

　　　　　今夜晚要把病人伤口洗，

　　　　　他再不洗我不依。

玉兰，夜深啦，咱们把党班长扶出来，先给他说闲话，慢慢谈顺了，再给他洗伤。

玉　兰　好。

　　　　〔二人下。

第十一场　洗　伤

　　　　〔王大嫂、玉兰扶党班长上。

党班长　（唱二六）这几日伤口好疼痛，

　　　　　地窖里太窄小不能转身。

　　　　　出窖来只觉得精神兴奋，

　　　　　王大嫂是我的救命恩人。

王大嫂　（唱）坐在这里莫要动。
玉　兰　（唱）洗好伤口就不疼。（截）
王大嫂　党班长，你喝水不喝水？
党班长　不想喝。
王大嫂　吃点东西吧？
党班长　不想吃。哎！王大嫂，我看见你们也很困难，还要养活我们，真……
王大嫂　党班长，你们的吃的，都是众人送的。这里的老百姓，都爱咱们八路军，都等咱们八路军来呢。党班长，你来了几天啦，我还没有和你谈呢，你家在哪里？有些什么人？你啥时候参加咱们八路军的？
党班长　王大嫂，说起来话就长啦！我家里是穷庄稼汉，老大、老妈、我跟我兄弟一共四口人。抗战以后，国民党把我弟兄两个都抓了壮丁，把我们送到离家很远的地方，受了几年罪。去年春上，把我们调出来，打咱们八路军，我带花啦；八路军的弟兄把我抬回去，就像亲兄弟一样，把我的病治好；我要求回家，他们还给我发路费，走到半路上，碰到家乡逃难的熟人，他们说国民党反动派在那里征粮摊款，抓壮丁，老百姓七死八活，我的爹爹、妈妈……王大嫂，他们……他们都饿死了。

　　（唱二六）我的爹娘把命丧，
　　　　　　病床上呼叫亲儿郎。
　　　　　　老百姓犯了什么罪，
　　　　　　为什么一个一个逼得把命亡？
　　　　　　细思想不由人心火冒上，
　　　　　　转回头参加八路军，
　　　　　　誓死要为人民干一场。
　　　　　　我兄弟占雄如今还在国民党，
　　　　　　但愿得弟兄相逢拉他到这一方。

王大嫂　（接唱）听你言来好惨伤，
　　　　　　父母双双把命亡。
　　　　　　咱穷人都要跟随共产党，

　　　　　　打倒汉奸反动派才不受恓惶。
　　　　　党班长，咱们都是可怜人，什么时候把日本鬼子都赶出去，把汉奸坏蛋都打倒，咱们就能过好日子。

党班长　我就想跑到战场上，见了汉奸反动派，打！打！可恨我这腿，还没有好。

王大嫂　你的腿要洗哩，再不敢耽误啦，教导员给我再三叮咛，叫给你洗伤，你为啥总是不让洗？

党班长　哎，我……我看不见伤口么！

王大嫂　党班长，我给你洗。

党班长　哎……

王大嫂　党班长，我会洗哩。

党班长　哎！王大嫂，……（很难为地，不好意思开口）

王大嫂　我给你慢慢地洗，不教你受疼。走，我们扶你到后边洗。

党班长　哎！不洗，不洗。

王大嫂　党班长，你又不是小娃娃不懂话，这是为你哩，不是害你哩，走，快走。（扶党班长）

党班长　（拒绝）不，我不洗，我不洗。

王大嫂　党班长！

党班长　（难为情地）不，不洗。

王大嫂　党班长，你在战场上连死都不怕，为什么今天连病都怕治哩？

党班长　王大嫂，我不是怕治病。

王大嫂　明明你是怕治病，（态度很严肃地）不行，今天不洗不得过去。玉兰，把他扶起来，走！

　　　　（二人两边扶党班长）

党班长　（拒绝）王大嫂，……

王大嫂　不行，走！

党班长　你听我说，……

王大嫂　没说的，走！

党班长　（拽住不动）哎，咱们这里连一个男人都没有么！

王大嫂　哎！说了半天，你是为的不方便。党班长，我说一句冒失话，你不要见怪，我四十几岁的人啦，把你当我的儿女看，也能说得过去。不要计较这些，病要紧，命要紧！

党班长　（很感动）噢，王大嫂！（呆视王大嫂）

王大嫂　我给你洗，噢。

党班长　我没娘啦，如今你就是我的娘，我要叫你王妈妈。

哎，王妈妈！

（唱二六）你待我如同亲娘养，

王妈妈真是好心肠。

我的娘不幸把命丧，

如今你是我的娘。

我的腿好了拿起枪杆把战场上，

打不倒汉奸走狗顽固分子，

我决不退下战场。

王大嫂　（接唱）你如今莫把战场想，

平心静气好养伤。

想吃想喝只管讲，

这里有面又有汤。

（二人扶党班长起）

王大嫂　来来来扶你到后边去，到后边我给你好好地洗伤。

〔齐下。

第十二场　审　问

〔唐政训员上。

唐政训员　（唱二六）这几日抽烟赌博把钱耍，

手里不缺大洋花。

奸军奸党要搞垮，
真的假的一齐抓；
假的抓来他害怕，
金子银子往出拿；
真的抓来岂容他，
一个一个都要杀。
名利双收威风大，
立功劳还能把财发。

〔卫兵一上。

卫兵一 （唱二六两句截）
白班长行事太胆大，
瞒上欺下还敢夸。
报告政训员，白班长太不像话啦。

唐政训员 什么事？

卫兵一 我今天出去调查了一下，这几天他抓人打人，随便放人，给他花钱的有几十家，弄了好多钱，他才给你报了二十万。你看这人胆大不胆大？

唐政训员 我们暂时不要多说话，现在是用人的时候，把事情搞好了，他能从我手心里出得去吗？

卫兵一 他还在人前自夸哩。

唐政训员 （高声而严厉地）现在连一个字都不提，心里明白就对啦，是不是？

卫兵一 是。

白老五 （内喊）报告！

唐政训员 进来。

〔白老五上。

白老五 （进门，行礼）报告政训员，我们把乡长的母亲抓出来啦。

唐政训员 （很高兴地）那个教导员抓住了没有？

白老五 报告政训员，是这样的：起先问老百姓，乡长在什么地方，谁都不肯说，今天我把村里的老婆子抓在一起，问她们哪一个是乡长的娘，谁都不说，真把我气坏啦。我说你们不说，我就要把你们打得一个都爬不起来！她们还不说，我就打，连住打了三个，正要打第四个，后边站出一个老婆子，教我不要打旁人，说她就是乡长的娘。

唐政训员 哼！好厉害！那个教导员呢？

白老五 她说那个教导员跟八路军走啦。到她家搜来搜去，柜子里有些白馍黑馍，几布袋面，再啥都没有。

唐政训员 哼！那就是八路军的粮。

白老五 我也是这样想，问她啥都不说，问多了她还骂哩。我把她带来啦。

唐政训员 好，给我拉到这里来。

白老五 是！（向内喊）拉上来。

冯大妈 （内唱尖板）

　　　　事到临头胆放正，

（被田树高一掌推出）

冯大妈 （唱）咬紧牙关横了心；

　　　　气汹汹我把门来进，（进门）

（田树高随之）

冯大妈 （唱）看你们把我怎样行？（截）

唐政训员 你就是乡长的母亲？

冯大妈 我娃是乡长，众人选的。

唐政训员 （冷笑）给共产党当乡长，还把你美的。

冯大妈 给共产党当乡长，打日本救百姓，难道不如你们当汉奸！

唐政训员 混蛋！谁是汉奸？

冯大妈 你们跟上日本鬼子、汉奸军队欺侮老百姓，不是汉奸是什么？

唐政训员 不准你说这些话！

白老五 不准你说话！

唐政训员 （又缓和一些）你的乡长儿子在哪里？

冯大妈 跟八路军走啦。

唐政训员 哼！我再问你，你家里是不是住过一个八路军的教导员？

冯大妈　住过。

唐政训员　他现在在什么地方？

冯大妈　跟他的军队走啦。

唐政训员　他不是在你家里养病么？

冯大妈　养过。

唐政训员　那一天我们把此地四面包围，他是一个病人，还能长上翅膀飞了不成？

冯大妈　他那一天走了，我再没见。

唐政训员　（拿话骗）老人家，你上年纪啦，还能活几天？共产党八路军是土匪，非消灭不可；那个教导员，明知道你把他藏起来啦，你交给我们，我担保把你的儿子叫回来，给他找个好差事，弄几个钱，你也享几天老福，你说好不好？

冯大妈　教导员我不知道。我的儿子跟八路军，是一条正路，我不愿意叫他当汉奸。

唐政训员　（又气啦）我看你也是个共产党。

冯大妈　你说我是共产党我就是共产党。

唐政训员　你简直不想活啦？

冯大妈　我不想死，我要活着，看着你们这伙狗汉奸死完。

唐政训员　混蛋！你倒是个厉害的。

冯大妈　（连说带扑）你把我吃了。

白老五　不准动！

冯大妈　（连恨带气地扑上去，但被白老五等拉住）你是狗，你是狗汉奸……

白老五　不准叫！

唐政训员　（拍桌）拉下去，给我吊起来！

冯大妈　（恨）哼！

白老五　（往下拉冯大妈）走！

　　　　〔冯大妈破口大骂，拼命抗拒，被白老五等推打下。

唐政训员　哼！

　　　　（唱二六）共产党，真可怕，

他和百姓是一家。
到下边我要把她重刑打，
教导员要从她身上抓。（下）

第十三场　派　孙

［老田上，焦急地、细心地向各处探视。
［牛娃面黄肌瘦，双手捧腹上。

牛　娃　爷爷，我肚子疼，我饿得要死。

老　田　（一手抱牛娃，一手抚牛娃头）牛娃，不要哭，你拴虎哥到前山看去啦，也许他今天能把吃的带回来。

牛　娃　带回来，哪一天倒带回来啦？

老　田　牛娃，你不要叫，村里有汉奸，他就不敢下去。

牛　娃　那我们就要饿死，（连哭带急地说）我们硬等着死……

老　田　牛娃，你不要闹。

牛　娃　不要闹，把人饿的……

老　田　（态度严肃地）牛娃，你不敢老不听话，我把你叫出来，就是有几句话给你说。教导员是个病人，你在他跟前只管哭只管闹，把你说都说不下，像个啥样子！（又用劝说的态度与口气）教导员有病，你那么样教他心里难过。我在他面前不好意思说你，你又不是三岁两岁的娃娃，怎么连一点儿道理都不懂？（又用亲切地安慰口气安抚牛娃）牛娃，我娃再不要那样，我娃懂道理，听爷的话，噢。

牛　娃　爷爷，我再不闹啦。

老　田　噢，我娃是好的。

［拴虎早就探头探脑上，走到老田、牛娃跟前。

拴　虎　外爷。

（老田、牛娃都吃了一惊）

老　田　怎么样？

拴　虎　不行，不得下去，庄里庄外有军队转着呢，咱们对过半山上，好像还有人转呢。

老　田　哎！总不能让教导员今天还吃不上一点儿东西。（低头为难）拴虎，我是个老汉，我下山去。

拴　虎　不行，你老人家是外边来的生人，人家一见就注意啦。

老　田　哎，那你说怎么办……

拴　虎　我看见大人他们常挡住检查呢，婆娘娃娃检查的还少，牛娃许能下去。

老　田　嗯，你说牛娃能去？

拴　虎　牛娃下去，多一半不要紧。

牛　娃　爷爷，我去。

老　田　你去？

牛　娃　我去。

老　田　（把牛娃看一阵）牛娃，你敢去？

牛　娃　我敢去。

老　田　（咬牙下决心）好，我们不能眼看着饿死，牛娃，你去。

牛　娃　好。（就走）

拴　虎　（抓住牛娃，指着说）你从那个洼里翻下去，绕那一条小沟。小心，不要教人把你看见。快到大路的时候，见没有啥人，你就大模大样进庄去。

牛　娃　好。（欲走）

老　田　牛娃！

　　　　（牛娃又转回）

老　田　你拴虎哥的话，你要牢牢记好。

牛　娃　我记下啦。

拴　虎　那你快去，到家里把吃的拿上就来，回到小沟里再吃东西。

牛　娃　好。（欲走）

老　田　牛娃！

（牛娃又转回，老田两手抓定牛娃）

老　田　牛娃，你听我说，有人问你，你就说你是外村人，到你姑母家去呢；要是出了岔子，牛娃，你死都不能说实话，你要说了实话，牛娃，爷爷我，爷爷我就不要你了！（唱紧拦头一句转二六扯带板）

　　　　你能平安取粮到，
　　　　娃娃有了大功劳；
　　　　假若下山遭了祸，
　　　　宁肯死，
牛娃，
（接唱）你不敢把实话招。

牛　娃　爷爷！
（唱）这些道理我知道，
　　　　遭了祸决不把实话招。
　　　　不招死我一人了，
　　　　招了大家命难逃。

老　田　（紧抱牛娃，接唱）
　　　　这句话儿讲得好，
牛娃，小孙孙呵……
（接唱）你赶快下山走一遭。
我娃是好的，去。

牛　娃　好。（向前面两边注意着，做起伏爬跳动作下）
（老田、拴虎看牛娃下）

老　田　哎！
（唱尖板）牛娃下山不见了，
　　　　　不由得年老人把心操。
　　　　　假若出了天大祸，
　　　　　单怕娃娃口不牢。
　　　　　再把拴虎一声叫，
　　　　　你下山迎接走一遭。

拴　虎　我看教导员，你藏在沟里等着，牛娃转回，把娃接上山来。
拴　虎　好。
　　　　［二人分两头下。

第十四场　取　食

玉　兰　（上唱紧带板）
　　　　　　不好了，不好了，
　　　　　　冯大妈被人抓走了。
　　　　　　人人流泪遭了祸，
　　　　　　我见了妈妈说根苗。（截）
　　　　妈！妈！
王大嫂　（惊慌上，开门）什么事？
玉　兰　妈，我冯大妈被人家抓走啦。
王大嫂　啊哟……
　　　　（唱带板）老人家天长地久心肠好，
　　　　（喝场）那……那是冯大妈，冯大妈呵……
　　　　（接唱）为什么好人把难遭！
　　　　　　越思越想不得了，
　　　　　　我浑身上下似火烧。
　　　　（难过地落座）
　　　　（玉兰擦泪立王大嫂旁）
　　　　［牛娃上。
牛　娃　（唱二六）幸喜一路无人问，
　　　　　　平平安安进了村。
　　　　　　把粮取到真高兴，
　　　　　　叫声玉兰快开门。

玉兰！（拍门）开门来。

玉　兰　妈，牛娃回来啦。（马上要开门去）

（王大嫂拉住玉兰，再听）

牛　娃　玉兰，快开门。

玉　兰　是牛娃回来啦，（急忙上去开了门）牛娃。

（牛娃进门）

（玉兰向两边看了一下，进门，关门）

王大嫂　（捉住牛娃两臂端详）牛娃，你们几天没有取吃的，把我娃饿坏了，教导员跟你爷爷不要紧吧？

牛　娃　还不要紧。

王大嫂　我娃快吃些东西。

牛　娃　姑，快把吃的给我，我就要走。

王大嫂　吃一点儿再走。

牛　娃　不，山上急得等着呢。

王大嫂　也好，（给牛娃塞了一怀馍，又交牛娃一个面布袋）这是我炒熟的面。

牛　娃　好，我就走。玉兰，你出去看有人没有？

玉　兰　（开门，向周围看了一下，进）没有人。

牛　娃　我就走。

王大嫂　牛娃，告诉他们，就说冯大妈叫人家抓走啦。

牛　娃　嗯！

王大嫂　大家都要小心，你路上要留意，转的走。

牛　娃　好。（出门，很自然地向周围看一眼，下）

（玉兰拟出门送）

王大嫂　（截住玉兰）不要出去，把门关了。

〔玉兰关门，老曹在衣下夹着粮袋上。

老　曹　（唱二六两句截）

　　　　八路军待人真正好，

　　　　这件事情我代劳。

（拍王大嫂门）

（王大嫂、玉兰惊慌）

老　曹　（拍门）拴虎！

王大嫂　谁？

老　曹　虎娃他妈，我是老曹。

王大嫂　噢，曹大伯，你有啥事哩？

老　曹　（急得向周围看）你把门开了。

王大嫂　（开门放进老曹，出去向周围探视一下，进门）你老人家有啥事呢？

老　曹　坏咧，坏咧，冯大妈出事啦，她前一天给我说，要是她出了事，教我给你们把这一包干馍馍送来。（递粮袋）

（王大嫂接过粮袋）

老　曹　哎！国民党硬要把咱老百姓从天堂上拉到地狱里，这是啥世道！

王大嫂　（很和蔼地说）老人家，再不敢白天来。

老　曹　嗯？

王大嫂　再不敢白天来。

老　曹　嗯，对的，今天前庄上的军队，把我挡住，检查了一阵。

王大嫂　嗯！老人家，那你就不该送来么！

老　曹　不要紧，他们把我检查以后，没有说啥，就走啦，我看不要紧。

王大嫂　哎，老人家，你快回去，不敢在这里待了。

老　曹　好。

王大嫂　（开门看了一下，放老曹出去）老人家，快回去。

老　曹　噢……（下）

王大嫂　（送老曹去后，很着急地进门，关门）哎，

　　　　（唱带板）曹大伯年纪老，

　　　　　　　　痴聋耳哑把祸招。

　　　　　　　　赶快把地窖上边收拾好，

　　　　　　　　莫教旁人看破了。

玉兰，不对啦，说不定曹大伯惹出事了。赶快把地窖上边盖好，防备有人搜咱们的家。

玉　兰　妈，我害怕。
王大嫂　不要怕，咱们收拾一下，也许不要紧。
　　　　［二人下。

第十五场　密　议

　　　　［党占雄与吴四上。
党占雄　（唱二六）这回咱们搞得好，
吴　四　（唱）抓住八路立功劳。（截）
党占雄　你看，这一家一定藏八路着哩。
吴　四　咱们等了半天啦，再没有见人到这家来。
党占雄　那个老头子，刚才把馍藏在袄子底下，就不是好路数。
吴　四　他拍了几次门才进去，里边那个婆娘出来进去向周围看了几回，一定有鬼。
党占雄　是的。（得意地）哎，吴四，白老五狗日的"撂"了个红，这一回咱们抓住八路军，把他气一气。
吴　四　咱们是几年的好朋友好兄弟，我给你说，想办法弄几个钱，回家。
党占雄　回家？
吴　四　嗯，开小差怕啥哩？
党占雄　开小差？
吴　四　怎么，这军队里的罪你还能一直受下去吗？把老百姓不分好的坏的，随便抓，随便打，弄得钱他一个人花啦，这种人我恨透啦。
党占雄　白老五不是个好东西，我知道。不过老百姓，你不打，他们死都不说，你有啥办法！
吴　四　我的意思是这样：比方刚才这一家，咱们看出漏子啦，明知道他有鬼，我们打也好，骂也好。白老五见人就打，就想弄钱。
党占雄　你说的对，咱们弄不明白，不要随便欺负老百姓。

吴　　四　　哎，对的，咱们马上搜这一家。（就要叩门）

党占雄　　不忙。（与吴四耳语）

吴　　四　　咱们藏起来再等一下。

　　　　　　［稍停，二人下。

第十六场　私　谈

　　　　　　［田树高、张三上。

田树高　　（唱二六）山前山后到处绕，

张　　三　　（唱）百姓个个心内焦。（截）

田树高　　哎，老张，你看这转来转去，转不出个名堂来么。

张　　三　　啥叫个名堂？转一转就对啦。（说着坐下休息）

田树高　　老张，你怎么老是不高兴？（也坐下）

张　　三　　有个啥高兴的？日本鬼子没投降的时候，人只说打倒日本就好啦，如今日本投降啦，还打仗，还跟上日本人打仗！咱们中国不晓得咋尿日鬼着呢，永不能好过一天。

田树高　　咱们跟上日本人打仗，我心里也不高兴。

张　　三　　你看着，这是鸽子抱了个鹞子蛋，必定有后患。

田树高　　政训员说，世事教共产党八路军弄坏的。

张　　三　　我这几天心里老想八路军不一定坏。

田树高　　你说八路好？

张　　三　　你说咱们的队伍好不好？

田树高　　不好。

张　　三　　看咱们到这里以后，把老百姓害成个啥样子啦，我就看不过眼。

田树高　　那你说八路有啥好？

张　　三　　有啥好？人要相哩，事要算哩，你看老百姓不要命的照护八路军，那个乡长的娘，政训员把人家烧成那个样子，人家连啥都不说。事情明摆着，人家知道，就是不说。

田树高　那是她为她的乡长儿子。

张　三　那你说她乡长儿子又为谁哩？

田树高　尿！反正弄不清。我活了这么大，就没有见过好兵。如今我只有一个主意，弄几个钱回家，死都不当兵啦。

张　三　田树高，钱要"赚"哩，弄来的不算。你的钱叫谁弄了，你高兴不高兴？

田树高　我现在把世事看透啦，啥叫好人，啥叫坏人，我看坏人偏偏就有办法。

张　三　善有善报，恶有恶报，若还不报，时辰不到。你不要光看他们眼前有办法，要看他们活老活不老。

田树高　哎！快到我家啦，家里老妈、老大、婆娘娃，不晓得穷成个啥样子啦！

张　三　哎！我就不敢多想家，一想家，活的都想成死的啦。

田树高　反正我只要弄下几个钱，开小差回家，再不亏人啦。

张　三　老弟，我对你有点不满意，白老五光会"溜尻子，舔屁股"，你为啥跟他学哩？

田树高　活在矮檐下，低头不吃亏。谁倒肯跟谁跑呢，都是为自己。

张　三　你还年轻哩，看不到人家的心里头。

田树高　我……

张　三　（把田树高戳了一下）白老五来啦。

　　　　［白老五上。

白老五　（唱二六）走到处见人把脸变，
　　　　　　　　　几句大话就是钱；
　　　　　　　　　上边少报他没见，
　　　　　　　　　下边由我自安排。（截）

田树高　（起立）班长。

白老五　你们在这里，查到什么没有？

田树高　没有。

白老五　做这种事，要眼勤、腿勤、口勤，好比走路拾东西，你不留神你不看，那就拾不上的。（贼眼向四面照，忽然看见对过山沟的牛娃）唉！你们看。

（田树高、张三都向前看）

白老五　那个娃娃不对。
田树高　手里提个白布袋。
白老五　一定会进沟的。
田树高　进去啦，进去啦。
白老五　哎，你们两个从（指）这边绕过去，我从（指）那边绕过去，一定要把他抓住，这一回说不定能办出大事哩。快走！

〔三人弯腰探脑地，分两头下。

第十七场　追　子

〔牛娃提白布袋上。

牛　娃　（唱二六）一边看，一边走，
　　　　　　　　　无是无非进了沟。
　　　　　　　　　先把馍馍吃几口，
　　　　　　　　　喘一喘气儿进后沟。（截）

（从怀里取馍馍吃，吃得很猛，噎着啦，咳一阵，一边吃一边向四面望，从来处发现有人，惊慌得不由得自言自语）

牛　娃　有人！（拿起袋子急跑下）

（白老五追过）

（田树高、张三追过，张三勉强跑，表示应付）

（拴虎东张西望，猛然发现牛娃被人追，藏起来）

牛　娃　（内唱尖板）
　　　　　　　　　把我跑得难出气，（急上）

　　　　　　后边有人紧相随；
　　　　　　我不走原路拐弯去，（倒折一个弯子）
　　　　　　恨不得一步能转回。（急下）
　　　　［白老五追上。
白老五　（向后喊）田树高，田树高，（内应："哎！"）不要到那里去，到这边来。（急下）
　　　　［田树高追上。
田树高　（向后催叫）老张！快一点儿。
　　　　［张三慢步跑上。
　　　　［二人追踪白老五的路，转弯子跑下。

第十八场　急　报

拴　虎　（从藏处转出，向白老五追下处看一下）
　　　　（唱紧带板）
　　　　　　牛娃今天不得了，
　　　　　　三个人在他后边跑。
　　　　　　前边那人把后边叫，
　　　　　　叫了几声田树高。
　　　　　　田树高，田树高，
　　　　　　莫不是舅父他来了？
　　　　　　一口气忙往山上跑，（绕了一个圈子）
　　　　　　见了外爷说根苗。（截，气喘地）
　　　　外爷，外爷……
　　　　［老田惊慌急上。
老　田　什么事？
拴　虎　（气喘得把话都吐不真）牛……牛娃提……提一个布袋，进……进了沟，后边有……有三……三个人追……

老　田　（大声）嗯！（抓住拴虎）

拴　虎　那……那三个里有一……一个人叫田树高。

老　田　嗯，有一个人叫田树高？

拴　虎　是……是的。

老　田　你听得真？

拴　虎　听得真。

老　田　听得准？

拴　虎　听得准。

老　田　（想了一下，很坚定地，一把将拴虎拉过，往拴虎来处跑）我去！

拴　虎　（拉住老田）外爷，你，……你小心。

老　田　拴虎，你把教导员背出去另藏了，我舍出这一条老命看牛娃去。（急下）

［拴虎向老田下去处望一阵，焦急地转身下。

第十九场　见　父

［牛娃急跑上，白老五追上抓牛娃，牛娃向回急旋躲闪，白老五跌倒，牛娃向后跑，被迎面来的田树高抱住，拉到前边，张三随后慢慢跑上，大家都气喘一阵。

白老五　你到哪里去？

　　　　（牛娃不语）

白老五　问你到哪里去？

牛　娃　我回家去。

白老五　回家为啥不走正路？

牛　娃　走小路近么。

白老五　哼！（在牛娃浑身上下搜，把馍扔了，把布袋踢了一脚）你拿这些吃的做啥？
牛　娃　给我家里拿的。
白老五　你家在哪里？
牛　娃　离这里有十几里路。
白老五　你住的村子叫个啥？
　　　　（牛娃不知说什么好）
白老五　叫个啥？
　　　　（牛娃还不知说什么好）
白老五　快说！
牛　娃　（随便说了一个庄名）王家庄。
白老五　哼！这里什么地方藏八路军着呢，是不是？
牛　娃　我不认得八路军。
白老五　小孩子，你只管说，不要怕，你说了，我们给你钱。
牛　娃　我不认得八路军么。
白老五　好孩子，你还傻着呢，说了好，说了给你钱，不说就要你的命。
牛　娃　我啥都不知道，你叫我说啥哩。
白老五　你不要骗我，我晓得。
牛　娃　你晓得，问我做啥呢？（说着转身要走）
白老五　（一把抓过来）你还要调皮哩，告诉你，再不说，我就要打。
牛　娃　打死我也不知道。
　　　　（白老五猛然就打了牛娃一鞭子）
牛　娃　哎哟！（弯腰疼痛）
白老五　知道不知道？
牛　娃　（气得说）不知道。
　　　　（白老五再打一鞭子）
牛　娃　（如前）不知道。
白老五　哼！把你倒没办法啦，（把鞭子丢给田树高）给我结实打。
田树高　是。（拿起鞭子）小孩子，你快说。
牛　娃　我不知道。

田树高　你不说不得过去。

牛　娃　我不知道,你叫我说啥呢?

白老五　结实打!

田树高　快说。

牛　娃　不知道。

白老五　(对田树高生气)打!

田树高　(连打带问)你说不说?……

牛　娃　(连骂带叫)老子不知道,你把老子打死……

白老五　(气坏啦,从田树高手里夺过鞭子,乱打乱骂)你骂,你给我骂……

　　　　(牛娃被打得趴下打滚,骂着骂着无声了)

　　　　(白老五只管乱打)

张　三　(拉住白老五)班长,班长,你小心把他打死。

白老五　(气愤愤地)哼!教他狗日的再骂。

田树高　他不动啦,(摸头)头还热着呢。

张　三　他昏过去啦。

白老五　死不了!

　　　　(猛听得有人疾步跑上,三人举枪,紧张地严阵以待。老田猛扑上)

白、田、张　站住!

老　田　(站住)嗯?(细看三人,发现田树高)嗯?(指)你……你……

田树高　嗯?(枪松懈了,向前走)

老　田　你……你是树高?

田树高　嗯!你是爹爹!(摔了枪,走上去)

老　田　(双手抓住田树高,呆视周围)田树高!

田树高　爹爹!

老　田　你学得好!

田树高　(哀求地)爹爹!

　　　　(此后张三表示同情,白老五将田树高的枪拾起,注意他父子的对话)

老　田　你叫他们拉走之后,日本鬼子来了,欺负死你的婆娘!

田树高　嗯！

老　田　哭死了你的老娘！

田树高　嗯！

老　田　八路军来了，扶持老百姓过好日子。我问你，你们跟上汉奸鬼子来欺负老百姓，嗯！欺负老百姓！

田树高　（哭）爹爹！

老　田　田树高！（拉田树高）你睁开眼睛看，这就是我千辛万苦替你抓养大的牛娃。（哭音）田树高……！

田树高　啊哟！（跌倒，爬起，抱起牛娃）

（唱带板）我忙把牛娃连声叫，

（扯喝场）我的牛娃，牛娃……啊……

（接唱）爸爸把你错打了！

　　　　牛娃牛娃睁开眼，

　　　　睁开眼你把爸爸瞧。

（哭）牛娃，牛娃！

牛　娃　（唱〔伤寒调〕）

　　　　一霎时只觉得头昏晕，

　　　　我浑身无力到处疼。

（转带板）强打精神把眼瞪，

老　田　牛娃！

田树高　牛娃。

牛　娃　（先看见老田，接唱）

　　　　原来是爷爷面前迎。（绕）

老　田　牛娃！

牛　娃　爷爷，你怎么来的？

田树高　牛娃！

牛　娃　（转过身见是田树高，怕得往老田怀里钻）嗯！

田树高　牛娃，不要怕。

老　田　牛娃，他就是你的爸爸田树高。

牛　娃　嗯？（看田树高）

老　田　他是你爸爸。

田树高　牛娃！（走近牛娃，拟抱）

牛　娃　呸！（把田树高猛推开去）

　　　　（田树高羞愧地低下头哭）

牛　娃　（唱尖板）我们几年把你等，

　　　　　　　　你做的这是啥事情？

　　　　（哭声唱）八路军为咱老百姓，

　　　　　　　　你跟上汉奸算什么人？

田树高　哎，我的牛娃！（又上去抱牛娃）

　　　　（牛娃狠狠地又把田树高推过去）

　　　　（田树高很难为地）

老　田　牛娃。

牛　娃　（哭着，但生气地）我不要他！

田树高　（唱二六）牛娃声声把我问，

　　　　　　　　他一句一句刺人心。

　　　　　　　　上边讲话把我哄，

　　　　　　　　自己人谋害自己人。（转身）

　　　　　　　　我把班长一声请，

　　　　　　　　听我把话对你明：

　　　　　　　　上边的讲话再莫信，

　　　　　　　　咱不该谋害八路军。

　　　　　　　　今日此事多残忍，

　　　　　　　　救他们还要你费心。（下跪）

白老五　（扶起田树高。唱二六两句截）

　　　　　　　　田树高莫跪且立站，

　　　　　　　　此事由我一人担。

　　　　不要怕，有我。（走至老田前）老人家，听了你们的话，我也拥护八路军，咱们想办法把八路军救出去，他们在哪里住着呢？

老　田　（不放心）老总，我不知道八路军。

白老五　老人家，你不要多心，我跟田树高是好朋友。

老　田　老总，我实在不知道。

白老五　老人家，我是一片好心，我要有什么坏意，就不是娘老子养的。

老　田　老总，我知道你是好人。

白老五　那你就不应当不说。

老　田　老总，我……

田树高　（上前给老田解围，慢慢推过白老五）班长，想必他们不知道八路军吧？

白老五　（傲慢阴毒地）哼！

老　田　班长，咱们都是老百姓，你们当兵的还不都是老百姓么，咱们……

白老五　（猛然抽出枪）不准动！

　　　　（田树高、老田退后缩作一团）

　　　　（张三也端起枪来，很担心老田等）

白老五　好不要脸，（指田树高）你马上就给我变卦啦？今天把八路军从你们身上搞不出来，我就不姓白啦！（向张三）你盯好，哪一个动一动就给我放倒。（从腰里取出两条绳，递给张三）先把田树高捆起来，再把那老头子捆起来。

张　三　（接过绳子，把枪插在皮带里，不太愿意地走到田树高跟前）树高！

田树高　班长！你把我们救一救！

白老五　不准说话，捆起来！

张　三　树高！

　　　　（田树高不动、不语）

张　三　班长，饶了他吧。

白老五　放屁！（一把把绳子夺过来）你盯好！

张　三　是！（站在白老五身后）

白老五　（向田树高）过来。

　　　　（田树高不动）

白老五　（拉过田树高，大声地）过来。

（田树高死拽不动）

白老五　（将绳掉在地上）哼！你想咋？你以为把你就没办法啦，再胡"拧瓷"，一枪就把你的腿打断。（说着弯腰取绳）

张　三　（乘机上去、用枪顶住白老五背，一手抓白老五头）不准动！
（白老五原样不敢动）

张　三　把枪放下！

白老五　哎……老张……你……你不敢这样……

张　三　枪放下！

白老五　你这人才是，这是做啥哩……
（白老五只得把枪放下）
（田树高把枪取到手）

张　三　（把白老五原先拿田树高的枪也从皮带里掏过来，一脚将白老五踢倒）什么东西！

白老五　（爬起，向张三走来）哎，老张……

张　三　不准动！你太没有人性啦，谁好谁坏，今天还看不出来么？我伤心得受不得啦，你怎忍心还要害人？

白老五　我是要哩么，你不要这样，咱弟兄商量着办，你们怎样，我就怎样。
（说着往张三跟前走）

张　三　（把白老五推了一掌）站远点！

田树高　把狗日的捆起来。

老　田　对！（把绳子拿起）

张　三　老人家，暂时不要捆，捆起来路上教人看见不方便。老人家，你们住的地方在哪里？

老　田　不远，从这里上去，转一个弯子就到啦。

张　三　白老五，你要规规矩矩跟我们走，有一点儿不对，我就要把你放倒。

白老五　老张哥，你把我放了，我再做坏事，（自己打自己耳光）我就不是娘老子养的。

张　三　哼！又来这一套。

白老五　老张哥，我……

张　三　不准说话！（向田树高）田树高，你在后边走，留神！老人家，你们两个前边引路，赶快到你们那里去。

老　田　对！（夹起面布袋，拖牛娃前边下）

张　三　（向白老五）走！

白老五　老张……

张　三　不准说话，走！

（白老五担惊害怕地眼不离枪倒退）

张　三　转过去，随随便便走！

（白老五转过去，又不放心，转过来看枪）

张　三　（大声地）转过去，随随便便走！

〔白老五转过去，灰溜溜地下。

〔田树高注意周围，相随下。

第二十场　会　兄

〔王大嫂上，玉兰随上。

王大嫂　（唱二六）心慌慌只觉得常有危险，
　　　　　　　　　风一吹草一动胆战心寒。
　　　　　　　　　不想吃不想喝愁眉不展，
　　　　　　　　　活一天就如同过了一年。（截）

玉　兰　妈，咱们光吃稀饭，我饿啦，给我吃一个馍。

（党占雄、吴四互相点头示意）

王大嫂　咱们有汤就行啦，馍给他们留下。

（党占雄、吴四互相点头示意）

玉　兰　不，给我吃一个。

王大嫂　好娃哩，一个馍要当一个馍呢，教导员、班长、你爷爷他们五个呢！

（党占雄、吴四表示这一下弄美啦）

（党占雄轻轻拍门）

（王大嫂、玉兰惊）

党占雄 （低声）开门来。

王大嫂 谁？

党占雄 我是送粮的。

王大嫂 你是谁？

党占雄 你开了门就知道啦。

（王大嫂、玉兰担心而犹豫地）

党占雄 快开门，小心人家看见了。

（王大嫂把门开了，一见是国民党军队，大惊）

（玉兰怕得大声尖叫）

党、吴 （举枪）不准叫！

（王大嫂、玉兰缩作一团，不敢动）

党占雄 （向吴四）把门关了。

（吴四关了门）

党占雄 （向吴四）前后搜，看人在哪里藏着。

吴　四 是。（在前台搜了一阵，又进后台一会儿出来）没有藏人的地方。

党占雄 哼！（向王大嫂）我们什么都知道啦，你说老实话，八路军在哪里藏着？

王大嫂 老总，我们这里没有八路军。

党占雄 你们这里有！八路军的教导员、啥班长几个人呢，我们一清二楚，不得过去，快说！

王大嫂 我们实在不晓得，你们不要听旁人胡说。

吴　四 我们是听你说的。

党占雄 老婆子，你再不说，我就不客气啦！

王大嫂 不知道么，教我说啥呢？

党占雄 哼！

吴　四 （一把将玉兰抓住）女娃子，你说！

玉　兰 （害怕地）我没见八路军。

吴　四　你不说我就要打死你!

玉　兰　我……我没见么。

王大嫂　老总,你们行个好,不要打我娃,我们实在不知道。

党占雄　(向王大嫂)告诉你,再不说,我非打死你不可。

吴　四　(向玉兰)你不说,我们就要把你娘打死!

党占雄　(一把抓过王大嫂,向玉兰)你看,你不说,我就要打死她!(说着做要用枪打势)

玉　兰　(很怕打死她娘,扑上去护)妈!

吴　四　(拉住玉兰)你快说!

党占雄　(向玉兰)你说不说?

　　　　(玉兰如前,不语)

吴　四　说!

王大嫂　老总,她没见过八路军,她什么也不知道。

党占雄　(向王大嫂)不准你说话!

吴　四　(向玉兰)你快说!

玉　兰　你们不要打我妈,我妈不知道。

吴　四　你说了就不打,你不说非打死她不可,快说!

王大嫂　(大声止玉兰)你什么都不知道!

党占雄　(一脚踢倒王大嫂)打死你这个老家伙!

玉　兰　(如前,更大叫)妈!

吴　四　(如前)快说,不说你娘就要死!

党占雄　快说!

玉　兰　我不知道!

党占雄　(向吴四)你再把院子仔细搜查一下。

吴　四　对。(下,一会儿又上)后院里有一堆草,草下边是窨子,黑洞洞的。

党占雄　(向王大嫂)嗯!

王大嫂　那里边什么都没有。

党占雄　一定有鬼,我们要看。

王大嫂　哪怕你看！

党占雄　（向吴四）你看去！

吴　四　对。（拟下）

玉　兰　（一把将吴四拉住）你敢去！党班长会把你打死的。

党占雄　噢！快去！

吴　四　是！（急下）

　　　　（王大嫂把玉兰一把抓过来，咬党占雄臂）

党占雄　放开！（把王大嫂撕开）

王大嫂　狗汉奸！（咬党占雄臂不放）

　　　　（党占雄与王大嫂厮打，最后用枪柄猛击王大嫂额颅）

　　　　（王大嫂昏倒地下）

　　　　（玉兰在党占雄与王大嫂厮打时，拉党占雄叫骂，见王大嫂倒地，扑在王大嫂身上大哭）

　　　　（幕后吴四喊叫声："跑咧！跑咧！"）

党占雄　不要开枪，捉活的。（跑下）

　　　　［党班长拿着棍爬上场倒下，吴四赶到，二人打成一团。

　　　　（党占雄助吴四将党班长按倒，党班长挣扎起来）

党班长　（喊）共产党万岁！（将要倒下）

党占雄　（听出是哥哥的声音）嗯？（扶住党班长注视着）你……是哥哥？

党班长　你……你是占雄？

党占雄　（哭）你是哥哥！

吴　四　嗯？（快速把枪插入皮带，扶党班长）

党班长　（看党占雄、吴四，向周围审视，见王大嫂倒地）

　　　　嗯！（把党占雄用力一抓）你……你……（看王大嫂又看党占雄，急得发抖，右手颤着指党占雄）

党占雄　（知道自己错了，哀求的声音）哥哥！……

　　　　（党班长恨得想一掌打倒党占雄）

　　　　（党占雄躲闪，党班长连身倒地）

　　　　（吴四往起扶党班长。党占雄向党班长哀求）

党占雄　哥哥！……
党班长　（被扶起，在尖板铜器中，用力抓住党占雄，颤得好一阵说不出话来）

（唱尖板）我……我一见占雄咬牙恨，
　　　　　你……你如今变成了什么人！
　　　　　八路军将我的伤治好，
　　　　　同志们如同亲弟兄；
　　　　　国民党到处要人的命，
　　　　　咱爹娘活活地饿死在家中。
　　　　　国民党一心害百姓，
　　　　　为报仇我参加了八路军。
　　　　　这一次打仗又带彩，
　　　　　王妈妈（指王大嫂）她……
　　　　　她待我如同亲娘生。
　　　　　反动派他把良心丧，
　　　　　你们做的是啥事情！
　　　　　咱们都是老百姓，
　　　　　为什么跟上仇人害自己人？
　　　　　我这里忙把王妈妈唤，

（扯喝场）王妈妈……

党占雄　王妈妈……
党班长　呵……

（接唱）叫醒了王妈妈细说分明。（截）
（党班长、玉兰叫王大嫂一阵，不应）

党班长　（恨得将党占雄猛一抓）党占雄，今天王妈妈活不了，我非打死你不可！
玉　兰　（连说带哭，扑上咬党占雄臂）我要我妈哩！
党占雄　哎哟！（疼痛护臂）
吴　四　（扶着党班长）唉……小妹妹，不敢……

党班长　咬！咬！
党占雄　老吴，你教她咬，她应当咬，（手摸玉兰头，伤心地）小妹妹你咬，你咬！……
　　　　（王大嫂哼出声来）
党班长　噢，王妈妈醒来啦。
玉　兰　（才把党占雄丢开）妈！（扑到王大嫂身边哭叫）
　　　　（大家将王大嫂扶坐凳上，叫党占雄跪在她面前）
王大嫂　（唱〔伤寒调〕）
　　　　　　我这里咬牙把玉兰恨，（绕，呆瞪）
　　　　（众人在两旁叫，王大嫂先看见玉兰，恨得抓玉兰）
玉　兰　（怕得连躲带叫）妈！
党班长　王妈妈！
　　　　（王大嫂转过身看见党班长，奇异呆视）
党班长　王妈妈，我兄弟来啦！
党占雄　王妈妈！
王大嫂　（低头见党占雄，怕得一躲）嗯！
党班长　王妈妈，他就是我兄弟党占雄。
王大嫂　嗯？（看党占雄）
党占雄　王妈妈，（哀求）我错了！我错了！
　　　　（王大嫂双手捉党占雄双臂审视）
党占雄　王妈妈，我是党占雄。
王大嫂　哎！（扶党占雄起）
　　　　（接唱）却原来你是党占雄。
　　　　　　　　八路军赶走了（换二六）日本鬼，
　　　　　　　　他是咱百姓的大恩人。（向党占雄、吴四）
　　　　　　　　你们都是好百姓，
　　　　　　　　自己人苦害自己人。
　　　　　　　　鬼子汉奸人人恨，
　　　　　　　　难道说你们不长心？

　　　　　　　你的兄挂彩伤很重，
　　　　　　　大家救他活命存。
党占雄　（唱）国民党把我往坏路上引，
　　　　　　　今日此事好伤心。（向党班长）
　　　　　　　他们说八路军把你活埋丧了命，
吴　四　（唱）他们说共产党杀人放火不是人。
党占雄　（唱）今日此事明如镜，
吴　四　（唱）设法救你好长兄。
党占雄　老吴哥，咱们是好朋友，再不能跟坏人做坏事啦。
吴　四　占雄，我现在明白啦，咱们都是老百姓，谁家里没有父母兄弟，我们这是自己人害自己人。
党班长　对，好兄弟，你说得对，我们要跟八路军，替老百姓干事。
吴　四　对，我们都跟八路军走！
党占雄　对。
吴　四　（向党占雄）今天还好，没有给他们报告，赶快要想法子把你哥哥救出去。
党占雄　哥哥，还有教导员在哪里？
党班长　嗯！（看吴四）
党占雄　吴四哥是我的好朋友。
吴　四　党班长，从前我还糊涂着哩，如今我明白啦，我家里也是穷人，国民党拉我当兵的。你放心，我要不跟八路军走，我就对不起娘老子。
党班长　你说得对，咱们是一家人。国民党反动派是卖国贼汉奸，是老百姓的仇人。教导员他们山后边藏着，想办法给他们送吃的，他们受饿着呢。
党占雄　对，我可以送去。
党班长　你们送吃的，再跟教导员把情况报告了，想办法把反动派消灭了。
党占雄　对，旁人不旁人，政训员、白老五，非把狗日的打死不可。
吴　四　要赶快想办法，政训员、白老五不是好东西，这地方藏不住。
党占雄　那咱们就去。

党班长　把粮带着，小妹妹引路。

　　　　（玉兰将一布袋馍取来）

　　　　（党占雄、吴四拟提着走）

党班长　装在怀里。

　　　　（党占雄、吴四将馍装满两怀）

党占雄　小妹妹，你前边引路。

　　　　（玉兰出门先走）

　　　　（党占雄、吴四要出门）

党班长　留神，细心一点儿。

党占雄　不要紧，谁也注意不到我们头上。

　　　　［二人出门随玉兰下。

王大嫂　（把门关了，长长地出了一口气）哎哟，这就好了。

党班长　王妈妈，教你受屈啦。

王大嫂　不要紧，也难怪，他们不明白么。

党班长　（很气愤地）国民党反动派不晓得把多少好人逼到坏路上啦！

王大嫂　你还是到地窖里将养，不要生气。（扶党班长）走！

　　　　［二人下。

第二十一场　误　会

　　　　［老田探望着上，牛娃偷偷地跟在老田后边，走起路还表示有的地方疼痛，老田正向前遥望，牛娃也向前遥望，站不稳撞了老田。

老　田　（吃了一惊，猛转身）谁？

牛　娃　我。

老　田　你出来做啥哩？好好睡去，小心病了。

牛　娃　我睡不住。

老　田　你就常不听话。

牛　娃　爷爷，我爸爸呢？

老　田　教导员写了一封信，你爸爸跟你张三叔带你拴虎哥往外边送信去啦，八路军会来救我们的。（说着向前望，见有人影，顺手拉牛娃藏起来）

〔田树高、张三上，四面张望。

老　田　树高！

田树高　你们在这里。

老　田　拴虎把信送出去了没有？

（老田、田树高谈话时，张三向下场门瞭哨着）

田树高　出去啦，八路军、民兵已经到这周围活动着呢。拴虎刚过了封锁线，就碰上这里的乡长啦。

老　田　（兴奋地）噢，见乡长啦！

田树高　乡长把我们都叫去谈了一下。这一带的老百姓要请八路军把日本鬼子、国民党赶走，城里乱啦。我们连里的弟兄也不愿意打内战。队长今天晚上就来哩，我们回去准备里应外合，美美地干一下呢。

老　田　噢，队长今晚就来，你们今天晚上就动手？

田树高　是的，爹爹！这是队长给教导员的信。（交老田）

老　田　好，这就好啦。

牛　娃　（扑向田树高）爸爸，你给我一支枪，我也要打汉奸呢。

田树高　对！（抱牛娃）给你弄一支枪。

（牛娃高兴）

张　三　（发现沟里有情况）躲起来！躲起来！（走到大家跟前）事情不妙。

老、田　什么事？

张　三　沟里党占雄、吴四，带一个小女孩往这里走呢。

田树高　糟糕！

老　田　坏咧！坏咧！女孩子一定是玉兰，党班长出事啦，这里露风啦，这……

张　三　老人家，不要急。我们到前边假装也是搜山的，给他们个猛下手，把枪收了，就有办法。你们快回去，不要乱跑。

老　田　好！就这么办，你们要小心。
张、田　不怕！
老　田　好。（拖牛娃下）
田树高　他们一定知道地方，让他们前边走，咱们往后边好下手。
张　三　对！
　　　　〔二人下。
　　　　〔玉兰在前，党占雄、吴四随后，张望着上，到台中。
党占雄　（转身向吴四）哎，老吴，我越想越不对，刚才我的确看见山上有个穿军衣的人，晃了一下不见啦。
吴　四　也许白老五他们搜山哩。
党占雄　要是他们在上边，咱们要想办法，把狗日的弄了。
吴　四　对，给他来一个冷不防，把枪收了，打死，摔在沟里去。
党占雄　对。
玉　兰　我害怕哩。
党占雄　你不要怕，有我们哩，你就说你是给我们引路的，我们有办法。
玉　兰　不，我害怕哩。
党占雄　他们心里不防顾，我们会把他拿住的，你怕啥哩。
吴　四　不怕，你只管走。
党占雄　不怕，走。
　　　　（玉兰很胆怯地前边走，绕一圈到下场门）
　　　　（玉兰看见田树高等，尖叫一声，往回跑）
田、张　（举枪上）做啥的？
党、吴　（亦举枪）什么人？
　　　　（四人对看，大笑，各说"原来是你们！"收了枪）
党占雄　你们不要吓唬这小孩子，她是给我们引路的。
田树高　噢，你们寻出路子啦？
党占雄　这娃知道八路军的地方，你们是不是也知道啦？
张　三　我们在下边看见山上有个人，上山来找了半天，啥都没有。
田树高　你们知道了就好，抓几个八路军，我们也要分一份赏哩。

党占雄　当然么，大家都有份。
田树高　（向玉兰）小孩子，你在前边引路，咱们就走。
张　三　走，副班长，你们前边走。
党占雄　走？
张　三　走。
党占雄　尿，忙啥哩，我们刚上了一架山，歇一歇再走，反正，瓮里的鳖跑不了。
吴　四　对，歇一歇再走。（一边说着一边跟党占雄蹲下去）
　　　　（田树高看张三）
张　三　咱们也跑了一阵子啦，歇一歇，迟早是一样，量他们跑不了。
田树高　对，歇一歇。
　　　　（四人都蹲下）
党占雄　搞了这么好几天，今天才算弄出来啦。
田、张　还是副班长有办法。
党占雄　告诉你们，这一回咱们能得一份大赏呢。
田树高　副班长，可不要忘了我们。
党占雄　那是自然么，（随便起立）这山高的很呢！
　　　　（向下场门望）哎，前边好像有个人。
　　　　（其他三人都立起，向下场门望）
田、张　在哪里？
党占雄　（扯长声音，示意吴四）就在那个山峁后边……（说着，与吴四以枪顶田树高、张三背）缴枪！
田、张　嗯？（拟转身）
党、吴　不准动！
　　　　（田树高、张三不敢动）
田树高　副班长，你不要开玩笑。
党占雄　谁给你开玩笑，把枪放下！
吴　四　把枪放下！
张　三　咱们都是自己人么，你们这是啥意思？

党占雄　啥意思，回头再说，枪放下！
吴　四　枪放下！
田树高　党占雄，咱们……
党占雄　不准说话，放下！
吴　四　放下！
党、吴　放下！
（田树高、张三放下枪，党占雄、吴四一人收一支）
党占雄　站过去！
（田树高、张三站过一旁）
田树高　副班长，我们为什么一定要做坏事？
吴　四　告诉你，现在我们明白啦，你们才是做坏事的。
田树高　咱们都是可怜人，为什么自己害自己？……
党占雄　不准说话！（向吴四）这里不能待，到那里再说，（向玉兰）小妹妹，你在前边引路。
玉　兰　好。（走下）
党、吴　（以枪顶住张三）走！前边走！
田树高　（转过身）党占雄，你们……
党占雄　不准说话，走！
（党占雄、吴四各推田树高、张三一掌，随即又上）
玉　兰　（在前边，走到下场门处，看了一下，转身）党班长，他们就在这里边。（指下场门）
党占雄　（向吴四）教他们站远一点儿，你盯好。
吴　四　是！站过来！（把田树高、张三盯在上场门前）
党占雄　小妹妹，你叫他们出来一个人。
玉　兰　（高喊）外爷！（不应）外爷！（不应）牛娃！（不应）
（更高声地）牛娃！（不应）
党占雄　你说我们是好人，送吃的来了，不要害怕。
玉　兰　外爷，你们不要害怕，他们是好人，给你们送吃的来，（不应，急）外爷，你出来我给你说么，他们是好人，（不应，更急地，有点生气）外爷，外爷……

党占雄　小妹妹，你进去，跟他们细细地谈，他们不放心，快进去。

（玉兰慢慢地嘟噜着嘴往下场门走，快到门跟前）

老　田　（上，大喊一声）滚蛋！（踢玉兰一脚）

（玉兰尖叫一声，几乎跌倒，被党占雄扶住）

老　田　（握手榴弹，怒发冲冠，向党占雄）告诉你们，里边的枪瞄准着呢，哪一个动一下就不得活。

党占雄　老人家，我们不是害你们的，我们是给你们送吃的来了，我们是好人。

老　田　你们是汉奸，你们是狗。

党占雄　（拟上前分解）老人家……

老　田　不准你动！（做摔手榴弹势）

玉　兰　（急）外爷，你不要，他是好人，他是党班长的兄弟。

党占雄　老人家，我叫党占雄，党占魁是我哥哥。

田、张　（这才明白啦，高兴地往上走）噢……

吴　四　不准动！

党占雄　（也盯住对方）不准动！

老　田　（一见对田树高等如此，跳到中间）这你们就是好人，嗯！你们这就是好人……

玉　兰　外爷！你不要……

老　田　（举起手榴弹打玉兰）坏种！

（玉兰躲过）

田树高　爹爹，（指党占雄）他叫党占雄，他有个哥哥叫党占魁。

老　田　嗯？（端详党占雄）

田树高　副班长，他是我的父亲。

党占雄　嗯？老人家，（指田树高）他是？

老　田　他是我的儿子。

党、吴　（又喜欢又好笑）哎……这倒弄了一回啥事情！对不起，对不起……

（把枪交给田树高、张三）

（四个人亲热地谈笑谦虚一番，老田喜欢得很）

田树高　占雄，我们把白老五狗日的四蹄四爪捆着呢。

党占雄　噢，把驴日的拿住啦？

田、张　拿住啦，藏在山沟啦。

党占雄　这一下就好啦，咱们几个人一条心，跟上八路军走，回去想办法，弄他个热火朝天。

田、张、吴　对，美美地搞一下。

党占雄　老人家，我们上山一来送粮，二来请教导员想办法……

教导员　（在内喊）这就好，这就好，……（被牛娃扶上）

（二人喜眉乐眼地）

老　田　（高兴的声调）教导员！

玉　兰　教导员！（亲热地扑上去）

党占雄　（喊）敬礼！

（四人注视教导员，严肃地敬礼）

教导员　（愉快地向大家点头）好，好！

党占雄　礼毕。

教导员　你们都是好的。我们大家都是老百姓，应当给老百姓干事，现在咱们中国人民，都希望和平民主！现在国民党反动派要出卖我们的祖国，打内战，欺负老百姓，我们绝对不能容忍！

众　兵　是！

教导员　国民党反动派联合日本、汉奸，把百姓欺负得太不像话啦，城里乡外的老百姓，要求八路军赶走他们。今天晚上民兵会合咱们八路军进攻县城，队长亲自带人来收复这个地方。

众　兵　好！

教导员　你们连里的士兵，大半不愿意打内战，你们赶快回去，保护冯大妈、党班长他们的安全。唐政训员是汉奸特务，一定要活捉到手。

众　兵　是。

教导员　不要慌张，联合反对内战的弟兄们，单等队长进村，来一个里应外合，要勇敢，要坚定！

众　兵　　是。
教导员　　本来咱们应当多谈一下，天黑啦，你们马上要回去，记着：沉着！镇定！勇敢！
党占雄　　敬礼！
教导员　　（点头）好，快去！
　　　　　〔党占雄带众兵气昂昂地下。
老　田　　咱们也收拾一下。
教导员　　好。
　　　　　〔四人愉快地下。

第二十二场　反　攻

〔拴虎与冯得明各持长枪，弯腰上，又下。队长持短枪警惕留神地上，拍枪三下，民兵甲、乙、丙、丁随上。队长指挥他们卧下，拴虎、冯得明又上，拍枪三下，队长拍枪三下。拴虎走近队长耳语，互相耳语几遍，队长招众人立两边，队长给第一个耳语，他们相继耳语传达下去，队长挥手，众分两边下，队长随一边下。

第二十三场　捉　奸

〔唐政训员上，卫兵一随上。
唐政训员　（唱二六）这几日风声不大好，
　　　　　　　　　眼看军心都动摇。
　　　　　　　　　城内不见援兵到，
　　　　　　　　　不由叫人把心操。（截，看一下天色）

这时候啦，怎么白老五他们还不回来？

卫兵一 白老五有的是钱，胡行乱为，啥事都干哩，常常半夜三更才回来呢。

（党占雄在内喊："报告！"）

唐政训员 进来。

（党占雄等四人进门立两旁）

唐政训员 怎么不见白老五，他哪里去啦？

党占雄 他常到外边浪哩，我们不晓得。

唐政训员 今天调查出什么线索没有？

党占雄 没有。

唐政训员 哼！好几天啦，还是个没有，都是饭桶！

（陈连长在内紧急地叫："政训员！政训员！"）

唐政训员 嗯！（慌忙迎出）

陈连长 （慌张上见唐政训员）唐政训员，不对啦，不对啦。

唐政训员 （把陈连长拉进门）什么事？

陈连长 咱们派给城里送信的人，返回来啦，城里乱啦，不晓得有多少八路军跟民兵把城包围啦，咱们这周围的老百姓也不对啦。

唐政训员 嗯！陈连长！你要赶快布置军队！

陈连长 哎！我的命令吃不开啦，第三排吵得要和平，不打内战；二排排长向我提出共产党八路军不是土匪，你说我……我怎么办！

唐政训员 陈连长！你太没有出息，这事情还能容让！下决心！教第一排把他们的枪收了，枪毙几个重要的人。

陈连长 哎！政训员，当兵的都不可靠，都不愿意打八路军，你说我……

唐政训员 （大声严肃地）不要往下说啦，再迟几分钟，我们就没有命啦，咱们把这些人带上，立刻收他们的枪，（向众）走！

〔卫兵二在内急喊："陈连长，陈连长！……"慌张跑上，进门。

卫兵二 陈……陈连长……快……

唐政训员 （生气地）你慢慢地说。

陈连长 你……你慢……慢慢说。（急）

卫兵二 三……三……三排跟二……二排把……把……一排的枪……枪收啦。

唐、陈　　（大惊）嗯！

卫兵二　　八……八路军民……民兵也……也进庄啦！

陈连长　　嗯！八……八……八……

唐政训员　（把陈连长击了一掌）不说闲话，（向党占雄）把后房那个老婆子打死，咱们马上打出去！（说着，拟拉枪走）

　　　　　（党占雄等互相用眼色表示会意）

党占雄　　（盯唐政训员）

张　三　　（盯陈连长）

田树高　　（盯卫兵一）不准动！

吴　四　　（盯卫兵二）

党占雄　　把枪收了，捆起来！

　　　　　（四人把每人的枪收了，把唐政训员、陈连长捆起来，然后把四个集中在一堆）

唐政训员　（向党占雄）这是什么意思？

党占雄　　什么意思，告诉你！我们不愿意做坏事，不愿意打内战，我们要和平。

陈连长　　占……占雄，你……

党占雄　　不准说话！（向张三、吴四）你们盯好。

张、吴　　是。

党占雄　　（向田树高）树高，咱们背乡长的娘去。

田树高　　好。

　　　　　（党占雄、田树高下）

　　　　　（唐政训员转过身想说话）

张、吴　　不准动！

　　　　　（唐政训员瞪视）

张、吴　　掉过头去！

　　　　　（唐政训员掉过头去，低头）

　　　　　（党占雄、田树高扶冯大妈上）

冯大妈　　把我杀了，你们是汉奸，你们不是中国人，你们把我杀了，我的儿子、八路军，不会饶你们的……
党占雄 老人家，我们是好人。
冯大妈 你们是汉奸，你们是狗！
（张三、吴四把唐政训员、陈连长押到冯大妈面前）
党占雄 老人家，你看我们把坏人都捆起来啦。
冯大妈 你们不是人，你们是狗，你们……（果真看见把唐政训员等捆起来啦）噢！你们也明白啦。
党占雄 老人家，我们明白啦。
冯大妈 好，我们都是老百姓，我们都是一家人。（慢慢地走到唐政训员前，咬牙切齿地）把你狗眼睁大看一看，我还活着，我要看着你死，呸！狗汉奸！（扑上抓咬唐政训员）
唐政训员 啊哟……（挣扎疼痛）
（忽然外面有万人奔腾的脚步声）
众　人 什么事，什么事？
（冯大妈停了口）
党占雄 不要慌！
（众静听）
（脚步声稍停，听到队长喊："里边有人么？缴枪！"众人也喊："缴枪！"）
田树高 大概是八路军来啦，我看去。（拟出门）
党占雄 不要去，弄清楚再说。
（冯得明在内喊："里边有人么,缴枪！"众在内："缴枪！缴枪！"）
冯大妈 （兴奋地）我娃来啦，我娃来啦。
田树高 噢，乡长来啦。
党占雄 你叫！
田树高 乡长！
（冯得明在内答应："嗯！"）
田树高 乡长！
（冯得明在内答应："你是田树高？"）

田树高　是的。

　　　　（冯得明在内问："怎么样？"）

田树高　把驴日的"咥"住啦，你们快来。

　　　　〔乡长答一声"好"，他和队长、兵甲上。

冯得明　（在最前边，进门叫）妈！妈！

冯大妈　噢，（又是喜又是悲，抚乡长）得娃！……

　　　　（队长进门）

党占雄　（喊）敬礼！

队　长　（把唐政训员等看了一眼，向大家点头，见冯大妈，连忙上去）冯大妈！

冯大妈　队长，你们来得好，大家等着你们呢！

队　长　冯大妈，你老人家是好的，我们外边都知道。

冯得明　队长，你看把我妈打成个啥样子啦！（说着狠狠地向唐政训员）哎……我把你个杂种！（扑上去打唐政训员两个耳光，拟扯倒揍一顿）

队　长　（用力把冯得明拉开）乡长，现在不要理他，等到大会上跟他算账。

冯得明　（气难平）哼！（转去扶冯大妈）

队　长　（看唐政训员、陈连长等）陈连长，我知道你是人家逼着你打内战的……（说着亲手把绑陈连长的绳子解了，向大家）大家都是好的，我们现在完全胜利啦，你们这一连人都不愿意打内战，都参加咱们八路军啦。

众　人　好！

队　长　得到可靠消息，民兵已经打进城去啦。

众　人　（更兴奋地）好！

队　长　教导员他们都进庄啦，我们要在王大嫂门前开大会，来，我背冯大妈。（说着就要背）

冯得明　队长，我背。

队　长　不，冯大妈是你母亲，也是八路军的母亲，今天我一定要背。（说着把冯大妈背起来，向大家，指唐政训员）押到大会上去！

　　　　〔队长出门下，冯得明在后扶冯大妈。

党占雄等　走！（唐政训员被推、打、骂，紧张地下）

——剧　终——

一九四六年一月五日脱稿于延安

穷人恨 秦腔

编剧：马健翎（1947）

人物表

胡万富：五十几岁，恶霸地主，阴险毒辣，大烟瘾很重，长一嘴八字翘胡，脸白而瘦。人们当面称呼"老财主"，背后叫他"烂肝花"。

高　顺：三十几岁，大烟鬼，轻嘴薄舌，舔尻子拍马屁的小人。胡万富的走狗。

冯镇长：三十几岁，趋炎附势之徒。

老　刘：六十岁左右，忠厚老实，胡万富的佃户。

满　仓：老刘的大儿子，二十一二岁，性刚强。

红　香：老刘的女儿，十五六岁，性刚强。

长　寿：老刘的幼子，八九岁。

安老婆：六十几岁，操劳过度，两眼矇眬，弱不禁风，孤苦伶仃地过了一辈子受人压制的生活，怕惹是非。

安兴旺：安老婆之子，十七八岁，农村青年。

保丁甲：为人凶恶。

保丁乙：名曹三。

保丁丙：名占修。

农民一：青年。

农民二

农民三：四十多岁。

王　氏：胡万富的继室，四十岁左右，极力打扮，看起来有点滑稽，为人矜夸骄傲，性暴而泼辣。

张老汉：贫农，五十多岁。

常　有：张老汉之子，二十几岁。

保　子：胡万富家的雇工，四十多岁。

长　工：胡万富的雇工，三十来岁。

冯见喜：中农，四十多岁，善良而胆小。

袁尚义：贫农，三十岁左右，健壮，勇敢好义。

刘万和：四十几岁，贫苦农民。

武工队长：三十几岁，半武装打扮。

武工队员

时间：一九四六年到一九四七年七八月期间。（人民解放军转入全国规模的进攻）

地点：此地在抗日战争时期被敌伪蹂躏，日本帝国主义投降后，又受蒋介石反动政权的摧残，终为人民解放军所解放。

第一场 狐 群

［胡万富噙着长杆卷烟袋，打哈欠，揉眼，懒洋洋地上。

胡万富　（唱二六）一觉睡到大天明，

　　　　　　　　太阳照得眼难睁；

　　　　　　　　只觉得头昏身乏困，

　　　　　　　　抽一袋烟儿养精神。（绕）

　　　　（仰眉合眼地沉思着，转一个小圈，向内喊）

　　　　高顺，高顺！

高　顺　（内应）哎，来啦，来啦。（轻步跑上）老财主，有什么事？

胡万富　你们给我搞啥吃的？

高　顺　我叫他们给你包了几个羊肉饺子。

胡万富　听说冯镇长从县上开会回来啦，我想他今天会看我来的，多搞一点儿。

高　顺　好。

胡万富　有酒吧？

高　顺　有。

胡万富　搞什么菜？

高　顺　羊肉丝细粉条。

胡万富　就是这一个菜？

高　顺　还有丸子粉汤。

胡万富　再多搞几个菜，要像个待客的样子。

高　顺　我看行啦，他又不是外人。

胡万富　你们往后待人处世，要有分寸，他如今当了镇长，我们应当另眼看待，不要教人家见怪。

高　顺　哼！他当镇长，他当镇长还不是凭咱们大少爷维持的，他还能见怪咱们？

胡万富 你懂得啥呢？他虽然凭咱们当镇长，当了镇长，咱们用人家的地方就多了，两好并一好，咱们对人家好了，人家就会替咱们多办事。你快下去再多搞几个菜。

高　顺 好。（下）

〔冯镇长手里提一包粮果之类的礼物，得意地摇头摆尾地上。

冯镇长 （唱二六）大财主办事真能干，
　　　　　　专员司令都喜欢。
　　　　　　这一条粗腿要抱定，
　　　　　　一步一步升大官。（截）

（连叫带进门）
老财主。

胡万富 噢，镇长，我知道你今天一定会来的，快坐下。

冯镇长 我给你老人家带来一包好点心。（说着把手提的点心放在桌上）

胡万富 你就常常费心。

冯镇长 老财主，我给你老人家报喜，大少爷真有办法，专员、保安司令都夸奖他好，大少爷在咱县上说一句话，谁敢不听，连县长在大少爷面前，总是书记长长，书记长短，恭恭敬敬的；咱们县上的事，简直都由大少爷办理，你老人家该喜欢吧。

胡万富 （高兴地笑）好么，这就全凭你们大家肯出力，能办事。

冯镇长 咱们这镇上的事，我就是抓得紧，穷小子们背地里恨我哩，骂我哩，我不在乎；只要上边说咱好，还怕啥哩。

胡万富 就是的么，穷小子天生的贱骨头，不能给好脸。

冯镇长 老财主，现在咱们的事，越好办咧，专员、保安司令，都是从前跟大少爷在一块给皇协军办事的人，都是老朋友；你等着看，大少爷不久还要上升呢。

胡万富 好么，只要他能上升一步，大家都能上升一步。

冯镇长 那是自然的么。

胡万富 日本投降的时候，到处吵惩办汉奸呢，多少人怕得要命哩，我心里就有个底儿哩；皇协军也好，蒋主席也好，反正他们非要人给他办事不可，谁来了咱给谁办事，怕啥哩。

冯镇长 还是你老人家有才学。

胡万富 我给你说，那时候我只担心一件：最怕共产党得势哩！老天爷保佑，蒋主席下命令消灭共产党，咱们这里来不了八路军，真是大家之福。

冯镇长 财主，你提起八路军，我又想起一件要紧事啦，现在又摊下壮丁啦，光咱们镇上就要八十名呢，连念书的学生都要哩。

胡万富 嗯，学生还要，我的二娃三娃在城里念书，该不要紧吧？

冯镇长 自己的人，当然不要紧，不过大少爷给我说，教你老人家在这庄找一个人，顶二少爷的名字当兵，这样就更好。现在抓壮丁紧得很，路上有四五十岁的人，都教抓走啦。（把周围看了一下，到门外看了一下，低声地）咱们镇上，已经布置好啦，明天就到各保抓人呢。

胡万富 那你说教谁替我二娃当兵好？

冯镇长 这你要事先讲通，不能叫他乱说。

胡万富 （想）叫谁去？

冯镇长 你就叫老刘的儿子满仓去，他不敢不去，你把老刘叫来商量，我替你老人家说几句话，他一定会顺顺儿去的。

胡万富 对。（向内喊）老刘，老刘。

［老刘连头也不抬，走上。

老　刘 老财主。

胡万富 跟你商量一件事。

老　刘 老财主，你老人家叫我做啥我还能不听话么。

胡万富 （笑）我知道你听我的话，现在上边又要壮丁哩，你叫满仓替我二娃当兵去；当兵是好事，将来得了一官半职，带盒子枪，你就再不要受苦啦。

老　刘 （惊慌发抖）嗯？（哀求）老财主，你知道我的光景，去年娃他妈刚死了，我花费了不少的钱，欠下许多账，家里又没有吃的，全靠我满仓苦哩，他一当兵，我全家几口人就不得活！

胡万富 （认为触撞了他威严，很生气，把桌子一拍）什么，你不愿意！

老　　刘　（哀求）老财主，老财主，你……
冯镇长　老刘，你怎么这么糊涂！我给你说，上边又派下壮丁啦，反正满仓这一回非当兵不可。
老　　刘　嗯！又要壮丁？满仓还要当兵？镇长，不能吧，你知道我家里就只有满仓一个人能动弹。
胡万富　现在许多地方打仗哩，蒋主席要的人多，没人当兵打仗，共产党来了怎么办？
老　　刘　嗯？（呆望胡万富）
胡万富　你娃去了，你就不要在我这里当长工啦，回家种地去，每天给我捎的担几回水，扫个院子就对啦。有啥为难处，一斗八升，我还可以给你借。
冯镇长　老刘，这还不好？叫去吧。
老　　刘　（又不敢说哩，又不愿接受，万般无奈）哎！我……（蹲下哭起来）
胡万富　站起来！不准在我家里哭。老实说，你全家人的命都不够抵我的债，你不要后悔！
老　　刘　哎！天呀！天呀！
冯镇长　老刘，你太不像话啦！
胡万富　好！不要你满仓去，欠我的钱给我，种我的地丢下，给我滚！高顺！
　　　　〔高顺急跑上。
高　　顺　什么事？
胡万富　把账本子算盘子给我拿来。
高　　顺　好。
　　　　（转身要走被老刘拉住）
老　　刘　老财主，你老人家不要生气，我……我我叫他去，我叫他去！
胡万富　哼！
冯镇长　要去今天就叫他到镇上来。
老　　刘　镇长，迟几天还不行吗？
冯镇长　不行，还有手续要办哩。
胡万富　你快回去说去。

老　刘　哎！（擦泪下）

胡万富　这一回抓壮丁，大概还会有花钱的人吧？

冯镇长　当然会有的。

胡万富　高顺，以后征粮征款，一定越来越多，瞅准放账，抓紧讨账，谁要借咱的钱，非三毛利息不可。

高　顺　那还能教他少了！镇长，再多征几回丁，多征几回款，这一带的好田好地，老财主都会弄到手的。

冯镇长　征粮征款管保不会少的。

高　顺　越多越好。

胡万富　镇长，走，到后边吃点饭。

冯镇长　哎，老人家，我吃过饭啦，我刚吃过饭。

胡万富　随便饭，多少吃一点儿，我给你准备着哩。

冯镇长　来了就要"打搅"。

〔齐下。

第二场　当　兵

老　刘　（内唱尖板）

一路走来浑身颤，（颠簸地上）

行步不前两腿酸。

昏昏沉沉回家院，（进门）

〔满仓、红香、长寿惊慌上，扶住老刘，叫问："什么事？"老刘痴呆地看自己的儿女，捶胸踏脚，好一阵开不了口。

老　刘　（接唱）从天上降下了大祸端。

老财主为人心太坏，（抓住满仓）

他……他要你替他的二娃当兵（中断又唱）

到……到外边。

满　仓　嗯！他要我替他二娃当兵？爹爹，你答应没有？

老　刘　我……我……

满　仓　你答应没有？

老　刘　嗯。

满　仓　你答应啦？

老　刘　哎！好娃哩，不答应，人家马上就要钱哩，收地哩；娃，你说有啥办法！

红　香　爹爹，不能答应！我哥哥走了，咱一家人就要饿死！

满　仓　杀了我也不去！

老　刘　满仓，不敢那样，不得过去，人家有钱有势，谁背地里不把那人叫"烂肝花"，他要你死，你就不得活！

满　仓　欠他的钱，种他的地，难道把人的命都由他啦？

老　刘　娃，咱在人家手心里活呢，人家说要你命，就要你的命哩。

满　仓　我不去，看他把我怎么样办！

老　刘　娃，你当我舍得叫你去么，没法子，冯镇长也说上边又要壮丁哩，你非去不可。

满　仓　哪怕他们把我杀了，我就是不去！

老　刘　好娃哩，你去，我回家种地。如今这年头，穷人们都得半死半活地活着。这事情我看出来啦，你不好好地去，免不了镇上捆你去，把老财主也惹下了，马上一家人就不得了。满仓！你看，我这么大的年纪，你兄弟才几岁，（目视红香、长寿）你……你……哎！（滚白）我叫叫一声满仓，满仓！这回当兵你不得不去，不敢糊涂任性，为了你年老的爹爹，年幼的兄弟妹妹，娃！你……你……乖乖儿地去吧！

　　（唱二六）满仓儿不敢要强性，
　　　　　　　听我把话说心中；
　　　　　　　并不是为父舍得你，
　　　　　　　万般无奈才应承；
　　　　　　　你就不去也得去，
　　　　　　　惹下人家了不成。

为了老少能活命，

你还要——

满仓！

（接唱）乖乖儿地去当兵。

满　仓　爹爹不要哭了，孩儿我、我去就是了！

（唱）爹爹不要多流泪，

孩儿心中也明白。

这才是蛇吃蛤蟆自己去，

老鹰抓鸡不敢飞。

咬紧牙根当兵去，

千愁万恨记心里。（截）

爹爹，不要哭，我明白啦，我去，将来要是能搞出个名堂回来，非把欺负咱们的人杀几个不可！

长　寿　（上去把满仓抓住）哥哥，你不要去，我不让你去。

满　仓　寿娃，哥哥去了，几天就回来啦。

长　寿　不，我不让你去！（抓紧满仓，好像满仓马上要走）

老　刘　寿娃，不敢。（把长寿拉过来）哎！

满　仓　爹爹，我走以后，单靠你老人家种地不行。我大姨想叫红香给兴旺当媳妇，都是从小耍大的姐妹，成了夫妻才好。这样教兴旺多受点苦，给你帮一半忙，两家好比一家人，勉强着还能过得去，你说对不对？

（红香将头转过去）

老　刘　哎！你说得也对。

满　仓　那你就把我大姨跟兴旺叫来，我要当面给他们叮咛几句话。

老　刘　好，长寿，叫你大姨跟兴旺哥哥到咱家来。

长　寿　噢。（下）

老　刘　前一向你大姨向我当面提过亲，本来我也看出兴旺是个好娃，不过我总想拿红香给你换个媳妇，谁知道（长长地出一口气，哭了）谁知道你要……

〔满仓、红香擦泪。安兴旺拖着双目失明的安老婆上。

安老婆　（唱）听说满仓当兵去。
安兴旺　（唱）急忙前来问根底。（截）
　　　　（二人进门）
安老婆　他二姨夫，真的满仓要当兵去吗？
老　刘　没办法，老财主叫替二少爷当兵，镇长说上边又要壮丁，他非去不可。
安老婆　哎！总想日本鬼子下去啦，好活几天，不料越来越难过了，出粮纳款还不算，把人都拉完了！
安兴旺　"烂肝花"狗日的心太坏啦！
安老婆　兴旺！你不要胡说乱道。（向周围看，低声）这里没有外人吧？
满　仓　没有，大姨。（大声地）
安老婆　兴旺，不敢高喉咙大嗓子，教人家听见了，咱又惹不起。满仓，我娃到姨跟前来。
　　　　（满仓走来，安老婆抓住他）
安老婆　我娃不去能行吗？
满　仓　大姨，不去不行。
安老婆　哎！咱们都命苦。（向老刘说话的那里）他二姨夫，娃走了，你这一家人咋办呀！哎！（又向满仓）你妈死了还不到一年，你又要当兵，哎！不得了！不得了！（拭泪）
满　仓　大姨，你不要哭，听我给你说：我走了，我爹老啦，还要我兴旺兄弟多照料哩。
安老婆　他照料是应当的，你大姨夫死的时候，兴旺才三四岁，全靠你爹招呼大的，他如今帮你的忙是应当的。
安兴旺　满仓哥，放心，你走了，只要我有吃的，不能叫你家里的人受饿。
满　仓　大姨，我跟我爹说好啦，红香跟兴旺的亲事定了吧，以后咱们两家就跟一家一样。
　　　　〔保丁甲、乙气汹汹地喊叫着上。
保丁甲
保丁乙　老刘！老刘！（进门）

（众吃惊，安老婆与老刘更是抖颤，长寿藏在红香身后，红香背过身去。老刘颤颤巍巍说话）

老　刘　啥……啥事？

保丁甲　啥事？你还不知道，镇长叫你满仓马上就去。

老　刘　你给镇长说，他明天一早就来。

保丁甲　不行！就去！他是替二少爷当兵的，还有手续要早办哩，即刻就去。

老　刘　再等一会儿还不行吗？

保丁甲　不行！不要麻烦！

满　仓　（激愤而坚定地）好，我就去。

保丁甲　走！

满　仓　爹爹，你们不要挂念我，我就走啦！（说着要出门）

众　人　（一齐上去拉住满仓）嗯？你就走？

满　仓　迟早总得要去，说去就去。

老　刘　嗯！（抓着满仓呆望，不舍）

安老婆　娃，再待一会儿。

满　仓　待不待一样，多待一会儿，大家多难过一阵。兴旺兄弟，现在咱们是亲上加亲啦，我的老人就好比你的老人，我的兄弟就好比你的兄弟，你能好好动弹照顾两家，兄弟，（叫板）我就是到了山南海北也就放心了！

（唱紧拦头）叫兄弟听我把话讲，

（换二六）我走后要你多帮忙。

　　　　　两老二少靠你养，

　　　　　为兄一时难回乡。

　　　　　咬牙关出门把路上，

（出门，众随之）

（喝场）那……那是老爹爹，大姨母。呵……我的好弟弟妹妹！

（唱流水）老老少少哭恓惶。

　　　　　你们不要把我想，

　　　　　勤勤苦苦过时光。（绕）

爹爹，大姨，你们回去。（咬牙握拳）我就走啦！

（毅然地下）

保丁甲
保丁乙　都回去，不准跟我们来。

〔众人唤满仓，长寿哭叫追下，被保丁甲吓回。保丁甲、乙押满仓下。

老　刘　满仓！满仓！啊哟！

（唱带板）我一见满仓儿走了，

（扯喝场，众随着叫）那……那是满仓儿！满仓！哎……

（唱流水）心中好似刀子割。

　　　　从此后日月更难过，

　　　　全家老少不得活。

〔众哭着进门，下。

第 三 场　抓　丁

〔农民一愁容满面，拿锄头上。

农民一　（唱二六）东山锄完西山走，

　　　　浑身大汗往下流；

　　　　庄稼能打石八斗，

　　　　不够吃来不够租；

　　　　穷人生来命太苦，

　　　　终朝每日锁眉头；

　　　　一年四季不停手，

　　　　春夏秋冬都发愁。（截）

（看周围的田禾，长叹一声，无精打采地锄起地来）

（忽然听得远处乱喊："抓人哩，抓人哩，快跑！"同时有枪声与斥责声："不准跑！动一动就开枪！"）

农民一　（听见声时，先是惊慌四望，后来把锄一丢大喊）抓人哩！
　　　　（撒腿向下场门就跑）
　　　　［保丁甲从下场门上，以枪逼定他。
保丁甲　站住！
　　　　［保丁乙手拿绳子，由上场门跑上来，把农民一套住，捆了起来。保丁丙拉着被捆好的农民二、农民三上。
保丁甲　把这一个也捆在一起。
　　　　（保丁乙将农民一、农民二和农民三连在一起）
保丁甲　（向保丁丙）你看见前边抓住几个？
保丁丙　看不清楚，大概有四五个。
保丁甲　他妈的，一定有人露风啦，今天在这里连十个都捉不到。拉上走！
农民三　你们捆我做啥哩？
保丁甲　我晓得，你明白，装啥洋蒜呢？
农民三　哎！就像我四十多的人啦，你们还要我当兵吗？
保丁甲　比你再老的也饶不了。
农民三　这简直是……
保丁甲　（打农民三一个巴掌）不准说话！拉着走！
　　　　［保丁甲、乙把三人连骂带踢，保丁丙只是不得已地拉着，很难受。齐下。

第四场　送米

　　　　［红香纳鞋底上。
红　香　（唱慢板）刘红香睁两眼把天埋怨，
　　　　　　　　　为什么贫穷人这样可怜？
　　　　　　　我的娘——
　　　　（转二六）在世时多受苦难，

　　　　　为日月常熬煎两泪不干；
　　　　　老爹爹当长工受苦受难，
　　　　　好多年把账债交还不完。
　　　　　恨镇长把哥哥拉兵在外，
　　　　　丢下了老和少好不惨然；
　　　　　每日里熬清水糠菜煮饭，
　　　　　几口人都穿的破烂衣衫。
　　　　　老爹爹得疾病咳嗽气喘，
　　　　　老财主心太狠把他为难。
　　　　　可怜我兴旺哥脚手磨烂，
　　　　　起鸡叫睡半夜务弄庄田。
　　　　　这样穷官府里还要派款，
　　　　　逼得人泪滴血痛哭号天。
　　　　　清早间教长寿去把米借，
　　　　　为什么这时候不见回还？
　　〔老刘比以前更瘦，胡须更白，腰更弯了，病得行走更不方便了，上。
老　刘　（唱二六）想亲儿想得人肝肠裂断，
　　　　　　　　　得下病到如今快有半年。
　　　　　　　　　怕只怕老财主抽地要款，
　　　　　　　　　每日里强挣扎去把水担。（绕，咳嗽）
红　香　爹爹，你要多睡哩，起来干啥？
老　刘　不敢多睡，今天还要给老财主家担两回水呢。
红　香　爹爹，我看你这几天脸色太不好看啦，腿都软啦，不要去啦。
老　刘　哎！好娃哩，不敢不去，不去了人家就要见怪。
红　香　那你叫我兴旺哥替你担水去。
老　刘　哎！娃种咱两家的地，看把娃累成个啥样子啦，还能叫娃担水么？
红　香　那你给他们说一下，在家歇几天么。
老　刘　哎！你们还年轻哩，不懂啥。我给你说，我病了几个月了，哪一天也不敢不给人家扫院担水，我连病都不敢叫人家看来。老财主的心比炭都黑,他要是知道我不中用了,娃!他就会马上要钱,马上抽地,那咱们就(叫板)不得了了!

(唱二六)有钱人的心肠真可怕,

　　　　肚里藏刀把人杀。

　　　　你要常常侍候他,

　　　　不能动他叫你地下爬。(绕)

你不要管我,我还是去。

(老刘出门,勉强地走下去。红香送出门)

红　香　爹爹,你慢慢走,小心!(望不见老刘才转回)

(唱二六)爹爹病得难立站,

　　　　还要给人把水担。

　　　　穷人难来难上难,

　　　　活在了人家脚下边。

〔安兴旺提一小米袋,拖长寿上。

安兴旺　(比以前瘦了一些,穿的破衫子,吊着一片)

(唱二六两句截)

　　　　富人家酒肉家常饭,

　　　　穷寒人吃米也为难。(进门)

红　香　(抱怨的口气)你们才来!

安兴旺　哎!你还不知道,我家里连一点儿米都没有,走了好几家,张家一碗,李家一把,才借下这一点儿米。

(把米袋放在桌上)二姨夫呢?

红　香　给"烂肝花"担水去啦。

安兴旺　哎!人病得不像样子啦,你就不该让他去。

红　香　我挡来,他怕把人家怪下呢。

安兴旺　哎!老人家太可怜啦!把这米好好给老人家吃上几顿,再不敢教他动弹了。

红　香　老人家病重啦,我也不敢离开,不能到山上给你帮忙。

安兴旺　你千万要好好侍候老人家,人家不心疼,咱们的老人,要咱们心疼哩。

红　香　我给你做鞋呢，你试一试看这底子大小呢？（说着把鞋底子给安兴旺）

安兴旺　（把鞋底子等了一下）大小正好，你哪里来的布？

红　香　哪里来的布，这是我这里捡，那里寻，慢慢凑下的。

长　寿　姐姐，我的鞋烂啦，给我也做一双。

红　香　你不多受苦，穿烂的也不要紧。

长　寿　不，我要新鞋呢。

安兴旺　寿娃，我给你想办法搞一双新鞋。好，你们在，我要到地里去。（拟出门）

红　香　（以手阻安兴旺）看你的衫子烂成个啥啦，来，我给你缭一下。（说着从身上取下针线，一边缭一边说）你也不要受苦太重了，你自己看不见，你瘦得多了。

安兴旺　哎！不受苦有啥办法，多受些苦，多打几颗粮，才能有一碗稀汤到咱们口里；不好好受苦，怕连人家的都不够呢。（已补完）好，我走啦。

〔安兴旺出门，红香、长寿送在门外，安兴旺下。

红　香　哎！

（唱）兴旺哥哥面皮瘦，
　　　两只眼跌在窖里头；
　　　虽然说年轻能受苦，
　　　红香心中加忧愁。

〔拖长寿进门，将米袋提下。

第五场　吵金

〔王氏气汹汹地上。

王　氏　（唱二六，快而连续）

　　　　　大媳妇做事太可恼，

　　　　　气得人浑身似火烧；

　　　　　此事我要和她闹，

　　　　　打破脑袋不轻饶！（截）

　　　（高声叫）高顺！高顺！（生气。更高声地）高顺！

　　　〔高顺急忙跑上。

高　顺　来啦，来啦。大婶子，什么事？

王　氏　你给我雇轿子去！

高　顺　大婶子，你到哪里去？

王　氏　我到县上去。

高　顺　啥事么？

王　氏　你说气人不气人，你们大少爷接我大媳妇到县上去，人家是太太上任哩，临走的时候，绸子呀缎子呀，你该亲眼看见啦。我哪一件不随她的意，哪一件对不起她，今天我打开小箱子，把三副金镯子不见啦，你说这不是她偷走再谁敢？

高　顺　你再好好找一下。

王　氏　我把柜子箱子都翻遍啦，连个影子都不见。

高　顺　我想她不能吧？

王　氏　放屁！你跟你们老财主长一个屁股，放一样的屁！快给我雇轿子去，我就要走。

高　顺　大婶子，咱这儿到县上好几十里路呢，你不嫌累？

王　氏　你不要管，快去！

高　顺　大婶子，不要太急，事情慢慢商量着办么。

王　氏　（站起逼高顺）你去不去？

高　顺　大婶子，你等一等，我问一下老财主。

王　氏　你不去了我自己去。（说着就要出门）

高　顺　（急忙拉王氏）大婶子，大婶子……

胡万富　（连跑带说上，拉王氏）好我的亲妈哩，你怎么这样不听话么，家丑不可外扬，你到那里，吵吵闹闹，给咱娃丢人哩么！

王　氏　我不管！非去不可！

胡万富　你听我说，你就不顾咱娃的面子，也该顾你的名誉么。你到那里闹，人家知道的，说大媳妇把你的金镯子偷啦，不知道的一定会说你是后娘，欺负前房儿呢。

王　氏　哼！你那大儿大媳妇恨不得把这一份家产都弄到手，教我的二娃三娃讨饭吃，你当我还看不出他们的鬼心眼。

胡万富　你就太多心了，几副烂金镯子就把事情看得那么大。

王　氏　哼！金镯子，我问你，后院窖的元宝，不是他们偷走了，你说哪个鬼拿走了？

胡万富　你说低声一些，你昏啦！

王　氏　你昏啦，你昏啦！

胡万富　对！……我昏啦，我昏啦。二娃妈，咱们的浮财底财多着呢，他们能拿多少，你放心！不要去啦。

王　氏　我非去不可。

胡万富　算啦，算啦，金镯子算啥么，我给你再打四副，五副。

王　氏　不，太可恨啦，我这口气不得下去。

胡万富　二娃妈！咱的大娃大媳妇不好，饶了他们，你给我带个老面子。

王　氏　不行，我就要去。（又往前扑）

高　顺　（拉住王氏）大婶子，大婶子，……

王　氏　（打了高顺一个巴掌）滚开！

（高顺惧怕躲开）

王　氏　你们都是一路鬼，我自己去！（说着要出门）

胡万富　（大怒，一把把王氏拉回来）你太不像样子啦！

（王氏几乎跌倒，有点害怕。高顺扶住王氏）

胡万富　把你们当成阎王爷、皇上爷还不够数，一定要在玉皇爷头上耍强哩，由了你们啦，我算啥东西！

王　氏　（哭）好，你们厉害，你们大儿大媳妇都是亲的不敢惹撞，我们是贱种，我……

高　　顺　　大婶子，不要生气啦，回屋里歇一会儿……（扶王氏下）

　　　　　　〔王氏非常受屈地连哭带说的被高顺扶下。胡万富气得落座。老刘气喘咳嗽、呻吟、挣扎的，担一担水东摇西摆地上，走到前台，终因支持不住，跌倒在地。

胡万富　　什么事？（扑出门来，踢了老刘几脚）混蛋！你疯啦！

老　　刘　　（吓得直祷告）老财主，我的过，我没留神绊倒啦。（说着，糊里糊涂用两手把地下的泥水往桶里乱掬）

胡万富　　你这是故意糟蹋人，是不是？

老　　刘　　（急得作揖）老……老财主，我不……不敢，我这几天有病，我这几天有病。

胡万富　　有病，有病在家里睡觉去，我用不起你！

老　　刘　　（神经质的恐慌，乱说了一阵）嗯！老……老财主，我……我没有病，我能担水，我能受苦！老……老财主，我没有病，我能担水，我能受苦！老……（尽管不住地作揖不住地说）

胡万富　　滚出去！不要死在我家里，高顺！

高　　顺　　来啦。（跑上）

胡万富　　给我赶出去！

高　　顺　　（拉起老刘）我看你老不中用啦，去！去！

　　　　　　〔老刘被推出门外，昏昏颠颠下。

胡万富　　我看老刘不行啦，今年下来，把地抽回来。他把庄稼务不好，打不下粮食，收不下租，你就把他的骨头拿来，狗还不啃呢。

高　　顺　　对。

　　　　　　〔同下。

第 六 场　哭　饭

　　　　　　〔红香纳鞋底上。

红　香　（唱二六）老爹爹这时候还不回转，
　　　　　　　　　倒教红香把心担。
　　　　　　　　我这里出门去四下观看，
　　　　　（出门两边望着叫）爹爹，爹爹！哎，
　　　　　（接唱）怕只怕老人家跌倒路边。
　　　　［长寿上。
长　寿　（唱二六两句截）
　　　　　　　恨姐姐不让我多吃米饭，
　　　　　　　糠菜汤喝得人太得厌烦。
　　　　姐姐，我还要喝米汤哩。
红　香　寿娃，不敢喝啦，给爹爹留下，爹爹病啦，还要受苦，教他吃好。
长　寿　再给我喝半碗。
红　香　寿娃，不敢不听话。
长　寿　不，尽吃糠菜，我饿咧，我就要喝。（说着往下走）
红　香　（拉住长寿）你又想挨打啦！
长　寿　你打！你打！
红　香　你太不懂事啦。（把长寿打了一下）
长　寿　（双手抓红香，连跳带哭叫）你把我打死，你把我饿死……
红　香　（生气地把长寿用力推倒在地）到那里哭去。
长　寿　（跌倒后，坐起大哭大叫）妈！你活来，我饿啦！
　　　　妈！你活来，我饿啦！……
红　香　哎！（在滚白铜器里把长寿拖起）（滚白）我叫叫一声寿娃，寿娃，我的小兄弟哪……并不是姐姐不给你吃，你吃了爹爹就不得饱，说是你再不要哭，再不要闹，把姐姐我叫得好不心疼哪。哎！（再重一联滚白）我叫叫一声娘呵！娘呵！谁叫你不在，谁叫你早死，丢下我爹爹那样的老，丢下我兄弟这样的小，叫你女儿怎的（拉锤子）养活呢！
　　　　（唱二六）小兄弟莫要再哭叫，
　　　　　　　　　叫得人心似刀割。

爹爹病了没好饭，

　　米汤留下让他喝。（抱过长寿）

[老刘颠簸着上。

老　刘　（唱二六两句截）

　　　　一边走来一边想，

　　　　　受苦人活得无下场。（进门）

红　香　爹爹回来啦。

老　刘　（不言不语，落座，长叹一声）哎！

红　香　（端来一碗饭，碗上放一双筷子）爹爹，吃饭。

　　　　（老刘仍不言语）

红　香　爹爹快吃，不要教饭冷了。

老　刘　（拿起碗筷一看，生气地把碗使劲放在桌上，登时站起来，眼瞪着红香唾）呸！谁叫你做米饭？嗯！（逼红香一步）谁叫你做米饭！

红　香　（惊呆）爹爹！

老　刘　谁叫你光拿米做饭？嗯！（眼瞪得很凶，再逼红香一步）

红　香　（害怕）爹爹！

老　刘　（在红香头顶拍打一下）我这么大的年纪啦，为了咱的日月光景过不下去，看人家的眉高眼低，受苦受难，你知道粮食是从哪里来的？嗯！

　　　　（红香哭）

老　刘　（也哭了）哎！你们都不长良心，这一家人该死！这一家人该死！（落座，抱头哭）

红　香　哎！（滚白）我叫叫一声爹爹呀！爹爹！我的老爹爹……（哭着走到老刘跟前，手托老刘肩）女儿见你这几天病得厉害，是我叫兴旺哥哥张家一碗，李家一把，借下这一点儿米，给你熬下这点米汤，我连一口都没吃没喝，刚才长寿要吃，我没让吃，姐弟们吵闹了一阵，如今你回得家来，又是骂，又是打，教孩儿我好不为难呀！

　　　　（老刘以手抚红香，敲拉锤子板头）

老　刘　我的女儿！

（唱二六）红香莫哭不要叫，
爹爹把你错打了；
怨只怨咱的命不好，
为父心中如火烧。（截）
红香，我娃不要哭了，我心里急得很，太躁啦，叫我娃受屈。

红　香　爹爹，我不受屈，你快吃饭。

老　刘　哎！我吃不下去，我想躺一会儿。

红　香　多少吃一点。

老　刘　吃不下去，我要到后边躺一躺。（起，走）

〔红香长叹一口气，扶老刘下，长寿随下。

第 七 场　逼　债

〔胡万富上。

胡万富　（唱二六）秋风吹得满山黄，
家家户户要收粮。
白天算，黑夜想，
收租讨账要钱粮。
我要把银子藏十窖，
我要把粮食堆满仓。
虽然间不是做皇上，
要啥有啥想怎就怎，
我觉得倒比那皇上强。

〔高顺上。

高　顺　（唱二六两句截）
这乡完了到那乡，
收利讨账实在忙。（进门）

老财主。

胡万富　你回来啦，账收得怎么样？

高　顺　咱的账还能让短下，哭的闹的我都不饶，有的把地顶上啦，有的把房顶上啦。胡老三耍赖皮，我把他送到镇上啦。袁尚义美得他欠钱不给，可花二百块大洋说媳妇哩，我硬要，他还想打人，我在镇上找了两个人，把他美美地捆起来，打了一顿。

胡万富　哼！袁尚义不是好东西，有人说他背地里骂我，从前不该给他借钱。

高　顺　我见他能受苦，不会骗人，谁知那家伙脾气那样坏，啥都不怕。

胡万富　他把钱给了吧？

高　顺　他不给，由他啦。我硬逼得他把亲事退啦，钱给咱们啦。

胡万富　哼！没钱还想要老婆。

高　顺　还有吴保子，你就是剐了他的骨头，熬他的油也没办法，我教他给咱当长工啦，慢慢顶账。还有几家也是这样，秋后的期限，他们有办法，迟收几天也可以。

胡万富　都要抓紧，不能放松。昨天晚上冯镇长来啦，还带回你们大少爷的一封信，说上边派下大批征粮征款，秋收一结束，马上就要下来啦。我看咱们的账，不管到期不到期，能收的都收，逼死人也不能轻饶。收租子也要抓紧，穷鬼们的租子，不能等到冬天，有的不能让他们把粮食拿回去，在场上就把粮食给咱们装回来。这些事你要打算周到，该先搞谁家的，再搞谁家的……

高　顺　这不用你老人家操心，我有个底儿呢。好，我再到前庄跑一趟。（说着就走出门）

胡万富　高顺。

（高顺回来）

胡万富　你干什么啦？为什么田憨虎的媳妇还不来？

高　顺　我给说啦，她不敢来，我再催一下。

胡万富　一定是你把话没说好，你就说到我家里帮几天忙，你现在连啥事都干不了啦。

高　顺　当然我是那样说的。老财主，这不能怨我。（悄悄地）周二娃家媳妇从咱这里回去上吊啦，跟他们隔壁住着呢，因之她不敢来。

胡万富　哼！什么东西！你再叫去，她再敢不来，你把她男人给我拉来，就说我要算账！

高　顺　对。

胡万富　他妈的，哈巴狗也想跳墙啦，你给她说不来不行！

高　顺　是！

〔二人分两头下。

第 八 场　收 租

安兴旺　（内唱尖板）

"烂肝花"做事太强梁，（慌张上）

不等收完他抢租粮。

急忙我到姨夫家去，

（跑一个圈子，进门叫）

二姨夫！红香！

〔老刘拄杖，红香、长寿齐上。

安兴旺　（接唱）赶快到地里抢收粮。（截）

（很急地说）红香，你们快把布袋绳子拿上，到场里把粮食背回来，"烂肝花"把我的粮从场上都抢走啦，快！快！

（红香拿出几条烂布袋）

老　刘　我也去！

安兴旺　你有病，你不要去。

老　刘　还管病不病，能背多少是多少，快走。

（唱流水）粮食就是咱的命，

红　香　（接唱）没有粮食活不成。

安兴旺　（接唱）咱们大家齐动手，

老　刘　（接唱）放大步拼命向前行。（跌倒）

　　　　〔红香、安兴旺、长寿拥着老刘急下。张老汉连叫带喊，拿两条布袋急上。

张老汉　常有！常有！

　　　　〔常有急上。

常　有　什么事？

张老汉　快到场上背粮走，老财主就地抢租子呢，快走。

常　有　狗日的"烂肝花"就怕咱穷人死不完哩。

张老汉　不要胡说，快走！

　　　　〔二人急下。安兴旺背一布袋，红香背一烂布包，老刘、长寿抬一烂布，慢步紧张、东张西望地上，刚转过弯子，被高顺带保子和另一长工挡住。

高　顺　好，你们倒收了个快！

　　　　（安兴旺等吓得退回几步）

高　顺　老刘，你不算一算，你欠多少租子，去年的还没交完，今年又不做长工，担水扫院才干了几天，你还想往家里背粮，老财主买下地，单为养活你，是不是？

老　刘　高……高掌柜，你给老财主说，我今年不得了，他老人家要可怜我呢。

高　顺　不行，你年年不得了，谁能叫你白种地。（说着把老刘抬的和红香背的都夺下来，又夺安兴旺背的）

安兴旺　高掌柜，这是他一家人的命，这一布袋你给留下。

高　顺　你屁股上的屎还没擦干净呢，还替人说话哩，放下！（一把把粮袋拉下来，粮袋落地）

　　　　（安兴旺几乎跌倒，长出了一口气，抱头蹲下。高顺命二长工背）

高　顺　背上走！

　　　　（长工把老刘抬的和红香背的那些拿起。保子抱起安兴旺背的那一布袋。老刘拉住）

老　刘　高掌柜，你不能，这一布袋要给我留下哩。

高　顺　不行，一颗也不给你留！你放手！

老　刘　高掌柜，今年要照护我一下哩。

高　顺　把你倒吃了个开，（向长工、保子）背上走！

老　刘　（向高顺跪下，连哭带说）高掌柜！你开恩！给我要留粮哩。

高　顺　不行，不行！

老　刘　高掌柜！你可怜我一家人，你看我老的老，小的小，（说此句时转过脸看红香、长寿，见未跪）哎！你们也跪下么！跪下！
　　　　（红香、长寿先前只是哭，现在跪下哭）

老　刘　你看我老的老，小的小，你把粮都拿走，就不得活！

高　顺　管不了。（向保子等）走！

老　刘　高掌柜，你不能都拿走，你回去给老财主说，他老人家今年叫我饿不死，我一家人就是转驴变马也要报他的大恩哩。

高　顺　不行，看你嘟囔囔，嘟囔囔，麻烦不麻烦？（推老刘）去！去！（向保子、长工）走！你们站着等啥呢？
　　　　（保子、长工转身要走。老刘又抓着保子背的布袋）

老　刘　你不能背走！

高　顺　（一掌将老刘推倒）去！（向保子、长工）走！（转身被老刘拉住）
　　　　（保子、长工始终对老刘表示同情，因之等待不走，此时只得走下。老刘跌倒了爬起抓高顺）

老　刘　你不能饿死我一家人！

高　顺　滚你的！真是穷骨头！
　　　　〔老刘被推倒，红香哭叫老刘，高顺把红香上下打量一下，抿嘴点头微笑下。
　　　　（以上高顺几次发凶，吓得长寿几次尖叫，红香、安兴旺都有表情。这时红香、安兴旺叫老刘，把老刘架起）

老　刘　（唱阴司慢板一句转二六）
　　　　　　眼巴巴全家人烧无吃尽，
　　　　　　满年的辛苦一场空。
　　　　（扯带板）我要找老财主问他一问，

（挣扎几番，腿痛难行）

（接唱）两腿疼痛难前行。（截）

我想找老财主问他一问，满仓当兵的时候，他说没办法了可以给咱借，今天高顺狗日的把粮食都抢走，我非要一些回来不可。（说着要走）

安兴旺　二姨夫，你不行，你走不动，明天叫红香去！

红　香　我不敢去，"烂肝花"那阎王眉眼我怕哩。

老　刘　你去，不要怕，你找他的老婆，我想他再没良心，会给咱退回一二斗的。

安兴旺　（向红香）你还是去一下好，要来一点儿是一点儿，咱们太没办法啦。

红　香　好，明天我去。爹爹，咱们回。

安兴旺　回。

老　刘　哎！

（唱二六）穷人一年白受苦，

安兴旺　（唱）无吃无穿断咽喉；

老　刘　（向红香）

（唱）全家食用无来路，

安兴旺
红　香　（合唱）睁大两眼泪长流。

［唱时，安兴旺、红香架老刘转一圈下，长寿随下。

第九场　求　告

［胡万富、王氏消闲得意地上。

胡万富　（唱二六）每日里吃饱穿暖闲游转，

王　氏　（唱）到晚间睡下抽大烟；

胡万富　（唱）又有钱又有势啥都好办，

王　氏　（唱）安然自在好喜欢。

胡万富　（唱）皇军来了把公干，

王　氏　（唱）"国军"来了也做官。（"国军"即国民党军）

胡万富　（唱）哪怕他天塌海干石头烂，

胡万富
　　　　（合唱）咱家的银钱用不完。（留）
王　氏

　　　　〔二人落座，都抽纸烟，王氏用小烟嘴。高顺上。

高　顺　（唱二六两句截）

　　　　　　进张家出李家威风八面，

　　　　　　我每日手里头不缺零钱。（进门）

　　　　老财主起来啦。

胡万富　这两天租子收得怎么样？

高　顺　穷鬼没办法的，差不多都从场上就把粮给咱背回来啦，今年比哪一年都难，哭的叫的磕头的，要不是我心硬，租子简直收不起。

胡万富　慢说穷鬼，就是那些有办法的，也都要抓紧，等到征粮征款下来，就不好收了。

高　顺　不怕，我常打算盘子着呢，不能叫咱吃亏。

胡万富　不怕？地里打下粮啦，租子当然可以抢回来；穷鬼们借的钱，更要费力气收哩。

高　顺　咱们的钱，他谁也欠不下。

胡万富　谁也欠不下，像老刘的账，你能要下？

高　顺　老财主，我正要给你说哩，老刘的钱有出路啦。

胡万富　他能有个什么出路？

高　顺　有办法，昨天收租的时候，我看见他女儿红香出变啦，好看得很，十七八岁的姑娘，又香又嫩，还怕变不成钱？

王　氏　我看你是一辈子没有见老婆，把母猪都看成花眼眼啦。

高　顺　哎！粪堆里长灵芝草哩，你不能料就。

胡万富　红香我见过，黄毛女子，有啥好？

高　顺　两年你没见啦,女大十八变哩,女娃娃到了十六七都要大大的出变一下哩,真的好,我不虚说。

王　氏　(讨厌地)干你的事去,张家婆姨好,李家姑娘好,就常在你嘴上吊着哩。去!

高　顺　我跟老财主还有点事呢。(转对胡万富)常有现在没现钱,打算把那几亩水地给咱哩,连老账带新账一笔勾销,没有经我手的账,我还弄不清。

胡万富　好,你跟我到后边搬开账算一下。

　　　　[胡万富下,高顺随下。红香拖长寿上。

红　香　(唱二六两句截)

　　　　　　只觉得心跳腿又软,

　　　　　　向人求告好为难。

　　　　(进门,怯懦地)大婶子!

　　　　(王氏看见,觑了一眼,扭过头去。红香哀哀求告)

红　香　大婶子!

　　　　(王氏没理,红香又叫)

王　氏　(嫌弃地)说你的话,不要叫啦。

红　香　大婶子,高掌柜把今年收下的粮都拿走啦。

王　氏　胡说!那是收我们的租子,谁拿你们的粮!

红　香　大婶子,我们老少三口人,连一颗粮也没有啦!

王　氏　没有还不是没有!

红　香　大婶子,我们种了一年,吃不上稠的,不能教我们连稀汤也喝不上。

王　氏　哼!你是给我讲理来啦是不是?你喝不上稀汤怨谁哩?年轻轻地,说话倒残残地,你们还欠租子着呢,都给我送来。

　　　　(红香、长寿都下跪求告)

红　香　大婶子,我不会说话!你老人家不要见怪,你看我哥哥替二少爷当兵,老财主说下要给我们借哩,我们实在没办法,就不给我们退粮食,也该给我们借上几斗米。

王　氏　说得就像欠下你的一样,满仓不替二少爷当兵,人家镇上也要抓他哩。

红　香　大婶子，不管长短，你要可怜我们，给老财主说一下，给我们借上几斗米。

王　氏　不行，不要麻烦啦，去！

红　香　（哭）大婶子，我们实在不得了，你们要救命哩！

王　氏　去！我们不是菩萨爷爷，救不了命。

红　香　大婶子，你老人家要开恩哩，今天不给我借几斗粮，我不走，大婶子，你要救命哩！……（擦泪呜咽）

王　氏　爱跪你就跪上三天三夜！

　　　　〔胡万富暗上，从远处把红香看一阵，从旁边把红香看一阵，鬼脸高兴地笑着。红香只管哭。王氏把胡万富瞪了一眼又一眼。

胡万富　什么事？

王　氏　什么事，嫌咱把租子收啦，要咱给退粮哩。

红　香　（向胡万富）老财主，你要救我们一家人的命哩，我们连一点儿吃的也没有啦，就要饿死了。

胡万富　不要哭啦，怪可怜的，我给你借就是啦。

王　氏　不准给借！

胡万富　（嬉皮笑脸地）给借上一点儿，看在红香脸上。红香，不要跪啦，跪得腿疼哩，起来。

　　　　（用手拉红香臂。红香惊闪，站起来躲）

胡万富　（笑嘻嘻地）看这娃，你还怕我呢，来来来，到后边我给你盘上满满的一斗米。

　　　　（说着拉住红香手，红香用力甩开，拖长寿出门，连气带哭地下。王氏冷笑。胡万富赶出门）

胡万富　红香！红香！哼！不识抬举的东西！你给我跑到天上去！（进门）

王　氏　老的连头发都白啦，羞不羞？

　　　　（胡万富低着头想）

王　氏　我看也不是一朵好花。

胡万富　咦，你不要说，这娃当真出变啦，我看咱庄里谁也比不上。

王　氏　嗯，好倒是好，就是人家看不上你。
胡万富　看不上，我把她弄不到手，连一天胡都不姓啦。
　　　　（叫）高顺。
　　　　［高顺上。
高　顺　什么事？
胡万富　刚才红香到这里借米来啦。
高　顺　怎么样，不坏吧？
胡万富　好，身子也"稍柳"（窈窕的意思），模样也好看，红脸蛋小嘴，真是女大十八变，变好啦。
王　氏　把一个穷女子，教你简直说成王母娘娘啦。
胡万富　高顺，这个女娃娃我满意，你说媒去。
王　氏　什么？
高　顺　老财主，你跟我大婶子商量好。
王　氏　这家里不准进来邪门歪道。
胡万富　你简直想不开，这是好事情，一来他家欠下咱的烂账啦，咱不要花钱；二来把她娶过门，好好侍候你，比雇老妈子还便宜。
王　氏　脏死我啦！
胡万富　再说，你常跟我吵闹，嫌我跟……总之，你让我把她娶过来，我也就安心啦，再不胡……真的，二娃妈，我说心里的话哩，我早就打算办这么一件事。
王　氏　不行，你好我不好。
胡万富　我叫她好好侍候你，你越能享福。
王　氏　说什么都不行，你敢把她娶过来，一进门我就要砍死她！
胡万富　（郑重地）你不要什么事都为所欲为。
王　氏　我就不让！我就不让！
胡万富　（生气）把你那嘴抿住！太不像话！由了你啦！高顺，这事情几天内就要给我办到手，去！
高　顺　老财主，你跟我大婶子商量好……
胡万富　商量什么，去！就去！

高　顺　老财主，不要搞得……

胡万富　少说话，你是给我姓胡的办事的，我姓胡的叫你干啥，你就干啥！去！就去！

高　顺　对！对！我去，我就去！

胡万富　就去！这一件事我非办不可，你给我几天就办好，谁也挡不住，哪怕死下人！

高　顺　好，是，是，是！

　　　　〔胡万富把王氏瞪了一眼，气汹汹地下。

高　顺　大婶子，这件事情非办不行啦。

王　氏　说屁哩，还不是你惹下的是非！

高　顺　你不要生气，我给你说，除过老财主说过的那几点好处，还有好处哩，（鬼头鬼脑地出门看了一下）要是把红香娶过门，老财主跟她睡觉去，咱们就方便得多了！

王　氏　呸！不要脸！

高　顺　对对对，我不要脸，我不要脸。（无耻地，高兴地由上场门跑下）

　　　　〔王氏由下场门下。

第十场　说　媒

　　　　〔老刘拄拐棍上。

老　刘　（唱二六）红香出门求人去，
　　　　　　　　　但愿她能把米借回。
　　　　　　　　　背地里不住眼流泪，
　　　　　　　　　叫满仓，儿呀！你在哪里？

红　香　（内唱尖板）
　　　　　　　　　"烂肝花"做事太可恶，

　　　　〔拖长寿上。

　　　　　　（接唱）气得人阵阵颤嗦嗦；
　　　　　　　　擦干眼泪进门去，（进门）

老　刘　（见红香状，惊异）红香，怎么样？他不给借？

红　香　（唱）我本是女孩子该说什么？（截）

老　刘　红香，他一点儿都不给借？

红　香　（有点生气）借！人家还给你借！

老　刘　嗯？

红　香　我央求人家，跪下祷告，他们不给就是了，"烂肝花"不要脸，他……

老　刘　他怎么样？

红　香　他……他欺侮咱们穷人！（哭着下）

老　刘　嗯？（问长寿）寿娃，你知道啥事？

长　寿　（小孩不懂事，很天真地看到表面）"烂肝花"要给咱借一斗米，我姐姐不要，拉我跑回来了。

老　刘　嗯？……哎！

　　　　（唱二六）红香回来好生气，
　　　　　　　　想是在那里受人欺，
　　　　　　　　千悔万悔我好悔，
　　　　　　　　我不该让红香到他家里。

　　　　［高顺上。

高　顺　（唱二六两句截）
　　　　　　　　见了老刘要生气，
　　　　　　　　他若不从我不依。（进门）
　　　　老刘。
　　　　（长寿见高顺来，怕得溜下。老刘赔笑）

老　刘　唉！高掌柜，你来啦，快坐下。

高　顺　老刘，你真的家里连一点儿粮都没有啦？

老　刘　哎！好高掌柜呢，实在连一点儿米也没有啦，老天在上，我五十几的人啦，还能说虚话！

高　顺　连去年的租子算上，你还短老财主三斗多粮哩，知道不知道？

老　刘　知道，高掌柜，我不能胡说，我真没办法，老财主要照护我一下哩。

高　顺　你借老财主的白洋，我们算了一下，连本带利，已经一百八十几块啦！

老　刘　嗯！一百八十几块？

高　顺　该多少就多少，不会错的。

老　刘　不能吧？前年借了三十块，去年才借了五十块么？

高　顺　那你说人家老财主给你黑摊冒算哩，是不是？

老　刘　嗯？

高　顺　嗯啥哩，你是财神爷，老财主还靠你发财呀？

老　刘　去年的工钱，老财主连一个也没给我，今年我还……

高　顺　不要说啦，这些我都扣除过啦，你现在净欠一百八十五块。

老　刘　嗯！这……

高　顺　你也能看得出来，这几年手头紧，老财主的租子、钱账，都要收回，一点儿也不能短！

老　刘　嗯！你知道我，我三口人已经饿了半年啦！

高　顺　那你也要想办法，老财主的为人你知道，他老人家变了脸，神鬼都不饶的。

老　刘　（抖颤）高掌柜！你……你看我有啥办法么！

高　顺　我看你就有办法。

老　刘　哎！好我的高掌柜哩！我有个啥办法么！老财主要是不可怜我，我就不得活！我就是个死！

高　顺　（冷笑）你就常不得活，常要死。我给你说，你不要愁啦，现在有了好办法啦，我给你报喜。

老　刘　哎！有啥好办法？

高　顺　（郑重其事地）真的，这也是你的福气，你有办法啦。

老　刘　啥办法么？

高　顺　你要照我的办法办，老财主不但不再向你要钱、要租，他还能接济你哩。

老　刘　你说的是什么？

高　顺　你听我给你说，老财主把你红香看啦，要你红香给他配个二房妻。

老　刘　（大惊，大声地）嗯！

高　顺　（因老刘的惊叫，受到刺激，站起稍躲）嗯啥哩？这么好的事，你还不愿意？

老　刘　这是什么话！他和我的岁数一样，还想要我红香给他做小，这是什么话！

高　顺　人家财主家上了年纪，娶二房、三房是常有的事，这有什么奇怪？

老　刘　不能，不能，我的红香不能给他做小。

高　顺　要不是老财主看上红香，你攀都攀不上呢；咱是个穷人家，又不是啥高门第，做小有啥关系。

老　刘　姓高的，你不要把穷人看得太不值钱了！

高　顺　（大怒）啥？你说啥！好！你不愿意，你叫我姓高的，你有本领，（伸出手）拿来，还钱、交租！我连一天都不等！

老　刘　嗯！

高　顺　狗肉不上高台秤，你太不识人抬举！你当我不知道你是个姓啥的！

老　刘　高掌柜！高掌柜！你不要生气，我一时糊涂，把话说错啦，并不是我不愿意，红香有了人家啦。

高　顺　你不要胡说，我知道红香没有人家。

老　刘　高掌柜！我要是胡说，就叫龙把我抓了，雷把我劈了，我红香许给安兴旺啦。

高　顺　不管！非把红香给老财主不可！

老　刘　高掌柜！你给老财主说，这事他老人家要开天大的恩哩，高掌柜，你要帮言哩，我给你磕头！（跪下乱磕头）

高　顺　你把头磕烂也不行！告诉你，你乖乖地把红香送给老财主，大家都好看；要不然，我要把红香拉的去，还要把你送到镇上，有的是办法！

老　刘　高掌柜，这怎么能成！这！……

高　顺　我没有闲工夫跟你扯淡，就是这么一回事啦，你自己想去。（说着就要走）

老　刘　（拉高顺）高掌柜！

高　顺　去！（推倒了老刘，气汹汹下）

老　刘　（爬起跪着走的叫）高掌柜！……

红　香
长　寿　（跑出哭着拉起老刘）爹爹！……

老　刘　我的天！天呀！怎么办？红香！快叫你大姨跟安兴旺去！

　　　　〔红香急下。长寿也跟着跑下去。

老　刘　长寿，你不要去，回来。

　　　　（长寿回来站在老刘旁边，跟着哭）

老　刘　我的天呀！天呀！（以手击桌）

安老婆　（内唱）不好了，不好了。

　　　　〔安兴旺、红香扶安老婆急上。

安兴旺　（唱流水）浑身上下凉水浇。

安老婆　（唱）两步当作一步跑，

安兴旺　（唱）见了姨夫说根苗。（截）

　　　　（进门）

老　刘　（见安老婆，哭、捶胸顿足地）兴旺妈！兴旺妈！

安兴旺　二姨夫！死也不能答应！哪怕跟他拼命！

红　香　爹爹！我死也不去！

老　刘　娃！我没答应，我也不让你去！

安老婆　天呀！这又是一架泰山压在咱头上了！咱们怕顶不起哟！（急得把棍子在地下乱捣）

安兴旺　狗日的们！谁敢抢红香，我非拿刀子戳死几个不可！

安老婆　兴旺！不敢"梁腔武道"，事情要慢慢商量哩，天呀，咱们又是大祸！又是大祸！

老　刘　兴旺妈，你说咱怎么得了！

安老婆　哎！我知道怎么得了！走！咱们两个给老财主磕头！祷告！再有啥办法？

老　刘　你大姨，你去，我欠人家的钱哩，我又实在走不动了！你去了好话多说，苦苦哀求，祈天祈地，要老财主开恩哩！你快去！

安老婆　对，我去！我给他磕头！哎！寿娃，你拖大姨走。

老　刘　天呀！我又想起啦，咱们还没有媒人哩！

安老婆　哎哟！真的！这怎么好！这怎么好！

老　刘　你快请媒人，就说咱们春上就把亲事定啦。快去，请好媒人就去，不敢等了！

安老婆　你二姨夫，你说得对，我就去，寿娃，走！

安老婆　（抖颤着出门，自言自语地）哎！天呀！天呀！

［长寿扶下。

安兴旺　杂种"烂肝花"，欺负咱穷人，不敢拔他的毛。

老　刘　好娃哩，低声点，等你妈回来商量。来，我不行啦，你扶我到后边躺一下。哎！

（红香、安兴旺扶架起老刘）

老　刘　（唱二六）兴旺不要多言语，

　　　　　　　　等你娘回来问根底。

　　　　　　　　富人家说风就是雨，

　　　　　　　　咱穷人由人不由己。（留）

［红香、安兴旺扶老刘下。

第十一场　请　媒

［冯见喜上。

冯见喜　（唱二六）听说又要摊粮款，

　　　　　　　　急得人日夜心不安；

　　　　　　　　一个钱当作两个用，

　　　　　　　　到头来还是个不够吃穿。（愁闷地走来走去）

［袁尚义上。

袁尚义 （唱二六两句截）

    心里有苦肚里转，

     见了大伯对他言。（进门）

  冯大伯在家么？

冯见喜 在哩，你有啥事？

袁尚义 没啥事，闲转哩。

冯见喜 你常忙得跟啥一样，今天咋舍得闲转哩？

袁尚义 哎！忙啥哩，我啥都不想干啦，我没心思受苦啦！

冯见喜 怎么？你把媳妇都问下啦，应当高兴，越发要好好受苦哩。

袁尚义 哎！你还不知道，我把亲事退啦。

冯见喜 为啥？人家雷家咻女子是好娃，你为啥要退哩？

袁尚义 我灰心处就这里。冯大伯，你是亲眼见的，我一个人受了两个人的苦，我连午觉都不睡，好容易弄下几个钱，把雷家的女子给我说成媳妇啦，谁晓得我去年为典地借下"烂肝花"的那一百元，人家给咱算下二百多，非要不行。我和高顺那杂种吵了几架，后来我看不得过去，把亲事退啦，钱都给狗日的还啦。要不把这一笔亏心钱还了，你就是把老婆娶到自己家里也落不住，再拖上一年账，把老婆卖了还不够呢。

冯见喜 哎！以后不要跟他们吵闹，省事些。

袁尚义 我这人一见看不过眼的事，不管是人家的自家的，由不得想闹，这几天我心里越想越恨，自己没田、没地、没钱，就叫财主家压得连气都出不上来。

冯见喜 哎！我自己倒还多少有几亩地哩，还是个过不前去，年头是一年不如一年啦！

［长寿拖安老婆上。

安老婆 （唱二六两句截）

    张家走，李家转，

     请个媒人实在难。

长　寿 大姨，到我冯大伯门上啦。

安老婆　　咱们进去，（进门）你冯大伯。

冯见喜　　噢！兴旺妈，快坐下。

安老婆　　我顾不得坐，（稍停）我有一件要紧事要你帮办哩，（觉得还有人，模糊地看）你这里还有个谁？

袁尚义　　老人家，是我。

安老婆　　噢！尚义，我央求他冯大伯办点事，你不要给旁人说。

袁尚义　　看你老人家，怕啥哩，我不是那号人。

安老婆　　对，我不怕你。（又向冯见喜）你冯大伯，兴旺跟红香定亲啦，两家都愿意，请你当个媒人。

冯见喜　　噢！这是好事么，他们小两口从小一块耍大的，如今亲上加亲，好事情，我给咱当这个媒人。

安老婆　　有人要问，你就说这亲事是今年春上说好的。

冯见喜　　（觉得话中有话）嗯！这事情还有啥"麻达"（纠葛的意思）哩？

安老婆　　哎！你冯大伯，听我给你说，这亲事在满仓当兵走的时候就说定啦，没有请媒人。他二姨夫欠老财主的账着哩，自己没钱，老财主如今硬逼得要红香给他做二房妻呢！

冯见喜　　嗯！老财主已经说出这话啦？

安老婆　　说出来啦，要红香哩，我想见老财主磕头祷告去哩，因之先把媒人请好。

冯见喜　　兴旺妈，这媒人我不能答应啦，你要原谅我，咱惹不起老财主，教人家知道了，我受不了。

安老婆　　哎！你冯大伯，我跑了几家啦，他们都种老财主的地，不敢答应，我能请到的人，只有你一家自己有地，你再不答应，我就请不下媒人啦。你冯大伯，你要可怜我们两家人哩！

冯见喜　　兴旺妈，老财主的为人你晓得，谁敢惹，把我的几亩好地都转弄去啦，我都不敢说一句话，你想我还敢揽旁人的事？

安老婆　　好你冯大伯哩，这事你再难也要答应哩，我再没路可走了！

冯见喜　　兴旺妈，旁的事都行，这事我怎么也不能答应。

安老婆　　你冯大伯，你答应了吧，我给你磕头。（说着就往下跪）

冯见喜　（连忙挡住安老婆）不敢，不敢，我不敢答应。

〔高顺偷上，在门外听。

袁尚义　（早就忍耐不住了）冯大伯，你答应了怕啥哩？

冯见喜　哎！咱们惹不下老财主。

袁尚义　冯大伯，你就答应了！你看老人家可怜成个啥样子啦？

冯见喜　不能，不能，惹了人还不顶事，寻的吃亏哩！

袁尚义　（气愤地）我看你就太怕事啦！树叶子下来打不烂头！我就不信"烂肝花"把你一口能吃咧！

冯见喜　（也气愤地）你……你这娃才……年轻人说话腰不疼！

袁尚义　（慷慨激昂）啊哟！好厉害的财主，这么一点儿事就没人敢答应啦，我就不信，咱们庄上连一个人也没有啦。（问安老婆）老人家，你要我不要？

安老婆　只要你愿意，那就好么。

袁尚义　（拍胸）好，我给咱当媒人！

安老婆　尚义，我就到老财主那里去呢，老财主一定会问你的，在他当前你也要应承哩。

袁尚义　老人家，你放心，哪怕省长、督军问我，我也不改话。你去，我就在"烂肝花"咻大门外等着，随叫随到。走！我扶着你老人家去！

〔说着就扶安老婆，高顺偷偷溜下。

安老婆　哎！你是好人，我忘不了你的恩。

袁尚义　老人家，不敢说这些话，咱们都是好人，"烂肝花"才是坏人。走！（扶安老婆出门）

冯见喜　（出门送安老婆）兴旺妈，你再转来。

袁尚义　（很鄙视的态度向冯见喜说）你快回去，小心碰见老财主把你怕死着，快回去！

冯见喜　这娃才……（下）

〔袁尚义、长寿扶安老婆下。

第十二场　告　密

［高顺急上。

高　顺　（唱二六两句截）

　　　　好一个胆大袁尚义，

　　　　穷小子敢把富人欺。（进门）

　　　　老财主。

　　　　［胡万富上。

胡万富　什么事？

高　顺　我调查好啦，当真没有媒人，兴旺妈到处才请媒人哩。

胡万富　（冷笑）哼……我看谁敢当这个媒人？

高　顺　有，就有。

胡万富　谁？哪一个？

高　顺　袁尚义，寻的要当媒人哩。

胡万富　好大胆子！简直不知道天高地厚，这人不能留啦。

高　顺　对，编法子把他赶出去。说实在话，我对袁尚义有点害怕。

胡万富　（低头转着想了一会儿，自言自语）招摇撞骗，挑拨是非。高顺，你到镇上去，（把高顺拉到身边，说了一阵耳语）快去！（下）

高　顺　（高兴得意地）对对对。（跑下）

第十三场　哀　求

［袁尚义、长寿扶安老婆上。

安老婆　（唱二六）我心里刀子割来剪子铰，

　　　　　两家的性命连根摇。
　　　　　菩萨娘娘（拜）多保佑，
　　　　　哀告财主能轻饶。（截）

袁尚义　老人家，到他门上啦，你进去，我就在这门外边等着。
安老婆　尚义，你千万不敢走了。
袁尚义　你放心，我不走。
　　　　（安老婆用棍摸路。长寿扶她进门）
安老婆　（哀求的哭声）老财主！老财主！
王　氏　（气愤愤地上）谁叫你进我们的门？看你那个样子，随随便便就进我们的家，出去！
安老婆　（扑上去，跪倒，抓王氏衣）你大婶子！
王　氏　（气得一推）看你那老乌鸦鬼爪子，动手动脚！（说着把安老婆抓过的地方，拍拍打打）给我滚出去！
安老婆　你大婶子，我给你磕头，你请老财主出来，我有事情求告他老人家。
王　氏　保子！保子！
　　　　〔保子上。
王　氏　给我赶出去，什么东西！
安老婆　你大婶子，我给你磕头，你请老……
王　氏　不准你说话，赶出去！
保　子　（扶安老婆）老人家，你出去！
　　　　〔胡万富上。
胡万富　保子，不要拉，叫她有话就在这里说。
王　氏　哼！（气得下）
安老婆　（向胡万富连叩头带说）老财主，红香和兴旺今年春上就说成亲事啦，你老人家要开恩哩，我们两家人转驴变马也要报答你老人家的大恩哩！
胡万富　兴旺妈，你这么大的年纪，还胡说八道，你也想欺负我，是不是？
安老婆　啊哟！老天爷在上，我还敢胡说！实在，我娃跟红香说成亲事啦，老财主，（叩头）你要开恩哩！

胡万富　胡说！什么事我不知道，你们连个媒人都没有，就说成亲事啦！嗯？

安老婆　老财主，有哩，袁尚义是媒人，你不信问他。

胡万富　我清楚，你今天才请的媒人。

袁尚义　（在门外听到此话一跳进门）谁说，今年春上我就把亲事说成啦！

胡万富　半崖上出来个夹嘴子，与你什么相干，给我滚！

袁尚义　不行，我是媒人，谁要坏这门亲事，我就不让！

安老婆　（急）天呀！尚义，不敢闹，好好说！

　　　　（二人吵闹时，安老婆急得直祷告，阻止袁尚义）

袁尚义　老财主，你不要太把穷人不当人！

胡万富　就把你不当人，你想咋？

袁尚义　你拆散人家的婚姻，做事太恶啦。

胡万富　（简直气得气喘地说不出话来啦，以手指袁尚义，斥之）混蛋！你！……你！……想造反，你……你想欺天……嗯你……

袁尚义　天上有神哩！问一问，看谁欺天！

胡万富　（气得坐在椅子上，喘得很厉害）好……你……

　　　　[高顺、保丁甲、乙带绳子跑上，高顺直喘气，三人进门。

胡万富　（气）你们才来？

　　　　（高顺给胡万富捶背）

保丁甲　（向袁尚义）我当你跑啦，原来在这里。

袁尚义　我没犯罪，为什么要跑？

保丁甲　你挑拨是非，老财主把你告下了！走！

袁尚义　我不走！我还有话说。

胡万富　拉出去，枪毙了，把你倒没办法……

袁尚义　我没犯罪，你把我吃不了！

高　顺　把他捆起来，快拉走！

保丁甲
保丁乙　（把袁尚义连打带捆）不准你说话！

安老婆　（急得向保丁甲等叩头祷告）老总！老总！不要捆尚义，捆我，不怨尚义，是我请人家当媒人的！

袁尚义　老人家，不要怕，媒人是我情愿当的！

保丁甲
保丁乙　（推袁尚义）走！

袁尚义　走！你们把我杀不了！

（保丁甲、乙连打带推，把袁尚义推出）

安老婆　（磕头祷告）老总，不要难为尚义，怨我！……老财主，你把尚义饶了，你要开恩！救我两家人的性命！

胡万富　（大声斥责）住嘴，不准你说话！

安老婆　老财主，不管怎么，你要开恩呢！你不开恩，把我两家人都活活杀了！

胡万富　给我滚远！

安老婆　老财主，我老汉死得可怜，你是知道的，你要可怜我寡母幼子，你要开恩！

胡万富　混蛋！你胡说啥哩！嗯！你老汉死了，怨他不想活了，再要胡说，老实告诉你，慢说想要个媳妇，恐怕你连儿都落不住！我说下，就能做下！高顺，把他家种的地收回来，几年的欠租都要给我交清，交不清给我送到镇上去！

安老婆　嗯！

高　顺　对。

胡万富　穷小子还想要娶媳妇！

安老婆　老财主，你饶了我！老财主，你饶了我！……

胡万富　（向保子）给我拉出去！

保　子　（扶安老婆）老人家，走！

高　顺　（把保子打了一下）你把她拉出去！（说着，一把将安老婆拉起，推出门去）

保　子　（扶安老婆）你快回去！

安老婆　（哭着，说着，被保子扶下）天呀！天呀！怎么办？……

〔长寿哭着跟下。

胡万富　穷鬼们都想死啦，把红香今天就拉过来。

高　　顺　跑不了，他们看守着哩！
胡万富　跑不了，你能保住她死不了！
高　　顺　对对！今天就叫她过来。
胡万富　多去几个人。
高　　顺　对对对！
　　　　　[二人分两头下。

第十四场　驱　逐

　　　　　[保丁乙、丙押袁尚义上，袁尚义被背绑着，极气愤地，三人到中场。
保丁乙　（向保丁丙）你们等一下，上边有我一个亲戚，我问一句话就来啦。
保丁丙　对。
　　　　　[保丁乙下。
保丁丙　（看保丁乙走远了，向袁尚义）你这是为啥么，寻的吃亏哩！
袁尚义　为啥！"烂肝花"太欺人啦！我看不过眼！
保丁丙　哎！你才是个瓜子！人家有钱有势，你能怎么？看把自己弄成个啥样子啦！
袁尚义　不怕，我没犯法，他把我杀不了。
保丁丙　尚义！（向四周围看了一下）你还糊涂着哩，人家跟镇长商量好啦，要把你拉壮丁哩！
袁尚义　嗯！
保丁丙　看你得过去？
袁尚义　占修（保丁丙的名字），咱们是好朋友，你不能不管，你把我放了！
保丁丙　好你哩，我把你放了，我咋办呀！
袁尚义　好，你们的命贵，就是我不怕死，汉子做事汉子当，不要你放啦！走！
保丁丙　尚义，这么样，我把你的绳子放松，等他下来咱们一块走，走到前边那个大湾子，路畔下边不高，你跳下去就跑，曹三是个胆小鬼，他不敢追。

袁尚义　对！

保丁丙　（又向周围看了一下，把袁尚义的绳子松了一松）怎么样？

袁尚义　行啦！

（内场另一人说："你明天一定要来。"）

保丁乙　（在内一直说出来）对，你一定等着，我一定来。

（向保丁丙）咱们走吧！

保丁丙　走！

［三人下。

（幕内喊"跑啦"……接着听到枪声，又听见保丁丙喊"不敢开枪咧，前边人多咧！"，又听见保丁乙长叹一声）

第十五场　抢　亲

［红香、安兴旺扶老刘上。

老　刘　（唱二六）他大姨出外把人求，

　　　　　　　　我三人等得加忧愁；

　　　　　　　　过往神灵多保佑，

　　　　　　　　你保佑老财主心意回头。

安老婆　（内唱尖板）

　　　　　　老财主说话如同催命鬼，

［长寿扶安老婆上。

安老婆　（接唱）他一句话说得我心事灰。

　　　　　　　回家来劝红香一人前去，

　　　　　　　要保我兴旺儿无是无非。（截，进门）

老　刘　兴旺妈，你回来啦，怎么样？

安老婆　（抖颤，说不出话）嗯？……（看众人）

老　刘　怎么样，你快说？

安老婆　我……我请袁尚义当媒人，老……老财主把……把人家捆打了一顿，赶走了。这事情，我……我看出来啦，红……红香不……不去，连……连兴……兴……兴旺都……都要出事哩。

众　人　嗯？

安老婆　你……你二姨夫，你……你说怎……怎么办呀！

老　刘　天呀！你……你说我……我能怎么办，你……你教我说啥好！

红　香　爹爹，我死也不去！

安兴旺　妈，我死也不让！

安老婆　兴旺，你……你不敢说这话。

红　香　（走到安老婆跟前）大姨，我不去！

安老婆　（哭着摸红香）红香，大姨我也舍不得你，咱在人家手里活着哩，不由咱。

红　香　（连推带哭）不，我死也不去！

安兴旺　我要跟"烂肝花"拼命！

安老婆　兴旺，你听妈说，你不要把妈急死！

安兴旺　（又哭又急）你就怕死，你就怕死。

安老婆　兴旺！兴旺！不敢糊涂，妈死了，能换你小两口到一块，妈死了也愿意，兴旺！

老　刘　再不敢糊涂了！兴旺，兴旺！（说着哭了）你妈是为你呢，我们老了，死了也不要紧，你还小哩！

安兴旺　（又是哭，又是生气）好，你们活着，我们死，我们死！
　　　　（老刘又伤心，又急，不知说什么好，坐下发抖）

安老婆　（抖颤地说）娃！你说啥？

安兴旺　你怕死，你活着！我死！我死！
　　　　（安老婆被安兴旺推了两下）

安老婆　（呆了一阵，简直说不出话来，然后很激动有力地说）嗯！兴旺，你……你说啥？兴旺！你……你说我怕死！兴旺，我今天把十几年藏在肚子里的话说了吧！你知道你爸爸是怎样死的？（发狠）你爸爸也是"烂肝花"害死的！你爸爸叫人家打得躺在床上给我说：皇上，做官的，都是有钱人家的，穷人天生的是受罪的，越闹越吃亏。他叫我把这几句话记在心里，你爸爸临死的时候，把我叫到跟前，他把我抓住，抖了一阵，他说：兴旺妈！我不得活了！你千万不能走！你千万不能死，我苦了一辈子，就落下兴旺这一点儿骨血，你把他抚养成人，我就是死在阴曹地府，也忘不了你的好处！眼看着他没有气了，他还念叨着说：兴旺妈，你不能走！你不能死！……（沉痛地停了一会儿）你爸爸死的时候，你才三岁，我张家搞一把米，李家搞一碗饭，稠的给你吃，好的给你吃，多了我也喝两口，少了我就饿肚子，咱们穷得太没办法，我几次上吊，听见你哭了，我把绳子解下来，想起你爸爸的话，把你抱起来哭上一夜。你如今这么大了，你知道妈我受了多少罪，妈的眼睛为什么成了这个样子？兴旺，我问你，妈跟你好过了几天？你今天说我怕死，兴旺！我问你，妈活着为谁？

安兴旺　（当安老婆说到最后伤心而激动时，起立抓安老婆，哀求地望着）妈！妈！……（最后扑向安老婆怀里）

安老婆　哎！（滚白）我叫叫一声兴旺，兴旺，事到如今，人家老财主硬要红香，你若不让，胡闹起来，人家有钱有势，把你害了，妈我十几年的辛苦莫要说起，死后就难见你的（敲拉锤子板头）爸爸了！

（唱二六）兴旺年幼你太任性，
　　　　　讲出话来刺人心。
　　　　　你爸爸丢你年纪小，
　　　　　千辛万苦养成人；
　　　　　几次想死心不忍，
　　　　　为留安家一条根。
　　　　　恨只恨财东人家有钱有势为官为宦心太狠，
　　　　　他把穷人不当人。
　　　　　你若不从胡扎挣，
　　　　　滔天大祸就临门。

那时节红香终究他要娶，
你在世上也难存。
叫兴旺按住胸口心拿定，
不敢任性胡乱行。
红香为娘也不舍，
不舍红香没奈何。
舍了红香人一个，
两家老小还能活。
并不是为娘想活不愿死，
娘不能睁大眼——
（夹白）兴旺！
（接唱）看着你跳黄河。

安兴旺　哎！娘啊！（慢慢起立）
（唱二六）叫娘不要哭恓惶，
孩儿把话说心上：
为娘孩儿不愿死，
裂断心肝舍红香。
转面我把红香唤，
咱兄妹二人太可怜。
你为我吃喝穿戴寒冷饥渴常挂念，
我为你每天受苦日夜不停手足磨烂腰腿酸。
到如今活活分离谁情愿。
恨只恨世事不平埋怨老天！（绕，哭）
红香你明白，你看我有啥办法！

老　刘　（走到红香跟前）红香，你听我说，你还是去，你还是去！

红　香　（大哭）爹爹！我不是人家亲生养，人家不心疼，
（推老刘）你也不心疼！

老　刘　（受到很大的刺激，突然落座，滚白）我叫叫一声红香，红香，并不是爹爹不心疼你，事到如今为了你兴旺哥哥，为了咱两家平安无事，

非要你离开我们（敲拉锤子板头）不行了！

（唱二六）红香莫要太执拗，
　　　　　听我把话说根由：
　　　　　到如今只有你一人走，
　　　　　两家四口活命留。
　　　　　怜念你兄弟年纪幼，
　　　　　怜念你姨母表兄寡母幼子无依无靠加忧愁。
　　　　　财主的威风不敢斗，
　　　　　惹下了他便要钱要地拉人抓人不甘休。
　　　　　那时节咱们两家七死八活谁来救，
　　　　　老的死，红香，小的也难留！

红　香　哎！我好为难呀！

（唱二六）老爹爹姨母兴旺哥哥一个一个把我劝，
　　　　　莫要给爹爹姨母兴旺哥惹祸端。
　　　　　我有心听了他们劝，
　　　　　舍不得爹爹姨母兴旺哥哥长寿兄弟在面前。
　　　　　"烂肝花"行事坏，
　　　　　他是狗狼无心肝。
　　　　　他把我好夫好妻硬拆散，
　　　　　他害我两家不团圆。
　　　　　我若到了他家院，
　　　　　舍死要报大仇冤。
　　　　　这一去亲人们再不能见，

（扯喝场）那……那是爹爹姨母！那……那是兴旺哥哥！哎！……

（安兴旺、长寿与红香对面跪下，老刘、安老婆站着哭，抖颤）

红　香　（唱流水）我把心事要明言：
　　　　　今日听了大家劝，
　　　　　不愿大家多为难；
　　　　　从此不要把我念，

要想相逢难上难；

（向安兴旺）

你权当今生今世咱们没见面，

（向老刘、安老婆）

权当孩儿我死在了十八年前！

安老婆
老　刘　（放声大哭）啊哟！
安兴旺

红香

（合唱）叫女儿莫要胡盘算，

红香

外甥女！　　　外甥女！

（扯喝场）那……那是我的好女儿！那……那是好女儿！

好妹妹！　　　好妹妹！

哎！……

（接流水）听我把话说心间：

千难万难要忍耐，

全家人盼着你常把家还。

红　香　（向安兴旺唱）

他们盼我能见面，

你盼我回家心不酸？

看起来你平日待我全是假，

再不要哥哥妹妹嘴上夸！

安兴旺　（唱）叫红香莫要那样想，

我的心中有主张。

如今连累无法想，

你我头上有爹娘。

百年后爹娘把命丧，

那时咱们再商量。

>你我兄妹往外闯，
>
>同生同死逃他乡。
>
>叫妹妹莫死你要活，
>
>我等你十年八年不变心肠。（截）

[忽听后边人声喊叫，脚步乱响，吓得两家人缩作一团。高顺带保子、长工、保丁甲、乙上。高顺喊叫着进门。其他四人跟着进门，老刘等吓作一团。

高　顺　老刘！你们是愿意叫红香乖乖地走呢，还是把你们捆起来送到镇上吃官司呢？就是这两条路，说话！

老　刘　高掌柜！这事太过分啦，我就不信，再连几天就不能等么！

高　顺　不行，再等几天，红香想不开，自尽了，你们这一群干骨头合起来都不够偿命的。

老　刘　高掌柜！你……

高　顺　没说的，马上就走！

老　刘　红香！

红　香　爹！我不去。

高　顺　（向红香）你才是个傻瓜，跟上老财主吃得好，穿得好，还不如你跟上兴旺穿烂袄子、吃糠皮？（拉红香）走！

（红香把高顺用力甩开）

高　顺　咋？你还得过去？

（安兴旺拨开挡他的安老婆和老刘，想扑上去，又被安老婆和老刘挡住）

老　刘　（哭）兴旺！

高　顺　（向保丁们）拉上走！

保丁乙　（猛然上去一把把红香拉出）走！

（红香哭叫。长寿与红香同时尖叫，哭）

保丁甲　（以枪示红香）不准叫！

老　　刘

安老婆　（扑上）红香！

安兴旺

保丁甲　（以枪指住老刘、安老婆、安兴旺）不准动！

　　　　（长寿尖叫）

高　顺　拉着走！（高顺手拉红香出门）

　　　　（保丁乙以枪逼红香走。保子、长工在后推红香走）

红　香　（连哭带叫）大姨！爹……大姨！爹！……

　　　　（红香被高顺等推拉下，到后场仍在哭叫着）

保丁甲　（向老刘等）哼！（出门，连喊带走）把口给按住！

　　　　（听到后台红香口被按时挣扎地叫了一声，安兴旺顺手拿起一把切菜刀，在桌上用力拍一下，向门扑去）

安兴旺　狗日的！

　　　　〔长寿尖叫，怕得跑下。

老　刘　（惊叫）兴旺！（把安兴旺抱住死不放）

安老婆　（把安兴旺拉住死不放）天呀！你不想活啦！……

　　　　（安兴旺被老刘、安老婆死拖住，挣扎不脱，放声大哭）

安兴旺　（唱带板）红香妹活活地被人拉走，

　　　　　　　　　哭一声叫一声刺痛咽喉。

　　　　　　　　　烂肝花儿好比强盗禽兽，

　　　　　　　　　把穷人当作了猪狗马牛。

　　　　　　　　　颤嗦嗦恨得人难以忍受，

　　　　（安兴旺又向前扑，被老刘、安老婆拉住。长寿也出来拉住）

老　刘　（唱）叫兴旺不敢闹忍在心头。

安老婆　（唱）你莫非要为娘死在你手，

　　　　（夺刀，最后用口咬，刀落地下）

安兴旺　唉！唉！唉！

　　　　（唱）为老娘忍住了血海冤仇。

　　　　〔唱完趴在桌上哭了。老刘、安老婆、长寿都哭了。冯见喜、刘万和由上场门上，张老汉、常有由下场门上。

冯见喜
刘万和 （唱二六）哭的哭来喊的喊，

张老汉
常　有 （唱）人人听了心内酸。（截）

（四人进门）

老　刘 （哭诉）哎！你们看这是啥世道，咱们穷人活不下去啦！

安老婆 （模糊地看看人，哭诉）活活地杀了我们两家人！

张老汉 哎！有钱有势的，啥坏事都能做出来，不怕天不怕地。

常　有 太不讲道理！

冯见喜 我知道这人啥事都能干出来，兴旺妈要我来当媒人哩，并不是我不愿意帮忙，我知道不会有好下场的；这里没有外人，我有啥敢说啥，有钱的跟做官的连着哩，咱们穷人只有吃亏，有啥办法！

张老汉 （走到安兴旺跟前）不要哭啦，哭也不顶事。

刘万和 （向老刘）快把兴旺扶回去，不要太着急，想开一点儿，有啥办法！

冯见喜 老刘，也跟兴旺住在一个院子吧，你们把兴旺看好，不要让他出门去，青年人，闯下祸还是自己吃亏。

众　人 对，快回去，不要哭啦！……

［常有、张老汉扶安兴旺，冯见喜扶安老婆并扶老刘拖长寿；安兴旺、安老婆、老刘、长寿等四人哭着，众人叹息着，劝着。齐下。

第十六场　厮　打

［桌上摆几件花绸缎衣裳，胡万富、王氏同上。

胡万富 （唱二六）红香生得真好看，
　　　　　　越思越想越喜欢。
　　　　　　她来了要把烂袄子旧裤粗布衣衫都改换，

　　　　　　我要把绫罗绸缎花花绿绿给她身上穿。

　　　　　　好东西一件一件由她选，

王　氏　（唱）那要你另缝另做另花钱。

胡万富　（唱）她来了指东拨西你使唤，

王　氏　（唱）我的心中不耐烦！（截）

　　　　　〔后台人喊："走！走……"高顺："慢一点儿。"保丁甲、乙、保子、长工、高顺拥红香上，红香口塞手巾，大家进门把她放在凳子上坐下，在台的右偏处。红香被拉上时由于一路挣扎、叫唤，已经声嘶力竭了，怒容满面，但气喘，垂头。

胡万富　（向保丁甲、乙）教你们辛苦啦。

保丁甲

保丁乙　老财主，替你老人家办这一点儿事，算啥哩。

胡万富　好，明天酬谢大家。

保丁甲

保丁乙　老财主，没有什么事了吧？

胡万富　没有事啦。

保丁甲　（向保丁乙）好，咱们走。

　　　　　〔保丁甲、乙下。

胡万富　（向保子、长工）你们也下去。

　　　　　〔保子、长工下。

胡万富　（向高顺）怎么样？他们为难没有？

高　顺　高兴是不高兴，没有敢胡"拧瓷"。（"拧瓷"是耍麻烦的意思）

胡万富　哼！（走到红香跟前，一见口被塞，身被捆，把手巾取掉，故意生气地向高顺）你们简直是混账！红香如今是我的人，你们这么随便！

高　顺　是，是，是我的不对。（连忙把红香解开）

胡万富　下去！

高　顺　是。（下）

胡万富　（向红香劝解）红香，他们敢欺负你是不对的，你不要见怪，你跟着我，管叫你能享福，你应当高兴。

（红香把头扭过去，气愤，不理。王氏在一边，眼嘴不断有讽刺胡万富的表情）

胡万富　红香，你今天应当喜欢，应当笑。
（以手拍红香肩，红香甩脱胡万富手）

胡万富　哎，红香！
（唱二六）红香初来不习惯，
　　　　　扭扭捏捏不喜欢。
　　　　　到这里叫你闲游散，
　　　　　到这里叫你有吃穿。（拿起一件粉红绸袄）
　　　　　这一件粉红绸袄真好看，
　　　　　来来来我与你身上穿。（绕）
红香，你看这件粉红绸袄真好看，来来来，我给你穿在身上。
（说着往红香身上披，红香夺过，摔在地下。王氏拾起来，故意向胡万富拍打尘土，表示讥讽）

胡万富　哎，
（唱）那一件不好再来一件，
（顺手又取一件花缎袄）
　　　　这一件缎袄很值钱。
　　　　你看这大花小花又光又明穿在身上多体面，
　　　　人人见了都喜欢。
（说着又给红香往身上披，红香夺过，又摔在地下）

王　氏　（拾起缎袄）哼！天生的贱骨头，不识抬举！（向胡万富）她不敢穿，穿在她身上就要打摆子发烧生病呢！

胡万富　哎！
（接唱）红香不要太捣蛋，
　　　　听我把话说心间。
　　　　既到我家由我管，
　　　　不敢惹人不耐烦。
　　　　你是我扣账除利花钱买，

　　　　　　摆什么架子变容颜!
　　　　　　这一回捣蛋我不怪,
　　　　　　来来来我拖你到下边。
　　　　（拉红香,红香向胡万富脸猛抓一把。胡万富大叫一声,脸被抓破几道,躲闪一旁。王氏吓得尖叫一声,藏在桌后）
　　　　（红香气汹汹地猛扑上去追着打）
胡万富　（一边躲一边叫）高顺!高顺!……
高　顺　（上）这是为啥么!这是为啥么!（连跑带说,上去把红香抱住）
胡万富　混蛋!这还了得,给我拉到后边!
高　顺　走!
　　　　（扯红香,红香抗拒,但因力不足,被高顺拉去）
王　氏　（从桌后跑出来,拿起一件绸衫子,把红香连推带打骂）你是什么东西,到我家耍强来啦,不行……
　　　　〔红香被高顺拉,被王氏打,三人下。胡万富垂头丧气。高顺又上。
高　顺　老财主,不要生气,她还小哩,过几天就好啦。
胡万富　哼!好了便罢,不好了就要她的命!
高　顺　老财主,到后边喝几杯酒,顺一顺气。
　　　　〔高顺一面说着一面用手扶胡万富下。

第十七场　求　情

　　　　〔冯见喜、张老汉上。
冯见喜　（唱二六）粮款太重催人命,
张老汉　（唱）又抓又打来势凶。
冯见喜　（唱）求人说情准不准?
张老汉　（唱）要回我娃谢神灵!（截）
　　　　（二人进门）

冯见喜 张老汉	高掌柜,是我们。
	〔高顺上。
高　顺	谁?
张老汉 冯见喜	高掌柜,是我们。
高　顺	有啥事?
张老汉	我们要见老财主,有点事求告哩!
高　顺	等一等,我进去看老财主有工夫没有。
张老汉 冯见喜	好。
	〔胡万富上,高顺随上,张老汉和冯见喜急忙赔笑弯腰。
张老汉 冯见喜	老财主。
胡万富	你们有什么事?
冯见喜	没有什么重要事,有点小事,请你老人家帮几句话。这一次的粮款重得很,给我就派下一石五,老财主,我实在拿不出来,镇上催得紧,限我三天,你老人家给镇长提一下,教我少出点,限期宽一点儿。
胡万富	你自己还有地么,就连一点儿办法都没有?
冯见喜	好老财主呢!今年这个捐那个款,出了几十回啦,条子堆下一沓子,(以手比薄厚)你说我们麻雀腿上的疮,能有多少脓水么? (胡万富冷笑)
张老汉	老财主,我家里没啥吃,还给我派下三斗,把我娃都抓走啦,把粮送了才放人哩;老财主,你说这不是要我一家人的命吗?老财主,你给镇长说一下,我实在没办法,老财主……
胡万富	不要说啦,人家镇长也是由公不由己,上边叫他怎么办,他就得怎么办;不怨旁的,怨共产党捣乱国家,蒋主席要消灭他们,要打仗,不得不向大家要粮。你们还是尽量想办法,公家不是好惹的。

张老汉
冯见喜　（急）老财主……

[冯镇长匆忙上。连走带叫。

冯镇长　老财主，老财主，（进门）你老人家在家哩？

胡万富　在哩。

冯镇长　（向张老汉、冯见喜）你们做啥哩？

张老汉
冯见喜　镇长，你……

冯镇长　不要说啦，我明白着哩，反正非出不可，再迟几天要是不出，上边见怪下来，我也受不了，那时候不要怨我难为你们。

张老汉
冯见喜　镇长……

冯镇长　去，去！说什么也不行，我跟老财主有事哩，你们快去。

高　顺　走！快去！

[张老汉、冯见喜灰溜溜地长吁短叹下。

胡万富　什么事？

冯镇长　县上来信啦，大少爷也捎来个话，这里要来军队，粮款紧得很，我们布置好啦，无论谁家的盆子罐子都要搜！大少爷叫你老人家把贵重东西跟粮食都藏起来，风声不好。

胡万富　嗯？啥风声不好？

冯镇长　共产党向咱们这里打来啦！

胡万富　嗯！远近呢？

冯镇长　过了黄河啦！

胡万富　那还不要紧，还远哩，蒋主席会想办法的。

冯镇长　哎哟，听说来势凶得很，县上都慌啦！

胡万富　我想不要紧，就说蒋主席不行，还有人家美国哩么，还能随便让他到咱们这里？

冯镇长　也许不要紧，不过，总要小心哩；要编反共自卫队，不许老百姓到处去，注意老百姓的行动，旦有可疑的，都要抓起来！还有……老财主，咱们到后边谈一谈。

胡万富　好。

　　　　（冯镇长、胡万富往下走，高顺随后）

胡万富　（向高顺）你不要来，你到保上把交下的新粮赶快给咱搞回来，把旧粮换出去。

高　顺　对。（出门下）

　　　　［胡万富、冯镇长同下。

第十八场　征　粮

安兴旺　（内叫慢板）嗯！（苦恼失意，握紧两拳颠簸上）

　　　　（唱阴司板，四句慢留）

　　　　　　听人说红香妹折磨受难，

　　　　　　她每日痴呆呆口里胡言。

　　　　　　我这里她那里不能相见，

　　　　　　每日里只觉得坐卧不安。

　　　　［老刘、安老婆、长寿上，长寿扶着老刘。

安老婆　（唱二六）叫兴旺你不敢出外游转，

老　刘　（唱）年轻人惹下祸大家为难。（截）

安老婆　兴旺，你听妈说，再不敢到外边去啦。

安兴旺　妈，我不去。

老　刘　你这几天身上不舒服，就在屋里睡着，到院里做啥哩。

安兴旺　（低头长叹）哎！

安老婆　快回！

安兴旺　二姨夫，人家说红香跟"烂肝花"活不在一起，他们欺负红香。人家说红香不对啦，每天痴呆呆的胡言乱语。二姨夫，咱们心里不好过，大家在一起说上一阵，哭上一阵，红香心里难过，她能向谁说，

　　　　　她能（拉锤板头）她能向谁哭……
　　　　　（老刘、安老婆二人叹气，哭）
安兴旺　（唱二六）咱们有苦哭当面，
　　　　　　　　　红香难过对谁言？
　　　　　　　　　一人闷在阎罗殿，
　　　　　　　　　挨打受气太可怜。
　　　　　〔保丁甲、乙气汹汹带枪、绳上。
保丁甲　（唱二六）拿绳挎枪收粮款，
保丁乙　（唱）没粮没钱难过关。（截）
　　　　　（二人进门，安兴旺等吃惊）
保丁甲　好，你们两家住在一块啦。
老　刘　老总，啥事？
保丁甲　你还问啥哩，保甲费，还有那几张捐款条子，你两家都没抽哩；这一回征粮，你们每家一斗五，上边催得紧，马上就要！
老　刘　天呀！我两家连吃的都没有，哪里来的粮么？
保丁甲　（学老刘的口气）"我连吃的都没有，哪里来的粮么？"世上的话多着哩，你口里老就是这两句。
安老婆　老总！实在，我们连吃的都没有，哪里……
保丁甲　不要说啦，还是那两句话，不行！有钱有粮拿出来，没钱没粮人跟上走！
安兴旺　你们在这家里搜，搜出一点儿粮都拿走。
保丁甲　放屁！我们不是侍候你们的，（指老刘、安兴旺）把他们两个拉上走！
保丁乙　（推老刘、安兴旺）走！
老　刘　老总，我……
保丁甲　没说的，（推打）走！
安老婆　老总！老总！不要把他们拉走，我们想办法，我们想办法！
保丁甲　我问你，啥时候能想下办法？
安老婆　老总！你再担待几天，我们一定想办法。

保丁甲　不行，明天把粮送不到，就要你们的命！
安老婆　老总！你开恩，再等几天！
保丁乙　不行，（推打）拉上走！
安老婆　（跪下拉保丁甲）老总！明天就明天，明天一定给你送来。
保丁甲　告诉你，明天把粮送不到就对不起！还有，你们的保甲费，公麦款，好几个条子，也再不能等啦，有钱送去，没钱人去！你们太顽皮啦。饶他们一天，咱们走！

［保丁甲、乙同下。

安兴旺　妈，你老糊涂啦，咱们明天拿啥给人家哩？
安老婆　哎，好娃哩，想办法给么，把粗糠烂菜破东西变卖了给人家。
安兴旺　哎，咱们非饿死不可！
老　刘　兴旺，把咱两家的东西，能卖多少算多少；我倒不要紧，你叫人家抓走了，几口人就不得活了。你出去打问一下，看谁家要哩。
安老婆　快打问去。
安兴旺　哎！

（唱二六）满年辛苦白流汗，
　　　　　一颗粮没有到口边。
　　　　　每日里喝的糠菜饭，
　　　　　征粮征款没有完。（绕，出门）

安老婆　（赶出门来）兴旺，你要早点回来。
老　刘　（也出门，长寿扶着）对，你要早回来。
安兴旺　对，（往下走几步又转回）二姨夫，你再去把红香看一下。
老　刘　（哭）哎！人家不让进门么，咱有啥办法哩！
安兴旺　哎！（往下走）
老　刘
安老婆　你要早回来！
安兴旺　噢。（下）
安老婆　哎！

（唱二六）咱穷人活成什么样！（进门）

老　刘　（也进门，唱）

　　　　咱不如人家的猪马牛羊。（留）

　　［三人同下。

第十九场　悲　怨

红　香　（内唱尖板）

　　　　昏昏迷迷如酒醉，

（颠颠倒倒东张西望地上，身穿深绿裤粉红袄，眼睛深陷下去，头发蓬乱，但不是披头散发，有点精神失常了，痴呆呆地，两只眼睛经常无神地瞪着）

（接唱）我好比笼中鸟网里的鱼。

　　　　伤心炼肝眼流泪，

　　　　恨不得生双翅（换调）满呀满天飞。

（二倒板）忽然间见爹爹面前站，（绕）

（两眼好像盯着一人，叫着转半个圈子）爹爹……哎！

（唱揉肠子慢板）

　　　　你为何瞪着眼不语不言？

　　　　儿受难谁叫你不来照管，

　　　　难道说看着我死在这边？

　　　　老爹爹（转二六）你要把孩儿怜念，

　　　　孩儿我日夜泪不干。

　　　　这里好比阎罗殿，

　　　　"烂肝花"好比鬼判官。

　　　　他害咱少吃没穿受磨难，

　　　　他害咱东离西散不团圆。

　　　　我和他仇人常见面。

恨不得吃了他的心肝。（绕）

爹爹……！你为啥不说话？爹爹，你为啥不说话？

（生气）哎！

（唱流水）爹爹见我不说话，

　　　　　上前去把他一把抓。

（好像那里有一个人，她唱着上去，要把他一把抓住的样子。扑了一个空，看着双手，把握着的两个拳头慢慢展开，见什么也没有，再看那个地方，向周围寻着）爹爹，你到哪里去了？爹爹！你到哪里去了？哎，爹爹他走了！

（唱二六）爹爹胆小他走了，

　　　　　丢下我一人受折磨。

　　　　　我这里放大声把兴旺哥哥叫，

（扯喝场）那……那是兴旺哥，我……我的兴旺哥！哎……（好像猛然看见安兴旺在那边）

（唱）他站在那边颤嗦嗦。（绕）

（悲苦的脸上带有笑容）噢，兴旺哥，你也来了！（向前移动、审视，忽然收了笑容）嗯！你为啥不看我，你见不得我吗？兴旺哥！兴旺哥！哎！他也见不得我了。

（唱二六）你莫要把我不理睬，

　　　　　听我把伤心话儿对呀对你言：

（交调）你要我不死，我牢牢记心间。

　　　　人家打，人家骂，又打又骂受可怜。

　　　　想把仇人杀，杀了命难全。

　　　　我死不要紧，丢你一身单。

　　　　你要替我想，看我难不难？

　　　　我呀！我呀！（换调）实呀实可怜！

（急紧流水）

　　　可怜我夜哭到明，明哭到夜，肝肠哭断有谁见。

　　　你为何把心变不看我来？（绕）

兴旺哥！你为什么不看我来？哎！我想起来啦，你不敢来，人家有钱有势，你来了就要吃亏哩。兴旺哥，祷告菩萨爷玉皇爷，把天兵天将带下来，把世上欺负咱们的做官的财主老爷杀得完完的，咱们穷人才能活下去。兴旺哥，你快去，你快去祷告菩萨爷玉皇爷，请天兵天将，嗯！你怎么不动？哎！你快去！

（唱二六）兴旺哥快去祷告菩萨爷爷玉皇大帝发来天兵天将救苦难，
　　　　　把那些做官的财主老爷都杀完。
　　　　　到那时咱们穷人谁也不受欺负多畅快，
　　　　　咱夫妻双双能团圆。（绕）

（好像有一个人立着不动，红香催他走）兴旺哥！你快去！你快去！
……

王　氏　（手拿鞭子上唱二六两句截）
　　　　　恨红香每日里又哭又叫，
　　　　　气得我一阵阵浑身发烧。
　　　　（见红香在那里自言自语，突然大声斥责）干啥哩！
　　　　（红香吓得尖叫一声，转身看着王氏发抖）

王　氏　（叫红香到她跟前来）你到这里来！
　　　　（红香怕得不敢去）

王　氏　你到这里来！
　　　　（红香仍不敢去。王氏恶狠狠地上去把红香拉到跟前。红香又尖叫一声，站在王氏跟前瞪着眼发抖）

王　氏　你给我跪下！
　　　　（红香不敢动）

王　氏　（用鞭子连打带说）你给我跪下！
　　　　（红香闪躲一下。王氏左手抓红香，用鞭打红香，打了一个圈子。红香咬牙瞪眼，怒发冲冠的样子，两手用力把王氏抓住。王氏吓得骨软了，动也不敢动。红香把王氏按倒在地，乱咬乱打）

王　氏　（被红香打得直号直叫）救命！救命！
　　　　［胡万富上。

胡万富　狗日的简直吃人呀！（一把把红香拉倒，连打带踢，口里乱骂）

（王氏在旁喊叫呻吟）

［高顺跑上。

高　顺　什么事？什么事？

胡万富　把贱骨头给我捆起来！

（高顺寻绳子捆红香。红香咬住下唇，露出牙齿，因用力过度，再加被胡万富踢打，所以垂头气喘，无力再挣扎）

胡万富　（向高顺）拉下去锁在冷房子里！

高　顺　（推打红香）走！……

红　香　快！天兵天将，你们快来！……

［红香喊着被高顺推打下。王氏仍呻吟。胡万富拉她起来。

胡万富　你才是个"痴屄"（不中用的意思）！常想打人哩，人家打你，你就没办法啦。

王　氏　（哭着说）你还说啥哩，无故请来个母老虎，欺负我，我受不了！我受不了！

胡万富　不说啦！不说啦！到后边躺一躺。

［王氏一直呻吟着哭着，被胡万富扶下。

第二十场　闲　话

［刘万和拿旱烟袋，愁闷上。

刘万和　（唱二六）世事太得不像样，

　　　　　　　　直逼得鸡飞狗上墙。

　　　　　　　　万般为难苦心上，

　　　　　　　　来到庙门晒太阳。（留）

［蹲下装旱烟，张老汉上。

张老汉　（唱二六）听说人家闹解放，

但不知何日到这乡？

（看见刘万和）你也出来晒太阳哩？

刘万和　哎！家里老的哭哩，小的叫哩，我一会儿都待不住！

张老汉　哎！这年头谁家家里都难为。

刘万和　你把娃弄回来了没有？

张老汉　哎！逼得我把地都卖啦，总算把娃弄回来啦。

刘万和　哎！人回来就好。

张老汉　万和，（刚要开口又闭住嘴，向周围看了下）万和，我去送征粮，在路上听人传说共产党解放军离咱这里不远啦，听说人家对老百姓好。

刘万和　哎！好不好，谁知道哩；日本投降的时候，都说"中央"（即国民党自称的中央军，或国军）来了好，好驴日的，和日本鬼子是一个娘养的，坏透啦！

[常有上。

张老汉　唉！听说……（觉得有人来，转脸看见是常有，又说下去）听说共产党解放军来了，老百姓就能翻身。

常　有　（年轻人耐不住高喉咙大嗓子喊开啦）刘二叔你还不知道哩，人家说共产党解放军走到处贴一张叫个……（想了一会儿）叫个啥"土地啥大纲"，恶霸地主的土地银子都要给咱穷人分哩，刘二叔，快到啦，离咱们这里不远啦，不要愁啦，世事就变啦，狗日的欺负不成咱穷人啦！

[保丁甲手提短枪，一扑跑出来，以枪顶住常有。

保丁甲　你说啥？嗯！你说啥？

常　有　（吓得颤）我……我没说啥！

张老汉　老……老总！他……他没说啥！

保丁甲　我都听见啦，（向常有）你是不是跟共产党有来往？

常　有　我……我不懂啥共产党。

张老汉　老……老总，他啥都不懂；（向常有）胡说乱道，还不给我滚回去！

（常有转身要走。保丁甲一把抓住）

保丁甲　你往哪里走？

常　有　我回家里么。

保丁甲　你还想回家，走！跟我到镇上去！

张老汉　老总，他年轻不懂啥事，你饶了他。

保丁甲　不行，到镇上再说。（拉常有）走！

（常有拽着不走）

保丁甲　你还"拧瓷"呢？告诉你，上边有命令，谁跟共产党有来往，一看见就拿枪打呢，你不想活啦，走不走？（推常有，以枪逼之）走！

（常有盯着枪，被迫倒往下走。张老汉上去拉保丁甲）

张老汉　老总你……

保丁甲　（用力推张老汉一掌）去！

（张老汉几乎跌倒。保丁甲拉常有下。张老汉失神地喊着追保丁甲）

张老汉　老总，不能……（下）

刘万和　（向保丁甲、张老汉去的方向看了一会儿）哎！这是啥世道么！（叹息着下）

第二十一场　回　乡

［武工队长与袁尚义各持短枪一支，摸索着上，走到台中。袁尚义细细向前看了一阵。

袁尚义　队长，前边有灯的地方，就是我们庄子，你回去，我就进庄去了。

武工队长　尚义，你要小心哩。

袁尚义　队长，你放心，我离家才两个多月，庄子里啥都清楚着呢，穷人可怜人多得很，他们会保护我的。

武工队长　你记着，只有土豪恶霸做坏事欺负老百姓的人，是我们的敌人，所有反对那些土豪恶霸的人，咱们都要联络，要保守秘密，大家要准备好，时机一到就动手。

袁尚义　保险着呢，这里的人，要是明白了咱们共产党的政策，管保跟刮大风一样，一下就起来了。

武工队长 你告诉他们，共产党解放军一定要来的，咱们武工队一定要帮助他们，只要大家齐心干，一定会胜利。

袁尚义 队长，我不是说大话，这里的穷人都肯听我的话，管保要成功。

武工队长 好，那我就走啦，（与袁尚义握手）祝你成功！

〔二人分两头下。

第二十二场 劝 子

〔安老婆叫喊着上。

安老婆 兴旺！兴旺！哎！

（唱二六）兴旺又到外边去，

　　　　　常常叫我心着急。

　　　　　摸着墙儿出门去，（绕，摸着出门，叫）

兴旺！兴旺！哎！（连叫带说往回走）

（接唱）祈神灵保佑他（拜）平安回。（留）

〔安兴旺有些愉快地上。

安兴旺 （唱二六）听人说共产党发来大兵就要到，

　　　　　受难人一个一个盼着等着好心焦；

　　　　　老娘知道定高兴，

　　　　　穷人如今有救了！（截，进门）

妈！

安老婆 哎！好娃哩，你常出去做啥哩，你真能把我急死！

安兴旺 妈！再不要急啦，世事要变啦。

安老婆 你胡说啥哩？

安兴旺 妈！你不知道，人家说共产党解放军，离咱这里不远了；人家说共产党来了，穷人就有办法，穷人就能解放哩。我到外边就是打问他们什么时候来呢。

安老婆 好娃哩，悄悄地，再不敢乱说。你年轻呢，啥都不懂，听妈说，朝廷皇上做官的、领兵的，都是人家有钱人的，没有咱穷人的。远了咱说不上来，妈快六十的人啦，光绪宣统皇上变成民国年，民国年换了多少带兵的，都是一样。这几年你也能记得了，日本鬼子来了，有钱的还是有钱的，欺负的尽是咱穷人；日本鬼子走了，"中央军"来了，总想要好一点儿，你看做官的还不是那些人，穷人越发苦啦。娃呀！人老几辈子，不晓得换了多少朝代，穷人啥时候都是可怜的，穷人做不了皇上，世事永变不了。这个党，那个党，我看都一样。兴旺！不要听旁人乱说，乖乖地在家里盛着（"盛着"就是"待着"）再不敢乱跑惹祸了！

（唱二六）我年老来你年小，

　　　　　世上的事情我知道；

　　　　　上下总有多少代，

　　　　　代代富人站得高。

　　　　　你看那日本走了"中央"到，

　　　　　咱们越发受煎熬。

　　　　　说什么共产党来了穷人好，

　　　　　依我看又是张家换个李家一样糟。

　　　　　叫兴旺不敢多跑家中坐，

　　　　　你小心惹下祸根苗。

（安兴旺低头蹲下）

老　刘 （内唱尖板）

　　　　眼巴巴父女们不能相见，

　［老刘被长寿扶着上。

老　刘 （接唱）红香儿孤零零太得可怜。

　　　　擦干眼泪回家转，（进门）

安兴旺 （站起）二姨夫，你看见红香没有？

安老婆 你二姨夫，他们让见不让见？

安兴旺　二姨夫，你看见红香没有？

老　刘　（急得一阵说不出来）

（唱）"烂肝花"不让我到……到他的门边。（留）

（几个人难受地低头擦泪）

保　子　（上，左右注意着）

（唱二六两句截）

今天我把老刘挡，

要到他家表心肠。（左右看了一下，进门）

老刘。

老　刘　噢，保子，快坐下！

安老婆　快坐下！

（安兴旺没有理）

保　子　你走了以后，我心里很难过，可不是我要挡你，"烂肝花"叫我挡你哩。

老　刘　保子，你不要多心，我明白。

保　子　咱们都是穷人，穷人知道穷人的可怜，我在"烂肝花"家里，挨打受气，连人家的狗都不如！（简直要哭）

老　刘　哎！怨咱没钱、没地，靠人家活哩，由人家欺负哩。

保　子　老刘，"烂肝花"这几天心慌着哩，把一百多石粮都藏窖里了，他们白天晚上偷偷摸摸不晓得干啥哩，一定是藏金子、银子哩。我听镇长给他说共产党来了，就让穷人分土地分东西哩，我现在白天晚上睡不着，立盼共产党来哩。

安兴旺　妈，你听，人人都说共产党好，你就不信。

安老婆　哎！耳听是虚，眼见是实。

安兴旺　保子哥，我们两个月没见红香，她如今成了个啥样子啦？

保　子　哎！红香可怜得很，每天疯言疯语，不晓得挨了多少打，如今他们把她一个人锁在冷房子里，"烂肝花"家老婆连饭都不给吃。红香受饿着哩，见啥吃啥，人简直不像样子啦，我看……

安兴旺　（抓住保子，非常紧张地）保子哥，红香是不是不得活啦！

保　子	嗯！
老　刘 安老婆	（走近）红香吃得不好就是啦，不要紧。
保　子	兴旺，你不要太着急，红香不要紧。（抬头看）天黑啦，我要走哩，你们在。（很快地下）
安兴旺	红香怕不得活了！
老　刘 安老婆	你不要太着急，红香不要紧。

［长寿跳上抓住安兴旺。

长　寿	兴旺哥，你把"烂肝花"杀了，把我姐姐引回来，我要姐姐哩！我要姐姐哩！
安兴旺	（大声）啊哟！ （唱带板）一句话说得人心肝痛， 　　　　　红香妹受难冷房中。 　　　　　今夜晚我要把饭送， （顺手把桌上的三个窝窝头放在一块破布里，拿在手中） （接唱）兄妹们见一面死也甘心。（截） （往外走，被安老婆拉住）
安老婆	你到哪里去？
安兴旺	我看红香去！
安老婆	天呀！你疯啦，万万使不得！
安兴旺	妈！（哭）红香快饿死啦，再不去就见不上红香啦！
安老婆	好我的娃哩，你去了还不是见不上，你想送命呀？
安兴旺	妈！我到半夜，跳过他们的墙，给红香送上点吃的，就回来啦。
安老婆	嗯！
老　刘	兴旺，万万使不得！"烂肝花"正想跟你寻事哩，教他们把你抓住，你还能活！万万使不得！万万使不得！
安兴旺	不，我要去！（往外冲）

安老婆
老　刘　　天呀！不敢，万万使不得，快回，快回。

　　　　　〔安老婆、老刘硬将安兴旺拉下。长寿随下。

第二十三场　送　食

　　　　　〔舞台左上角用一块画为石头色的布，搭在一个方凳上，作为假石桌。高顺鬼头鬼脑上。

高　顺　（唱二六）红香生来骨头贱，
　　　　　　　　　有福不享讨人嫌。
　　　　　　　　　我有心到她房中寻方便，
　　　　　　　　　又怕她高声大喊惹祸端。（绕）
　　　　（向下场门偷偷摸摸地听里边的动静。当高顺快唱完时，王氏已悄悄地上来啦，蹑手蹑脚地走到高顺身后，猛一抱，高顺吓得大叫，急转身）

高　顺　谁？
王　氏　（把高顺口一按）你叫啥哩！
高　顺　啊哟！你把人"险乎"（几乎的意思）吓死。
王　氏　我问你，半夜三更，在这里鬼鬼溜溜做啥哩？
高　顺　红香一天乱说乱道的，我听她说啥哩。
王　氏　呸！你当我还不晓得你咻鬼心眼，昨天晚上我就看见你转了好一阵才回去。
高　顺　你就把我箍得死死的。
王　氏　回去！我不准你胡闹！
高　顺　你快去，小心老财主出来了！
王　氏　你先回去！
高　顺　对，我回去。（往下走了几步，又向后看）

王　氏　快去！

（高顺下，王氏也走到那里侧着耳朵听）

红　香　（在内）菩萨爷！玉皇爷！快发天兵天将，把他们杀完！（更大声地）把他们杀完！

〔王氏吓得一溜烟跑回去了。安兴旺紧腰带，背后插一把斧子，手里提破布包，黑摸着上，怕前顾后的，摸着墙，估量墙的高低，觉得太高，有点着急，把破布包打开，把三个窝头装在怀里，破布包也装在怀里摸到门上，慢慢推门，门响了一下，吓得把斧子握在手里，缩作一团，停了一会儿，又把斧子插在身后，想了一想，认为可以从后墙跳进。预先在桌上放一长凳，用一画为墙色墙形的单子，搭在桌凳上，或搭在做好的架子上，至少要宽三尺，高四五尺，作为假墙。安兴旺摸到假墙后，不见人了，一会儿从假墙上上来了，神气非常紧张，筋肉抖颤，打算慢慢溜下来，不料上边手一松，"扑通"掉下来了。胡万富在内大喊。

胡万富　什么地方响啦！有贼娃子啦！高顺！保子！快出院子看一下，咱们院子进来贼啦！

〔安兴旺吓得把斧子握在手中，躲到这里也不好，躲在那里也不好，见有人出来了，只好伏在石桌那边。此时把假墙取消了。胡万富、高顺由上场门上，保子由下场门上。都有点害怕得却步不前。胡万富左手拿一盏很讲究的鸦片烟灯（如果搞不到这样的灯，只好以洋灯代之），右手握一支短枪上，高顺在后，怕得不敢向前，胡万富把高顺连骂带踢，一脚踢到前边。

胡万富　你就是怕死鬼转的。

（高顺披衣，赤脚，拖两只鞋，被胡万富踢到前边又怕得缩回了一下。高顺却在上场门处，站住不敢向前。保子披衣，赤脚，手拿一根粗木棍，也多少有一点儿害怕地慢慢往前张望摸寻，绕过石桌前边，快碰着安兴旺了，转过身子）

保　子　没有啥！

胡万富　胡说，我听得真真的，好像从墙上跳进来人啦，你就在那里仔细看一下。

保　子　（转过身，触着了安兴旺，吓得大叫一声）嗯！

胡万富　（也怕得叫了一声）嗯！

高　顺　我的妈呀！

（高顺转身和胡万富相碰，两个人都倒了，灯也灭了。胡万富连骂带摸灯）

胡万富　你驴日的是个龟孙子，快寻灯！快寻灯！

（保子大叫一声后，举起粗木棍就往下打，被安兴旺架定，口放在耳朵边，低声说）

安兴旺　保子哥，是我。

（保子点了一点头，又把安兴旺按下去。胡万富把灯拾起来，向保子问）

胡万富　什么？什么？

高　顺　（躲在胡万富身后）保……保子，你……你快说。

保　子　什么也不是，石桌把我碰了一下。

胡万富　一定有人跳进院啦，你们等一下，我回去点灯去。

（转身走）

（高顺也随胡万富往下走。胡万富把高顺踢了一脚）

胡万富　你不要跟我来，就在这里站着！（下）

（此时保子呀空向安兴旺耳语，安兴旺点头。高顺不敢回去了，稍微往前走了几步）

高　顺　保……保子，你……到我……我跟前来，我……怕得很。

保　子　你不敢动！

高　顺　你不来，我……我就来啦。（又往前走）

保　子　（故意做惊状）听！

高　顺　妈呀！（又抱头退回去）

胡万富　什么？又看见什么啦？（从后台边说边上）

保　子　我听见门外有人跑哩。

胡万富　你们快出去追！快追！

（高顺吓得不敢动。保子把安兴旺一拉，走到门跟前，把门一开，先推安兴旺跑出）

（安兴旺颤抖着，被推出门，把斧子掉了还不知道，放腿跑下。保子出门喊）

保　子　跑啦！跑啦！

高　顺　（随着出门，按保子嘴）你不要叫，听！听他往哪里跑哩？

（此时还听见有跑步声。胡万富把灯点着啦，走出门）

胡万富　向哪里跑啦？

高　顺　向西边跑啦。

胡万富　（咬牙，低头沉思）哼！这一定是安兴旺。

高　顺　嗯，差不多。

保　子　不是吧，兴旺不会偷人。

胡万富　哼！不是偷东西。这小子心思还不倒！回，明天再说。

（三人往回转）

高　顺　（被斧子绊了一下）什么！（顺手捡起一看）啊哟！老财主，你真是活神仙，你看，这是兴旺家的斧子。

保　子　谁家也有斧子哩，你怎么认得是安兴旺家的斧子？

高　顺　哼！我不论到谁家里收租子讨账，常留神切菜刀、砍柴斧子呢，逼着要的时候，就怕穷鬼拾掇我哩。这一把斧子不是安兴旺家的，把我的头割了！

胡万富　（咬牙切齿）哼！我明白啦。保子！你先回去。

（保子稍犹豫而不动）

胡万富　去！

［保子进门，关心安兴旺被发现，感到不安地下。

胡万富　（向高顺）兴旺这小子想刺我啦，你把这事看开啦没有？

高　顺　嗯！对着哩。

胡万富　回！

（二人进门）

胡万富　你把门关了。

（高顺把门关了）

胡万富　你把我的东西跟银子，包上一个包子，悄悄偷着放在兴旺家草堆里边，然后请镇长来，就说咱把几个元宝没啦，我看安兴旺还能活几天。

高　顺　老财主，真是好计谋，保管他小子不得活。

胡万富　来，跟我到后边把啥都搞好。

〔同下。

第二十四场　骂　神

安老婆　（内唱尖板）

兴旺今晚不得了！

〔手拿香炉，内有土，又拿点着的香三炷、黄表纸三张，慌张上，叫了几声。

兴旺！兴旺！哎！

（唱）吓得人浑身如水浇。

急忙我把他二姨夫叫，

你二姨夫！你二姨夫！

〔老刘披衣慌张上。

老　刘　什么事？

安老婆　（唱）兴旺今晚闯祸了！（截）

你快去看一下，兴旺跑出去了！

老　刘　嗯！天呀！这不得了，他一定到"烂肝花"家去了！

安老婆　你快去，快去看下！

老　刘　好，我穿好就去，哎！（下）

安老婆　（把香炉放在一个摆在台中的凳子上，把三炷香插好，点着黄表纸，跪下祷告）菩萨爷，关老爷，过往各位神灵，保佑我兴旺平安回家，

我给各位神灵"领"猪"领"羊！（不断地祷告以上的话，不断地磕头）

〔老刘拄棍急上，慌慌忙忙出门转弯。

〔安兴旺慌张跑上，碰倒老刘，老刘惊喊。

老　刘　谁！谁！

安兴旺　（气喘声嘶，脸红汗流，吓得往后瞧）不……不要叫，是……是我。

老　刘　（爬起）嗯！兴旺！你把人吓死啦，快回！

（拉兴旺进门，安老婆仍在磕头祷告）

老　刘　你大姨，娃回来啦。

安老婆　（走、立摸寻）兴旺！兴旺！

（安兴旺气喘着，有点支持不住的样子）

安老婆　（抓着安兴旺）好我的娃哩！你急死我了！再不敢出去！你到哪里去了？

（安兴旺不语）

安老婆　没有出啥事吧？

老　刘　没有出啥事吧？

安兴旺　保……保子把我放……放出来的。

安老婆　啊哟！这就全靠神灵保佑哩！（说着往点香处下跪磕头）

安兴旺　屁！神灵保佑！

安老婆　（正颜厉色地）兴旺你说啥？你太不像话啦！快给神磕头！快！

安兴旺　神灵！神灵！你一天就是个敬神，有啥用；"烂肝花"欺负多少人，害死多少人，为什么神不管？咱们几辈子没做一点儿坏事，几辈子受穷受难，神灵！神灵！屁！

老　刘　兴旺，不敢胡说八道！

安老婆　兴旺，不敢骂神，嗯！你造孽，（拉安兴旺）你快给神跪下磕头。

安兴旺　（气得上去一把拿起香炉，向香炉颤抖地，很紧张地说）我看你就偏向有钱的欺负穷人，我们年年敬奉你，一年不如一年，你……你……

（颠簸了几下）

老　刘　兴旺！兴旺……

安兴旺　你……你是啥东西！（用力将香炉摔在地上，随之跌倒）
安老婆　（急得要命）天呀！这还了得，（摸着安兴旺连打带骂）你造孽，你以为咱们还不够苦！你不想活啦，你要死呀！……
　　　　（一直打骂。老刘见安兴旺不动，弯腰摸安兴旺头，叫）
老　刘　啊哟！娃不对啦！兴旺！兴旺！
　　　　（安兴旺不语）
老　刘　你大姨，不敢打娃啦！
　　　　（安老婆只管打骂）
老　刘　（硬把安老婆架住）你大姨，不敢打娃啦！娃头烧得厉害，娃不会说话啦！
安老婆　嗯！（抱安兴旺，以自己的头贴近安兴旺头）兴旺！兴旺！（哭）天呀！娃不对了，兴旺！妈不打你了，快说话。（大哭）兴旺！妈打你打得不对，快说话，兴旺！快说话！快说话！天呀！娃不对了！兴旺！快给妈说话！……
老　刘　你大姨，不要叫啦，娃是着了急啦，一口气憋住啦，快把娃扶到后边盖得暖暖的，一会儿就会好的。
　　　　（二人用力把安兴旺扶起往下架）
安老婆　哎！我该死！不该打娃！……
　　　　[三人齐下。

第二十五场　陷　害

　　　　[胡万富上。
胡万富　（唱二六）高顺去把镇长见，
　　　　　　　　　日落西山不见还。
　　　　　　　　　这几日人心有改变，
　　　　　　　　　风风雨雨到处传。

　　　　　　白天晚上不睡觉，

　　　　　　金银财宝地里埋。

　　　　　　过往神灵多保佑，

　　　　　　保佑那共产党不敢到来。（留）

高　顺　（上唱二六两句截）

　　　　　　风声不好人心乱，

　　　　　　见了财主对他言。（进门）

胡万富　你怎么天黑啦才回来？镇长呢？

高　顺　风声不好，镇长白天到县上去啦，一会儿就来啦。

胡万富　又听到些啥啦？

高　顺　人心都慌啦，有钱有地的不晓得往哪里跑好，听说四下里都有共产党。

胡万富　嗯！四下里都有！

高　顺　镇长就来啦，他说有要紧事跟你谈呢。

胡万富　我就不明白蒋主席是个干啥的，放开手让共产党到处乱跑哩。

冯镇长　（带保丁甲、乙上，边叫边进门）老财主！老财主！

胡万富　有啥事？

冯镇长　大少爷捎话，快把东西藏好，一有风声，说跑就跑。

胡万富　东西我藏得差不多啦，不晓得该往哪里跑？

冯镇长　如今谁也拿不了主意，这里也说来了共产党哩，那里也说来了共产党啦，不晓得来了多少共产党！

胡万富　我看还是先到城里再说。

冯镇长　大少爷教你老人家先不要乱跑，等他的信着，如今乱得很，城里的往乡里跑哩，乡里的往城里跑哩，不晓得咋好？

胡万富　镇长！时候不对，你们要留神，小心穷小子们造反。

冯镇长　就是的，听说袁尚义参加什么武工队啦，在咱们这周围活动哩，咱们这里的穷小子们也不对啦。

胡万富　那你可要动手杀几个人呢，这还了得！

冯镇长　已经布置好啦，今天晚上就要抓几个人呢。不做个样子，他们不知道咱的厉害。

胡万富　穷小子安兴旺，昨天晚上把我偷啦，这些人如今都留不得，早一点儿除灭了好。袁尚义一定会勾搭这些人的。

高　顺　（拿出安兴旺的斧子）看！这是安兴旺昨天晚上丢下的斧子！（放在桌上）

胡万富　我把几个元宝不见啦，把这伙穷小子给我弄死！

冯镇长　抓！马上就抓！穷小子们都想造反哩。上边的命令，风声紧了，要把这一伙都打死！（向保丁甲、乙）走！

胡万富　对！快去！

　　　　〔冯镇长，保丁甲、乙下。

胡万富　（向高顺）你也去。

高　顺　对！（往下走）

胡万富　（拿起斧子）高顺！高顺！

　　　　（高顺转回）

胡万富　（把斧子交高顺）把斧子拿上对证去。

高　顺　（接斧子）好！（下）

　　　　〔胡万富下。

第二十六场　勒　绳

　　　　〔安兴旺很愉快地上。

安兴旺　（唱二六）适才间我到前庄转，

　　　　　　　　穷人个个笑开颜。

　　　　　　　　尚义对我讲一遍，

　　　　　　　　不由教人喜心间。（截）

　　　　（进门，关门，高兴地叫）妈！二姨夫！

安老婆　（上）哎！兴旺！你把我急死，天黑啦，你又出去干啥哩？

　　　　　［老刘、长寿同上，听。
安兴旺　妈，二姨夫，我看见袁尚义啦。
安老婆
老　刘　嗯！尚义回来啦？
安兴旺　这话不敢对人说，尚义早就跑出去啦，遇见共产党解放军。共产党解放军到了哪里，哪里的穷人就能翻身，分恶霸地主的土地财物。尚义说毛主席是共产党的领袖，也是咱们穷人的领袖，处处给咱们穷人想办法。毛主席共产党的几百万兵哩，把蒋介石打得没办法了。妈！咱们穷人有毛主席哩，咱也不怕啦，共产党就来啦，咱要翻身哩。
安老婆　照你说，毛主席就是咱们穷人的皇上，对不对？
安兴旺　妈！尚义说毛主席教世事由咱们老百姓管，欺负老百姓的坏蛋，都要打倒哩。共产党解放军都是咱老百姓的，给老百姓办事，听老百姓的话。毛主席做啥事都是顺咱们老百姓心上来的。
老　刘　世事真的能由咱老百姓办，咱们能分到土地，咱们就能好活。兴旺，你没听尚义说，共产党啥时候来呢？
安兴旺　听说离咱这里不远啦，四下里都有哩。
老　刘　哎，他们赶快来吧，来了替咱们把仇人杀了，给咱们想办法。
　　　　　［此时冯镇长带保丁甲、丙暗上，在门外偷听。
安兴旺　二姨夫，尚义说，穷人翻身，全靠穷人自己起来，跟共产党解放军在一起，打倒蒋介石，打倒恶霸地主。人家有些村庄，穷人都起来啦，把坏人都抓住啦，分土地分粮食哩。妈！你们不要给旁人说，咱们这里穷人也有团体啦，我也报名参加啦。尚义在啥武……武，噢，尚义在武工队里干着哩，有枪有炮，说好跟咱这里的穷人合在一起，打倒土豪坏蛋，打倒恶霸老财，欢迎解放军。妈，"烂肝花"快不得活啦，多少穷人给他咬牙着呢。
安老婆　兴旺，咱先不要闹，等着看。
安兴旺　妈，世上一百个里边，穷人就占八九十个，要是咱们穷人齐心干，咱们最厉害。
安老婆　好娃哩，你不要忙，你不要往头前"扑"，等一等，看世事到底转变个啥样子。

安兴旺　妈，你就是个怕，如今咱们有毛主席，有共产党，解放军，有兵有将，还怕啥哩。

安老婆　哎！真的是那样，简直是老天睁眼啦。咱们还是等着看一下。

安兴旺　妈！（很坚决的口气）再不能等啦，我要跟大家一齐干！

保丁甲　（打门）开门！

（老刘、安老婆、安兴旺吓得缩在一起，长寿吓得藏在老刘身后）

安兴旺　谁？

保丁甲　快开门！

老　刘　（问安老婆、安兴旺）什么事？

保丁甲　（用力捣门）再不开门，就打枪呢！

（安兴旺怕得颤抖着开了门。保丁甲、冯镇长、保丁丙进门。保丁甲、丙拿长枪向安兴旺等，冯镇长拿短枪。安兴旺等吓得颤抖，长寿把头钻到老刘衣襟下）

冯镇长　安兴旺！你加入什么农团啦，是不是？

老　刘
安老婆　（吓地）嗯！

安兴旺　镇长，啥叫农团？我不知道。

冯镇长　哼！不要装蒜啦。安兴旺，你想活的话，把你们团里的人都说出来，说不出来，我非把你活埋了不可！

安老婆　（简直说不成话了）老……老总！我……我娃不晓得啥……啥团么！

老　刘　镇长，他一天连门都不出去么。

冯镇长　不准你们说话！安兴旺，咱们一乡一道，你能把团里的人说出来，有好处，我照护你，你给我说，还有谁？袁尚义在哪里？

安兴旺　我啥都不晓得，你教我说啥哩。

冯镇长　哼，你家的斧子拿出来我看一下。

（安兴旺吃惊，不语）

冯镇长　快给我拿来！

安兴旺　我家里就穷得没斧子。

冯镇长　放屁！你的斧子在老财主家里呢。
高　顺　（跑上）镇长，镇长。（进门，把斧子递给冯镇长）这是安兴旺的斧子。
安老婆
老　刘　嗯！
冯镇长　（接过斧子）现在安兴旺是农会的人，两案并一案，都要办，你先回去。
高　顺　（向安兴旺）哼！穷小子还想造反哩，我看你是活得不耐烦啦。（出门下）
冯镇长　安兴旺，你把眼睛大，看这是谁的斧子？
老　刘
安老婆　嗯！
安老婆　斧子……（俯身下去摸斧子）
安兴旺　（拉住安老婆）妈！
冯镇长　你啥坏事都干，做贼偷人。现在你听我说，只要你把团里的人都说出来，你就大大有功，再不要愁没吃，没穿的。
安兴旺　我啥都不知道！
冯镇长　安兴旺，你死到临头啦，还敢胡支理对。当真你不想活啦，是不是？
（保丁乙连叫带跑地进门）
保丁乙　镇长！镇长！（气喘）
冯镇长　啥！
保丁乙　你……你到外边，我……我给你说。
冯镇长　（向保丁甲、丙）盯好！（出门）
保丁乙　（随冯镇长出门，向周围看了一下，低声地）镇长！不对咧，听说共产党要包围县城哩！
冯镇长　嗯！县上送来啥信没有！
保丁乙　没有。
冯镇长　那你赶快回去，把抓住的那几个人看好，搞几根铁绳，把铁锨烧红，等着，今天晚上就要把这些穷小子坏"厌"一网打尽，快去！

保丁乙　是。（跑下）

冯镇长　（进门）安兴旺，你要活，还是要死？
　　　　（安兴旺无语）

冯镇长　你说不说！

安兴旺　（生气地）我啥都不晓得！

冯镇长　哼！你的话刚才我们在门外都听见啦，啥袁尚义，啥农团，告诉你，你不得过去！

安兴旺　我就是不知道，看你把我怎么样！

冯镇长　你要不说，我就要打你，烧你，活埋你！

安兴旺　你把我看上两眼！

冯镇长　混蛋！捆了！
　　　　（保丁甲、丙上去捆安兴旺）

安老婆
老　刘　（要上去哀求）老总……

冯镇长　（以枪阻止）不准动！
　　　　（安老婆连吓带急，身软得往下倒）

老　刘　（扶安老婆）兴旺妈！兴旺妈！……
　　　　（安老婆倒下了）

保丁甲　捆起啦。

冯镇长　拉着走！
　　　　（保丁丙拉，保丁甲推，安兴旺出门。冯镇长以枪阻止安老婆与老刘）

安兴旺　老子死了，你这些杂种们也活不成！

保丁甲　（连打带推）不准你叫！

安兴旺　告诉你，如今有了共产党解放军，你们把眼睛大，做坏事的都不得活！……
　　　　［保丁甲推安兴旺下。冯镇长转身出门。

老　刘　（走上去拉冯镇长）镇……镇长，你……

冯镇长　（踢老刘）滚！（下）

（老刘被踢倒，长寿尖叫一声）

老　刘　天呀！没世事了！（叫安老婆）兴旺妈！兴旺妈！

（安老婆呆着，颤得说不出话来）

老　刘　兴旺妈！

安老婆　（抓住老刘）嗯！你……你二姨夫，快……快看兴……兴旺去！

老　刘　你……你不行啦，快到后边躺着去，我跟寿娃出去看一下。

（安老婆用力抓住老刘，瞪视，颤得说不出话来）

老　刘　兴旺妈！兴旺妈！

安老婆　兴……兴旺不……不得活了！

老　刘　我就看去！我就看去！（拖长寿出门往下走着说）哎！共产党快来！共产党！快来！（下）

安老婆　（颤抖着，挣扎起来，像疯子似的，这里摸摸，那里摸摸）兴旺！兴旺！（放声大哭）啊哟！

（唱带板）兴旺今天命难保，

　　　　　断绝了安家的小根苗。

　　　　　我这里不住高声叫，

（喝场）兴旺大！那……那是兴旺大！哎！……

（带板）谁叫你早死赴阴曹。

　　　　丢下我们老和少，

　　　　千难万难哭号啕。

　　　　兴旺今日遭大祸，

　　　　呼天叫地命难逃。哎！

（唱尖板）我这里放大声把天来怨，

　　　　　为什么我落得这样可怜？

　　　　　几十年敬神灵真心一片，

　　　　　难道说贫穷人神不可怜？

　　　　　我为儿守寡受苦难，

　　　　　哭哭啼啼几十年。

　　　　　到如今只落得亲人不见，

>   贫穷人活在世有啥留恋？
>
>   我这里放大声把兴旺呼唤，
>
> （喝场）兴旺儿！娘的儿！哎！……
>
> （唱流水）兴旺我儿在哪边？
>
>   娘为你十八年眼睛哭烂，
>
>   娘为你每日里疼烂心肝。
>
>   到如今你遭难娘难照管，
>
>   娘无心活在这罪孽人间。
>
>   阴曹府咱母子双双见面，
>
>   对你父把冤仇细说一番。（截）

　　兴旺！兴旺！妈我顾不得你了！兴旺大！你不怨我，我对得起你，这是世事把人赶得没路了！兴旺大！你等着！（说着从腰间解下烂布带一条）我……我跟你来了。

（手颤着想将绳挂起。长寿扶老刘急上，紧张兴奋的，边叫边走）

老　刘　兴旺妈！兴旺妈！

　　　　（安老婆惊，将布带收了）

老　刘　兴旺妈！（进门有喜色）兴旺妈！老天睁眼啦！老天睁眼啦！兴旺有救了。我看见袁尚义啦，他带许多人，（特别用力地说）有枪！有炮！

安老婆　嗯？他们能把兴旺救出来？

老　刘　能！能！今天共产党解放军攻打县城哩，四乡的老百姓，全都一齐干哩，咱们庄上：刘万和、老张、冯见喜、安老四、安老三、高拴虎、胡克旺好几十个，都是咱们穷人，拿刀的拿枪的，拿镢头拿锨的。尚义给我说，他们先到镇公所收枪救人，完了就要活捉"烂肝花"，给大家除害，给大家报仇！兴旺妈！世事要翻过哩，咱们穷人出头的日子到啦！

长　寿　大姨！你没见，人多得很呢！

安老婆　（兴奋地抓着老刘）嗯！咱们穷人都闹起来啦？

老　刘　闹起来啦！

安老婆　咱们穷人也有兵有将？

老 刘　有兵有将！

安老婆　（兴奋，已有点笑容，面朝天）好！好！

老 刘　真好！我们要翻身！

安老婆　你二姨夫，我也要去呢，走！咱们都走！

老 刘　走！咱们都走！

　　　　（唱流水）咱穷人齐心干人多势众，

安老婆　（唱）共产党他是咱穷人的救星。

老 刘　（唱）"烂肝花"抓到手刀砍除恨，

安老婆　（唱）我定要咬死他绝不容情。（截，跌倒）

　　　　（唱时，老刘先出门，长寿扶安老婆出门，四句唱完，刚转一圈）

　　　　［老刘、长寿扶安老婆急下，看起来比平素有精神得多了。

第二十七场　捕　捉

［保丁乙很狼狈地跑上，气喘得简直走不动了，提着枪，挣扎着，顾前怕后地跑了下去。武工队长与另一武工队员及常有追上，三人跑到中场，侧耳细听一会儿。常有左手拿斧子，右手拿木棍，向武工队长耳语，并用手指东点西的。武工队长点头，沉思，然后把武工队员拉到跟前，与之耳语。武工队长和队员、青年农民半武装，听武工队长耳语后，点头，端起枪，注意着前边，由下场门下。武工队长再向常有耳语。常有点头，由下场门下。武工队长把周围看一下，由上场门下。保丁乙如前状，跑到下场门，听到喊"站住！"吓得抖颤着，紧张地端枪倒退。武工队员与常有逼保丁乙上，当保丁乙退到中台，武工队长已到其身后。武工队长以枪顶保丁乙背。

武工队长　不准动！

　　　　（保丁乙吓得直声叫）

武工队长　不准叫!

　　　　　（很猛地把枪夺过来。保丁乙颤得不敢动。常有跑上用绳子把保丁乙捆起，向武工队长）

常　　有　队长，（指缴到的枪）这一支枪算我的?

武工队长　好。（把枪给常有）

常　　有　（高兴地接过枪，扳了几下，转过身细看保丁乙脸）哼!你小子也有今天。队长，这人叫曹三，坏透啦，把这狗日的砍了!（说着举起斧子要砍）

保丁乙　饶命!饶命!我投降!（吓得跪下）

　　　　　（此时武工队员在留神周围，过来过去地转着）

武工队长　（止住常有）不要!他能改过，我们就饶他。（向保丁乙）我问你，我们打开镇公所，为啥不见镇长?

保丁乙　镇长带我们三个人到县上去，听说县城失守了，又返回来。半路上又听说镇公所也被包围啦，教我打探情况，他们三个跑啦。

武工队长　你知道他们跑到什么地方去啦?

保丁乙　他们到东边老财主家去啦。

武工队长　离这里多远?

常　　有　四五里路。队长，咱们赶快转回去，教袁尚义跟大家不要乱寻镇长啦，马上到"烂肝花"家里去，迟了就都跑了。

武工队长　对!你说得对，马上走!

武工队员　走!
常　　有

　　　　　［常有、武工队员架起保丁乙，武工队长在前边，四人齐下。

第二十八场　报　仇

　　　　　［冯镇长，保丁甲、丙气喘声粗地跑上，走到中台站定。

（冯镇长用力拍门）

冯镇长　老财主！老财主！快开门！

〔胡万富、王氏由上场门惊慌上，高顺、保子由下场门惊慌上。冯镇长更用力而且更急地拍门。

冯镇长　快开门！快开门！

高　顺　是镇长！镇长！

胡万富　快把门开了！

高　顺　（开门）镇长！

（冯镇长，保丁甲、丙进门，高顺关门，胡万富走到镇长跟前）

胡万富　出了啥事啦？

冯镇长　（气喘地，急得说不出话来）完……完啦。我……我抓……抓了几个人，刚……刚回到镇……镇公所，就……就听说这……这里的老……老百姓也要闹哩，我……我就往县上跑，走……走……

保丁甲　（见镇长说不成，自己抢上去接说）我们刚走了几里路，就听说县城失守啦。

胡万富
高　顺　嗯！
王　氏

保丁甲　我们又返回来往镇公所走，到了半路上，又听说镇公所教老百姓包围啦。

胡万富
高　顺　嗯！
王　氏

保丁甲　镇长不敢回去，教曹三打探情况去啦，我们一直跑到这里来。

胡万富　（拍手跺脚地）哎！这……这成了个啥……啥样子啦，……满是共……共产党的世事啦！

冯镇长　完……完啦！四……四乡的老百姓，都……都起来啦！就……就地起……起蛟，咱……咱们完……完啦！

胡万富　蒋……蒋主席，美……美国，是……是个干……干啥的，干……干啥的！

冯镇长　老……老百姓最……最可怕！简……简直是刮……刮大风，发……发大水，谁……谁也没办法！

高　顺　老……老财主，快……快跑！

冯镇长　快……快跑！

胡万富　这……这该……该往哪里跑？

冯镇长　跑……跑出……出去再说。

胡万富　对！跑！等我把洋烟盒子拿上。（进去又出来，往怀里装东西）快……快走！

众　人　走！

王　氏　（拉胡万富）哎！等一等，我忘了拿描金匣子啦。

胡万富　哎！算啦，走！

王　氏　不，那边有金镯子、银镯子、珊瑚玛瑙玉珠子，我要带哩。

（说着跑回去抱一小箱上。如无描金箱子，用布包一个箱形即可）

保丁甲　（催）快走！（拟开门）

（王氏拉住胡万富）

王　氏　哎！再等一下，我要带几件随身衣服哩。

胡万富

高　顺　算啦！算啦！快走！

冯镇长

王　氏　不，身上没几件好衣服，走到哪里人都看不起。

（说着又跑进去。众非常不耐烦地，焦急地。胡万富喊催）

胡万富　快！快！

（王氏又抱出几件衣服）

众　人　走！

（王氏又拉胡万富）

王　氏　哎哟！又记起了，我把治牙疼的药没有带上。

胡万富　算啦！啥牙疼药，再迟了连命都保不住啦！

（冯镇长、保丁甲等表示非常着急而讨厌）

王　氏　　不行，我要带哩。

（王氏又拟进去，被保丁甲生气地大声地喊住）

保丁甲　　镇长！我们不能等啦。走！

冯镇长　　走！

胡万富　　（把王氏拉回来）不要去啦，走！

（保丁甲开门出，高顺随后，冯镇长、胡万富、王氏、保丁丙、保子等尚未出门。保丁甲、高顺刚向下场门转过，后台很多人好像从四面八方奔来，嘈杂乱喊："不要教跑了！"保丁甲、高顺吓得站定，目瞪口呆，不知往哪里去好。胡万富、冯镇长等也吓得不敢出门了，端着枪，惊慌失措。安兴旺由上场门一跃而出）

安兴旺　　狗日的，跑！

（左手拿木棍，照定保丁甲、高顺，掷出右手拿的手榴弹，自己随即卧下，炸弹爆炸了。保丁甲、高顺应声倒地。胡万富、冯镇长等吓得缩作一团。王氏、保子听到爆炸，吓得"妈呀""大呀"地乱叫。王氏把抱着的东西都掉了）

冯镇长　　谁敢进来就打死谁！

胡万富　　我们有枪，进来一个打一个！

〔上场门继安兴旺后，奔上武工队长、常有、冯见喜，下场门奔上武工队员、袁尚义、张老汉，有的拿枪，有的拿镢头、斧子、铁锨等，非常严肃而紧张地包围了胡万富的院子。众人跑上时，把保丁甲、高顺的尸体隐下去了。

安兴旺　　（向武工队长）我进去！（说着要进门去）

武工队长　　（挡住安兴旺）先不要进去！

冯镇长　　谁敢进来！

胡万富　　进来一个死一个！

安兴旺　　（从腰里取手榴弹，要往里边掷）狗日的！

武工队长　　（挡住安兴旺）不要！我们要捉活的，（向袁尚义）袁尚义，你教大家不要都跑到这里来，把几个路口把好。

袁尚义　　（随便往后指一下）哎，大家不要都到这里来，把路口挡住。

（后台众人有力地大声回答："好！"）

袁尚义　（向武工队长）队长！想办法冲进去！

武工队长　不忙。

冯镇长
　　　　　进来一个死一个！
胡万富

武工队长　（喊口号）快缴枪！

众　人　快缴枪！（后台要配合许多人齐喊）

袁尚义　不缴枪就要你们的命！

众　人　不缴枪就要你们的命！

　　　　（里边保子听到是穷人闹起来啦，放心而不在乎的。保丁丙听到袁尚义的声音，也不害怕了，而且把枪也随便拿着了）

冯镇长　（看见保丁丙不警备，申斥他）吕占修！把枪端起来！

　　　　（保丁丙随便把枪端起来）

袁尚义　占修！咱们是一家人！

众　人　咱们是一家人！

安兴旺　（也想起里边有保子，立即争取）保子哥！咱们穷人是一家人！

众　人　咱们穷人是一家人！

冯镇长　（命令保丁丙）吕占修，把手榴弹甩出去！

胡万富　对！甩手榴弹！

　　　　（保丁丙手抓着腰里的手榴弹，犹豫，不愿甩，而且怕冯镇长夺去）

袁尚义　占修！不要给坏人当走狗！

众　人　不要给坏人当走狗！

冯镇长　（见保丁丙不愿甩手榴弹，进一步强逼他）你不甩我就揍死你！

胡万富　快甩！

冯镇长　你甩不甩？嗯！

保　子　狗日的！（猛然把胡万富后腰一抱，夺他手枪）

　　　　（胡万富大叫）

冯镇长　（转过身）这还了得！（拟举枪打保子，又怕把胡万富伤了）

保丁丙　狗日的！（顺势向冯镇长打了一枪）

（冯镇长应声倒地。当保子抱住胡万富时，王氏吓得两手抱脸，背身乱叫）

保　子
保丁丙　　大家快进来！快进来！

（众人一拥进门）

武工队长　（指胡万富）把他们捆起来！

（安兴旺、袁尚义把胡万富捆起来。保子、常有把王氏捆起来）

安兴旺　（向周围喊叫）红香！红香！（逼问胡万富）红香呢？

（胡万富颤抖不语）

安兴旺　我问你，红香在哪里？

袁尚义　（亦逼问）红香在哪里？快说！

安兴旺　（打胡万富头）快说！

众　人　快说！

胡万富　她……她在后……后边冷……冷房子里。

［安兴旺与其说是跑，不如说是跳了进去，只听他叫"红香！""红香！"一会儿扶红香上。红香越瘦了，莫名其妙地呆着。众人都注视红香。

安兴旺　红香！红香！

袁尚义
冯见喜　　红香！红香！

［安老婆和老刘，一个喊叫安兴旺，一个喊叫红香，急上。

袁尚义　在这里，快进来。

（安老婆、老刘进门）

安兴旺

安老婆　（带哭音，围红香，抓红香，叫红香）红香！红香！
老　刘

红　香　（呆看安兴旺等，忽然抓安兴旺，放声大哭）我死了！我见不上你们了！……

安兴旺　红香！红香！你活着，你看，大家救你来啦。

老　刘　红香！你活着，大家救你来啦。

（红香有点清醒了，环视大家）

安老婆　红香！我娃心里不要糊涂了，你活着哩。

老　刘　红香！咱们穷人翻身啦，你看，咱们把"烂肝花"抓住啦。

（老刘拉红香看胡万富）

（红香看见胡万富，一惊）

安兴旺　红香，再不要怕他啦，如今咱要报仇！

袁尚义　（命令胡万富）跪下！

众　人　跪下！

安兴旺　（打胡万富）跪下！

（胡万富跪下。红香惊讶地看这个现象）

安兴旺　红香！共产党来了，如今成了咱老百姓的世事啦，欺负老百姓的坏人，咱们都要打倒！

红　香　嗯！（有点明白了，把众人看一下，转过来怒目咬牙地问胡万富）你……你……（一扑上去抓耳咬之）

（安兴旺、老刘、安老婆也扑上去，连打带咬）

（众人把王氏也拉在一起，乱打乱骂起来）

武工队长
武工队员　不要打啦！不要打死！……（好容易把大家止住，把老刘、安兴旺、安老婆、红香拉开）

武工队长　大家不要打啦，现在是咱们穷人翻身的时候。我们要成立农会，我们要把人民大众召集起来开大会，公审欺负人民的坏蛋，大家分粮分地分东西，有仇的报仇，有冤的申冤！

袁尚义　有仇的报仇，有冤的申冤！

众　人　有仇的报仇，有冤的申冤！

武工队长　好！我们下去召集开大会，（瞪视胡万富、王氏）拉下去！

安兴旺　（从袁尚义手里接过绳子拉胡万富）我拉！

安老婆
老　刘　我拉！

（红香也抢上去拉）

［四人拉胡万富、王氏，踢的踢，打的打，喊骂着紧张而下。

（这一场如果人多的话，武工队与农民可以多出几个，并且可以有一些妇女拿剪子、切菜刀等同上。再如果有便利条件，众上包围时，可拿一些火把，那就更加雄伟了。因为是在半夜包围，又是在摧毁镇公所以后，拿火把上是合理的。但如果煤油太缺，那就可以省略。）

——剧　终——

一九四七年冬米脂宝家沟

马健翎剧作选

（中）

李梅 主编

陕西新华出版传媒集团
陕西人民出版社

《马健翎剧作选》编委会

主　　编：李　梅
编　　委：常树华　李东桥　王咸民
　　　　　董利森　戴　静　谭建春
编辑部主任：戴　静
副 主 任：胡建琴
编　　辑：闫　娜　王永平　马　骊
　　　　　王引娟　李　鹏

《两颗铃》剧照 刘小虎饰吴志海,刘天顺饰冯良杰,南怀容饰梁名义

《中国魂》剧照 吴德饰唐俊峰,张亚丽饰殷玉贞,王文杰饰中村太郎,刘小虎饰吴政委

《蟠桃园》剧照 李瑞芳饰党虹，吴德饰李春成

《雷锋》剧照 王斌饰雷锋

《鱼腹山》剧照 胡正友饰刘宗敏，马兰鱼饰王兰英

鱼腹山 秦腔

编剧：马健翎（1948）

人物表

胡荣贵：明家知县，贪财好利，攀高附贵，是贪官污吏。
胡　富：胡家人。
练　备：明武官，凶恶残毒。
二校卫：练备的武士。
田　母：六十左右，苍老饥瘦。
田秀贞：田母的女儿，艰苦朴实，颇有志气。
田占彪：田母的儿子，青年，刚毅有胆。
刘　熊：衙役头，诡诈。
曹　三：善良的衙役。
王兰英：知府之女，知县之妻。华装艳丽甚美貌，从小娇生惯养，只知有己不知有人，生性阴毒。
翠　儿：王兰英从娘家带来的丫鬟，妖艳诡诈，奴性十足。
吴老汉：农民。
常老汉：农民。

贫　民：一、二、三。

李自成：明末农民领袖，自幼家贫为吏所迫，随高迎祥率民起义，被推为闯王，艰苦朴素，勇敢有为。简称"闯"。

李　过：闯的将官，年二十，精明果断。

刘宗敏：闯帐下大将，勇力过人，颇有功劳，骄傲自大。

田见秀：闯帐下大将，稳健老练。

马维兴：闯帐下大将，忠实、勇猛、鲁莽。

闯　兵：甲、乙、丙、丁、戊、己、庚、辛。

杨嗣昌：明奸臣。

猛如虎：明总兵。

陈洪范：明总兵。

贺人龙：明总兵。

赵光远：明总兵。

报　子：小丑模样。

明　兵：子、丑、寅、卯、辰、巳、午、未、申、酉。

秦腔、晋腔、京梆子及各地的地方歌剧（乱弹）都可以演出。

时间：李自成领导农民革命时胜时败，特别是在崇祯十三年（1640）最危厄的时候的一段故事。

地点：四川巴西鱼用诸山中。

第 一 场　横　征

［红官衣，圆翅帽，八子须，小丑模样上。

胡荣贵　（念）有钱买的鬼推磨，无势焉能坐高官。（坐场诗）做官要心狠，心善没钱花；钱多身自贵，富贵享荣华。（白）下官胡荣贵，大明为臣，官做七品知县，新夫人乃知府大人之女。她是千金玉体，我要好好侍候，讨得岳父大人欢心，就能升官发达。幸喜流寇李自成、张献忠数月以来，贼势衰败，这陕南川边一带，倒还安静，不免乘此机会，吩咐三班衙役，下乡催讨剿饷；三两的加二两，五两的加三两，有钱到手，何愁夫人不喜欢，何愁下官不上达。嗯，便是这个主意。

胡　富　（胡的跟班，俗称二爷。内喊）报，（上）启禀大人，上司派来武官，门外等候。

胡荣贵　（吃惊）嗯！武官？

胡　富　正是。

胡荣贵　你没有问他是干啥的？

胡　富　那人凶怒满面，小人不敢问。

胡荣贵　（慌了）嗯！快快有请！快快有请！

胡　富　有请。（下）

　　　　　［武官带二校卫上。

　　　　　（练备即武官，明在各州府县设练备，练总，专练民兵。此人黑眉立眼，满脸歪肉，凶狠残毒，穿黄龙马褂，带宝剑，黑短胡须）（上）

胡荣贵　大人在哪里，大人在……

　　　　　［练备傲然不理。

胡荣贵　（恭手）请到敝衙。

　　　　　［练备向一校卫摆头。

　　　　　（二校卫各挂腰刀，以后简称"子""丑"）（下）

［练备进门。

胡荣贵 （随后进门）大人请坐。

［练备落座。

胡荣贵 不知大人驾到，有失远迎。多多得罪。

练　备 胡知县。

胡荣贵 大人。

练　备 只因流寇作乱，朝廷又要征收新兵。增加练饷。上边派我驾到，来到你县，征收新兵，催收练饷。

胡荣贵 噢！原来是练备大人，失敬失敬。

练　备 各路军饷甚急，练兵也要抓紧，若有迟慢开刀问斩！

胡荣贵 大人，这却不难，只要你我能下得手，何愁无兵，何愁无钱。

练　备 我来问你，这朝廷的旨意？

胡荣贵 不敢怠慢。

练　备 公差的度用？

胡荣贵 也要宽余。

练　备 嗯，这还罢了。

胡荣贵 可有一件？

练　备 哪一件？

胡荣贵 自古常言，讲得确好，人在钱在，人去钱空。此地连年兵灾天旱，民不聊生，如果人财两空，我们还是先将剿饷、练饷催收齐全，然后再来抽兵抓人方好。

练　备 就依你的办法。

胡荣贵 这催饷逼款，有我担任，倘若黎民造反，由谁压制？

练　备 自然有我。

胡荣贵 如此甚好，你我下边从长计议了。

（唱）（二六）朝廷征兵又征饷，
　　　　　　你我下边细商量；
　　　　　　咱们有兵又有将，
　　　　　　黎民谁敢要强梁。

[二人下。

第二场 卖 女

[田秀贞扶母上。

田　母　（唱）（慢板）在草堂饿得人头昏眼晕，
　　　　　　　　　　睁双目分不清南北西东；
　　　　　　　　　　我的儿出门去借米度用，
　　　　　　　　　　怕只怕他回来两手空空。（落座）
　　　　（绕）（白）女儿。
田秀贞　母亲。
田　母　你看你哥哥这时候还不回来，把娘我快要（哭）饿死了。
田秀贞　母亲忍耐一时，等我哥哥回来，孩儿给你做饭。
田　母　哎！要是你哥哥借不回来米粮，咱们今天就不得过去！
田秀贞　我想或多或少总能借到一些。
田　母　哎！这年月。家家都难，人人受饿。我看无有指望，非饿死不可，非饿死不可！
田秀贞　母亲不要担心，要是借不回来，咱们再想办法，只要我们小的活着，不能把你老人家饿死。
田　母　哎！我该死！我该死！我不死把你们也连累坏了！
田秀贞　（叫板）哎！我的母亲！
　　　　（唱）（二六）母亲不要那样想，
　　　　　　　　　　孩儿把话说心上；
　　　　　　　　　　我兄妹凭你抓养大，
　　　　　　　　　　如今养你理应当。
田占彪　（上）（唱）（二六两句截）
　　　　　　　　　　家家户户嘴高挂，

　　　　　　两手空空转回家。
　　　　　（垂头叹气而进门，不知说什么好）
田　母　　占彪，你回来了。
田占彪　　回来了。
田　母　　借到粮没有？
田占彪　　母亲，孩儿把亲戚朋友都走遍了，人家跟咱一样，都没办法。
田　母　　哎！有啥办法？！我还是死了好！
　　　　　［三人拭泪，沉默无语。
　　　　　［二衙役拿签、票、铁链、棍子气汹汹上。
刘　熊　　（念）收公款也收私款。
曹　三　　（接念）张家穷李家也穷。
刘　熊　　伙计。
曹　三　　伙计。
刘　熊　　来到田占彪的门上啦，这小子穷的连个啥都没有，干骨头油水不大。
曹　三　　哎！田占彪穷的连个啥都没有，可怜得很。
刘　熊　　管他可怜不可怜，上边催得紧，你我给他来一个霸王硬上弓，哪怕他不想办法。走！
曹　三　　走。（无精打采地）
刘　熊　　（连叫带进门）田占彪。
　　　　　［田母等见二人进来，吓得缩作一团。
田占彪　　二位宽容宽容，我们只欠下五钱剿饷银子，想办法送上就是。
刘　熊　　五钱！如今皇上要练兵哩，剿饷以外，又加练饷，你家该出二两，一共是二两五钱，马上就要，迟了连我们都不得活，你看着办吧！
田占彪　　二位请看，我们一家人饿了几天啦，这不是要人的命哩！
刘　熊　　要命也是皇上要你的命，可不是我们要你的命。
田占彪　　要了命还是个没办法。
刘　熊　　哈哈，你们说了个干跪，由了你世上要王法做啥哩，我问你，有办法无有？！
田占彪　　二位，我实在没有办法！

刘　熊　好，你没办法了我有办法，（示意曹）捆起来！
　　　　〔曹三不愿上去。
刘　熊　（打曹）捆起来！
　　　　〔曹三只好上去，铁绳套了占。
刘　熊　拉着走！
田　母　（跪下拉刘，女亦跪下）老爷！老爷！不能把我娃拉走，我一家人凭他活命哩！
刘　熊　你交出二两五钱银子，我们就放他回来。
田　母　哎！我哪里来的钱么？
刘　熊　没有了滚开！（把田母推过，向曹）拉着走！
田秀贞　慢着，你们不要把我哥哥拉走，我家有办法。
刘　熊　啥？你家有办法？
田秀贞　有办法。
刘　熊　有办法就好，（向曹）放了。
　　　　〔曹三去了占的铁链。
　　　　〔此时把田母、占呆住了。
刘　熊　不受好气的东西！快把银子拿出来！
田秀贞　这是母亲，哥哥。
田　母　女儿！
田占彪　妹妹！
田秀贞　事到如今，为了救我哥哥一条活命，把孩儿我……我卖了吧！
占、母　噢！（抓秀）
田　母　什么？把你卖了，救你哥哥活命？
田秀贞　正是。
田　母　为娘我……我舍不得！
田占彪　妹妹使不得！
田秀贞　（叫头）母亲！哥哥！哎！
　　　　（唱）（滚白）
　　　　　　我叫叫一声母亲母亲！

>   我的哥哥！事到如今，
>   眼看咱们一家人就要饿死，
>   官府又要款饷，哥哥被人拉走，必然受死，年迈母亲，必然饿死。
>   倒不如把孩儿卖了，
>   留得你们二人活命，
>   也算尽了孩儿我的（哭）孝心了。

田　母　噢！（抓秀盯视之）为娘我（哭）……我舍不得！

田占彪　妹妹！使不得！

田秀贞　哎咦！说什么舍不得，使不得，卖我一人，你们能活，若不卖我，全家都死，母亲哥哥，莫要难为，孩儿我，哎，主意拿定了！
（唱）（紧带板扯喝场）我这里把亲人高声叫唤，那……那……那是哥哥！哎，（流水）听我把话说心间；为了全家把我卖，莫要难为想不开；卖我你们留活命，留我三人都为难；受苦受罪我情愿，我不愿眼看着全家死完。
（喝场三人齐唱）

田　母　（哭）女儿呵！

田占彪　（哭）妹妹呵！

　　　　［母子三人在痛苦中沉默啜泣。

刘　熊　哎，伙计。

曹　三　（对这一家人很表同情）啥么？

刘　熊　咱们知县老爷，要给太太买丫鬟哩，我看这（指秀）女娃子，又伶俐又好看，咱们买下就是。

曹　三　哎！你是头儿哩，你看着办吧，我不管。

刘　熊　（向母等）哎！我们老爷要买丫鬟哩，把你女儿卖给我们。

田　母　嗯？

田秀贞　母亲，卖就卖了。（哭）

田　母　哎！（哭）只好卖了！

　　　　［田占彪哭。

刘　　熊　要卖几两银子？
田　　母　你家老爷有钱，就给我十两银子。
刘　　熊　什么，十两银子！我看你老糊涂了，这是什么年头，多少人家把女子都往河里掀哩，一个人比一个馍都贱，你晓得不晓得。
田　　母　你给多少？
刘　　熊　不给你多，不给你少，三两。
田　　母　三两太少。
刘　　熊　三两太少？老实给你说，这是凑在一起啦，我给你碰数呢。不是做官的有钱，百姓人家谁买得起。不卖了拉倒，还是带上走！
田　　母　老爷，不要把我儿带走，我卖就是了。
刘　　熊　好，你听我说，你们欠剿饷五钱，又摊练饷二两，共二两五，下余五钱，就算我们（指曹）两个人的鞋脚费咧。
曹　　三　哎，哎，你不要把我说在里边，我用不起这一笔钱。
刘　　熊　你不用了我用哩，看把你……
曹　　三　对，你用去，我不用。
刘　　熊　（向左）你请个人写一张卖人契约，拿来交我，我就把你家的交款收条给你，现在你妹子就要跟我们走。
田　　母　嗯！
田占彪　还是宽限一日，明天我亲自带来。
刘　　熊　不行，我这就要带。
田占彪　这就太无情了！
刘　　熊　嗯！你说我无情，好，不带你妹子啦，你跟我走！
田秀贞　哥哥不要争吵了，妹妹我这就去。
田占彪　噢！（哭）妹妹！
田秀贞　（哭）哥哥！
田　　母　（哭）女儿！
田秀贞　（哭）母亲！
　　　　　〔三人相视，放声大哭。喝场三人齐唱。
田　　母　（唱）（带板扯喝场）眼巴巴母女难得见，那……那是女儿，我的秀贞女，哎！（流水）怎不叫人痛伤怀。儿呀！你不要把娘来怪，万般出于无奈何。

田占彪 （接唱）（带板扯喝场）我这里含泪把妹妹唤，那……那是秀贞妹，我……我的好妹妹，哎……（流水）为兄有话对你言；为老娘你把自身卖，为兄我，哎！……我心不安。

田秀贞 （接唱）（带板）母亲哥哥莫流泪（流水）听我把话说心里，为了全家我情愿，不怨亲人单怨天；你们不要把我念，我若能回来自回来。

刘　熊 走！

田秀贞 （接唱）哭着哭着出门外。（出门）

　　　　［刘、曹跟着出门。

　　　　［占、母跟出。

田秀贞 （扯喝场）那……那是母亲，那……是哥哥，哎……从此后每日泪不干（绕）（白）母亲！

田　母 女儿！

田占彪 妹妹！

田秀贞 你！你们回去吧！

刘　熊 走！（推秀下）

　　　　［曹三亦随下。

占、母 （遥望叫唤）女儿，女儿！妹妹，妹妹！（放声哭）啊！

（二人喝唱）（带板扯喝场）

我一见女儿/妹妹离家院，那……那是女儿/妹妹那……那是女儿/妹妹哎！（流水）珠泪滚滚洒下来；三人只留两人在，母子二人好可怜。

　　　　［二人哭下。

第三场 骄 奢

王兰英　（内叫板）（内唱）（二倒板）花园里只觉得精神爽，［兰英丫鬟翠儿轻狂地上。

王兰英　（接唱）（二六）秋风儿吹来桂花香；我的父知府大人官在上，嫁了个知县七品郎；自幼儿生来把福享，千金玉体三姑娘；但愿郎君官星旺，富贵荣华好鸳鸯。（截）（白）翠儿。

翠　儿　太太。

王兰英　看什么时候了？

翠　儿　（看了一下天色）太太，日色正午了。

王兰英　把胡富给我叫来。

翠　儿　是，（出门，向下场门）胡富，胡富。

胡　富　（内喊）哎。

翠　儿　快来，太太唤你哩。（进门）

胡　富　来了。（上，进门）太太。

　　　　［王兰英不理。

胡　富　太太，唤小人前来，有何吩咐？

王兰英　（傲然的，把富看都不看）现在是什么时候？

胡　富　日色正午了。

王兰英　为什么还不端饭上来？

胡　富　启禀太太，老爷会客，等老爷到来，一同用饭。

王兰英　（生气）什么？

胡　富　（吓地）太太。

王兰英　什么老爷回来一同用饭，你家老爷要是今天不回来，难道教我等到明天不成？

胡　富　小人不敢。

翠　　儿　不管老爷回来不回来，你快给太太端饭去，去！
胡　　富　是。（下）
王兰英　哼！啥东西！
翠　　儿　太太不要生气，他们这些人有眼无珠，心里只就是个老爷，（说着，另放一把椅子）太太坐在这里用饭。
　　　　　〔王兰英移坐。
翠　　儿　（取一块花单子，给兰往胸前披）太太，这饭单上的花儿是我绣的，你看好不好？
王兰英　（看了一下饭单上的花，这才稍微把沉恼的脸色转变了一些）还好，就是花儿有点少了。
翠　　儿　对，那我明天再绣上几朵菊花，那就更好看了。
王兰英　我不爱菊花，我爱红玫瑰。
翠　　儿　对，再绣几朵红玫瑰。
　　　　　〔胡富端饭上，只用一个盘子，内放酒杯酒壶就代表了。把盘子放在桌上，侍立一旁。
王兰英　（向盘内看了一下，很不乐意地）过来过去，就是这几个菜。
胡　　富　太太，我常吩咐厨子多变花样呢。
王兰英　青蛙变鳖哩，越变越难看。
胡　　富　太太，给你做饭的厨子，在此地要算是第一的。
王兰英　（冷笑）我没见过啥。
胡　　富　太太，厨子是有名的。他做的饭很好。
王兰英　（生气拍桌）不要你多嘴！（把胸前饭单一把摔在地下）端下去，我没有福气吃你这好饭！
翠　　儿　（把饭单捡起来）胡富！你少说几句！
胡　　富　（跪下）太太，小人有什么不对的地方，尽管指教。
　　　　　〔王兰英不理不语。
胡　　富　太太！太太！
王兰英　我问你，难道世上就是个猪肉羊肉，海参鱿鱼，再就没啥吃咧？！
胡　　富　太太，这是因为流寇扰乱，四路不通，再好的山珍海味，这地方来不了，花钱多少，着实买不到。
王兰英　哼！我娘家那里什么都有，偏就是你们这里什么都买不到。
胡　富　太太，知县衙门，比不得知府衙门。知府衙门官大路宽，自然什么都方便。
王兰英　住嘴！买不起就说买不起，不愿意买就说不愿意买！
胡　富　太太，小人不敢捣谎。
王兰英　哼！
　　　　［一个凶得不理睬，一个跪下不敢起。
胡荣贵　（高兴地上）（唱）（二六）
　　　　　　练备大人真不错，
　　　　　　他的办法比我多；
　　　　　　催饷三天还不过，
　　　　　　元宝堆下几百颗。
　　　　（截）（进门，先只看见兰和桌上摆的饭，用讨好的态度与口气）太太，你先用饭了。
　　　　［王兰英把胡瞪了一眼，理都不理。
胡荣贵　（愣了一下）太太，谁得罪你，告诉我，我要把他结实地打！（说着向兰走去，碰着富）
胡　富　老爷！
胡荣贵　（生气）你做啥呢？
胡　富　老爷，太太嫌饭不好，我这里叩头请罪。
胡荣贵　太太嫌饭不好，你就该另做一席好饭。
胡　富　老爷，这里买不到山珍海味。
胡荣贵　放屁！买到也要买，买不到也要买，把饭端下去！
胡　富　是。（灰溜溜端盘下）
胡荣贵　（视富的身后骂）混账东西！（转身嬉皮笑脸地走到兰跟前）太太，他不懂啥，你不要见怪。
王兰英　哼！他是老爷的人，我还敢见怪。
胡荣贵　太太，这话下官我实在担当不起，下官有什么不对之处，也请指明教训，打也打得，骂也骂得，下官我决不脸红。（做搬弄样的）哎，哎，（拉兰）太太，你只管骂，你只管打。

王兰英 （把胡觑一眼笑了）看你那个样子。

胡荣贵 （见兰笑了）哈哈……

翠　儿 （也笑了）老爷真有办法，把太太逗笑了。

胡荣贵 这是太太的恩宽。（落座，坐副位）

王兰英 这几天收款收得怎么样？

胡荣贵 好，我正要告诉你，练备大人，能下毒手，三班衙役，都肯出力，银子长出很多，升官发财，就在眼前，令人可喜，哈哈……

胡　富 （内喊："跟我来！"引秀上）不要哭了，见了老爷太太就叩头，记下没有？

田秀贞 记下了。

胡　富 好，等我进去传禀，（进门）启禀老爷太太，他们买了一个丫鬟，在门外侍候。

胡荣贵 教她进来。

胡　富 （出门向秀）进去。（下）

田秀贞 （进门用哭音）与老爷太太叩头。

王兰英 （又生气了）那里的穷妖鬼怪。赶出去！

翠　儿 （踢秀）出去！出去！

胡荣贵 慢着，待我观看。（站起来到秀跟前，审视了一下）这娃打扮起来，一定好看。

王兰英 我不用，我嫌脏呢。

胡荣贵 你不明白，穷人家的女孩子好使唤，翠儿。

翠　儿 老爷。

胡荣贵 带下去，给她换一身好衣服，搽粉抹胭脂，自然好看了。

翠　儿 是。（拉秀，用讨厌口气）看你那穷酸样子，不要哭了，跟我来。（翠与秀下）

胡荣贵 太太，这里不凉爽，你我到楼上用膳。

王兰英 （气得把身脸转过，几乎背向胡了）什么事都由你着哩。

胡荣贵　哎，又生气了，又生气了。来来来，我给你捶背。

　　　　（说着给兰捶背）

王兰英　（推开胡）不要脸！（下）

胡荣贵　对对对，我不要脸（跟兰下）

第四场　碰　石

田占彪　（内叫尖板）（唱）官府抓人太可恨，

　　　　（紧张上）（流水）

　　　　　　　棒打绳拴不容情，

　　　　　　　急急忙忙往回赶，

　　　　　　　见了母亲（截）说分明。

　　　　（进门）母亲！母亲！

田　母　（慌张上）什么事？什么事？（跌倒）

田占彪　（扶起母）母亲不好了！

田　母　什么事？

田占彪　官府行凶，到处抓人，咱们赶快逃走。

田　母　这……这逃出去，如……如何得了！

田占彪　母亲，说走便走，不敢等待了。

田　母　（两手抓占）儿呀！你听我说，你……你不要管我，赶快逃走！

田占彪　孩儿逃走留下母亲一人，就要饿死。

田　母　儿呀，我快六十的人了，活够了，死了不要紧。

田占彪　母亲不要那样说，孩儿把你背上逃走。

田　母　哎！我不去，你快去！

田占彪　（急得）母亲！我们不能多讲话了，马上就去！（说着硬把母背起来，刚出了门转半圈）

明兵子　（手拿明晃晃大刀一口，左手拿绳一条，奔上挡住）哪里走？

　　　　　［田占彪将母放下，头抖。
练　备　（上，看见情况）绑起来！
田占彪　这是为什么？
明兵子　（连打几个耳光）不准说话！
田　母　老……老……（往上走）
明兵子　去！（推母一掌，捆占）
　　　　　［田占彪几乎跌倒，吓呆了，抖头。
　　　　　［曹拉民一、民二，上。丑在后押着。民二有须。
练　备　怎么短了一个？
丑　　　跑咧，马上会追回来的。
练　备　哼！（向民）杀死几个，你们才晓得王法厉害。（向一）把那一个也捆在一起。
子　　　是！（将占与其他人捆在一起）
刘　熊　（拉一逃民，内喊："走！再不走，把你一刀砍了。"拉上）练备大人，抓住啦。
练　备　把狗日的给我砍了！
逃　民　（跪下祈告）老爷！老爷！饶命！我再不敢跑了。
练　备　哼！死罪饶了，活罪难免。（向子）给我割下一个耳朵来。
子　　　是！（举刀砍了逃民一个耳朵）
　　　　　［逃民大哭大叫，打滚，满脸血。
　　　　　［吓得新兵只是哭，母吓得躲在后边不敢看。
练　备　拉下去！
　　　　　［子拉逃民，刘拉其他新兵，丑在后，曹难受地跟着，练压后，往下走。
田　母　（见人拉占走，扑上去拉练备）老爷！
练　备　（一脚将母踢倒）滚蛋！（下）
田　母　啊哟！（跌倒）
　　　　（唱）（阴司慢板）
　　　　　　拉我儿把人的心疼烂，

一家人到如今留我身单；
强打了（转板）精神睁开眼，（跑起左右看）啊哟！（起立）（流水）不见我儿在哪边；哭了声占彪儿难得相见，（拉喝场）那……那是占彪儿，娘……娘的儿，哎……若要相逢难上难；背地里我把皇上骂，无道昏君把人杀；今日杀明日战，又要人来又要钱；到如今只丢我一人在，孤苦伶仃实可怜；越思越想短见，倒不如碰墙头，唉！死也心甘。（用力碰墙，倒地而死）

[上两个老汉。

吴老汉　（唱）（二六两句截）耳听有人放声哭，
常老汉　（接唱）急忙上前问根由。
吴老汉　老兄。
常老汉　老兄。
吴老汉　官府把占彪抓走了，老婆哭了一阵没声了，你我进去看一看。
常老汉　我也觉得有点不对，咱们进去看一下。
常、吴　（进门，见状吃惊，弯腰叫）占彪妈，占彪妈……
吴老汉　哎！说不对就不对，她当真给自尽了！
常老汉　哎！黎民百姓快要死完了！
吴老汉　老兄，（走在常跟前）咱们向这一带的左邻右舍凑几个钱，把老婆埋了。
常老汉　对。
常、吴　（望天作揖）老天！老天！保佑闯王快快到来，拯救万民！

[二人下。

第五场　探　报

[李自成的侄子李过，始终跟随自成东打西杀，少年有为，精明果断。穿白色紧身靠，戴白色英雄帽，披白底花袍，趟马上。

李　过　（唱）（尖板）昼夜不停快如风。（一句停）
（白）俺，李过，李闯王营下为将。奉了闯王之命，打探军情，得知张献忠攻陷四川几个州县，打得官兵手忙脚乱。川边陕南一带，官府横征暴敛，百姓甚苦，不免回得营去，即刻报与闯王得知，就此马上。（叫板）哎，加鞭了。
（接唱）（流水）急忙回营报军情；
　　　　　　马上加鞭往前进，
　　　　　　见了闯王说分明。（下）

第六场　传　令

　　〔刘宗敏，自成帐下大将，铁匠出身，勇力过人，虽然忠实憨厚，但因修养不足，常有蛮干自恃之病。自高自大，自以为有功，闹独立，违反纪律不在乎。穿黑靠，黑胡须脸青黑。起霸上。
　　〔田见秀白靠黑须粉面。起霸上。
　　〔李过与马维兴拉短身靠架子双上，四人齐报名。

刘宗敏　大将刘宗敏。
田见秀　田见秀。
李　过　李过。
马维兴　（无须，脸色青绿，带有凶残之气，穿绿色紧身靠，戴绿色英雄帽）马维兴。
刘宗敏　请了。
其　他　请了。
刘宗敏　大王开帐，我们两下侍候了。
　　〔升帐乐起，四将两边侍立，先上四兵，拿长刀，再上四兵拿长柄刀，兵丁都是红包巾，白圆点花，黑短衣白边，黑白裹腿，麻鞋或牛鼻鞋。

李自成　（高鼻大眼，颧骨突出，须发丛茂，貌甚魁威，声音洪亮。头戴英雄盔，身穿鱼白上马衣，绿裤薄靴，披素斗篷，腰挂宝剑，有武士慷慨磊落之风度）（上）

（念引子）恨大明君臣无道，
　　　　　与义师拯救万民。

（坐帐诗）自幼贫穷在家乡，
　　　　　饥寒冻馁恨朝纲；
　　　　　为除残暴率兵将，
　　　　　千万黎民上战场。

（白）俺，闯王李自成。陕西米脂人氏，自幼家中贫穷，饥寒冻馁。可恨大明君臣无道，苦害良民。是我为民诉苦，知县贼官将我逮捕，全凭好人相助，越狱逃走，投奔舅父高迎祥，率民起义。我与昏君崇祯苦战一十二年，所到之处开仓济贫，铲除贪官污吏，为民除害。昨日李过打探军情回报，言说张献忠在四川抢州夺县，杀得官兵手忙脚乱。官府剿饷之外又加练饷，苛捐暴税，黎民痛苦不堪。不免唤众将进帐，商议军机，来，众将进帐。

众　兵　大王有令，众将进帐。
四　将　呔！众将告进。（进帐）参见大王。
李自成　收礼，站下。
四　将　啊！大王，唤我等进帐，哪路有差。
李自成　众将哪知，李过昨日探得军情回来，因之唤你们进帐，商议行兵之策。
田见秀　但不知军情如何？
李自成　李过。
李　过　在。
李自成　将军情报与众将得知。
李　过　遵命，诸位将军请听：（念诗句两句一顿）末将领命去侦探，穿山越岭度重关。献忠四川略州县，杀得官兵心胆寒；大明又来增饷款，到处百姓更可怜；黎民受苦千千万，单等闯王救命还。

刘宗敏　大王，这一晌待在军中，浑身发痒，就该传一支将令，待俺杀下山去。

李自成　刘将军言之有理，乘此官兵忙于四川，我们急速发兵，进攻陕南川边一带，拯救万民，众将意下如何？

众　将　情愿前去。

李自成　好！你们站东列西听我一令了。

（唱）（带板）坐宝帐闯王传将令，

大小三军听号令；

大明无道害百姓，

众家兄弟救黎民。

刘宗敏。

刘宗敏　在！

李自成　（接唱）率兵打前阵。

刘宗敏　（兴高采烈地大喊一阵）啊啦……得令！马来马来马来。

〔闯兵甲与敏递马。

〔刘宗敏上马威风下。

〔闯兵乙随敏下。

李自成　（接唱）再叫见秀上前听。

田见秀　在！

李自成　（接唱）你带领人马去接应。

田见秀　得令！马来。

〔闯兵丙与田递马。

〔田见秀上马。下。

〔闯兵丙、丁随田下。

李自成　（接唱）要把大明一马平，

二位将军先莫动，

随着大王压后营。（截）

马维兴　（闯每次传令，都想扑上去，都落了空）大王，众将出马杀贼立功，为何不让我前去！

李自成　将军不必性急,随军征杀,何愁无用武之地,呔!众将官,带马即刻动身。

［闯兵戊给过递马,已给闯递马,庚给马递马,然后四兵向下场门排列胡同,将帅兵丁依次下场。

第七场　待　援

胡荣贵　(内叫尖板)(内唱)听一言来胆战惊,(慌张上)心锤儿扑通扑通地跳不停;急忙我把练备请,请出大人说分明。
　　　　(截)练备大人!练备大人!

练　备　(急上)什么事?!

胡荣贵　不好了!不好了!

练　备　什么事?

胡荣贵　这……这简直是天上降……降下来的!

练　备　什么事?快讲明白。

胡荣贵　人……不知,鬼……不觉来……来了!

练　备　什么来了,快讲!

胡荣贵　闯王来……来了!

练　备　(警)嗯!到什么地方了?

胡荣贵　他……他们说离……离这里才几十里。

练　备　啊哟!这便如何是好?!

胡荣贵　这……这一带并无兵……兵将,不……不得了了,不得了!

练　备　该想个什么办法?(想)

胡荣贵　快……快想办法,快想办法!

练　备　事到如今,赶快让全城黎民百姓,同新兵一起防御,死守此城。

胡荣贵　啊哟!闯……闯贼厉害,守……守不住,守不住!

练　备　督帅杨大人率领大兵,在这陕西、湖北、四川三省交界之地,他若知道闯贼到了此地，一定会前来追杀。
胡荣贵　赶……赶不上，如何是……是好！
练　备　我们守城在上边，他们攻城在下边，守他个半月二十天，也就对了。
胡荣贵　这……还有，黎民百姓恨……恨我们，怕……怕不……不好好守城哩！
练　备　不要紧，有我带领新兵，哪一个不听命令，开刀便杀，谁敢违抗！
胡荣贵　大……大人，这……这就要全……全靠你……你了。
　　　　〔忽听战鼓声，二人惊怕。
胡荣贵　妈呀，来了！赶……赶快上城。
　　　　〔二人慌张急下。

第八场　进　攻

〔四兵奔上，硬砸门。
刘宗敏　（上）刘宗敏，奉了大王将令，攻打此地，来到城下，待我传令，呔！众将官！
四　兵　有！
刘宗敏　将这座城池与我——团团包围。
　　　　〔四兵如搜门式巡视一遍下。

第九场　兵　变

〔民一、占捧腹饥饿上，身上还如被抓时，只是多穿了一件红背心，二人各持短刃。
田占彪　（唱）（二六）每日不能吃饱饭。

民　一	（接唱）挨打受气太可怜。
田占彪	（接唱）怀恨在心怒满面。
民　一	（接唱）闯王到来我喜欢。
	（截）（白）占彪，你唤我到此，有什么话讲。
田占彪	咱们每天挨打受气，连一顿饱饭都吃不上，如今又要白天晚上守城，难道硬硬等死不成。
民　一	我心里有一个盼望哩。
田占彪	盼望啥哩？
民　一	（看两边）盼望闯王早一点儿进城来，咱们就有救了。
田占彪	听人说闯王也是穷人出身，走到处开仓济贫，杀死贪官污吏，与民除害。我们就该想个办法，把闯王迎进城来，才能报仇雪恨。
民　一	你说得很对，就怕人心不齐，董下乱子就不得了。
田占彪	你看新兵家里，都教官府迫害，人死财散，如今又受罪受饿，我想大家会齐心的。
民　一	哎哟！我不放心，百姓百姓，人心隔肚皮，谁知道咻是怎么想法。
田占彪	无论什么事，都要有人敢出头，才能干起来，你我就该暗暗和大家商议，都是可怜人，不会有什么乱子，纵然出差，死也心甘！
民　一	好，你有胆量，难道我就不敢，就这样办。
田占彪	如此甚好，你我分头找人，须要小心。
	［在暗鼓声中，占由下场门下，民一由上场门下，接着占引民二上，民一引民三上。双方互相耳语，各有表情，慢慢都走到前台。
田占彪	众位情愿不情愿？
众	情愿！
田占彪	好，我们再细细地商量一番。
民　三	说干就干，商量什么，马上开城！（说着要走）
田占彪	（阻民三）慢着，不敢莽撞，听我讲来。伍长对咱还好，什长太恶，练备最坏。咱将伍长请来，要他跟咱们一路走。
民　三	倘若不从，岂不坏了大事？
田占彪	倘若不从，将他捆绑起来，然后将练备、什长骗到这城楼上，用刀砍

死，联络百姓开了城门迎接闯王，诸位觉得好不好？
众　　好！
民　三　我给咱请伍长去。（开步）
田占彪　（抓住民三）记着，就说有军机相告。
民　三　记下了。（下）
田占彪　（向其他）今日之事，说干就干，不能三心二意。
众　　听你吩咐！
〔兵丑上，民三随之。
兵　丑　你们唤我出来，有什么军机相告？
〔众愕然，面面相觑无语。
兵　丑　（加疑）到底有什么话讲？
田占彪　（挺身而出）伍长！闯王乃仁义之师，为民除害，我们大众不愿守城，念你平日待我们甚好，因此不忍加害，请你跟我们一同造反。
兵　丑　哎，这个……（犹豫）
田占彪　（持刀逼近一步）伍长！
〔众亦持刀围逼。
田占彪　你是明白之人，此话讲出非同小可，要你马上回答。
〔兵丑看众。
众　　讲！
兵　丑　也罢！我也看不惯这些贪官污吏，情愿跟随大家。
众　　伍长是好的！
田占彪　（向民三）你叫练备、什长快来城楼，就说伍长有大事相商。
民　三　好。（下）
田占彪　伍长，霎时他们到来，你也得动手。
兵　丑　自然要动手。
众　　好，伍长！
〔练备，兵子，民三上。
练　备　（向兵丑）有什么大事相商？
〔兵丑猛不防，不知说什么好。

练　备　（见众都在，生气地）哎！你们为什么都集在这里，赶快守城去！
兵　子　赶快去！
田占彪　请问，我们是为谁守城？
练　备　（吃惊，大怒）你这是什么话？嗯，你这是什么话？！（逼问占）
田占彪　（大喊）杀！（刀随声下）
　众　　（齐大喊）杀！
　　　　［连兵丑在内，一齐举刀将练备、兵子砍倒，杀了一阵。
田占彪　众位英雄！
　众　　在！
田占彪　此地不可久待，马上纠合百姓，大开城门，迎接闯王！
　众　　迎接闯王！
　　　　［各位所带兵刃，紧张欢呼喊"杀！"而下。

第十场　进　城

　　　　［台左方立布城，门紧闭，一阵呐喊骚动，城门被打开。拥出占，民一、二、三，兵丑，吴，常。众人高声呼"迎接闯王"等口号。
　　　　［四兵奔上，严阵排列，敏紧张猛上，众跪下，继续喊口号。
刘宗敏　诸位父老不必下跪，站起来哈……
　　　　［众起立，欢笑望敏。
田占彪　请问将军，你可是救民的闯王？
刘宗敏　我家大王还在后边。
田占彪　将军哪一位？
刘宗敏　我是闯王帐下大将刘宗敏。
　众　　噢！原来是刘将军。（打躬）
田占彪　我们新兵起义，斩了练备，联络百姓，打开城门，迎接将军进城安民。

刘宗敏　　大家都是好的！但不知城中还有坏人无有？
田占彪　　贼官知县还在城内未动。
刘宗敏　　如此不敢迟延，小心走了狗官。你叫什么名字？
田占彪　　我叫田占彪。
刘宗敏　　噢！田义士，你们人熟地熟，留下一半看守城池，我们也留下一半人马看守城池，以防不测。
田占彪　　愿受指挥。
刘宗敏　　好！众将官。
四　兵　　在！
刘宗敏　　一半人马把守城池，一半人也随俺进城捉拿狗官！
四　兵　　呵！
　　　　　［群众与敏等一拥进城，又是一阵欢呼呐喊骚动。兵甲、乙，占，民一留下。
闯兵甲　　刘将军留我们看守城池，须要小心。
其　他　　呵！
闯兵甲　　田义士引路，咱们一同上城把守，请。
田占彪　　请！
　　　　　［众齐下。

第十一场　斩　吏

　　　　　［刘、曹慌张喊叫而上，浑身抖颤。
刘　熊　　知县大人！知县大人！快！快……
　　　　　［胡、兰、翠、秀慌张上，都发抖，秀此时的穿戴也很好看了，但没有翠那样华丽。
胡荣贵　　什……什么事？！

刘　　熊　大……大人，不……不好啦，新……新兵造反，斩……斩了练……练备。
胡　　等　嗯！
刘　　熊　他……他们联络百……百姓，打……打开城门。
胡　　等　嗯！
刘　　熊　快……快跑！就……就来了！
胡荣贵　我……我的妈呀！（急得向众，简直说不出话了）快……快跑！（说着自己先要往出跑）
王兰英　（生气地把胡一把拉住）怎么，就是这样随随便便跑吗？
胡荣贵　太……太太，不……不这样跑，再……再有啥……办法？！
王兰英　不，我要坐轿哩。
胡荣贵　哎哟！好！好我的太……太呢，事……事到如今，不……不能坐……坐轿了！
王兰英　不行，我活了这么大，无论远近，但出门就要坐轿子，我非坐不可！
胡荣贵　天……天呀！你……你能把……把我急死！
　　　　［忽听人声喊叫，众大惊。
刘　　熊　大……大人！再……再不走……就完了！
胡荣贵　（拉兰）快……快走！
　　　　［胡、兰刚出门，两边拥上军民，敏抓住胡，兵丙抓住刘，兵丁抓住曹，其余拿刀拿斧的两边密围，兰、翠、秀躲在旁边，缩作一团，呆望，颤抖，不敢动。
刘宗敏　贼官你与我跑！
胡荣贵　（下跪叩头祈告）将军饶命！将军饶命！
刘宗敏　众位父老，这贼官该留还是该杀！
众　　民　该杀！
刘宗敏　（手起刀落）去他娘的！
　　　　［胡荣贵倒地而死。
兵　　丙　这个狗腿衙役，该杀该放？
兵　　众　杀了！

〔此时观众注意转移，胡尸溜下。

兵　丙　看刀！（一刀砍死刘熊）

〔刘熊倒地。

兵　丁　把这狗日的也砍了！（说着举刀）

〔刘尸乘此时观众注意转移，溜下。

众　民　慢着！他是好人，不可杀伤。

刘宗敏　既是好人，不可杀伤。

〔兵丁放开曹。

曹　三　（给敏叩头）谢过大王！（然后与众列立）

刘宗敏　（发觉兰等）呔！这是什么人？！

〔兰、翠、秀，吓得跪下叩头。

曹　三　这是知县的太太、丫鬟。

刘宗敏　你们抬起头来，待我观看。

〔兰、翠抬头，秀没有抬头。

王兰英　（哀告而微笑地）大王，你是好人，饶了我的性命，我情愿侍候大王。

刘宗敏　（一见大喜）站起来，哈……

王兰英　谢过大王。（与翠、秀同起）

刘宗敏　（向兵丙）留你在这里看守，不要难为他们。

兵　丙　遵命！

刘宗敏　众位父老！

众　　　刘将军。

刘宗敏　闯王说话就到，大家出城迎他进城，好也不好？

众　　　我们天天盼望闯王，今日来到，哪有不迎之理。

刘宗敏　好！出城迎接闯王！

众　　　迎接闯王！

〔众与敏下，只剩兵丙、兰等。

兵　丙　你们回到后堂。不准乱跑，哪个乱跑，定斩不饶。

王兰英　我们不敢。

兵　丙　　下去！

　　　　［兰等前行，兵丙后随，兰、翠不时后顾，齐下。

第十二场　欢　迎

　　　　［以新兵与民众为欢迎群众，举长方形旗，上写"闯王万岁""迎接闯王""拯救万民""万民同庆"等标语，依次拥出城门，吴、常一个端盘，内有杯，一个提壶，接着兵甲、乙、丙、丁列队出城门。

李　过　　（趟马上，向众观察一会儿，向四兵）怎样不见刘将军？

四　兵　　有请刘将军。

刘宗敏　　（上）李将军，下马来哈……

李　过　　（下马）刘将军马到成功，令人可佩！

刘宗敏　　小小功劳，何足挂齿，大王何时得到？

李　过　　待我回头一观，（回头翘望）远远望见尘土飞扬，大王立刻就到。

刘宗敏　　大家等候了！

　　　　［兵戊、己、庚、辛奔上，马随之，与过并立。
　　　　［群众登时欢呼喊口号，举标语，八兵亦呐喊，非常壮烈。
　　　　［闯王跨马上，后有一人举大旗随之，上写一个大"闯"。
　　　　［敏与欢迎者下跪，群众欢呼口号。

李自成　　（非常兴奋、愉快）各位父老不敢下跪，待我下马来了哈……（下马，两手搀众）快快请起！快快请起！

　　　　［众起立，吴斟起酒来，常捧盘向闯。

吴老汉　　请大王饮酒三杯，福禄长寿！

李自成　　慢着，我李自成并无德能，各位父老如此相待，担当不起。

吴老汉　　大王剿杀贪官污吏，与民除害，拯救万民，可谓百姓的救星，请饮三杯！

李自成　　自成不敢享受，待我谢天谢地，保佑万民安康！（说着端过酒杯望天一举，然后洒酒于地。将杯放在盘中，向二老作揖辞退。向敏）刘将军。

刘宗敏 在。

李自成 这次出马，旗开得胜，立功非小。

刘宗敏 这是新兵起义，联合百姓，打开城门，迎接大王。

李自成 噢！各位父老兄弟，都是英雄好汉，自成多谢了！（向众作揖）

众 大王进城用膳。

李自成 自成理应进城拜谢各位父老。（向兵将）呔！众将军！

兵众 在！

李自成 大部人马。城外驻下，进得城去，开仓济贫，不准动用百姓一草一木，哪个违令，定斩不饶！

兵众 记下了！

李自成 好！带马进城。（上马）

［此时众又欢呼口号了。

［闯先进，过、马、兵戊、兵己……依次进城，下。欢呼之声，延续在前台无人而后止。

第十三场　谄　媚

王兰英 （愁容满面，上）

（唱）（慢板）王兰英在后堂惊慌意乱，

　　　　　　左思想右盘算心中不安；

　　　　　　见了我笑容满面，

　　　　　　莫非他喜欢我美貌天仙；

　　　　　　跟随贼子谁情愿，

　　　　　　这时候单求命保全；

　　　　　　他来了我还得欢欢乐乐、亲亲热热、好招待，搽粉戴花改容颜；

只是要他心中爱我多方便，

设法逃走有何难；

我这里梳洗打扮把衣换，

摆好了酒宴等他还。

（呼叫）翠儿，秀贞。

[翠、秀上。

翠　儿　（上）（唱）（二六）立坐不安心胆战，

田秀贞　（接唱）闯王来了我喜欢，

翠　儿　（接唱）耳听太太一声唤，

田秀贞　（接唱）急忙上前问一番。

翠、秀　（进门）太太有何话说？

王兰英　这是翠儿，秀贞。

翠、秀　太太。

王兰英　我们如今在患难之中，比不得从前，你们好比我的妹妹，我好比你们的姐姐，三人一条心，黄土变成金。（向秀）秀贞。

田秀贞　太太。

王兰英　我再不打你了，你要听我说。

田秀贞　是。

翠　儿　太太，娃我怕得很。

王兰英　你怕啥哩？

翠　儿　我怕死哩。

王兰英　我想不要紧，白天刘将军见我，他笑容满面，必然心里有意思。他若能容我，你们都能活。

翠　儿　太太，你要好好巴结人家哩。

王兰英　他是强盗贼寇，常常耍刀弄杖，说话就翻眼，翻眼就杀人，你们都要小心。

翠　儿　是。

王兰英　只要你们听我的话，把刘将军哄顺了，咱们就能想办法逃走。有一天

　　　　　回到我娘家知府衙门，咱们都能享福。秀贞。
田秀贞　太太。
王兰英　你快备一席好酒宴。翠儿。
翠　儿　太太。
王兰英　点起灯来，给我梳洗打扮。
翠、秀　是。

　　　　〔在悠闲的丝弦奏音中，秀下，翠点着两支蜡烛，在桌上放好一面镜子，兰对镜顾影，很得意的，翠给兰头上又加了几朵花。
　　　　〔敏带二兵上。

刘宗敏　（靠旗已去，身披大袍）
　　　　（唱）适才我与大王军情议论，
　　　　　　　恨不得一霎时来会美人。
　　　　摆摆手（向二兵摆手）众弟兄回营去吧。
　　　　〔二兵下。

刘宗敏　（接唱）（截）（进门）见美人只觉得心上开花。
王兰英　与将军叩头。
刘宗敏　唉！娘子，快快起来，快快起来哈……
王兰英　谢过将军，（起立，翠亦起立）
刘宗敏　娘子跪前跪后，莫非心里爱我？
王兰英　将军英雄出众，当世奇才，人人敬仰。（瞟目歧视）
刘宗敏　唉！娘子，你讲说什么？
王兰英　我说将军好，我爱将军。
刘宗敏　什么你爱我？
王兰英　我爱将军。
刘宗敏　唉这哈？！……
王兰英　我与将军准备一席酒宴，请将军饮酒。
刘宗敏　什么，有酒？
王兰英　有酒。
刘宗敏　好，今天跟美人吃酒，多喝他娘的几杯。

王兰英　如此将军请坐，秀贞。
田秀贞　（内应）有。
王兰英　（叫花音二六）摆酒来。
　　　　（唱）忙吩咐丫鬟摆酒宴。（坐宝位）（绕）
　　　　［田秀贞端酒盘上，摆在桌上，两边放好酒杯，将酒斟好，侍立一旁。
　　　　［敏、兰各饮一杯，以后敏干一杯，兰斟一杯。
王兰英　（再亲自给敏斟酒，接唱）
　　　　　将军听我把话言：
　　　　　将军本是英雄汉，
　　　　　兰英我心中真喜欢。
刘宗敏　（高兴得发狂了，大笑）
　　　　（唱）（带板）丢去了小杯（摔小杯）换大碗。（指翠）
　　　　［翠儿连忙端来一个碗放在敏前。
　　　　［王兰英将酒倒干。
刘宗敏　（接唱）越看美人越喜欢，张大了虎口往下咽。（起立，一双脚放在桌上，两手捧碗，张开大口，一饮而尽。饮毕，有点昏沉沉了）（截）霎时间只觉得水上流船。唉……（醉了）
王兰英　将军再饮几杯。
刘宗敏　喝够了，不想喝了。
王兰英　如此将军上床安眠。
刘宗敏　好好好，（两手招翠、贞。颠颠倒倒地）扶我上床哈……
　　　　［翠、贞扶敏，兰在后表示讨厌，齐下。

第十四场　相　会

田占彪　（已成为军官了，上）
　　　　（唱）（二六）闯王兵真来有威望，

　　　　　　　百姓个个喜洋洋，

　　　　　　　但愿从此打胜仗，

　　　　　　　推倒大明落安康。

　　　　（截）我，田占彪，听说妹妹现在刘将军公馆，不免去到那里相见，唉！兄妹们难免一场痛哭了！

　　　　（唱）母亲碰死实可伤，

　　　　　　　兄妹相见哭一场；

　　　　　　　观见门内（往下场门处看）有兵将，

　　　　　　　唤一位弟兄细商量。（截）

　　　　（向下场喊）哪位弟兄到这边来。

一　兵　（闲兵哪一个都可以，上）讲说什么？

田占彪　刘将军公馆里，可有一位女子，名叫田秀贞？

一　兵　她在这里，你有何事？

田占彪　我叫田占彪，她是我的同胞姐妹，请你回去传禀，就说我要相见。

一　兵　随我来。（引占转一圈，进门）这是客厅，就在这里等候，她就来了。

田占彪　噢！麻烦你了。

一　兵　不要客气，你我都是闯王的弟兄。（下）

田秀贞　（内叫尖板唱）忽听兄长来相见，（上）想起了亲人我心内酸；（擦眼泪）擦干了眼泪把兄见。（进门）

　　　　［二人一愣，相视少许。

田秀贞　你，你是哥哥？

田占彪　你，你是妹妹？

田秀贞　哥哥！

田占彪　妹妹！

　　　　［二人放声大哭。

田秀贞　（接唱）一见哥哥泪不干，

　　　　　　　　问哥哥母亲在不在。

田占彪　（接唱）妹妹莫哭听我言，

　　　　　　　自从那日把你卖，
　　　　　　　母亲每日泪不干。
　　　　　　　有一天贼官兵怒气满面，
　　　　　　　拉我当兵离家园；
　　　　　　　一双儿女都不见，
　　　　　　　头碰墙后她……她丧黄泉。
田秀贞　噢！（跌倒）
田占彪　（扶秀）妹妹！妹妹！
田秀贞　（唱）（尖板）听罢言来浑身颤，（流水）
　　　　　　　　　好似钢刀把心剜，
　　　　　（占、秀同放声大哭）哭了声老娘难得见，（扯喝场）
占、秀　（同唱）那……那是母亲，
　　　　　　　　　可……可怜的老娘，
　　　　　　　　　哎……想见面难上难。
田占彪　（接唱）多亏闯王来得快，
　　　　　　　　　为兄斩了狗军官；
　　　　　　　　　从此世事要改变，
　　　　　　　　　再也不会受可怜。（截）
田秀贞　（哭）罢了母亲！
田占彪　妹妹不必啼哭，如今闯王进城，万民同庆，我跟随众家英雄杀贼，你在这里好好侍候刘将军，我们从此以后，再不愁吃愁穿了。但不知他们待你如何？
田秀贞　刘将军未来以前，他们常常将我随便打骂，自从刘将军到来，太太打算逃走，对我要好，想让我同她一条心。
田占彪　妹妹，你就该将此事告诉刘将军。
田秀贞　刘将军同那女人，每日吃酒欢乐，不离左右，我不敢开口。
田占彪　妹妹，刘将军乃是闯王帐前第一大将，他替咱们报仇，是咱们的恩人，你要小心。倘若那女人有啥不良之意，千万不敢隐藏，有话就说，牢牢记下。

田秀贞　刘将军脾气不好，我有些害怕，哥哥的话我记下了。

田占彪　记下了好，为兄有公事在身，改日再见，我就去了。

田秀贞　哥哥常来看我。

田占彪　自然要来的，妹妹请回。（出门，下）

田秀贞　（送占、叫板）嗯！

　　　　（唱）（二六）秀贞心中细思量，

　　　　　　　　　　那女人本是坏心肠，

　　　　　　　　　　刘将军爱她我不敢讲，

　　　　　　　　　　这甚事倒叫我难得下场。（截下）

第十五场　调　兵

　　　　［猛如虎盔靠整齐，脸色青红，红张口，起霸上。

　　　　［陈洪范盔靠整齐，本色脸，黑三绺，起霸上。

猛如虎　（报名）总兵猛如虎。

陈洪范　（报名）陈洪范。

猛如虎　将军请了。

陈洪范　请了。

猛如虎　督师升帐，你我两厢侍候。

陈洪范　请。

　　　　［四兵：寅、卯、辰、巳举标旗依次上；又四兵：午、未、申、酉举龙旗依次上。

杨嗣昌　（黄蟒，黄靠，帅盔，奸雄脸，黑满口，坐帐）

　　　　（念）位列大臣掌兵权，

　　　　　　　满朝文武谁敢言；

　　　　　　　统率各路兵和将，

　　　　　　　不灭流寇誓不还。

（报名）俺，剿贼督帅杨嗣昌。崇祯驾前为臣，只因前督熊文灿战流贼不胜，崇祯大怒，将他下狱论死，因之奉王旨意，统率各路兵将，剿灭流寇。是我追杀张献忠，将儿赶走，可恨闯贼李自成，盘踞陕南川边一带，这贼胸怀大略，不可小量，若不剿灭，终为大患。我已令人侦察敌情，为什么还不见到来。

报　子　（将巾，就褂，小丑模样。内喊"报！"上）

（念）探得军情事，报与杨督师。

杨嗣昌　站下。

报　子　呵。

杨嗣昌　命你侦察敌情，怎么样了？

报　子　大人容禀，闯贼盘踞陕南川边一带，贼军大将娶妻纳妾，贪酒作乐，士兵游游荡荡，不见操练。

杨嗣昌　什么，贼军大将娶妻纳妾，贪酒作乐，士兵游游荡荡，不见操练。

报　子　正是。

杨嗣昌　（狂喜）哈哈，嘿嘿，这……哈……

报　子　元帅发笑为何？

杨嗣昌　是你非知，贼军娶妻纳妾，贪酒作乐，本帅我正好将儿一扫而剿灭。

报　子　元帅，末将我有计献上。

杨嗣昌　你有何妙计？

报　子　元帅，（看两边）这耳目甚众。

杨嗣昌　嗯，明白了，（向众）左右暂时避过。

兵　众　呵！（背站）

杨嗣昌　（向报）快快讲来。

报　子　元帅容禀，闯贼大将刘宗敏，宠爱知县胡荣贵之妻王兰英，王兰英乃知府大人之女，小人侍候王大人多年，同那王兰英相识，小人情愿设法去见王兰英，要她劝说刘宗敏投降，若能成功，李自成大势已去，何愁不灭。

杨嗣昌　计倒是好计，你有此胆量？

报　子　小人敢去。

杨嗣昌　好！若能成功。大家有功，少将听令。

报　子　在。

杨嗣昌　命你乔装打扮，混在贼将刘宗敏营中，刘宗敏若肯投降，大大有功；刘宗敏若不投降，设法将儿害死，也算大功一件，马上就去。

报　子　得令。（下）

杨嗣昌　左右。

　　　　〔众应，众将进帐。

猛、陈　呔，告进，参见大人。

杨嗣昌　站下。

猛、陈　呵，大人将我等唤进帐来，哪路有差？

杨嗣昌　适才探子报到，言说李自成盘踞陕南川边一带，军中大将娶妻纳妾，贪酒作乐，士兵游荡荡，不见操练。我想闯贼必然不知四川张献忠退下，安然无虑，不做准备，正好一鼓剿灭。

猛、陈　大人高见，若有分派，愿从军令。

杨嗣昌　如此甚好，我即刻行文调动河南、四川、陇东各地总兵，暗暗从东南西将贼包围。你二人兵分两路，由北南下，将闯贼四面团团包围，量儿飞走不脱。

猛、陈　我等情愿前去。

杨嗣昌　二将听令。

猛、陈　在。

杨嗣昌　你们各带人马，兵分两路，人低声，马摘铃，不分昼夜，紧急行军，会同各路总兵，将贼包围，一鼓消灭，违令者斩！

猛、陈　得令，马来。（二人上马，猛由下场门下，兵寅、卯随去，陈由上场门下，兵辰、巳随之）

杨嗣昌　众将已去，不免即速调动各路总兵，剿灭群贼。（发狠地）我可莫说李自成，闯贼！儿有多大本领，竟敢消闲无事，这一回杨老爷将儿团团包围，内外夹攻。若不将儿生擒活捉哪，哎，誓不为人也！

　　　　（唱）（带板）骂一声李自成儿好大胆，（离帐位）

　　　　　　　　儿焉敢不准备游荡安闲；

这一次暗调兵灵机应便，

不杀贼杨老爷誓不生还。

［四兵侍立护卫，杨下，四兵依次下。

第十六场　转　移

［闯带四兵上。

李自成　（唱）（慢带）杨嗣昌各路调兵将，

四面包围要提防；

将身儿打坐中军帐，

众将到来细商量。

［田、马上。

田占彪　（唱）大王有令把我请，

马维兴　（接唱）（截）进了宝帐问分明。

田、马　参见大王。

李自成　收礼，坐下。

田、马　谢坐。

李　过　（气愤愤地上）（念）可恼刘宗敏，贪酒误军情。（白）大王！刘宗敏酒醉昏昏，卧床不起。

李自成　什么，刘宗敏酒醉昏昏，卧床不起？

李　过　正是。

李自成　难道他敢不来？

李　过　是我再三催促，他才动身。

李自成　这就不对了。

李　过　大王！刘宗敏身为大将，大部人马由他所管，每日吃酒作乐，士兵不操练，耽误军机大事，如今我大军被人包围，就该问罪。

李自成　哎，事已如此，只有先议御兵之策，然后从长计议。

刘宗敏　（披袍，萎靡，上）（念）正在抱头睡，偏要议军情。参见大王。
李自成　坐了。
刘宗敏　谢坐。
　　　　〔其他三将互相谨让，独敏大模大样落座，过、马见之，有不平之气。
李自成　众位将军。
众　　　大王。
李自成　只因我们疏忽大意，奸贼杨嗣昌，暗暗调动各路兵将，四面包围而来。因此请来你们，共同商议应付之策。
刘宗敏　咳！这今日跑，明日战，何日才能推倒大明？
李　过　刘将军！你身为大将，饮酒贪杯，耽误军事，侦察不明，防备不周，到了如此境地，竟然敢在大王面前出丧气之言，真正岂有此理！
刘宗敏　（怒）李过，小孺子！想我身为大将，百战百胜，只喝几杯烧酒，你提来提去，难道教我怕你不成。
马维兴　呔！刘宗敏！你每天抱着老婆睡觉，误了大事，还敢口出大言，俺便不服！
刘宗敏　你是什么东西，焉敢多言！着打！（说着上前扬拳要打）
马维兴　说打便打！（也上扬拳相迎）
李自成　（生气起立）走！
　　　　〔敏、马拱手侍立。
李自成　宝帐之内，岂容尔等抢锤打架，（坚决果断，非常愤慨地）众将听令！
四　将　（起立拱手）在！
李自成　事关紧急，此地不能停留，各路军马，轻装速快，即刻向东撤退，明日鱼腹山会齐，分兵拒敌，军法严重，违令者斩！（说毕，瞪视众将一会儿下）
　　　　〔敏瞪过、马，过、马亦瞪敏。众依次下，敏表示非常气愤而不愉快。

第十七场　离　间

王兰英　（上）（唱）（二六）
　　　　　王兰英背地里微微笑，
　　　　　听说官兵来到了；
　　　　　白天晚上等机会，
　　　　　脱离了强盗向外逃。

翠　儿　（上）（唱）（二六）
　　　　　太太命我找百姓，
　　　　　问下地方好藏身；
　　　　　这里的百姓一个一个都把闯王当神圣，
　　　　　我不敢开口把话明。（截）太太。

王兰英　你回来了？

翠　儿　回来了。

王兰英　老百姓哪一家可靠？能让咱们藏身躲避。

翠　儿　我出去找了好几家老百姓，他们口口声声闯王好，闯王好，把闯王亲热得跟自己人一样，藏身之事，我连提也不敢提。

王兰英　哎！这怎么办，咱们早不能逃脱，你看官兵来了，我最怕闯贼这里待不住，东奔西跑，山高路远，苦得要命，那我就不得活了。

翠　儿　太太，他们要走的话，你教他们把你留下，咱们就有办法。

王兰英　哎！刘宗敏讨厌万分，把我缠得紧紧地，一时都不离开，他还能把我留下。

翠　儿　太太，我看刘宗敏肯听你的话，你哭得不去，他就会留你的。

王兰英　你才是个傻瓜，刘宗敏见我对他好，因之听我的话，要是我不愿跟他去，贼娃子生了气变了脸，娃呀，（叫板）他说话就会杀人的。

翠　儿　哎！那我也就没办法了。

王兰英　（唱）（二六）听罢言来心烦闷，
　　　　　　　　　　一时不能脱牢笼。
　　　　　　　　　　怕只怕贼子把我引，
　　　　　　　　　　那时间活活地急煞人。
报　子　（黑道袍，毡帽，上）
　　　　（唱）（二六两句截）
　　　　　　　奉了督师机密令，
　　　　　　　乔装打扮到贼营。
　　　　（白）我，余向荣，奉了督帅杨大人之令，假装王兰英表兄，来在刘宗敏营下探亲，设法劝说刘宗敏投降，前门让我进来，来在后院，（看）待我喊叫翠儿。翠儿，翠儿。
　　　　［兰、翠听音一愣。
翠　儿　太太，有人叫我呢。
王兰英　我也听见啦。
翠　儿　口音熟熟的。
王兰英　快去看他是谁？
翠　儿　是，（出门）谁叫我呢？
报　子　你是翠儿？
　　　　［翠儿一愣，审视之。
报　子　你连我也认不得啦？
翠　儿　噢，你是余向荣，快快进来，快快进来。
王兰英　噢，向荣来了。
报　子　（随翠进门，向兰行礼）姑娘见礼了。
王兰英　快快坐了，快快坐了。
　　　　［翠儿连忙给报子放凳子。
王兰英　梦也梦不到你会来的，真是大喜。你是怎样来的？
报　子　知府王大人，惦念姑娘，让我到处访问，是我假装你的表兄，前来投亲，但不知姑娘可好？
王兰英　（长叹）哎，好啥哩，为了留一条活命，勉强跟随贼子，千愁万绪，

	恨不得插翅脱逃。
报　子	姑娘，听说刘将军待你甚好，为什么还想脱逃？
王兰英	你讲这话，我就不明白，想我是千金玉体，岂肯跟随贼人强盗受罪。
报　子	（遮手表示满意）姑娘，我有机密大事相告。
王兰英	有话就讲。
报　子	嗯？（目视翠）
王兰英	（见状也看翠）
翠　儿	（随机应变）太太，你们谈话，我到后边搞饭去。
	（拟走）
王兰英	不要走，都是自己人，快快讲来。

〔报子示意门外。

〔三人出门分两头看毕。

王兰英	翠儿站在门外留神。（兰、报子进门）
翠　儿	是！
王兰英	四下无人，快讲。
报　子	姑娘！我不是从知府大人哪里来的。
王兰英	你从哪里来的？
报　子	只因我爱习拳棍，知府大人把我举荐在督师大人帐下使用。是我奉了杨大人密令，前来见你，劝说刘宗敏投降，若能成功，闯贼不战自灭，那时你我升官发财，享不尽荣华富贵。
王兰英	刘宗敏忠心闯王，我不敢开口。
报　子	现在杨督师暗暗调动各路大军，将贼团团包围，我们不敢性急，先要挑拨离间，要他将帅不和，单等贼兵到了危急之处，那时再开口，管保成功。
王兰英	你说得很对，只是今日闯贼请刘宗敏议论军情，倘若他们马上要离开这里，这便如何是好？
报　子	他们若离此地，必然从小路而走，你要向刘讨好，要求推车坐轿，从大路行军，这样刘宗敏犯了军令，一步一步就来了。
王兰英	（想了一想）嗯，我自有办法。

报　子　但不知将我如何处理？

王兰英　你要侍候我们，不离左右，难免委曲一时了。

报　子　只要成功，这有何妨。

王兰英　好，附耳来。

　　　　［报子走进兰身。
　　　　［王兰英向报子耳语。

报　子　（点头）（内兵呐喊）（连忙进门）太太，刘将军回来了。

　　　　（王兰英向翠耳语）（翠引报子下后又上）（敏气愤愤地带二兵上）

刘宗敏　（唱）（带板）宝帐里众将把我骂，

　　　　　　　　　气得人阵阵咬钢牙；

　　　　　　　　　回营来只得把令下，

　　　　　　　　　我不敢无故地（截）抗军法。（摆手）

　　　　［二兵下。
　　　　［刘宗敏进门。

王兰英　（起立迎上，笑容可掬）将军回来了。

刘宗敏　（无精打采地）回来了。

王兰英　将军请坐。

　　　　［刘宗敏无语，落座，低头。
　　　　［王兰英见状狐疑，示意翠。
　　　　［翠儿急忙端上茶来，跪在敏身前，举手捧之。

王兰英　将军请来用茶。

刘宗敏　我不想用，端下去。

　　　　［翠儿起立，将盘放在桌上，侍立兰旁。

王兰英　（更狐疑）将军，闯王请你过去，有什么军情大事？

刘宗敏　（长叹一声）咳！

王兰英　将军为何长吁短叹？

刘宗敏　可恨那李过娃娃、马维兴小儿，竟然在大王面前，埋怨我贪酒作乐，令人可恼。

王兰英　依我看来，这就是他们的不对，将军你英雄无比，第一好汉，功劳最大，他们算得了什么？
刘宗敏　（越上劲了）哼！这些东西，真来不晓得天高地厚？
王兰英　闯王就该把他们教训教训才是。
刘宗敏　是我心中火起，扬拳要打，大王大怒，将我们喊住了。
王兰英　难道闯王就没有把他们训一顿吗？
刘宗敏　训是训了，连我都在内。
王兰英　（冷笑）依我看来？亲不亲一家人，李自成、李过，人家是叔侄哩，你这姓刘的将军，拼来拼去，到老也不得出头。
刘宗敏　夫人，你不晓得，大人待人宽厚，并无私情，不敢这样讲话。
王兰英　对，我不晓得，不说咧。（叫喊）秀贞！
田秀贞　（内喊"来了"）（上）（进门立敏旁）夫人唤我，有何吩咐？
王兰英　把酒席摆起来。
田秀贞　是。（拟下）
刘宗敏　慢着，顾不得吃酒了。
　　　　［田秀贞停住了。
王兰英　将军有什么要紧事？
刘宗敏　你们哪里晓得，杨嗣昌狗娘养的，调动各路兵将，四面包围，大王传下将令，全军立刻行动，我们马上要走。
王兰英　（大吃一惊）嗯！将军，我想杨督师不会就到，我们还是待在这里，什么都方便。
刘宗敏　军令如山，焉敢违抗。不必多言，赶快轻装打扮，要从小路穿山而过。
王兰英　嗯！（着急地）
　　　　［翠儿给兰示意，不要跟随。
王兰英　将军，我实在受不了那上路的罪苦，还是把我留下。
刘宗敏　（惊）什么?!（瞪视兰）把你留下？
王兰英　将军！把我留下！
刘宗敏　夫人！我舍不得你，难道你就舍得离开我么?!（回过头去）
王兰英　（有点害怕）将军！我也舍不得你，我也舍不得你！

刘宗敏　（不转过脸来）不必多言，速快一同起程。

王兰英　将军，刚才讲话，总想把你留下，既是将军非走不可，我怎能舍得离开将军。只有事一件。

刘宗敏　（不生气了）夫人，哪一件？快快讲来。

王兰英　将军，你看我从小在富贵人家长大，单会坐轿不能跨马，翠儿、秀贞也得坐车，多带些行装，一路才能方便。

刘宗敏　小路行车，翻山过岭，只能骑马，车轿万万使不得。

王兰英　官兵还远，将军有兵有将，走大路量也无妨。

刘宗敏　官军有什么可怕，只是误了军期，军法不容，夫人，骑马！骑马！

王兰英　将军是第一大将，就是误了军期，我想闯王也不好意思难为将军。

刘宗敏　夫人，千言万语，军令事大，车轿万万不能。

　　　　〔王兰英急得不知怎么好。

　　　　〔翠儿向兰耳语，教兰下跪，教兰哭求）。

王兰英　哎！（哭）我的将军！

　　　（唱）（二六）

　　　　　　王兰英泪满面，

　　　（走到敏前下跪）

　　　　　　双膝跪倒把话言：

　　　　　　咱二人欢欢乐乐多恩爱，

　　　　　　好夫妻怎忍两分开；

　　　　　　小路穿山不方便，

　　　　　　坠落深沟命难全；

　　　　　　将军你要（推揉敏，哭诉）多怜念，

　　　　　　奴不愿死在了你的前边。

　　　　〔两手揉眼，摇身撒娇哭。

　　　　〔兰下跪时，翠亦随跪，秀亦跪。

刘宗敏　（被感动了）呵！

　　　（唱）（带板）见夫人跪倒地要跟我走，

　　　　　　　　舍不得离开我珠泪交流；

　　　　　　罢罢罢我只得行军大路，

　　　　　　　误了期量大王（截）他岂能砍头。

　　　　（扶兰）夫人，不要哭了，我听你的话，听你的话！

王兰英　多谢将军。

刘宗敏　呔！众将官。

　　　　［八兵呐喊拥上，站立两旁。

　　　　［内起义新兵至少要有三名，而且占非有不可，占应与另一兵在服装上是军官模样。

刘宗敏　你们抬轿的抬轿，推车的推车，大路行军，马上起程。

田占彪　刘将军，形势如此紧急，小路行军，身离险地，大路行军，甚是危险。

刘宗敏　我带有家眷，小路有些不便。

田占彪　事到如今，还是军事为要。

刘宗敏　住口！我征战多年，什么不知，什么不晓，不必多言，听我一令了。

　　　　［在浪头与丝弦过门中，最后二兵，一个举轿上，一个推车上。

刘宗敏　（唱）（带板）三军们推过车和轿，

　　　　　　　大路行军向东跑。（马声尖叫）

刘宗敏　（接唱）耳听得战马连声叫，（向兵）马来，马来。

　　　　［敏上马时，兰入轿，翠、秀上车。

刘宗敏　（接唱）俺人高马大称英豪。

　　　　［众兵列胡同，轿、车、敏依次下。占等非常不愉快。

第十八场　等　待

　　　　［四兵，田、过、马上列雁字排，按理四兵应是戊、己、庚、辛，但如演员互相轮用，那就不一定了。

李自成　（此时应穿斗篷与戴风帽，色宜赭，跨马上）

（唱）（带板）三军们催马往前赶，

（众列立两边）

（到中间）（接唱）千万人马紧相连，

坐定了雕鞍用目看，

（张望）（截）群山林立在眼前。

众　　　来到鱼腹山。

李自成　下马歇息。（下马）

（三将亦做下马势）

李自成　田将军。

田见秀　在。

李自成　命你巡哨一周，查看大小三军是否到齐。

田见秀　得令！（下，复上，有紧张的神色）启禀大王。

李自成　讲！

田见秀　刘宗敏所部人马，全军未到！

李自成　（吃惊）嗯？

[过、马亦惊。

李自成　为何不见探报！

三　将　单听一报！

探　子　（内喊"报"急上，向闯跪报）启禀大王，刘将军随带夫人、丫鬟，拉车坐轿，走了大路。

李自成　什么？刘将军走了大路？

探　子　正是。

李自成　再探再报！

探　子　得令！（急下）

李自成　哎呀刘将军，刘宗敏，竟敢小视军令，私自行动，看在其间好不气！气！气煞人也！

李　过　大王！刘宗敏拖泥带水，由大路而走，必然不能早到，形势如此紧急，不敢停留，我们只得丢他不管，速快行军。

马维兴　大王！老刘这黑小子不能用了，叫他滚蛋！

李自成 哎！虽然如此，念起刘宗敏随同大家苦战多年，勇冠三军，立功不小，岂肯将他放弃，我们只有兵扎鱼腹山，马上派人催促才是。

李 过 行军之事，贵在神速，在此等候，小心全军受难。

李自成 事已至此，岂能不等。

马维兴 大王，待我马上加鞭，将那黑小子拉了回来。

李自成 你太得鲁莽，惹下是非，越发得麻烦了，去不得。

马维兴 唉！

李 过 待我前去！

李自成 你与刘将军常常争论，不用你去。田将军听令！

田见秀 在。

李自成 命你快马加鞭，速调刘将军改变轻装，催动人马与大队相会。

田见秀 得令！马来。（上马急下）

李自成 众将官！

众 呵！

李自成 鱼腹山安营下寨，小心防范。

众 呵！（下）

〔过、马不离闯左右，闯向上场门翘望后，神情不悦，下，过、马随之。

第十九场 密 围

〔猛持大刀，带兵寅、卯、辰、巳；陈执长枪，带兵午、申、酉一拥而上，照面盘旋而后立定。

猛如虎 总兵猛如虎。

陈洪范 陈洪范。

猛如虎 请了。

陈洪范 请了。

猛如虎　奉了督师杨大人之令，暗暗剿杀闯贼，贼兵现在鱼腹山扎营，正好四面包围，你我再向前推进。

陈洪范　慢着，将军，探子报道，刘宗敏随带妻小丫鬟，乘车坐轿独自由大路东逃，你我乘他不防，追下山去，杀儿一个片甲不回。

猛如虎　将军不可，擒贼先擒王，射人先射马，督师杨大人一心要活捉李自成，刘宗敏另有安排。眼看闯贼到了绝地，你我不敢打草惊蛇。速快传令，严密包围。

猛、陈　呔！众将官。（各向各兵）

众　　　有。

猛、陈　人低声，马摘铃，层层包围鱼腹山。

众　　　呵！

　　　　〔在暗鼓声中，分两头下。

　　　　〔贺人龙带兵：寅、卯、辰、巳拥上。

贺人龙　（凶面黑须全副盔靠，手持大刀，报名）俺！总兵贺人龙。接得督师紧急命令，南面围杀闯贼。呔，众将官。

众　　　有。

贺人龙　人低声，马摘铃，向北推进，牢牢把守各路险要之地。

众　　　呵！

　　　　〔齐下。

　　　　〔赵光远带兵：午、未、申、酉一拥而上。

赵光远　（黑须平面，全副盔靠，报名）俺！总兵赵光远。奉了督师紧急命令，东西围剿闯贼。众将官。

众　　　有。

赵光远　人低声，马摘铃，暗暗推进。

众　　　呵！

　　　　〔齐下。

第二十场 催　促

[占，兵甲、乙、丙，报子，民一、二、三，兰、翠、秀上。兵列雁字排，轿、车立兵前。如果演员分配不来，兵中只上占，兵甲、乙、丙，一报亦可。

刘宗敏　（风帽，斗篷，跨马上）

（唱）（带板）狂风不住地吹云动，

[众转动，列立两边。

刘宗敏　（到台中接唱）

　　　人高马大显威风，

　　　　正在催马往前进，

翠　儿　启禀将军。

刘宗敏　（接唱）（截）忽听丫鬟禀一声。

翠　儿　启禀将军，我们就该憩息憩息再走。

刘宗敏　还敢憩息，快走。

翠　儿　夫人没有上过长路，如今累得头昏的要紧，还是憩息憩息，怕啥哩。

刘宗敏　好，众将官。

众　　有。

刘宗敏　就在这大路旁边憩息一时再走。

众　　呵。（占与另一小军官，非常忧虑而气愤地互相视望，都就地落座）

[敏下马，兰下轿，翠、秀下车扶兰，兰装得精神难支，连头也抬不起来。

刘宗敏　（见兰状，赔笑）夫人请坐。

[敏、兰落座。

刘宗敏　夫人怎么样了？

王兰英　（呻吟的口气）将军我浑身疼痛，头昏得要紧。

刘宗敏　夫人受苦了。

王兰英　跟随将军受苦，我是情愿的，单怕我身体不好，每天上路，累死我倒不要紧，我实在舍不得将军。

刘宗敏　夫人不要啼哭，有我刘宗敏担当，岂能教你受罪，夫人，放心上、放心。

王兰英　哎！再不能多走路了。

一　兵　（就是随敏兵亦可）报。（走上）启禀将军！

刘宗敏　请！

一　兵　田将军手执令箭来见。

刘宗敏　夫人，你们躲避一时，快快有请。

　　　　〔兰、翠、秀同下，轿，车随之。

一　兵　有请。

　　　　〔刘宗敏迎上去。

　　　　〔田带二兵，手执令箭上。

刘宗敏　那是田将军。

田见秀　刘将军。

刘宗敏　请坐。

　　　　〔二人分宾主而坐。

田见秀　刘将军，你怎么走起大路来了？

刘宗敏　是我随带家眷，小路不能走。

田见秀　刘将军，这是什么时候，还敢大路行军，倘有不测，如何是好！

刘宗敏　我带千军万马，量也无妨。

田见秀　刘将军，岂不知军令如山，你独自大路行军。岂不要误了军期。

刘宗敏　迟到一天两天，算个什么。（傲慢不逊，目中无人）

田见秀　嗯？刘将军，你还是去了车轿改变轻装，即速追赶大队才是。

　　　　〔此时兰、翠从旁上偷听。

刘宗敏　我有家眷，不能轻装。

田见秀　家眷事小，军机事大。

刘宗敏　你倒算了吧！我问你，你把你的新夫人丢下无有？

田见秀　虽然未曾丢下,她也是骑马随行,并不坐轿。
刘宗敏　哼!你的骑马,我有坐轿,你也不比我强多少。还来夸口。
田见秀　(起立,严肃郑重地)刘将军!形势紧急,闲言少叙,只因你走了大路耽误军期众将不满,口出怨言,这是大王命令箭,命你改变轻装,即速赶到,我就去也!马来!

　　　　[一兵递马。
　　　　[田见秀上马。

刘宗敏　(走上)田将军,田将军。

　　　　[田见秀未理,急下。
　　　　[二兵随田下。

刘宗敏　(又急又气)这!……(落座)

　　　　[兰、翠上。

王兰英　将军,为什么他们常常对你不满?
刘宗敏　平日李过、马维兴对我不满,如今这田见秀也来了,令人好气!
王兰英　众将对将军如此无理,将军若不小心提防难免后患。
刘宗敏　哼!大料他们将我不敢怎样?
王兰英　将军如此英雄,常在人家下边,由人家摆弄。也不是办法,还是自己打天下好。
刘宗敏　夫人,你不晓得,我随闯王征战,几次性命危险,大王不顾生死,救我活命,大王对我恩重如山,我岂忍离开大王。
王兰英　什么恩大恩小,我看还是谁大了谁好,什么时候,我把你也叫大王,我才喜欢呢。
刘宗敏　这次到了鱼腹山,众将若要对我无理,俺便不跟他们前去,看谁把我能怎样?(说着将令箭用力摔下)
王兰英　将军说得很对,哪里都能升官发财,何必常常受人家的气。
刘宗敏　夫人,闲言不提了,赶快起程,众将官。

　　　　[众正在背坐,登时立起转身列立,车、轿亦在。

众　　　有。
刘宗敏　马上起程。

（唱）（带板）恨众将都来把我怨，

　　　　　　　刘宗敏心中不耐烦；

（招一马）来来来与我把马带，（上马）

〔兰上轿，翠、秀上车，众列侍。

刘宗敏　（接唱）大军走向鱼腹山。（下）

〔众依次下。

第二十一场　开　道

〔八兵：甲、乙、丙、丁、戊、己、庚、辛八名，过、马、闯上。

李自成　（焦急唱）贼官兵旌旗山头绕，

　　　　　　　不见宗敏好心焦；

　　　　　　　田将军为何也不到，

　　　　　　　李自成浑身似火烧。（落座）

〔过、马亦坐两旁，低头闷闷不语。

田见秀　（上）（唱）（紧二六两句截）

　　　　　　　可恨宗敏太无理，

　　　　　　　自高自大把人欺。

　　　　（白）参见大王。

李自成　噢，田将军你回来了？

田见秀　回来了。

李自成　可曾看见刘宗敏？

田见秀　我与刘宗敏大路相遇。

李自成　噢，见到了就好。

田见秀　是我将大王命令告诉与他，我便回来了。

李自成　他为何还不见到。

田见秀　我想他不敢不回来。

李自成　嗯，田将军，你就该同他一起回来。

田见秀　那人出言不逊，令人难以忍受。

李　过　大王！刘宗敏私走大路，误了军期，派去大将相催，还敢出言不逊，莫非他要造反？

马维兴　大王！我看这黑小子把心变了，待我前去把狗日的杀了！

李自成　哎！你们太着急了，我就不信他能不回来。

田见秀　刘宗敏不至于不回来。

李　过　刘宗敏大有不回之势。

马维兴　我看这黑小子跑了，可惜多少人马！

　　　　［探子内喊"报"！

　　　　［闯等惊。

探　子　（上）启禀大王，刘将军到。

李自成　什么，（面有喜色）刘将军到了？

探　子　正是。

李自成　（严肃）命他快来见我。

探　子　是。（下）

马维兴　（在探子往下跑时说）这黑小子还有良心。

刘宗敏　（上）（念）心中有主意，谁敢把我欺。参见大王。

李自成　坐了。

　　　　［田佯装不理，敏、过、马互相瞪视了一会儿，都落座。

探　子　（内紧张喊"报"！急上）启禀大王！大事不好！

李自成　请！

探　子　杨嗣昌本部连同河南、四川、甘肃各总兵、人马几十万，团团包围鱼腹山，我军粮道截断，水路不通。

闯、过　再探再报！

探　子　呵！（急下）

　　　　［刘低头不语，闯等着急。

李　过　（左右看后指刘）刘宗敏，咄，刘宗敏！事到如今，全军尽丧你手，你……该当何罪？

刘宗敏　李过满口胡道！这是杨嗣昌狗娘养的调动兵马，我有什么罪过？！
李　过　你听！
刘宗敏　你讲！
李　过　自从进得陕南川边以来，你身为大将，每日饮酒作乐，耽误军事，侦察不明，防备不周，致使奸贼杨嗣昌乘虚入境，这是你罪之一。
刘宗敏　我问你这二。
李　过　你听！
　　　　大王传令大小三军，轻装速快，从小路行军突围，是你随带家眷，私自行军大道，这是你罪之二。
刘宗敏　难道还有？
李　过　有！
刘宗敏　你讲！
李　过　你听！
刘宗敏　哼！（回过头去）
李　过　因你行军大道，大王不舍，在这鱼腹山扎营等待，如今官兵紧密包围，粮道水路不通，全军面临绝地，这是你罪之三。有此三款大罪，我问你有何话说？呔！有何话讲？
刘宗敏　胆大的李过！你常常在大王面前辱骂于我，难道你要欺我姓刘的不成！
马维兴　呔！刘宗敏！犯了大罪，蕫下乱子，你还张牙舞爪，莫非你当我们离了你这黑小子就不能打天下么？
刘宗敏　呵嘿！（气价）李过，马贼！（指马）你们一个将我说得一钱不值，一个将我骂得狗血喷头，好！你们打天下他娘的，我刘宗敏哪……不去了！
闯、田　（都失色）噢！
李　过　刘宗敏，呔！刘宗敏！不去由你，军法难容。
刘宗敏　不去便不去，看你能把我怎样。
李　过　大料你不敢！
刘宗敏　你小子把我杀了！

马维兴　（抽刀一扑，要砍敏）看刀！

　　　　［闯架马，田抱敏，过生气，敏抽刀蹬马。

李自成　（唱）（尖板）众将莫要动兵刃，

　　　　［生气地推马一旁。

　　　　［都沉默了。

李自成　（接唱）这大敌当前你……你（环视诸将）你们乱纷纷；

　　　　［田、过、马低头，敏还在生气。

李自成　（接唱）身临绝地形势紧，

　　　　　　　　难道说等死（截）丧全军。

　　　　（白）这是众位将军。

田、过、马　大王。

李自成　我们身临绝地，危险万状，你们相争相持，大将不和，难道让奸贼杨嗣昌灭我全军不成。

田、过　我们知罪了。

李自成　今日之祸，不怨刘宗敏。

过、马　怨着哪个？

李自成　单怨我李自成无能。

田、过、马　嗯！

李自成　李过指出刘宗敏三款大罪，条条是真不假，但是，倘若我主帅英明，早为防范，不至于此。我一不该坐视刘宗敏贪酒作乐，未加制止；二不该不听众将劝告，独断行，为了不舍刘将军，在这鱼腹山扎营等待。事到如今，陷我全军父老于绝地，成的罪过……哎！天大了！（伤感）

田、过　（哭了）大王！

李自成　事到如今，虽临绝境，岂肯低头，只有众将齐心，舍死冲杀一条血路，你们有此胆？

田、过、马　万死不辞！

李自成　（视敏，见不语，向敏）这是刘将军，当年你在蓝田为民，官府贼兵逼你双亲去世，妻离子散。是你一怒投奔见我，我爱你生性爽朗，武艺超群，大家相处，如同亲兄亲弟。两军阵前，我救你不死，你救我生还。梓潼一战，汉奸洪承畴要置我等于死地，那时间，你是如何的豪杰，咱们骑着十八匹大马，大喊一声，杀出重围，我们前后与那无道的大明昏君，鏖战多年，所到之处父老兄弟，舍死相助，屡败屡兴，全靠黎民。如今大明越发无道，百姓更是惨苦，我们应当奋发有为，拯救万民，才是男儿大丈夫的气概。是你刚才言道："你们打天下，我刘宗敏不去了。"我要问你，你是嫌我无能。心想独自称王？还是忘了根本，有意投降官府？

[刘宗敏低头不语。

李自成　刘将军，你说？刘将军，你讲？

[刘宗敏长叹一口气，仍无语。

李自成　哎！我的刘将军！

（唱）（紧拦头）

刘将军，（换二六）
讲此话你再思再想，
难道说十二年空闹一场；
你从前在家乡无有名望，
官府里立逼你父母双亡；
那时间你本是英雄豪爽，
咬着牙瞪着眼来投闯王；
你与我在军中甘苦同享，
不怕死不顾生血染战场；
十八骑冲出了深沟万丈，
狗汉奸洪承畴气断肝肠；
多年来你都是好汉气象，
为什么到今天儿女情长；
恨大明对百姓越发无道，
你岂忍眼看着万民遭殃；
你本是穷苦人成了大将，

难道说丧良心你……你有意投降？

刘宗敏　（深为感动）呵！（唱）（带板）

　　　　有大王开口将我埋怨，

　　　　问得我刘宗敏闭口无言；

　　　　宝帐里只觉得无有脸面，（出门）

　　　　心问口口问心我好难为。（愁闷忧思而下）

李　过　（接唱）刘宗敏出宝帐不言不语，

马维兴　（接唱）（截）这小子真把人气破肚皮。

过、马　大王！刘宗敏不言不语，出了宝帐，就该将他抓了回来？

李自成　刘宗敏并非奸谋诡诈之人，让他出得帐去思想思想也好，（向田）田将军听令。

田见秀　在。

李自成　布置全军一面谨防贼兵，一面小心刘宗敏，沉着，冷静，不敢声张。

田见秀　得令。（下）

李自成　李过听令。

李　过　在。

李自成　吩咐大小三军，不论粗细，多造干粮，单等命令一下，冲杀贼兵！

李　过　得令！（下）

李自成　马将军随我来。

马维兴　大王，今日之事，我有些不服。

李自成　若到明日，你便服了。

马维兴　大王！黑小子若是造反投降，难道还是宽容不成？！

李自成　刘宗敏不会造反投降，倘若造反投降，当然要将他斩头问罪！

马维兴　得令！（举刀要求）

李自成　（一把将马拎住）马将军你是怎样？

马维兴　我要赶上黑小子，将他杀死！

李自成　谁叫你杀？

马维兴　大王刚才方道，要将他斩头问罪。

李自成　哎，（拍马肩）好我的贤弟哩，你这脾气也是个使不得：

（唱）贤弟不敢太鲁莽，
　　　我心中自然有主张；
　　　来来来随我到后帐，
　　　退贼兵还得要细作商量。

[马随闯下。

第二十二场　矛　盾

刘宗敏　（在后帐长叹"噢"！在紧张的锣鼓声中，敏上，揉肠子，表示心中非常矛盾，左思右想，千愁万绪，有时疯狂地喊跳。一阵舞蹈后）

（唱）（尖板）刘宗敏出帐来心中惭愧，
　　（慢板）悔不该贪酒作乐误军机；
　　　　　细思量，（转二六）
　　　　　俺老刘犯了大罪，
　　　　　一个人害全军被贼包围；
　　　　　虽然价李过娃娃爱多嘴，
　　　　　也怪我自己惹是非；
　　　　　大王的话儿都有理，
　　　　　俺老刘张口没说的；
　　（扯带板）背地里我把美人怨，
　　　　　哭一阵笑一阵惹人为难；
　　　　　我有心把美人丢下不管，
　　　　　舍不得美人在身边；
　　　　　这一个回营去不由她辩，
　　　　　不骑马我将她捆绑在马鞍；
　　　　　她若是怕受苦存心不愿，
　　　　　去她娘没老婆我也心甘；

今夜晚喝烧酒大盆大罐,

到明天杀贼兵覆地翻天。(下)

第二十三场　杀　妻

[桌上点着蜡烛一支。

王兰英　(上)(唱)(二六)

王兰英在小房心花开放,

眼看着立大功富丽堂皇;

刘宗敏心粗性又爽,

他把我当了好鸳鸯;

假哭假笑假模样,

把一个大将军耍了绵羊;

他如今活在了我的手掌上,

等翠儿到来细商量。

翠　儿　(唱)(二六两句截)官兵到处把路挡。

报　子　(接唱)大料闯王要灭亡。

[二人进门。

王兰英　翠儿,你站在门外边。

翠　儿　是。(出门,留神两边)

王兰英　情形怎么样了?

报　子　姑娘,官兵把这鱼腹山团团包围,贼兵到了绝地,单等刘宗敏投降,内外夹攻,活捉李自成。

王兰英　好。今天晚上,我就开口。

报　子　我要问你,刘宗敏可愿投降?

王兰英　我觉得他一定会听我的话。

报　子　你要知道,平日的话不算啥,投降的话了不得。

王兰英　闯王请他议事，临走的时候他告诉我说，众将若再对他无理，他就要离开闯王的。

报　子　投降的话，他提过无有？

王兰英　投降的话，在他口中没有提过。

报　子　嗯？姑娘，此事非同小可，倘若刘宗敏不肯投降，难道白白罢了不成。

王兰英　他若不肯投降，你说怎么办？

报　子　刘宗敏若肯投降，大家升官发财；倘若刘宗敏不肯投降，我们还得另想办法，立功受赏。

王兰英　（想了一会儿）你的意思我明白了。

报　子　明白什么？

王兰英　刘宗敏若不投降，我们设法将他害死，也算大功一件，你说是也不是？

报　子　姑娘！富贵就在眼前，就怕你没有胆量。

王兰英　我再问你，外边可有藏身的地方？

报　子　藏身的地方我早就安排好了。

王兰英　缺少一件东西。

报　子　缺少什么？

王兰英　缺少毒药。

报　子　（从腰里取出）我带来了。但不知怎样才能毒死刘宗敏？

王兰英　刘宗敏爱喝酒，将毒药放在酒内，还怕他不死。

报　子　姑娘，成败在此一举，你要小心。

王兰英　你不要担心，刘宗敏已经活在我的手掌上了。

报　子　好，大事托与姑娘，我就……

　　　　　〔翠儿听到有脚步声，咳嗽。
　　　　　〔王兰英连忙将报子口按住，吹灭了蜡烛。
　　　　　〔田秀贞端茶盘上。

翠　儿　谁？

田秀贞　我。

翠　儿　做啥呢？

田秀贞　我给夫人送茶来了。

翠　儿　夫人累了，要睡一会儿，不让人惊动，你先下去。

田秀贞　是。（有点怀疑，下）

翠　儿　（悄悄地走到门口说）太太，她走了。

报　子　（把纸包交兰）你把这拿好，我先走了。

王兰英　你要早来，打探情形。

报　子　是。（下）

王兰英　翠儿进来。

翠　儿　是。（进门）

　　　　［王兰英把灯点着。

　　　　［田秀贞暗摸上，立在门外听。

王兰英　刚才我们谈的话，你听见没有？

翠　儿　听见了。

王兰英　刘宗敏回来，我要劝他投降，他若不肯投降，你要给我帮言，哄他欢喜。（取纸包递给翠）这是毒药，放在酒内，把他灌醉了，咱们就跑。

翠　儿　太太，咱们要快跑哩，迟了就不得活。

王兰英　不怕的，安排好了。

　　　　［田秀贞在外听到此话，急得情不自禁地拍腿踏脚。

　　　　［王兰英似乎听见外边有声音。

　　　　［翠儿也听见了，怕得退缩了一下。

　　　　［王兰英拉翠儿到跟前耳语。

　　　　［翠儿点头，害怕得慢慢地向门外出走。

　　　　［田秀贞听不见说话了，也慢慢地往门跟前走。

　　　　［翠、秀相碰。

　　　　［翠儿吓得尖叫一声。

王兰英　（也吓得尖叫）谁？

　　　　［田秀贞吓得一溜跑下去了。

翠　儿　（急进门）太太不好了。咱的话叫秀贞听见了。
王兰英　哎！我们太大意了！
翠　儿　太太，快想办法。
王兰英　翠儿，你把秀贞给我叫来，量她一个小女子，坏不了大事，快去。
翠　儿　是。（急下）
　　　　　〔翠带秀上，二人进门。
王兰英　秀贞，你说我待你好不好？
田秀贞　夫人待我很好。
王兰英　你爱享福，还是受罪！
田秀贞　自然爱享福。
王兰英　秀贞，我知道你把我们的话听见了，我也正要找你谈哩，刘将军投降了，一定能做大官，咱们都好；刘将军若不投降，你跟我走，到了外边，我把你嫁给做官的老爷，保你富贵荣华，你说好不好？
田秀贞　多谢太太。
王兰英　我可要把话说明白，这件事你要露出半点破绽，慢说你一个，十个也不得活！
田秀贞　夫人，我不敢，只要夫人能抬举我，我死也要跟你们走哩。
王兰英　（高兴地起立拍秀）我知道秀贞是好的。
刘宗敏　（上）（念）愁肠有千万，要对夫人谈。
　　　　　〔进门。
王兰英　（欢迎上去）将军回来了。
刘宗敏　回来了。
王兰英　快快请坐。
翠　儿　（拍刘衣的土）哪里来的这么多土。
　　　　　〔敏、兰都落座，敏神气沮丧。
王兰英　将军。有什么军情大事？
刘宗敏　可恨奸贼杨嗣昌，将这鱼腹山团团包围，我军到了绝地，大王埋怨我刘宗敏误了大事，夫人，你把我害了！
王兰英　噢，（冷笑）连大王也埋怨你来了。

刘宗敏　哎！我如今活得人人埋怨，真来惭愧！

王兰英　（觉得话头不对，忙加怂恿）将军，树要往高处长呢，人要往好想哩，事到如今，官兵这样厉害，我看闯王也不行了。何必他们今天怪哩，明天怨哩，将军若能想得开，眼前就是高官厚禄，出人头地，咱夫妻也能长久欢乐，岂不甚好。

刘宗敏　（疑问）夫人，你是什么意思？！

王兰英　将军，我的意思？……

刘宗敏　怎样？

王兰英　你若肯投降官府，眼前就是富贵。

刘宗敏　你待怎讲？（走近兰逼问）

王兰英　（有点害怕）将军，我为咱夫妻到……

刘宗敏　呸！我把你个贱人！我刘宗敏堂堂男儿，岂肯投降奸贼，气死我也！

〔气愤地落座。

〔王兰英不知怎么好。

〔田秀贞表示钦佩。

〔翠儿示意兰哭，说好话。

王兰英　哎！我的将军！

（唱）（二六）叫将军为什么那样生气，
　　　　　你把我好心肠太得冤屈；
　　　　　劝投降不把别的为，
　　　　　单为咱白头到老好夫妻；
　　　　　既然将军不愿意，
　　　　　你到哪里我哪里；
　　　　　不怕他千山又万水，
　　　　　我不舍将军紧相随。（绕）

翠　儿　将军，你的脾气太坏了，我家姑娘一心爱你，常常烧香叩头，祈告神灵保佑她同将军白头到老哩。

刘宗敏　噢，夫人，你不怕千山万水，舍死要跟我？

王兰英　（哭）我，我舍不得将军。

刘宗敏　既是这样，我来问你，我把你绑在马上，随军征战，你怕也不怕？

王兰英　跟随将军，死也甘心，还怕个什么。

刘宗敏　（高兴地）好的！好的！啥……

（唱）（带板）见夫人哭啼啼情深意厚，

　　　　　　　不由我刘宗敏喜在心头；

　　　　　　　今夜晚喝烧酒放开大肚，

　　　　　　　到明日杀贼兵（截）雪恨报仇。

（白）夫人，今夜晚我要将酒喝饱，明日要把奸贼嗣昌杀一个落花流水。

王兰英　（高兴地）翠儿，秀贞，取一个大杯，端酒上来。

翠、秀　是。

［同出门，秀表示着急下，翠端一个大碗，秀端酒盘上。未进门前，翠将毒药放在酒壶内，进门，将酒碗摆好。

王兰英　（亲手给刘斟起一碗酒，然后给自己也斟起一杯）将军，今夜晚咱夫妻痛饮，明日一齐上战场。

刘宗敏　（看酒）好酒，好酒，哈……（拟端碗）

田秀贞　（早就心里很着急，开不出口来，见敏要端碗，不得不下决心开口了，精神失常，字音含糊，声大而颤）将军不敢喝酒！

［兰、翠怕得尖叫一声，惊呆。

刘宗敏　（被秀声惊动，大喊一声，连凳带人，扑在秀跟前急问）为何不敢喝酒？！

田秀贞　（浑身颤）将军……将军，酒……

刘宗敏　（急追问）酒怎么样？

田秀贞　酒里有……

翠　儿　不敢胡说！（扑上去两手按秀口）

刘宗敏　滚开！（一掌将翠推倒，上去又用力把翠踏了几脚）

［翠儿啊哟了一声，再不动了。

刘宗敏　秀贞！酒里有什么？！

田秀贞　酒……酒……酒里有……

王兰英　（扑上禁止）你敢说！
刘宗敏　（一把将兰胸口抓住）不准你动！秀贞，莫要害怕，快快讲来！
田秀贞　（胆子壮了）将军！酒里有毒！
刘宗敏　待我看过！（一掌将兰推过，把桌上的酒一倒，立时成火。大喊一声，上去把兰抓定，咬牙切齿）哈哈！嘿嘿！这……（打兰一个耳光）好贼！（一脚将兰踢倒）

刘宗敏　（唱）（带板）狗贱人口甜有诈，
　　　　　　　　　笑里藏刀把人杀；
　　　　（抽刀）哗啦啦抽出刀一把，俺老刘今天哪（截）把儿杀。（顺势一刀砍下去）

王兰英　（低头闪过刀口，两手紧抓敏右肘，脸上有道血，变眉失色了）呀！
　　　　〔田秀贞吓得躲闪。
　　　　〔刘宗敏拉兰转一个圈，上下进退两遍，最后咬牙发恨地，将兰杀死。
　　　　〔王兰英被敏杀时，吓得张着口，瞪视敏刀，倒在地下了。

刘宗敏　秀贞！宗敏不忘大恩，明日与贼交战，你先躲在老百姓家中。
田秀贞　将军！贼官兵害苦良民，我要拿起刀枪，跟随大家征杀！
刘宗敏　好的，速快找你兄长，明日同到战场。
田秀贞　遵命！（出门急下）
刘宗敏　（出门送秀又进门）啊哟王兰英，狗贱人！你把我刘宗敏害得好苦也。
　　　　（唱）（带板）为贱人害全军遭了大难，
　　　　　　　　　为贱人把我的英名丧完；
　　　　　　　　　砍儿头我要把大王去见，
　　　　（将兰头砍下，包在包内，左手提着）见大王双膝跪（截）我……我要请罪一番。（转一圈子与报子相碰）
　　　　〔报子鼠头鼠脑地由下场门摸上，刚刚与敏相碰。
刘宗敏　什么人？！
报　子　（下跪）将……将军！我……我是你……你的兵！
刘宗敏　做什么来了？！

报　子　　我……我闲……闲转哩。

刘宗敏　　呔！三更半夜，来到后院，非奸即盗，看刀！（手起刀落）

　　　　　［报子倒地。

　　　　　［刘宗敏扎势即下。

第二十四场　献　头

李　过　　（紧张上）李过！闻听人说刘宗敏手执钢刀，气汹汹直奔大王宝帐，待我赶上前去！（急下）

刘宗敏　　（奔上，大声急喊）大王！大王！大王！（四兵各执兵刃一拥而上，列出两边）

马维兴　　（手执钢刀，一跳出来）看刀！（照定敏砍下去）

　　　　　［刘宗敏用刀把马刀拨过。

　　　　　［李自成也是执刀在手，随马奔上。

　　　　　［马维兴又向敏砍第二刀。

李自成　　（左手架住马，右手执刀警戒）这是刘宗敏?！

　　　　　［此时田亦持刀上。

刘宗敏　　是。

李自成　　你手执钢刀，到此何事?！

刘宗敏　　大王！（跪下）是我回得营去，将那坏婆娘一刀砍死，（将包内人头举出）提来人头，进帐请罪。

李自成　　噢！（推过马，收了刀）原来如此。

　　　　　［李过提刀慌张而来。

李自成　　这是李过？

李　过　　是我！

李自成　　你又手执钢刀，进帐何事？

李　过　　是我听得刘宗敏手执钢刀，气汹汹直奔宝帐，因之赶上前来。

李自成　说是你来看。(指敏)
李　过　看什么？(看敏)
李自成　刘将军杀了坏婆娘，提来人头，进帐请罪。
李　过　(夸奖敏)刘将军令人可佩！
　　　　［此时敏解靠带，因下场要赤着上身出来。
李自成　(向敏、田)刘将军请起。
刘宗敏　大王！全军受难，是我一人之罪，我要冲打先锋，立功赎罪，请大王传令。
李自成　刘将军还是站起来，再来商议。
刘宗敏　大王若不传令，俺便不起！
李自成　也好！趁贼无备，出其不意，冲出重围，再作计议。刘将军听令！
刘宗敏　(一跳站起)在！
李自成　命你带领所部人马，冲打先锋，向东杀出，直奔河南，许胜不许败！能进不能退！马上前去！
刘宗敏　(闻传令时，兴奋地不时呐喊)唔啦……得令！(急下)
李自成　马将军、李过听令！
过、马　在！
李自成　命你二人，各带人马，分为左右两路，坚定后阵，掩护全军撤退，全军未退，不得退下。
过、马　得令！(分两路急下)
李自成　呔！众将官！
众　　　有！
李自成　你们一个个抖擞精神，寸步小心，随我冲杀，马上去也！
　　　　(唱)众将官一个个血火钢胆，
　　　　　　 哪怕他狗奸贼四路围山，
　　　　　　 抖精神上战马亲身征战。(上马)
　　　　［田见秀亦上马。
　　　　［众依次退，列阵待。
李自成　(接唱)出重围整旗鼓(截)再起河南。

［依次齐下。

第二十五场　突　围

　　　　　　［赵带四兵上。
赵光远　总兵赵光远，我军四面包围鱼腹山，单等刘宗敏投降，内外夹攻，活捉闯贼。
　　　　　　［忽听战鼓声。
一　兵　报！（急上）刘宗敏冲下山来。
赵光远　再探再报！
一　兵　呵！（急下）
赵光远　刘宗敏冲下山来，想是前来投降，待我看过。马来。（上马）
　　　　　　［众齐转，与敏兵碰头。
　　　　　　［刘宗敏猛上击赵。
赵光远　（架住敏）来将莫非刘将军？
刘宗敏　既知老子到了，就该下马叩头。
赵光远　刘将军下山，想是有什么要事相商，请讲！
刘宗敏　你老子要儿的头来了！（向赵猛打）
　　　　　　［赵光远出其不意，与兵齐退下。
　　　　　　［刘宗敏与兵齐退下。
　　　　　　［占上打退四官兵，赵上打退占，敏上与赵激战，将赵打下马来，占上砍下赵头。
田占彪　贼将已死！
刘宗敏　马不停蹄，杀向前去！
　　　　　　［四兵跑上急下，占下，敏亦下。闯、田及四兵接上又下。
　　　　　　［贺、陈带四兵一拥而上。
贺人龙　总兵贺人龙。

陈洪范	陈洪范。
贺人龙	贼兵冲下山来,你我赶上前去!
贺、陈	呔!众将官,赶上前去。

　　[众齐转与过、马兵碰头,过、马打退贺、陈,追下。
　　[马上打退四兵,陈上打退马,过上打退陈,贺上打退过。
　　[猛带八兵一拥而上。

猛如虎	总兵官猛如虎,李自成冲下山去,督师杨大人,命我指挥三军,追杀贼兵,活捉闯贼,来呀!
众	有!
猛如虎	追上前去!
众	呵!

　　[猛与众急下。
　　[闯、田带四兵上,忽听人喊马叫,闯、田戒备,四兵及敏拥上。

刘宗敏	参见大王!
李自成	这是刘将军?
刘宗敏	是的。
李自成	你是冲打先锋,为什么退了回来?
刘宗敏	大王!前边无将,并不防守,我要杀了回去!
李自成	前边无人开路,万万使不得。

　　(忽听一阵战鼓喧天)

一兵	报!(急上)贼官兵人山人海,李、马二将军堵挡不住!
李自成	再探再报!
刘宗敏	大王!就该命我前去,杀儿一个落花流水!
李自成	刘将军听令!
刘宗敏	在!
李自成	杀上前去,接出李、马二将军,不敢贪恋战斗,即刻回来见我!
刘宗敏	唔啦……得令!(与所带兵奔下)
李自成	田将军听令!
田见秀	在!

李自成　命你带领一部人马，前边开路！
田见秀　得令！（带二兵急下）
李自成　众将官！
众　　　有！
李自成　将刀磨快，勒紧战马的捆肚，准备厮杀！
众　　　呵！

　　　　齐喊"是"。

　　　　［陈上打退四兵，过、马与陈战。贺上与陈双战过、马，猛上与贺、陈三战过、马。眼看过、马不支，敏冲出，贺、陈、敏，过、马架猛，分两头下。

　　　　［贺、陈上，敏追上一场恶战，敏将二人打得落花流水退下，敏要追下，过上拉敏。

李　过　刘将军不可追杀。
刘宗敏　李将军！我正杀得性起，岂肯罢手！（又要冲去）
李　过　（再拉敏）将军不可！我们杀出突围，再作计议，千万不敢进去！
刘宗敏　李将军！是我犯了大罪，我要立功赎罪，杀不了猛如虎，斩不了贺人龙，俺绝不收兵！（又要冲去）
李　过　（再拉敏）将军打开出路，杀退贼兵，立功非小，回营请功。
刘宗敏　（又冲去）俺要杀去！
李　过　（拉不放）使不得！
刘宗敏　俺要去！……
李　过　使不得！……

　　　　［二人相持着，过拉敏由上场门下。
　　　　［猛带四兵上，贺、陈带四兵上。

贺、陈　参见将军！
猛如虎　怎么样了？
贺、陈　贼兵逃窜。
猛如虎　走！

　　　　［贺、陈低头拱手。

猛如虎　河南正在大乱，闯贼若到那边，天下不可收拾，岂肯让儿逃走，随在马后，追上前去！

众　呵！

［依次急下。

［闯带四兵上，忽听人喊马叫。

李自成　哈！耳听人喊马叫，怎么还不见众将到来，待我登高一观。

［闯上山，众围桌前，敏等过，猛等追下。

李自成　（向下场一看）呵！我军前边退下，贼兵后边追赶，单等贼兵主将到来，射儿一箭！（张弓以待）

［闯众数人及过、马、敏跑过。官兵数人追上，猛带贺、陈上。

李自成　看箭！（一箭向猛射去）

［猛如虎中了箭，跌倒。

贺、陈　（扶起猛，向众兵）快快收兵！

［贺、陈扶猛下。

［闯下山，敏、过、马及兵等上。

敏、过、马　参见大王。

李自成　站下。

敏、过、马　呵！

一　兵　报！（急上）启禀大王！

闯与众将　请！

一　兵　河南李信、红娘子率民起义，人马数万，声势浩大，要投大王。

李自成　再探再报！呔！众将官！

众　有！

李自成　由南阳出攻宜阳，占领各州府县，限期与李信、红娘子会师中原！

众　呵！

［大家雄赳赳地齐下。

——剧　终——

两颗铃 眉户

编剧：马健翎　黄俊耀　柳　风　史　雷（1959）

人物表

冯良杰：公安局侦查科长。
吴志海：侦查员。
田慧玲：医院护士。
袁治恒：某农产品公司采购员。
强连长：黄龙山区某乡民兵连长。
任志忠：黄龙县公安局股长。
小　刘：侦查员。
小　李：女民警。
一〇三：台湾派遣回大陆的特务头子。
梁名义：潜伏特务头子（十四号）。
曹世雄：特务分子。
胡建藩：特务分子。
白玉花：特务分子。
刘老三：土匪。

侯有才：兵痞。

曹老汉：曹世雄的叔父。

公安战士、民兵、匪徒若干人。

时间：一九五一年春。

地点：陕西。

序　幕

〔黎明前夕。

〔海防线上。

〔巨大的礁石占据舞台右侧，上写鲜红大字："抗美援朝，保家卫国。"舞台左侧的椰子树上贴有"坚决镇压反革命"的标语。近处，草木葱茏百花盛开。远处，海水翻滚，碧波粼粼。

〔主题歌声中幕启：地平线上泛起鱼肚白。礁石上屹立着边防战士和海岛民兵并肩站岗的威武形象。海风吹起他们的"斗篷"，警惕的目光注视着远方。

〔主题歌：

　　　　红日破晓照征程，

　　　　新生的祖国正年轻。

　　　　东方巨人站起来，

　　　　走向富强和繁荣；

　　　　凯歌声中，百倍警惕识魔影，

　　　　英雄人民，天罗地网除害虫。

　　　　铁打江山春常生，

　　　　红旗漫卷舞东风！

〔在主题歌进行之中——

边防战士发现了什么，举望远镜观察，向民兵示意远方有敌情；

民兵吹起海螺号，二人以战斗姿态分头下场；

一个年近五十岁的特务仓皇而上、四下窥探，欲将手中皮箱扔进海内，夺路逃走；

边防战士和海岛民兵从两侧搜索上场，一队民兵随后，形成包围之势；

特务垂死挣扎,被战士和民兵擒拿。
[此时旭日喷薄欲出,朝霞映红天际。

(幕　落)

第一场　接　线

[夜晚。
[西安城隍庙前。
[一〇三化装成卖烧鸡的,跛脚走上。

一〇三　(叫卖)烧鸡!(窥视)烧鸡!(支起木架放下篮子)

曹世雄　(上唱)尧长官密到西安待接线,
　　　　　　　　命令我搬迁叔父去河南。
　　　　　　　　一路顺风把事办,
　　　　　　　　城隍庙复令尧长官。

一〇三　嘘!(故作招呼生意)啊,你吃啥?

曹世雄　来个鸡大腿。

一〇三　(阴沉地)这是什么地方,你发疯了么!你二爸来了没有?

曹世雄　来了,今天下午刚到。

一〇三　迁移证、身份证一切手续带来了么?

曹世雄　都带来了。哎,和上级接上头了吗?

一〇三　唉,真急人哪!世雄,你发现没发现有人拿着两颗小银铃儿?

曹世雄　啥?

一〇三　有人拿着两颗小银铃儿。

曹世雄　两颗小银铃儿?没有。

一〇三　没有?嗯……哎,来人了,放大方点(故意大声),你尝味气怎么样?

曹世雄 可以。

一〇三 可以？小吃喝么，就是吃个味气！（梁名义身背褡裢上。曹世雄身在暗处）

梁名义 （唱）民乐园鬼市都访遍，
　　　　　　一〇三不知哪里钻？
　　　　　　城隍庙今晚来察看。

一〇三 乡党，你吃啥？

梁名义 唉！本小利微，吃不起呀！借个火！
　　　　（接唱）莫非此人是一〇三？

一〇三 （唱）想必他是公安人员巧装扮，
　　　　　　谨提防其中奥妙被看穿。

梁名义 （唱）拿出银铃做试探……
　　　　（梁名义刚将银铃拿出，发现阴暗角落的曹世雄，猜疑，一把攥住银铃。一〇三、曹世雄均未发觉）
　　　　（接唱）忽见有人在旁边。

一〇三 乡党，给火！

梁名义 （抽烟）谢谢！
　　　　（接唱）看样子这里有危险，

一〇三 他神情恍惚为哪般？

梁名义 赶快离开莫迟缓……（下）

小　刘 （上接唱）鸡膀子一个多少钱？

一〇三 给！你先尝，味道不好不要钱！

小　刘 嗯，蛮不错的。

一〇三 不错，嘿嘿……哼！不是自吹牛皮，祖传三辈卖烧鸡，不管它公鸡、母鸡、肥鸡、瘦鸡，一到我手就能做出不同的味气。

曹世雄 卖烧鸡的，你这鸡肉好是好，可就是不如南院门老马的味道正。

一〇三 啥？老马！不管他老张老王，端履门的老杨，一见我这篮篮出来，他就溜着背巷子去了。

小　刘 这肉怎硬的，该不是死鸡肉吧！？

一〇三　哈！你这个同志爱说笑，这公鸡香，乌鸡脆，死鸡一看是黑颜色。久做生意，敢卖死鸡肉，这不是寻着检讨呀么。

小　刘　多少钱？

一〇三　你给二毛五。

小　刘　给！这是三毛。

一〇三　同志，给你找钱。（小刘接钱下）世雄，不对，这家伙好像经常跟着我！

曹世雄　刚才那个家伙我也觉得不对劲，该不是公安局的便衣？

一〇三　嗯，这里不能待了，我们得马上离开西安。

曹世雄　对！越快越好！

一〇三　我们后天……不行，明天，干脆今晚连夜就走，从渭南下车北上，进了黄龙山，准在朱家岔后山腰会面。

曹世雄　嗯，卖烧鸡的，给你钱。（走开）

一〇三　哎，乡党，还给你找钱呢。（低声叮咛）你跟你二爸先走。记住时间、地点。

曹世雄　是！（下）

一〇三　（叫卖）烧鸡！

　　　　（唱）二〇八，找不见，
　　　　　　　连夜搭车离西安。
　　　　　　　黄龙山里摇身变，
　　　　　　　神鬼难猜巧机关。

　　　　烧鸡！（下）

第 二 场　争　取

〔上午。

〔袁治恒家中。台右是院落，院中有井一口，台左是房屋内景，陈设桌椅、板柜等物。

［幕启，袁治恒翻看文件。

袁治恒 （唱）手捧着镇反条例反复看，
又激动又鼓舞又把心担。
解放前我伯父跟随胡匪把坏事干，
临解放他匆匆逃往台湾。
离家时手枪一把交当面，
他要我暗中收藏在身边。
那时节我年幼缺少经验，
心胆怕随手撂进井里边。
怕处有鬼鬼形现，
偏遇副官胡建藩。
当场被他亲眼见，
不觉已过有两年。
如今政府搞镇反，
诚恐此事要纠缠。
想起它端起碗来饭难咽，
想起它翻来覆去夜难眠。
幸喜得党中央发了文件，
看政策我才把心放宽。
我定要挖出手枪去报案，
把真情向政府细说根源。
趁慧玲去上班我动手干……

（把文件放在板柜，拿铁锨走到井边，解下井绳，正绑在腰间。）

胡建藩 （上唱）离黄龙我偷偷来到西安。
（进门）治恒，治恒！

袁治恒 啊！（大惊）

胡建藩 （向屋里探看）怎么你一个人，慧玲不在家？

袁治恒 上班去了，建藩哥，快坐下，我给你倒水！

胡建藩　刚由茶铺出来，不麻烦了。看样子你是想下井呀！真要下井也得把门关上，你看多大意呀！

袁治恒　唉！我日夜提心吊胆，怕这私藏武器，万一让政府知道了，那就不得了。

胡建藩　这件事除非你我，还有谁知道？慧玲知道吗？

袁治恒　不知道！我谁也没告诉。

胡建藩　那你怕啥呢？

袁治恒　可是世上没有不透风的墙。再说……

胡建藩　噢！你是怕我走漏风声啊！老实说，哥要是安心撂置你等不到今天，不光那支枪，还有你那封信！

袁治恒　信？！

胡建藩　对！就是你怕我走漏风声，要我千万保密的那封信。

袁治恒　啊！你……你不是说都烧了吗？

胡建藩　烧！？我不是傻子。没有凭据万一出了问题我怎么办？老实对你说，抓住那封信，检举这支枪，一来我可以立功赎罪，争取政府的宽大；二来还可以把你送到没风处去，断送你的前程。

袁治恒　不！人民政府不会冤枉人的！

胡建藩　想得倒好！你藏枪不交，已构成犯罪，加之写信串通，订立攻守同盟，这又是罪上加罪。只要我拿出这张王牌，就有你的好戏看了。

袁治恒　你……你可不能做出伤天害理的事啊！

胡建藩　哈……是你背信弃义，还是我伤天害理？你想捞出手枪，坦白自首，不但可以解脱自己，还会把我拱手献给政府，你好毒的心肠啊！

袁治恒　我……我可没有这种想法……

胡建藩　也许你没有这种想法。可是你稍一松口，政府必然追根刨底，这样不就把我姓胡的暴露出来了吗？不说别的，政府起码也要问我个知情不报之罪。你既无情，也休怪我无义。与其你揭露我，不如我先告发你！兄弟，你在，咱们公安局里见！（欲走）

袁治恒　（连忙拉住）建藩呀，你别走，咱们再商量！

胡建藩　不行，你还是让我走！

袁治恒　建藩哥！

（唱）建藩呀你莫要怒气满面，
　　　咱弟兄坐下来仔细商谈。

胡建藩　（唱）这事本来很简单，
　　　　　只要咱俩口封严。

袁治恒　（唱）不交枪确实有危险，
　　　　　让政府查出更麻烦。

胡建藩　（唱）假若你去把枪献，
　　　　　大祸必在眼目前。

袁治恒　（唱）我没把别的坏事干，
　　　　　政府不会把人冤。

胡建藩　（唱）可笑你年轻少经验，
　　　　　把问题看得太简单。
　　　　　你的背景太阴暗，
　　　　　你伯父罪恶堆如山。
　　　　　对枪支人家查得很严，
　　　　　必然要联系你家庭出身、思想情感、
　　　　　立场观点、现实表现一串串。
　　　　　到那时不枪毙也得法办，
　　　　　一家人跟着你受牵连。

袁治恒　依你说我该怎么办？

胡建藩　（唱）刨心对你说实言。

老弟呀！这镇反运动是一阵风，只要顶着头皮混过这一关，一切会平静的。再说，朝鲜战场炮火连天，台湾方面正在积极准备光复大陆；各地同仁也跃跃欲试，东山再起，共举大业。一旦时机成熟，里应外合，天下就可唾手而得，只要你跟哥干，到了那个时候，兄弟呀，你想想是个什么局面。

袁治恒　啊！这原来你是……

胡建藩　哥对党国忠贞不贰，今天来有三件大事需得老弟办理：一、给哥设法筹凑一百元的经费；二、原来在你伯父手下任职的人员，只要你知道姓名、地址的，给我搞个名单；这第三嘛……（从挎包取出一个材料）把这份东西给我誊抄几份。（把材料交袁）

袁治恒　（接材料翻看大惊）啊！"黄龙反共纲领"。

胡建藩　嘘！（用手扯住）小声点，老弟呀，哥喜欢你老实、忠厚、好朋友、讲义气，绝不会拿它去向公安局献礼！不过万一你想出卖我，我也不怕。你来看！（揭开"反共纲领"）这上边还有你的签字！

袁治恒　（如梦初醒）建藩哥，建藩哥！建藩哥……（看材料）"黄龙反共纲领"，袁治恒、袁治恒！这……这是你们搞的，我可没有签字啊！
（胡建藩下）

（唱）炸雷击顶头昏眩，
　　　万把钢锥刺心间。
　　　胡建藩诡诈又奸险，
　　　谁料想飞来这祸端。
　　　他要我把坏事干，
　　　又设下套圈让我钻！
　　　我不能丧天良违心就范，
　　　我不能踏上胡贼的船。
　　　有心检举去报案，
　　　他反咬一口是必然。
　　　若还不跟他们干，
　　　他狗急跳墙把脸翻。
　　　我有心不讲也不干，
　　　纸里包火难隐瞒。
　　　纵然有口难分辩。
　　　这才是哑巴吃黄连，
　　　恨不得一头栽进井，
　　　这老婆孩子谁照看？
　　　一家大小怎么办……唉！

慧玲！慧玲！我冤枉啊！这都是反革命分子逼得我不得不走这条绝路啊！（袁治恒痛苦地走至井边，欲跳井，孩子哭声使他回头，扑向孩子，抱起）孩子！孩子！爸爸不能看着你长大成人啦！爸爸对不起你呀！（袁治恒横心，放下孩子，擦泪）

（唱）横下心一命寻短见，
　　　了却一生也安然。

（袁治恒正要扑向井边。慧玲内喊：治恒！治恒！他连忙将"反共纲领"藏在板柜，擦去泪痕）

田慧玲　（上）治恒，孩子没闹么？
袁治恒　没……没闹、没闹！
田慧玲　我还怕你不会管呢。趁你今天休息，只劳你招呼一上午，下午奶子就把孩子抱走啦。哦，睡着啦，你看！多亲哪，呃，不知梦见什么，笑啦，笑啦！
袁治恒　（心中痛苦，偷偷擦泪）
田慧玲　（发现袁治恒擦泪，惊疑）治恒，你怎么啦？
袁治恒　噢，没什么，没什么！
田慧玲　你哭了？
袁治恒　不！不！我没哭，我没哭！
田慧玲　你病啦？
袁治恒　我没病！
田慧玲　怎么，你脸上气色不好？
袁治恒　我……我不舒服。
田慧玲　那你怎么说没病呢？抽屉里有药，你自己取，我还得马上回医院开会。（田慧玲向板柜走去）
袁治恒　（连忙护住板柜）开……开什么会呀？
田慧玲　今天我们医院内科有个年轻大夫，学习了镇反文件后，当场揭发了一个想拉他做坏事的反革命分子。
袁治恒　啊！那公安局抓了没有？
田慧玲　当时就抓了。

袁治恒　啊？抓谁？

田慧玲　当然是那个反革命分子啦。

袁治恒　哦，我还当那个年轻大夫呢。

田慧玲　治恒，你怎么胡说哩，那个年轻大夫不但没有跟敌人干坏事，反而揭发了他的罪恶，应当受到表扬，怎么能抓他呢？现在马上要分组讨论，趁休息时间，我回家取文件。（又走向板柜，又被袁治恒挡住）

袁治恒　哎……慧玲，把你们医院的情况，再给我谈谈。

田慧玲　等我下班回来再详细给你说，误了开会就不好啦，别缠啦！（田拉开袁，袁复又护柜，田生疑）治恒，柜里你放的什么？

袁治恒　什……什么也没有。

田慧玲　那你为什么要护住柜呢？

袁治恒　我……我是想把文件……再看一看。

田慧玲　不！你一定有什么事瞒着我。

袁治恒　看你把话说到哪去啦，我怎么能骗你呢！

田慧玲　那好，让我把柜打开！

袁治恒　慧玲！慧玲……

　　　　（田慧玲一把拉过袁治恒，从柜中拿出反动文件，看。）

田慧玲　啊！"黄龙反共纲领"！

袁治恒　啊！（大惊失色，上前欲夺。田慧玲一个转身，将材料高高举起。袁治恒复又扑来，田慧玲愤怒至极，狠狠地打了袁一个耳光）

田慧玲　（唱）见罪证气得我浑身颤，
　　　　　　　阵阵烈火胸中燃。
　　　　　　　我只说夫妻双双为党同把工作干，
　　　　　　　谁知晓同床异梦你却是个狗内奸。
　　　　　　　夫妻情意风吹散，
　　　　　　　党的恩情重如山。
　　　　　　　我要到政府去报案，
　　　　　　　依法处置不容宽。

袁治恒　（唱）慧玲息怒别翻脸，

|||我把苦衷对你言。
|||袁治恒没吃豹子胆，
|||我怎敢造次生事端。
田慧玲|（唱）|铁证已经摆当面，
|||休想诡辩把案翻。
袁治恒|（唱）|有人逼我把坏事干，
|||我可没有上贼船。
田慧玲|（唱）|既然没有上贼船，
|||为什么这里有你把名签？
袁治恒|（唱）|这事绝非我所干，
田慧玲|（唱）|身后何人把线牵？
袁治恒|这……
田慧玲|说！
袁治恒|我……
田慧玲|（接唱）你不说就是同案犯。
袁治恒|不！我说，我说！
|（接唱）他就是特务胡建藩！
田慧玲|哦！胡建藩？他怎么能把你的名字弄到这反革命纲领上呢？
袁治恒|我……我原来给他写过一封信，可能他把我信上的名字描在这上边的。
田慧玲|胡建藩的反动历史你不是不知道，你为什么同他来往，你为什么给他写信？看来你们是同流合污，一帮瞎蛇！
袁治恒|不……
田慧玲|那你给他写信干什么？
袁治恒|唉！事已至此，我就对你全说了吧！一九四九年，我伯父逃往台湾之前，亲手交给我一把手枪。
田慧玲|一把手枪！他给你枪干什么？
袁治恒|他说让我先保存一下！
田慧玲|现在枪呢？

袁治恒　我当时心里害怕，等他走后，就把枪撂在这院子的井里了。
田慧玲　可是，这与胡建藩有什么关系呢？
袁治恒　唉！偏偏我撂枪时他看见了。
田慧玲　他说什么了吗？
袁治恒　他说："可惜这把德国造啦，要是交给我一定能保管好！"后来，我总是害怕得很，心里老不踏实，就写信告诉他，让他千万别说出去。现在他就把我这封信上的名字描在这个反革命的纲领上了。
田慧玲　胡建藩拿着这个东西逼你入伙，去做坏事？
袁治恒　就是！
田慧玲　你答应他了吗？
袁治恒　哎呀，好慧玲呢，我就是再糊涂，还能干这种坏事吗？
田慧玲　那他怎么敢把这个东西放在这里呢？
袁治恒　他抓着我的辫子，知道我不敢揭露他。
田慧玲　那么你现在呢？
袁治恒　我……慧玲，咱们从今往后同他一刀两断不就行了吗？
田慧玲　怎么，你还想包庇反革命分子？
袁治恒　不！慧玲！我恨死胡建藩啦。
田慧玲　那好，既然是这样，治恒，跟我走！
袁治恒　上哪儿去？
田慧玲　公——安——局。
袁治恒　哎呀，慧玲！他要是到公安局反咬一口，我就是跳进黄河也洗不清啊！
田慧玲　治恒，不怕！蒸馍是实的，包子是虚的，只要你老实坦白交代，政府一定会按政策办事。
袁治恒　这……
田慧玲　治恒！
田慧玲　（唱）胡建藩是个大坏蛋。
　　　　　　　旧社会军队里当副官。
　　　　　　　如今他反动立场不改变，

　　　　　　　　又暗中活动想翻天。
　　　　　　　　怜念他就是把罪犯，
　　　　　　　　不揭发就等于纵虎归山。
袁治恒　（唱）揭发检举我情愿，
　　　　　　　　就怕他反咬一口就麻烦。
　　　　　　　　联系到伯父罪恶一大串，
　　　　　　　　打蛇不死反被缠。
田慧玲　（唱）自己的问题没隐瞒，
　　　　　　　　你伯父的罪过他自承担。
　　　　　　　　敌我之间有界限，
　　　　　　　　泾渭清浊分两边。
　　　　　　　　眼前摆着两条路，
　　　　　　　　坦白从宽抗拒严。
　　　　　　　　一条光明一条暗，
　　　　　　　　一个苦来一个甜。
　　　　　　　　放下包袱向前看，
　　　　　　　　莫被私心把你缠。
　　　　　　　　快到政府去报案，
　　　　　　　　对敌斗争志要坚。
袁治恒　（唱）你拨亮我心中灯一盏，
　　　　　　　　霎时雾散晴了天。
　　　　　　　　都怪我眼光看不远，
　　　　　　　　总怕自己受牵连。
　　　　　　　　走走走咱们一起去报案，
　　　　　　　　我的问题我承担。
　　　　　　　　向政府老实讲一遍，
　　　　　　　　彻底揭发胡建藩！
田慧玲　对！治恒，这就对啦！
袁治恒　好，咱们走！

［亮相。

（幕　落）

第 三 场　凶　杀

［傍晚。
［黄龙山朱家岔后山腰，梢林密布。

曹老汉　（上唱）世雄搬我离河南，
　　　　　　　　来到陕西度残年。
　　　　　　　　进了深山放眼看，
　　　　　　　　满山遍野好庄田。
　　　　世雄，这娃哟，你咋不走大路么？你看这低一脚高一脚，把我走得喘不过气来。

曹世雄　二爸，从这里走近。

曹老汉　（听不见）嗯？你说啥？

曹世雄　走大路远。

曹老汉　你说有危险？！嗨！如今共产党毛主席治理国家，可有啥危险？要是在旧社会呀，土匪坏人多得很，天黑了走山路就是有危险。世雄，我本来不想离开河南，接到你的信，想到咱一门就只留下你这一条根了，又是我一手抓养大的，不来心上不得下去。

曹世雄　好好好。

曹老汉　我想你如今一定变成好人了，二爸我高兴得很。

曹世雄　噢！二爸，你到前边等一等，我就来啦。

曹老汉　嗯！你说啥？

曹世雄　你到前边等一等。

曹老汉　噢，等你着。这娃哟！在这儿可有啥事呢？天不早咧，你就来！

曹世雄 对！走！我扶你走！（扶老汉下）

　　　　［一〇三，一身上路打扮，也不跛了，匆匆走上。

一〇三 （唱）在西安好像人发现，

　　　　　　　找不见二〇八心火燃。

　　　　　　　金蝉脱壳离了险，

　　　　　　　偷偷又回黄龙山。

　　　　　　　为长期潜伏做打算，

　　　　　　　下毒手要杀曹老汉。

　　　　　　　借尸还魂巧装扮，

　　　　　　　坐镇深山待时间。

曹世雄 （上）长官，快黑了，快歇歇吧！（递烟）

一〇三 （接烟，等曹点着，狠吸一口）你二爸呢？

曹世雄 在前边等着呢。还是长官有能耐，在西安卖了十几天烧鸡，也没出事，哈哈哈！！

一〇三 可我总觉得有危险！

曹世雄 啊？！

一〇三 恐怕我们的上级二〇八……

曹世雄 啊？上级出事啦？

一〇三 也许不至于。世雄，你以后身上经常带着一盒纸烟，若遇见合适的人，把金纸抽出半截，（比试）随便摇三摇，拍三拍，他要是左手拿出两颗小银铃儿，摇来摇去，那就好了！

曹世雄 长官，这金纸摇三摇拍三拍是啥意思？两颗小银铃儿又是……？

一〇三 这就是和我们西北的总上级二〇八接上头了。

曹世雄 这就是和上级接上头了？那人家拿出小铃儿我该怎么办呢？

一〇三 那你就马上报告我，因为这只是接头。谈话嘛，另有谈话的暗号。

曹世雄 那人家要是……

一〇三 这个你就不需要知道了。

曹世雄 那……那现在咱们该怎么办？

一〇三 怎么办？世雄，美军在仁川登陆以后向北节节推进，眼看就要跨过鸭绿江，占领东北，蒋总也要回大陆。我们必须赶快发动人马，内外夹攻，迎接总统登陆。如果大功告成，天下到手，我们都能升官发财，到了那个时候……我保荐你为陕西的保安司令。

曹世雄 长官栽培之恩，世雄终生不忘。

一〇三 只要你肯出力卖命，为党国效忠，这个肥缺，只要我一句话就可定名。

曹世雄 长官指令，世雄言听计从，就是赴汤蹈火，我也首当其冲！

一〇三 好！老弟秉性刚直，肝胆照人，颇有豪侠义士的气概。不过，如今不需用你砍杀，也不必拼命，只要你答应我一件事！

曹世雄 什么事？长官只管开口，就是要我身上的肉，我曹世雄也在所不惜。

一〇三 好！世雄！

（唱）你赤胆忠心令人敬，
　　　能杀身成仁是英雄。
　　　回大陆我进入黄龙境，
　　　为了党国的大事情。
　　　只可惜手边无有身份证，
　　　要长期潜伏怕不行。
　　　烦你多把脑筋动，
　　　设法搞个假证明。

曹世雄 （唱）假证明，不难弄，
　　　刻几个图章准能行。
　　　就说你逃难到此境，
　　　籍贯本来在山东。

一〇三 （唱）共产党，难欺哄，
　　　内查外调会弄清。
　　　山东黄龙两对证，
　　　暴露无遗行不通。

曹世雄 （唱）如不然让我离县境，
　　　杀他个合适的老贫农。

抢来证明长官用，

这样你看行不行？

一〇三　（唱）这是下策不能用，

杀人容易招大风。

公安局马上会出动，

我们必然把祸生。

曹世雄　（唱）长官一向很高明，

请你指点我服从。

一〇三　（唱）要杀人不必出县境，

眼前摆的有现成。

曹世雄　（唱）深山野林无人影。

一〇三　（唱）你二爸身上有证明。

曹世雄　啊！长官，这……

一〇三　唉！我也不忍心下此毒手啊。老人家辛勤劳动一生，又是你唯一的亲人，真是令人痛心啊！（掏出手帕擦泪）可是，为了党国的事业，为了我们的荣华富贵，你应当有大义灭亲的精神！现在，这深山野林正是我们动手的好时机，世雄！快把他叫来！

曹世雄　长官！你……留他老人家一条活命吧！

一〇三　你留他一条性命，他会向政府报告，把我们一网打尽！

曹世雄　这……

一〇三　怎么，你动摇了吗？

曹世雄　我……

一〇三　老实告诉你，国有国法，家有家法，咱们这个组织也有规矩，如果不服从命令，小心你的狗命！

曹老汉　（复又返回）世雄，世雄，这娃呀，你怎么还不来！天不早了，快走，你看北斗星都偏西了。（看见一〇三大惊）啊！这……这是党旅长么！世雄，你真没出息，到了新社会，你还和这些人来往，啊！你……（一〇三用绳子突然勒住曹老汉的脖子）

曹老汉　哎哟！（死）

曹世雄　长官，长官！
一〇三　不许抖，快拉到沟里埋了，快，快！
曹世雄　是！
　　　　［二人拉尸首从山崖上推下去。

第四场　布　局

　　　　［上午。
　　　　［公安局。
　　　　［办公室的窗子与西安钟楼遥遥相对，透过窗子还可望到院子里的绿竹、翠柏。室内陈设写字台、椅子等。
冯良杰　（上唱）党委会议做决定，
　　　　　　　　深入匪穴摸敌情。
　　　　　　　　找来老吴再商定，
　　　　　　　　细节一定要弄清。
　　　　小刘！
小　刘　（上）冯科长！（敬礼）
冯良杰　你的烧鸡脖子吃得好啊！
小　刘　咋？
冯良杰　咋？把狐狸吓跑啦！
小　刘　跑啦，冯科长，让我把他抓回来！
冯良杰　抓回来？敌人能待在那里等你抓吗？
小　刘　那……（难过地）
冯良杰　好啦，别难过啦。去，把老吴叫来！
　　　　［小刘下。小李上。
小　李　（手里拿着卷宗）冯科长，关于袁治恒的问题，我们进一步做了详细的了解，过去，他的父亲一直在外地为他伯父经商。解放前夕，他伯父把全部商业财产变卖，带往台湾，他父亲就回家务农。袁治恒当时住在他伯父家中上学。历史清楚，从未干过坏事。解放后，在农产品公司当采购，单位反映很好。至于那支枪的问题，我们了解的情况和他谈的完全一致！田慧玲，城市贫民出身，思想进步，工作积极，曾多次受到医院表扬。这些情况你都知道了。

冯良杰　好！胡建藩的那份材料全部拍照复制了吗？

小　李　全部复制了。

冯良杰　好！把原材料交给袁治恒，让他很快誊写几份还给胡建藩！

小　李　是！这是胡匪留下的档案。（交给冯，下）

冯良杰　好！

　　　　〔任志忠、强连长上。

任志忠　冯科长，我们马上准备动身回去！

冯良杰　好！回去告诉县局的全体同志，要严密控制这股敌人。强连长，你的任务不轻啊！

强连长　冯科长！虽然我跟曹世雄勾上了关系，但总是摸不上去，我的建议领导研究了吗？

冯良杰　领导上已经研究决定，再派一个同志打进去，继续往上摸！

任、强　那太好啦！

冯良杰　老强同志啊，和敌人打交道可是一个非常艰苦的工作啊！你要机智灵活，有情况多和老任同志联系。

强连长　是！

冯良杰　同志们，我们一定要遵照毛主席关于镇反运动要实行"党委领导，全党动员，群众动员"的正确路线，上下一致、内外配合，尽快地破案。省厅和市局已经做了具体布置，说不定过几天还会来更多的同志。

强连长　好！热烈欢迎同志们来！

任志忠　那我们回去啦！

冯良杰　好！再见。

　　　　〔一一握手，任、强下。

冯良杰 （唱）匪特结伙暗作乱，
怎能把群众的眼睛瞒。
要破案必须走群众路线，
打一场人民战争把敌歼！
吴志海机智又勇敢，
是一个经验丰富的侦查员。
他曾经多次打进匪特内部搞侦探，
为祖国为人民除害锄奸。
这一次还需他肩挑重担，
把尖刀直插在豺狼心肝！

[吴志海上。

吴志海 报告！
冯良杰 进来！（吴志海进屋）请坐。你不抽烟，喝水吧！
吴志海 不！我抽烟。这是工作的需要。
冯良杰 对！一个少将参谋长怎么能不抽烟呢？哈哈哈……来！抽一支！
吴志海 什么少将参谋长？
冯良杰 好，先不谈这个。我问你，你说叫小刘惊飞了的那个卖烧鸡的是谁？
吴志海 是谁？
冯良杰 哼！是谁！他就是咱们找了好久找不见的那个大家伙一〇三！
吴志海 一〇三？冯科长，对这个家伙我们没有足够的重视，让小刘这个没有经验的新手去对付，应当说是一个错误！
冯良杰 是啊，应当总结这个教训。
吴志海 但不知这个家伙逃往何处？
冯良杰 根据各方面的汇报和上级党委的分析，可以断定，这家伙是由渭南下火车，经蒲城、白水，向北就不见了。看样子，定又是钻进了黄龙山啦！这给我们迅速破案造成了很大的麻烦。
吴志海 根据目前的情况，我们是不是可以这样设想，一〇三是黄龙山这股匪特的总头目，也就是袁治恒揭发的这个胡建藩的直接上司。
冯良杰 嗯，可以这样设想，但还不能完全肯定。

吴志海　胡建藩急于发展他们的反动组织，一〇三迫切地要同上级接头，这两者会不会是有机联系的呢？

冯良杰　这还很难断定。当前，在国际和国内，我们正在进行抗美援朝，土地改革和镇反运动。美蒋反动派和国内反革命分子，越来越感到前途无望，必然要做垂死的挣扎。黄龙山的匪特也决不例外！

吴志海　你是说，他们有采取疯狂行动的危险？

冯良杰　很可能。但是我想，有黄龙县公安局同志的严密控制，有当地群众的密切监视，也许不至于出大的乱子。不过，我们必须做充分的准备。

吴志海　冯科长！那我们采取什么措施呢？

冯良杰　党委决定：打进去！摸清情况，将敌人一网打尽！

吴志海　对！这是一个英明正确的决定。那么我的任务是……

冯良杰　你不是开始抽烟了吗？

吴志海　噢，是要我扮演那个敌伪少将参谋长啊？！

冯良杰　对！他的名字叫梁名义。

吴志海　那么，被我们边防哨抓住的那个家伙是……

冯良杰　是正经理二〇八。你扮演的是副经理代号十四号。

吴志海　但是，副经理梁名义我们并未抓到。

冯良杰　所以说，你的任务不仅是找一〇三，而且还找十四号梁名义。

吴志海　为什么不能扮演正经理二〇八呢？

冯良杰　因为他认识一〇三，也认识十四号。

吴志海　这就是说一〇三和十四号互不相识？

冯良杰　对！他们接头的暗号就是金纸、银铃，而且是认铃不认人。

吴志海　如果我看见了真正的梁名义呢？

冯良杰　那么你的身份就是一〇三。

吴志海　用金纸同他接头！？

冯良杰　对！

吴志海　我全明白啦！

冯良杰　因为敌人急于接头，所以我们必须抢在他们的前边！怎么样？吴志海同志！

吴志海　冯科长，为了保卫我们伟大的社会主义祖国，我坚决完成党和人民交给我的光荣任务，深入敌特内部，摸清全部案情，找到一〇三，牵着鼻子，把他拉出来！

冯良杰　对，这样，我们就能像毛主席指示得那样，"打得稳，打得准，打得狠"。好吧！关于这个方案的细节，咱们还要进一步研究。你再找袁治恒把情况谈谈，做到有备无患。

吴志海　我同他们谈了几次，他坚决表示愿为破案出力！

冯良杰　（拿起桌上的卷宗）这是胡匪留下的档案，你再研究研究。另外，为了控制敌人，局党委打算让田慧玲随医疗队也到黄龙去，以防治地方病为名，配合咱们做外线工作。

吴志海　好！那么第一个回合就是先让袁治恒两口唱一台戏。

冯良杰　对！然后把你介绍进去。

吴志海　我的公开身份是？

冯良杰　卖纸烟的小摊贩。

吴志海　冯科长，我可以行动了吗？

冯良杰　行动吧！老吴同志！

（唱）任务光荣又艰险，
　　　争分夺秒抢时间。
　　　你在内线细侦探，
　　　我们外线控制严。
　　　内外配合来作战，
　　　匪特一定要全歼！

吴志海　冯科长，你放心吧！

（唱）公安战士浑身胆，
　　　敢捣虎穴闯龙潭。
　　　人民政权咱保卫，
　　　誓把匪特消灭完！

（幕　落）

第五场　借　钱

［上午。
［袁治恒家。

袁治恒　（上唱）冯科长找我把话谈，
　　　　　又觉光荣又喜欢。
　　　　　今后定要努力干，
　　　　　再苦再累也心甘。
　　　　　慧玲！慧玲！

田慧玲　（从内屋出）治恒，回家啦！看把你高兴的咧样子。

袁治恒　甩掉了身上的大包袱，政府又给了咱光荣的任务，怎么能不高兴呢？

田慧玲　可是那一天，你先看你咧神气，简直怕得要死。

袁治恒　唉！说真的，慧玲，那天不是你早回来一步，现在你都成了寡妇啦。

田慧玲　再别胡说！这是党的政策救了你！好啦，不说啦！冯科长不是叫咱两口子给胡建藩唱一台戏吗？

袁治恒　对，胡建藩来了，咱俩要美美吵一架，哎，你可要把煞法拿出来，不敢冒了气。

田慧玲　呀，知道，操心你。

胡建藩　（内喊）治恒！治恒！

袁治恒　快！（暗示田）来了，（故作大吵）悄着，整天价咚咚咚，咚咚咚，你倒是咚咚啥呢！

田慧玲　咋，你整天待在家里不上班，还不敢让人说！？

袁治恒　你管不着！

田慧玲　你要是个野的我就不管！

袁治恒　你骂谁，你骂谁？嗯……

（胡建藩进屋，袁治恒拿笤帚装打田慧玲，正好打在胡建藩的头上。

　　　　　　胡建藩抱头）
胡建藩　哎哟！
袁治恒　建藩哥，对不起。这婆娘家太不像话啦，共产党让你们妇女翻身，也不能骑在男人脖子上嘛！
田慧玲　好，你耍野蛮打人！
袁治恒　打了你，把我看个两眼半！
胡建藩　哎呀呀，不要吵，有啥事慢慢商量嘛！
袁治恒　商量？谁跟谁商量呢？我是一家之主，这家里就得我说了算！
田慧玲　现在不是过去啦，你想欺侮人就不行！
胡建藩　算咧，算咧！慧玲，你少说几句还不行？！治恒！你也不看慧玲一天又要上班，又要管娃，家里的啥她都得操心，你就不能体贴体贴嘛！
袁治恒　建藩哥，你听我说！
田慧玲　建藩哥，你听我说！
胡建藩　对咧！你俩都甭说啦。夫妻之间还争啥高低呢？！
田慧玲　嗯，男子汉大丈夫，整天伸手向女人要钱呢，真有志气！（下）
袁治恒　嗯……（想打。胡建藩拉住）建藩哥，你看说话欺人不欺人？！这还能过吗？
胡建藩　不要吵，不要吵，为了谋咱的大事，越发要和她把关系搞好呢！要不然她出去给你一报告，就瞎瞎地瞎咧！怎么样，钱弄到手了吧？
袁治恒　你没听见，刚才就是为钱的事。
胡建藩　咋咧？
袁治恒　我把办法想尽咧，才弄到七十三块钱，给！我知道田慧玲悄悄地还攒了三十块钱，就想拿来给你凑个囫囵数，可我刚一开口就碰了钉子！
胡建藩　噢，是这事啊！
田慧玲　（上。给胡建藩倒茶）建藩哥，你喝茶！（欲走）
袁治恒　慧玲，慧玲！你先别走！
田慧玲　咋？有话就说，反正想用我的钱没向！娃的保姆费还没交呢！
袁治恒　尽管给你说，我有个要紧事，想借用一下，你先看你那态度。
胡建藩　算咧，算咧！借不成咱另想办法，不要为这点小事伤了你夫妻的和气。

田慧玲 咦!建藩哥,这钱是给你借的啊?

胡建藩 既是这样了,不要为难,算咧!

袁治恒 慧玲,你说,建藩哥从过去到现在对咱怎么样?今天建藩哥有点困难,咱再不帮助,你咻良心上过得去吗?

田慧玲 哎呀呀,是你没说清楚,还是我没听明白呢?嗯!都三十多岁的人咧,哼哼唧唧的连个话都说不明白,还怪人家给你吵呢。建藩哥又不是外人,借点钱可有啥为难的呢。建藩哥,我给你取去!(下)

袁治恒 对对对,这又怪我,反正你总是常有理。

胡建藩 哎呀,这兄弟,不说就没事咧!

袁治恒 不说,不说她得寸进尺呢!

田慧玲 建藩哥,这是三十块钱,你点点。

胡建藩 点啥呢,这就叫大家为难啊!

田慧玲 没啥,没啥,看你把话说到哪儿去咧,咱都是自己人。不过,这三十块钱我也来得不容易,怕家里有个跌跤趴滑处作难。

胡建藩 你放心,绝对打不住你的事,啥时用钱言语一声,这君子一言么!

田慧玲 你用,你用,把你箍不住。

袁治恒 哎!真是凤凰落架不如鸡,虎离深山被人欺哟!

田慧玲 你胡说!今天建藩哥也在当面,这到底怪谁?

袁治恒 你说怪谁?

田慧玲 我说怪你!

袁治恒 我说怪你!

胡建藩 哎哎哎,不要吵,不要吵,谁都不怪,怪哥把话没说清,看这不毕了么?

田慧玲 真是一天价搜缝缝找不是,还嫌人爱跟你吵!(下)

袁治恒 就说你嘴嘟嘟啥呢?得能的哟!

胡建藩 (拉袁坐下)哎呀,算咧算咧!

袁治恒 唉!好建藩哥哩,咱这背景不好,啥都由人家管哩,唉!

胡建藩 兄弟啊!记住哥的话,和为贵,忍为高!

袁治恒　说真的，不是为了咱的大事，我早跟她弄翻了。等将来大事成功了，我叫她田慧玲也认识认识我姓袁的。

胡建藩　对！兄弟呀，谋大事的人，就是要胸怀宽广，绝不能因小失大。

袁治恒　建藩哥，你看兄弟能成大事吗？

胡建藩　嗨！这还用说嘛！要不然哥为啥要发展你哩，就是看上你这块料啦。

袁治恒　不过建藩哥，你做事也太不谨慎啦！

胡建藩　怎么？

袁治恒　那天，你把材料向我这一撂就走咧，你都不怕我向政府报告么？

胡建藩　哈……老实对你说，哥对你是了如指掌，你还没有那种"肚"子。哥在旧社会逛荡了那么多年，什么样的人都见过，什么事都经过，没有这一点儿把握敢冒那个险！不过，话又说回来了，哥相信你啊。不说啦，治恒，你前天说那个姓梁的，究竟怎么样？咱现在可缺人得很呐！

袁治恒　怎么样？胡哥！

　　　　（唱）不是老弟对你夸，
　　　　　　　这人本领真不差。
　　　　　　　少将参谋长威名大，
　　　　　　　胡长官当年器重他。
　　　　　　　如今隐名又埋姓，
　　　　　　　见了凡人话不答。
　　　　　　　只要有人领他干，
　　　　　　　真如猛虎把翅插。

胡建藩　（唱）他可肯听咱的话？

袁治恒　（唱）恐怕你难降服他。
　　　　　　　只要军阶比他大，
　　　　　　　叫他干啥他干啥。

胡建藩　（背唱）看来这人气魄大，
　　　　　　　　定要设法留住他。

　　　　治恒！咱们有的是上级，还是台湾派来的呢。请你转告老梁，要见的话，得到黄龙山去见！

袁治恒 这么说，这个人可以发展？

胡建藩 嗯！先见见面再说吧。不过……

袁治恒 你怕他不听指挥？我想不会的，我同他谈过了，他没有别的要求，只要有上级领导，他可是一个能顶十个啊！如有不顺从的事，老弟从中予以斡旋，咱们一定能够精诚团结，共举大业。另外，这个人秉性刚强，对朋友赤胆忠心，嗯梁名义么，你不知道，过去也曾到我伯父师部里来，你们也许见过面。

胡建藩 梁名义？

袁治恒 哎，对！过去人都叫他敬轩。

胡建藩 噢，敬轩，嗯，熟悉熟悉，过去听人说过这个人。他常到这儿来吗？

袁治恒 不常来，为了避嫌。不过今天我约他来同你先见见面。

胡建藩 好的。

袁治恒 给！把这东西你先拿走，（开柜拿材料递给胡建藩），我只抄了两份，实在挤不出时间。还得避着人干！

胡建藩 对！是要小心谨慎。

袁治恒 这都是我趁慧玲上班时干的。

胡建藩 怎么，慧玲今天没上班？

袁治恒 嗨！我还忘了告诉你，她马上下乡去！

胡建藩 上哪儿去？

袁治恒 医院组织了个医疗队，正好到黄龙山一带防治地方病。

胡建藩 对，那里的柳拐子病可是严重的。

袁治恒 所以，医院最近叫她休息两天，把家务安顿安顿。我想她下去也好，对咱们活动有利。

胡建藩 对！很有利。你同老梁是肯定要到哥那里去的。老梁可以做他的营生，别人不会怀疑。如果万一有人问到你，你就说：一来进山采购山货，二来拜访朋友，三来探望老婆，这不是万无一失么。告诉慧玲，哥和你嫂子都欢迎她。

吴志海 （上）治恒，治恒！

袁治恒　啊！老梁来啦！

　　　　〔胡建藩急退。袁治恒迎出。

袁治恒　哎呀，老梁么，这一向生意好吗？

吴志海　吃不上稠的，总有碗稀的嘛！（用眼问胡建藩可在，袁示意在，让进去）

袁治恒　哎，来来来，家里坐。（同进内。胡建藩出来见吴志海）我给你们介绍介绍。（指胡建藩）这就是胡兄。

胡建藩　建藩。

袁治恒　（指吴志海）这位是梁先生。

吴志海　敬轩。你就是胡兄？久仰，久仰！（互相递烟）

胡建藩　敬轩兄，久闻大名……（吴志海制止，示意小声一点儿）

袁治恒　慧玲，慧玲！

田慧玲　（上）啥事？

袁治恒　今天几位知心朋友相聚一起，可不容易啊！你给咱买瓶酒去！

田慧玲　好！炉子上的水开咧，你把茶沏上。你们坐，我就回来！（下）

胡建藩　好！（用大拇指示意）老弟办事稳当。敬轩兄，久闻大名，如雷贯耳，今日一见，三生有幸！

吴志海　唉！谁知道沧桑之变，急转直下……

胡建藩　敬轩兄过去是在……

吴志海　在胡长官、刘师长部下任职。

胡建藩　该师所辖五个团，那第一团团长是……哪个……

吴志海　怎么，忘啦？孙德胜，外号人称孙刀子，河南人，在晋南和共军作战还掉了半个耳朵。

胡建藩　对对对，是我的老乡。他的手下还有个干将叫……

吴志海　嗨！你说的是一营营长鲁生海，跛子，也是河南人，他和孙德胜是拜把弟兄，就是根底不正。

胡建藩　怎么？

吴志海　原先是豫西一带的土匪，后来被镇嵩军刘镇华收编。刘镇华调往安徽，他就投靠了孙德胜。

胡建藩　对对对，敬轩兄真是博闻强记，佩服，佩服！只要敬轩兄给咱干，何愁大事不成！

吴志海　唉！兄弟是军人出身，有勇无谋，恐怕有失兄台重望。

胡建藩　哪里，哪里！自己人何必客气！

吴志海　不过兄弟这个人脾气怪，干事从来都要有根有底，这个，这个……

袁治恒　敬轩兄，兄弟把你的意思也对胡兄讲啦，建藩兄的意思是，你可以到黄龙山去见上级，然后再议大事。

胡建藩　对！

　　　　（唱）西安见面有困难，
　　　　　　　上级他在黄龙山。
　　　　（背唱）先用大话把他骗，
　　　　　　　　一步一步耍套圈。
　　　　　　　　既然上了我的船，
　　　　　　　　就得听从我使唤。

吴志海　（唱）党国事业高于天，
　　　　　　　愿去黄龙会长官。
　　　　　　　只是我这小摊贩，
　　　　　　　到了那里不方便。

胡建藩　（唱）外表你把大夫扮，
　　　　　　　行医云游到深山。
　　　　　　　普通药物带齐全，
　　　　　　　山里人没见过大世面。

吴志海　（唱）胡兄多智出高见，

胡建藩　（唱）愚弟怎能比敬轩。

袁治恒　（唱）我看咱就这么办，

三　人　好！

　　　　（同唱）群英相聚黄龙山！

胡建藩　好！咱弟兄今日幸会，令人万分高兴，不客气，走，义祥楼的牛肉泡，再畅饮几杯。走走走！

袁治恒　怎么，瞧不起兄弟？慧玲不是买酒去了吗？
吴志海　二位美意，敬轩领受。只是事业不同，相聚多有不便。来日方长，咱们后会有期。黄龙山见！
胡建藩　老兄言之甚是。那么我和治恒先走一步，仁兄随后即来黄龙。
吴志海　好！我走了。
胡建藩　恕不远送。
吴志海　留步，留步！（下）
袁治恒　怎么样？
胡建藩　真是一员好将。治恒，我走啦！
田慧玲　（拿酒上）怎么，酒刚买回来，人都走了。建藩哥，你先别走！
胡建藩　不啦！哥还有点事要办。慧玲，听治恒说，你随医疗队去咱黄龙，哥跟你嫂子都欢迎你来！
田慧玲　好，我们很快就会来的。
胡建藩　我走啦！（下。袁治恒送出）
田慧玲　（唱）老吴打进特务网，
　　　　　　　胡建藩他还在梦乡。
　　　　　　　去找冯科长，
　　　　　　　对他说端详。
　　　　　　　定要把匪特一扫光！

（幕　落）

第 六 场　过　路

［中午。
［黄龙山中一个路口，古树参天。
梁名义　（上唱）梁名义进了黄龙山，

　　　　　　　专门来访一〇三。
　　　　　　　西安到处都找遍，
　　　　　　　不知老尧在哪边。
　　　　　　　昨夜晚宿在黄龙县客店，
　　　　　　　决定今天再走城南。
　　　　　　　任务紧急刻不容缓，
　　　　　　　黑风岭下走一番。（下）
　　　　〔冯良杰担货担上。
冯良杰　（唱）扮装货郎把乡转，
　　　　　　　踏遍青山不辞难。
　　　　　　　三岔路口暂歇缓，
　　　　　　　约好这里把话谈。
　　　　〔任志忠，田慧玲上。
任志忠　冯科长！
冯良杰　老吴来了吗？
田慧玲　听强连长说来了。
任志忠　冯科长，关于曹世雄他二爸，河南已经打来电话，说老汉今年六十七岁，白发白须，背锅腰，耳朵聋，的确是个好劳动人民。
冯良杰　噢！关于朱家岔后山腰那具无名尸体，你们必须尽快查明。
任志忠　是！
　　　　〔强连长上。
强连长　刚才在二郎山后发现了一个可疑的人。
冯良杰　什么样子？
强连长　大约五十岁，是个卖木梳篦子的，言谈举止不像个普通的劳动人民。我已派人跟上了，他向黑风岭那个方向走了。
冯良杰　慧玲，你转告老吴，请他注意这个人。
田慧玲　好！（下）
任志忠　下次接头地点？
冯良杰　根据情况，临时决定，你们可以走啦！

〔任、强下。

冯良杰 （唱）货郎鼓儿不住响，
　　　　　　　深入山林捉豺狼。

（幕　落）

第 七 场　追　根

〔中午。
〔黄龙山中，黑风岭下。胡建藩家，小杂货铺。
〔白玉花抽着烟端着茶上。

白玉花 （唱）吃罢了饭，
　　　　　　　我再泡上一杯香茶，
　　　　　　　解一解困乏。
　　　　　　　哎呀哈，想从前哪——
　　　　　　　酒烟不断呀，
　　　　　　　日夜把牌打呀，
　　　　　　　夫荣妻又贵呀，
　　　　　　　真真的威风大呀，
　　　　　　　当官的个个伢都喜欢咱。
　　　　　　　解放初我把建藩嫁，
　　　　　　　实在是出于没办法。
　　　　　　　躲进这黄龙山里烂沟岔，
　　　　　　　谁料想此地也难把根扎。
　　　　　　　共产党抗美援朝、土改镇反、又搞互助合作化，
　　　　　　　弄得人两眼发黑头也大，
　　　　　　　把一朵鲜花遭霜煞！

［田慧玲身背草帽上。

田慧玲　玉花姐！

白玉花　噢！慧玲回来咧。

田慧玲　上级布置马上要开展防病检查，我去岭上跑了一趟！

白玉花　看累得满头汗，快坐下歇会儿，姐给你打水洗洗，再泡一杯"香片"。

田慧玲　姐，不客气，我自己来。（卸下草帽进里屋）

白玉花　哟！大妹子真是个勤快人。

［刘老三暗上窥望。田慧玲端脸盆上。

田慧玲　咋不见我建藩哥人呢？

白玉花　有事出去啦。（殷勤地替田打土）这鬼地方坡坡坎坎的，叫你受苦了。

田慧玲　苦啥哩！这是任务么，其实也正好锻炼锻炼。

白玉花　对，还是年轻人思想进步。不过你可不要作假，吃呀喝呀你随便，热呀冷呀你言传，不能叫人受屈么。

田慧玲　这可要给你添麻烦呢！

白玉花　这有啥哩，一家人不说两家话么！

田慧玲　姐，我还要去开会，回头咱们好好拉拉家常。

白玉花　好！姐可有一肚子体己话要跟你说哩！

［田慧玲顺便背起药箱下。

刘老三　（不解地）嫂子！你怎么跟她拉得恁热火，这个人是谁？

白玉花　谁？大地方来的女护士，你建藩哥的好朋友袁治恒的媳妇。现在伢讲文明，叫爱人哩！

刘老三　我见她一天到晚往乡上跑，你跟她黏得那么紧，这怕……

白玉花　放你七十二条心，人家是来防治瘿瓜瓜、拐拐腿的，不要看她吃公家的饭，咻心里跟咱通着哩。（神秘地）这次你建藩哥去西安弄经费，可多亏她帮忙。

刘老三　噢，才是这……哎，嫂子，听我建藩哥说，不是有个大头头，姓梁的要来么？

白玉花　只等等不来么,急得你建藩哥跟治恒又出去看去了。

刘老三　赶快计划动手!眼下这时势对咱们越来越不利啦!

白玉花　不怕,只要这个姓梁的来跟咱们干,保险能成大事!

刘老三　嗯,对,美!

　　　　〔吴志海背药箱上,站在窗外。

吴志海　大嫂子!

　　　　(唱)问大嫂这村子什么名?

白玉花　(唱)黑风岭下小胡城。

　　　　　　请问同志你贵姓?

吴志海　(唱)人都称我梁医生。

白玉花　噢,你就是梁大夫,请进来坐!

　　　　〔吴志海进内。白玉花、刘老三互相示意。

白玉花　(唱)暗言暗语细质对,

　　　　　　一样一项盘问清。

　　　　梁大夫,你都带些什么药,能治些什么病?

吴志海　大嫂子,我带的药品可多得很啊!

　　　　(唱)卖药的中西合医把病看,

　　　　　　各样药品带齐全。

　　　　　　阿司匹林麻黄素,

　　　　　　红汞碘酒坤宁丸。

　　　　　　小苏打能把胃来健,

　　　　　　跌打损伤有膏丹。

　　　　　　假若有人出盗汗,

　　　　　　咱这里还有那祖传三辈精工特制的大力丸。

　　　　　　针灸治疗我保险,

　　　　　　推拿按摩赛神仙。

白玉花　(唱)捧一杯香茶你且用,

　　　　　　我有病正想请医生。

吴志海　(唱)问大嫂害的什么病?

白玉花　（唱）我日日夜夜害心疼。
吴志海　（唱）再问大嫂名和姓？
白玉花　（唱）白玉花特意把你迎。
吴志海　哦，你就是白玉花？
白玉花　（俏皮地）嗯，你当是谁呢？
吴志海　那么建藩兄在家吗？
白玉花　噢，你是敬轩兄，胡长官部下的参谋长，赫赫有名，看伢谁不知道。
吴志海　嘘！（急阻白，示意刘在跟前）
白玉花　刘老三，自己人。唉！都是自己人，还三盘六问的。
吴志海　盘问得对，谨慎些好。
白玉花　来，快请坐！我给你咂支好烟。（点火吸着给吴）
吴志海　有有有。（很快吸着自己的烟）看，这不是点着了吗？
白玉花　哟！派头倒不小！
吴志海　（为了应付，向白递烟），来，换一支！
白玉花　（接过烟，把自己正吸的让给刘老三）唔，到底是贵客驾临，不同凡人。
袁治恒　（上）嫂子！嫂子！
白玉花　治恒，快看！谁来啦？
袁治恒　噢！敬轩兄来啦。建藩哥到后山接你去了。
刘老三　大家都盼你来咥大活呢！
吴志海　好说，不敢当。这里的环境怎么样？
白玉花　原先还僻静。自从共产党在这儿设了乡政府，管得紧唎。不过咱这小沟岔，人家少，住的又散，好混！
刘老三　就是有个曹世雄，过去也是建藩哥手下的一个小组长。伢现在不但不听指挥，还偷着挖咱的几个人哩。
白玉花　我看，说不定这狗东西屁股后头还有主谋定计的人呢。
吴志海　（引起注意）哦，有这样的事？！奇怪，有文章……太不像话啦！应当好好教训教训。
白玉花　嗯，我恨不得吃了这狗东西的肉！

袁治恒　哎，嫂子！那头有个妇女叫你赶快去开会，研究送抗美援朝慰问品的事情。

白玉花　哼！真烦死了。没办法，还得应付差事，治恒，招呼客人，我去看一下。

刘老三　我给咱找建藩哥去！（与白同下）

袁治恒　老吴（自觉失言，忙改口）噢，敬轩兄！你才来，真叫人着急。

吴志海　不要急，放沉着点，发现情况随时报告。

袁治恒　好。哎！刚才我碰见慧玲，她让我告诉你，冯科长说有个卖木梳篦子的人，请你注意。

〔梁名义上，站立窗外。

梁名义　（试探地）请问，这儿卖水吗？

袁治恒　不卖水，专卖日用杂货。

吴志海　（打量对方）你想喝水？

梁名义　一路奔波，有点口渴，这位老兄——

袁治恒　看病的大夫。

吴志海　云游四方，治病救人。（从药箱拿出听诊器）

梁名义　（附和地）恰似扁鹊再世，定然妙手回春。

吴志海　请问老兄你？——

梁名义　四海为家，小本经营。（从褡裢拿出木梳）

吴志海　（应酬地）堪称货真价实，不负苏杭盛名。

梁、吴　同为浪迹江湖客，萍水相逢自有缘。

吴志海　彼此？

梁名义　一样！

吴志海　哦，好，请进来坐，里边有水。

梁名义　好好好！（进内）

吴志海　治恒，你把这包药给刚才那个货郎送去，告诉他，只要按时服用，保管药到病除。（强调"到"字）

袁治恒　（领悟地）好！（下）

吴志海　请坐，喝水！

梁名义　谢谢。
　　　　　（背唱）他不露声色老练持重，
吴志海　（背唱）这不速之客来去匆匆。
梁名义　（背唱）莫不是一〇三装懵懂？
吴志海　（背唱）莫不是一〇三巧相逢？
梁名义　（背唱）拿出铃儿来摆弄，
吴志海　（背唱）腰里取出小银铃。
梁名义　（背唱）看他如何来反应？
吴志海　（斜视，发觉对方有铃，一惊）啊！
　　　　　（背唱）险些儿坏了大事情。
　　　　　　　　只说是引的金纸动，
　　　　　　　　他怎么也是两颗铃？
梁名义　（背唱）为何不见他有动静？
　　　　　　　　叫人里黑外不明。
吴志海　（背唱）事在万急怎应承？
　　　　　　　　低头忽然巧计生！
　　　　　　　　取出纸烟把客请，（对梁）
　　　　　哎，来，请请请！
　　　　　　　　咱弟兄今日巧相逢。
梁名义　（背唱）他拿出金纸来摆动，
　　　　　　　　莫不是一〇三显神通？
　　　　　　　　再问他的名和姓，（对吴）
　　　　　莫非你是尧？
吴志海　尧，尧什么？
　　　　　（唱）尧志范本是我的名。
梁名义　（唱）一〇三代号？……
吴志海　（唱）属我用。
梁名义　（唱）幸喜今日见尧兄！
吴志海　那么你是？……

梁名义　　（唱）梁名义当年我带过兵，
　　　　　　　　副经理难道你不知情？
吴志海　　你就是梁副经理，那么代……
梁名义　　（唱）代号十四上级定，
吴志海　　（唱）久闻梁兄鼎鼎大名。
梁、吴　　（唱）四处寻找不见影，
　　　　　　　　喜今日将相会黄龙。
　　　　　　　　巧遇，巧遇！
梁名义　　尧兄，你叫我东奔西跑，真难找呀！
吴志海　　我跑了好多地方，也寻不见你，又在西安转了十几天，还是接不上关系。后来，发现有人盯着我，所以才转到这儿来啦。
梁名义　　上级有重要指示，要给你们传达。
　　　　　〔一姑娘边喊边上，打断梁、吴谈话。
姑　娘　　白玉花，白玉花！
吴志海　　白玉花开会去了。
姑　娘　　到哪儿开会去了？连个鬼都没见！
吴志海　　刚才出去的么！
姑　娘　　刚才，刚才，一天光请她就得八个人！（下）
吴志海　　梁兄！这里不是讲话之地。
梁名义　　这样吧，我到二郎庙去，你晚上来听取指示。
吴志海　　准时到达，决不失约。哎！你怎么知道我在这儿呢？这里有个胡建藩你熟悉吗？
梁名义　　胡建藩？……不认识。至于你，我估计你可能在这一带活动，因此才冒险前来。
吴志海　　好，你先走吧！
　　　　　〔梁名义下。吴向窗外示意，强连长跟踪下。
　　　　　〔胡建藩上。
胡建藩　　玉花，玉花！（见吴）啊，敬轩兄，慢待、慢待！要不是老三给我说，我还在沟口往黑里等呢。坐坐坐，喝水。

　　　　　（唱）叫声梁兄请坐定，
　　　　　　　　你来了给兄弟争光荣。
　　　　　　　　大家把你等，
　　　　　　　　密议大事情。
　　　　　　　　今后的工作怎样行？
吴志海　（唱）兄弟没有啥本领，
　　　　　　　　只有一颗心赤诚。
　　　　　　　　上级肯重用，
　　　　　　　　只觉很光荣，
　　　　　　　　愿效微力献毕生。
胡建藩　（唱）参谋长讲话义气重，
　　　　　　　　你好比桃园二刀公。
　　　　　　　　常言道千军万马容易有，
　　　　　　　　一员好将最难逢。
吴志海　过奖，过奖！
胡建藩　（迫不及待地）梁兄！
　　　　　（唱）看眼下鸭绿江边战火猛，
　　　　　　　　抓时机咱们赶快动刀兵。
　　　　　　　　来它个风催火势火趁风，
　　　　　　　　大干一场闹天宫。
吴志海　嗯？！……
　　　　　（背唱）黄龙山已闪动刀光剑影，
　　　　　　　　　形势紧一触即发很分明。
　　　　　　　　　顾不得桩桩件件细盘问，
　　　　　　　　　腰里取出小银铃。
　　　　　胡兄！
　　　　　（唱）我在西安暗活动，
　　　　　　　　联络了当年弟兄十八名。
　　　　　　　　特意来拜见上级听命令。

　　　　　　回去奉命见机行。
胡建藩　（背唱）他要上级我心扑腾，
　　　　　　　　一时只觉脸发红。
　　　　　　　　再拿假话来欺哄，
　　　　　　　　嘻嘻笑笑叫梁兄。
　　　　梁兄！
　　　　（唱）上级有机密大事离黄龙，
　　　　　　　临行对我有叮咛。
　　　　　　　议大事不要把他等，
　　　　　　　命你我二人来担承。
吴志海　啊！这么说上级不在？
胡建藩　碰得不巧，前天回西安去了！
吴志海　（背唱）难道说真的扑了空！
　　　　　　　　他对我颠三倒四为哪宗？
　　　　　　　　忽然一计心头起，
　　　　　　　　再给他来个霸王硬上弓。
　　　　胡兄！
　　　　（唱）为弟是个直心性，
　　　　　　　不见上级不光荣。
　　　　　　　想必对我不重用，
　　　　　　　想必身微分量轻。
　　　　　　　既如此不把大神来惊动，
　　　　　　　你请在我要回家中。
胡建藩　梁兄，小弟给你赔情，对不起，实在对不起。可你说啥也不能走啊！
吴志海　不，不，不！胡兄，你听我说……
胡建藩　还说啥哩，不能走就不能走！治恒！治恒！
　　　　［袁治恒上。
袁治恒　什么事？
胡建藩　你给咱招呼梁兄，他走了我问你要人！

吴志海　哎哎哎，建藩兄，上级既然看不起，不愿意和咱这小人物见面，我总不怪你。兄弟待在这儿也自觉无趣，你在，失陪了！

胡建藩　不能么！你看不起兄弟。既有今日，何必当初？上级总会和你见面的。坐，坐！治恒，看生意着！（暗示监视吴，下）

袁治恒　敬轩兄，胡哥既然有意相留，你就应该安心等待！坐，坐。

　　　　〔吴正坐下吸烟之际，拨浪鼓响，冯良杰挑货郎担上。吴示意袁跟随胡下。

吴志海　哎！乡党，有电池没有？

冯良杰　有！

吴志海　给咱买两筒。

冯良杰　好！（取电池彼此做紧急沉着的交谈）

吴志海　那个卖木梳篦子的，刚才来过这里。

冯良杰　强连长已经告诉我了。

吴志海　这家伙是二〇八的副经理梁名义，十四号，来找一〇三。我已经以一〇三的身份和他挂上钩了，约好今晚在二郎庙会谈。

冯良杰　你做得对！一定按时去。胡建藩怎么样？

吴志海　吹牛，没上级。

冯良杰　没上级？

吴志海　嗯。（故意高声）换两筒"大公"的。

冯良杰　好！（在换电池过程中，又是沉着秘密的谈话）为什么？

吴志海　组织松散，发展粗糙。再由敌人内部矛盾来看，曹世雄原来是他的下级，现在竟把几个人挖走了，看样子曹世雄倒像是有上级。

冯良杰　这样说，这里的敌人是两股子。就这样决定：既不放松胡建藩，又要立刻扩大线索，侦查曹世雄。让袁治恒负责胡建藩，一定要弄清他到底有没有上级。如果真的没有，咱们就给他来一个上级，他的上级就是——

冯、吴　二、〇、八！

冯良杰　记住，一定要让胡建藩拿着铃儿把一〇三请出来，铃儿让他到我这儿来买。要放长线钓大鱼。

吴志海　对。那个十四号……
冯良杰　我们马上把他控制起来！
吴志海　好！（故作高声）多少钱？
冯良杰　四角钱，还要什么？
吴志海　不要了！
　　　　〔冯摇着拨浪鼓，挑货担下。
吴志海　（踱步思索）一〇三这个狡猾的老狐狸，究竟在哪里？……如果不尽快地抓住他，敌人就有暴乱的危险，事情很紧迫啊……
　　　　（唱）冯科长刚才把话讲，
　　　　　　　钓大鱼必须线放长。
　　　　　　　手拿着铃儿自思想，
　　　　　　　一〇三不知在何方？
　　　　　　　胡建藩心有鬼装模作样，
　　　　　　　曹世雄挖墙脚必有文章。
　　　　　　　怎能把铃儿做引线，
　　　　　　　让敌人自己捉迷藏？
　　　　　　　观察水势撒大网，
　　　　　　　定将鲨鱼捕进舱！
袁治恒　（上）梁兄，情况跟你估计的一样，胡建藩才给我把底露了，他就是没有上级。
吴志海　你问清楚了？
袁治恒　问清楚了，确实没有。为了把事情包住，刚才，他还要我替他写信哩！
吴志海　写什么信？
袁治恒　他说这封信要写得有根有底，不但要把你的心安住，还要把曹世雄吓得不敢轻举妄动，都乖乖听他指挥！
吴志海　哦，是这样……那你答应了没有？
袁治恒　我说叫我先想一想。你看这……
吴志海　好呀，治恒！

（唱）难得他要你写信，
　　　这件事情称人心。
　　　曹世雄竟敢挖墙根，
　　　其中必定有原因。
　　　利用敌人有矛盾，
　　　利用敌人抓敌人。
　　　假若金纸现了形，
　　　一箭双雕挖老根。

袁治恒　啊！我怎么越听越糊涂了？

吴志海　事情很明显，这里的敌人是两股子！曹世雄这一股好像有上级。而且他的上级可能就是一〇三；胡建藩这一股没上级，他既然为了骗人吹牛，那么我们就将计就计，给他一个上级。看！这铃儿是二〇八找一〇三的接头暗号，咱们已经把二〇八的副经理控制住了。现在要胡建藩拿上铃儿，把一〇三请出来，这样，就能把两股子敌人都装在咱们的口袋里。明白吗？

袁治恒　那胡建藩明知道他是假的，根本没上级，怎么敢拿上铃儿晃荡一〇三呢？

吴志海　嗯？——哎，这样吧！你就说一九四九年临解放前，许多大头头在你伯父师部里开过会。大家约好，以后接头的暗号就是两颗铃。胡建藩这一对铃儿，是刘处长这次回大陆以后，亲自交给他的。并且说明认铃不认人。你告诉他，只要这么说，我就安心了，曹世雄也就会乖乖听他的话。

袁治恒　哎，那么真的把一〇三请出来了，把他不吓死了嘛！

吴志海　只要真的把一〇三请出来，就大功告成，该请他坐专车了。

袁治恒　啊，这下我全明白啦！你把铃给我，这封信你写。

吴志海　不！铃儿要他自己到货郎担上去买；信，我起草，你亲手写。

袁治恒　行！

吴志海　胡建藩怎么还不回来？

袁治恒　大概和刘老三、白老五商量对付曹世雄的办法呢。

吴志海　你只管给他撑腰，让敌人顶起牛来，他们一时就不好暴动了！

〔胡建藩、白玉花上。

胡建藩　梁兄，对不起！叫你久等。玉花，快去炒菜倒酒，给梁兄消愁解闷。

白玉花　对，上级总会和你见面的，咻可愁了个啥哟！（下）

〔曹世雄上。

曹世雄　老胡，老胡。噢！这位是……

胡建藩　敬轩兄。当年在胡长官部下奉职多年，交往很广，在西安他手下有许多出色人物。

吴志海　这位是？

胡建藩　曹世雄，自己人。

吴志海　久仰，久仰！（握手）

曹世雄　啊！前两天就听说了。梁兄此来想必有重要事情？

吴志海　是的！兄弟此来想帮助同仁成就大事，不动就不动，一动就要把天下拿过来！

曹世雄　梁兄真是开口见人心，与众不同。来来来！（掏纸烟，亮金纸）咱弟兄今日巧遇，兄弟这儿有几支好烟，都请吸！（摇三摇，拍三拍）诸位，自己人不要客气！

〔袁治恒暗催吴拿出铃儿，吴急止。

吴志海　好好好，不客气！嗯，曹兄这烟就是好，恨不得一口吸上两支才过瘾呢！（示意袁）

袁治恒　（领悟地）哎，对对对，好，好烟！

吴志海　兄弟今日能和各位仁兄会面，真是三生有幸。

胡建藩　这真是：英雄会英雄，千载最难逢。

袁治恒　今日巧相遇，大功即可成。

曹世雄　兄弟我成天烧香叩头，敬奉的是关圣帝君、齐天大圣，只要有这二位神灵（铃）保佑，就大有指望。

吴志海　其实成大事全凭人呢！

曹世雄　你说这二位神灵（铃）无用吗？

吴志海　我看用处不大。

曹世雄　嗯，好吧！（见接不上头，把烟盒装进口袋）建藩呀，我看咱们马上动手，机会不可错过！

胡建藩　动手？不行！事情还得好好商量商量。

曹世雄　我看用不着商量，等日子定了，通知一声就行啦！

胡建藩　哎！谁定日期？谁来指挥？这种大事不服从命令，不请求上级还行？

曹世雄　哼！从头到尾没见过你的上级是红还是黑的，你的底子我知道，请你再少提上级啦！

胡建藩　这你今天是吃狗肉喝烧酒——心里发烧了！！

吴志海　哎！哎！……看……（示意袁给胡撑腰）

袁治恒　曹世雄，你怎么能这样说话？这简直是有意把事往乱里弄呢么！

曹世雄　你再不要听他胡说，他根本就没有上级。

胡建藩　你胡说，难道上级每次来的信你没见？

曹世雄　哼！信，谁也会写。眼见是实，耳听是虚，方的圆的拿出来才算！

袁治恒　曹世雄！你同建藩哥相好多年，难道连这一点儿都不信任么？本来，这个机密我不能泄露，既是这样了，我告诉你，上级从国外回来，我在西安见过，你怎么胡扯呢？

胡建藩　哼，到将来总要叫你认识我姓胡的！

曹世雄　早就认识了。

吴志海　弟兄们！有什么事坐下来推心置腹地谈嘛！不要因小失大，伤了和气，都是谋大事的人，应当有些气概才行啊！坐下，坐下！

曹世雄　梁兄，你和治恒不要离开这里，一会儿我来咱们再谈谈。

吴志海　我一定等你！（不满意地背身坐下）

曹世雄　好，你一定等着我，待在这里我保险大家安全，要是随便出去乱跑，有什么好歹，可不要怪小弟无情！

（下）

吴志海　啊？这小子，谁他都想管。

袁治恒　建藩哥，这怎么能容忍，简直欺人太甚！我看把咱的人准备好……

胡建藩　对，干脆！干！玉花！（白上），你去找刘老三、白老五，把这驴日的黑血给放了！

吴志海　慢点！（拦住白）刘老三、白老五他们行吗？
胡建藩　行，都厉害得很，一个顶十个，双手能打两把盒子枪，百发百中，雀儿都飞不过去，咱们有的是人，干！
吴志海　建藩兄，奉劝你还是冷静些，不能光凭一时血气之勇，鲁莽行动。你想，我们把曹世雄收拾了，公安机关能不注意吗？这样对我们又有什么好处呢？凡事都要三思而行啊！
袁治恒　对，这话有道理。
胡建藩　对，兄弟完全听你的话，你说咋办就咋办，但是也不得不防备呀！
吴志海　时刻准备是对的，不过事情闹到这一步，只有上级出来解决才行。可是上级至今不肯露面，这一点儿我想不通！
胡建藩　敬轩兄，你的话很对，这些上级会解决的。刚才治恒的话你也听见了，他亲眼见过上级，这总不含糊吧！梁兄，你累了，请到后边歇一歇，玉花，招呼梁兄去。
白玉花　走，参谋长歇一歇。（吴进内室）建藩，红了关王，黑了大王，你不杀曹世雄，曹世雄就会拿刀把你的头砍掉！
胡建藩　知道知道！
白玉花　你听我说……
胡建藩　对咧！对咧！
白玉花　嗯，我看你姓胡的能落个啥下场！（下）
胡建藩　对咧，哎呀老弟，你刚才那几句话说得实在好，哥实在感激你，可是往后咋办呢？你快给咱写信！
袁治恒　对，哎！你说起写信，我倒想起一件事来。
胡建藩　啥事？
袁治恒　老梁曾经透露过，他最佩服的是刘占魁刘处长，一九四九年我伯父去台湾以前，在师部开过机密会，有刘处长、梁参谋长、程旅长、马团长，他们约好，日后回大陆，用两颗铃接头，我看咱们买上一对银铃，写上一封假信，你给咱把这个上级当了。
胡建藩　哎呀，这可不是闹着玩呀，要是露了马脚……
袁治恒　放心！我能说这话，就敢保这个险，他们是认铃不认人。只要老梁一承认，慢说曹世雄，就是曹世雄他爷也得服你！

（唱）信上提名刘处长，

这张底牌有分量。

同仁相会谁引线？

两颗银铃是锦囊。

老梁一见心欢畅，

曹世雄量他不敢胡猖狂。

到那时调兵遣将咱执掌。

你就是最高司令太上皇！

胡建藩　啊！好！美！

（唱）兄弟真个才智广，

读书人到底有文章。

你快提笔把信写，

买铃儿我去找货郎。（下）

（吴志海送书信稿给袁治恒）

吴志海　（耳语一阵）你刚才做得都对，就是派头口气还要再大一点儿，放展脱些，给！这是底稿快写。（进内室）

袁治恒　（唱）两颗铃倒来倒去真个妙，

老吴的本领实在高。

这封信儿要写好，

管保一箭射双雕。

胡建藩　（上唱）货郎担儿来得巧，

两颗铃儿到手了！

信写好了么？

袁治恒　好了，你看怎么样？（递信）

胡建藩　（边看边夸奖）美美美！

袁治恒　铃儿买下了没有？

胡建藩　买下了。

袁治恒　好！一会儿等老梁和曹世雄在场，你趁机把铃儿拿出来一摇，还有这信……

胡建藩 嘿嘿，这回看老哥露两手，玉花，菜炒好了叫一下敬轩兄。

〔白玉花在内叫，吴志海上。

袁治恒 敬轩兄，看，胡哥一片盛情。

胡建藩 小意思，薄备水酒，权当为老兄洗尘接风，请坐！

曹世雄 （边喊边上）老胡！老胡！

胡建藩 好，碰得巧，来！喝一杯！

曹世雄 对不起，兄弟不会喝酒！

胡建藩 不喝了罢，这儿有烟，请自便！

曹世雄 我这儿有。老胡，咱们还是谈大事吧！我说过几次啦，识时务者为俊杰，你应当好好想想，几个联组的头目都来了，就看你去不去。晚了，可别后悔，时候到了，不能再等了！

胡建藩 哼，该什么时候动手，要由我决定，任何人都得听我的命令！

曹世雄 由你决定？……统一由总指挥部下命令，这儿得听我的。

胡建藩 听你的？你算是谁家的儿子！三张麻纸糊了个驴脸，好大的面子。

曹世雄 姓胡的，请你眼睛放亮些，再胡"拧瓷"，小心你的脑袋搬家！

胡建藩 你想造反？曹世雄！你的根根底底我知道，不顶事，你可知咱的大头家是谁？睁大你的狗眼看！（拿出银铃）

曹世雄 （出乎意料地）啊……这……你？

胡建藩 （拿出信来，吴、袁近看）你听！

（唱）上写建藩听我讲，
　　　暂时不能动刀枪。
　　　敬轩本是一员将，
　　　文武全才不平常。
　　　我姓刘名字不用讲，
　　　两颗铃儿响叮当！

吴志海 哦，这是刘处长的信，这个指示倒是非常重要的。

袁治恒 看有上级没有？我的话你偏不信么！

胡建藩 （神气地）曹世雄，到底咱们应当谁听谁的？

曹世雄　（心虚地）当然，当然，建藩哥可不要生气，这是误会……

胡建藩　混蛋！什么叫误会，你刚才不是说要我的脑袋搬家么？

曹世雄　怪兄弟无知，有眼不识泰山。建藩哥，你看……

吴志海　建藩兄！人常说，不知者不为罪。特别是在目前这样的处境之下，做指挥官的，对下级该训导的地方训导几句，应原谅之处也要原谅啊！

胡建藩　好，看在敬轩兄的尊颜上，这次作罢，今后规矩些，是不是？

曹世雄　是，是，是！建藩哥，都是自己人，说老实话，我也有一位从台湾回来的老上级，时刻想念刘处长，他给上级写了一封信，我取去。（下）

吴志海　好极啦！刘处长回了大陆，只要有他老人家，西北就和到手一样，这下我放心啦！

强连长　（上）老胡！听说来了个医生么，请大夫给小孩看看病，行么？

胡建藩　这就是梁大夫。

强连长　梁大夫！我有个小孩，早晨还好好的，现在烧得跟火蛋蛋一样，请你去看一下。

吴志海　好好好！（提起药箱）

〔二人出门，强向吴暗示，同下〕

袁治恒　胡哥，这一招儿怎么样？

胡建藩　老弟呀！

　　　　（唱）今后你就是我的参谋长，

　　　　　　　足智多谋比人强。

袁治恒　（唱）老兄何必太夸奖，

　　　　　　　我为你出力本应当。

曹世雄　（上唱）三脚两步走得忙，

　　　　　　　　一封机密怀内藏。

　　　　建藩哥，这是一封密信，（递信）请你即刻转给上级。我那位长官前天临走时说，他现在去西安不便，还是请经理来黄龙会面。

〔胡欲说话，被袁打断。

袁治恒　到黄龙山来谈，也好啊，建藩哥，你和上级研究研究请示一下。

胡建藩　啊，好！请示一下再说。
曹世雄　我走啦！（下）
胡建藩　啊！这曹世雄的头儿，还有老梁，都要和刘处长见面哩，这下子不得了！
袁治恒　咦，车到山前必有路，你怕啥哩！
胡建藩　好爷哩！人家是真的，咱是假的，危险！危险！
袁治恒　嗯，不怕！咱们赶快到西安逛荡一圈，就说刘处长到别处开会去了，一时不得回来。
胡建藩　对！到那时你再按刘处长的口气写封信，信上指名叫曹世雄的头儿、梁敬轩，都听从我的指挥！
袁治恒　哈，到那时你就是咱的领袖，双足踩得天地动，一声号令鬼神惊，就连兄弟我也要跟上扬眉吐气哩！
胡建藩　哈哈，老弟，你真个有才学！
吴志海　（上）建藩兄，我想了一下，咱们还是赶快回西安，见见刘处长，只要有他一句话，那真是惊天动地，何愁大事不成！
胡建藩　好！事不宜迟，咱连夜就动身！
吴志海　为了方便起见，你和治恒先走！
　　　　（示意袁监视胡）
胡建藩　对，我去给村上请个假。（下）
袁治恒　老吴，你？……
吴志海　我得马上去找冯科长，连夜上二郎庙，对付那个十四号梁名义！（以手示意做逮捕状）
　　　　［切光。

（幕　落）

第八场 逮 捕

［前场三天以后。中午。

袁治恒 （上唱）前日离开黄龙山，
诱来匪特胡建藩。
冯科长要我催他写封信，
等他来见机行事再周旋。

胡建藩 （上唱）谋大事初取胜心欢意满，
负重托老梁要我去河南。

治恒！（进内）

袁治恒 建藩哥，快坐，喝水。老梁回到西安这两天，再没跟你提要见上级的事么？

胡建藩 没有，再说，今天上午在大雁塔，我已给他谈过了。

袁治恒 那咱们什么时候回黄龙？

胡建藩 不急，等我从河南回来再说。

袁治恒 到河南做啥？

胡建藩 嘿嘿，这个嘛……嗯……

袁治恒 看你，还把兄弟当外人呢！

胡建藩 好吧！咱弟兄交情深厚，这事只有你、我、老梁咱三人知道。敬轩兄在洛阳放了五百块钱，还有一把三号盒子，只有我去取他才放心。

袁治恒 哦！才是这事。那你大概得几天才能回来？

胡建藩 怕得十几天。

袁治恒 就这么长时间？

胡建藩 出门由不得人，再说又是咱这号事。

袁治恒 哎呀，那我嫂子他们可要操心呢！……

胡建藩 咦？对！叫我给他们写封信。（动手写信）

袁治恒　再给我嫂子捎点钱。人家为咱这事跑前跑后的，捎几个钱，她也是个喜欢的。人么！

胡建藩　对，给捎三十块钱。（数钱交袁）

袁治恒　胡哥，信里顺便提明，上级不久要下来检查，叫大家好好工作。

胡建藩　对对对！这一点儿还非常重要，再添一笔。（将信交给袁）

吴志海　（上）治恒，治恒！（进内）建藩兄，（掏信给胡）这信内地点、人名、详细情况，都写得一清二楚。八十元够了吗？

胡建藩　够够够。

吴志海　（掏出车票）这是火车票，东去的车是一点半，还差四十分钟，歇会儿再走。

胡建藩　不不不，四十分钟说话就到了，误了车就麻烦了。你们在！

吴志海　好，自己人就不送了。

胡建藩　不送不送，十几天就回来了，再说送也不方便。

吴志海　路上小心。

胡建藩　不用叮咛。

吴志海　早去早回。

胡建藩　马到成功。（下）

袁治恒　（不放心地）哎，叫我送去！

吴志海　人家这是贵客，有专人送呢！

袁治恒　小心跑了着！

吴志海　跑？哼！这一回他就跑到没风处去了。

袁治恒　呵！……

（二人会意地笑了。）

［灯暗。

（幕　落）

第 九 场 审 讯

［公安局冯科长办公室。景同四场。

［幕启：冯良杰正在翻阅材料。

冯良杰 （唱）厅局党委有指示，

　　　　　　迅速破案没迟疑。

　　　　　　黄龙山捕了梁名义，

　　　　　　抓来胡建藩下监狱。

　　　　　　一〇三还在扬扬得意，

　　　　　　甜梦做得他入了迷。

　　　　　　天罗地网早准备，

　　　　　　稳操胜券歼顽敌！

小　李 （拿卷宗上）冯科长，审讯胡建藩的口供记录整理好了。（又取出另一份材料）这是各方面提供的有关黄龙案件的新情况。

冯良杰 好。你去通知小刘，让他把那个十四号梁名义带来！［小李应声下。

吴志海 （上）冯科长！

冯良杰 老吴！快来坐。

吴志海 （取出一封信）这是胡建藩写的信。

冯良杰 （看信）嗯，有名堂。老吴，二郎庙这件事办得干净利落，打了个非常漂亮的胜仗！

吴志海 全靠上级部署周密，又有群众大力支持，所以很顺利地把这个家伙给拿下了。这个梁副经理还蒙在鼓里，满以为自己已经完成任务了呢。

冯良杰 是啊。现在我们更可以肯定，你以他的身份去会一〇三，是完全有把握的。

吴志海 那么和我一块去的……

冯良杰 袁治恒。他是你的随从。你是副司令长官，好吧，咱们现在开始审讯。必要时，你还得出现一下！
吴志海　好！（下）
　　　　（冯良杰整理桌上的材料）
小　李　（上）报告！犯人带来了。
冯良杰　好，你做记录，带人！
　　　　［小刘内喊："走！"押梁名义上。
　　　　（冯良杰示意梁名义坐下）
小　刘　（命令地）坐下！
冯良杰　你叫什么名字？
梁名义　（假装口吃地）张……张长命。
冯良杰　什么地方人？
梁名义　原籍安徽蚌……
冯良杰　张长命！我今天负责审问你，只要老实交代，定会宽大处理，若还狡猾抵赖，就是新的犯罪，我们一定要严加惩办！你明白吗？
梁名义　先生，咱们人民政府总不能随便扣人么，你们为什么把我抓……抓来？
冯良杰　我们既然抓你，那就有凭有证。
梁名义　有……什么凭证？
冯良杰　你别急！张长命，希望你打消任何侥幸心理，所有问题都老实交代出来，你是干什么的？
梁名义　劳动人民。
冯良杰　我问你是什么职业？
梁名义　小贩。
冯良杰　到二郎庙干什么去啦？
梁名义　卖木梳篦子。
冯良杰　这木梳篦子难道是卖给和尚的吗？
梁名义　黑风岭访友，路过……二郎庙。
冯良杰　访什么人？
梁名义　王……王富贵。

冯良杰　你找见他了吗？

梁名义　我还……还没找，你们就把我抓来啦，咱们共产党办事么，还能违反政策？……

冯良杰　哼！张长命！我再次警告你，要认清形势，弃暗投明，向人民缴械投降，彻底交代自己的罪行！

梁名义　你要我交代什么？

冯良杰　交代什么，你自己明白！

梁名义　我是个顺民百姓，又不是黑人黑户，你们把……把我当反革命抓起来，耽误了我的生产，不行！这要赔……

冯良杰　（严厉地）怎么？难道要赔偿你的损失吗？（突然地）梁名义！

梁名义　（不由自主地）啊！……（又故作镇静）你叫谁呀？

冯良杰　坦白从宽，抗拒从严，两条道路，由你选择。我们的等待是有限度的！

梁名义　（惊惧之中忘记伪装，流利地答话）唉！先生先生，你到临潼县牛家湾打听打听，谁不晓得我张长命是个大大的好人，不信了你摇个电话问嘛！

冯良杰　怎么，你的"结子"病好了？

梁名义　（无可奈何地）这……这叫我真难说……

冯良杰　哼！难说？你这戏真演得好啊！

梁名义　啥？演……演戏，这不是糟蹋人么，我就能演戏吗？连个纸绺绺都没抓住，还说我是个反革命，你叫我回去怎么见人嘛！不行，你要恢复我的名……名誉！

冯良杰　恢复名誉不难，把你的衣襟揭起来！

梁名义　（揭起衣襟，露出一块灰布，忙掩饰）没……没有啥么。

冯良杰　这块灰布？

梁名义　（急辩解）这是补丁。

冯良杰　补丁？哼！……

（冯用严厉的目光，从头到脚审视梁，梁坐立不安。冯的目光最后落到梁帽子上缠的白孝布。梁情不自禁地用手去摸，小刘一把夺过帽子

　　　　　交给冯科长。冯扯开孝布，发现一卷东西。)

冯良杰　电台密码！

梁名义　这，这！……（大惊失色）

吴志海　（上）梁副经理！

梁名义　（见吴晕倒）完啦！全完啦……

冯良杰　让他休息一会儿，回头继续审问。老吴，来，咱们来研究一下情况！

　　　　（冯、吴走近桌旁，打开卷宗观看。）

　　　　[切光。

（幕　落）

第 十 场　撒　网

　　　[黄龙山区小胡城乡政府。
　　　[夜幕降临，星斗初升。
　　　[幕启：办公室内，强连长、任志忠、民兵甲乙、一姑娘正围在灯前开会。

强连长　好吧，会议就开到这里。同志们！
　　　　（唱）今夜晚歼匪特重要一战，
　　　　　　　回去后立即把民兵动员。
　　　　　　　布岗哨夜巡逻严加防范，

众　　　（接唱）除害虫保卫咱革命政权！

强连长　老任同志，你看还有什么问题？

任志忠　同志们，为了搞好联防，支书和乡长分头到各村布置民兵去了。你们几个排责任更大，下去很好地组织一下，首先要使每个民兵同志心中有数，确保任务完成。

民兵甲　哎，这侯有才怎么还不来？

强连长　回头我向他个别传达。

任志忠　另外，告诉你们个重要情况，如果万一发生了问题的话，要特别注意的是……

　　　　（任示意众围拢，低声交谈）

　　　　［侯有才蹑手蹑脚地上，隔窗偷听。

侯有才　（一惊）啊！那个梁副经理是共产党……

　　　　［田慧玲上，发现有人。

田慧玲　（警惕地）谁？

侯有才　我。……啊，是慧玲呀！

田慧玲　（知道屋内开会，故作大声）哦，侯副连长，你怎么不进去？

侯有才　（支吾地）我刚来，正打算进去哩。（进内）哦，各位来得早，我有点事，迟到了。

民兵乙　你真是捐的唢呐丢盹哩！

一姑娘　也不看今黑咧是啥时候，啥事情！

强连长　等你不来，我们只好先开会，有事你也该打个招呼。

侯有才　这是我组织纪律不强，我接受批评。

强连长　不说这些啦，你们三个排按照咱们看好的地形，快去布置吧！

　　　　［二民兵及一姑娘下。

　　　　［白玉花夹着小包上。

白玉花　（念）假装送交慰劳品，

　　　　　　　暗中摸底探消息。

　　　　乡长！乡长！（进内）哦，各位大家都在这儿。

强连长　乡长不在，你有啥事？

白玉花　我嘛……哎哟！你们这民兵干部可真辛苦，白天劳动，晚上开会，站岗放哨，保卫治安，真个是……

侯有才　去去去，少打扰。（趁机递话）我们商量大事呢，耽误了今黑执行任务，你负责？

强连长　说正经的，你到底有什么事？

白玉花　响应政府号召，送抗美援朝慰问品么。（解开小包拿出"慰问袋"）

看，"送给最可爱的人"嘿嘿嘿。

强连长　乡上规定，慰问品由各村统一收交，还是找村长去。

白玉花　无论谁收都一样么，再说我还要给乡长揭发坏人坏事哩！

侯有才　（故作姿态）哼！旧社会的寄生虫，国民党的臭太太，再不要假装积极啦！

白玉花　（有意撒泼）侯有才！你嘴放干净些。谁是寄生虫？谁是臭太太？就你好！

侯有才　我不好么。你也不尿一泡尿，把自家照一照！

白玉花　我咋？我咋？你想要欺头，弄不成！

田慧玲　算啦，别吵了！

白玉花　慧玲，你看伢说话难听不……

任志忠　强连长！（示意）咱们出去转转。

强连长　白玉花，乡长不在，我去把文书找来，慧玲先在这儿招呼一下。（任、强同下）

侯有才　（向白）啥货嘛，还在人前摆扎呢！（下）

白玉花　你站住！我跟你不得零干，你……

田慧玲　算啦！人家是民兵干部，你跟他硬碰，没好处！要是给乡上一反映，吃亏还不是你自己！

白玉花　他嘛……哼哼！还没这个胆量。

田慧玲　我不信。你看他凶的样子！

白玉花　嗨！不要看我俩面面上打牙割舌的，心里可没事。

田慧玲　真的？

白玉花　可不，姐给你实说吧！（诡秘地）侯有才是咱的人！

田慧玲　（一怔）啊？……（复镇静试探）哦,他才是自己人！

白玉花　你当啥哩。今天晚上梁副经理要在曹世雄家里开会。共产党好像也闻着啥咧，准备调动民兵哩。他再厉害，可没防顾这个姓侯的。刚才两句话就把风透了。

田慧玲　那可要多小心！

白玉花　不怕！回头我再给刘老三、白老五他们布置一下。走，跟姐回去。

田慧玲　（另有所思）你先走吧！这个防病检查报告，后边还有几句话，我写完就回来。

白玉花　也好，可别把晚饭耽搁了。（下）

田慧玲　（焦急地）哎呀，情况不对呀！

　　　　（唱）虎口拔牙斗群匪，

　　　　　　　今夜一举扫残云。

　　　　　　　老吴铁肩挑重任，

　　　　　　　同志安危挂在心；

　　　　　　　白玉花口中露了底，

　　　　　　　侯有才原来是敌人。

　　　　　　　他二人——

　　　　　　　一个探风传音讯，

　　　　　　　一个暗地听墙根。

　　　　　　　又见日落黄昏后，

　　　　　　　村中生人乱纷纷。

　　　　　　　匪特们到底摆的什么阵？

　　　　　　　倘若还生变故后患尤深。

　　　　　　　情况紧要迅速向上反映……

　　　　［冯良杰、任志忠、强连长上。

冯良杰　（接唱）激战前穿夜雾进了山林！

　　　　慧玲！

田慧玲　冯科长！我正准备找你，这里的情况……

冯良杰　老任他们已给我讲述了。

田慧玲　刚才，我从白玉花口中知道，那个副连长侯有才不是咱们的人！

冯良杰　哦！

田慧玲　还有，强连长他们在屋里开会时，我发现侯有才偷偷摸摸听墙根。

强连长　民兵干部开会他没按时来，会议精神我向他做了个别传达。

任志忠　老吴的情况你告诉他了没有？

强连长　还没有。

冯良杰　不过也很难说，他既然偷听墙根，万一知道底细的话，不但危及老吴同志的生命安全，还将打乱我们的整个行动计划！

众　那该怎么办？……

冯良杰　同志们！省厅市局和县委，对这次行动非常重视，领导同志亲自挂帅，做了周密部署；邻近各县的公安机关和民兵，也一齐出动协助我们；对于敌人内部情况，我们已基本掌握，夺取胜利的主动权在我们手里！但是也要从最困难处着想，做好两手准备。这样吧：老任同志，你去把民兵重新布置一下。强连长，你要充分利用你和曹世雄的那个关系，抓住时机，插进去保护老吴的安全。慧玲同志，注意观察动向，随时报告情况。我带人控制匪特巢穴，做好接应准备！

众　好！

冯良杰　分头行动！

（唱）要提高警惕性百倍谨慎，
　　　行动中机智灵活听指挥。
　　　定要把匪特们一网打尽，
　　　看明朝黄龙山——

众　（接唱）万象更新！

［亮相。切光。

（幕　落）

第十一场　落　网

［前场后半夜。

［曹世雄家。土窑洞里，旁开偏门，通往后窑。前窑背墙下放一个破旧木柜，墙壁周围有柴草等。中间放着一张桌子几条木凳。

［幕启：一〇三从后窑洞走上，审视周围。

一〇三 （唱）耳聋痴哑巧装样，
　　　　　　黄龙山里把身藏。
　　　　　　上级派人来探望，
　　　　　　更深夜静会老梁。
　　　　　　副经理只知其名未曾见面叫人心中费猜想，
　　　　　　胡建藩突然不见为哪桩？
　　　　　　我命人山前山后观风向，
　　　　　　这事不得不严防。
　　　　　　星昏月暗添惆怅。
　　　　　　左思右想心惶惶！
　　　　　［曹世雄从木柜钻出。

曹世雄 长官，副经理到了。

一〇三 他们来了几个人？

曹世雄 两个人。

一〇三 还有谁？

曹世雄 袁治恒。

一〇三 世雄，吉凶祸福就在今晚。看我的眼色行事，说干就干，暗号记下了没有？

曹世雄 记下了。

一〇三 （用手指心口）

曹世雄 （表示从容谈话的手势和神气）

一〇三 （左手贴脸腮）

　　　　（用手指画圈表示盘问）

　　　　（装剧烈咳嗽，提桌上茶壶）

曹世雄 （瞪目扬拳，示以打击）

一〇三 好。（点头微笑，走到台角坐下）

　　　　（曹世雄走到柜前，连拍三下，回来收拾桌凳。少顷传来拍柜声。）

曹世雄 谁？

白玉花 （柜内答声）我。

曹世雄　进来！
白玉花　（揭柜而出）没闲人？
曹世雄　没有。来了没有？
白玉花　来啦。
曹世雄　好，请进来。
　　　　［白玉花拍柜三下。吴志海、袁治恒、刘老三随后。
曹世雄　（迎上握手）副经理。
白玉花　（给吴打土）洞子太小啦，浑身都是土。
吴志海　不要紧。（看到一〇三，向曹）这位长者是……
曹世雄　他是我二爸，庄稼汉，啥事都不懂。
吴志海　（表示不应当有这样的人在场）嗯，他……
曹世雄　他是个聋子，什么也听不见。
吴志海　老人家上了年纪啦。
曹世雄　好，大家请坐吧。（众同坐，曹走近一〇三，在耳边大喊）二爸，你烧些开水。
一〇三　嗯？你说啥？
曹世雄　（生气地提起茶壶，连指带画地）你烧些开水！
一〇三　噢噢噢，烧开水。（接过茶壶）
曹世雄　（厌恶地摆手）快去！
一〇三　嘿嘿嘿！（向大家指耳朵）我是个聋子，听不见。（到后窑去）
曹世雄　唉！聋子跟死人一样，整天叫人着气。
吴志海　聋子有好处，要不今天在这儿开会就不方便啦。（众笑）
曹世雄　我二爸是个好人。我七岁那年，家父去世，全靠他老人家抚养成人。
吴志海　那你就该孝敬老人家，报恩报德啦。
曹世雄　哎！如今啥都完啦，等江山到了咱们手里，老人家就能享福啦！
一〇三　（拿三个碗，提水壶上）碗不多，大家轮着喝。（说着倒水）
吴志海　（起立）老人家，我们自己来。（欲接壶）
一〇三　哎……（拒之，边倒水边说）你们都是娃的好朋友，贵客临门么，嘿嘿嘿，坐下。（众落座，一〇三找了个地方坐下）

吴志海　这个地方？——
曹世雄　咱这地方在山沟野洼，周围没有人家。虽然共产党的运动一个接一个，我们的处境一天比一天困难，可是弟兄们都还小心谨慎，没出啥大的漏子。
刘老三　我们白天应付着劳动呀，开会呀的。黑咧才干咱的正事哩！
白玉花　再说，建藩把这一伙管得严，说面面上都要装好人呢！
曹世雄　哼！好人？玉花，你要注意呢，这几天外边对你的闲话可多得很！
白玉花　咋？谁敢说我不是好人？
曹世雄　你好！你好！
白玉花　你敢说我不好！你敢说我不好！
袁治恒　哎，不像样子！听副经理讲话。
吴志海　你们大家都是好的，为了党国的事业，在这偏僻山野里，坚守待命竭尽忠诚。这些部里一概尽知，胡建藩也常常夸奖你们。诸位，我们的好日子眼看就要到了！（众鼓掌）
（唱）大家辛劳令人羡。
　　　　我特意来到黄龙山。
　　　　代表部里致慰问，
　　　　谨祝同仁贵体安；
　　　　正经理到了广州，
　　　　过了香港，
　　　　坐了飞机去把总统见。
　　　　身负重任离台湾。
　　　　趁着这国际风云大变幻，
　　　　要咱们相机而动掀狂澜；
　　　　兄弟奉命来查点，
　　　　不准虚报要实言。
　　　　诸位莫把纪律犯，
　　　　一五一十交名单。
刘老三，你把你第一联组的名单带来了没有？

刘老三　带来了。（交名册）副经理请看。

吴志海　（看）这不行，太简单！应当把每个人的真名实姓，历史出身，原籍，年龄都写清楚。这，太简单了。

刘老三　副经理，我的意思……

吴志海　什么意思！害怕了吗？

刘老三　共产党可厉害得很，这名单嘛……

一〇三　（提茶壶向后窑走去，大声咳嗽）

曹世雄　（霎时变脸）弟兄们！

〔猛然从墙边地下钻出四名匪徒，手持刀枪斧头，杀气腾腾围住吴等，怒目而视。

白玉花　（吓得尖叫一声，躲在刘老三身后）

袁治恒　（先是一惊，复又镇定）

吴志海　（从容不迫地）这是什么意思？

曹世雄　（向吴等）站起来！

袁治恒　这，这太不像样子了！

吴志海　曹世雄！

曹世雄　不准说话！

四匪徒　举起手来！

吴志海　（轻蔑地微笑）嘿嘿！（并不举手）

曹世雄　搜！（吴自动将衣袋里的东西掏出，掷于桌上）

匪徒甲　（把吴、袁细搜一遍）什么也没有！

吴志海　你们这不是胡闹吗？

曹世雄　我不明白，既然你是副经理，我在胡建藩家里拿出金纸，你为啥不亮银铃？

吴志海　我也不明白，尧先生怎么能信任你这样的笨蛋饭桶！你不想想，那个行人过往、耳目甚众的小店，是接头的地方吗？再说，初来乍到，未观虚实，我又怎么能随便暴露身份呢？怎么，胡建藩后来拿出铃儿就不行了吗？

曹世雄　那为什么胡建藩突然不见了呢？

袁治恒　副经理未来以前，你见到上级的信没有？

曹世雄　看到啦！

袁治恒　胡建藩因有要事外出，信里提到没有？

曹世雄　提到啦！

袁治恒　那你为什么不明白呢？

曹世雄　为什么胡建藩本人连封信都没有？

白玉花　谁说没有信？（从怀里掏出信摔在曹面前）你把眼睛睁大，看！这是什么？

曹世雄　（拿起信看，无可辩白）这……

白玉花　姓曹的，你到底识几个字？认不认得这是胡建藩的亲笔信！

〔一〇三在后窑轻微地咳嗽了几声。

曹世雄　（示意四匪徒）你们退后！（匪徒驯服地各钻回原处）。

吴志海　曹世雄！

曹世雄　（恭顺地）副经理。

吴志海　（愤怒地）莫名其妙！我简直弄不清你们一天到底搞些什么鬼？啊！你们以前对上级都是这个态度吗？

曹世雄　副经理，我们见不到上级，急得要命，日夜不安呀。

吴志海　那么今天见了上级，为什么要这样胡闹？

曹世雄　这……我想你应该原谅，共产党智慧无穷，常常钻到咱们心脏里，咱们都不知道，所以不得不小心谨慎。刚才这些人，一来是为了保护副经理，二来是为了防止意外。

吴志海　该谨慎的地方是要谨慎，但是，该大胆的时候就要大胆嘛。你们把共产党怕成这个样子，疑神疑鬼，草木皆兵，还能成什么大事？

曹世雄　是是是。今天是我的过错。

刘老三　简直是胡闹呢么！

白玉花　俺的人常到西安去呢。共产党咋都没咋。副经理，这些人都没见过大世面，成不了龙，变不了虎。

吴志海　算啦，坐下。（众人坐下，唯曹还站着）

袁治恒　（向曹）副经理叫坐下就坐下！

吴志海　各位同仁！部里马上要给各地补发经费和枪支弹药，所以派我前来审查名单，核实人数。为什么要这样做呢？因为过去咱们国民党的军队，都是吃空名字报假账，所以我们屡遭失败。现在一律不准这样做。你们明白吗？

刘、曹、白　（同时）明白明白！

吴志海　所以刘老三这个名单不行，拿去另造一个！（原名单退给刘）

〔一〇三提茶壶上，给大家倒水后落座。

刘老三　哎！副经理。
　　　（唱）我也是个胆小鬼，
　　　　　　真名实姓没敢提。
　　　　　　咱手下共有三个组，
　　　　　　人员个个没问题。
　　　　　　大都是地主、恶霸和土匪。
　　　　　　还有人侦缉队里当过便衣。
　　　　　　他们都想翻天地，
　　　　　　缺少枪支真着急。（掏出另一名册）
　　　　　　这名单张王李赵上边记，
　　　　　　一桩桩一件件写得仔细。

吴志海　（接看名册，唱）
　　　　　　这样的写法才算对，
　　　　　　一字一笔不能虚。
　　　曹世雄，把你第二联组的名单交出来。

曹世雄　（唱）我的人马更齐备，
　　　　　　三七共有二十一。
　　　　　　能杀能战勇无比，
　　　　　　打起仗来赛张飞。
　　　　　　无故不敢多夸嘴，
　　　　　　那四位解放前杀人害命一十七。
　　　　　　挖墙脚巧施离间计，

　　　　　　　民兵的正副连长落在我手里。
　　　　　　　如实上报全交底，（掏出名册）
　　　　　　　看一看谁胜谁强谁是好的。
吴志海　（接看名册，唱）
　　　　　　　你们老实我欢喜，
　　　　　　　工作出色很深入！
　　　　　　　咱们共同来商议。
　　　　　　　看看是否有问题。
　　　　曹世雄，你刚才说的民兵正副连长，这两个人可靠吗？
曹世雄　副经理，不瞒你说，这个正连长是山东人，解放前从那边逃过来。人都说他是个受苦的难民，其实是个逃亡的犯人。
吴志海　既是这样，共产党怎么能让他当干部呢？
曹世雄　这是他把历史隐瞒啦，旁人不知道。
吴志海　你怎么知道呢？
曹世雄　在先我也不知道。天长地久相处熟了，他才告诉我。为了几亩土地，跟人斗殴，失手误伤人命，逃避官司，来到这里。我见他已经混成基层干部，是个打进去的楔子，所以才发展了他。
吴志海　那么这个副的呢？
曹世雄　副连长旧社会跟我干过事，图财害命毒得很，是个干家子，让他给咱跑外哩！
吴志海　怎么？副连长还是个跑外的？
曹世雄　是的。
吴志海　荒唐！不谨慎，不应当叫他跑外。
曹世雄　不要紧，这两个人外面表现得很好，明里给政府办事，暗里给咱效劳，共产党咋也注意不到。
吴志海　你的头脑太简单了！有的人，过去历史上虽然有些纠葛，只要向共产党坦白交代，已经得到宽大处理了。千万小心上当！
曹世雄　你放心，咱这可严得很，就连正副连长，他两个谁也不知道谁。
袁治恒　副经理要你注意的人，你就应当留神！

曹世雄　是是是。
吴志海　曹世雄，什么时候能和尧先生见面呢？
曹世雄　嗯，他……他不在这里，三天以后才能会面。
吴志海　什么，三天以后？
曹世雄　是的。
吴志海　信里说得清清楚楚，有要紧的事情和他商谈，迟了就把大事给误啦。嗨，这个人真是……

（一〇三左手贴脸腮，示意曹盘问吴）

曹世雄　副经理，本来我们是下级，不能对上级问长问短，不过，尧先生有几句话，要让我向副经理领教领教。
吴志海　好啊，那就请便吧！
曹世雄　是不是让老三、玉花暂时离开这里？
白玉花　你说啥？我离开这里？我是胡建藩的代表，副经理是我们的老朋友，今天我要陪到底！
吴志海　我看是这样，老三、玉花你们先回去。
白玉花　（无可奈何）好吧，副经理，办完事我等你到家里吃饭。你可一定要来呢！
吴志海　一定来。

〔白玉花、刘老三下。

吴志海　曹世雄，问吧！
曹世雄　副经理！

（唱）尧先生对你很钦佩，
　　　借问经理他是谁？

吴志海　（唱）经理名叫刘长贵，
　　　现在人称刘占魁。

曹世雄　（唱）你可知尧先生的真名讳，
　　　在西安古城他何所为？

吴志海　（唱）尧志范本是真名讳，
　　　在西安卖烧鸡一颠一跛，

　　　　　　　走街串巷行踪鬼祟。
曹世雄　（唱）副经理家乡住何地？
　　　　　　　当年与谁紧相随？
吴志海　（唱）家住河南郑州地，
　　　　　　　曾跟随胡长官走南闯北。
曹世雄　（唱）与老尧相见送啥礼？
吴志海　（唱）金纸银铃绕来回。
曹世雄　（唱）你二人是否曾相会？
吴志海　（唱）我东他西不相陪。
曹世雄　（唱）谈话还有啥手续？
吴志海　（唱）他是黑来我是灰。
曹世雄　（唱）空口讲话无凭对，
　　　　　　　真假还须亮颜色。
吴志海　（唱）我的灰布衣襟缀，
一〇三　（唱）我的黑布在腰围。
　　　　（吴惊疑，审视一〇三）
一〇三　哈哈哈！（一把抓住吴）老梁，我急得要发疯了。你这一来，我太高兴啦！
吴志海　（推过一〇三）曹世雄，他是干什么的？
曹世雄　他就是尧先生。
一〇三　老梁，咱们虽未见过面，彼此都知道，我就是志范么！
吴志海　胡说！尧志范我知道，不是你这个样子！
一〇三　（惊异）嗯！（忽然想起）噢！老梁，怪不得刘先生常夸你能干，果然名不虚传。
吴志海　少说废话！你到底是什么人？
一〇三　我就是……（转身取掉胡子）我！
吴志海　（喜出望外，与一〇三握手）尧先生，你真会耍把戏！
一〇三　副经理，你真个有眼力！
吴志海　你埋名隐姓，坐待时机，真好比虎伏深山听风啸。

一〇三	你只身孤胆,走南闯北,真好比龙游大海卷狂潮。
吴志海	好的,好的!
一〇三	佩服!佩服!
吴、一	幸会!幸会!实在是幸会!
吴志海	尧先生,刘经理因为买不到你的烧鸡下酒,简直连饭都吃不下去啦,你也不太够朋友啦。
一〇三	我到西安住了十几天,发现有人常跟着我,我以为出了什么天大的事情,只得悄悄回黄龙山。
吴志海	你把大事给误啦!
一〇三	什么?
吴志海	上边……(向袁)你到后边去!
一〇三	(向曹)你也到后边去!

〔袁与曹同回后窑。

一〇三	上边怎么样?
吴志海	香港几次来电,询问你们的准备情况,以便配合转战形势和反攻大陆部署,在西北发起暴动,可是怎么也找不到你,刘经理只好独自一人去台湾。谁知道你却钻到这个洞里来了。
一〇三	哎!难言!难言!真个是……
吴志海	老尧,我不明白,为什么金纸银铃都对上了,你还不肯露面,硬逼我刘皇叔三顾茅庐?你的架子也就太大了吧!
一〇三	这是共产党把人整得胆小啦,你看我们多少人都失败啦,说句不好听的话,(耳语)我是担心哪!
吴志海	你大概以为二〇八投降共产党啦,拿你一〇三去送礼!
一〇三	不不不!老刘不在,我是有点小心过度啦。
吴志海	你是应当小心。不过我告诉你,我这老梁可是假装的,专门活捉你一〇三来啦。
一〇三	你说对啦。几分钟以前,我确有这种想法。
吴志海	现在呢?
一〇三	当然放心啦。

吴志海　不见得吧？

一〇三　嗨，你不知道我急成什么样子！一见两颗铃，恨不得立刻和你会面。

吴志海　好一个立刻会面！这简直是黄鹤楼的宴席，刀斧手四下埋伏……好厉害呀！

一〇三　（严肃地）老梁，不说闲话啦，快谈谈上级的具体批示吧！

吴志海　老尧！

（唱）台湾拍来紧急电，

蒋总统如同坐针毡。

趁着那朝鲜战场硝烟漫，

盼大陆立即暴乱莫迟延。

刘经理命我来查点，

看你的人马全不全。

一〇三　（唱）我的人马莫小看，

暗中潜藏黄龙山，

两股三路五个组，

合起来将近一个连。

（撕开棉衣，掏出名单）这个名册请你看，一字不漏在上边。

吴志海　（唱）老刘常夸你能干，

果然大名不虚传。

一〇三　（唱）只等着一声令下动手干，

缺武器还要上级多周全。

吴志海　（唱）枪支弹药虽有限，

优先照顾黄龙山。

一〇三　（唱）请你派人莫怠慢……

吴志海　袁治恒！

袁治恒　（从后窑出）有！

吴志海　（唱）你连夜赶路回西安。（把三个名册都交袁）

名单你交上级看，

他们一定很喜欢。

　　　　　　你就说这里缺少枪和弹，
　　　　　　要尽快送到黄龙山。
袁治恒　保证完成任务！（下）
吴志海　（唱）西北不少英雄汉，
　　　　　　陕西数你第一员。
一〇三　（唱）我当年领兵威名显，
　　　　　　心最辣来手最残。
吴志海　（唱）这次成功定保险，
　　　　　　你是堂堂司令官。
一〇三　（唱）我要把世事重改变！
吴志海　（唱）保卫神州好河山！
一〇三　（唱）到那时大摇大摆得意扬扬街头转。
吴志海　（唱）中华天下万万年！
一〇三　（唱）这几年把人憋得闷气填胸浑身颤，
　　　　　　咬牙切齿等变天。
吴志海　（唱）待到天朗乌云散，
　　　　　　幸福远景乐无边。
一、吴　（合唱）乐无边！哈哈哈……
　　　　〔忽然传来急促的拍柜声。
曹世雄　（自后窑出）谁？
侯有才　我！
曹世雄　什么事？
侯有才　紧急大事！
曹世雄　进来！
　　　　〔侯由柜跳出，紧张得上气不接下气。
侯有才　（见吴）啊！他……他……他是共产党……
曹世雄　（一怔）嗯？
吴志海　你胡说什么？
侯有才　外……外边有公安人员，叫我们集合民兵，包……包围！（做手势示

意）

曹世雄 弟兄们！

〔众匪徒一拥而出。

曹世雄 （向吴）你装了个像！我要把你剁成肉泥！

吴志海 （厉声）曹世雄，你怎么这样糊涂！

曹世雄 你不要装糊涂，砍了！

四匪徒 啊！（举刀斧）

一〇三 （露出真面目）慢着，你有什么讲的？

吴志海 你们早就上当啦！

一〇三 怎么？

吴志海 （指侯）这家伙是钻到我们里边的共产党！公安局故意让他谎报军情！

一〇三 这一点儿我想不通！

吴志海 这叫借刀杀人，破坏大局。

一〇三 哼哼！原来是你想杀我，今天是我先杀你！

吴志海 我把你杀了，黄龙山群龙无首，不可收拾！

一〇三 这是真的。

吴志海 你把我杀了，势必是孤军作战，一事无成！

一〇三 那共产党可以把我们都杀了，何必派人谎报军情？

吴志海 因为在黄龙山这个小沟岔里，我们人多，共产党一口吞不了，所以让我们自相残杀，他们好从中渔利！

一〇三 这……（想）

吴志海 老尧，当机立断，（指侯）把这家伙砍了！

曹世雄 （一把抓住侯）你……

侯有才 冤枉！冤枉！

曹世雄 不准叫！（向一〇三）长官？

一〇三 让我再想一想。

吴志海 还想什么？马上动手！

〔接着又传来紧急拍柜声。

曹世雄　谁？

强连长　是我！

曹世雄　进来！

　　　　〔强拿着手枪，后随一民兵端长枪出柜。

侯有才　（恐慌）人家来啦，人家来啦！（指强）他……

曹世雄　不要叫。自己人！

强连长　（示意民兵监视侯）把这个家伙盯住！

侯有才　啊，你……

强连长　这家伙是公安局派进来的！

一〇三　到底是怎么回事？

强连长　（一怔）嗯！

曹世雄　这是总司令。

强连长　哦，总司令。

一〇三　快讲！

强连长　共产党想把我们一网打尽。但是他们人地生疏，不摸底细，因此买通侯有才，叫他来施离间计，好让我们自己杀自己。

吴志海　老尧，这下你该相信了吧！

曹世雄　这小子，竟敢在总司令头上开刀？

侯有才　不敢！不敢……

吴志海　（向一〇三）万一让他们得逞，我们就会束手就擒。（向侯）老实讲，你都替共产党干了些什么？

四匪徒　说！

侯有才　没有！没有……

强连长　哼，没有？你不但告发了总司令的住处，还把公安人员引来，封锁包围我们！

一〇三　（揪住侯）啊！狗东西，我要你知道，老子的战刀是不吃素的！

曹世雄　来，砍了！

　　　　（四匪徒手起刀落，侯有才应声倒下）

一〇三　外边情况怎么样？

强连长　公安人员虽然包围了我们,但他们只有七八个人,还没开始进攻。

一〇三　好!趁他们立脚未稳,我要给他们点厉害尝尝!

强连长　对。总司令,这是一支手枪(交一〇三)。把他(指民兵)留下,保护长官。请把埋藏的枪支发给我们。外边咱们的人虽然多,都不是干家子,这几位(指四匪徒)跟我走,保管把公安人员收拾了!

四匪徒　把枪发给我们,保险马到成功!

曹世雄　好!大柏树下埋的有三支短枪,两支长枪,还有后沟里那些……

匪徒甲　我知道,咱们走!

一〇三　等一下!(四匪徒止步)弟兄们!最好不动一刀一枪,把公安人员给我拿下来!然后我们连夜开始暴动,五个联组一齐动手,兵扎黄龙山,进攻老县城。我们有美国支持,蒋总统就要登陆,只要改朝换代,都能升官发财!

四匪徒　好!走!(四匪徒一拥而下,强随下)

　　　　(少顷,一〇三得意地夸口,吴志海巧妙地答对)

一〇三　副经理,你多年运筹帷幄,决胜千里,对此计划,可曾满意?

吴志海　尧先生,你如此求功心切,抢夺战机,盲目行动,未免性急。

一〇三　先发制人,我不能坐以待毙。

吴志海　掌握主动,共产党善于通观全局。

一〇三　你莫要长别人威风,灭自己志气。

吴志海　你不要头脑发热,做出错误估计。

一〇三　哎呀呀,莫非共产党的赤化宣传,弄得你胆战心虚?

吴志海　他们说,一切反动派自取灭亡,这是必然逻辑!

一〇三　(困惑不解)啊,你这是……

　　　　[忽听后边喊声"走!"强连长"押"冯良杰上。

强连长　报告总司令,成功啦,这是公安局的冯科长。

一〇三　(端详冯)嘿嘿……(问强)人齐了没有?

强连长　正集合呢。

一〇三　好!科长先生,咱们前世有缘,今日相会,真是万幸。只要你愿意携手合作,有一日我坐镇西北,把总司令部扎在南院门的时候,咱们少不了共同议事喽！

冯良杰 哼！美帝是纸老虎，蒋介石是死老虎。新中国是人民的天下，是共产党的天下。你们的末日到了！

一〇三 一句话，你愿不愿做我们的好朋友？

冯良杰 两条路，你是缴械投降，还是负隅顽抗？

一〇三 放聪明点，你是阶下囚，并不是审判员！

吴志海 （义正词严地）不！历史本身就是审判官，而无产阶级就是执行者！

一〇三 （大惊失色）啊！你是……

吴志海 我是人民的公安战士！

一〇三 （垂死挣扎）来呀！绑了！

曹世雄 是！（欲动手，被强推开）

冯良杰 （掏出捕票）尧老三，你被捕了！

一〇三 哼哼！（疯狂反抗欲抓捕票）

强连长 不许动！

〔一阵脚步声，任志忠、袁治恒、田慧玲、公安战士及民兵押着白玉龙、刘老三与众匪徒上。

一〇三 （仓皇开枪，连续三次扣动扳机，但无声响）嗯？！……

冯良杰 尧司令，对不起，这手枪子弹不管用。

吴志海 尧先生，现在该到南院门总司令部里去啦！

（一〇三、曹世雄等软瘫倒地，龟缩一隅）

（冯良杰、吴志海等热烈握手、庆贺胜利）

——剧　终——

中国魂 秦腔

编剧：马健翎（1939）
改编：黄俊耀　刘小虎　南怀容（1963）

人物表

唐俊峰

殷玉贞

唐保儿

吴政委（吴刚）

张杰清

王奶奶

豆红梅

周小强

佐　男

八路军、游击队、民兵、群众各若干人

中村太郎

佐　藤

白　江

伪班长

尤子贵
特务二人
日军若干人

第一场　布　局

〔一九三九年秋天。
〔敌后某抗日游击队队部办公室。
〔一大间普通民房，大格窗子，正中挂有作战地图。墙上贴有"打倒日本帝国主义""中华民族解放万岁"等标语。室内设有简朴的桌椅。
〔幕后　吴政委的通信员周小强正在清理房子。

周小强　（唱）卢沟桥大炮响，
　　　　　　　　妈妈送我上战场。
　　　　　　　　人都称我小八路，
　　　　　　　　保卫祖国打豺狼。
　　　　　　　　脚轻手快把扫把放，
　　　　　　　　莫把政委惊起床。
　　　　　　　　有人来找我也挡，
　　　　　　　　悄悄儿写字念文章。
〔坐到桌旁，打开书本写字。
〔唐俊峰上。

唐俊峰　（唱）前日和顽军打了一仗，
　　　　　　　　俘虏大批人和枪；
　　　　　　　　人枪又送还，
　　　　　　　　团结御强梁。
　　　　　　　　为的是民族得解放！
　　　　　　　　吴政委，吴政委！

周小强　（急阻）嘘！（悄声地）唐老，政委布置队伍，一天一夜都没睡觉啦！刚才休息，不要打搅他……

唐俊峰　哦！哎小强，政委叫我有什么事呀？

周小强　这个……（调皮地）我不知道！

唐俊峰　啊！你倒学会保守秘密了。哈哈……

周小强　（又阻）小声，小声！（扫内室）唐老请坐，喝水。（倒水）

唐俊峰　小强！

周小强　（立正）有。

唐俊峰　嗯！（笑）最近给你妈写信没有？

周小强　（故意地）嗯……没有。

唐俊峰　没有？哎呀，这可不行呀！去年你参军的时候，我亲自告诉你妈，保证你经常给她写信，这你不是故意和我作对吗？

周小强　嘿！……写啦！

唐俊峰　（故意不信任地）写啦？

周小强　真的写啦。

唐俊峰　真的写啦？

周小强　（点头）嗯！

唐俊峰　你先说说看，这信是什么内容？

周小强　我说，嗯、嗯、亲爱的妈妈……同志。

唐俊峰　（觉得有趣想笑又止）这当然没有问题啦……

周小强　还有呢么！我说：共产党、毛主席是人民的救星，八路军、新四军是人民的军队，我们爱人民，人民也拥护我们，自我参军以后，整天地练武、掷手榴弹、打靶、学习……各方面都进步啦！嗯，嗯！连个子都锻炼得长高啦……

唐俊峰　噢，连个子长也锻炼哪？好，你这个"长个子"是怎么样锻炼的呢？

周小强　你看，我（一口气说完）五点起床，手抓杠架，腿绑沙袋。挂上下巴，连撺带扯，连抽带拉，时间长了，自然到家。慢慢地这身子和腰就长啦！

唐俊峰　噢！有意思（大笑），哈哈哈……

周小强　嘘！（指内室，二人悄悄走至政委的窗下，听）你听政委睡得多香，呼！呼！呼！

［吴政委由外进。

吴　刚　小鬼，呼呼什么？

唐俊峰　政委。

吴　刚　噢唐老，你来啦！

周小强　（尴尬地）看，看，看，刚休息了一会儿，就又不言语地走啦！老不遵守制度。

吴　刚　噢！问题严重化啦！

周小强　不严重？为了你不好好休息，队长批评我好几次啦！说我对首长不负责任……你还说呢！

唐俊峰　哈哈……

吴　刚　哈哈……小东西，不是我不告诉你，我走的时候，你正在学习嘛！

唐俊峰　是呀！政委怕打搅你的学习，又不是故意的和你捉迷藏嘛！

周小强　哼！（理直气壮地）以后再不准违反休息制度。

吴　刚　好！（玩笑地）以后坚决服从命令。

［三人同笑，小强接过吴政委的大衣，跑下。

吴　刚　这小东西，干什么事也是这样严肃认真的。

唐俊峰　政委，找我有事吗？

吴　刚　有，你来看，（走至军用地图边，拉开帷幔）最近形势相当复杂，由于蒋介石国民党的军队，一泻千里，溃不成军，华北五省，全部沦陷……

唐俊峰　是啊，当民族到了紧急危亡的关头，国民党不来团结抗日，却又假抗日，真反共。真是丧心病狂，民族败类！

吴　刚　正因为如此，致使鬼子十分猖狂，他们声言要立即攻占广州、武汉、西安、兰州，一举吞并全中国！

唐俊峰　哼！胃口倒不小，他们简直是在做梦！

吴　刚　所以，为了配合正面战场，牵制敌人兵力，上级命令我们，（指地图的某一城市）立即收复这个县城。

唐俊峰　噢！要攻打县城啦？

吴　刚　对，唐老，咱们现在的战略方针，虽然还不是攻打大城镇的时候，可是对于这个县城，我们有条件，也有必要打它。首先城里地下党的基础好，掌握了一定的武装力量。同时它又是敌军屯集辎重、军火、被服、粮草的重地。攻下它对于广大人民的抗日形势将是莫大的鼓舞，同时，对于日本帝国主义的侵略嚣张气焰也是个沉重的打击。所以目前攻下它，有着非常重要的战略意义。

唐俊峰　政委，几时行动呢？

吴　刚　现在的问题，关键在于敌军封锁十分严密，城里的情报传不出来，所以领导上研究决定，这次要派你进去！

唐俊峰　政委，你下命令吧！

吴　刚　唐老，你知道这次为什么要派你去呢？因为你年已花甲，两鬓苍苍，不致引起敌人的注意，更重要的是你有隐蔽工作的经验，而且也懂得日本语言，这些都是你完成任务的有利条件。

唐俊峰　那么我进城的身份是——

吴　刚　（拿起刚才带来的一件长袍）你看！

唐俊峰　老百姓？

吴　刚　对，良民，卖水果的小商贩。

唐俊峰　嗯！（点头，沉思）

吴　刚　进城之后，住在博爱路的一个小客店里，就会有人来找你。

唐俊峰　那接头……

吴　刚　是单线关系。如果你发现有一个人在吸烟的时候，连擦三根火柴（由制服口袋里取出一盒火柴）第一根没有擦着，第二根还没有擦着，第三根擦着啦！你就可以把这个手帕（取）出来，在你的头上擦一擦汗。（交给唐）他看到你这个动作之后，就会问你："你是从刘家河来的吗？"你回答他："我来的时候路过刘家河。"他又问："最近秋雨连绵，河水暴涨，河好过吗？"你再回答他："幸运刚到河边，巧遇打鱼小舟，冒险而渡。"这样关系就接上啦！

唐俊峰　（复命似的背诵）你是从刘家河来的吗？我来的时候路过刘家河，最近秋雨连绵，河水暴涨。河好过吗？幸运刚到河边，巧遇打鱼小舟，冒险而渡。

吴　刚　对！

唐俊峰　行啦，政委，什么时候动身？

吴　刚　明天早上，唐老，进城之后，一定要小心，也许会发生许多我们根本意想不到的情况！

唐俊峰　政委，想我唐俊峰，自从"九一八"日寇侵占东北，家破人亡，孙媳失散，我虽年迈苍苍，受党多年教育，尚能报效国家，今天身入虎穴，纵然一死，又有何惧！

吴　刚　哈哈……唐老，我不是这个意思，当然你的决定和精神是很好的，可是对于我们一个革命者来说，"死"——又算得了什么呢？告诉你，唐老，你一定要活着，而且，要想尽一切办法完成党交给你的任务，你明白吗？

唐俊峰　明白，明白，政委。

（唱）太阳出来红满堂，
　　　政委的话儿记心上。

吴　刚　（唱）你赤手独把贼营闯，
　　　小心谨慎多提防。
　　　凡事多把困难想，
　　　机智灵活胜刀枪。
　　　蛟龙离水难起浪，
　　　脱离群众无力量。

唐俊峰　（唱）稻谷离土难生长，
　　　儿女们怎能忘爹娘。

吴　刚　（唱）你赤胆忠心智谋广，
　　　英雄魂魄压长江。
　　　吃喝冷暖多保重，
　　　工作莫忘两鬓霜。
　　　谷子黄，稻米香，
　　　盼你胜利回营房。

走，咱们再到张司令员那里去谈一谈。

〔二人同下。

第二场 诡 计

〔二幕前，白江得意扬扬上。

白　江　（唱）乾坤扭动，
　　　　　　　老江西行。
　　　　　　　来了皇军，
　　　　　　　将广兵雄。
　　　　　　　人生尘世，
　　　　　　　贤愚分明。
　　　　　　　昔为蒋臣，
　　　　　　　今又把官升。
　　　　　　　能随世事变精，
　　　　　　　可也算得英明。
　　　　　　　抓来共产分子，
　　　　　　　我是他的表兄。
　　　　　　　警备部里把功请，
　　　　　　　升官晋爵又加封。

嘿嘿，本维持会长白江，想我表弟尤子贵年纪不大，心眼不小。想不到他倒搞起什么"抗日救亡"当上共产党啦。哼哼，就凭你这胎毛未褪，初出茅庐的小孺子，办事情还能瞒得过我这慧眼金睛？我今天设法搞到了你亲手写的传单，我看你还有何说？表弟呀表弟！回头是岸，就看你能否悬崖勒马了！哼！（下）

〔二幕开，某县日军警备司令部司令官中村太郎的办公室，窗明几净，富丽堂皇，正中挂有日本天皇像、军旗。开幕时，门口日军卫兵行持枪礼，中村太郎兴冲冲上。

中　村　（唱）武运长久，日本天皇，

　　　　　　　大和民族，我称强梁。

　　　　　　　八幡大明灵神光放，

　　　　　　　武士道精神震东方。

　　　　　　　跨满洲，跳长江，

　　　　　　　挥兵中原喜无双。

　　　　　　　蒋介石魂魄丧，

　　　　　　　闻风丧胆逃远方。

　　　　　　　最可恼，共产党，

　　　　　　　游击战争在后方。

　　　　　　　皇军自有天罗网，

　　　　　　　抓住了一名共产党。

　　　　［白江上。

白　江　（奴颜婢膝）报告太君！你交我的事完成了，我那个表弟正是个赤匪共党，我现在把他带来啦！

中　村　噢？！

白　江　太君。

中　村　（点头）嗯！

白　江　只要他清醒过来，到那个时候，这城里的土八路（以手做抓状）统统地这个！

中　村　嗯！你的功劳有！带！

白　江　是！（走至门口）司令太君的命令，土八路的带过来！

　　　　［外日军声"哈依"。

　　　　［四个武装日军执上有刺刀的步枪上。

　　　　［一便衣特务，执手枪推尤子贵上。

中　村　（至尤面前，打量、奸笑）嗨嗨嗨……

尤子贵　（对白）表哥……你……你们把我抓来干啥嘛？

白　江　唉，表弟，你是"狗咬吕洞宾，不识好人心"呀！你不想一想，咱们是凭谁过好日子？还不是大日本皇军吗？司令太君刚才说过啦，念你年幼无知，只要悔过自新，往事一笔勾销，决不再提。

中　村　对的，说！

尤子贵　表哥，这……这话……从何说起嘛？

白　江　从你当共产党的时候说起。

尤子贵　啊，表哥，你，这，这，这我咋能是共产党嘛？

白　江　表弟，你怎么不见棺材不落泪呢（取出传单）这是什么？这难道不是你的亲笔字吗？放明白点。劝你是为你，我是不愿意眼看着你年纪轻轻，黄沙盖顶。

中　村　（阴险地）嗯哼？哼哼哼……！

（尤子贵微微低头颤抖，不语）

白　江　表弟，咱们何必，"不走阳关道，硬过独木桥"！现在大日本皇军挥师中原，势如破竹，无人阻挡，长驱直入。天皇陛下有"八楼大明神"护佑，国民政府蒋总裁雄兵数百万，尚且无济于事，汪精卫归顺天皇，难道人家这些当代的圣人，还不如你们共产党的几颗摔不响的破手榴弹？几支打不远的"汉阳造"？你怎么鬼迷心窍，一窍不通呢？表弟，怎么样？说话呀！说话呀……？！

（尤子贵心中不安，战栗）……

（白江向中村使眼色）

中　村　（怒，拍案、恫吓）八格牙鲁！土八路面子的不要，"阿鲁奶"！

日　军　"哈依"！（对外招手）

［跑进两个半裸上身的彪形大汉，抬着一个通红的火炉放在台中，将刑具铁链咣啷一声抛在地上。

尤子贵　（见状胆惊）啊……（不由得后退两步）

中　村　土八路，怎么样？

白　江　（假惺惺地）太君……太君……（又跪至尤子贵面前）唉！表弟，何必呢？何必呢嘛！年纪轻轻为了共产党别说丧命，就是残废了也犯不着呀！唉！（擦泪）该说的话我都说了，你……唉！（走开）

尤子贵　（动摇）表哥，……我……

中　村　（进一步恫吓）烧死他！

日　军　啊！（二凶徒扑上，将尤按跪在地，扒开上衣，特务由炉内拉出火红的大烙铁）

尤子贵　（失声失色）啊——表哥……

白　江　（忙答）何去何从，你要当机立断！

尤子贵　你让我想一想！

白　江　（假意地）太君？

中　村　嗯！（挥手。凶徒撒手，尤扑跌在地）

白　江　太君容你考虑——（看中村）

中　村　五分钟！

尤子贵　唉！

　　　　（唱）尤子贵低头自相参，
　　　　　　　生死存亡顷刻间。
　　　　　　　头昏眼花天地转，
　　　　　　　胆战心惊腿发酸。
　　　　　　　我若把实话讲当面，
　　　　　　　叛徒的臭名传外边。
　　　　　　　从此后人前怎立站？
　　　　　　　苟且偷生是汉奸！
　　　　　　　若不把实话讲当面，
　　　　　　　少不了一命丧黄泉。
　　　　　　　年纪轻轻沙盖顶，
　　　　　　　少壮夭亡实胆寒。
　　　　　　　生死关头怎么办？
　　　　　　　这事情叫我好作难，好作难！（过门）
　　　　　　　唉！千钧一发要决断，
　　　　　　　事情实出无奈间。
　　　　　　　罢、罢、罢，我这里只得暂权变，
　　　　　　　留下性命保万全。
　　　　　　　唉！表哥！

白　江　怎么样？

尤子贵　我……我愿意……讲……

中　村　嗯，对，你的聪明。

白　江　咳，对呀，这才对呀！

（太郎示意，白搬椅，让尤坐下）

（太郎示意，日军、特务、凶徒下）

白　江　表弟，向司令太君悔过吧！（掏出一张纸）这是悔过书，签个名字吧！

（尤子贵惧怕地不敢签字）

白　江　不要害怕，不要害怕，别人是不会知道的，太君说过啦，一定替你保密。

（尤子贵战栗地签名，白江双手递与中村，中村放桌上）

白　江　现在向司令太君报告吧！城里的共产党都是哪些人？他们住在哪里？

尤子贵　我只知道一个人，他叫……豆家。

中　村　（奸诈地）哼哼哼，说谎的干活。

尤子贵　（慌）不不不，我不是说谎，我们是，是单线、单线活动，除了他我谁也不知道。

白　江　太君……！

中　村　（沉思）他的什么地方？

尤子贵　他约我今天晚上八点钟在博爱路吕家公寓15号会面。

中　村　（看表）八点？

尤子贵　嗯。

中　村　还有？

尤子贵　还有豆家叫我最近专找外边党派来的人接关系。

中　村　什么人？你的认识？

尤子贵　不认识，有接头暗号。

中　村　暗号，暗号的什么？说！

尤子贵　暗号……吸烟的时候拿火柴连擦三根，第一根没擦着，第二根没擦着，第三根才擦着了，城外的人就拿一个老布花格子手帕，在头上擦一下……

中　村　（取出手帕做擦状）这样，这样？

尤子贵　（点头）对。

中　村　（喜）啊！八格牙鲁，油西，讲！

尤子贵　城里的人问："你是从刘家河来？"城外人答："我来的时候路过刘家河。"（低下头）

中　村　完啦？

尤子贵　完啦。

中　村　（猛地转身、疾步、得意忘形，到白江面前，模仿接头）你的刘家河来？

白　江　（先不理，又机灵地答）我来的时候路过刘家河。

中　村　（狂）哈哈哈……土八路统统地（咬牙切齿以手做捏状）嗯……（对尤）讲！

尤子贵　我再啥也不知道了。

中　村　我的不信。

尤子贵　我实在不知道啥了，噢，那个豆家知道，他……是一个领……领导人。

中　村　好，你的功劳大大的，金票的给（掏出一个烟嘴）我的礼物的送你。

白　江　快谢谢司令太君的恩赐。

尤子贵　（九十度鞠躬）谢司令太君。

白　江　太君，那个姓豆的是个头子，是不是八点钟……

中　村　（果断地）嗯！（看表）阿鲁奶！

　　　　〔佐藤跑步上，特务上。

中　村　（向尤）你，八点钟，客店，豆家带路的干活，明白？

白　江　司令命你我带领皇军，去把姓豆的抓住，懂吗？

　　　　（尤子贵点头）

中　村　开路。

佐　藤　（立正）"哈依"！

〔尤引日特下。

中　村　（对白）要监视尤子贵。
白　江　我的明白。（点头鞠躬）
中　村　那个女教员，殷女士——
白　江　（谄笑）太君放心，明天一定设法把她带到。
中　村　哈哈哈！

〔同下，二幕闭。

第三场　遇　救

〔这是一个店房的后院，前后左右是城里住房，院里有一棵老槐树，树下是两个高低不等的石凳，一边有几株灵羊卧雪，黑夜漆漆死气沉沉，伸手不见五指，冷风飕飕送来了深秋的霜露和透骨的寒气。
〔王奶奶苦愁地上。

王奶奶　（唱）日本鬼子把城占，

　　　　　　　黑夜长漫漫。

　　　　　　　百姓受牵连！

　　　　　　　孤苦伶仃开小店，

　　　　　　　何一日才能见青天。

〔一阵紧张的犬吠，夹杂奔跑的脚步声，几声惨叫："鬼子抓人啦！快！""不许叫！"嘴被塞住……又是格斗声，王奶奶不知如何是好之际，突然"咕咚"一声，槐树背后响动，吓得王奶奶倒退几步，茫然。

豆红梅　老奶奶我求求你，快快救救我吧！
王奶奶　（惊问）啊！你！
豆红梅　老奶奶，我今天进城来看爹爹，住在隔壁张家店里，鬼子抓走我爹，老奶奶我求求你快快救救我！

王奶奶　你……（慢慢端详，摸索地）你……
豆红梅　我叫豆红梅。
王奶奶　红梅？
豆红梅　我爹爹叫豆家！
王奶奶　噢！（打门声）
特务乙　开门（打门声）开门，（踏开门）（凶恶地上）干什么的？
王奶奶　开店的老婆婆呀。
特务乙　人呢？
王奶奶　什么人呀，老总？
特务乙　他妈的，你装什么洋蒜，来！
特务丙　有。
特务乙　搜！
特务丙　（下而复上）无有！
特务乙　你是谁？
豆红梅　……我……
王奶奶　她是我的外孙女。
豆红梅　外婆。
特务乙　装了个像。
王奶奶　这都是真的么。你们也常查店，该也知道，我老汉去年叫鬼子飞机炸死啦！
特务乙　什么鬼子？嗯，混蛋！（打一鞭子）
豆红梅　外婆！（哭抱护住，不让打）
特务乙　老婆子，快说实话，她到底是谁？
王奶奶　她是……红……冯梅，我的外孙女，今天刚进城看我来的。
特务乙　啊！（严森森地抓过红梅问）你叫什么名字？
豆红梅　……冯梅！
特务乙　她是谁？
豆红梅　外婆。
特务乙　什么时候来的？

豆红梅　今天上午。
特务乙　住在什么地方？
豆红梅　在，冯家沟。
特务乙　你爹叫什么名字？
豆红梅　叫……
王奶奶　叫冯志刚，娃娃家见了长官害怕哩呀！
特务乙　老婆子，刚才跳过来一个人，他是共产党，你把他藏在什么地方？快讲！
王奶奶　跳过来一个人？咳，对啦，刚才听见，"咚"的一声，我跟娃出来一看，看见一个人影翻墙又跑到那边去了！
特务乙　他妈的，你怎么不早说？追！（同下）
王奶奶　呸！汉奸，坏种。跟上鬼子苦害老百姓哩！
　　　〔红梅拭泪往外跑，王挡住。
豆红梅　老奶奶！
王奶奶　你往哪里去？你干什么去呀？
豆红梅　我要看爹爹，我要看爹爹！
王奶奶　唉！孩子，快，不敢出去，先别急，老奶奶出去打问，打问。（下）
豆红梅　爹爹呀！
　　　（唱）月露星残，
　　　　　　阵阵秋风寒。
　　　　　　夜蒙蒙天昏暗，
　　　　　　妖魔鬼怪乱尘寰。
　　　　　　爹爹出门整一载，
　　　　　　音信杳然。
　　　　　　见家书哭得泪潸潸，
　　　　　　冒风险寻爹爹来到了城内边。
　　　　　　我一见爹爹双手抱，
　　　　　　哪里顾得诉屈冤。
　　　　　　父女们泪眼对泪眼，

霎时晴天霹雳起祸端。
假若还爹爹有长短，
回家去怎样对娘言！
痴痴呆呆站当院，
不知爹爹在哪边。

（忽然想起什么似的，清醒过来）爹爹叫我把这颗纽扣赶快钉在衣服上，若有人问："你是长江，你是大海，长江会大海，春从东方来。"这样他就是爹爹的好朋友，张叔叔！（沉思中）张叔叔，张叔叔，你在哪里？你在哪里？

（后台合唱）
一颗铜纽扣，
黄浪浪圆又圆。
红梅、红梅，快将线穿，
用手儿将扣子钉在上边。

豆红梅 （唱）一颗铜纽扣，
黄浪浪圆又圆。
红梅这里忙针穿线，
用手儿将扣子钉在上边。
我怎样来遮掩，
只怕露机关！
一枝红梅绣在胸前，
胆怯怯我不敢仔细观。
衣儿里藏密件，
心似滚油煎。
长江大海何时会面，
张叔叔你到底在哪边？

王奶奶 （唱）怒狠狠咬牙关，
狂风偏打破舟船！
只见红梅站当院，

两泪汪汪真可怜。

红梅,不要难过,你爹爹被鬼子抓到司令部去咧,我出去打听了一阵,才知道你爹是共产党,是好人!往后你就住到老奶奶这儿,我吃也叫你吃,我喝也要叫你喝,只要你老奶奶还活着,总不能让你受屈。

豆红梅 老……奶奶……(哭倒王怀)

王奶奶 (同情地唱)

用手儿搀起女婵娟,

苦难的人儿心相连。

把仇恨怀心莫伤惨,

单等着——

风卷残云露青天!

豆红梅 老奶奶……

王奶奶 莫要哭,随奶奶来歇歇……

〔手拉红梅愤愤地下。

第 四 场 见 子

〔佐藤烦恼地上。

佐 藤 (唱)昨夜晚巡逻队无影响,

四个人统统丢两双。

土八路,共产党,

夜夜只觉心恐慌!

(向内)报告!

(中村出,佐藤敬礼)

中 村 (点头)呵,佐藤,我的老朋友,坐。

佐 藤 (坐下)唉!

中　村　巡逻队还是没有下落？
佐　藤　没有，嗯，八路军，游击队厉害，我的头痛。
中　村　哎，不要无故忧伤嘛！
佐　藤　我们同中国打仗，时间长长的，战士们伤亡大大的。哎，战争！无限，无限哪！
中　村　哎，不要悲观嘛。告诉你，中国人不行，蒋介石没有战斗力，汪精卫是我们的好朋友，八路军、游击队对我们反抗，力量不够……你明白！
佐　藤　我什么也没有明白，平型关板垣师团，统统为天皇战死！（无限感慨）啊，战争！……中国地大，人哪多多多。厉害不好惹，我是这样想，要是有这么大一颗炸弹，把中国炸翻，哈哈哈，那就好了！
中　村　你空想，空想！
佐　藤　空想才能解决问题，哎，我的完啦，亲人见不上啦！
中　村　你的脑袋坏啦，武士道精神没有，没有，完全的没有！
日　兵　（上）报告，白会长带着殷女士要见司令。
佐　藤　殷女士，花姑娘！
中　村　（笑）哈哈哈……
佐　藤　我提醒你，你的太太最近要从满洲来啦，你的太太厉害厉害！
中　村　太太不会生孩子吗！
佐　藤　唉！你抢的这个中国孩子，聪明伶俐，将来长大了用处大大的。
中　村　我是请她做秘书的！
佐　藤　哼，秘书，哼哼哼……（笑）
中　村　（笑）……好，你的可以回去！
佐　藤　哈依（下）
　　　　　［白江上。
白　江　（谄媚）司令太君！那个女教员我把她带来啦！
中　村　她愿意吗？
白　江　嘿嘿，暂时还不愿意。
中　村　嗯？

白　江	太君，这不要紧，只要她进了司令部，司令金票大大的给，女人家嘛，还有不爱享福的？慢慢就会愿意了！
中　村	你要好好地开导！
白　江	对，用我们的俗话说，要"苦口婆心"。
中　村	嗯，带！
白　江	是，太君有请殷女士。

〔特务带殷玉贞上。

殷玉贞	（唱）满腔怒火压心上，
	咬牙切齿恨豺狼。
	中国人民志未丧，
	报仇的钢刀身上藏。
中　村	噢！欢迎，欢迎！（见特务）嗯，你这是什么意思？混蛋！
白　江	滚出去！（特务退下）殷女士！我给你介绍一下，这位是本城卫戍警备部队司令官中村大人。太君一向敬仰女士的才干。所以邀请你前来担任他的私人秘书，这真是破格赏光，是皇军对咱们的无限信任。来，见过太君大人！
中　村	（笑）嘿……
殷玉贞	想要我当汉奸，休想！
中　村	啊殷女士，中国人、日本人是好朋友。你就住在这里，一样一样！
殷玉贞	无耻，请你们立即放我回去！
中　村	唔，不要着急嘛，我们可以慢慢地商谈。
白　江	殷女士，人生尘世，青春几何，来……（欲用手推殷坐）

（殷愤怒地打白江一耳光）

白　江	（恼羞）唉?！你这个臭娘们……
中　村	（戏弄地狂笑）哈哈哈……（挥手命白江下，白江愤愤地但又不敢如何地退下）
中　村	你不要生气，好好地想想（用手拍殷肩）请坐！
殷玉贞	（甩中村手，怒目视）啊！（身不由己地跌坐在椅上）他他他……他

不是八年前杀死孩子爹的仇人？
中　　村　唔，不要害怕，我的良心大大的好！哈哈哈……
殷玉贞　（唱）雷击顶，怒火燃，
　　　　　　　仇人相逢在眼前。
　　　　　　　他亲手杀死孩子爹，
　　　　　　　血海深仇整八年。
中　　村　（唱）真漂亮，女教员，
　　　　　　　入了网笼难上天。
殷玉贞　（唱）今日里仇人遇当面，
　　　　　　　国耻家仇涌心田。
　　　　　　　拼着性命仇要报，
　　　　　　　以死相拼报仇冤。
　　　　（欲用刀刺中村，佐男内喊"报告"）
中　　村　进来！
佐　　男　报告司令，太太和少爷由满洲来到啦！
中　　村　嗯，怎么来得这么快，哼哼哼！呃，叫她给我儿子做教员，哈哈哈（笑）殷女士，你不愿意做秘书，给我儿子当教员，你愿意。佐男，领她到书房去！哼哼哼。（笑）（下）
佐　　男　哈依！喂，女教师，跟我走吧！
保　　儿　（上）佐男叔叔！
佐　　男　少爷，你看这地方好不好？
保　　儿　中国这地方大大的好，大大的好，走走走，叔叔带我玩去！
佐　　男　好，叔叔一会儿带你玩去，来，她就是你爸爸给你请来的一位中国女教师，来，见过老师，给老师敬个礼！
保　　儿　呃，我不要中国的臭女人，你给我滚开！（殷玉贞与保儿对视，殷惊）滚开！
佐　　男　（急推保儿下）走走走！
　　　　（保儿边走边喊："你给我滚开！""滚开！"）
殷玉贞　（唱）适才那少爷面前站，

　　　　　我上上下下仔细观。
　　　　　却怎么像我的亲生子，
　　　　　莫非是南柯一梦间？
　　　　　不，不！
　　　　　长方的脸儿犹未变，
　　　　　一颗黑痣在眉间。
　　　　　是他是他就是他，
　　　　　儿声音相貌似从前。
　　　　　认贼作父为哪件？
　　　　　这件事儿不了然。
　　　　　罢、罢、罢！
　　　　　我先放下杀仇念，
　　　　　暂留虎口为儿男！
　　［佐男上。
佐　男　女教师，请到书房休息，请！
殷玉贞　孩子呀！（慢步下）

第五场　接　头

　　［二幕前，尤子贵心慌意乱地上。
尤子贵　（唱）尤子贵心慌乱，
　　　　　每日如同坐针毡。
　　　　　皇军说我无才干，
　　　　　表兄给我摆难堪。
　　　　　再去四处放长线，
　　　　　盼只盼鱼儿来上竿。（下）
　　［二幕开，王家客房内。豆红梅上。

豆红梅　（唱）前天夜晚遭凶险，
　　　　　　　王奶奶店中把身安。
　　　　　　　爹爹叫我去接线，
　　　　　　　千斤重担给红梅担。
　　　　　　　铜纽扣儿胸前"站"，
　　　　　　　急得我坐卧不宁似疯癫。
唐俊峰　（上唱）乔装进城好几天，
　　　　　　　满目凄凉阴惨惨。
　　　　　　　无人来接线，只觉心不安，
　　　　　　　再回店房做盘算。
　　　〔红梅端水壶上。
唐俊峰　红梅！
豆红梅　老爷爷你回来咧，老爷爷，今天生意比前两天好吧！
唐俊峰　好，好！
豆红梅　老爷爷，你先坐，我给你打水去。
　　　（红梅拭泪，背身哭）
唐俊峰　（唱）小姑娘，泪涟涟，
　　　　　　　痴呆呆，心不安。
　　　　　　　莫非我人老起善念，
　　　　　　　这孩子常常惹人怜。
唐俊峰　红梅！
　　　（唱）我看你不过十二三，
　　　　　　　为何常常泪涟涟？
　　　（红梅不知说什么好）
　　　（唱）莫非你外婆打骂你？
　　　　　　　莫非你妈染病患？
　　　　　　　把你的委屈对我言。
豆红梅　（唱）妈妈没有染病患，
　　　　　　　也没有委屈在心间。（又擦泪）

唐俊峰　（不信）这不是，那也不是，那你为什么老掉眼泪呢？
豆红梅　不为啥。
唐俊峰　不为啥？奇怪……哦！小姑娘，你爹爹呢？
豆红梅　爹爹！……（抽泣）
　　　　（唱）老人家好意问长短，
　　　　　　　红梅心中似箭穿。
　　　　　　　从不会假话把人骗，
　　　　　　　问起了爹爹我心酸。
　　　　　　　老爷爷，你再不要问了！……（哭）
　　　　〔王奶奶提菜篮子上。
王奶奶　梅梅，你在和谁说话呀？快去，再给你老爷爷提一壶开水去！
　　　　〔红梅应声下。
　　　　〔王奶奶唉声叹气地向大门走去。
唐俊峰　（叫住王奶奶）老嫂子！
王奶奶　（转回身）哦！啥子呀！
唐俊峰　咱们都是上了年纪的人啦！我来个多嘴，你也莫怪。
王奶奶　不怪，不怪，你说吧！
唐俊峰　红梅这孩子常常两泪汪汪，看来心里有委屈，有难过，这到底是怎么回事呀！
　　　　〔豆红梅端水上。
王奶奶　（为难地）哎，这……
唐俊峰　咱们都是好百姓，你怎么还把我当外人看呢？究竟是怎么回事？你告诉我吧！
豆红梅　老爷爷不要多心，老奶奶是好人。
唐俊峰　怎么又是老奶奶呢？
王奶奶　好。（沉重地）老人家，我看你也是好心肠，既然一定要问，听我与你讲来！
　　　　（唱）提起来这事令人恨，
　　　　　　　孩子痛苦有原因。

　　　　　　　前日探父把城进，
　　　　　　　在隔壁店房暂容身。
　　　　　　　不料大祸从天降，
　　　　　　　鬼子抓走她父亲。
　　　　　　　事在万急越墙过，
　　　　　　　突然鬼子打开门。
　　　　　　　我巧言巧语把贼哄，
　　　　　　　救了她性命认亲戚。
　　　　　　　她爹爹至今无音信，
　　　　　　　痛煞煞店房安了身。
唐俊峰　（唱）鬼子为何抓她的父，
　　　　　　　她的父是个什么人？
王奶奶　（唱）人都说他是共产党，
　　　　　　　组织百姓反皇军。
唐俊峰　好，大嫂子，你做得对呀！
　　　（唱）这件事儿做得对，
　　　　　　　我感激大嫂你的恩。
　　　　　　　咱们都是好百姓，
　　　　　　　中国人应当一条心。
　　　　　　　小红梅你好好来看待，（掏钱）
　　　　　　　这些钱算我一点心。
王奶奶　不要，不要，老人家你也是小本生意……
唐俊峰　哎！
　　　（唱）你的日月太苦困，
　　　　　　　你莫嫌我老汉穷苦的人。
王奶奶　哎，这就……这，快谢谢老爷爷！
豆红梅　（唱）老爷爷正义救苦难，
　　　　　　　永远不忘你的恩。
王奶奶　唉！你在，我去给咱买些菜去。红梅，你给咱烧火去，一会儿好做饭。

唐俊峰　（唱）她那里对我讲一遍，
　　　　　　　　情况复杂心自参。
　　　　　　　　红梅的爹爹遇风险，
　　　　　　　　店主人说他是党员。
　　　　　　　　莫不是组织遭破坏？
　　　　　　　　往后去谨慎思再三。

［尤子贵上。

尤子贵　（唱）西街里走罢东街转，
　　　　　　　　王家客店走一番。
　　　　　（看唐）哦，老人家……
　　　　　（唱）店主人为何不见面？

唐俊峰　（唱）刚出去买菜到外边。
　　　　　　　　问先生你有何贵干？

尤子贵　（唱）也没啥大事来闲谈。
　　　　　　　　有没有城外人在此住店？
　　　　　　　　我有件事儿问根源。

唐俊峰　（唱）我就是城外人住此店，
　　　　　　　　有什么话儿请你谈。

尤子贵　哦，这可太巧了！
　　　　　（唱）这可要给你添麻烦，
　　　　　　　　来来来老人家请吸烟。

唐俊峰　不要客气，我这儿有烟。
　　　　（尤子贵吸烟做接头暗号）
　　　　（唐俊峰见有人来接头，为之一震）
　　　　啊！接头的暗号！
　　　　（正欲掏手帕）
　　　　不能，根据群众反映，这里地下党可能遭破坏，我得谨慎。

尤子贵　（见状问唐）我问你："是从刘家河来的吗？"

唐俊峰　（镇静地）我不是刘家河来的，是从马头镇来的。
尤子贵　哦，（唱紧诉）
　　　　　　接头的暗号他不懂，
　　　　　　答话的暗语也不清。
唐俊峰　（唱）他神情恍惚不稳重，
　　　　　　慌里慌张因甚情？
尤子贵　（唱）尤子贵真扫兴，
　　　　　　看来今天又扑空。（截）
　　　　　　噢，老先生，你既然不是从刘家河来的，那就算啦！
　　　　　　好，请在，请在！（下）
唐俊峰　好，你慢走。
　　　　〔王奶奶提菜上，边走边喊："红梅，红梅！"
　　　　（与尤子贵相遇，二人点头）
唐俊峰　老嫂子，这个人是个做啥的呀？
王奶奶　是学堂里的尤先生。
唐俊峰　他住在什么地方？
王奶奶　他住在西街白记粮行。（内喊：店家）噢，查店的来啦，你要小心。
　　　　〔张杰清带伪班长上。
王奶奶　噢，长官，请坐，请坐。
伪班长　店家，把店簿子拿来。
王奶奶　有，有。（拿店簿子给伪，伪转递给张）
　　　　（张接店簿子大模大样坐下看）
伪班长　（对王）这两天都住些什么人？
王奶奶　住下这么一个白胡子老头，后边还有几个跑生意的！
伪班长　还住下什么人？
王奶奶　没有，再就是我的小外孙女，前天进城来看我的。
张杰清　好啦，你去吧！
王奶奶　哎！（下）
　　　　（张杰清示意伪班长，盘问老唐）

伪班长　老头子，你是干什么的？

唐俊峰　卖水果的小商贩。

伪班长　叫什么名字？

唐俊峰　王老三。

伪班长　镇长叫什么名字？

唐俊峰　王家瑞。

伪班长　维持会长

唐俊峰　赵宝才。

伪班长　嗯，你去吧！

唐俊峰　（点头）唉！（刚走到门口）

张杰清　（厉声地）回来。

唐俊峰　（停住、转身）噢？长官……

张杰清　（快速地）叫什么名字？

唐俊峰　王老三。

张杰清　区长叫什么名字？

唐俊峰　赵宝才。

张杰清　（突然伸手）良民证？

唐俊峰　噢，有，有！（小心地从包里的手巾中取出良民证，交张）

张杰清　（详细审查）嗯，老头子，你的良民证不对，是假造的！老实说怎么弄到的！

唐俊峰　唉！每人一个，在维持会买的么！光入秋以来就买了三次咧，我也不懂人家卖的是真的还是假的，反正维持会说拿下这就能走路……

张杰清　不要胡说。

　　　　（做暗号三根火柴）

　　　　（唐俊峰惊，不动声色）

唐俊峰　（自白）怎么又来了一个……

张杰清　（见唐不语，递回良民证）店家到后边看看。

　　　　〔下，伪班长随下。

唐俊峰　（暗叫住王）老嫂子，这个皇协军常来查店吗？

王奶奶　没见过，反正这伙黑狗没一个好东西。（急下）

唐俊峰　（沉重地，分析判断）奇怪呀！先后来了两个人，一个是教员，一个是伪军，难道这两个人都是同志？不！不可能，这是违背工作原则的！看来这是党内出了叛徒，组织已遭到破坏，哎！也不对呀！既然有叛徒告密，敌人也必然会知道我们是单线关系，决不会派两个坏蛋同时出来接头！（又一想）也许是地下党部分遭到破坏，敌人利用叛徒来抓党从外边派来的人，而地下党为了不致发生意外，也派人抢先和外边的同志接头，对，这完全可能，那么这两个人哪个是同志，哪个是敌人呢？情况复杂呀，我得慎重想想……

（唱）情况复杂自相参，
　　　两个人接头为哪般？
　　　千思万想做判断，
　　　一步走错回头难。

（向内小声）红梅，红梅！

豆红梅　（悄悄跑上）老爷爷！

唐俊峰　红梅，老爷爷出去有个事情，一会儿就回来，那个皇协军还没有查完吗？

豆红梅　没有呢？

唐俊峰　你听见他都说了些啥？

豆红梅　没有听见，我在房里没敢出来。

唐俊峰　对，你快回房子去，我一会儿就回来了！

豆红梅　嗯，老爷爷你出去就回来，天黑了要小心呢！（目送唐下，正转身欲回房，张杰清上）

张杰清　（见红梅的铜纽扣）啊！铜纽扣？

豆红梅　（战兢兢急用手捂住铜纽扣）啊！……！（转身欲走）

张杰清　（坚决但温和地）回来！

（红梅胆怯地站住）

张杰清　（很快地视察了一下环境，又走至红梅面前审视铜纽扣，小声清楚地）长江、长江，你是长江？

豆红梅　你是大海？……啊！（大惊）
张杰清　长江会大海，长江会大海。
豆红梅　长江会大海，春从东方来！
张杰清　孩子你是谁？
豆红梅　红梅！
张杰清　红梅，噢！好孩子，梅梅都长得这么大了？
豆红梅　你是……
张杰清　你不认识我了吗？我就是张杰清。
豆红梅　你是张叔叔？
张杰清　是呀！
豆红梅　叔叔！
张杰清　红梅！
豆红梅　叔叔！
张杰清　好孩子！
豆红梅、张杰清　（同时）叔叔！梅梅！
豆红梅　（唱）受尽了委屈心胆寒，
　　　　　　　红梅日夜眼望穿。
　　　　　　　今日这里把你见，
　　　　　　　见叔叔如同爹爹一般！
张杰清　（唱）疾风当中红光闪，
　　　　　　　一枝红梅开面前。
　　　　　　　你真是松竹青梅耐岁寒！
　　　　　　　豆家同志遭凶险，
　　　　　　　其中必定有根源。
　　　　　　　叫一声红梅莫伤惨，
　　　　　　　往后有叔叔来照看。
豆红梅　张叔叔，我爹爹……
张杰清　红梅，好孩子！快，不要哭了！给叔叔说，你爹爹是怎样遇险的？
豆红梅　张叔叔，（哭）前天我进城来看爹爹，在客店里正和爹爹讲话，忽然鬼子打门，爹爹知道他难以脱险，就立即把文件烧掉，叫我把铜纽扣戴在身上，还给我教了跟叔叔接头的暗号。张叔叔，爹爹刚把我扶过墙来，他……

张杰清　好孩子，你不要哭，你爹爹是好样的，他在敌人面前，坚贞不屈，有骨气。你放心，我们会设法把你爹爹救出来的。

豆红梅　张叔叔，爹爹让我把这（取文件）交给你。

张杰清　（沉重地）叛徒！红梅，刚才来了一个头戴礼帽、身穿大褂的中年人，你看到了吗？

豆红梅　看到啦！

张杰清　孩子，他就是出卖了你爹爹的叛徒尤子贵。

豆红梅　啊！就是他？

张杰清　记住，就是他，他刚才来干啥呀？

豆红梅　他说是找乡下来的人。

张杰清　找乡下来的人，找到什么人没有？

豆红梅　找到刚才那个老爷爷啦！

张杰清　啊！（判断）红梅，你看没看见那个老爷爷拿出块老布花格子手帕？

豆红梅　老布花格子手帕……没有。

张杰清　你好好想想。

豆红梅　没有，就是没有。

张杰清　党内出了叛徒，敌人也来接线，我们从外边来的同志，时刻有遭到危险的可能，怎么样和外边的同志接上关系呢？（沉思，忽然胸有成竹）红梅她住到这里倒方便。红梅，现在有个非常重要的任务，你敢完成吗？

豆红梅　敢！

张杰清　敢？

豆红梅　敢，敢！张叔叔。

张杰清　好，我给你一盒烟，一盒火柴，如果遇到合适的人，你就和他主动接头，接头的暗号是这样的。（耳语）记下了没有？要是这个任务完成不好，梅梅呀！

豆红梅　能，能！红梅记下了，张叔叔，我能完成。
张杰清　好，哎，对。还有，店房门口有个卖小人书的，你这里有什么情况，随时和他联系。
豆红梅　好。
张杰清　关于叔叔的情况，先不要告诉别人。（向里）店家！
王奶奶　哎！
张杰清　（指红梅）这是你的外孙女吗？
王奶奶　（一惊）噢噢噢！就是的，就是的！
张杰清　好，以后有什么可疑的人，立即报告。（下，伪班长随下）
王奶奶　对，对，对！长官，小孩子家。
　　　　〔张下，王返回。
王奶奶　（对红）哎，好娃哩，你刚才和咻黑狗都说些啥？
豆红梅　没说啥。
王奶奶　没说啥，那么长的时间，咋能没说啥？
豆红梅　就是没说啥，嗯嗯嗯……呀！就问我姓啥叫啥，还有……
王奶奶　还有？
豆红梅　就是你给我教的咻些话么！
王奶奶　往后呀！再不要和这些汉奸坏种说话了，这伙黑狗没有一个好东西。
豆红梅　嗯，人家不是汉奸坏种，是好人！
王奶奶　啥，好人？唉！咻一伙黑狗还有好人？你寻着惹事呀！
豆红梅　人家就是好人！人家就是个好人！
唐俊峰　（上）谁是个好人呀！（王、红不防均吓了一跳）
王奶奶　唉！（神秘地）就是刚才来查店的那个黑狗么，梅梅硬说人家是个好人，唉！
唐俊峰　（觉得有因）老嫂子，你不要生气咧，我看你还是先做饭去。
王奶奶　（边说边走）唉！你就寻的闯祸么！
唐俊峰　梅梅，你认识那个伪军吗？
豆红梅　不认识。
唐俊峰　不认识，你怎么说他是好人呢？

豆红梅　反正，反正（严肃地）我敢保险他是个好人，老爷爷你先走，我给你打茶去。（拿壶下）

唐俊峰　（沉思）保险他是个好人，一会儿还要来找我。红梅是我们一个同志的女儿，她爹爹被鬼子抓走了，这孩子哭哭啼啼，见到这伪军，突然变得这么高兴，看来其中定有缘故。

豆红梅　老爷爷，老爷爷这么好，会不会就是……

（此时唐俊峰正好装上了袋旱烟，红梅忙走上前去）

豆红梅　老爷爷，这里有火。（擦火做暗号）

唐俊峰　（大惊）哦，又是一个?!（果断地）嗯！！！（放下旱烟袋，由腰里取出手帕，做答号）

豆红梅　老爷爷！

（唱）刘家河有人把信访，
　　　是不是来自那个庄?

唐俊峰　（唱）天下任我漫游荡，
　　　　路过刘家小村庄。

豆红梅　（唱）秋雨绵绵河水涨，
　　　　浪涛汹涌水茫茫。
　　　　河好过吗?

唐俊峰　（唱）事急哪顾大风浪，
　　　　巧遇小舟来帮忙。

豆红梅　（喜悦地）老爷爷！
（唱）有什么东西交与我?

唐俊峰　（掏出密信）
（唱）神奇古怪的小姑娘。

豆红梅　（喜悦幽默地）
　　　　莫奇怪，莫惊慌，
　　　　革命中也有小姑娘。
　　　　老爷爷，你在这等着，我马上就来。（下）

唐俊峰　好！

（唱）一枝红梅千里香，

又哭又笑的小姑娘。

哎呀英雄将，

中华民族不会亡。

豆红梅　（引张杰清上）老爷爷，查店的来咧！

张杰清　同志，我叫张杰清。

唐俊峰　我叫唐俊峰。

张杰清　唐俊峰同志，刚才……

唐俊峰　在你未来之前，有一个中年人来接头，可是他没有按照接头顺序进行，所以我见了你也不得不小心谨慎。

（二人亲切握手）

张杰清　对，你做得完全对。这里党组织出了叛徒，部分组织被破坏，为了不让敌人从中截去外边来的同志，所以不得不如此，方才你说的那个人，他就是出卖了豆家同志的叛徒。

唐俊峰　啊！多亏我谨慎了一步。

张杰清　老唐，上级党有什么指示？

唐俊峰　有，为了配合正面战场作战，牵制敌人兵力，上级党要我们立即拿下这个县城。现在这里的任务是，尽快动员发展地下武装，搜集敌人军事情报，里应外合，攻打县城。吴政委指示　想尽一切办法，打入敌人的心脏，了解敌人一切情况。

张杰清　嗯，打入敌人心脏。老唐，现在，倒是有个很好的机会！

唐俊峰　什么好机会？

张杰清　敌人的司令中村太郎，要维持会给他找一个年老的仆人。

唐俊峰　啊！他要个年老的仆人，嗯！（想）老张，你看我去行吗？

张杰清　你去？

唐俊峰　我去，我懂得日本语言。

张杰清　对，那就这样决定吧！可是进去非常危险！

唐俊峰　这些我都明白。

张杰清　好，咱们后边再详细研究，研究！

［二人握手分下。

第六场 认 父

［中村为殷玉贞准备的书室内。
［二幕启　殷玉贞独自一人漫步，沉思。

殷玉贞　（唱越调）
　　　　　长恨悠悠！
　　　　　西风儿凉飕飕。
　　　　　园中仙果含愤怒，
　　　　　依窗前满目尽是秋。
　　　　（转慢五更）
　　　　　回忆"九一八"，
　　　　　白山黑水愁。
　　　　　国破家亡心酸楚，
　　　　　这深仇怨恨怎罢休。
　　　　　思夫唐振江，
　　　　　命丧贼刀头。
　　　　　夫妻若相逢骑鹤下扬州，
　　　　　我好比狂风大浪一叶舟。
　　　　　公爹年纪迈，
　　　　　好似风前烛。
　　　　　凄凄惨惨孤身漂流，
　　　　　但愿他老人家身体健康没忧愁！
　　　　　保儿落贼手，
　　　　　此事难穷究。
　　　　　儿是娘心一块肉，

　　　　　恨不能抱在娘怀说从头。
　　　　　母子又聚首，
　　　　　相逢隔鸿沟。
　　　　　话到口边真情不敢露，
　　　　　最伤心他把亲娘当楚囚。
　　　　　为儿居虎口，
　　　　　为儿昼夜愁。
　　　　　不料我儿认贼作父成敌寇，
　　　　　要叫他回到娘怀报父仇。
保　儿　（怒冲冲上唱）
　　　　　妈妈今日喝醉酒，
　　　　　悄悄话儿说缘由。
　　　　　把中国女人要羞辱，
　　　　　赶走这个亡国奴。
殷玉贞　（思想忍悲勉强地）少爷，今天怎么来得这么晚……来坐下上课。
保　儿　坏蛋，你不要管我！
殷玉贞　你怎么常骂人，我不是对你说过了吗？骂人是野蛮行为。
保　儿　混蛋，坏女人，你良心坏啦，坏啦，经常惹得妈妈生气，你给我滚蛋，滚蛋！（抓起书摔在地上）
殷玉贞　谁惹你妈妈生气？
保　儿　（狂暴地吼）你，中国的坏女人，你给我滚开。
殷玉贞　（忍无可忍，激动万分）我的孩子！！！
　　　　〔中村太郎上进门。
保　儿　（狂怒）谁是你孩子？谁是你孩子？
中　村　咳！对的！对的！她叫你孩子的没有关系，哈哈哈……教师、母亲的一样，哈哈哈（对殷）咻，你的生气的不要，他的事情不懂……慢慢地我的父亲，你的母亲……明白，哈哈……！
　　　　〔白江在门口喊："报告！"
中　村　进来！

白　江　报告司令，你上次要的苦力，我的送来啦，请司令验收。
中　村　哦，可靠？
白　江　绝对可靠，三区马头镇人，有良民证。我已经打电话联系过了，绝对的可靠。
中　村　我的看看！
白　江　是，（对门外）老头子，你进来！
　　　　［唐俊峰慢吞吞地上。
白　江　快快见过太君大人。
唐俊峰　太君大人，我是个老头子。
白　江　老头子，司令部苦力的干活，你的愿意？
唐俊峰　我今年六十三了！
中　村　呃……
唐俊峰　我叫王老三，三区马头镇人。
白　江　赶快给太君大人见礼。
唐俊峰　太君大人！（行礼）
保　儿　这个老头子怪好玩的，嘴上还有白毛。
中　村　好玩，留下玩吧，咻，老头，司令部苦力的干活，你的愿意？
唐俊峰　有碗饭吃就行，愿意，愿意！
　　　　（殷玉贞听见老人说话，目不转睛地注视着唐俊峰）
中　村　老头子，你只能在司令部干活，出去的不行，你明白吗？
唐俊峰　明白，明白！
白　江　太君大人，今天维持会大摆酒宴，请司令光临。
保　儿　爸爸我也要去。
中　村　好，开路，开路。（下，保儿随下）
　　　　（唐俊峰慢步出门，正欲下）
殷玉贞　（悲痛，激动万分）爹爹，你还认得你的儿媳妇么？
唐俊峰　（惊呆）你、你、你是玉贞！
殷玉贞　是的，爹爹。
唐俊峰　玉贞！

殷玉贞	爹爹！
唐俊峰	你还活在人世？
殷玉贞	是的爹爹，我还活在人世。
唐俊峰	哎呀我的好媳妇！
殷玉贞	可怜的老爹爹！
唐俊峰	见媳妇

（同唱）　　　哎——

殷玉贞　　　　见爹爹
　　　　　　把人心疼烂，
　　　　　　忍不住心泪洒胸前。
　　　　　　自那年魔鬼来作乱，
　　　　　　鸭绿江边起狼烟。
　　　　　　从此人民多灾难，
　　　　　　山河破碎江水寒。
　　　　　　我只说今生难见面，
　　　　　　谁料想虎穴却团圆。哎——！

唐俊峰　啊！（忽然想起）

　　（唱）唐俊峰低头暗盘算，
　　　　　她是瞎是好难了然。
　　　　　振江我儿赴国难，
　　　　　她为何贼营里把身安？
　　　　　莫非她变心学下贱，
　　　　　奴颜婢膝讨贼欢。
　　　　　我今身负千斤担，
　　　　　岂能鲁莽认家眷！
　　　　　用几句话儿来试探……
　　　玉贞！
　　　　　再莫称爹爹像从前。
　　　　　我年迈苍苍求碗饭，

活上一天算一天。
跟太君你算有识见，
不要因我受牵连。

殷玉贞　噢！——哎（滚）我叫一声爹爹呀爹爹，可怜的爹爹呀……自那年全家遭难，儿我多年狱牢受苦，咬紧牙关，忍受千痛万苦，越狱逃亡到此，落贼网，爹爹呀爹爹，你可知这贼他是何人？

唐俊峰　他是何人？

殷玉贞　他就是杀死你儿的那个强盗。

唐俊峰　噢！怎么是他？

殷玉贞　常言道：仇人见面，分外眼红，儿我决心以死相拼，以身许国。不料虎穴狼群之中，又遇自家保儿！

唐俊峰　保儿在哪里？保儿在哪里？

殷玉贞　就是刚才那位少爷！

唐俊峰　（大惊）啊！咱家保儿，怎会落在敌人之手？

殷玉贞　八年前保儿爹遇难之后，咱们保儿遭冲失散，被敌掳去。我只当死在日寇枪刺之上，不料贼人之妻，看中咱家保儿，她，她就抱去了！

唐俊峰　后来怎么样呢？

殷玉贞　自那日虎穴之中遇仇见子，为救咱家保儿，我才忍痛在此安身。心想教咱保儿明白根本，救他脱离狼窟。仇人常来胡搅蛮缠，孩儿至死不屈，不受凌辱。幸喜今日遇见爹爹，爹爹反而不把儿认，爹爹呀爹爹，你把儿当成什么人了……

（跪唐脚下，似乎晕倒）

唐俊峰　（悲痛地）噢！我叫一声玉贞玉贞，我的好媳妇呀！我的好儿女呀！怪爹爹一时糊涂，叫你受屈。你莫要伤心，莫要难过！听爹爹与你讲来……

（唱）手扶好儿媳，
叫我儿受委屈！
多少年来父日夜想着你，
你本是爹的好儿女。

　　　　　　你将头抬起，
　　　　　　叫爹爹看看你。
　　　　　　英雄的女儿有胆有志气，
　　　　　　不由人老泪纵横颤巍巍。
殷玉贞　（唱）慢慢儿头抬起，
　　　　　　泪眼悲白须。
　　　　　　家遭横祸活活分离，
　　　　　　可怜你老人家受孤凄！
　　　　　　多少年爹爹逃何地？
　　　　　　却怎么与人家做奴婢？
唐俊峰　（唱）走遍了天下路，受尽人间苦，
　　　　　　条条路上有踪迹！
殷玉贞　（唱）今日翁媳相团聚，
　　　　　　再不能分离各东西。
唐俊峰　哎，玉贞！
　　　（唱）中华民族灾难重，
　　　　　　现在已到危险期。
　　　　　　哪分老少男和女，
　　　　　　同仇敌忾抗强敌。
殷玉贞　（唱）蒋家朝廷无廉耻，
　　　　　　丧权辱国损国基。
　　　　　　抗战刚刚两年整，
　　　　　　神州尽成沦陷区。
　　　　　　中国从此无希望，
　　　　　　眼前一片黑漆漆！
唐俊峰　哎，玉贞！
　　　（唱）你莫悲观莫忧郁，
　　　　　　中国出了毛主席。
　　　　　　四万万同胞奋起，

共产党领导百万雄师。

你看那八路军、新四军、游击队、抗日民兵个个英雄世无比，

打得那鬼子魂飞魄散哭啼啼。

坚决抗战要到底，

最后胜利是我们的。

殷玉贞　（唱）敌人又握好武器，

何日才是胜利时？

爹爹，你看敌人武器优良，这大半国土已落贼手，唉！什么时候才能胜利嘛？

唐俊峰　你问这胜利么？咱毛主席指示，需要经过几个阶段才能胜利。

殷玉贞　哪几个阶段？

唐俊峰　哼！国民党政府蒋介石，甘当帝国主义鹰犬，一贯执行"攘外必先安内"的反动政策，这就使侵略中国蓄谋已久的日本帝国主义，凭借武器之优良，长驱直入，占我河山，以致酿成今日之民族大患，这样就造成了敌人战略进攻，节节前进。我们只是防御、退守，暂时敌强我弱的目前形势了。

（唱）蒋介石反共打内战，

屠杀人民罪滔天。

如今又出了个汪精卫，

卖国求荣的大汉奸。

酿成民族大祸患，

共产党团结人民挽狂澜。

殷玉贞　爹，那么今后呢？

唐俊峰　今后由于敌人占地太大，兵力不足分配，财力物力大量消耗，兵士厌战情绪日增。而我国军事政治逐渐进步，人民逐渐觉醒，抗日军队越打越强，越打越多，一些地方得了又失，一些地方失了又得，你争我夺，那时敌人，欲进不能，欲罢难休，于是战争就形成了犬牙交错的相持局面。

殷玉贞　（兴奋）爹爹，那第三阶段呢？

唐俊峰　你问这第三阶段么？由于敌人长期进行非正义的侵略战争，形成国际孤立，同时引起本国人民的大大不满。国势日衰，士气越来越加颓丧。而我们伟大的中华民族，地大物博，休养生息。又经长期战争锻炼，全国军民在共产党、毛主席领导之下，无数英雄儿女，组成坚强的国防力量，同仇敌忾，大举反攻，加之国际援助，不打到鸭绿江边，誓不罢休！到那个时候，自由民主的新中国就要实现了！

（唱）自从有了共产党，
　　　中国人民更坚强。
　　　四亿神州尽都是英雄豪杰将，
　　　横扫敌寇在疆场。
　　　布下天罗和地网，
　　　一直打到鸭绿江。
　　　到那时风卷残云壮丽河山豪光放，
　　　红旗永远迎风扬。

殷玉贞　（有些猜出了唐的身份）噢，爹爹原来你……
唐俊峰　这个你先别问，以后你就知道了！
殷玉贞　噢，爹爹，咱家保儿？
唐俊峰　不要忙，咱们经常地启发诱导他，一旦时机成熟，定让敌人自食其果。

〔保儿跑上。

保　儿　老头子，走，带我玩去！
唐俊峰　好，少爷，走。
保　儿　你蹲下，将我背上！
唐俊峰　对！（蹲下）
　　　　（保儿跨上唐背）
保　儿　老头子，你好比我一匹好马，走，杀中国人去！
〔唐背保儿下。
殷玉贞　（痛苦地）孩子！（泪下）
　　　　（身不由己地坐下）

〔二幕闭。

第七场 差 红

〔二幕前，张杰清上。

张杰清 （唱）老唐虎穴做内线，
　　　　　　　幸喜翁媳得团圆。
　　　　　　　配好了钥匙盗密件，
　　　　　　　这支钢笔除内奸。
　　　　　　　唐俊峰去把红梅见，
　　　　　　　机密的话儿对她谈。

〔二幕开、桌椅陈设。

店家、店家！

〔红梅慌忙上，见张，喜。

豆红梅 （兴奋大声地）张叔叔！
张杰清 （阻止）嘘！
（豆红梅理会，吐舌头，急走至门口一看，无人，摇头表示）
张杰清 小东西，这几天还好吧！
豆红梅 不好！
张杰清 怎么了？
豆红梅 你老不来，把人急的。
张杰清 叔叔有事情，忙嘛！
豆红梅 不，我就要你来。
张杰清 小傻瓜，来得多了不好，懂不懂？
豆红梅 那把人一天老没任务，急得跟啥一样。
张杰清 怎么能说没任务呢？你看，你送信，撒传单，到处接关系，做了这么多工作……啊！红梅，你已经成了小革命家啦！

豆红梅　啥？我成了小革命家啦！

张杰清　哎！（注意环境）

豆红梅　哎呀！（兴奋地）（张制止）

王奶奶　（稍稍露了一下）你们放心谈吧，我注意着人哩。（又下）

豆红梅　看，连我老奶奶都成共产党咧，还说呢！

张杰清　老奶奶是共产党，那你呢？……

豆红梅　我当然是共产党呀！

张杰清　嘿嘿嘿！（笑）

豆红梅　怎么，笑我说得不对？

张杰清　对，也对，梅梅这几天是不是有点想老爷爷啦？

豆红梅　想么，我可想呢。

张杰清　那么今天我让你去看看老爷爷，好不好？

豆红梅　真的？

张杰清　真的嘛。

豆红梅　好。哎，我明白了，是不是有任务呢？

张杰清　任务！（默然地）

豆红梅　呀，快说嘛，快说嘛！

张杰清　小傻瓜，这次可不同于以前。

豆红梅　不要紧，鬼子司令部我去过好几次了，和那些站岗的都熟咧，他们认识我，我保险能完成。

张杰清　（略想了一下）你到了鬼子司令部，敌人问你（学日本人语）你你什么的干活？

豆红梅　我给我老爷爷送一双鞋。

张杰清　进去的不行，鞋放在这里。

豆红梅　太君，我好几天没见过我老爷爷啦，我实在想得很。老爷爷的衣服都破啦，你看，我带的针线，还要给老爷爷缝缝。太君，求求你，让我进去看看。

张杰清　哼！不行。

豆红梅　太君，我还给老爷爷带的烟，太君你赏光！

（二人对笑）

张杰清　好！（略想一下）红梅，你看，机密信，如果万一被敌人发现了，你怎么办？

豆红梅　那我……那我就把信吃到肚子里去，敌人就是打死我，我也一句话不说，我一定要像爸爸那样……

张杰清　（感慨地）好孩子，你不愧是党的好女儿。
（掏出钥匙和钢笔）给你，这封信关系着县城的收复和解放。你把它藏在衣角里，这个钢笔是鬼子司令送给叛徒尤子贵的礼物，这是一把钥匙，你一定一定要把它亲手交给老爷爷。

豆红梅　（接，点头）嗯。

张杰清　红梅，要胆大，还要心细。

豆红梅　嗯。（表示坚决）（向内）老奶奶！（王奶奶出）我走了！

王奶奶　梅梅，小心。

豆红梅　嗯。（下）

〔王奶奶、张杰清分下。

〔过场，唐俊峰与红梅同上。

唐俊峰　红梅，你赶快回去，在约定好的地方等情报，从这儿走，放大方些。

〔红梅欲下，日兵上。

日　兵　站住，什么人的干活？

豆红梅　太君晚安！

日　兵　小姑娘的什么人？

唐俊峰　这是我的小孙女，给我送鞋来啦！

日　兵　嗯！

〔红梅下，日兵下。

唐俊峰　（唱）上级的指示看一遍，
　　　　　　为保万全设机关。
　　　　　　这支钢笔有妙用，
　　　　　　共谋计策除内奸。

　　　　玉贞！

殷玉贞　（上）爹！
唐俊峰　一切按原计划进行，配的钥匙送来了，这支钢笔是中村太郎送给叛徒的礼物，完了留在适当的地方。

　　　　［殷入密室，唐下。

第八场　盗　密

　　　　［尤子贵上。
尤子贵　（唱）尤子贵，喜眉梢，
　　　　　　　见了司令表功劳。
　　　　　　　弄到了共产党紧急情报，
　　　　　　　保管他今后另眼瞧。
　　　　（走到办公室门口，敲门）
　　　　太君大人，太君大人！
　　　　［日军卫兵挺着刺刀跑上。
佐　男　什么的干活？
尤子贵　（惊一跳）噢！——我是情报员尤子贵，找司令有重要情报。
佐　男　这边的不行，客厅。
尤子贵　是是是！
　　　　［佐男引尤下。
　　　　［外喊"敬礼"之声，中村与佐藤上。
中　村　告诉你，情况很紧急。
佐　藤　士兵的厌战……战斗力不强。
中　村　凡是战斗不力的，统统的给我死啦，死啦！军团司令部命令的有，你来看看！
　　　　（引佐藤至门口，中村已用钥匙开了门，推开门，正欲进时）
　　　　［唐俊峰突然上。

唐俊峰　司令大人！（叫住）

中　村　（转身）嗯！

唐俊峰　尤先生来了，说有机密情报，在客厅等你很久很久啦！

中　村　叫他到这里来。

唐俊峰　（装没听懂）到客厅去。

中　村　到这里来，到这里来。

唐俊峰　尤先生，司令请你。

尤子贵　（上进，鞠躬）司令太君大人，重要情报，发现一个共产党的情报机关，还有电台。

中　村　唔？！什么地方？

尤子贵　南关一个酒店。

中　村　情报的可靠？

尤子贵　绝对绝对可靠，情况是这样，他们仍然把我当成共产党忠实可靠的干部，约我今天晚上十点钟参加会议。

中　村　哼哼，统统的这个！（做抓状）佐藤，马上行动（佐藤立正），你（指尤）带路。

佐　藤　哈依！（做手势，尤子贵带路跑下）

　　　　〔中村跟下。

　　　　〔紧促的哨声！杂乱的脚步声，远去。

　　　　（唐急至门口，做暗号，殷玉贞出）

唐俊峰　怎么样？

殷玉贞　军事情报，军队部署，都照了相。（交唐）

唐俊峰　（接藏）好，你赶紧回去，情报我立即外传。

　　　　〔二人刚欲下，中村内声："什么人站住！"上。

中　村　什么人，站住！什么的干活？

殷玉贞　噢，太君，是我，我找少爷，复习晚间功课。

中　村　哦，（喜）秘书，你的不要走，你来呀！（开门，灯亮）啊！站住，阿鲁奶！（跑出）

　　　　〔卫兵、佐男跑上。

〔佐男推唐上。

中　村　（环视唐、殷）你们谁进过我的作战密室！（指门）

唐俊峰　没有啊！

中　村　搜！

（佐男搜唐）

殷玉贞　（恐惧不由自主地喊）啊！！！

（佐男搜出唐的照相机、密件，但不动声色地又放回原处，狠狠地打了耳光）

佐　男　报告，什么也没有。

（中村到佐男面前）

中　村　（低声地）什么人的来过？

佐　男　尤先生很久，很久，打门的干活，大大的可疑！

（中村亮出钢笔看了一下）

中　村　（对唐、殷）你们的开路！（唐、殷下）

〔佐藤手执战刀与尤子贵跑上。

佐　藤　报告，情报站的没有，假情报的报告。

中　村　哦，尤桑，你的良心坏啦？

尤子贵　没有哇！

中　村　我的文件，你的看啦？

尤子贵　没……没有哇！

中　村　我的礼物，你的拿来！

尤子贵　礼物？……噢（掏出一沓钞票）金票？

中　村　（摇头）不对！

尤子贵　（想起）噢，钢笔！在在在……（边说边掏）……太君，忘在家里啦！我立即去取！（欲下）

中　村　（咆哮）回来！（亮出钢笔）嗯！你的谎话，土八路的干活？

尤子贵　哎呀太君，小的不敢，我……我……

中　村　（怒不可遏）"八格牙鲁"你的良心大大的坏啦！

（摔掉笔，拔出军刀）

尤子贵 （大惊跪倒）太君，冤枉……
中　村 （铁青着脸，握刀慢步靠近尤）嘿嘿嘿……
尤子贵 （失声）啊！（猛地拾笔转身欲跑）
　　　　（中村太郎一枪击尤死）
中　村 （咆哮）中国人的良心，统统的坏啦！佐藤，加强巡逻，防止意外。
　　　　（同下）
　　　　［二幕闭。

第 九 场　红梅脱险

　　　　［红梅气喘吁吁，兴奋地跑上。
豆红梅 （唱）披星戴月把路赶，
　　　　　　　晨风袭人阵阵寒。
　　　　　　　命我出城送密件，
　　　　　　　千斤重担担在肩。
　　　　［内喊："站住！"。
　　　　哎呀，鬼子追来啦，怎么办！（想）
　　　　不走大道走小路，
　　　　健步如飞奔向前。
　　　　（上山，舞蹈动作）
伪班长 （跑得气喘吁吁上）站住，他妈的，你不站住老子开枪呀！（上山，舞蹈动作）
八路军甲乙 （上场）哪里枪响？
　　　　　　　　　好像在后山梁上。
八路军甲乙 那里离敌人封锁线不远，走，看一看！
　　　　走！（同下）

［红梅上场，伪班长追上，二人追赶搏斗，伪班长抓住红梅。

伪班长　你干什么去？

豆红梅　看我妈去呀！

伪班长　看你妈去呀！（看红梅脸）啊！这不是店里那个小丫头？我看你一定是个小共产党，篮子里装的啥？

豆红梅　没装啥。（二人抢篮子、搏斗，伪班长将红梅打昏，正欲在红梅身上搜文件，红梅醒，咬伪班长手。伪班长痛得直喊，伪班长将红梅抓住压红梅腰，掐红梅脖子）

　　　［八路军甲、乙上。

八路军　站住！手举起来！噢！小姑娘！

　　　［押伪班长、扶红梅下。

第 十 场　备　装

　　　［周小强擦枪上。

周小强　（唱）高高的山上吹军号，
　　　　　　英雄们练武习枪刀。
　　　　　　来了一个姑娘年纪小，
　　　　　　低言轻语怒火烧。
　　　　　　神气大得不得了，
　　　　　　她是谁家的女姣姣？

　　　［吴政委带红梅上。

吴政委　小鬼，让她在我床上休息一下，你收拾一下东西，今天晚上部队可能有行动，明白吗？

周小强　是，收拾行装，准备行动！

豆红梅　唉！你啥时候才回来呢？

吴政委　啥时候，争取早回来，行吗？

周小强　唉，首长，她是谁呀？

吴政委　谁呀！（想）老百姓么！去，休息去！（下）

周小强　今天晚上行动，看样子要打仗啦！美！哎，你知道今天晚上要打什么地方？

豆红梅　不知道！

周小强　那你问你爸爸，不就知道吗？

豆红梅　我爸爸，我爸爸在哪里呀？

周小强　哎，咻吴政委不是你爸爸？

豆红梅　（摇头）

周小强　那你到底是谁？

豆红梅　老百姓嘛！

周小强　老百姓，总该有个名字么！你叫个啥？

豆红梅　那你先说你叫个啥？

周小强　我叫周小强，你呢？

豆红梅　（小声，害羞地）我叫红梅。

周小强　好，红梅同志，去休息。

豆红梅　唉，我不累。

周小强　哎，这是首长的命令么，你要服从命令，走！

〔二人下。

第十一场　胜　利

〔敌人司令部的后花园内。

〔幕启　万籁寂静，月明星稀。花墙、假山、石桌、石凳，透过花墙可看到敌司令部中心大碉堡，上插太阳旗。

〔唐俊峰一人在花园内走动。

唐俊峰　同志们四更攻打县城，现在天已二更，玉贞、佐男身负重任，为什么还不回来呀！事情迫在眉睫，保儿还在昏迷之中，思想起来好不愁烦人了。

（唱）月儿皎皎，

万籁悄悄。

东方将红天将晓，

单等四更鼓儿敲。

思想"九一八"，

心似烈火烧。

我儿率兵疆场把贼讨，

遭不幸多少英雄竟折腰！

松花江浪滔滔，

怒冲冲恨难消。

蒙苦难全家音信杳，

谁料想团聚在贼巢。

殷玉贞　爹，八路军、共产党来了，我算不算你们的同志呀？

唐俊峰　咳，算么，你早就成了革命同志啦！

殷玉贞　（高兴地）噢……（忽然若有所失）爹爹，我就是担心咱家的保儿……

唐俊峰　我已经和佐男同志商量好了，等一会儿保儿一定要来找我的。

殷玉贞　（哭泣）

唐俊峰　玉贞，不要难过了！快回房子去，在这时间长了不方便。

殷玉贞　（点头认错，下）

［左右看，咳嗽暗号，佐男上。

佐　男　"八格牙鲁"！深更半夜，你的什么的干活？

唐俊峰　啊，太君，我在这儿扫院子。

（二人同时观察动静）

佐　男　老唐，怎么样？

唐俊峰　一切就绪，我就是想保儿！

佐　男　我明白，立即把他找来。（下）

唐俊峰　（唱）千头万绪心头绕，
　　　　　　　怕只怕保儿把横祸遭。
　　　　　　　和佐男同志做商讨，
　　　　　　　设良谋让保儿脱贼巢。
　　　　　　　明月当头花间照，
　　　　　　　爷孙们相会在今宵。
　　　　〔保儿悄悄地上，即学狗咬，吓唐。
保　儿　汪汪汪……
唐俊峰　哦，少爷！
保　儿　哈哈，老头子，害怕了吧！
唐俊峰　没害怕，少爷，这么晚了，你咋还不睡觉呀？
保　儿　哎！今天晚上你还没讲故事哩么？听完故事再睡嘛！对不对！
唐俊峰　今天还要听吗？
保　儿　当然要听啦！
唐俊峰　好！今天要听什么样的故事呢？
保　儿　随便，随便，你讲啥我听啥！
唐俊峰　好，你坐下！（保儿坐石桌上）今天讲个大狮子的故事好不好？
保　儿　大狮子？好！
唐俊峰　咳！（稍顿）话说东山的对过有座西山，这西山之上，无数宝藏，松柏成林，百花鲜艳。你顺着山间的小路走走走，上上上，迈过千道水，越过万重山，远远看见，山峰之上，霞光万道，瑞气千条，紫竹如叶，仙果仙桃，就在这白云深处，有一个大狮子。
保　儿　哎呀，这大狮子厉害不厉害？
唐俊峰　咳！这大狮子头如八斗，腿似松椽，眼像铜铃，牙如刀尖，哪个野兽胆敢蛮横无理，大狮子恼怒，就将它生吞活咽。
保　儿　哎呀，好厉害呀！
唐俊峰　再说西山对过有座东山，东山之上有只野狼，残暴成性，贪得无厌，它日谋夜算，心想霸占西山，然而惧怕大狮子，不敢向前……有一天，猛狮熟睡，野狼趁机窜下东山（顿、低声）悄悄溜到大狮子的面前，（转快）这野狼，睁大双眼，张开血口，使尽全身力，伸出利爪，照定狮子的心窝，就是这么一抓！！！

保　儿　哎呀危险！

唐俊峰　不料大狮子皮厚毛长，未伤性命，大狮子吼一声，哗啦啦……咯嚓嚓如同炸雷一般，直震得天摇地动，一霎时狂风暴起，天昏地暗，猛狮扯住野狼的脖子，就是这么一掷，只见一个黑影化作一股妖风，就无踪无影了！

保　儿　哎呀！好家伙！

唐俊峰　少爷！

　　　　（唱）那野狼贪心又暴横，
　　　　　　　反倒把自己送了终。
　　　　　　　狮子怒吼天地动，
　　　　　　　仍在天上化妖风。

保　儿　完啦？

唐俊峰　完啦！

保　儿　好，老头子，你讲得好得很，再讲一个，啊？再讲一个！

唐俊峰　不敢讲了，你看天这么晚了，当心野狼来伤人……

保　儿　不怕，你看！（由腰里掏出一支手枪）

唐俊峰　枪！这是谁的呀？

保　儿　我爸爸的，他睡觉了，我偷着拿来玩的。

唐俊峰　少爷，要小心呀！

保　儿　不怕，我玩惯了。老头子讲吧！

唐俊峰　（思考了一下）好少爷，你坐下，这回我给你讲一个"和平国和野蛮国"的故事。你爱听不爱听？

保　儿　爱听，爱听！你讲！

唐俊峰　好，你听着！——话说和平国肥沃的原野，翠绿的青山，汹涌澎湃的江流，一望无际的平川，五谷翻金浪，牛羊满山川，就在这绵绵壮丽的河山间，住着一家姓唐的，一家三口，父慈子孝，耕读传家，勤劳度日，幸喜这年生下一个小孙孙，他爷爷高兴得如获至宝，抱出抱进玩来玩去。有一年中秋佳节，稻谷放香，正在庆幸丰收，欢欣鼓舞之际，那野蛮国的强盗打来了！

保　儿　强盗杀人不杀？

唐俊峰　强盗杀人放火无所不为！孩子的父亲生性豪爽，不忍坐视同胞受此杀戮，他便率领志士，上阵杀敌，终因寡不敌众，就被那伙强盗挖心而死了！

（唱）可怜把好汉男儿丧了命，
　　　鲜血淋淋遍地红。
　　　狂风为他吹长啸，
　　　江水滔滔放悲声。
　　　山河破碎大厦倾，
　　　日月失色恸英雄。

保　儿　唉！可怜一位英雄！

唐俊峰　嗯！可怜一位英雄！

保　儿　后来小孩子和他妈妈呢？

唐俊峰　那强盗抢走了小孩子，将他的妈妈关进了监牢。可怜她夜以继日哭丈夫、念公爹、想孩子，肝胆裂碎，又加上强盗百般摧残，眼看奄奄一息，性命难保了！

（唱）最可怜孩子娘万般苦痛，
　　　哭丈夫念爹爹又想孩童。
　　　熬五刑受摧残身遭不幸，
　　　眼看看病恹恹九死一生。

保　儿　死了没有呀？（关心地）

唐俊峰　眼看九死一生，监狱中众难友同心同德，打死看守，才越狱逃走了！

保　儿　逃走了好，逃走了好！

唐俊峰　她走走走，逃逃逃，好容易逃到一个地方，不料那野蛮国的强盗也随后打来了！又将她抓去了！

保　儿　哎呀！

唐俊峰　她抬头一看，啊！这个强盗却原来是当初杀她丈夫的仇人。

保　儿　是杀她丈夫的仇人，后来呢？
唐俊峰　仇人见面，分外眼红，她正要以死相拼，报仇雪恨，不料强盗的儿子来了。
保　儿　那一定是一个小强盗？
唐俊峰　她看看这个聪明伶俐的孩子，看来看去，啊呀！天哪！原来他就是自己的孩子！
保　儿　啊！——他母子相认了没有？
唐俊峰　可惜呀，可惜呀！
保　儿　你可惜什么？
唐俊峰　可惜这孩子，不知他出身根本，自小跟着贼人，他……他学坏了！
保　儿　他不为父母、爷爷报仇？
唐俊峰　非但有仇不报，反而忘恩负义，经常侮骂自己的亲娘！……
保　儿　啊！好恼！
　　　　（唱）小孩子昧天良真乃可憎，
　　　　　　　气得我咬牙关眼前火生。
　　　　　　　不认母欺善良凶恶蛮横，
　　　　　　　恨不得用钢刀挖他眼睛。
　　　　　　　这个小孩子他叫个啥？
唐俊峰　他叫保儿。
保　儿　现在何处？
唐俊峰　你问他干啥？
保　儿　我要杀死他。
唐俊峰　（伤心地）你打死他，岂不哭坏了他的亲娘？
　　　　（殷玉贞再也忍不住内心的悲痛）
殷玉贞　（失声痛哭）孩子……我的孩子！
保　儿　（惊异）啊，孩子？你……你说什么？谁是你的孩子？
殷玉贞　孩子，你要找那个保儿么，你就是那保儿。
保　儿　（惊异不解，愣住）啊——？
殷玉贞　他（指唐）就是你爷爷，我就是你亲娘！那中村太郎就是杀死你父亲的仇人!

保　儿　（一时不能相信）啊？……

　　　　［佐男上。

佐　男　少爷，少爷!我有一句话，从来不敢对你实说，那中村就是亲手杀死你父亲的仇人，你就是被仇人抢去的孩子。保儿，他当真是你的爷爷，她当真是你的母亲。

保　儿　（义愤填膺，终于相认）妈妈……妈妈……妈妈!
　　　　（跪地不起）

殷玉贞　保儿!（抚摸，扶起）

保　儿　（唱）妈妈对我实言讲，
　　　　　　　　如今才知我姓唐。
　　　　　　　　从前怪我不明亮，
　　　　　　　　放大声呼唤我的娘。

　　　　妈妈!（扑在殷怀）

殷玉贞　（唱）怀抱我儿用眼望，
　　　　　　　　为你多年想坏娘。

　　　　来来来
　　　　快与你爷爷双膝跪，

保　儿　爷爷!

殷玉贞　爹爹!
　　　　（唱）见孙孙好比见儿郎!

保　儿　爷爷!

唐俊峰　保儿!

保　儿　爷爷!

唐俊峰　小孙孙!

保　儿　爷爷!

唐俊峰　（心有所思）
　　　　（唱）怀抱着……
　　　　　　　　怀抱着小孙孙思想我儿唐振江。

　　　　　血洒松花江上，
　　　　　英雄夭亡心伤。
　　　　　儿媳孙孙失散，
　　　　　漂泊流落异乡。
　　　　　思想起……
　　　　　思想起家破人亡珠泪滚滚洒胸膛。
　　　　　家仇国恨耻未报，
　　　　　咬牙痛恨豺狼。
　　　　　复仇怒火千丈，
　　　　　誓灭贼寇疆场。
　　　　　到如今……
　　　　　到如今千仇万恨涌心上。

保　儿　（突然站起，抽枪欲跑）
唐俊峰
殷玉贞　（急挡）你要干什么去？

保　儿　我要杀死太郎，给我爹爹报仇！
唐俊峰　孩子别急！
　　　　〔远处："砰""砰"两声清脆枪音。
　　　　（众齐惊）
　　　　孩子呀，咱们的部队攻城啦！
　　　　〔轰隆一声巨响，火光四射，烟雾弥漫，透过花墙看到远远的中心大碉堡被炸去一半。
　　　　〔城内外杀声震天，枪声不断。
　　　　〔中村太郎手持战刀跑出。
中　村　（惶恐地）开路！
保　儿　站住！（怒不可遏）你个野狼！
中　村　（愣）五郎儿，你怎么骂起你爸爸来了？
保　儿　你是他妈谁的爸爸？你是吃人的野狼！
中　村　啊！（兽性大发，以刀劈来）

（保儿以枪击）

（一日军由身后冲出，举枪欲射。一声枪响，日军倒地）

［张杰清率群众上。

张杰清 唐老！

唐俊峰 张同志。

［吴刚率游击队员、豆红梅上。

吴政委 唐老，张杰清同志。

唐俊峰
张杰清 （同时）吴政委！

唐俊峰 吴政委！这就是日本共产党员佐男同志！这是咱们的吴政委。

佐　男 吴政委！（敬礼、热情握手）

吴政委 佐男同志，在这次战斗中，你发挥了高度的无产阶级国际主义精神，我代表中国人民向你致以崇高的敬意。

众 好！

（高呼）打倒日本帝国主义！

中华民族解放万岁！

［天幕上亮出党旗。

［满天红霞，高昂的《义勇军进行曲》激烈地响彻云霄。

——剧　终——

蟠桃园 眉户

编剧：马健翎（1963）

执笔：黄俊耀　袁多寿　奥树欣　朱学

人 物 表

党　　虹：年五十三岁，田明、春成的生母，县委书记。

李春成：年三十岁，党虹次子，田明弟，蟠桃园的支部书记。

田　　明：年三十五岁，党虹的长子，春成兄，秦岭公社副社长。

老　　曹：年六十五岁，蟠桃园老饲养员，雇农。

李满堂：年四十岁，副队长，贫农。

周家武：年二十九岁，生产大队长，中共党员，贫农。

张根卯：年二十六岁，中共党员，贫农。

吴老三：年五十七岁，三婶的丈夫，贫农。

成　　母：年五十八岁，春成养母。

三　　婶：年五十二岁，吴老三之妻。

艾玉兰：年二十八岁，春成妻，妇女队长，中共党员。

铁　　林：年六十四岁，老电工，春成第一个养父，中共党员。

李敬斋：年五十二岁，敌伪上校团长，恶霸地主。

李德元：年三十八岁，敌伪少校副官，生产队会计。

李守中：年五十三岁，老上中农、暴发户新富农，投机倒把。

李志吉：年二十二岁，守中子。

李子贵：年四十五岁，家庭中农，兵痞流氓。

农妇众：若干人。

男　众：若干人。

第一场 叮咛

［一九六二年初春。
［县委书记办公室。
［室内色调雅素，写字台后放着书架，一旁小圆桌上一盆迎春花从圆桌周围吊下，窗外几枝红梅，远远青松翠柏，天空飘着几丝白色游云，枝头鸟儿歌唱。

党　虹　（愉快地收拾行装，唱）
　　　　　　细雨洒秦川，
　　　　　　红日照终南，
　　　　　　春到人间乾坤转，
　　　　　　点点红梅映窗前，
　　　　　　收拾行装乡间去，
　　　　　　检查春耕到神禾川。

李春成　（兴冲冲地上，唱）
　　　　　　和风荡漾心儿暖，
　　　　　　学习后只觉得精神添，
　　　　　　见了党书记，
　　　　　　把心情给她谈，
　　　　　　鼓鼓干劲争取一个丰收年。
　　　　（白）党书记！党书记！

党　虹　噢！春成？回去呀！

李春成　党书记。（有点不自然的样子）

党　虹　把行李放下，来坐下喝水，看那傻样子。你们这一期学习完了，看样子准备回呀，是么？

李春成　嗯。

党　虹　经过几个月的学习，回去有信心把工作搞好么？

李春成　（有信心地冲口而出）那当然么，我想！（一时不知从何说起，但信心百倍，神气十足地）反正，我想……我们……

党　虹　（幽默地）哟，这么大的神气，打算怎么办，说一说呀！

李春成　嗯，党书记，你看……（指给牲口买的笼头红缨缨等一堆子用具）

党　虹　噢，打算打扮你们那一群骡子马是么？

李春成　我曹大伯、武娃子，把咿一群骡子爱得不得了，哈，伢还有名堂呢。

党　虹　噢，还有名堂呢？

李春成　嗯，你看（屈指数数）豹花马小心肝，大黄阉常撒欢，黑鸟嘴赛火箭，四蹄登空要上天，回去一动员，七八辆拉拉车，一齐出动，四百亩麦子不到两千车粪，用不了两个月就拉完了。

党　虹　对，好，好……

李春成　还有，我们还买好一部电动抽水机。

党　虹　噢，电动抽水机，这可是一件大事啊！

李春成　社员大会已经通过了，群众高兴地都唱：抽水机哗啦啦转，把水引上蟠桃园，鱼鸭成群池中游，从此旱原变稻田。

党　虹　对，对，就是这样的，我完全赞成他们这股子冲天干劲。春成，几个月不回去，你妈一定想你了。

李春成　就是……党书记，我妈伢还托人给你捎来个话。

党　虹　噢，对，她先不要给我捎话，我先送她个东西。来，把这副老花镜给你妈带回去，她能给我捎个什么话？

李春成　伢说她想你得很。

党　虹　噢！

李春成　伢还说叫你以后不要把我叫同志，叫小名。

党　虹　叫成娃子是么？

李春成　嗯。

党　虹　哟，这么大的事情，哈……

李春成　伢还叫我问你……问你……

党　虹　什么呀？

李春成　伢问你把孩子找见了没有？
党　虹　把孩子找见了没有？
李春成　嗯。
党　虹　（忽然陷入沉思地）没有啊！
李春成　你们怎么失散的？为什么多少年来连一个也没寻见？
党　虹　（立即又陷入痛苦的回忆中）有一年，地主害死了孩子的爸爸，为了逃命，我拖着六岁的儿娃，抱着未满周岁的小儿，我母子三人，白天讨吃要喝，晚来古庙安身。走啊！走啊！逃啊！逃啊！听天由命到处飘零。有一天，一家人眼看就要活活饿死，幸好遇到一个也是逃难的人，为了孩子逃个活命，我就硬着心肠，把小儿叫那个人抱走了！
李春成　（同情地又追问）他是谁呀？抱到什么地方去了？
党　虹　（忍着痛苦回答）他说他姓刘，如今已整整三十年了，还是无踪无影。
李春成　（稚气地还问）那后来你们就到延安去了么？
党　虹　（似乎是耐心教育着孩子一样地）没有，听人说，陕北闹红军专救穷人，好容易逃到鄜州，红白两地不能往来，我和孩子与人为奴做婢，突然红军和白军打起仗来了，这我总算是解放了，可孩子让白匪军裹上走了，算来也二十好几年了，还是个音信杳然。（忽然醒悟，不该在春成面前表示痛苦）哎，你问我这些干什么？
李春成　这，这都是伢我妈说叫我问你哩！
党　虹　（母爱的魔力使她遏制不住情感地又说）说来也很奇怪，我总觉得你和我虎娃他们长得有点像。
李春成　（脱口而出）那，那你以后就把我当你的孩子来看，我就是你老人家的孩子！
党　虹　当孩子来看！
李春成　嗯。
党　虹　哈……咱们都是党的儿女！
田　明　党书记，党书记！
党　虹　啊！这……

田　　明　我叫田明，秦岭公社的。

党　　虹　噢，知道，知道，才从邻县调来的，秦岭公社的副社长，田明同志。

田　　明　蟠桃园大队支部书记学习去了，我最近在那里帮助工作呢。

党　　虹　正好，正好，你们还没见过面，这就是蟠桃园的支书李春成同志。

田　　明　李春成同志。（握手）

李春成　田社长，我刚学习完，马上就回去，咱们队上怎么样？

田　　明　情况还算好，回头咱们再谈！

党　　虹　快来，坐下坐下，喝水，抽烟……

田　　明　党书记，蟠桃园的群众常谈论你呢，说你在那里土改呀，办农业社呀，他们常问你为什么还不来呀！

李春成　党书记对咱们蟠桃园熟悉得很，谁家的锅头在哪里安着，谁是啥脾气她都知道。

党　　虹　熟悉熟悉，曹大伯赤胆忠心，队长武娃子精明能干，立场坚定，可就是脾气不好；还有三婶，心直口快有说有笑的，还有好多人……熟悉得很！

田　　明　党书记，社长联席会开完了，我马上就回去，你还有什么指示？

党　　虹　啊！别的没有什么，告诉你们一个情况，近来在万恶的美帝国主义、各国反动派和无耻的修正主义反华大合唱的影响下，印度反动派在国界上搞鬼，蒋介石企图窜犯大陆，这样一来，国内的牛鬼蛇神也必然会蠢蠢欲动；再加上连着三年的自然灾害，给群众生活造成一定的困难，这些随时都会引起群众情绪的波动，甚至于暂时的混乱。精神上要做充分的准备，不过也要有信心，总的说：我们大的困难基本上已经过去了，要坚决依靠贫下中农，团结广大群众，奋发图强，保卫人民公社。

田　　明　党书记，你放心，我们一定做好工作，争取丰收。

党　　虹　对，蟠桃园是咱们县上的红旗队呀！

李春成　党书记，我们一定听党的话，要使我们蟠桃园的红旗队永不褪色！

党　　虹　对！大家都在看着你们。

田　　明　党书记，我们回去了！

党　虹　好，回去问候曹大伯、三婶子、武娃子、你妈、玉兰，我下乡去检查春耕，过几天也许到你们那里去看看，你可要注意他有点牛脾气，头上长犄角，小心和你顶上了着！

田　明　党书记，你放心，我相信我们一定会团结得很好，如果说我们之间发生了什么问题，那、那我首先应当做检讨！

党　虹　是啊！是啊！你是领导啊！

田　明　那我们走了，春成同志，你先走一步，我要到公社先去开几个会！

李春成　对，那我们走了！

党　虹　走吧，哎，忘了忘了，看，把这副老花镜给你妈带回去！

田明、李春成　好，党书记你在！（下）

党　虹　好啊！（兴奋地望着二人的去影，唱）

　　　　他二人好像弟兄俩，
　　　　生龙活虎气昂昂，
　　　　一个聪明性豪爽，
　　　　一个勇敢又坚强，
　　　　八百里秦川好景象，
　　　　多产棉花多打粮，
　　　　今年丰收有指望，
　　　　三面红旗迎风扬。

〔收拾行李中幕徐徐地落。

第 二 场　鬼怕鬼

李敬斋　（阴沉凶狠地上，唱）

　　　　李敬斋日夜心盘算，
　　　　不堪回首想当年，
　　　　想昔日领兵带将威名显，

千军万马压终南。
一声炸雷乾坤变,
穷小子翻身掌江山。
卑躬屈膝气炸胆。
忍辱负重十三年,
怀仇恨趁黑夜漆漆悄悄溜进牲口圈,
打中要害挖心肝,
一把毒药草中拌,
八条骡马毒死完。
偏不巧和守中相碰见,
怕只怕露风命难全,
拿着钱票子把他见,
叫他莫要胡乱言。

李守中　（急切切地上）

（唱）那夜晚偷着把棉花贩,
　　　只怕敬斋露机关,
　　　前去见他巧言劝,
　　　一瓶美酒表心田。

（白）敬斋！敬斋！

李敬斋　啊！你……

李守中　啊！你……（互怕）

李敬斋　啊……噢……守中哥你来了，快坐快坐，吸烟么……你老哥这都是贵客临门，请来用茶。

李守中　哎！我是想……咱弟兄们坐下拉嗒拉嗒，哎，你知道么，北槽上八条骡子马全死了。

李敬斋　哎呀不知道，得的啥病么，就死得这么快？

李守中　听人家说是中毒死的，哎，这是哪个黑心狼做下这损阴德事，嗯，不得好死！

李敬斋　哎……这人……心也就太狠了，可惜呀可惜，这都是老百姓的罪孽！

李守中	哎！我看这事恐怕还麻烦，伢公安局来人调查呢！
李敬斋	你没听人说，伢怎么个调查法？
李守中	我看伢叽叽咕咕的，找这个谈那个问哩。
李敬斋	都问些啥么？
李守中	伢问这几天谁使牲口来，谁晚上到饲养室去过，谁见谁来。
李敬斋	哎呀不好，糟啦糟啦，糟糟的糟啦。
李守中	你说啥糟啦？
李敬斋	看看看，你怀里揣的明白，还故意装糊涂呢，我明明前天晚上在饲养室后门外就碰见你来么。
李守中	是是是，我就恐怕你嘴里胡说，好兄弟呢，你看哥得是害牲口的咻人么？
李敬斋	哎，这人没尾巴比驴还难认，这虽小事，谁保得住谁么！
李守中	哎，哎，哎，好兄弟哩，话不能这么说，看，我给你兄弟说实话，我是偷偷弄了几十斤棉花卖了。
李敬斋	啥？你偷了队上几十斤棉花卖了，你……
李守中	哎，不是不是，这才越说越黏了，我是偷着贩了几十斤棉花！好兄弟呢，看在哥这老脸上，念起咱们是同宗同族，敬的一个祖先，接，这是一瓶西凤酒喝了去，咱弟兄谁也不要给谁贴瞎膏药害谁，拿上拿上。
李敬斋	这……这……就叫你老哥多费心了……
李守中	咱弟兄们么，出门不见进门见，这一半瓶子酒算啥哩么？你拿上去喝去。
李敬斋	那当然么，你老哥就不是害牲口的咻号人么。
李守中	对么对么，这不是一句良心话么！
李敬斋	那当然么，看谁对谁呢，兄弟这为人么……啊……
李守中	敬斋，恐怕你也弄美了！
李敬斋	啊？我把啥弄美了？（非常恐慌地）我……
李守中	就是你见我贩棉花的那一天晚上，黑嘛咕咚的我咋看你也偷偷摸摸、鬼鬼祟祟的？

李敬斋　啊……我……（吓破胆了）

李守中　啊！你干啥呢？你不是也偷偷做了什么生意么？

李敬斋　啊啊啊……噢！我也是贩了一点儿棉花，小意思，多少弄几个辣子菜钱，哪里能和你比，你老哥是咂"咥大活"的么！

李守中　哎，咥啥大活呢？本钱有限。

李敬斋　啥？本钱有限，本钱不够了你言传么，咱弟兄们么，兄弟借给你一百元，啥时候有了啥时还，你弄去，你有情，我有义，咱弟兄们么……

李守中　哎……哎……咳……对，是这，再弄下了给你也分上几个，哎，末了咱弟兄合作做。

李敬斋　不，不，不，人到世上，咂钱是个啥么！兄弟一向重的是忠孝仁爱，信义和平。

李守中　哎，这就沾你兄弟的光！

李敬斋　哎，小意思！

李守中　承情。

李敬斋　好说。

李守中　你在。

李敬斋　哎，老哥，兄弟今儿个给你说句知心话，把咱村遇这事，要放在单干的时候的话，哪里能七八条骡子马！

李守中　哎，单干，你可说哩，我早就想把我的桃园要回来单干。

李敬斋　对，如今趁牲口死了，人心大乱，我看这一回这单干十有八九能成，只要你老哥一出头，看，李子贵、李生荣、吴老八，大家都跟上来了。

李守中　对，只要大家跟上来，我叫他这人民公社弄不成，我马上就寻他这一伙穷鬼去！你在。

李敬斋　对，好，你弄，保险成功！
　　　　趁着牲口死，掀起单干风，
　　　　再使燃火计，烧他个乱咚咚。
　　　　〔得意地下，幕落。

第 三 场 哭 槽

[紧接上一场。

[蟠桃园饲养室外,一旁大槐树下放有大车,透过桃园是一望无际的八百里秦川麦海,一边露出室内的牲口槽,贴着"槽头兴旺""六畜平安"等红帖,房檐下有井和辘……色调惨淡。

老 曹 (手提笼头昏昏颤颤地上,唱)

手提笼头浑身颤,

一步一颠到槽前,

拭干老泪仔细看,

哎……哎……七八条骡马在那边,

饲养员我当了七年半,

熬得我鬓发都白完,

熬的骡马拴满圈,

喂的个个滚膘儿圆,

把牲口当就了儿女看,

条条都在我心上拴,

牲口死把人心疼烂,

北槽上哭死我老汉……

李满堂 (手拿铁锨愁苦地上,唱)

吓得我胆战心又惊,

牲口死得太不明,

越思想我的责任重,

跳到黄河洗不清!

(白)曹伯,不得了不得了,我怕活不成了。

老 曹 满堂,我娃你不要怕,你是副队长,多少年来辛辛苦苦,忠心耿耿地为大家办事，这大家都知，把你冤枉不了，哎，怪我，怪我在亲戚家住了几天，你还替我喂牲口哩，怪我……

李满堂　哎，哎！我不得了，这队上的生产，哎！我活不成了！

老　曹　你不要害怕，它总有个水落石出。

李守中　不行，（气汹汹地与李子贵、吴老三几个上）不行，这牲口是大家的命根，你负的啥责任么！你……

李子贵　你安的啥心么？

吴老三　哎，瞎咧瞎咧，不得了不得了！

李敬斋　哎，不幸啊！不幸，可惜呀！可惜！

李子贵　这咋闹着？一天一夜七八条牲口都死了，你负的啥责任。

众　人　不行，你给大家坦白，这牲口怎么死的？

老　曹　乡亲们！大家不要闹，牲口死了，大家心里都难过，看样子是中了毒咧，反正，慢慢总会弄清的。

李守中　啥！不管咋样饲养员拉不离手。

李满堂　乡亲们！乡亲们！牲口是我喂的，我对不起大家，我没有脸见大家。

李守中　嗯，我呸！不知是咋个中毒死的，你负啥责么？

李满堂　我有罪我有罪，大家叫我活我就能活，大家叫我死我就死，大家说怎么办就怎么办！（蹲下）

李守中　嗯！我呸，把你这一伙穷鬼，看你先人手里喂过个骡子马没有！

李子贵、众人　哭的顶个屁，你这一伙穷鬼，你先人手里也没喂过个骡子马！

老　曹　（早就气愤得不行了）你住嘴，（向满堂）我呸，把你个窝囊废，你哭啥哩！你把腰杆挺起来！（一把把满堂抓起来摔过一旁，挺胸而出地）我们是穷鬼，我们先人手里也没喂过骡子马，这话是谁说的？谁站出来！

解国超　对！曹大伯说得对，我们穷人咋？我们穷人倒咋呢么？你口里不干不净的你想咋？

贺　林　就是的么，事有事在嘛，你说的啥话咋哩！

老　曹　我们穷人怎么啦？我们多年来辛辛苦苦给大家喂牲口，哪一点儿对不起大家么！不知是哪个黑心狼把牲口害死了，满堂这娃老实胆小，娃吓得只管给你们回话呢！杀人也不过头落地嘛，要杀开刀，要吃张口，你们要咋？你说！

吴老三　就是的，曹大伯，满堂，为大家辛辛苦苦把力就出扎咧，好人，咱信得过，好人！

李守中　啥？把牲口弄死了还落个好人，不行，拉，拉去送法院！

李子贵　对！送法院，捆了。

众　人　送法院。

周家武　李子贵，（怒吼地）你要干什么？你也没看这是什么地方！咋？你们想造反呀么。

李子贵　造反？队长干部欺压人哩，还不让人说话！

周家武　人能说，鬼不能说，群众能说，就不让你们这些地痞流氓乱说乱动。

李子贵　谁是地痞流氓？谁是地痞流氓？！（欲打架的样子）

李守中　你"董下"这么大的乱子，嘴还这么硬，我看这弄不成，干脆把土地分了，各干各的。

李子贵　对，对，分地单干，分地单干！

周家武　闭住你的臭嘴，你还想分地单干，你这是破坏人民公社，你还上天呀！

李守中　你们弄死牲口还这么凶，上县上去告你！

李子贵　对，上县上告！

周家武　告去！缰绳放长，尽你的马跑！

李守中　呀！先上公社走，上县上告你这一伙去。（众下）

吴老三　哎……哎……（挡众想息事宁人的样子）这一伙子……哎……

李春成　（内喊）曹伯曹伯，武娃子，满堂哥，你们看，这是什么？（举起给牲口买的一大堆用具）

众　人　支书！

老　曹　成娃子，成娃子，我娃你才回来。（哭扑成怀）

李春成　啊！你们这是怎么啦？（疑看众人）

吴老三　哎！支书，完啦！完啦！（失望地）

李春成　什么完啦？

周家武　牲口折了。

李春成　啊！牲口折了，哪一条？

周家武　北槽上八条骡子马全折了！

李春成　你说什么？

周家武　北槽上八条大牲口都死了！

李春成　啊！呀？

（昏迷迷悲痛地唱）

听一言来浑身软，
只觉得地转天也旋，
睁开眼睛我往槽上看，
却怎么……
满槽牲口一个个都死完，
十三年披肝沥胆，
为生产受尽熬煎，
昼夜槽头照管，
条条系我心肝，
我只说……
大闹丰产社员生活都改善，
不料风筝断线，
一切计划全完，
当头棒打得人心乱。
困难摆在面前，
为什么今日竟遭这祸患，
霎时气炸肝胆，
两眼滴血冒烟，
决心追查坏蛋，
你插翅难以上天，
害死了……
八条骡马这笔冤债要用血来还！

（白）我问你们这牲口到底是怎么死的？

周家武　　支书，牲口是中毒死的，兽医站正在化验呢！我看一定是坏人破坏的，李守中、李子贵又趁着牲口死和咱们闹事，吵着要分土地单干……哎……

吴老三、李德元　　李支书！哎……哎……不得了！

李春成　　（接唱）哎！

　　　　　说什么分地要单干？
　　　　　必定是坏人把火扇，
　　　　　社员们个个连声叹，
　　　　　失去了信心加熬煎。
　　　　　哎……也……
　　　　　事到……不难挺腰杆，
　　　　　咽下眼泪咬牙关，
　　　　　困难吓不倒英雄汉，
　　　　　树雄心立大志克服困难。

（白）乡亲们，同志们，大家不要愁，不要难过，只要有咱们共产党，人民公社，没有克服不了的困难，我们马上向公社、向县上报告，一定要把这件事追查清楚，把坏人抓住，现在正是上粪季节，生产可一天也不敢耽误。

吴老三　　噢！对，支书说得对，生产要紧，庄稼不敢误了！

李春成　　对，生产比啥都要紧。

老　曹　　这牲口死得不明，把这些瞎东西不连根除了，咱们就永远不得安宁。

李春成　　对，曹伯说得对，我们一定要追查到底，三叔你们都先回去休息。

吴老三　　哎……（扶曹老汉下）

李春成　　（愤怒中有怨气地责问）武娃子！兄弟你是队长，满堂哥你是饲养员，咱们都是干部，群众把生命财产交给咱们，咱们都是干吗的？我们负的什么责任啊？（哭泣地说）

周家武　　既然是这样了，满堂哥，你是饲养员，牲口到底怎么死的，你给支书说，你说！

李满堂　啊！武娃子，人家给我栽赃呢，你兄弟也给我头上垒窝哩，照你这样说，牲口是我毒死的，得是？你……你……

周家武　哎，我也没肯定说是你毒死的，不过你有责任呀，谁把牲口拉出去，谁用来，谁送回来，谁常来饲养室，这都与你分不开。再说，人家曹伯喂了七八年牲口没出过一点儿问题，你给牲口拌的啥草，喂的啥料，饮的啥水吗？你检查过没有？

李满堂　啊！你说我拌的啥草，喂的啥料，多少年咧你兄弟还不知道我是个小心谨慎人么？我也看出来了，我在你兄弟面前使不得了，这毒药在我家发现的？是我把牲口毒死了？好，这队长我也当不成了，你们看着办，哪怕给牲口抵命都成！（生气委屈地下）

李春成　满堂哥，满堂哥！

李满堂　（负气地看着说）跑不了！

周家武　哎，你说咻话做啥呢？你当然有责任么，你说的咻号话咋哩！

李春成　满堂哥忠实可靠，大家都信得过，你这不是研究问题，追查责任，你这是帮助敌人把咱们的摊子往乱的搅哩么！

根　卯　（内喊）支书，队长，你看。

李春成　（发现放的扁担拿起问）？

周家武　（接过扁担看）唔？扁担，这是咱们当初办互助组时候的扁担！

根　卯　是啊！这是咱们互助组的扁担，刚才我拿上这扁担，召集咱们贫下中农，开了个会，大家见了扁担，想起当初……大家就说：咱们没有牲口，可是咱们有人啊，咱们用人拉，用人担，一定要把粪送到地里，绝不能叫庄稼减产。现在就等支部一决定，大家马上行动。

李春成　是的。是咱们当初办互助组时候的扁担！啊！（应突出这根扁担的表演）我看见这根扁担，就不由得想起当初，我们要用当初办互助组时候，克服困难的精神办事。我们曾用扁担，担出了合作社、人民公社，现在我们还要用扁担，克服困难，争取丰收！只要我们坚决依靠贫下中农，团结广大群众，就一定能够克服一切困难。走！马上开支部会！

周家武、根卯　好，走！

〔三人雄赳赳气昂昂地下，幕落。

第 四 场 分 歧

〔距前场一个半月以后。
〔春天关中的麦田桃园景况，一阵紧张的钟声之后，妇女队长艾玉兰在轻快的音乐曲中上场。

艾玉兰　（唱）阵阵钟声响叮当，
　　　　　　　玉兰心内喜洋洋，
　　　　　　　为了丰收能保障，
　　　　　　　鼓足干劲抢时光，
　　　　　　　率领妇女把工上，
　　　　　　　担起担儿送粪忙。
　　　　社员们，上工了，上工了！（边喊边急下）
周家武　（领一队男青年社员担粪气昂昂地上场）
　　　　（唱）突击队把粪送，
　　　　　　　好似上阵打冲锋，
　　　　　　　一路纵队往前行，
　　　　　　　远看活像一条龙。（舞担子下）
艾玉兰　（领着一队青年妇女担担健壮而愉快地舞上场）
　　　　（唱）妇女队担得凶，
　　　　　　　两腿好似刮旋风，
　　　　　　　给麦田里把粪送，
　　　　　　　眼看任务就完成。
李守中　（鬼鬼祟祟背包袱，提竹篮上，唱）
　　　　　　　李守中出村手提篮，
　　　　　　　偷偷摸摸进西安，

　　　　　　棉花背了三捆半，
　　　　　　怀揣粮票四百三，
　　　　　　有人问我就说把娃看，
　　　　　　没人见溜进八仙庵，
　　　　　　说什么集体搞生产，
　　　　　　那时我倒贩棉花赚大钱。

周家武　（担空笼上，二人相碰一处）哎！大叔，这你不是有病吗？到哪里去？

李守中　病！咳……病，病好了，我……我进城看娃去呀！

周家武　有件事想和你商量商量。

李守中　有事！……啊……那好，啥事？（心虚胆战地）

周家武　你看咱们想安一部电动抽水机，把水引上蟠桃园，抗旱，把你那一间房子暂且借上做配电室，你看行吗？

李守中　（急于脱身，只好勉强答应）哎……那……那……好，叔看在你队长的面子上，行，借给。

周家武　好，那就一言为定。

李守中　一言为定，一言为定。（说着扭身就走）

周家武　哎，（突然发现守中背的大包袱疑心地问）大叔，你进城看娃么，怎么背这么大的包袱？（看）

李守中　（为了掩盖身子不停地扭转）哎……没啥没啥，这，这是你婶子给娃拿的棉被子。

周家武　棉被？哎，你年前叫吴老三捎了一个棉被，前几天你又亲自拿了一个，如今又是棉被，怎么就拿这么多的棉被？大叔说实话，你是不是又想进八仙庵了？

李守中　看这娃说的哟，叔一辈子不信神，不打卦，我可跑到八仙庵做啥呀？

周家武　哼！别的神你不信，恐怕见了财神爷可叩头呢，听说你这几天偷偷贩卖棉花哩，有咻事没有？

李守中　哎，你看叔得是做投机倒把生意的咻号人吗？

周家武　我看不一定。

李守中　看看看看这娃，叔常开会学习呢，看《陕西农民报》，瞎好也懂点政策，我还能做违反政策咐号没尾巴的事么？看，你还硬逼得我给你赌咒呀么，我再做投机倒把咐号鬼子鼓事，我……我就不是咐人么……哈哈，你在你在……（欲走）

周家武　这是什么？你这明明是投机倒把偷贩棉花呢！

李守中　（尴尬地低头认罪）队长，嘿……队长来，吸根烟，这是小意思，一点点，念起叔这是头一回初犯，你把我原谅了……

周家武　不行，这是原则问题，你先回去参加劳动，晚上到队部来研究处理你的问题。（下）

李守中　队长队长，嗯，我呸，什么东西！（生气地唱）
　　　　　　李守中，真扫兴，
　　　　　　出门碰见凶煞星，
　　　　　　这一回生意没做成，
　　　　　　落了个丢人把气生。唉。

李德元　哎，守中叔，人家大家集体劳动呢，你干啥呀？

李守中　（恼羞成怒地）问啥呢么？哎，我总说进城看娃去呀，就是这伢都不让，这是讲民主哩么？

李德元　对咧对咧，（看看没人，煽风点火）民主，民嘴，伢叫你把嘴抿住，咋，你还敢不服气？

李守中　我就是不服气，这一伙瞎瞎干部把一槽牲口都闹死……

李德元　对咧对咧，我看你是个萤火虫，光在人背后放光呢。见了伢咐一伙干部，哎，你把房子借给人家做配电室哩是不是？

李守中　噢，咋呢？

李德元　你这间房子一借，莫要说起，害得我也只得借给人家一百元，好叔呢，这事你要三思而行。

李守中　啊？啥事你说。

李德元　（鬼鬼祟祟看了看没人，偷偷说）看看看！没说你这人真一满糊涂着哩么，你想人家把电动抽水机一安起，水马上就上了蟠桃园了，你还想土地下放，单干？哼！大伙跟上人家咐优越性就跑了，到那时候，你是瞎子走路，横向（没向）。

李守中　再是咻！咱的房子坚决不给他借。

李德元　对，房子是你的，钱是我的，不借就不借，叫他干干两眼睛瞪着，他咋呀？他这机器安不成了就有办法。

李守中　你没看伢田社长是啥意思？

李德元　这你再莫问，只要包产到户一实现，有侄儿我帮忙，还怕要不回来你咻十亩桃园么？

李守中　对，只要你给叔把这事办了，把这一伙穷鬼弄倒，叔拥护我侄当队长！德元，你给叔把那空白条子开好了么？

李德元　好了，看，章子都盖好了，你要买啥，在上边一填就行了。

李守中　好，叔把我娃谢一下，看，精装"大前门"一条，拿上，顺便把田社长给咱活动一下。

李德元　守中叔……这……这伢我媳妇想扯一件灯芯绒上身，寻不下，你看……你看能不能……

李守中　能成能成，平绒卡其灯芯绒，要啥有啥件件行，只要你给叔办事，礼尚往来有人情。

李德元　哼！田社长来啦，赶快走！（佯装负责地）哎，马上参加集体劳动，要不然要开会斗争你哩，马马虎虎的，这号人的思想太落后了，咳咳……田社长，你也劳动哩，习惯么？

田　明　锻炼锻炼么。（肩上扛把铁锨上）

三　婶　（内喊上）田社长田社长，就说这还讲理不讲？

田　明　什么事啊？

三　婶　我开了一点儿荒，队长就收人的镢头呢，这明明是欺压人哩么。（几个群众正劳动中听见吵架也跟来了）

艾玉兰　（手拿镢头气呼呼地上）谁欺压你哩，谁欺压你哩？

吴老三　算咧算咧。我早说不行不行，你偏不听，看……

三　婶　你怕事你走开，我今天非和她娃娃讲讲这个理不可。

艾玉兰　讲就讲，你是五组的妇女组长，在这紧要关头不领上群众给集体做活，却领了好几家子跑到西坡开荒去了，伤了队上的地不说，连大路

	开的车都吆不过去咧，不行，咱们开社员会叫大家评评这个理，你非在会上检讨认错不可！
三 婶	这前有车，后有辙，你李家能开，我吴家也能开。
健 成	就是的，李守中，把队上的青苗都伤咧，你怎么不管？
根 卯	没你插的嘴，我亲自处理的，你咋知道没管？玉兰嫂把馒头先给她，回头再开会研究处理。
田 明	对，还是都先劳动去，回头研究研究再说。
艾玉兰	不行，这一次得叫她受点教育，你非当面承认错误不可！
三 婶	好，你厉害，我惹不下你，我不要咧得行？走，回！
艾玉兰	不要也得检讨。
三 婶	哼！（不服气地）
艾玉兰	哼！（生气地扭身有力地走下）
吴老三	（拉三婶下着说着）算咧算咧，一村一院的，你都不怕丢人么……
田 明	哎！这些人头脑怎么这样简单！（指玉兰而言）
李德元	哎！农村干部没文化，不知天高地厚，（说着手舞着把纸烟从怀里掉下地，只好将计就计地说）田社长，这……这……咳……咳……嘿嘿嘿，这是我托人在县里给你买的一条"大前门"烟！
田 明	多少钱？
李德元	哎！一条烟算得了啥。（想说多又觉不对）
田 明	经济手续可要搞清。
李德元	田社长，我想向你反映个意见。
田 明	什么意见？
李德元	还不是买电动抽水机的咏事，好多群众都反映呢，说不如把抽水机退了，把钱给大家分了，你想连遭三年自然灾害，家家户户生活困难，大牲口这一死，再加上最近天旱，人人心慌不安，对集体生产失去了信心，大家都说还不如早点把土地分给各家，各管各强得多，你想这机器一买回来，安装呀，盖房呀，买这买那还不知又得多少钱花，再说，谁敢保证把水能引上蟠桃园？问题大的太着哩！
田 明	是啊！十几丈的高原，水到底能不能抽上来，花了上万块钱，真是冒

险啊，你的意见呢？

李德元　叫我说，咱干脆把机器给人家退了，把钱给大家一分，把社员的心先稳住，然后咱就把土地分给各家，包产到户，这样保险能提高社员的生产积极性，反正能多打粮食就对了么，不管它黄猫白猫，能逮住老鼠的都是好猫。

田　明　好，你先去干活，这事情我和支书研究研究再说。

李德元　对，那我把这……（指烟）给你带回去！（得意地下）

田　明　哎！（面带难色愁烦地唱）

　　　　这三年灾害遗祸非浅，
　　　　不料想牲口死难上加难，
　　　　眼看着天不雨又是大旱，
　　　　社员们害了怕人心不安，
　　　　有的人要包产分地单干，
　　　　有的人跑生意不把家沾，
　　　　这种情况不改变，
　　　　怕只怕群情激奋起祸端，
　　　　事到此唯只有试行包产，
　　　　安定人心挽狂澜。（欲下）对，就这样办。

李春成　那边的粪撒完了没有？

田　明　完了！春成同志，有些问题咱们研究研究。

李春成　好，那咱就在这儿谈吧。

田　明　这粪瞎好总算是送完了，下一步你打算怎么办？

李春成　目前旱象抬头，人心惶惶，我想咱们得赶快把抽水机拉回来，马上安装，立即修渠抗旱！

田　明　修渠抗旱，哎呀春成同志，我看这事咱们得重新考虑考虑，你看目前群众情绪混乱，人心不安，对集体生产根本失去了信心，你再坚持装机器、修渠抗旱，这样恐怕会出问题的。

李春成　田社长，你的心情我知道，最近由于死了牲口，天又大旱，人心不安，群情混乱，自发势力捣乱，落后社员跟上起漫水，咱们要提高警惕，谨防阶级敌人从中破坏。

田　　明　啊呀你这同志，怎么总是老一套？阶级敌人，阶级敌人！人家把全部家产都入了社，地主没地咧富农不富咧，大家都成了劳动人民啦，哪里有那么多的阶级敌人！

李春成　那你说阶级敌人不存在了，为什么咱们七八条牲口……

田　　明　好啦好啦，这个问题不争论了，为了巩固人民公社，安定人心，我想把咱们这的经营管理方法需要彻底改变一下才好。

李春成　那你的意思……

田　　明　现在许多的地方酝酿包产到户，土地下放，咱们这里许多人也有这个要求，我看这个办法很好，既可以调动群众的生产积极性，又不影响所有制，你觉得怎么样？

李春成　这……这是怎么个包法啊！

田　　明　具体的办法就是把土地分给各家各户，让社员自己经营管理。

李春成　那不是又成了单干了么？

田　　明　哎，这怎么是单干啊！虽然土地分给各家，但所有权还在队上么，如果有人把它叫作单干也可以，这是在社会主义领导下，新式的单干，这和旧社会的单干，有本质的不同。

李春成　这样下去，劳力不能统一使用，生产计划、基本建设没法进行，这牲口农具怎么分呀！

田　　明　当然当然，问题是会有的，只要我们动脑筋想办法……

周家武　支书支书，（气吁吁兴奋地跑上）啊！正好田社长也在，电动抽水机运回来了，你们看是不是马上就拉到工地上去？

李春成　田社长，你看这……

田　　明　你热火朝天搞上一阵钱花上一河滩，谁敢保险把水能抽上蟠桃园，冒险冒险。

李、周　咱们可以请工人老大哥支援给咱们带徒弟么！

田　　明　为了买机器把队上钱花得一干二净，现在安装买这买那又得花多少钱，群众不会同意的。

李春成　现在我想再花不了多少钱了，咱们想办法开会再动员动员，可以解决。

周家武 李德元答应借给一百元，三婶、王斌都还存些钱，助一助就行了！

田　明 你瞎好得盖一间房子做配电室么！

周家武 李守中家有一间房子，多拉一点儿电线就行了！

田　明 他们都同意么？

周家武 没问题，这都是我亲自靠好的。

李春成 田社长，咱们大胆干吧，只要水一上蟠桃园，人心就稳了！

田　明 这……这个……（正在思虑之际）

李德元 支书支书，啊！队长，田社长，哎！哎……这……这……哎，这。

田、李、周 什么事？什么事？

李德元 哎……这叫人实在难开口，这些人一满落后的，一点儿觉悟也没有咧。

田　明 到底什么事你说么！

李德元 就是借钱的咻事，我刚回家取去了，我妈伢把钱借给他女婿买了车子啦，你看你看，还有那一间房子，李守中家老婆又吵又闹，可是给娃娶媳妇呀，可是她坐月子生娃呀，我说你都五六十岁还生啥娃呀，瓷娃也生不下，伢光哭得骂得不行么……

李、周 这……这不是答应得好好的么，怎么一时又变卦咧！

李德元 人思想落后，对咱的社会主义没认识，一下子说不通么！

田　明 看怎么样，问题来了吧！同志，还是赶快给人家把机器退了去。

李、周 啊！把机器退了？

田　明 退了，退了，把钱分给大家，先稳稳人心，然后咱们就包产到户，给各家分地！

李德元 对对对，赞成赞成，支书队长你都不用愁，目前抽水机正吃香的哩，只要咱们说一声卖，可不是我吹牛，保险能把价钱给狗日的扣美，从空中捞他千把块钱，是手到净拿，没问题。

周家武 你胡说，你卖谁的高价？难道咱生产队还投机倒把呀！

李德元 哎！我也是为了大家，提个意见么，先看你咻态度些。

李春成 田社长，这部抽水机，千万不能卖，蟠桃园群众多少年的心愿，好容

田　明	人心变啦，情况不一样啦，有什么办法哩，我是无能为力呀！
李、周	那……好，我们想办法，我们解决，你在！（负气地下）
田　明	哼！莫名其妙。
李德元	哎，看看看，这简直自高自大，目空一切，连你的指示都不听，大模大样尻子一拧就走咧，田社长，你要好好批评，人家咿一伙，根本就是一把子，背过你在群众中打击领导威信，伢说你……
田　明	什么呀！
李德元	对，在你面前我给领导反映一下实际情况，也不是犯自由主义，看，伢说你小知识分子，没斗争经验，怕困难，伢还……还说你阶级观点，啊！你看像什么话呀！
田　明	嗯！（点头表示明白了）好啊！德元，你把群众对土地下放包产到户的意见再收集收集！
李德元	对，田社长，你看这包产到户行通行不通？
田　明	我看可以，问题不大，咱们晚上再找些人研究研究。
	〔下。
李德元	对，好，只要你说一句话，群众保险会一致拥护领导！
	〔下，又上。　二幕前。
李德元	对，好啊！（兴奋地）

（唱）社长支书闹翻脸，
　　　德元心中暗欢喜，
　　　趁他们分歧闹意见，
　　　敬斋弄机关，
　　　土地下放闹包产，
　　　见人我就把火扇，
　　　只要包产能实现，
　　　然后设法掌大权。

李德元	（敬斋上）敬斋叔，有个事，早就想和你研究研究，这个……这个……

开头：易实现了，难道让这一点儿困难就把我们挡住了么？

李敬斋　看这娃些,啥事你说么!
李德元　我的情况,你总知道,我历史上那点麻烦,现在还隐瞒着哩,这会计我怕不敢再当了,只怕日子久了惹出祸来……就不得了。
李敬斋　啊!你说的是过去,我介绍你在国军里当过几年草料副官,哎,那是抗日时候在河南的事,咻你知道我明白,只要我不说,他再没人知道,十几年了,我有害你之心,早不说了么!
李德元　那就要你叔叔包涵包涵哩……
李敬斋　看这娃说的呀,看谁和谁呢么,我和你爸是亲亲的亲堂兄弟,叔不包你再包谁呀!
李德元　对,叔,只要你我一心,事情就好办了,田社长要把机器退了,把钱给大家一分。为了提高社员积极性,田社长要实行土地下放,包产到户,春成不同意,他们闹翻啦!
李敬斋　(阴毒地唱)

　　　　死牲口天旱人心怕,
　　　　分地单干狂风刮。
　　　　到院上和德元密谈话,
　　　　暗地里牵线把他拉。
　　　　我手里抓着他的把!
　　　　给竿儿他只得往上爬。

第五场　让　房

〔紧接上一场。
〔李春成院子,玫瑰盛开,大门前两株白杨钻天,远处村院中房屋树木,台子一角露出房子侧面,窗格子中贴剪纸,院中竹桌竹椅,呈现出一片青春活泼景象。

成　母　(愉快地上,唱)

　　　　　三月里是清明，
　　　　　玫瑰朵朵红。
　　　　　人民公社好呀好光景，
　　　　　我老婆子越活越年轻。
　　　　　成儿多孝敬，
　　　　　玉兰也把我疼。
　　　　　他夫妻二人勤呀勤劳动，
　　　　　为大家日夜忙不停。
　　　　　饭儿做好把他们等，
　　　　　为什么这时还不收工？

田　明　（急切地接唱）
　　　　　包产到户主意定，
　　　　　前来再找李春成。
　　　　（白）大娘，你老人家精神么？
成　母　噢，这……这……哟，田社长哟，几天连你的人影也见不上，快回去坐。（二人进门）
田　明　这几天开会忙。
成　母　你坐，叫我给你收拾饭去。（欲下）
田　明　不咧，大娘，我刚才放下饭碗就来了，你坐下，春成还没回来？
成　母　伢还没回来么，哟，你的衫子怎么扯了？
田　明　这是这几天劳动扯了的。
成　母　来，我给你缝几针。
田　明　不，不，我自己会缝。
成　母　看这娃，这能缝几针么？你坐下。（缝）田社长，伢你媳妇有信么？
田　明　有，她在西安师范学院呢。
成　母　如今呦，怕都是自由对下那象。
田　明　对，如今伢都兴的自由对象。
成　母　好，好，咻就好，田社长，听说你家在旧社会日子穷得很，现在老人家精神么？

田　明　老人？大娘，你不知道，我没有老人，我五六岁时父亲就死咧，后来又和母亲失散，我是小小就到田家给人家当了孩子啦。

成　母　噢，那你的亲娘呢？

田　明　大概不在人世了，平常我不爱想这些，一想起就难过，大娘，我来几个月了，你老人家经常关心我的饥饱冷热，你老人家就和我的亲娘一样。

成　母　对，好娃娃，再不要难过，这儿就是你的家，你和咱成娃就和亲弟兄俩一样，你和他好好听毛主席的话，好好为大家办事。

田　明　你提起工作来，大娘，近来群众对咱成娃的意见可大得很，这样下去不好，大家的意见可就……

成　母　啊，意见，意见也看是在谁嘴里说出来的，噢，田社长，我也不是光说自己的娃好，你不知道，咱咻是个二愣子，瓜瓜的瓜娃，咻为了大家的事，连命都不顾，把我家多少东西都贴赔进去了。

田　明　大娘，我不是说这些，你看这连住三年灾害，家家生活困难还没缓过气，牲口又死了大半，近来天旱成这个样子，人心不安，大家都要求把抽水机退了，把钱分了，然后土地下放，包产到户，这样就能稳定人心，巩固人民公社，可咱成娃对群众的要求、我的意见根本不当回事，群众背后说怪话呢，说几年英雄模范的红旗把人眼耀花咧，大娘，咱们可不能忘本啊！这样下去，咱成娃会犯错误的，你想……这……

三　婶　成娃子，成娃子，啊，对，田社长也在这里，大嫂子，大嫂子，活不成咧，活不成咧。

成　母　啥事么？你三婶。

三　婶　哎，你呀你玉兰把人欺侮得活不成了么。

成　母　你三婶，不要生气，坐下说啊。

三　婶　这人心不齐闹不成了，你看，这家偷偷摸摸地拿他入社的犁哩，那家拿入社的耙哩，我，我只拿了我入社的一条绳，人家都说土地回家，物归原主哩，我在西坡挖我的地，哎，就打上也伤了队上点地，好天爷爷哩，你没见咿你玉兰，咿真真就像当了个队长，在人前把我数落得……数落得，哎，人的话说了多少，可我哪里思想落后，跟上乱人屁股转，自发势力资本死路，我还不会咧那一串串，把我说的脸都没处放，我就恨不得一下子碰死，你当……

田　明　（自言自语抱怨地）哎，这些干部，怎么老是这么简单生硬！大娘，我找春成去。（下）

成　母　对，你寻他去，你三婶，不要生气，等她回来了我叫她给你赔个不是，认个错。

三　婶　哎，好我的老嫂子哩，你咧媳妇的嘴，比刀还馋，几句话顶得人心痛，年轻轻的，哎，墙上贴门神，实实在在不像话，六月的萝卜少教没规矩。

艾玉兰　（气呼呼地喊上）妈，妈（进门）啊，三婶，你也来了，（放镢头打身上尘土）

成　母　来了么，伢你如今当了队长成了大神咧，你三婶还敢不进庙烧香敬神？

三　婶　呀呀，要敬哩么，紧敬哩神都降下罪来咧，谁还敢不敬么！

艾玉兰　有理你就人前说，背后做下醋也不酸。

三　婶　就说我做下啥醋咧？啊，我做下啥醋么？

艾玉兰　你好，你好！把你做下见不得人咧事怎不说？

三　婶　我做下啥见不得人的事咧？我做下啥见不得人的事咧，啊？你凭你咧队长欺压我哩，不行，弄不成。

艾玉兰　我怎么欺压你……

成　母　悄着，看把你能的！就说你还有样子没有？没大没小的还有点规矩么？伢人家田社长还不如个你么？

艾玉兰　呀妈，你不知道，她不言传便拿了队上的绳，挖了队上的地，我就是不让，还是咧话，今晚上你要在社员会上检讨。

成　母　你给我住嘴，你叫你三婶老老的上的咧会，咧是啥体面光荣的事么？咧你不言传不就没事了么，啊？

艾玉兰　不行，这一回不正一正，下回惯下毛病了。

三　婶　我偏不参加你咧烂会会，看你还吃人呀！

艾玉兰　你不参加，不参加把社员会就放到你家开。

三　婶　好，玉兰，三婶这一下我算认得你了。

艾玉兰　我叫玉兰，你早就该认得了。

三　婶　天爷爷，这还有人活的路么？我和你没话，我寻他成娃子呀，我抱他成娃子的腿呀，我抱他的腿呀，我和他不得了。（气得跑下）

成　母　这挨刀儿媳妇，你是吃了石头克化不了咧么，你是犯了凶煞星咧么，啊，你给我惹是生非的，你……你……

艾玉兰　妈，这是个人亏集体呢，是原则问题。

成　母　我管你咧圆的呀，扁的！

艾玉兰　妈，妈。（拉母）

成　母　你滚开。（生气地叫下）你三婶，你三婶……

艾玉兰　啊，（气得落座，陷入痛苦的沉思，又难过又不平地唱）

　　　　　　乌云遮太阳，玉兰细思量，
　　　　　　说什么土地要下放，村院中到处闹嚷嚷。
　　　　　　三婶她不像样，故意儿耍强梁，
　　　　　　偷了绳子又把公地伤。
　　　　　　她还来说短又道长，
　　　　　　妈妈旧思想，她还把人装，
　　　　　　这件事儿我若退让，
　　　　　　那歪风邪气就猖狂。
　　　　　　蟠桃园今日起风浪，
　　　　　　骡子马死得无下场，
　　　　　　怒风扬来遭魔障，人心不安乱惶惶。

李春成　（闷沉沉地上，唱）

　　　　　　春成低头自思量，
　　　　　　且把愁烦腹内藏。
　　　　　　强打精神装模样，
　　　　　　莫让她们心里慌。

　　　　（转身进门，看见玉兰神气不对头接唱）

玉兰的神气不对劲，

痴痴呆呆发愁伤。

你这是怎么样？（玉兰娇怒地不理）

哟，两眼发红光，（故意逗趣地）

好像是王母娘娘下了天堂。

（夫妻间深情的口气问）哎，饭好了没有？

艾玉兰　（给丈夫撒娇地伴怒地答）不知道。

李春成　妈呢？

艾玉兰　不晓得。

李春成　嗯，饭好了没有？给吃不给吃？

艾玉兰　谁管你吃不吃！

李春成　（故意逗趣地学玉兰的神气）啊呀，人问你正经话哩，看把你恼的咻神气些，不知道，不晓得，谁管你吃不吃。

艾玉兰　哎呀，你再不要讨厌，我给你说，这妇女队长我不当咧。

李春成　啊呀，我的咣当，今天就像是中了羊角风咧，咱得可把神神撞了么。

艾玉兰　哎呀，你是怎哩么？

李春成　（故意装成生气批评地）好，你生气，我的气比你还大，工作中稍遇一点儿困难就罢工不干咧，这就是向困难低头、投降，咱先开个干部会把你咻思想检查检查，哼，像话么？大家这一晌都洗温水澡哩，我看你就该洗个滚水澡，好好烫一烫。

艾玉兰　洗就洗，烫就烫，反正这妇女队长我不当咧。

李春成　队长，哼，队长是群众选的，又不是我个人指定的，你再不要给我说，去去去，走远，走远。

艾玉兰　你是头儿，我不给你说给谁说呢？我偏要给你说。偏要给你说，你叫谁走远，你叫谁走远？

李春成　看，看，看，看你咻态度，生的硬的，臭烘烘的，眼睛瞪得。

艾玉兰　你好，你好。

李春成　哎，你好你好么。

艾玉兰　你好，你好。

李春成　哎，你好么，谁还敢说你不好！（故意讽刺地）咱不好，咱总没缴人家的镢头，给群众耍态度，和人吵架闹事噢。

艾玉兰　（不服气地质问）哎，那我问你，三婶领上她吴家呦一窝子在西坡乱开荒地，又伤了队上的地，这对不对么？

李春成　不对么。

艾玉兰　她看见别人偷队上的东西，她也拿了队上一条绳对不对么？

李春成　不对么。

艾玉兰　我是妇女队长，我该管不该管？

李春成　哎……该。

艾玉兰　她这种思想该不该批评？

李春成　该，该，该。

艾玉兰　既然她不该开了队上的地，又不该拿了队上的绳，我是妇女队长，我也该管该批评，那你说我有什么不对呢？我错在哪里？你给我说，给我讲，你说。

李春成　哎，叫我说……这都是些小事么……

艾玉兰　啥，小事？

李春成　噢。

艾玉兰　天爷爷，叫这一股子歪风邪气，把咱村里刮得乱七八糟的，伢你还说这是小事！哎，这事是小，呦啥才是大事？

李春成　哎，玉兰，说正经话，我的心比你还着急，整夜整夜愁得睡不着，村里乱成这个样子！唉！

艾玉兰　看，我说这歪风邪气要正哩要正哩，伢你硬说这是小事，看怎么样！

李春成　眼望着几百亩麦子快旱死咧，电动抽水机买回来装不成么装不成，唉。

艾玉兰　那你看这事的根根权权到底在哪里呢？

李春成　根根权权就是人家要土地下放，包产到户走回头路，闹单干，唉。

艾玉兰　呀！这到底咋办呀么？

李春成　咋办呀，现在最、最、最要命的事就是抗旱，只要咱们把电动抽水机安装起来，水哗哗哗上了蟠桃园，电气化、水利化、机械化，就可以把这一股子单干风打垮。

艾玉兰　对呀，那咱就赶快先安电动抽水机呀。

李春成　安，哼，不容易呀。

艾玉兰　啊，啥不容易？还有啥问题哩？

李春成　啥问题？看，至少得一间房子做配电室。

艾玉兰　得一间房子做配电室？

李春成　噢，这盖房子砖瓦木料就没办法，再说买这买那，还不得许多钱么？

艾玉兰　照你这样说，咱们就没办法了么？

李春成　办法？办法倒有，就看你这觉悟高不高！

艾玉兰　啊呀，啥快说么。

李春成　这可是件大事，我说出来，你可一定要在提高觉悟的基础上，克服困难哩。

艾玉兰　呀，看你，一句一个提高觉悟，一句一个提高觉悟，只要我能办得到的事情，就不提高觉悟，我也要办哩。我不克服困难，不克服困难能惹得起你么！

李春成　对，这可是君子一言，白布染蓝，说定咧啊！

艾玉兰　呀，再不要啰嗦，说你的正经话。

李春成　好，玉兰，说是你来看呀！

（唱）满院花开在春天，
　　　饮水的人儿要思源。
　　　论夫妻咱俩没长短，
　　　论工作咱们是党员。

艾玉兰　（唱）共产党员人前站，
　　　你也知你妻叫玉兰，
　　　为革命……何时我惧艰险？
　　　天大的事儿我承担。

李春成　好。

（唱）为打击歪风邪气焰，
　　　为抗旱要把机器安，

	砖瓦木料没法办，
	你快给妈把家搬。
艾玉兰	（出乎意料地）啥，给妈搬家？
	（唱）玉兰听言自相参，
	这几年家家把新房添，
	咱只有房子两间半，
	你叫妈该往何处搬？
李春成	（唱）你和妈住上一间半，
	腾一间房子做配电室。
艾玉兰	（唱）娃娃们调皮又捣乱，
	住在一起妈心烦。
李春成	（唱）分明是你自己不情愿，
	拿妈的招牌把我拦。
	这也是杀敌上火线，
	你怎忍歪风邪气称霸权。
艾玉兰	（唱）他的话儿照肝胆，
	我岂能让坏人展笑颜。
	当真是斗争上火线，
	千斤重担我承担。
李春成	啊，玉兰，你同意和妈住在一起了么？
艾玉兰	我岂能让这伙坏蛋猖狂，把咱们人民公社闹垮。
李春成	好，那是这，看，等妈一会儿回来了，你好好给说服说服，打通打通妈的思想。
艾玉兰	啥，你叫我打通妈的思想？
李春成	对，你给咱说。
艾玉兰	呀！我……我不敢说。
李春成	哎，这你怎么又变卦咧？
艾玉兰	我咋变卦了？
李春成	这你刚才不是答应得好好的么？

艾玉兰　哎呀，刚才，刚才我说我同意和妈住在一起，我没有说我能打通妈的思想啊。

李春成　啊呀你这人……这咋办呀么？

艾玉兰　咋办呀？

李春成　玉兰，我想这话还是你给妈说好，我说叫她和你在一起，她同意还怕你不满意，还是你给说好。

艾玉兰　呀，你给妈说么！

李春成　你说么。

艾玉兰　你说么。（二人只顾推）

成　母　说啥哩？（早在外听了一会儿，什么都知道了）

艾玉兰　说……说……嗯……（二人十分窘迫地）妈。

李春成　（急示玉兰叫给妈说，二人又是偷着推脱，故意推玉兰去）

艾玉兰　（回转身还是叫春成说，但又得应付母）妈……妈……伢你娃说了有要紧事和你研究哩，妈，你先坐下……

成　母　什么事你说。

艾玉兰　妈……（急示意叫春成说）

李春成　妈，你老人家……（又示意叫玉兰说）妈。

艾玉兰　妈。

成　母　对咧，对咧，你都再不要为难，我知道你们是给我的房子打主意哩，是不是？

艾玉兰　（默认，又急切地）妈，（笑嘻嘻地）妈。

李春成　妈。

成　母　对咧，对咧，我给你们收拾腾房子就对了么，一口一个妈，一口一个妈，只管叫的妈是吃奶呀么。

李、艾　妈，你同意了没？

成　母　同意了，同意了。（边走边说着下）

李春成　看看看，叫你帮个忙说服说服，看把你吓得咻神气些，哼，胆小鬼，你去去去，不要你帮助我照样能胜利呢。

艾玉兰　你能成！你能成？

李春成　当然能成，那当然么，哼，没有这一点儿本领还能成大事？哎，玉兰，你快和妈收拾腾房子，咱们马上就能装抽水机，我到县里去给咱请个工人老大哥来帮助，再买些开关呀，电线呀，零七八碎的。哎，拿钱来。

艾玉兰　拿什么？

李春成　哎呀，再不要装洋蒜咧，快拿来些。

艾玉兰　呀，啥么啥么？

李春成　咳，就是妈那钱么，啥！

艾玉兰　是不是给妈买寿枋的那钱？

李春成　噢，快拿来么。

艾玉兰　嗯，我说你这个人呀，还没老哩，倒稀里糊涂的咧。我前好几天就给你说我把妈哟钱放到妈跟前去了，你还问我要哩。

李春成　哎。（忽然想起在妈的箱子里放着）真个，在妈的箱子里放着呢，那你不要言传，叫我悄悄儿到妈哟箱子……（偷势）

［成母气冲冲地夹个大包袱欲走，春成扭转给玉兰吐舌头示意情况不对。

艾玉兰　（看情况不对急挡母）妈，你这是做啥去呀？

李春成　（也急挡母胆怯地问）妈，你……你……到哪里去呀？

成　母　哪里去？你滚开，我给你腾房子呀么，我到你舅家去。

艾玉兰　妈，妈……（急抱过包袱）

李春成　妈，你……你不要生气么，你看咱们是贫农，又是党员干部，要不是解放，人民公社……咱们……

成　母　呸，你还有脸提解放，我来问你，今天这日子是怎么来的，咱们是靠谁翻了身的呀，你靠谁当了干部成了人咧？啊？大家扶你，咱们共产党扶你可你自己也该知足呀，谁知你晕头转向，不知天高地厚忘了本，不听咿领导上的话，你惹得众人把脊背都指穿咧，就说咿田社长还不如个你啊么？你叫我跟上你操不尽的心，生不完的气，你们还多嫌我，这屋哩没我住的地方，我到你舅家去。（欲走）

李、艾　妈，妈。

成　母　你滚开，我走，我走……

[三婶在这一家人正吵闹之际来欲寻春成闹事，但到了门外听见这一家人吵闹，止步听，听着听着既然人家全家闹事，自己不好进去再火上浇油，扭身下，吴老三拉妻下。

李春成 （急得手足无措地转转唱）

　　　　妈妈他老人家，
　　　　生了气言不发，
　　　　提着包袱要离家，
　　　　急得人两眼哎冒火花，哎……嗯……哎……

艾玉兰 （急忙地安慰老人唱）

　　　　妈妈你平日里疼爱你娃。

李、艾 （唱）句句话如钢刀把儿心挖，啊……啊……
　　　　哎呀咿哟咿呀唉哟我的妈妈呀，把儿心挖啊……啊……

成　母 （生气地手指春成额头唱）

　　　　瞎东西你不听伢政府的话，
　　　　又惹得众乡亲恨怒你妈，
　　　　田社长也说你忘本自大，
　　　　我老糊涂在人前还常把你夸。

李春成 （唱）说什么忘了本惹人恨骂，
　　　　你听儿把真情细说根芽。
　　　　遭灾害死牲口人心害怕，
　　　　天不雨，眼睁睁旱死庄稼。
　　　　一些人不守法投机倒把，
　　　　一些人闹单干妖风乱刮。
　　　　田社长迷了路主意错打，
　　　　他硬要把土地分给各家。
　　　　小日月抵不住风狂浪打，
　　　　又和那旧社会半点不差。
　　　　娘忘了旧社会罪恶甚大，
　　　　我三婶因家贫饿死娃娃。

		忍着气吞着声任人欺压，
		为光景逼死了我爹他。
		狗地主李宪章黑心的恶霸，
		打死了儿爷爷血染黄沙。
艾玉兰	（唱）	那时候我年少能有多大，
		黑心贼硬逼我成亲结发。
		春成哥为救我不怕杀剐，
		最可怜玉兰女死了亲妈。
成　母	（唱）	旧社会娘儿们苦如瓜把，
		咱穷人一个个把罪受扎。
艾玉兰	（唱）	解放后闹土改杀了恶霸，
		共产党救穷人打开锁枷。
		这几年日月光景过得美，
		颗颗心开放了幸福花。
李春成	（唱）	腾房子为了电气化，
		不许妖魔把墙挖。
艾玉兰	（唱）	妈妈快把房子让，
		吃米莫忘种庄稼。
李、艾		妈，妈！（都在急切等着什么似的）
成　母		啊，啊。（似乎要默许什么的样子）
三　婶		（痛苦地含泪哀鸣胆怯地走上）大嫂，大嫂……
成　母		你三婶，你坐下，咱姊妹今天把心掏出来说一说。
三　婶		哎，嫂子，我如今把人活得人不像人，鬼不像鬼，还要我说啥呢？
艾玉兰		三婶，怪我，怪我态度不好，撞了三婶的心，伤了三婶的脸，这都是我的不是，三婶。
三　婶		（紧紧抓住玉兰的手，表示后悔之意）哎……哎……
成　母		你三婶，好我的老姊妹哩，娃娃们得罪了你，你要说了说我，要骂骂我，要打了就把我打几下，我也担待得起，你不要伤我娃，我舍不得叫我娃心里受症。

三　婶　嫂子，你再不要说咧。

成　母　我要说，我就要说，你三婶，咱这老一辈人啥年月没经过，啥世事倒没见过么？十三年咧，这点事难道你还没看开？这一阵儿咱们的日月光景刚过到油摞面处了，伢你的可是分地呀，单干呀，分地呀！这不是眼睁睁往沟里跳呢么？你三婶，明说哩这事情不要说我娃，就是我也不让。

三　婶　嫂子，嫂子，你再不要拿刀子扎我的心咧，你们一家人闹火了半天，我在门外一字一句听得清清楚楚的，旧社会把我的大孩子活活地饿死了，新社会、集体化、人民公社，我才翻了身，哎，我如今啥都明白了，成娃子、玉兰，你们也不要恼你三婶，"自古脑"就是这号不盈人的脾气，给，这是我老两口几年给秀丽积的买车子的钱，我娃你拿上给咱们安装电动的那抽水机去，这抗旱如救火哩么，嫂子，你说对吗？

成　母　对么，对么，哟，看伢你三婶这颗心一会会儿可变成红的了。你三婶、你嫂子我也不落后（取钱），给，成娃，这是给妈买棺材的钱，妈我不想死咧，我娃你拿上用去，妈我还想好好活上几年哩。

三　婶　对，嫂子，咱们这老辈人，好好活上几年，成娃子、玉兰你们也不要愁，只要三婶说一句话，西头我吴家咽十几家可都跟上咱来了。

李、艾　三婶！（感激地）

周家武　支书，支书，大婶你看这是谁来了？

铁　林　大嫂！（全场人站立惊看）

成　婶　这是，这是……

铁　林　这是他三婶么？

成　婶　哟，这是他铁伯么，咳……哈……多年不见，一下子都认不得咧。

李、艾　铁伯，伯……伯……你来啦。

铁　林　啊，这是咱成娃子。

李春成　伯，伯！（二人抱头兴奋地）

铁　林　好，好，我娃长成人了，长成人了，好！

艾玉兰　铁伯，伯。

铁　　林　啊，这是……
成　　母　春成的媳妇玉兰么。
铁　　林　噢，这是玉兰，快呀，快呀，我走时才这么高……
三　　婶　嗯，人家如今都几个娃咧还……
铁　　林　噢……哈……好，好……
成　　母　玉兰，快给你伯倒水去。
艾玉兰　对。（兴奋地下）
三　　婶　伢你这多年在哪里电厂工作呢？都不想咱这儿么！
铁　　林　想啊，想啊，工作忙，没时间回来。
三　　婶　那你这一回可……
铁　　林　哈，这一回呀，这一回回来就不走了，退休啦。
三　　婶　你铁伯就会说笑，我先不信……
铁　　林　看你三婶说的，你没想我都快七十的人了么……
周家武　支书，你还愁没人安装抽水机，刚才我给伢铁伯一说，伢铁伯说，不要说安装，就是制造新的，他都打掛不住手。
铁　　林　啊，刚才在路上武娃子给我说了，娃呀，要安装就得马上动手，你看天旱下这样子，一天都不敢耽误，走，咱们到地里也看看去。
李春成　伯，你才来，你先歇歇，到明天再说。
成　　母　对，你伯，你上了远路了，先好好歇一歇。
三　　婶　对，对，对，你铁伯，上了岁数的人了，先好好歇一歇。
铁　　林　哈，你们不要看我胡子白，年纪老，身子干还顶结实。（说着就走）咱们晚上再拉嗒。
李春成　对，玉兰，你给伯做饭，我们到地里看看去。
周家武　哎对，玉兰嫂，把面揉到活软，擀薄切宽，陈醋调酸，五香调料样样俱全，外带两根蒜苗味美，铁伯吃了喜欢，身体康健，能活百年。
　众　　哈哈……
三　　婶　嗯，调皮捣蛋送到南院，南院不管，还说你没脸……
　众　　哈哈……（周家武、春成、铁林下）走走……
成　　母　哟，玉兰，你做饭去，叫妈快给伢收拾腾房子么……

三　婶	嫂子，你歇着，叫我帮你收拾去。
艾玉兰	妈、三婶，你们都歇着，把饭做好了我收拾。
成　母	嗯，好娃哩，如今伢大家都忙忙碌碌的进步呢！妈我还能落么么。
三　婶	哟，没看出伢我大嫂真个是那老来红，老积极。
成　母	咿呀呀，看你三婶说的有理的，如今是建设咱们那……那社会主义么，大家都要鼓，给鼓……给鼓……给用劲哩，成娃妈不"积极"还像个话么？
艾玉兰	哈……哈……妈……（笑地扑到母怀里）
成　母	看这娃，你们笑啥哩，说得还不对？
三　婶	对对对，老大嫂，说得妙，说得好，上树能逮鸟儿，走路能学娃娃跑，老来还能穿花花袄。
成　母	哟，看你三婶把我说的呀……都能上天……哈……
众	哈……

〔三人笑着下，像要劳动的神气……幕徐落。

第 六 场　闹桃园

〔二幕前。

李德元	（上唱）李德元，莫怠慢，
	去找敬斋把信传。
	（白）敬斋叔，敬斋叔！
李敬斋	（上）什么事情？
李德元	敬斋叔，大事不好咧，李春成把他家新盖的房子让出来做了配电室，人家把安抽水机的问题解决了。
李敬斋	啊！
李德元	还有，春成他那个亲爹老铁来了，是个老电工，明天就要在蟠桃园开渠架电线了。

李敬斋　明天就要挖渠？嗯，田社长是什么态度？

李德元　田社长坚决得太哩，就是咱的人手还少，怕弄不成。

李敬斋　只要田社长坚决就好，德元，明天挖渠要从咱李家祖坟边上经过，咱就在这"李"字上做文章（耳语），给，这是五十元……

李德元　嗯，好办法，武娃子不是和满堂有心病吗？咱把满堂拉过来，他这个摊摊就散了。

李敬斋　对，明儿个给他来个大闹蟠桃园。

〔满堂在后台咳嗽声，李敬斋向德元示意下。

〔满堂病态挂棍上。

李德元　满堂哥，这一向病咋样？

李满堂　哎，死不了，活不旺。

李德元　老哥把心放宽，事有事在，你熬煎的顶啥嘛？

李满堂　都几个月了，死牲口咻事，还没调查出个眉眼，县公安局派人还问我呢，你说我这可咋办呀！

李德元　哎，满堂哥，说起公安局调查，兄弟也给你担心哩，你还不知道，咿有人背地里给你栽赃呢！

李满堂　给我栽赃呢！你说是谁？

李德元　哎好哥哩，你还不明白，兄弟瞎好是个干部，这话实在不好说明，你放心，反正不是姓李的。

李满堂　（急问）是不是武娃子？

李德元　（奸笑）咳咳，你再甭问咧，秃子头上的虱明摆着呢！

李满堂　噢，我明白了，武娃子，咱们走着看。

李德元　哎，老哥，看你病成啥样子了，敬斋叔和我一提起你来，心里都难过，这是敬斋叔叫我给你送来三十块钱，你先用，有困难，你给兄弟言传。

李满堂　李敬斋？这钱我不要。

李德元　满堂哥，你怕啥呢？你都没听咿田社长说嘛，如今地主没地咧，富农不富咧，贫农不贫咧，大家都是劳动人民，再说咱的一个李字分不开，快拿上。

李满堂　　我不要。

　　　　　〔守中在内喊上。

李守中　　德元，我听说伢要在蟠桃园修渠有呦事没有？

李德元　　守中叔，开渠事小，恐怕连咱李家的祖坟也要开呢！

满、守　　要开咱的祖坟呢？

李德元　　你当啥呢？哎！只怪咱李家没出下人，连先人的祖坟也保不住。

李满堂　　我去给春成说一下，不能让他们胡闹，他也是咱李家的人么？

李德元　　你还提春成呢，你不要看呦姓李，咱李家不出呦卖国贼，他呦亲爹老铁又来咧，谁知道伢打的啥主意，你看么，你跟人家多年，如今都给你搁事呢！

李守中　　谁敢挖咱的祖坟，我就和他把血倒到一搭哩。

李德元　　对对，守中叔，你是咱李家户的头前人，只要你一出头，保险大家都跟上你来咧！

李满堂　　要挖咱李家的祖墓那我也不能答应。

李守中　　明天你看我的。（怒下）

李德元　　对！对！咱李家不是好惹的。

　　　　　〔李德元和李满堂同由下场门下。

李守中　　（气汹汹地手拿镢头上，唱）

　　　　　　　气得人阵阵黑血泛，

　　　　　　　手提镢头奔桃园。

　　　　　　　挖下界石立下畔，

　　　　　　　豁出我老命把业传。

李志吉　　（背界石上，唱）

　　　　　　　这界石背得人浑身汗，

　　　　　　　好容易才到了蟠桃园。

李守中　　你放快点，慢腾腾的是骑上猪咧？

李志吉　　爹，这是伢队上的地，你胡埋界石犯法哩。

李守中　　你懂个屁！如今是包产到户，业归原主，犯啥法哩？

李志吉　　哎，（看了看地）不对不对，咱的地只到这儿，你把界石总不能埋到人家地里去么。

李守中　你悄着，扎角牛只知往外顶，听爹给我娃说，这当初是咱李家祠堂的八亩官地，土改时分给了北头王老汉，如今王老汉死了。咱多弄他一亩八分的，谁知得道？

李志吉　你这思想不对，社员们吔都反映你哩。

李守中　反映我的啥哩？就说反映我的啥哩么？

李志吉　人家都说你跟上地主李敬斋，一天叽叽咕咕地老钻在一起，你走的啥路么？

李守中　啥路？啥路！

李志吉　就是死路，就是死路，你不好好劳动，光是投……投……

李守中　偷啥哩？我倒偷了谁家的啥咧么？

李志吉　投机倒把，投机倒把。

李守中　嗯，把这东西。

李志吉　给我说了几个媳妇，人家都嫌你咧人不对不跟我，你不是不知道。

李守中　你胡说，只要有钱，还怕寻不下个媳妇？快，把这烂旗旗拔了。

李志吉　咧是吔队开渠插的旗，我不敢拔。

李守中　（威胁地欲打）你拔不拔啊？你拔不拔？快，拔！

李志吉　拔，拔，拔下乱子我可不管。

李守中　你拔，有啥乱子哩？

〔志吉正要拔时武娃与众上。

周家武　哎，李守中，你父子俩干啥呢？

李志吉　看，看怎么样？（幸灾乐祸的神气）

李守中　悄着，武娃子，如今是包产到户，土地下放，业归原主哩，再少摆你咧干部眉眼。

周家武　你胡说，谁给你说业归原主呢？

铁　林　守中，土地下放，业归原主，咧是资本主义死路一条，走不通，咱们都是……（群众来了一大堆，进步的、落后的都有）

李守中　你往后退，我们蟠桃园的事，没有你插的嘴，得是我们出下卖国贼咧？

老　曹	胡说，你真是个疯狗，胡抓乱咬的，谁是卖国贼？如今是人民公社，土地是大家的，你弄清。
李守中	大家的，得是我先人咧坟地也是大家的？志吉，把咧烂旗旗给我拔了。
张根卯	你敢拔。
李守中	你倒算个啥东西嘛？
张、李	我是人民公社社员，怎么？来，开渠。
李子贵	开不成！
周家武	啊，满堂哥，你这是干什么？难道你也……
李满堂	武娃子，这里有我李家的祖坟，这里就能随便乱挖土么？
周家武	哎，你这不是胡生事呢么？谁挖你李家的祖坟来？
李满堂	虽然没挖我的祖坟，可这水渠总要在我祖坟前边过哩么？
李守中	满堂说得对，姓李的都听见了么？这是咱李家风脉，把咱的龙头都斩断了，弄不成，姓李的不能答应，弄不成。
李　众	对，弄不成，姓李的不答应。
周家武	胡说，这水渠离你李家的祖坟还这么远，你们这分明是故意闹事，破坏人民公社，反对抗旱。
众	不说咧，挖渠挖渠……
李守中	挖不成，这桃园是我的，土地是我的，得是这几年把你喂肥了……
铁　林	你住嘴，土地，土地也得靠劳动才能打粮食，你的，什么是你的？如今是人民公社，你还想用土地剥削吗？乡亲们，天旱成这个样子，咱们还敢闹意见么？庄稼一天也不敢耽误，来，大家一起动手开！
众	开渠，挖，挖。（众欲动手挖）
李守中	挖不成，谁要挖，谁先把我埋了。（睡下耍赖）
周家武	你这是干什么呢？（一把拉起守中）
李德元	武娃子，好我的队长哩，你看这李家户全不答应，马上就分地呀？你开的这水渠，弄啥哩么？
周家武	谁给你说分地呀，你是干部你替谁说话呢？
李德元	看看看，这是田社长的命令，你还不服从领导？

周家武　蟠桃园是共产党领导的,不是他姓田的天下。

李守中　管他是谁的天下,这蟠桃园是姓李的天下,姓李的都跟我来。

周家武　你们想干什么!造反呀么!啊!(推开李守中)

李子贵　干部打人哩,干部打人哩,打呀打呀!

李守中　姓李的一齐动手……打,打!

众　　　打,打。(众人混打一团,李守中一棒打倒铁林)

周家武　李守中行凶打人,捆了,捆了。(根卯等捆李守中)

田　明　住手!(急上)你们这是干什么,你们干什么哩,啊!

李志吉　田社长,这都怪我爹,怪我爹。

李德元　田社长,群众要求包产到户,武娃子可领上人硬要挖水渠呢,李家全户族都不答应,就打起来了,你看把老工人打成啥咧。

田　明　啊呀,包产到户就包产到户,可打啥呢?就说你们还嫌事闹得小么?把人先放了。

周家武　不行,行凶打人就是刑事犯,非送法院不可。

田　明　李守中打人当然是犯法的,可这也正说明群众对包产到户的迫切心情,事有事在,先把人放了,你放了!根卯,把老人家赶快送到诊疗所去看病,老人家怎么样?你先去看伤,这问题我们一定要处理。

铁　林　田社长,我不要紧,抗旱挖渠要紧,庄稼不敢耽误!

田　明　你快去看伤,你先去看伤。(送下铁林)啊……

周家武　大家动手,开渠。

众　　　对,开渠。

田　明　行啦,行啦,事情闹成啥咧?你们还是个开,开,开。乡亲们,最近我们调查研究了群众意见,我觉得我们可以试行包产到户。

子贵、众　赞成,赞成,包产到户好。

老　曹　不行,田社长,这人民公社、社会主义可来得不容易啊!

田　明　老曹,我是做啥的人么?这还是社会主义啊!

老　曹　我老汉不懂,我看你这派不对,田社长,你不能,我怕党和毛主席不答应你。

田　明　你放心,把你老总是饿不下么。

老　曹　不，我老汉能活几天，我是怕大家……

李德元　你给咱老汉倒说啥呢么？我给咱马上打钟集合人向大家宣布。（欲下）

周家武　慢着，田社长，群众没讨论，支部没通过，你不能这样做。

李德元　啊呀，好我的大队长哩，人家田社长就不如个你？马上打钟，集合宣布。

子贵、众　对，马上宣布。（欲拥下）

李春成　站住。（众惊退）你们这是干什么呀？你们要干什么？啊！

田　明　（盛气凌人地）开会。

李春成　开什么会？

田　明　宣布包产到户。

李春成　田社长，这么大的事情，咱们得好好研究研究。

李德元　（疯狂似的）研究什么？田社长都决定咧，还研究哩！开会……（下）

周家武　支书，这，这。

李春成　快去挡住，不许打钟。

　　　　〔周家武引众追下。

众　　　（追喊下）不许打钟，不许打钟……

　　　　〔吴老三等从下场口下。

李春成　田社长，不敢呀，咱们千万不敢这样做呀，咱们好好研究研究，你想这样下去成了什么样子了。

田　明　成了什么啦？这是群众在困难时期的创造。

李春成　群众，你为什么光听那些地主富农、自发思想落后的群众的话？广大的贫下中农坚决反对你这种做法。

田　明　你简直胡扯，吴老三、德元不是好群众么？满堂不是好干部么？

李春成　啊，满堂。

田　明　怎么，你奇怪吗？同志，情况不一样咧，人心变咧，你不要死抱住旧皇历，不行，只有包产到户，才能巩固人民公社。

李春成　那咱们也得开支部会，好好讨论讨论。

田　明　不开，我代表公社决定咧。

李春成　你，你个人代表不了公社。

田　明　啊，你不要叫英雄模范的红旗想得晕头转向，小心绊倒。

李春成　绊不倒，红旗是党给我的荣誉，我就有权保卫党的事业。

田　明　啊，你敢不服从我的决定？

李春成　你的决定不正确，群众反对，行不通。

田　明　哼，你想用蟠桃园的小集团反领导。

李春成　我要用党的力量，打击歪风邪气。

田　明　你说的谁？李春成，你醒来，我要建议党委撤你的职，开除你的党籍。

李春成　哼，党委，党委是我们党的集体领导，不是你个人，想怎么办就怎么办。

田　明　莫名其妙，我现在就正式向你宣布，你停职反省写检讨。

李春成　你叫我检讨什么？

田　明　组织小集团反领导，打击群众，制造混乱……德元打钟，马上宣布包产到户，我看他谁敢阻挡。（下）哼。

李春成　啊。（几乎晕倒，愤怒地下）哎，不能打钟。

李敬斋　（愉快地上，唱）

　　　　　　打桃园，闹桃园，
　　　　　　桃园今日变了天。
　　　　　　人民公社就要散，
　　　　　　恨不得把喜讯报台湾。

李德元　敬斋叔，把活咥了，你看。

李敬斋　什么？

李德元　田社长给他指出这些条款，叫他照着这反省，写检讨，看，组织小集团反领导打击群众，制造混乱，叫他停职反省，你看美不美。

李敬斋　好时机不可错过，趁机把印把子夺过来，这蟠桃园可就成了咱们的天下啦。

李德元　田社长叫我把这给送去，把抽水机马上卖了给大家把钱分了，今晚上就要研究包产到户的方案，给各家马上分地。

李敬斋	好，只要你把田社长这腿抱紧，我看这队长他是当空咧。
李德元	叫我把这信先给他去。（下）
李敬斋	好，哈哈……（看见李满堂来，想出阴谋）

〔李满堂犹豫地上。

李敬斋	那是满堂，病咋向？好些没有？
李满堂	哎，好，好。
李敬斋	叔听说你病了，叔前天叫德元给你捎的钱。
李满堂	敬斋叔，那可叫你费心。
李敬斋	看这娃把话说到那搭去了？咱都是一村一院，在一个祠堂敬祖先，你有了困难，叔不帮你，帮谁？以后有啥困难可言语。哎，满堂，你看咱村乱成啥？春成、武娃子却和咱较劲，这人遇了事，那你也不劝一劝，心里咋过得去。
李满堂	哎，对，末了叫我到他家去看看，劝说劝说，他听不听，咱得把心尽到。
李敬斋	对么，人常说穷不与富斗，富不与官斗，人家是社长，社长伢是代表政府，代表党上边的，官高一品压死人哩么，成娃他千万可不敢执拗，不然的话罪上加罪，那可就危险。我看伢田社长叫包产到户就包产到户，叫他乖乖给伢写个检讨，这一关就过了……
李满堂	对，我去看看。
李敬斋	你再打听打听，看伢哟一伙准备咋弄哩，伢多少人都说叫田社长把支书兼，叫德元把队长担子担起来，叫你当副队长，你看这行么？
李满堂	德元伢有文化，人又能成，我是够够的了，这队长咱是绝对不当了。
李敬斋	群众眼睛是雪亮的，咱们都对劲，我才给你说这话，你说话可谨慎点。
李满堂	唉哟，咱这人你还不知道么？一句闲话也不说，你放心把你出卖不了。
李敬斋	哼！（下）

第七场 写 状

［紧接上一场的夜晚。
［一间小房子，格子窗外是一株正发碧绿新芽的古槐，正中挂着毛主席像，一边是英雄锦旗，一边是谷子玉米留作籽种的穗子，霎时狂风暴起，乌云滚滚，窗下桌上放着电壶和几个喝水碗，桌子两旁放有高高低低的凳子。

李春成 （愤怒而又似乎迷惘地上，音乐曲调越来越激昂慷慨，手拿田明的信念）组织小集团反领导，打击群众，破坏团结，制造混乱。唉！（慢悠悠地发出怒吼）

（唱）阵阵狂风，
　　　恶云翻腾，
　　　晴天霹雳炸雷击顶，
　　　轰隆隆天爆地又崩。
　　　两眼迸火星，
　　　一腔气不平。
　　　怒狠狠……
　　　肝胆气炸……心儿痛，
　　　好也似一把尖刀扎在胸。
　　　土地要下放，
　　　集体化清风
　　　零散经营，零散经营！
　　　渺茫茫……
　　　走的什么路！

要把好容易连起来的大片土地，又割成小块，把团结起来的一颗心，撕成血淋淋的碎片，这不是要我们走回头路吗？旧社会我们穷人唉！

……

（后台帮唱）

　　　　想起苦难路，
　　　　一家欢乐万家愁，
　　　　尸骨如山血如流。

（决心领唱）

　　　　绝不能再走回头路！（众后台轮唱数次）
　　　　回忆十三年，
　　　　热血在沸腾。
　　　　为踏平……
　　　　生活道路上坎坷径，
　　　　踏一步，步步有足迹。
　　　　踏一步，走一程，
　　　　一踪一步心血凝。
　　　　回头看啊，
　　　　十三个春夏秋冬。
　　　　一浪接一浪，
　　　　斗争又斗争。

怎么办呢？（急怒地苦思，忽然抬头看见毛主席像）啊！毛主席，你教导我们，要经得起考验，要敢于坚持真理，我不能退让，我要斗争，我要向上告状！（激怒地提笔写状子，唱）

　　　　蟠桃园闹事天地动，
　　　　咬紧牙关挺起胸。
　　　　提笔写状往上送，
　　　　牛鬼蛇神成了精。
　　　　反动势力诡计弄，
　　　　骡子马死得太不明。
　　　　眼看着庄稼快旱死，
　　　　打伤了铁林老电工。

老　　曹　（与武娃、根卯关切地上叫）成娃子！

李春成　曹大伯，你们来啦！（不服气的神气）

老　　曹　伯放心不下，伯看我娃来了！

家武、根卯　支书！事情怎么样？（一个个沉重而愤愤的心情）

家武、根卯　支书，眼看着咱们的人民公社叫田社长和这一伙反动势力就搞垮了，事到如今，你怎么不言？怎么不语？你……你倒说话呀！

李春成　（沉思地）我想……我想……

周家武　你想什么？这一阵儿大家的眼睛都看着咱们呢！你想什么，你快说啊！

李春成　我想谁要解散人民公社，党和毛主席绝不会答应！

老　　曹　对！人民公社不能散，咱们没有错！

家武、根卯　对！人民公社不能散，咱们没有错！

李春成　对！人民公社不能散，咱们没有错！

众　　人　对！咱们蟠桃园的党支部依靠贫下中农团结广大群众，坚决打垮这一股子歪风邪气！

（李满堂悄悄胆怯地听）

周家武　（发现有人）谁？你干什么？

李满堂　（看见武娃、根卯、老曹、春成等，有点窘）啊！我……你们有事开会呢！那好，你们有事我就走了！

李春成　满堂哥，你找我有事么？

李满堂　咳！咳！也没啥！你们忙着呢，我就走了！（下）

李春成　（警惕性非常高，看出一定有问题）满堂哥！哎，这人今天神气怎么不对呀！

周家武　他今天煽动他李家户族，大闹桃园，哎，看他鬼头鬼脑那个样子，是不是探听咱们的消息来了？

李春成　满堂老实忠厚，今天能这样，可能是上了坏人的当了！

周家武　叫我把他拉回来问问。（说着欲下）

李春成　（一把拉住周家武）你去不合适，曹伯，不，根卯，把他找来，就说我有几句话找他谈谈。

根　卯　对。（急下）

老　曹　哎！这娃越来越叫人担心了。

周家武　他忘了旧社会讨吃要喝，今天凭咱们共产党人民公社翻了身，把心瞎咧！

李春成　你不要这样急呀！我们还是启发他的觉悟，我看在满堂身上很可能挖出重要的东西来。

根　卯　（拉李满堂上）走么，走么！你这人，咱成娃叫你说几句话，你怎么能不来，走！

李满堂　好，走。（进门见众）成娃子，你叫我？

李春成　噢！满堂哥，我想咱弟兄们今天好好谈谈心！

李满堂　好么，那你兄弟有啥话你就说！

李春成　你刚才不是找我有事么？

李满堂　哎，其实也没啥。

根　卯　满堂哥，咱弟兄也不是外人，看起来你明明有啥哩，你总说没啥，你为什么越来越和咱这些穷弟兄越离得远了？

李满堂　既然这样，我就说，我就是念及咱弟兄们一块多年，村里乱下这样子，我想来把你们都劝一劝，你们听也罢，不听也罢，我把心尽到！

老　曹　看这娃，既然你是好心，就该早说呀！

李满堂　你看人家田社长是代表政府，代表党的领导，你和人家硬撑住闹，这不是寻的吃亏呀么？人常说，穷不与富斗，富不与官斗，人家懂的政策要比咱农民懂的多么，叫我说给人家检讨、检讨，认个错，算咧！

周家武　你把你的话再说一遍。

李春成　（武、卯、曹生气上来想说，成挡住）对，就按你说的，那，认了错又怎么办？

李满堂　那人家说分地就分地么，我看把这摊摊散了还零干，再省得受气操心，你看咱们辛辛苦苦干了多年，还不是落了这个下场吗？

李春成　满堂哥！我看这不像你心里的话，一定是有关心这事的人，叫你说服我们来的，是么？

李满堂　哎，伢谁可叫我来哩？我把心尽到，听不听在你，你们在。（欲走）

周家武　（再也压不住火性子了）慢着，我来问你，你为什么要跟上那些坏人落后分子，煽动你李家户族，打架闹事？你想咋？你说！

李满堂　说啥哩？还是咓话，姓李的祖坟在蟠桃园呢，谁要随便乱挖土，姓李的当然不答应。

周家武　想散摊子就说你想散摊子，你把心往出掏。

李满堂　我就是觉得伢田社长的意见说得对，把机器一卖，把钱和地给大家分了，迟不如早，一块弄不成，散了还零干。

周家武　嗯，我呸，看把你给能的，你要散了你滚，离了你还不是社会主义啦！

李满堂　哎！武娃子，你嘴里不干不净地骂谁哩？你姓周我姓李，各家门，各家户，你有你的主意，我有我的打算，你糟蹋的我咋？我是惹你来么？

周家武　我嫌你没良心，刚过了河就拆桥，你忘了你靠的谁翻身？

李满堂　我靠共产党翻的身，总不是靠你周家武，咋？

周家武　你说的咓话，简直不像人说的，像是敌人的走狗说的。

李满堂　你胡说，我怎么是走狗？啥倒叫个走狗么？走，咱就到门上给人说，走，走！（拉武）

周家武　还是咓话，你就是走狗。

李满堂　好么，你凭你的队长欺压人哩，你走，走！（又拉武）

老　曹　你们都给我住手！（激愤地）就说你们咋这么不懂事？啊！村里成了啥样子咧？这一阵人家反动势力要咱们的命哩，我心里难受得像刀子扎呢，咱们自己还往散的踢呢，你们咋这么不争气，咋这么不争气！（急疯似的打武打堂）

李满堂　对，你们都好，我不是人，从此后井水不犯河水，咱们各走各的路，你们在，我走！我走！

李春成　（怒不可遏地喝令）回来！（又难过地说）满堂哥！你不能走，咱们不能散摊子啊。

李满堂　姓李的今后就是饿死，不害你们，得成？

李春成　啊！满堂，满堂！口口声声你李家长，李家短，咱们今天把话说清楚。你忘啦？解放前，你给李子贵熬了三年长工，一个钱没见不说，人家反给你栽赃，说你偷了他家的财物，弄得你，弄得你家破人亡，可是谁给你解决困难，周家武、曹大伯、吴老三……解放后，给你分了土地财产，从互助组到合作社，人民公社集体道路，大家帮你盖了新房，娃娃上了学，不愁吃，不愁穿，事到如今你忘了本，跟上坏人煽动你李家户族打架闹事，你，你，哎……哎（滚白）我叫叫一声满堂，满堂，我恨一声满堂，我好……糊涂的哥哥……事到如今你好了伤疤忘了痛，跟上坏人打架闹事，要闹垮咱们人民公社，你，你，哎，哎……

卯、曹、武 （非常愤怒地齐声放）我来问你，你跟上坏人煽动你李家户族打架闹事，要搞垮咱们人民公社，你良心何在？

（齐唱）满堂你……
你长了一双势利眼，
手压胸口想从前。

李春成 （唱）说什么李家长来李家短，
你忘了讨吃要着穿。
李敬斋霸占了你的田产，
把你爹押死在牢监。
把你卖壮丁他把钱赚，
逼得你妈好惨然。
那时间谁救了你的灾难？
曹大伯，武娃子，吴老三。
你李家给你的尽苦难，
救你的全部是咱们的穷汉。

周家武 （唱）解放后你分地分庄院，
有吃有穿笑连天。
娃娃们上学把书念，
你忆了苦来思一思甜。

老　曹 （唱）你曹伯不揭人的短，

　　　　　　　到如今不得不言传。
　　　　　　　我成娃为你推豆腐磨子整一晚，
　　　　　　　累得娃昏倒磨旁边。
　　　　　　　豆腐换麦子五升半，
　　　　　　　你抱着麦子也心酸。
　　　　　　　我武娃侄子不好心良善，
　　　　　　　娃为你一夜不睡把地翻。
　　　　　　　我根娃给你借钱把病看，
　　　　　　　到如今把钱也未曾还。
　　　　　　　不是你曹伯把旧账算，
　　　　　　　为虎作伥你心何安？
根　卯　（唱）你莫要忘本把心变，
　　　　　　　不要让封建宗族把你拴。
　　　　　　　扪心自问再思念，
　　　　　　　只有咱阶级弟兄心相连。
李满堂　我明白了，我明白了。
李春成　你明白了什么？好哥哩，你，你还不明白。
　　　　（唱）自发势力闹单干，
　　　　　　　都想把咱的墙根挖。
　　　　　　　这一场斗争大恶战，
　　　　　　　看你站在哪一边。
　　　　　　　你跟着敌人屁股转，
　　　　　　　对革命不忠却是奸。
周家武　李满堂，如今将话已说明，要走了你走。
李满堂　噢！（以沉痛的心情反悔）唉，唉，唉……我叫叫声成娃！成娃啊……
李春成　满堂哥，你好好想一想。
李满堂　武娃，武娃啊！
周家武　（怒白）你不要叫我。

李满堂　（接滚白）我的好兄弟呀……曹伯，曹伯！
老　曹　好娃哩，你把心往出掏，你做的这事对得起谁么？
李满堂　我好心肠的老人家……成娃、根卯、武娃，忘恩负义的满堂我，我如今把人活得不像人了……（自己捶自己的胸，打自己的头）
　　　　（唱）句句话刺得人肝肠断，
　　　　　　　糊里糊涂上贼船。
　　　　　　　李敬斋要我把户族念，
　　　　　　　像一条毒蛇把我缠。
　　　　　　　我翻身忘本好羞惭
　　　　　　　掏出心来大家观。
众　人　啊！这……这是什么？
李满堂　李敬斋给我三十元，叫把你们打倒，扶持德元当队长，还叫我当副队长。
老　曹　哼！这一条毒蛇。
周家武　要把这条毒蛇砸不烂，我就不姓周了。
李春成　满堂哥，好，你坦白了好，这才像咱们的阶级弟兄，有咱穷人的骨头，你再想一想！
李满堂　还有，他和德元鬼鬼祟祟地说，叫我到这儿来吓唬你们，不敢闹了，又叫我来探听消息，还说要利用社长闹个乱七八糟，把咱们这一摊子弄垮，扶持德元当队长，兄弟我上了人家的当，我没脸活人了，我把心瞎了！唉（哭）
李春成　满堂哥，你不要难过，怪我，怪我们对你帮助不够，使敌人钻了空子。
老　曹　好娃哩，话说开，水泼开，栽倒了再爬起来，还是好的。
张根卯　满堂哥，你已经觉悟了，又回到咱们阶级队伍里来了，这比啥都好，大家也不会把你当外人，你应当高兴啊！
周家武　满堂哥，兄弟的脾气你知道，是敌人害得咱弟兄们……哎……怪我，你不要恼，咱们今后要团结的更好。满堂哥，你就骂我打我，我也不见怪。

（二人抱头相哭，和好）

李满堂　哎，怪我，怪我，我给咱们把脸丢尽了！（哭）好，现在不是我们哭鼻子的时候，大家应当咬紧牙关，挺起胸膛，团结一致，干！不把这一窝子坏蛋铲除净尽绝不罢休！对，我们团结一致，干，不把这一窝子坏蛋铲除净尽绝不罢休！

李春成　满堂哥！你回去拿稳，看这一窝坏蛋里边都是些什么人，听他们谈些什么，还打算干些什么？再把毒死牲口的事从旁探听探听，快！

李满堂　好，你们放心，我一定要给咱们争一口气！

老　曹　好的，去！

众　　　啊呀，好家伙，咱们还在鼓里蒙着哩，满堂坦白的好，太重要了，这一下才把坏根子刨出来了，快！咱们怎么办？

李春成　根据满堂坦白的情况分析，敌人可能还有更大的阴谋，武娃、根卯，你们要赶快布置几个可靠的民兵日夜暗暗监视敌人的行动！

众　　　对，这一下天罗地网他逃不出去。

李春成　你们看，天这么旱，反动势力又猖狂闹事，人心惶惶不安，敌人正好利用，我们一方面和敌人斗争，一方面要抓生产，赶快把电动抽水机安装起来，等水哗啦啦一上蟠桃园，人心就稳了。

周家武　铁伯受了伤，这机器怎么安呢？

李春成　不要紧，铁伯的伤几天就会好，咱们一面继续挖渠一面自己钻研安装，我还多少懂一点儿。

众　　　那咱们现在连夜就组织劳力，马上动手！

李春成　武娃，你们看，这是我写的一份报告，你连夜送到县委去，再加上满堂刚才坦白的情况，敌人就是李敬斋、李德元，他们收买贫农，煽动户族打架，大闹桃园，企图夺取刀把子。（提笔写）

众　　　对。

老　曹　再给党书记说，就说咱这儿的群众都实实想她了，叫她赶快到咱们这里来。

众　　　对，叫党书记赶快到咱们这里来。

李春成　对，写上啦，快去！

周家武　对，我走了！（下）

李春成　根卯，你快布置民兵去，沉着一点儿。

张根卯　对！（下）

李春成　曹伯，咱们连夜组织人，马上动手开渠！

老　曹　好，咱们走。（二人拿镢头欲下）

成　母　（内叫声严厉地）成娃子……就说你做啥呀啊！你做啥呀！（一把从成手里抢过镢头给玉兰）

李春成　（哀求地）妈，妈……这……这事情……你……你老人家。

成　母　你不要叫我妈，你是铁打的，你妈的心可是肉长的，我难过地在院子哭了半夜，你为谁来，你妈为谁来，哎，瓜东西，你就是一块钢给咱蟠桃园，看能打几把斧子么？

老　曹　成娃妈，你的心我知道，咱成娃虽说是你的儿子，可是也是大家心上的一块肉，你看这旱象和坏人都像魔鬼一样，不让咱们好活，这是为了革命，为了大家，如今是不咬住牙拼命不成了，成娃妈！

成　母　哎，你曹伯，十三年咧，我什么都知道，平常我把大家的事看得比我的生命还贵重，可成娃，哎……娃三天三夜没合眼咧，我心里……我心里……

（激动疼儿之情唱）

　　你妈不忍把你看，
　　看见你面黄肌瘦妈心酸。
　　一把血泪一把汗，
　　舍死忘活十三年。
　　十三年没吃过煎火饭，
　　为大家把心血都熬干。
　　没功劳苦劳总该算，
　　为什么偏把好人冤？

老　曹　哎，成娃妈！（劝慰地唱）

　　你看天时这样旱，
　　庄稼眼看就旱干。

　　　　　　坏人趁机来捣乱，

　　　　　　岂能让魔鬼反了天？

艾玉兰　妈！（又疼丈夫，又为革命工作不能不鼓励丈夫劝妈地唱）

　　　　　　多少颗心，多少双眼，

　　　　　　把他看来把他盼。

　　　　　　他不到场事难办，

　　　　　　为大家就该咬紧牙关！妈！（哀求地）

李春成　妈！（哀求地）

老　曹　成娃妈！（哀求地）

成　母　（想了想，咬牙横心地）好，成娃，我娃你去，玉兰来扶着我，妈我也要去！

艾玉兰　妈！（劝阻地）你……

李春成　妈！（劝慰地阻止）你……

老　曹　（也是恳求地阻止）成娃妈，你……哎……

成　母　我要去，我就是要去，为了大家，为了我娃，我就是挖一镢土，站在跟前看一看，我也心甘情愿，玉兰拿上镢头扶着我走。

李春成、艾玉兰　妈！你……

成　母　快走，快走！（激动心切地）咱们一块儿走！

众　好！咱们一块走！

成　母　走！

众　走！

　　　　［艾玉兰扶母，李春成拿镢头，老曹领头一齐奋勇地下。

第八场　巧　遇

　　　　［二幕前。

张根卯　（背电器工具、电线等急匆匆地上，唱）

　　　　　田社长扛着白旗要包产，
　　　　　党支部率领群众引水上原。
　　　　　蟠桃园摆下了两条战线，
　　　　　把男男女女老老少少一齐动员。
　　　　　挖水渠装机器连夜苦干，
　　　　　绝不能叫敌人把空子钻。
周家武　　根卯，根卯。
张根卯　　队长，你回来啦。怎么样？报告送到没有？
周家武　　送到了，我见党书记来，她说她马上到咱们这儿来。
张根卯　　哎！美，美，队长，自从你走了以后，咱们把男女老少齐动员，挖的挖，抬的抬，担的担，大部分群众都跟上来了，水渠马上就修好了。
周家武　　你没看咻一伙。
张根卯　　咻一伙，哎！对着尻子踢哩，田社长一搞包产方案，咻一伙争着要好牲口、好地，一天到晚光吵得闹得不得开交。
周家武　　好，斗，看谁斗过谁，走！一块上工地。
　　　　（愉快地唱《没有共产党就没有新中国》）
李德元　　（得意地上，唱）
　　　　　田社长把我看得重，
　　　　　包产到户就实行。
　　　　　把机器卖给了甜水岭，
　　　　　今日马上把钱分。
　　　　　一会儿把机器给人家送，
　　　　　见了田社长说分明。（手提钱袋下）
李春成　　（急得满头大汗坐在院子石凳子上给电机接线，热切地唱）
　　　　　为抗旱争取丰收鼓干劲，
　　　　　夜以继日汗淋淋。
　　　　　刚才我把伯伯问，
　　　　　学习技术长精神。
铁　林　　（白）成娃子，这电机可复杂得很，你光听我说几遍不行，我不放

|||心，还是我亲自来装。

李春成　伯，你这几天带病黑地白天地指导我们装机器，太累了，伢医生叫你躺下不要动，好好歇一歇，你快回去。

铁　林　不，别的部分，我从旁说说你还可以装，这一部分你不行，我来。

李春成　你有病，不能再劳累，你不行。

铁　林　不，这个你不行。

李春成　伯，你为我们受了伤，再要劳累得……不，不行。

铁　林　哈，为你们受伤，哼，我为革命斗争流血，这是应当的。

李春成　你再累倒了……

铁　林　我倒了顶多再睡他几天，可你哩，几天几夜疲劳成这个样子，你要倒了，这一摊子谁领导呢？你想在紧要关头，没领导，不就乱了黄子啦？你去到我这里休息一会儿去啊。

李春成　伯，不行，闹下半截子，这怎么能休息呀！

铁　林　闹下半截怎么啦……你就在这儿也无济于事。

李春成　那你教我也学一学技术么。

铁　林　学技术以后再说。

李春成　伯，你教我学一学技术。

铁　林　哎，你这个娃呀，真个是牛脾气，好好好，学，学来。

李春成　（兴奋地）对，伯，你光说不要动手，你是老师傅，我是小徒弟，你坐下从旁指导，我来操作。（说着把铁林从低座扶到高座上）

铁　林　嗯，好！（无可奈何地）来，把你接下这线，都给我统统拆下来。

李春成　啊，这都接好了，为什么要拆呢？

铁　林　不说闲话，拆了，重接。

李春成　啥毛病？你给我说么。

铁　林　哈哈……啥毛病，接线柱上线头接得不紧。

李春成　不紧，这线头接松了一点儿，我看差不多么。

铁　林　哼，差不多，你懂个屁，你看着这一点点，哈，这一点点，学问可大的太着哩，过去有几个地方就因为这毛病请了多少技术人员，也没寻着病根子，花了好几万，摆到那里几年不能用。

李春成　啊呀，这一点儿问题还这么严重。

铁　林　这机器科学得很，差一丝丝也不行，告诉你，这线头接不紧就产生了电阻，一会会泵子、机器就会发热、发烧，电源线走电，危险得很。

李春成　（嘴念叨，要刻在心里的样子）嗯，会产生电阻，泵子发热。

铁　林　哼，来，左手，右手，用钳子上……上呀！

李春成　（得意地学操作，问）这样，对么？

铁　林　哎，对，再上，再紧，紧，紧，上，上成啦。

李春成　（兴奋地劳动，唱）咳咳……这一下学会了，成功了。

　　　　学习操作把手动，
　　　　全凭伯伯老电工。

铁　林　（愉快地忘了病，唱）

　　　　咱父子今天同劳动，
　　　　电气化与天来斗争。
　　　　为创造幸福生活拼性命，
　　　　丰产棉粮摆脱贫穷。

李春成　（更加愉快地唱）

　　　　人心红，勤劳动，
　　　　这线头接紧不能松。

铁　林　（接唱）

　　　　年轻人灵活容易懂，
　　　　我娃手巧心也灵。

李春成　（唱）努力学习牢记定，
　　　　　　一样一项要弄清。

铁　林　（唱）这旱象越来越严重，
　　　　　　又刮起一股子单干风。

李春成　（信心百倍地唱）

　　　　待明早机器轰轰隆隆……动，
　　　　蟠桃园上起蛟龙。
　　　　遍地流水人心定，

看前程霞光万道放光明。

艾玉兰 （手提篮疼爱伯、丈夫，深情地）

春成，春成！到处找不见你，你在这儿呢！

伯，你有病哩么。（对成）看，你又……你自己不要命把伯也拉上，快，饭冷了。

李春成 看，成功咧，成功咧。

铁　林 我检查，嗯，对，好，行啦，好的，呀，这一下你成了有科学、有技术的新式农民了。

艾玉兰 哟，你看呀我伯呀，看你把你娃都能夸上天。

李春成 咳咳，那当然么，你不服气了，你来试试。

铁　林 哎，不是我夸他，这一部分复杂得很，难学，多少人学了几年，把这一部分都没弄清。

李春成 看，看怎么样。

艾玉兰 对，好，呀你咻心灵手巧，学啥都好，伯，快和你娃吃饭，看啥时候啦！

铁　林 对，咱们吃饭。（端碗吃）

李春成 啊呀，这一下才成功咧。（端碗，晕倒，碗打）啊！啊！

艾玉兰 啊，你怎么啦？怎么啦？伯，快看你娃。

铁　林 成娃，成娃，我娃你怎么啦？玉兰！（扶成）

艾玉兰 啊！对，对。

铁　林 成娃，成娃。

李春成 不要紧，就是头有点晕，一会儿就好了，不要紧。（昏沉沉地眼睛无力又合）

李德元 支书，支书，咱把人家的钱拿回来啦，人家的人拉机器来啦，你把这一部分可抱到这儿来了，快叫我抱走，马上给人家交货哩。

李春成 不行。（怒吼咆哮地抱住机器）明天早晨水要上蟠桃园，这机器怎么能随便卖呢！（愤怒地又昏倒，欲起又倒）你，你。

李德元 支书，这是田社长的指示，凭给人一句话说定卖咧，就是一堆屎也得吃了，叫我抱走。

铁　　林　　不成。

艾玉兰　　李德元，（怒吼）这机器你今天就是抱不成。

李德元　　那不行，机器是非拉走不可。（抱）

艾玉兰　　抱不成。（二人展开抱夺机器动作）

李德元　　就要抱，这是队上的财产，可不是你私人的，你敢不服从田社长。

艾玉兰　　不行，队长，队长，武娃子，武娃子，李德元抢机器呢！快来！根卯快来，这坏蛋抢机器呢！

张根卯　　（上）李德元，（怒吼）你个坏蛋，你乖乖放下。（推倒德元）

李德元　　啊，你……你打人，你敢打人……

党　　虹　　（二人正要打之际猛上）住手，你们这是干什么啊！

艾玉兰　　（愤怒地）党书记，这些坏蛋把机器卖了，要抢着走，看，人都气得昏倒咧。（哭）他，他还抢。

党　　虹　　（压住怒火，怒目视李德元，李德元吓得低头）啊，是你把机器卖啦，啊！先救人，先救人，成娃子，成娃子。

铁　　林　　成娃，成娃，我娃你醒醒，你把眼睛开，看，谁来了。

党　　虹　　成娃子，成娃子……

艾玉兰　　你快看，咱们的党书记来啦。

李春成　　啊！（挣扎着睁眼看，见党虹兴奋泪下）党书记。（握手）

党　　虹　　成娃子，成娃子，不要紧，醒过来啦。（摸脉搏、头部）大概是太劳累了。（转身对李德元怒目敌视）看样子你们又要闹事，要把人逼死是么？

李德元　　党书记，这，这是田社长的指示，我，我当然……

党　　虹　　你当然什么？

李德元　　我……我当然听党的话，坚决拥护咱的社会主义。

党　　虹　　哼，听党的话，拥护社会主义，那你的思想行动……

李德元　　思想行动，我……我从来都是鼓足干劲，力争上游，思想上一丝丝顾虑都没有……

党　　虹　　好啦，你去叫田明同志晚上在队部等我。

李德元　　是，是。（转身下）

党　虹　玉兰，快把他扶回去，请诊疗所任医生打一针，叫他躺下不要动，好好歇一歇，啊！

李春成　党书记，我不要紧，我好啦，我好啦，咱们还有大事啊，明早晨，水，水要上……

党　虹　这些咱们回头和田社长一块好好谈谈，你先回歇歇啊！玉兰，回去好好招呼他，啊……

艾玉兰　啊回，（点头会意地扶成下）党书记，你一会儿来吃饭啊！

铁　林　党书记，大家日夜盼你哩，可把你盼来了！

党　虹　我在西南乡工作了几个月，离这儿远不能来，这次刚回到县上，就看到成娃子写的报告，听说你老人家受了伤，我是专门看你来了，我看，我看伤怎么样，好些了么？

铁　林　党书记，我不要紧，成娃子，成娃子，哎！（难过）

党　虹　他不要紧，回去歇歇打一针，一会儿就会好的，你放心。

铁　林　不，党书记，你不知道我的心情。（仍难过）

党　虹　我知道，老铁，当然么，亲生骨肉怎能不心疼啊？

铁　林　不，党书记，你知道，我不光是疼他啊，我见这孩子这个样子……就不由得想起孩子的母亲了。

党　虹　噢，你是想起老伴儿了，是么？

铁　林　不，不是的，不是的，这孩子的母亲，是我的救命恩人啊！

党　虹　啊……这是……（莫名其妙）

铁　林　你不知道，三十年前，这孩子的母亲在荆紫关前救了我的命，她咬着牙，把孩子交给了我，我为了报答救命大恩，答应把孩子就当亲生看待，哎，后来没有办法，又给了蟠桃园李家，他……他就是李春成。

党　虹　啊！他就是李春成。

铁　林　是啊！

党　虹　你救春成母子可是民国二十一年？

铁　林　是啊……民国二十一年。

党　虹　中秋后二日？

铁　林　中秋后二日，这你……

党　虹　抱走春成那晚半夜，可曾下大雨？
铁　林　我抱春成走了十五里，果然天下大雨，这孩子是你抱去的？
党　虹　那你不是姓刘么……？
铁　林　我是姓刘，铁林是我的名字。
党　虹　老刘，老刘！（难过地）
铁　林　啊，哎，你就是孩子的母亲！
党　虹　老刘！
铁　林　大嫂！
党　虹　你是我娘儿们的救命恩人！
铁　林　不，大嫂，你是我的救命恩人！（抱头难过）
艾玉兰　党书记，党书记，铁伯，饭好了，一块吃饭！
党　虹　好，老刘，咱们今天一块吃顿饭！
铁　林　好，咱们今天应当一块吃顿饭，好好拉呱拉呱。

第九场　谋　害

[二幕起。一个旧式的地主厅房，中堂两旁有旧对联。

李敬斋　（阴森得意上，唱）

　　世界风云大变动，

　　蒋总统台湾发大兵。

　　十三年忍辱负重心沉痛，

　　今日我要吐不平。

（白）哼，十三年来，忍气吞声，总算是等到了这一天（忽然拿出变天账，仇恨地念），李春成分我庄北十亩，周家武分我桃园五亩，张根卯分我厅房三间，原地十五亩，吴老三分我大车一辆，青马一匹，土地六亩，李满堂分我大房四间，骡子一头，土地十五亩八分，李振华分我……这是仇啊，这是恨，我要报仇，我要雪恨！（疯狂地舞

　　　　　动）

李德元　（偷偷地上，叫）敬斋叔，敬斋叔！

李敬斋　（惊怕地）谁？

李德元　我，德元。

李敬斋　（松了一口气开门又关门）情况怎样？

李德元　啊呀，我看不妙啊，党书记来啦！

李敬斋　怎么？

李德元　为卖机器唡事，我看党书记脸上沉沉的，像是不对窍，啊呀……我……我有点怯火（惊慌地）。

李敬斋　啊，是党虹来了么？

李德元　是啊！

李敬斋　哼，天塌下来有她姓田的撑着哩，你怕什么？把她烧焦了，把你才能烤得黄，还有，你知道不知道，近来风声可是有紧紧地，这世事马上要变，老蒋要打回来。

李德元　啊，真个么？

李敬斋　啊呀，城里乡里都摇唡铃了，这是共产党的《人民日报》，你看！

李德元　（念）蒋匪企图倾巢出动窜犯大陆，哎，真个，啊呀，这将来咋弄呀！

李敬斋　依我看，这一次有美国人帮助，一定是排山倒海，势如破竹。

李德元　啊呀，好叔哩，那我可咋办呀？我早说这会计不当唡不当唡，你可是……哎，瞎好背了个烂烂干部名，这白的来了说咱是红的，红的又说咱是白的，完了再落个猪八戒照镜子哩，里外不像人，唉！

李敬斋　哎，对，这人无远虑，必有近忧，应当看远些，我想迟不如早，你看，目前国际上掀起了反华大浪潮，国内又连遭三年灾害，百姓生活困苦，人心不安，这次总统兴兵，大功必成，总算是盼到了这一天，哈、哈……德元，我的好贤侄，是咱们行动的时候了，是咱们行动的时候了！

李德元　那你说咱们该怎样行动呢？（惊怯地）

李敬斋　仓库烧了，把机器炸了，把李春成的皮剥了，把党虹的筋抽了，把共产党的心挖了，我要叫他知道我李敬斋的厉害！哈……

李德元　啊呀，我的爷呀，咱还敢咥恁大的活！（吓）

李敬斋　啊，你说什么！（一把抓住李德元的胸口疯狂似的，像是一口要吞吃了李德元，李德元吓得手足无措）什么！哈哈……

李德元　我……我……

李守中　敬斋，敬斋（偷偷摸摸地上，叫门）

李敬斋、李德元　啊！（惊怕得坐倒失声地问）谁，谁！

李守中　我，守中。（敬斋示意李德元开门，中进）敬斋，瞎咧，党书记来咧。

李敬斋　噢，党书记来了很好呀，我们应当欢迎啊！

李守中　哎，还欢迎哩，人家说明天早晨要找我谈话，人家一定要问打桃园咻事呢！

李敬斋　那你就给伢照实反映么，咻是乌合之众，群众思想上有顾虑，混打混闹哩，她可能问你个啥罪么！

李守中　哎！还有黏牙事哩，不知道谁给把风漏了，村院中风风雨雨人都议论呢！说死牲口的那天晚上，在饲养室后门外见我来，你想把咻事再给咱搁上还得了？啊呀，我怕这一次我得给伢说实话哩。

李敬斋　哎，那你顶多给她把倒贩棉花的事坦白了，不就完了么。

李守中　哎，党书记咻人厉害得很，我再一见伢分析呀，研究呀，我头都大咧。好比伢再问我那天晚上都见谁来，我就给伢说实话呀，那一天晚上，就见你来。

李敬斋　啊！（吓得心几乎从口里跳出来）你、你见我来。

李守中　哎！敬斋，好我的兄弟哩，这一阵你非出头露面不行咧，咻咱肚里没冷病，不怕吃西瓜，你这儿去给我把贩棉花的事，证明一下，哥就过了场咧，要不然这七八条骒子马，咱就是屙不下辣子的事。

李敬斋　兄弟总要对得起你哩，不能叫你老哥吃亏，我去给你证明一下，你也给我把贩棉花的事证明一下，看咱弟兄，谁是害牲口的咻人么！

李守中　对么，这不是一句好话么？这下我就放心了，这就叫你兄弟受累。

李敬斋　不、不、不，实事求是，咱兄弟们么，哎，守中哥，我想事情再是这相了，你应当赶快把埋到桃园那一块界石刨了，你想你把界石埋到人家王老汉地里去了，咿再叫人家知道了还说你是自发思想，捣乱分子，破坏人民公社，你受得了！

李守中　哎！真个，你可说哩，叫我马上就刨去。（欲走）

李敬斋　不要忙，等深更半夜，再去。

李德元　敬斋叔，咋办！

李敬斋　这老家伙要坏咱的事，一不做，二不休，等今晚人睡静了（手势杀守中之意）给他来个灭口栽赃。

李德元　哎！这个……这事我怕……

李敬斋　怕什么？这就定了，晚上桃园相会！（下）

　　　　［二幕合。

李满堂　德元！你的事情我全明白了，走！咱们找队长去。

李德元　满堂哥！我没有啥么！

李满堂　没有啥！现在就是你立功赎罪的时候到了！走！走！

第十场　相　会

李春成　（唱）党书记到队上深入访问，
　　　　　　　她是我蟠桃园知心人。
　　　　　　　她叫我约田明今晚谈论，
　　　　　　　斗争中有了她倍加信心。

　　　　［二幕开，台左边是队办公室，露出窗子门，台正中偏右出入园门，园门上藤萝长成凉棚，从园门看出去，是村庄房屋树木，远处雾气沉沉的终南，天空几丝淡淡的白色游云，月明星稀，院中石桌和高高低低的石凳，一片晴朗而美丽的春天夜景。田明上。

田　明　（唱）党书记她来到，
　　　　　　　不让卖机器我不明了。

　　　　　　把情况向她做汇报，

　　　　　　定然同意把产包。

李春成　田社长，党书记来啦。

田　明　啊！党书记，你来啦，我正要去找你汇报工作。

党　虹　田明同志，春成把这里的情况给公社党委和县委写了报告，究竟怎样，咱们一块谈谈吧！

田　明　噢！你写了报告了。党书记关于这里的工作……（欲要开始正式谈问题之势）

李春成　党书记，我说！

田　明　（负气地）那好，你先谈吧！

党　虹　还是你先谈吧！

田　明　（似乎理直气壮地）就是关于分田包产到户的问题，目前我们国家正处在暂时困难时期，我以为现在的问题，是如何团结广大群众，努力生产，克服困难。

党　虹　对呀！这当然对呀！

田　明　所以我们硬是要善于听取群众的意见，要叫我说目前最重要的还是保卫人民公社，巩固集体经济。

党　虹　那么办法就是分田包产到户是么？

田　明　是啊！这是群众智慧的集中体现，是群众在困难中创造性地执行政策，几千年来农民和土地建立了深厚的情感，在集体生产中，由于干部质量差，组织领导不好，大家失去了信心，如果能分田包产到户，既可以提高群众生产积极性，又不影响所有制，这是个一举两得的好办法呀，社员群众都举双手欢迎。

李春成　（忍耐不住地插言）不，不是这样，你说的群众都是些什么人？

田　明　那你说都是些什么人呀？

李春成　是自发势力，是落后分子，是几个地富反坏分子煽动收买他们闹事！

田　明　那满堂呢？

李春成　哼！满堂，他正是上了敌人的当啦！

田　明　啊呀春成同志，你是支书说话要负责，你说这话有什么根据呢？

李春成　反动地主李敬斋、坏分子李德元，用三十元收买了满堂，利用户族关系拉拢煽动他。

田　明　（大吃一惊）啊！这件事我怎么不知道啊！

李春成　你相信的是那些人的话，我给党委汇报了。

田　明　春成同志，你虚心一点儿，好像世界上只有你一个人在革命，开口反动势力，闭口阶级斗争，把别人都说成投降分子，资本主义复辟，前几天为了修渠老工人被人打得头破血流，你还执迷不悟，现在群众都闹起来了，你还火上浇油，党书记，这种严重局面如不马上改变，那大危机还在后头呢！

党　虹　是啊！情况的确是严重，我们要马上改变这种局面！

田　明　哼！（自以为是地）这一下子该说明白了吧！

李春成　明白，我早就明白，这是落后群众跟上敌人起哄，眼前天这么旱，反动势力这样猖狂，你不领导群众进行阶级斗争、生产斗争，反来搞什么分田包产到户，你忍心看着庄稼旱死，忍心看着工人同志流血，牲口死了，你不坚决追查凶手，你到底替谁服务呢？你站的什么立场？党书记，蟠桃园的群众，大家都说我们绝不能再走回头路，这社会主义，人民公社，今天这日子可来得不容易啊！这是无数先烈用鲜血换来的，谁要破坏它，我们就打倒谁，我们的道路绝不能变，我们不能忘了先人啊！

党　虹　好，群众的愤怒就是革命正气，我们的道路是不能变，我们也不能忘记先人，忘记了过去，就意味着背叛！

田　明　忘记了过去，就意味着背叛，这只是列宁的教导。谁对革命没有流过血，流过汗？说起这些我并不比你李春成同志多么逊色，提起地主、资本家、反动派，我的仇恨比你李春成还深。我的父亲是雇农，可怜他在我五岁的时候，就被地主王世铎为了霸田，用火柱惨死……（哭）……

党　虹　王世铎……火柱……

田　明　你们不了解我，为救父亲，我和母亲一起跟地主拼死斗争，一起被地主用砍刀砍伤，后来我母子三人出外逃难，途中又把小弟弟送给了别人，我和母亲失散之后，我一人受尽苦难，在旧社会中斗争、挣扎，为了活命又给人家当了孩子，一九四八年我参加了解放军，在扶眉战役中，我受过伤，流过血，难道这就是背叛！

党　虹　（不能忍了）你……你是背叛！

田　明　党书记，你看！（露出臂上伤疤）我没有好了伤疤忘了痛，我天天在想念着我的父亲，我的母亲！（哭）

党　虹　你背叛了你的父亲，背叛了你的母亲！

田　明　党书记！你……你不能这么说啊！（痛哭流涕地辩白）

党　虹　哼！我就是要这样说！

田　明　啊！（惊呆）

党　虹　你母亲把你由河南拖到陕西，由小托大二十多年，她刻刻怀念着你身上的伤疤，怀念着你的生死，谁知她盼来盼去，盼到你这样一个胆小如鼠、屈膝投降的儿子！

田　明　你……

党　虹　你对不起你父亲赵金仓，你对不起你母亲党彩霞！

田　明　你是……你是……

党　虹　（露出臂上伤疤）你看我是谁？

田　明　（对伤疤）啊！你是母亲，妈妈，妈妈……（哭叫）

党　虹　你滚开，（一把推开田明）我不要你这个儿子！

李春成　（扶党虹坐，关切地叫）党书记！

田　明　妈！（激情地扑向母亲的怀抱）

党　虹　（激愤，难过，似乎晕倒的样子，唱）

　　　　这半晌肝肠裂碎神魂丧！

　　　　难道说我做了噩梦一场。

　　　　恨咬牙，睁眼望。（抓春成）

李春成　党书记！

田　明　妈！

党　虹　（唱）滚滚热泪洒胸膛。

　　　　他弟兄两人不一样，

　　　　一齐站立我身旁。
　　　　手指田明怒火上，
　　　　我二十年……
　　　　二十年盼下了这一场。
　　　　你做的事儿辜负了党，
　　　　你做的事儿辜负了你的娘。
　　　　你忘记狗地主蛇蝎一样，
　　　　霸田地害得咱家破人亡。
　　　　那时节儿虽小却有胆量，
　　　　手扯地主性情刚！
　　　　王世铎举钢刀往下砍，
　　　　为救你咱娘儿一同受伤。
　　　　娘儿们生死相依傍，
　　　　心连心来伤连伤。
　　　　失散后娘朝朝盼来夜夜望，
　　　　朝朝夜夜断肝肠。
　　　　你黑了心肝把本忘，
　　　　丧立场给敌人递刀枪。
　　　　十亩桃园还未下放，
　　　　老工人鲜血意味长。
　　　　你忍心庄稼都旱死，
　　　　忍心看那反动势力发疯狂！
　　　　慢慢儿集体所有就会变样，
　　　　难道说还再想土改一场？
　　　　自作聪明头脑涨，
　　　　放弃斗争举手降。
　　　　你做的事儿自思想，
　　　　马到悬崖快收缰。

曹、婶　党书记！党书记！（急呼呼地上）

党　虹　噢！老曹，三婶子，你们都好么？

三　婶　党书记，好亲人哩，我当你把我们这儿忘了，你看我们这儿成了啥咧！

党　虹　三嫂子，有话慢慢说，不要难过！

三　婶　就说你从哪里给我们调来个姓田的，把我们这儿就给扎咧！

　　　　（老曹急示意给三婶说田在当面）

三　婶　他就在这儿我也不怕，党书记，你看，就是这人，（转向田）就说我成娃领导大家走集体好好的么，伢你可分地呀！包产到户呀！单干呀！这满不是胡闹哩么？

老　曹　党书记，这人民公社可千万不敢散，旧社会的苦，我老汉是尝够咧！

三　婶　慢说旧社会，党书记，我这儿的根根底底你是知道的，刚土改后，我成娃就劝大家办互助组，可我心里想，刚分了点地，该好好做庄稼，可张罗地办组呀！我就没入，谁知道收麦的时候，天一连下了几天雨，差一点儿把我老婆子没哭死在地里，后来要不是我成娃子的互助组帮忙，哎……我……

田　明　现在也不是谈这些事的时候么！

三　婶　我受的苦，我就要说，我就要说！

党　虹　你说，你说！

三　婶　后来，我成娃领导大家，办起农业社，我就想入，谁知我那死老汉鬼迷心窍，硬要参加德禄那个烂互助组，说起来是互助，干起活来有马有骡子的尽想悭人，那年秋收，要不是合作社，又把我老婆圆圆地能摔一跤，嘿，这几年我跟上成娃走集体道路，接着又办起了人民公社，年年增加收入，生活改善，就说这两年收成不好吧，村里多少人盖了新房子，存下余粮我老婆不愁吃，不缺穿，日子刚过得像个样子了，你（指田）可叫我们闹单干呢！这不是把我们往沟里掀哩么，党书记，不敢，不敢，这贵贱都不敢！

党　虹　三嫂子，你说得对！

老　曹　田社长，今天当着党书记，我可要说你几句哩，民国十八年你还小，怕还记不得，那一次年馑看死了多少人，就拿我这孤老头子来说，要在旧社会，谁还管咱，可如今呢！大家把我当亲人一样地看待！

三　婶　可不是吗？东头的王老汉，后庄的刘大妈，他们都是五保户，队里给他们管吃管穿，不让他们受一点儿困难，成娃子三天两头去看望，就连娃在省上开会得的毛毯子也给了东头王老汉，他们谁不说人民公社的优越性？

曹、婶　这一阵谁要我们单干，走回头路，我们就坚决不答应。哼！可想叫我们受苦受难咧！

田　明　这咋能是单干走回头路么？真说不清！

党　虹　说得清，包产到户，就是把集体生产变为零星经营，叫农民一家一户地和天灾贫病做斗争，遇上个风浪，就会逼得许多人养不了家，糊不了口，不能计划用地，不能改进耕作方法，不能利用科学设备。我问你难道你愿意叫农民永远贫困，叫国家也永远贫困不成，嗯？零散经营有些人就会利用余粮放高利贷，利用农副产品，到市场上投机倒把，抛弃国家计划，形成资本主义复辟，到那时私有观念泛滥，自发思想成灾，你用什么办法去巩固集体所有制，嗯？你咋个样巩固法？想用个体巩固集体，想用资本主义思想建设社会主义，这就是你奇怪的逻辑？群众在生活斗争中认识了真理，可你呢？在斗争面前丧失了立场，事情已经发展到这样严重的地步，你仍然执迷不悟，不管你认识不认识，事情该咋样办我们就坚决要咋办。三嫂、老曹，你们放心，几家地富反坏成不了精，田明也兴不起什么浪，我们会解决这些问题的，我们也有力量解决它！

曹、婶　党书记，你说得对呀，只要有你这一句话，蟠桃园的疙瘩就解开了！

张根卯　支书！支书！（急跑上气喘地叫）党书记！大事情。

党、成　啊！什么事啊？

张根卯　刚才满堂紧急报告说，李敬斋、李守中、李德元三个人鬼鬼祟祟地到桃园去了，看样子一定没安好心，武娃子领民兵已经跟上去了！

党　虹　走！咱们快去看看！

众　　　走！

　　　　［齐下。

第十一场 落 网

[与前场后半场同时。

[桃园，夜雾里青山隐隐，桃花如火，台右是新装的电动抽水机，台中左是一条新修的水渠，星月被乌云遮住了大半，时而显得漆黑。

李守中 （四句诗）前顾后盼，心惊胆寒。

　　　　　　　　党虹到来，坐卧不安。

（手拿镢头精神紧张地上，唱）

　　　　敬斋好意把我劝，

　　　　他叫我挖掉界石免麻烦。

　　　　蟠桃园和我有情感，

　　　　挖界石如挖我心肝。

　　　　事到万难无法办，

　　　　黑漆摸到蟠桃园。

[敬斋与德元、武娃打，敬斋逃跑，众民兵上捉住敬斋。

党　虹 （与春成、老曹、三婶、田明等齐上）怎么样？

周家武 党书记，你看。（指敬斋等人）

李德元 党书记，我该死，我该死，我不该隐瞒历史，听了特务的话，煽动户族，利用社长，他又叫我杀人，参加什么光复大陆别动队，我愿受罚，我该死（跪下）我有罪。

李守中 党书记，众乡亲，我上了这特务坏种的当，他叫我打桃园闹单干，他又要把我杀死！

党　虹 他为什么要杀你呢？你为什么要杀李守中呢？说啊！

众　　 说，说。

李敬斋 （狼狈不堪地）我……

李守中 党书记，我卖棉花那天晚上，路过饲养室，我看见他也路过饲养室。

李德元　党书记，我看牲口就是他毒死的。

众　　　对，牲口一定是这个坏家伙害死的。

党　虹　牲口是你害死的吗？

李敬斋　（看情势赖不过去了，又不愿说明，跪地求饶的）哎，我罪该万死，罪该万死。（自己打自己）

党　虹　（很严厉地）牲口到底是不是你害死的？说啊！

众　　　说，说，说！

李敬斋　是……是……我害……害死的。

众　　　啊！（愤怒地吼成一片）把这坏种杀了！打！打！

党　虹　乡亲们，乡亲们，不要打，回头开群众大会批判完了由法院去处理，现在一切都明白了，蟠桃园问题的根子已经刨出来了，可是田明……

田　明　我错了。

党　虹　是啊，你错了，你是错了，你严重的右倾思想，使自己堕落成敌人在我们党内的代言者。

田　明　妈，你说得对，乡亲们、春成同志都说得对，我现在清醒了，我离开了党的政策路线，脱离了群众，打击了自己的同志，被敌人利用了，给党的事业、群众生活造成了不可弥补的损失，是党救了我，是母亲救了我，是春成同志和大家救了我，我一定要站起来做深刻的检讨，愿意接受党对我最严厉的处分，永远听党的话。

众　　　对，要听党的话，要听党的话哩。

党　虹　好吧！收拾一下回县上去，到县委开会处理你的问题。

田　明　（痛感错误严重，弱怯地应声）我马上收拾回县上去。

成　母　（远远叫上激情地）党书记，党书记，好我的老姊妹呢你……

党　虹　老姊妹！（已知什么事了，也激动感激而亲热地）

成　母　成娃，成娃，我娃你过来，你看，这就是你妈。

李春成　（莫名其妙）啊？（呆）

铁　林　是啊是啊，成娃，党书记就是你亲生母，三十年前，她在荆紫关把你亲手交给我的。

李春成　（不知所措地看大家，看党虹）啊，啊，啊……

成　母　成儿！我娃快给你妈叩头，快。

李春成　（不知是兴奋还是难过，扑向母亲怀抱）妈妈！

党　虹　成儿！（用手抚摸春成的头，全场霎时沉默，这是有苦有甜的滋味，兴奋而辛酸的母子团聚）在旧社会，我只抓养了你八个月，是党把你教养成人，是你这位母亲千辛万苦把你抓养大，这就是你的亲娘，快叫，叫。

李春成　（又对养母亲切地）妈。

成　母　成儿！（拭着兴奋泪）

党　虹　老姊妹，这才是咱们的好儿子，也是党的好儿子。

田　明　兄弟。（悔恨对不起党、母亲、大家和兄弟）

李春成　哥！（又是断肠相会）

三　婶　（看见老曹和满堂哭）看这你曹伯、满堂，人家骨肉团圆，这是天大的喜事，你们可哭啥哩？

老　曹　（满堂低头不语）嗯，我是高兴哩，我哪里哭呢！他们骨肉团圆咧，团圆咧，咱们大家都是亲骨肉，人民公社就是咱们的家。

党　虹　对，说得对，乡亲们，人民公社就是咱们的家，让这些坏蛋睁大两眼看着咱们进行生龙活虎的生产斗争吧！

铁　林　（兴奋激动地大喊）开始放水！（抽水机咔嚓一声大响，哗啦啦的水浪翻上了蟠桃园，此时，旭日初升，天光红亮）

武、满、根　（齐吼）人民公社万岁！

众　（欢腾鼓舞地唱）

　　　　人民公社万年春，
　　　　亿万人民骨肉亲。
　　　　乘风破浪、乘风破浪，
　　　　向着美好的前程进军，
　　　　向着更美好的前程进军。

——幕下·剧终——

雷锋 眉户

编剧：马健翎 黄俊耀 袁多寿 朱学（等）（1964）

人　物　表
（以出场先后为序）

雷　　母：雷锋之母。
荆生华：地下党员，后为解放军营长。
雷　　先：雷锋之兄。
谭老三：恶霸地主。
雷　　锋：解放军某部班长。
小　　梅：儿童团员。
欢　　虎：儿童团员。
徐　　明：与雷锋同时参军，解放军某部副班长。
王　　兰：部队医院护士。
林大夫：部队医院大夫。
康　　虎：战士。
张振山：战士。
王　　勇：战士。
大　　建：少先队员。

明　明：少先队员。
芳　芳：少先队员。
淑　华：社员，福学之妻。
小　蓓：淑华之女。
福　学：青龙大队一队大队长。
德　发：青龙大队七队副队长。
支　书：青龙大队支书。

第 一 场

〔一九四六年，秋天某夜。
〔湖南省望城县。
〔地主给雇佣人住的一个破旧的小房内，墙壁脏污挂皮，破窗纸碎，偏左放一个歪斜的旧竹桌，桌上放小灯一盏，桌前放旧凳子一个，偏右用竹竿做了个小架子，上面放着"雷成刚之灵位"的灵牌，灵牌前放一个旧陶瓷香炉。窗外可以看到惨淡的月亮、模糊的田地与树林。
〔在悲痛激愤的音乐声中，幕开。

雷　母　（内唱）这一口恶气难下咽，
　　　　（精疲力竭，咬牙悲愤，一颠一跛，跌倒爬起）
　　　　（接唱）满腔烈火怒冲天；
　　　　　　　　昏昏沉沉身摇转，
　　　　　　　　恨不得杀死谭老三，谭老三！
　　　　（目光滞顿，一颠一跛地摸着向前走，猛然触到家门）
　　　　　　　　不觉得来到了自己家院，
　　　　（状如前。开门，摸、摸、摸，抓到凳子坐下，喘息得缓不过气来，逐渐睁开痴呆呆的眼睛，呆望周围，又用手摸索，摸到小灯，手颤着擦火点着，看到灵牌）
　　　　旺儿爹！（扑上抓灵牌）旺儿爹！（把灵牌抱着，两手颤抖）
　　　　旺儿爹！你……你知道吗！？我……
　　　　（身软落座）
　　　　（接唱）抱灵牌好一似刀搅心肝；
　　　　　　　　痴呆呆瞪双眼血泪满面，
　　　　　　　　旺儿爹旺儿爹哭叫几番；

为抓养咱的儿我受尽磨难,
从不曾抱冤屈哭诉灵前;
无奈何做奴婢谭家做饭,
偏遇着谭老三豺狼心肝;
今日里他对我起了邪念,
气上心抓贼脸逃回家园。
仗钱势他交往乡保州县,
那禽兽看起来绝不心甘;
越思想越心肠断,
我宁死绝不能屈辱人间;
儿呀!你们莫把为娘怨,
万般出于无奈间。
横心咬牙做决断,

(左看右看,把灵牌放在桌上,取出一条旧麻绳,颠跛着仰头看屋梁,左看右看,最后到左边,拟将绳甩上去,猛然想起孩子们,双手握绳,浑身抖颤)

咳!咳!娘的儿呀!
娘死后我儿哭皇天。
他们年幼谁照管?
我不忍丢下小儿男。
到如今是死是活怎么办?

(颠跛着后退,落座,痴呆呆地几乎失去知觉了)

荆生华　(年四十几,穷苦农民打扮,前看后顾地进门,见状惊讶)
　　　　(唱)大嫂子这是为哪般?(截)
　　　　大嫂子!(高声地)大嫂子。
雷　母　(猛惊醒)啊!(惊缩)
荆生华　大嫂子,是我。(走近雷母身边)
雷　母　(端详荆生华)你?……
荆生华　嫂子,我是荆生华。

雷　母　噢！你是生华？

荆生华　就是的。

雷　母　（放声大哭）啊哟！我的好兄弟！

（唱）一声喊吓得我魂飞魄散，
　　　原来是好兄弟站在面前。
　　　患难中梦不到亲人相见，

荆生华　嫂子！（指绳）这……

雷　母　（恍然大悟，手松绳落）

（接唱）你嫂子正处在生死两难。
　　　这几年为儿男受尽磨难，
　　　偏遇见谭老三禽兽一般。
　　　今日里他对我起了邪念，
　　　气上心抓贼脸逃回家园。
　　　留不得走不了心萌短见，
　　　兄弟呀！你看我难也不难？

荆生华　（接唱）听罢言咬牙关气炸肝胆，
　　　狗地主欺穷人罪恶滔天；
嫂子！
　　　到如今东方红太阳出现，
　　　咱穷人闹革命要把身翻。

雷　母　啊！穷人翻身？

荆生华　穷人翻身！

雷　母　咱们穷人还能翻身？

荆生华　嫂子，如今共产党、毛主席领导咱们穷人革命，一定要打倒帝国主义！打倒地主恶霸。

雷　母　共产党？他们说共产党……

荆生华　嫂子，你不要听那些地主恶霸的谣言，共产党、毛主席是咱们穷人的救星。

雷　母　他们有军队吗？

荆生华　有！咱们这里有新四军，北边有八路军。还有民兵几百万呢！

雷　母　他们在哪里？

荆生华　哪里都有！西北、华北、华东、黄河、长江，哪里有人民，哪里就有共产党。咱们这省东一带，离这里二百多里，就有新四军、解放区，那里的百姓都翻身啦。

雷　母　那里是什么地方？

荆生华　那里是……（停声，静听有没有什么动静后）嫂子！（向雷母耳语）你知道就行啦！不要告诉孩子，他们年纪小，说话不牢，容易惹祸。

雷　母　（点头）嗯！兄弟，你如今是……

荆生华　嫂子，不要多问，我就是从那里派出来的，你把孩子们叫回来，到那边去，越快越好。

雷　母　对，我听你的话，我们一定到那里去。

荆生华　嫂子，我雷大哥是在打日本帝国主义的战场上光荣牺牲的，他临死的时候告诉我，他的儿子一定要做革命的先锋队。叫你把旺儿改名雷先，兴儿改名雷锋。嫂子，你要把孩子们抓养成人，参加革命，报仇雪恨！

雷　母　噢！雷先，雷锋，对，我把孩子们抓养成人，跟着共产党，报仇！

荆生华　对！（抬头向外看天色）嫂子！我有要紧事，不能在这里久待。（取钱放在桌上）把这点钱放下，你们赶快到那里去，我就走啦！

雷　母　啊！你就要走？

荆生华　我就走，到那里，咱们一定会见面的！

雷　母　（很难过地）你……你连一碗水都没喝。

荆生华　嫂子，难道兄弟我还不明白你吗？不要难过，我就走啦。（说着抬步出门）

　　　　（雷母紧跟荆后）

荆生华　（止雷母）嫂子！（向左右看了一下）你不要露面，小心旁人看见了。

　　　　（雷母钉住，不动了）

　　　　（荆生华探望前边，走下去了）

雷　母　（听荆走远了，想起有出路了，点头）

（唱）兄弟与我指明路，
　　　我定要活着报冤仇；
　　　孩子长大闹革命，
　　　眼望东方喜心头。
　　（转身往回走）

雷　锋　（衣衫破烂，左手血淋淋地跑上）妈，妈！（进门）
　　　　（雷母闻声急转，见状，猛抓雷锋双手）
雷　锋　（疼痛尖叫）啊哟！手！手！
雷　母　（放开一看）嗯！这……
雷　锋　我……我在猪圈里煮菜吃，谭家的狗，把……把我的砂锅撞碎了，我……我才打了一下，狗日的谭老三的二婆娘，骂我是"打狗欺主"，把我砍了三刀。妈！你看！
雷　母　啊！（捉雷锋左臂看）
雷　锋　（连哭带叫）妈！（抱母）
　　　　（雷母紧抱雷锋抚摸，哭泣，忽然沉思一会儿，瞪眼咬牙，推开雷锋，扯下一片补丁烂布给雷锋裹伤）
　　　　（雷锋呜呜地哭着）
雷　母　兴儿，我娃不要哭，快去，把你哥哥叫回来。
雷　锋　啊……
雷　母　听妈的话，把你哥哥叫回来。
雷　锋　妈，我们……
雷　母　我们要活下去！（严肃地）快去！
雷　锋　对，对！（出门跑下）
　　　　（雷母急转身，拿出一个烂布包袱和几件破旧衣物正在包裹）
雷　先　（内唱）
　　　　　　只觉得浑身无力气难喘，
　　　　（年龄十二三岁，衣衫破烂，脸色苍白，抱着用破布包裹着血淋淋的左臂，昏昏沉沉地颠跛上，绊倒，疼痛地挣扎一阵，爬起来，上气不接下气）

不住地跌倒爬向前；

眼看着就要把命断，

（又跌倒）妈，妈！

雷　母　（闻声急出门，一见，猛惊倒退）旺儿！

雷　先　（挣扎半起）妈！

雷　母　（架雷先进屋，抱雷先落座凳上，灯光下看见血）

啊！血，血！

（唱）鲜血淋淋染衣衫；

旺儿旺儿连声唤，

快与为娘说根源。

旺儿，旺儿！

雷　先　（接唱）昏昏沉沉只听得妈妈呼唤，

雷　母　旺儿，旺儿！

雷　先　（接唱）一阵阵心血往上翻；

大油梁把儿的胸臂砸坏，

（咬着牙）谭老三老狗他……心太残！（截）

妈！油房榨油的大梁把我压坏了，胳膊也断了，谭老三不给治病，不给我吃饭，把我赶出来了！妈，我……我不得活了。（说着昏过去了）

雷　母　（紧抱雷先）旺儿，旺儿！你不能死，咱们能活，活着报仇！

雷　先　（挣扎睁眼）妈！我……我不死！我不死！报仇！

（又昏过去了）

雷　母　（紧抱雷先呼唤、哭泣）旺儿……

谭老三　（年五十余，苍白八字胡须，身穿绸袍，鬼头鬼脑地上，进门，走近雷母，无耻地笑了）嘿嘿嘿。

雷　母　（出乎意外，猛惊，躲闪）谁？

谭老三　（也吓得倒退了一下）嘿……谁，你谭伯么，谁？

雷　母　呸！你是豺狼，你是狗！

谭老三　看……你不要骂人么，我是看你娘们来啦！走，到我家里给娃看病。

(说着拉雷母)

雷　　母　滚！（狠狠地推了谭一掌）

谭老三　（倒退几步，几乎跌倒，冷笑）哼哼哼，你还厉害啥哩么？再甭犟啦，想开一点了，女人家浑身都是宝，只要顺了我的心，管保你能过好日子！难道你一家都不想活了吗？（说着又拉）

雷　　母　（恶狠狠地连打带说）老狗！（很响亮地打了谭老三一个耳光）

谭老三　嗯！（倒退揉腮，恼羞成怒）哼！你是啥东西？太不识好歹，告诉你，你跑不出我手的！乖乖地跟我走！（说着气汹汹地两手一叉站到雷母跟前）走！

（雷母为了怀抱昏迷的孩子，几次不忍丢开，此时忍无可忍了。放开雷先，猛不防双手将谭老三的颈项卡住不放）

（谭老三哑声嘶喊，往开拨雷母手，二人撕打了一阵，最后把雷母双臂拨开）

（雷母又扑上）

（谭老三一脚将雷母踢倒）

（雷母倒地挣扎）……

（雷先挣扎了半会，扑向谭老三）

（谭老三抓住雷先，拧断臂，将雷先摔倒在地）

（雷先尖叫了几声，被摔倒，昏过去了）

（雷母挣扎猛起，顺手从床下拿起一把斧子，向谭砍去）

（谭老三抓住雷母的双臂，撕打一阵，将斧夺到手中，将雷母推倒）

（雷母又挣扎起扑上）

（谭老三向雷母腹部砍了一斧）

雷　　母　啊哟！（抱腹倒地）

（谭老三想到自己杀了人，惊慌，将斧扔到桌边，拟跑下）

（雷锋听到雷母的尖叫声，猛上，一扑抱住谭腿，一口咬住谭腿不放）

（谭老三疼痛地怪喊尖叫，撕打了一会儿，将雷锋推开）

（雷锋又扑上，被谭老三一脚踢倒。爬起来，又要扑向谭老三）

雷　母　（此时已挣扎起来，怕雷锋再被谭老三伤害，一把抓住雷锋）兴儿！
雷　锋　妈！
　　　　（母子相抱跌倒）
　　　　（谭老三为了躲开是非之地，一溜烟跑下去了）
　　　　（雷先忽然喊出和死亡挣扎的声音）
　　　　（雷母放开雷锋，跪步扑向雷先）
　　　　（雷锋紧跟雷母）
雷　母　（抱起雷先，再也叫不答应了，放声大哭）
　　　　啊哟！我的天呀！
　　　　（唱）旺儿闭眼把命丧，
　　　　　　　旺儿，娘的儿呀！
　　　　　　　放声大叫哭号啕。
　　　　　　　辜负了荆家兄弟好言告，
　　　　　　　辜负了死去的丈夫心一条；
　　　　　　　我不愿死去活着好，
　　　　（强挣扎地站了起来，咬牙瞪眼，摇摇晃晃）
　　　　　　　我要亲手举钢刀；
　　　　　　　我要把兴儿抓养大，
　　　　　　　我要翻身把冤消。
　　　　（说着说着，身子支持不住，摇晃欲倒）
　　　　　　　兴儿快把娘来抱，
雷　锋　（使劲把娘腰抱住）妈，妈！
雷　母　（接唱）恨不得把心给儿掏。（截）
　　　　（眼看要倒下）
雷　锋　妈，妈！（硬把母扶坐凳上）
　　　　（雷母头向后仰，闭眼不语）
雷　锋　（摇母哭喊）妈！你说话！妈，你快说话！
　　　　（雷母闻声，先是两手紧抓雷锋）
雷　锋　妈……

雷　母　（挣扎过来，盯视雷锋）兴儿，你……你哥哥死了，你……你不能死！你要活着，报……报仇！
　　　　（说到最后，已无气力，头垂欲倒）
雷　锋　妈！妈……
雷　母　（又是两手抓紧雷锋臂，挣扎过来）兴儿，你……你记住，你叫雷锋，到东边去，找……找你荆叔叔他……他在……（说着说着不行了，抓着雷锋倒在地下了）
雷　锋　（倒地，又跪起来，摇母）妈！妈！（放声大哭）
　　　　啊哟，我的妈呀！
　　　　（唱）妈妈哥哥都死了，
　　　　（哭诉）妈妈，哥哥，哎，妈妈！
　　　　　　　连声喊来放声号。
　　　　（一股复仇的愤慨冲击起来）
　　　　　　　我活着定要把仇报，
　　　　　　　寻找叔叔向东跑，向东跑！（截）
　　　　妈！你的话我记下了，我叫雷锋，我要活着，找荆叔叔，报仇！
　　　　（一道红光照射着握紧拳头、咬牙瞪眼的小雷锋）

（幕　落）

第 二 场

　　　　［一九五〇年。
　　　　［二幕前：欢虎与小梅各执红缨枪，喜洋洋，气昂昂地同上。
小　梅　（唱）百万雄师下江南，
欢　虎　（唱）解放军到闹翻天；
小　梅　（唱）如今又要闹土改，

欢　　虎　（唱）穷人个个都喜欢。

小　　梅　（唱）儿童团帮助民兵把岗站，

欢　　虎　（唱）要捉拿今早不见的谭老三。

小　　梅　（唱）咱团长雷锋是好汉，

欢　　虎　（唱）抓不到地主他心不甘；

小　　梅　（唱）他天不怕来地不管，

欢　　虎　（唱）他敢在黑天半夜进深山；

小　　梅　（唱）他有胆来咱也有胆，

欢　　虎　（唱）人人夸咱是英雄团。

小　　梅　我真佩服咱们团长，说干就干，啥都不怕。

欢　　虎　雷锋就是厉害，老三跑啦，他找民兵队长要人呢，逼的队长都给他回话呢！他要求咱们儿童团不光是白天，黑夜都要放哨搜山，队长没办法答应了。

小　　梅　人家雷锋是人小心大，他手里拿的那一把生铁刀，是在牛角山躲难的时候，在破庙里拾下的一截子铁旗杆，天天磨，天天磨，磨了三年才磨成的。

欢　　虎　啊哟！真个有心劲！

小　　梅　呃！咱们不敢多谈啦，团长在牛角山沟口等咱着呢！快走。

欢　　虎　对，快走！

（二人欲跑）

小　　梅　（把欢虎拉住）咳！雷锋叫咱们从背影地里走，把大路小路盯好，你倒忘啦！

欢　　虎　对。

（二人转弯抹角，四下张望地下）.

［二幕开。

［布景：黄昏，接近黑夜的时候，月光刚刚冒出，远处山色朦胧，中间是一个大石崂，旁边直立一株苍老的古槐，偏左是一个比中间较小的石崂，形成一个小沟岔。

雷　　锋　（此时已十二三岁了，穿戴整齐，项上挂一个哨子，咬牙气愤地正在

　　　　　　磨刀)

　　　　　　(唱)把人气得肝胆炸,

　　　　　　　　谭老三不见我咬钢牙。

　　　　　　　　牛角山里我曾躲难,

　　　　　　　　我心想这里能把地主抓。

　　　　　　　　天不怕来我地不怕,

　　　　　　　　见仇人两个眼睛冒火花;

　　　　　　　　他必然白天躲藏黑夜走,

　　　　　　　　碰我手管叫老狗地下爬。

　　　　　　(继续磨刀,忽听有动静,停刀躲开张望)

谭老三　(刮光了胡子,穿一身破旧的农民衣服,左手提一个竹篮,鬼头鬼脑,前后张望地上)

　　　　　　(唱)刮光了胡子变了脸,

　　　　　　　　身上穿着破衣衫。

　　　　　　　　白天里躲藏黑夜窜,

　　　　　　　　一把手枪带身边。

　　　　　　　　碰见了娃娃我把他骗,

　　　　　　　　看见了大人我把枪扳;

　　　　　　　　提起土改我心打战,

　　　　　　　　舍命要逃这一关。(截)

雷　锋　(见一个人走上时,一会儿躲这边石峁偷看,一会儿躲在那个石峁偷看,上下打量,仔细观察,最后在那人的举动行影上认出是谭老三了。咬牙切齿地把谭老三指了一下,握紧生铁刀,严阵以待,大声喊)站住!

　　　　　　(谭老三吓了一跳,很快用竹篮遮蔽,从腰里掏出一支明晃晃的手枪)

雷　锋　(见状,觉得应当用缓和的口气,机智地查问、观察,故意转变成亲热的语调)叔叔,你到哪里去?

谭老三　噢,原来是个儿童团!(听到雷锋的口气和蔼,松了一口气,又用竹篮遮蔽，把手枪藏进腰里）小孩子，我是东边裴家寨卖糖的李老五嘛！你认不得？

雷　　锋　我认不得。

谭老三　小孩子，你放心，你明天打听一下，这一带知道我的人很多，没有错！（说着欲走）

雷　　锋　（挡住谭）叔叔，我是放哨的，乡上有命令，不管是谁都要检查一下呢。

谭老三　哎，叔是个贫贫的贫农，没有一点儿问题。

雷　　锋　叔叔，还是检查一下，放你过去。

谭老三　好，好！你真是个好儿童团。（示意竹篮）你看这是糖。

雷　　锋　（用手把篮子里的糖翻看了一下）这里没有啥。

谭老三　那我把篮子放在这里。（示意右边）你再检查身上有啥没有啥？

雷　　锋　对。

（谭向右边移一步，蹲下放竹篮，乘势把手枪掏出偷看雷锋，雷锋装作不注意，其实两眼盯谭不放，当谭转过头来偷看雷锋时，雷锋装着看远处。谭转过头去，雷锋又盯谭的行动，这样反复两三次，最后谭把手枪压在竹篮下边后，站了起来，走近雷锋）

谭老三　（双手扬起）小孩子，你就检查吧。

雷　　锋　叔叔，你站过去！（左手握紧刀，拖到身后，右手摸谭身后，然后转到谭身前来，先摸谭的上身，后摸谭的下身，边摸边思谋，猛不防一掌把谭推倒）

谭老三　啊哟！（仰面跌倒）

（雷锋一把抓起手枪）

（谭老三猛起扑上）

雷　　锋　（用手枪盯住谭老三，严声厉色地）不准动！

（谭老三呆立）

雷　　锋　狗日的，早就看出你是谭老三！

谭老三　嗯，你……

雷　　锋　你把眼睁大，我就是你害不死的雷正兴。

谭老三 （先吃一惊，又转为狡猾的假笑的口气）噢，你就是兴儿，几年没见，你长得这么大了！（正说着猛踢雷锋的右手，手枪落地，雷锋转身取手枪，谭扑上抱雷锋，也伸手取手枪，雷锋使劲用头顶谭老三的心窝，把谭顶到左边，雷锋转身向右取枪，谭拉雷锋腿不放，雷锋急，吹哨子，一个民兵和欢虎、小梅从两边跑上）

民　兵　（一把将谭抓住）狗日的！

欢　虎
小　梅　（红缨枪头指着谭老三）你是什么东西？

（雷锋早就一脚踢过竹篮，把手枪握在手中）

（谭老三吓呆了）

雷　锋　这狗日的就是谭老三。

众　　　啊！把狗日的杀了。

雷　锋　慢着！

（众停手）

雷　锋　把这老狗捆起来，送到乡政府，公审，枪毙！

众　　　好！（用绳子四脚四手地把谭老三捆起来，然后用红缨枪穿过两臂两腿抬着）

（谭老三疼得直叫唤）

雷　锋　（左手握着生铁刀，右手握着手枪，像指挥员似的）走！

众　　　对！（往下抬谭老三）

（谭老三尖叫不停）

（众骂不绝口）

［雷锋向周围扫视了一番，雄赳赳，气昂昂地下。

（幕　落）

第 三 场

　　　　〔二幕前。
雷　锋　（上唱）雪花舞罢鸟报春音,
　　　　　　　　共产党抚养我长呀长成人。
　　　　　　　　解放十年整,
　　　　　　　　胸怀一颗心;
　　　　　　　　我一心参加解放军。
　　　　　　　　学习后在工厂当工人,
　　　　　　　　征兵的消息喜来临;
　　　　　　　　昨日报上名,
　　　　　　　　今日定乾坤,
　　　　　　　　怕只怕个子小批不准,
　　　　　　　　真叫人又急又担心。
　　　　　　　　徐明刚才去打问,
　　　　　　　　为什么还不见回音?
徐　明　（上唱）体格检查严得很,
　　　　　　　　眼看淘汰了几个人;
　　　　　　　　也不能给他泼冷水,
　　　　　　　　鼓起他勇气打精神。
雷　锋　小徐,你回来了,怎么样?
徐　明　哎呀,可严哩!好几个人都没检查上。
雷　锋　哎呀,这样说我恐怕……
徐　明　（觉得刚才的话太直,不安地）这——你——哎,不要紧,也许不要紧,差不多能行呢!你,你政治条件可好么;（勉强地笑）走!
雷　锋　（下决心）走,反正我坚决要当解放军,非参军不可。走!

徐　明　对，走！我也帮你积极争取！
雷　锋　走！
　　　　〔二人坚决地走下。
　　　　〔二幕开，兵役站。
王　兰　（上唱）东山红日徐徐升，
　　　　　　　　紫燕儿穿柳闹晴空；
　　　　　　　　我把屋子打扫净，
　　　　　　　　检查仪器摆当中。
　　　　　　　　这一边争先恐后把名报，
　　　　　　　　那一边锣鼓喧天送新兵。
　　　　　　　　青年们欢天喜地多高兴，
　　　　　　　　保卫祖国保和平。
林大夫　（上）王兰，准备好了没有？
王　兰　报告林大夫，一切都准备好了。林大夫，时间还差十几分钟，这些小伙们，早就等急了！
林大夫　噢！（看表）好，那咱们今天提前开始，王兰，叫人！
王　兰　（拿表格看名字，喊）徐明，徐明！
徐　明　有！（粗声大气地直上，严肃地立正）
　　　　（雷锋羡慕而关心地跟上）
林大夫　嗯，你坐下！
王　兰　（把凳子向正移一下）坐下！
徐　明　（有点不自然地坐下）
林大夫　你过去害过什么病吗？
徐　明　（神气地瞪眼说）没有！
林大夫　从来没有吗？
徐　明　就是……去年，不，不是，前年，前年秋天拉过一次肚子！
林大夫　你现在有什么病啊？
徐　明　没有，大夫，你看！（自豪地用拳头击击胸膛说）结实得很！
林大夫　啊，好啊，衣服解开。吸！呼！（用听诊器听前后胸，又用手敲了

　　　　　敲）疼不疼？
徐　明　不，一点儿也不疼。
林大夫　好，检查一下体重，身高！
　　　　（王兰引徐明量体重，身高）
林大夫　身高？
王　兰　一米七。
林大夫　体重？
王　兰　五十五公斤。
徐　明　（低声问护士）哎，同志！你看我合格吗？
　　　　（王兰看了看，点头正要表示行，急改变主意，努嘴叫徐明去问大夫）
林大夫　啊，小伙子，怎么样？很担心吧，行，祝贺你，祝贺你这个未来的中国人民解放军。
徐　明　（狂喜地）大夫，你说我能行？
林大夫　行！
徐　明　（更加喜狂地）敬礼。雷锋，我合格啦！啊呀！这下可好啦！（抱着雷锋跳）
林大夫　好，叫下一个！
王　兰　（大声向门外喊）雷锋，雷锋！
雷　锋　（坚决而有力地应）有！（似乎在故意挺胸展腰上前）
林大夫　坐下，过去生过病吗？
雷　锋　没有。
林大夫　现在有什么病？
雷　锋　没有。
林大夫　没有？你为什么瘦啊？
雷　锋　我就是这干肌子人，瘦是瘦，身体可结实。（说着嘴上也鼓劲）
林大夫　解开扣子！
雷　锋　你看！（解开衣服，露胸）
林大夫　（敲胸）

雷　锋　（夸耀地）你再使劲敲也不要紧！
林大夫　不需要，不要说话。（用听诊器在背后听时，发现伤疤）啊！怎么这么大的伤疤呀！
雷　锋　大夫，那是小时候！
林大夫　这恐怕有点问题吧！
雷　锋　大夫，这没问题。
林大夫　身上有这么大的伤疤，还参军呀！
雷　锋　大夫，就是因为有这么大的伤疤，我才坚决非参军不可。
林大夫　噢，为什么？你说说看！
雷　锋　（咬牙切齿地）这伤疤是旧社会在我身上刻下的仇恨，为了人们永远没有这样的伤疤，我才要求参军。
林大夫　好，有志气，能不忘记阶级仇恨，好样的！来，检查一下体重，身高！

（王兰给雷锋量身高）

林大夫　身高多少？
王　兰　一米六二。
林大夫　一米六二？（不相信地走过来看，见雷锋把脚跷起来，压下去，笑说）哎，看！一米五二！
雷　锋　一米五二够标准么？

（王兰摇头示意不够）

林大夫　差一点儿，小伙子！
雷　锋　大夫，你可不要光看我个子小，我劲可大着呢！

（争取的意思）

（王兰笑看林大夫）

雷　锋　真的么，我劲可大着哩！
林大夫　好，来量体重。
徐　明　就是的，大夫，他和我在一个工厂开推土机，我知道他劲可真大，比他个子高的多少人，摔跤也摔不过他，你就给他写个合格吧！
林大夫　这怎么成啊！来量体重，站上去，（向王兰）体重？

王　兰　八十公斤。

林大夫　八十公斤？（走过来看，见徐明一只脚踩在体重器上）哎，下去，下去！

（徐明在一旁示意，叫雷锋使劲往下压）

（雷锋使劲往下压）

林大夫　不行啊！小伙子，再压也不起作用，体重四十七公斤。

雷　锋　大夫，我，我是没吃早饭，要不就……就……

徐　明　就是的，大夫，他这几天肚子不好，从前天起，吃饭就吃得少，平常他要五十多公斤重呢！

林大夫　这有什么办法呢？

雷　锋　（有点难过，恳求地）大夫，我，我，我坚决非参加解放军不可！

林大夫　这是国家统一标准。

徐　明　大夫，你可不要小看他，人家是我们厂里的积极分子、红旗手、模范团员，你要不收他，这可是个大大的损失。大夫，你……

雷　锋　大夫同志，旧社会我一家人被地主害死，解放后，党给我报了仇，又供我上学。我参军的这心事，都整整十年了！老说我不够年龄，现在我年龄够了，我一定要参军。（激动地）

林大夫　同志，这是国家的规定么！你，不够标准……这……

雷　锋　那，特殊问题，你就特殊解决么！

徐　明　是啊！大夫，你灵活一点儿不就行了吗？

林大夫　你们热爱祖国、热爱咱们解放军，这当然很好，不过像你这样身体条件，恐怕……领导上……

〔康虎上，一面吃零嘴，一面不耐烦地直言直语。

康　虎　这是参军保卫祖国的大事，人家大夫要对国家负责么！不行就算了么。哎，后边等的人还多着呢！

徐　明　哎，（不满康虎的话）人家没检查完，同大夫研究问题哩，与你有什么相干啊！

康　虎　我看你们这就不对，这又不是搞生意么！

林大夫　哎，哎！你们不要……

徐　明　什么叫搞生意？

荆生华　（上）噢，什么事啊！小伙子们，为什么要在这儿闹事呢？（众都有点尴尬）

林大夫　营长，你来得正好，这两个小伙子把我给"箍"住了！

荆生华　什么事啊，小伙子！

（徐明暗示，叫雷锋恳求荆，雷锋有点尴尬。但看见营长又激动地上前）

雷　锋　报告首长，我坚决要参加咱们解放军！

荆生华　参加解放军？那好么！我就是专门来接收新兵的，只要各方面条件合格！

雷　锋　虽然……虽然……我有点……反正我保证做个好战士。

荆生华　噢，保证做个好战士！（观察雷锋）

徐　明　首长，十多年来，他日夜想当解放军。梦着参了军就笑醒来了；梦着解放军不要他，就哭醒来了。他参军的决心可大哩！

荆生华　啊！还有这样的事啊？

徐　明　我说的完全是真的，首长。

雷　锋　（羞地）那是，那是……是我，就是大夫说的，我……我……就是……

林大夫　就是个子小点，体重不够标准。

徐　明　他可长得结实有劲呀！

荆生华　（玩笑地）那你为什么不长高一点儿呢？

雷　锋　那我现在还正长呢！说不定再过两年，我还是个高个子呢！

徐　明　是呀，首长，他今年比去年高了一点儿，说不定明年比今年还高呢。

荆生华　（被两个小伙子一唱一和的话惹笑了）哈哈哈哈！

雷　锋　（尴尬而含泪，激动地）首长，我坚决要参军，我要拿起武器，保卫祖国，我非当解放军不可。

荆生华　啊，好顽强的性格，嗯，骨子里倒有解放军的劲儿，你叫什么名字？

雷　锋　雷锋！

荆生华　雷锋？雷锋！（惊异地）

雷　锋　有。

荆生华　你是哪里人？

雷　锋　湖南望城县人。

荆生华　（更惊地向前追）湖南望城县？（自语）那你爸爸呢？

雷　锋　（提起爸爸难过含泪地说）爸爸叫日本鬼子杀死了！

荆生华　那你爸爸一定叫雷成刚，是吗？

雷　锋　是的，首长，你……你……

荆生华　我是你爸爸生前的好战友，我叫荆生华。

雷　锋　啊！你就是妈妈说的那位共产党员荆叔叔吗？

荆生华　是的！

雷　锋　（再也忍不住满腹委屈哭抱荆生华）荆叔叔，荆叔叔，我妈妈哥哥都被地主害死了。

（唱）一句话激起我怒火千丈，
　　　咬牙切齿恨豺狼。
　　　那夜晚叔叔你密言暗讲，
　　　指明路叫我们投奔东方。
　　　眼看着母子们脱离罗网，
　　　谁料想一霎时惨遭祸殃。
　　　哥哥回血淋淋断了左膀，
　　　谭老三又害死我的亲娘。
　　　血淋淋、泪汪汪，
　　　死的死来亡的亡。
　　　妈妈临死对我讲，
　　　她叫我记住仇恨活世上。
　　　她叫我把叔叔找，
　　　不知叔叔在哪方。
　　　孤苦伶仃无处往，
　　　深山梢林把身藏。
　　　身上无衣又无盖，

荒山野果充饥肠。
奄奄一息命将丧，
昏昏迷迷倒庙堂。
哗啦啦春雷一声响，
解放大军到湘江，
救了我的命，
医好我的伤。
供我把学上，
抚养我成长。
党的恩情山海样，
今生今世永难忘。
十年来发奋立志向，
我今日定要换军装。

荆生华　（唱）伤心的事儿对我讲，
　　　　　　　不由人怒火填胸膛。
　　　　　　　看见你我想起你爹那模样，
　　　　　　　回忆往事痛断肠。
　　　　　　　他不愧为祖国的英雄将，
　　　　　　　你坚决参军本应当。
　　　　　　　你莫痛哭泪两行，
　　　　　　　把点点血泪化力量。
　　　　　　　台湾至今未解放，
　　　　　　　帝国主义还在猖狂。
　　　　　　　你要把仇恨刻心上，
　　　　　　　换上戎装拿起枪。

雷　锋　叔叔，我听你的话，一定当个人民解放军的好战士！
荆生华　好，有骨头，有志气，你不参军叫谁参军啊？
林大夫　孩子，好样的，营长，我同意他参军。
荆生华　好。

雷　　锋　叔叔你放心，我一定要做个好战士。

荆生华　对，争取做个五好战士。

雷　　锋　五好，即就是八好，十好，我也坚决要当。

荆生华　对，擦掉脸上泪，给。（把枪给雷）将来就拿这个！

（雷锋坚决地端起枪）

荆生华
林大夫　对，就是这样！

（徐明、王兰露出同情赞美的微笑）

（幕　闭）

第 四 场

〔二幕前，张振山背服装上。

张振山　（唱）张振山，喜洋洋，

给全班领来新衣裳。

每人衬衣发一件，

还有一套新军装。

保管大家都高兴，

洗个澡儿换新装。

浑身上下变了样，

个个干净又漂亮。

四好班战士干劲旺，

要给全营再增光。

〔兴致勃勃地下。

〔二幕开，军营操场的一角，后面一排整齐高耸的白杨树，一边有杠架等体育器械，台中偏右有一小花坛，台侧有扫帚等。

〔音乐轻松愉快，这是休息的时间，晚饭后太阳还高高的，天气晴朗，雷锋提书包上。

雷　锋　（唱）天高气爽白云淡，
　　　　　　　　朗朗的晴空远远的山。
　　　　　　　　晚饭后秋风解疲倦，
　　　　　　　　操场上学习心敞宽。
　　　　　　　　打扫落叶净地面，
　　　　　　　　不教青春一刻闲。
　　　　（从容地扫地，心中无限舒畅，扫毕坐在花坛边，取出《毛选》来）
　　　　（唱）书包里伸手取《毛选》，
　　　　　　　一字一句细钻研。
　　　　（聚精会神地看书，细心地圈点，又取出日记本抄书。口里咕哝着念，抄毕站起来，激动地）
　　　　（念）力量从团结来，智慧从劳动来！
　　　　　　　行动从思想来，荣誉从集体来！
　　　　　　　我要永远戒骄戒躁、不断前进！
　　　　（兴奋地）
　　　　（唱）为革命莫计较个人长短，
　　　　　　　一滴水投大海永远不干。
　　　　　　　我定要求进步绝不自满。
　　　　　　　学《毛选》常使我力量增添。
〔王勇手拿文件，匆匆上。

王　勇　班长！唔！我就知道你在这里学习！

雷　锋　王勇同志，你看一块好好的木板，上面一个眼也没有，但是钉子为什么能钉进去呢？这就是靠压力硬挤进去的，硬钻进去的，我们在学习上，也要提倡这种钉子精神，善于挤，善于钻。

王　勇　是啊！我们一定要挤时间学习、钻研文件精神，你看这个文件，我已经学习完了。

雷　锋　哦……（看文件）

王　勇　毛主席教导我们，要勤俭建国，要大家都懂得咱们国家还很穷，叫咱们用双手改变这种状况，他说："有些年轻人，以为到了社会主义社会，就应当什么都好了，就可以不费力气享受现成的幸福生活了，这是一种不切实际的想法！"

雷　锋　你懂得了？

王　勇　懂得了！

雷　锋　既然懂得，我们就应该把文件精神贯穿到工作和生活中去，从一点一滴做起，像好好保养车辆，延长汽车寿命、节省汽油，争取用最小量的油，跑更多的路，平日生活中，省吃俭用，给社会主义增添一砖一瓦，这样我们国家，就慢慢地富强起来了，王勇同志，你看对不对？

王　勇　噢！对！对！（心里明亮了）听毛主席的话，做好工作，注意节约。

〔康虎手捧瓜子在雷锋、王勇讨论时上。

康　虎　刚吃了饭，就学习，也不休息休息，班长吃！

（以瓜子让二人）

王　勇　康虎，饭吃得饱饱的，哪里可欠吃这两个瓜子！

康　虎　啊呀！吃个瓜子可能花几个钱？

王　勇　班长常说积少成多，粒米堆成山，每人一天节约一角钱，你算算，全国一天节约多少钱？

康　虎　这账我才不算呢！

雷　锋　同志，当了国家主人，不算这笔账还行吗？

王　勇　你看毛主席这段话是啥意思？

康　虎　啥意思！（用眼一溜）啥？这你真个不懂，毛主席说咱们国家还很穷，叫大家勤俭建国，咋还不懂！

雷　锋　康虎同志，这话虽然简单，可是对咱们每个人来说，思想意义都非常深刻。

康　虎　那当然么！毛主席绝不会无的放矢！

王　勇　啊……无的放矢！

康　虎　这你也不懂吗？无的放矢就是说毛主席指的有具体对象，王勇同志，你的确要好好学习提高呢！

王　勇　唔……那你……

康　虎　我！我这也是下苦换来的，打一点儿理论基础也不容易。

雷　锋　毛主席说过，理论学习如果脱离实际，即使学得烂熟，但是表里不一、言行不一，仍然不能很好地改造思想。

康　虎　那当然！

王　勇　是啊……

　　　　〔张振山提衣上。

张振山　哎！班长！看，（向后面喊）副班长，领衣服了！〔徐明上，康虎上前看衣服，张振山挡。

康　虎　哎，不要乱来么！叫我先看哪一套是咱的。

徐　明　一人几件？

张振山　一件衬衣、一套单衣！（说着挡康虎）你咋给人乱拉？你是一号的。

康　虎　我嫌咻帽子大！

徐　明　你嫌大，别人不是就更嫌大吗？

康　虎　呃，头小，咻是事实！

张振山　哎，不要乱，我点名了。

　　　　（唱）王勇的一份莫乱拉！（递交王勇）

王　勇　（唱）这两件衣服穿一年。

张振山　（唱）副班长，你先点！（递交徐明）

徐　明　（接过比量）

　　　　（唱）这衣服不窄也不宽。

张振山　（唱）这是我的整三件！（放在一边）

康　虎　（提过一份、坐在上边）

　　　　（唱）我的挑好在这边，

张振山　（推起康，提过衣服）

　　　　（唱）怎能由你乱挑拣！
　　　　　　　拣剩下可该给谁穿！

康　虎　（唱）我嫌这领子没熨展，

张振山　（唱）配成套不准胡弹嫌。

　　　　　　　三号衣服摆当面，
　　　　　　　雷锋班长你先穿。
雷　锋　（接衣思索）
　　　　　　（唱）增产节约把国建，
　　　　　　　我的旧衣还能穿。
　　　　　　　事事都应求节俭，
　　　　　　　这一套衣服我交还。（还张）
康　虎　（抢着说）我当就我一个弹嫌呢！
雷　锋　不，我的衣服够穿，这一套给国家节约了吧！
　众　　哦……
康　虎　（抢上去）哎，班长，是这，不要交，你穿不了有人穿！（伸手要取）
雷　锋　康虎你的两套旧的，还好好的，再加上新领的够穿了，还是把这给国家节约了吧！
王　勇
徐　明　啊……那我这……
雷　锋　哎！副班长，你穿衣服费一些，都烂了，你还是领下来！实事求是！
徐　明　唔……对！我以后要爱惜衣服，争取明年节约一套。
康　虎　（不屑地）啃！国家养得起军队，也不在乎一套衣服。
王　勇　节约就是要从一点一滴做起。
康　虎　这也是制度么！谁想必是多要来！
　　　　［战士甲上。
战士甲　报告班长，连长命令，检查车辆，准备出发。
雷　锋　是！同志们，检查车辆，准备出发！
张振山　（收拾衣服）对，没领的到宿舍去领！出发了！（抱衣下）
王　勇　走！检查车辆！
康　虎　咱咻车，用不着检查！呃！对，出发呀，买上点吃的。
王　勇　你可买着吃零嘴！
康　虎　啃！以备不时之需。
　　　　［吊儿郎当地匆匆下，王勇狠狠地看了一眼，叹气后匆匆下。

第 五 场

　　［过场。
王　勇　（上唱）月上东山天已晚，
　　　　　　　　为什么同志们还不回还？
　　　　　　　　车没灯就像人没眼，
　　　　　　　　不知道安全不安全！
　　　　　　　　这时候车子不回转，
　　　　　　　　真把人两眼能望穿。
　　　　　［内汽车鸣，战士甲上。
王　勇　回来了！
张振山　回来了。
王　勇　路上没出啥事？
张振山　平安无事。
王　勇　那为啥现在才回来？
张振山　发车以前，班长见大家都饿了，准备了些饭，本来大家都想吃，康虎却闹别扭，坐在车上"哔哔哔"一股劲地按喇叭，气得大家饭也没吃，到了还是摸了阵黑。
王　勇　哎，这家伙！
张振山　帮忙一块下车。
王　勇　对！同志们，下车了。
　　　　　［数战士连续同上。
　　　　　［徐明、康虎各扛一麻包过场，康虎气哄哄地慢慢地走，王勇下，徐明下放麻包又上过场。
　　　　　［康虎下，战士们扛麻包过场，康虎倒上过场，雷锋扛麻包上很吃力，东倒西歪，康虎又扛上，王勇倒上见雷锋状。

王　勇　啊呀班长，来，叫我扛，你身薄力单扛不动。
雷　锋　我扛，我扛，锻炼呢么！
王　勇　快放下，快放下，指导员叫你汇报呢！
　　　　〔王勇扛，雷锋扶，徐明上。
徐　明　班长，你快去，给连长汇报去么。
雷　锋　对，我去，我去，你负责。（匆匆下）
　　　　（徐明看康虎，康一气，把麻包摔地下）
康　虎　谁也帮一下咱嘛？
张振山　康虎快走。
康　虎　忙啥呢？歇一歇。（坐在麻包上，掏出东西吃）
张振山　康虎，咋可坐在这儿吃开了！
康　虎　咋？肚子饿了，还不能吃？
张振山　发车前叫你吃你可不吃！
康　虎　我害怕坐禁闭。
张振山　一回来就有现成饭，你倒花的啥闲钱做啥呢？
康　虎　花我的钱，这可把啥纪律犯咧？
张振山　哎，同志，大家一天劝你，班长不知说了多回，你总不听，到时候有困难可又向别人借呀！
康　虎　借钱咋，哪一回借谁的没还？你这个同志，管得太宽了！（欲走）
张振山　把麻包扛上。
康　虎　我也等人帮忙呢，咱也身薄力单。
徐　明　康虎！（康虎下）
张振山　雷班长身薄力单，你又不是不知道。
徐　明　真落后极了，回头马上开会。
张振山　对，马上开会！
　　　　（徐明把麻包扛起）
　　　　看，把麻包也摔漏了！
　　　　〔王勇扛麻包，见撒下的麦子，示意一战士把麦子扫净，同下。
　　　　〔二幕开。

［在雷锋班的宿舍里，正中军营大玻璃窗子可以望见窗外的青山绿水，窗的两旁壁上挂着水壶、挂包、雨衣、毛巾等，窗下放着运输兵的特殊工具，左边一张单人床，床上被单枕头，右边放一张桌子，桌上有书。

徐　明　（气冲冲地上）

（唱）我们四好名声大，

　　　　历来评比红旗插，

　　　　偏偏儿调来这康虎，

　　　　经常出事耍"麻达"，

　　　　眼看四好就要垮，

　　　　急得两眼冒火花。

王　勇　副班长、副班长。

徐　明　王勇，你和他谈了么？

王　勇　哎，康虎这家伙的脑子机关枪也打不开，谈了几句还是个不顶事，我看咱这四好班非叫这给咱一脚踢了不可！

徐　明　咳，四好班的红旗，从来没离开过咱这宿舍，同志们都评上五好战士，个个戴上红花，可现在呢？（气得二人抱头沉思）

康　虎　（手拿父亲来信自语而忧愁担心地念）这倒得的什么病啊？

（进屋之际，徐、王正在背后说自己毛病）

徐　明　（气得没办法以掌击桌说）咳！把这宝贝怎么调到咱们班上来了？真是一个老鼠害了一锅汤！（不知康虎早已进来听见了）

康　虎　（听见徐、王说自己的话，气得把信往口袋一塞，往床上一躺冷言冷语挑战似的说）哎，人善个个欺，马善人人骑。

（徐明、王勇二人互望无可奈何有点尴尬，只好忍耐点）

康　虎　（进一步挑战闹事的态度）报告副班长，明天出不成车啦，给我请一……………—星期假。

徐　明　什么事情，就请一星期假！

康　虎　有病！

徐　明　任务这么紧急，你什么病就请一星期假？

康　虎　头昏、肚子疼、拉稀！
徐　明　你对班上领导，对同志们有什么意见，正面谈么，为什么要这样呢？
康　虎　班上领导同志们都好；没意见，只有一点儿希望，劳驾副班长和上级研究研究。
徐　明　什么希望你说吧！
康　虎　咱这人思想落后，影响大家进步破坏你们四好班，干脆把我调到别班去。
徐　明　同志，你虚心点，你平常不爱护车子，不注意保养，昨天拉粮你的车灯坏了又不汇报，难道同志们就不应当批评你？
康　虎　咋？车灯坏了咧是自然事故，都怪我不对。
徐　明　自然事故……咱们班上的车就你的新，可就你车坏得快，雷班长人家车比你领的早，八个月行车七万多公里也没出一点儿事故，你哩？
康　虎　我！没咧本事么，有咧本事我也当了班长咧。
徐　明　嗯！你这是啥思想啥态度么？
康　虎　要啥态度哩？
徐　明　同志！不要忘了，我们穿的是人民解放军的衣服，是在闹革命哩。
康　虎　革命!？我到别的班一样是革命，这儿，我坚决不待了。
徐　明　咋个话？坚决不待?!
康　虎　坚决不待！
徐　明　同志！（气得再也忍不住了）骄傲自大、个人主义、无组织无纪律的恶劣作风不改，到哪里也吃不开。
康　虎　请你副班长放心，在这儿改不了，到别的班我还想改好哩。
徐　明　那好么，你实在要走，同志们也得把你欢送欢送么。
康　虎　哼！咱这人永远也值不得别人欢送，只要马上让我走就行啦。
徐　明　（气得实在难忍了）好！我找班长去。
王　勇　哎呀！康虎你这是干什么呢？（又急叫徐，追下）副班长，副班长！
康　虎　姓徐的，少摆你咧官僚架子，刚过了河就想拆桥，你都没想一想，你的文化水平是谁帮助你提高的？我当初入团的时候还不知道你在哪里，现在你当了副班长，就把我康虎给看扁了，你试试把我调到别班去看我能不能当个五好战士。等我将来把英雄模范大红花戴在胸前的时候，也叫你姓徐的看一看。

（唱）徐明你有什么了不起，
　　　仗你的副班长把我欺。
　　　康虎岂是个窝囊废，
　　　我也不是好惹的。
　　　这里不行别班去，
　　　看看我是否有出息。
　　　下定决心争口气，
　　　五好战士是人当的。
　　　越思越想越生气，
　　　收拾东西捆行李。

［雷锋上。

雷　锋　康虎，你这是干什么呢？
康　虎　班长！
　　　（唱）到底调我哪里去，
　　　　　　请你与我说明白。
雷　锋　（唱）哪个决定要调你，
　　　　　　　这话你听谁说的？
康　虎　（唱）事到如今我知底，
　　　　　　　何必故意耍把戏。
雷　锋　（唱）康虎我的好同志，
　　　　　　　为什么说话把人屈？
　　　　　　　哪个待你是假意？
　　　　　　　句句话像钢刀刺人心里。
　　　康虎同志，过去我们没有团结好，有问题，咱们解决么，今后大家努力，咱们是能够团结好的，你怎么能忍心啊，你不能走！
康　虎　班长，你也不要多费心，我是非走不可了。
雷　锋　你这到底是为了什么吗？

康　虎　别的什么也不为，就是我在这儿影响你们的四好班。
雷　锋　谁说你影响四好班啦？没有人这样说呀！
康　虎　干革命到哪里都行，我何必待在这儿受窝囊气？再说我也不愿当一个老鼠，害你们一锅汤。
雷　锋　谁说的？没有人说这话呀！
康　虎　我是个直性子，不会给人耍手腕、变把戏？（生气地坐在一边）
雷　锋　好我的同志呢，谁倒给你耍手腕、变把戏，大家对你全是一片诚心啊！
康　虎　哼！（不服、飘凉腔地）诚心？对，你们都好！
雷　锋　就拿昨天在辽化吃饭的事来说吧！
康　虎　对，咱就拿吃饭的事来说吧，我是个火箭炮脾气，想不通，吃不下去么，咋？
雷　锋　大家一天没吃饭，饿得身上直出汗，我费尽心，想尽办法，弄下饭你又不吃。
康　虎　我怕坐禁闭，当然不吃！
雷　锋　看看看，你这不是和大家故意闹别扭吗？
康　虎　噢，这又是我故意闹别扭呢，啊！你们对也是对，不对还是个对，咱倒了八辈子霉咧，错还是错，不错还是个错，反正过来过去，总是你们有理。
雷　锋　（难过）康虎同志，有意见咱们好好谈谈，不要这样，也怪我工作不深入，你平常浪费汽油，又不好好保养车，今天刹车不灵，车灯又失明，几乎出了事故，我想起来非常难过。
康　虎　算咧，算咧，不要来这一套，刹车不灵，车灯失明，这是自然事故，我有什么办法呢？
雷　锋　我们应当像爱护自己身上血肉一样爱护国家财产。
康　虎　咋，我咋不爱护国家财产？
雷　锋　你昨天回来，耍脾气，摔坏了包子，撒了不少粮食，这多可惜呀，咱这粮食可来得不容易啊，同志！
康　虎　粮食来得不容易，我还扛来了，有些人光说漂亮话，还连一回也没

扛，咋？这总不是造谣吧！嗯，长着一张嘴光能谝。（生气地就走）

雷　锋　康虎！康虎！（抬头，康虎不见了，急叫）康虎！可不要偷着喝酒！

康　虎　偷着逃走？（错听了更添怒地）报告班长，我康虎思想再不好，革命总要搞，绝不当逃兵。（气冲冲地下）

雷　锋　康虎！康虎……（又急，恼火地闷思地）

（唱）静静悄悄，

　　　落叶儿飘飘，

　　　呆望红日高空照，

　　　一颗心好似滚油浇。

　　　同志们心肠好，

　　　待你如同胞，

　　　今日无理又混闹，

　　　你不该把黑白来混淆。

　　　你平日太骄傲，

　　　骛远又好高，

　　　常犯纪律又不做检讨，

　　　耍脾气摔坏了粮食包。

　　　你坚决要把工作调，

　　　要收拾行李捆背包，

　　　谁劝你你就跟谁闹，

　　　越思越想越心焦。

（在没办法之际，焦急，忽然到桌旁看见书，取《毛选》，闷思、沉思、深思，翻阅钻研，又想，想不通感叹地唱）

　　　这同志阶级出身好，

　　　为什么思想抛了锚？

　　　不是我给你扣大帽，

　　　你个人主义、自由主义，无组织、无纪律，

　　　吃吃喝喝把生活弄得太无聊。

　　　为什么这么难改造，

    怎么能帮助他把觉悟提高？
  （又翻书看）
    读一读《毛选》开心窍，
    一字一句仔细瞧。

荆生华　（轻松愉快地上）雷锋！雷锋！（雷看书出神没听见）噢！是什么书看得那么出神呀！
   （雷锋突然发现是荆，很快合上书，不自然地赶快立正）
荆生华　（和蔼地）今天是星期天，怎么没出去玩？
雷　锋　（好像仍有所思、心不在焉地）没有！
荆生华　（看见雷锋神气不对地问）怎么闹情绪啦？
雷　锋　（转不过情绪地勉强地答）没有！
荆生华　（关心地又追问）身体不舒服，病啦？
雷　锋　（精神振作了一下，答）没有！
荆生华　没有！没有！没有！到底为什么？你说呀！
   （雷锋似乎无从说起地难以开口）
荆生华　你说话呀！
   （雷锋一下寻不出什么答词似的）
荆生华　（由于荆、雷二人的特殊关系，荆以长者关心的口气，与其说是批评，倒不如说是深爱地）小东西，你跟我闹什么别扭啊！（顺手拿过凳子坐下）你们昨天出车运粮发生问题啦！
雷　锋　（又娇气又惭愧地）嗯！
荆生华　回来开会又没开好？是么？看样子事情还不小？
雷　锋　（顺口哼了一下，仍是不知怎样说起）嗯！
荆生华　嗯！嗯！嗯，到底什么问题？你说呀！
雷　锋　（惭愧责己地）首长，我没有很好地完成党交给我的任务，我心里……我心里……（难过）
荆生华　心里有点难过？
雷　锋　不，（坚决地）不是难过，是惭愧！
荆生华　惭愧，惭愧，从好的方面说，这是一种强烈的革命责任感，但从另一方面说，也可能产生一种困难……

雷　锋　（倔强地）报告首长，我知道一个革命战士遇到困难，如果他望不见光明，就会失去勇敢冲锋的精神，他就是没出息的懦夫，就是困难面前可耻的逃兵，只有坚决克服困难，不断前进，他才可能成为一个生气勃勃而愉快的人。

荆生华　对，对，（夸奖地）孩子，你想得对呀，那么你们的具体困难，一定是康虎同志，是不是？

雷　锋　他骄傲自大，看不起班长领导，工作不负责任，一天到晚吃吃喝喝，又常常违反纪律，我和副班长给他个别谈话，班会上大家严格批评，他不但不听，而且越来越别扭了。

荆生华　是啊，康虎同志已经成为你们保证四好班、创建四好连队必须解决的问题了，所以你们副班长和个别同志有把他调走的意见，你同意吗？

雷　锋　我决不同意，康虎同志出身好，我不信他不能进步，我非把他团结好、转变好不可。

荆生华　对，你的态度和决心很好，我完全赞成，不过光是一味地严格批评还不行，你不是常读毛主席的著作么？毛主席关于团结批评和如何去对待落后同志以及领导方法是怎样教导我们的呢？批评一定要是善意的，为了治病救人，为了团结，还要耐心地、主动地去关心爱护他，给他温暖，帮助他克服困难，解决应该解决的问题，首先使他感到亲切，才能帮助他进步！同时还要注意虚心听取他的意见和批评，有些同志还可以从我们这方面严格要求些，犯过错误落后的同志，他的意见不一定都不对，因为你是班长，是班上的领导啊！啊！明白吗？

雷　锋　明白，我们每个同志的心，应该就像一团革命的烈火，他就是一块冰也要把它融化，他就是一块顽石，也要把它烧毁，首长放心，我保证，康虎同志一定能进步，我们一定能团结好。

荆生华　对，我们一个革命战士，就应当是这样顽强而豪迈的性格，光一个人、少数人好还不行，一定要把大家都带动起来，团结进步才行。有这样几句话：

　　　　　　一朵鲜花不是春，

　　　　　万紫千红才是春，
　　　　　一个人先进只是单枪匹马，
　　　　　众人先进才能倒海移山。
　　　　　明白吗？
雷　锋　（坚决愉快地）明白！
荆生华　（又爱又喜地说）嗯，你不是喜欢拉胡琴唱戏唱歌吗，好啊？拉起来，唱起来呀！
雷　锋　是！敬礼！
荆生华　小东西，我开会去啦！（下）
雷　锋　（兴奋而开朗，翻看《毛选》，出神、愉快地唱）
　　　　　万紫千红艳阳天，
　　　　　春风徐徐拂窗帘，
　　　　　首长他循循善诱讲一遍，
　　　　　句句话儿似蜜甜。
　　　　　坐在桌案展《毛选》，
（喜悦地看书学习，看着看着，写笔记，高兴地又唱）
　　　　　浑身是劲精神添，
　　　　　胸怀开阔看得远，
　　　　　窗外秀丽好河山。
　　　　　待阶级弟兄要温暖，
　　　　　热情关怀心相连，
　　　　　要做毛主席的好战士，
　　　　　要做好社会主义的列车驾驶员！
　　　　　洗洗手来净净脸，
　　　　　要给同志们洗衣衫，
　　　　　水盆儿圆又圆，
　　　　　忙把水来"端"。（端水）
　　　　　揭开盆儿取出洋碱，
　　　　　挽起袖伸手取衣衫，

哎，（手一摸发现口袋有东西取出看，是信）

哎，噜噜噜……湿了信一件，（把水湿了的信慢慢展开看）

展开就晾干，

他的父亲不幸染病患，

原来是写信来要钱。

康虎同志的父亲病了，写信来要钱呢，康虎平常大手大脚的，哪里有钱给家里寄呢？对，应当把这件事汇报给领导，请组织帮助他解决，虽然他有缺点，但缺点和困难是两回事，对，要帮助他解决，（欲下又想）哎，不能，国家现在也处在困难时期，只要我们自己能解决为什么要向国家伸手要钱呢？对，我赶快把衣服洗完，马上寄钱写信。

（唱）快快儿洗完不敢慢，

　　　洗得净净干，

　　　要让同志们把净衣换，

　　　要叫同志们都喜欢，

　　　拧干又拍展，

　　　一会就晒干。

（下去倒水晒衣服又上）

　　　他的父亲就是我的父，

　　　替康虎写信又寄钱。

（取信纸信封写）

（唱）忙把信纸摆桌面，

　　　再问全家都平安，

　　　父亲生病儿挂念，

　　　给你寄回二十元。

（封信取钱点钱）

　　　邮局离此并不远，

　　　急忙寄钱走一番。（下）

少先队员　（唱）暖烘烘的太阳星期天，

　　　　　　来找辅导员玩一玩。

　　　　　　（白）雷锋叔叔、辅导员叔叔……
明　明　咦！雷锋叔叔不在？
芳　芳　大概叔叔在操场洗衣服，咱们到那去看一下。
　众　　对。（下，拿衣服又上）
芳　芳　咱们少先队员不是要每天做一件好事吗？那我帮叔叔叠衣服，你俩帮叔叔洒水扫地。
大　建
明　明　对。（把花插在瓶里）

大　建
明　明　（唱）咱帮叔叔来呀来扫地，

芳　芳　（唱）我帮叔叔来呀来叠衣。

大　建
明　明　（唱）地上扫得净净的，

芳　芳　（唱）衣裳叠得展展的。
　众　　（唱）哎嗨哟，向叔叔来学习，
　　　　　　　　帮助别人是应当的。
大　建　哎嗨哟，叔叔回来啦！
芳　芳
明　明　真的？

大　建　谁哄你谁是个王八。
芳　芳　咱给他藏起来。
　　　〔雷锋上。
雷　锋　哎！哎！怎么衣服不见啦？
　　　　（看见桌上的鲜花明白地）咳咳……
　　　　（故意糊涂地说）谁把衣服拿去了？嗯！
　　　　（明明悄悄上去用手蒙住雷锋的眼）
　　　　（大建抱住腰）
　众　　叔叔，你猜我们是谁，你猜你猜。
雷　锋　我摸，我摸摸。

大　建　哎，不许摸、不许摸。（抓住雷的手）

雷　锋　嗯，你是大建，蒙眼的明明……明明……这边是芳芳……

　众　　咳咳，不是不是。（众哈哈大笑）

雷　锋　哈哈，我早知道你们来啦。

　众　　你怎么知道的？你怎么知道的？

雷　锋　我，我是神仙、会算卦，一算，你们就都来啦，手里还拿着鲜花，你说是不是？（乱闹耍笑）

　众　　咳咳……那你算算你的衣服到哪里去了？

雷　锋　我算着啦，是你们拿回来啦。

明　明
芳　芳　才不是。

大　建　就是的，咋不是？叔叔我们把衣服单子都拿回来了。

雷　锋　你们看这不是真的么？

芳　芳　叔叔，我们还给你带来一把鲜花。

雷　锋　小东西！你们真好，叔叔给你们也有礼物。给，一人一个，呃！王安安怎么没有来呀？

　众　　哼！他不能来。

雷　锋　为什么不能来呀？

　众　　他犯错误啦！

雷　锋　犯什么错误啦？

芳　芳
明　明　这一次他犯的错误可大得很、大得很。

大　建　都有这么大。

雷　锋　快告诉叔叔安安犯了什么错误啦？

芳　芳　平常不爱劳动，课堂上光逗人笑，不听老师的话。

明　明　不是、不是，那一天大家午睡呢，他不睡不说，悄悄地给伢娃们脸上胡画，给我脸上画……

大　建　画了个小丑！

明　明　给你画了个孙猴！

大　建　给她画了个王八！（指芳芳）

明　明　你看安安坏不坏？我们和他摸了这个小指头给他不招嘴，嫌他讨厌。

雷　锋　王安安犯了错误，大家讨厌他，他难过吗？

　众　　活该，谁教他调皮捣蛋呢！大家都讨厌他。

雷　锋　都讨厌他，怎么办呢？

大　建　要叫他检讨，受处罚。

明　明
芳　芳　他还是少先队员，干脆开除了，看他还坏不坏？

雷　锋　嗯？（摇头）如果对待敌人、反革命，这样还差不多，你们想想，我们祖国这么大，人又这么多，不少的人都会有缺点、错误，如果都不理他们，把他们开除了行吗？毛主席教导我们　对于有缺点犯错误的人，要主动地去关心、接近、热爱，对他们像春天一样的温暖，帮助他们克服缺点，改正错误，你们看这朵花好看吗？

　众　　好看。

雷　锋　可是再好看的几朵花，总是打扮不出一个春天来。你们光自己进步不行，我们要叫所有的人都好，都进步才好，对么？

　众　　对。

雷　锋　那么你们应当怎样对待王安安呢？还讨厌他吗？

　众　　不讨厌了，应当互相帮助。

雷　锋　呃！小东西把衣服都叠好了。

明　明　叔叔，星期天你咋不出去玩呢？

雷　锋　你看，我不是有事么？

芳　芳　你给谁洗的那么多衣服？

雷　锋　我的么。

大　建　叔叔你还骗人呢。

雷　锋　叔叔怎么骗人呢？

大　建　那就不是你的衣服，你的衣服补丁多，我们都认得。

芳　芳　叔叔，你咋经常给大家洗衣服，他们自己咋不洗呢？

雷　锋　同志们天天出车，一天忙到晚，今天礼拜天，让同志们好好休息休息。

大　建　那你天天出车，咋不休息？

雷　锋　我休息过了，哎！小朋友！我问你们个问题，看谁能答上。

众　　　对，你问！你问！

雷　锋　有人说：人活到世上，就是为吃饭，你们说，这对吗？

大　建
明　明　不对，不对。

雷　锋　芳芳，你说，对不对？

芳　芳　当然不对么。

雷　锋　那么你们说，人为什么要活着呢？

众　　　（一齐得意地说）哎！是为了劳动。

雷　锋　（神气地更进一步地问）对，为了劳动，我再问你们，人们活着为什么要热爱劳动呢？

芳　芳
明　明　劳动是光荣的。

大　建　劳动能把身体锻炼胖。

（雷锋摇头表示不对，芳芳深思）

大　建　哎，咋不对？

雷　锋　对是对，只对了一点点，大半子还不大对。

芳　芳　（自言自语）只对了一点点？哎，劳动能使人聪明。

雷　锋　哎，快啦，看你们谁能答上。

众　　　哎，想起了，想起了，劳动创造世界。

大　建　哎！不对不对，劳动能……劳动创造世界。咋！不对？

明　明
芳　芳　人家说过的，你才说。

雷　锋　对，劳动创造世界，那么你们都热爱劳动么？

众　　　爱爱爱……

大　建　我帮妈妈提水、拾柴，哼，我劲可大啦。

明　明　我帮妈妈扫院子，倒土。

芳　芳　我帮妈妈叠被子、扫床、洗衣服，哎，我还会缝被子。

雷　锋　好好好，你们热爱劳动，都是好的，我再问，你们说，人活在世上，什么才是真正的幸福？

明　明　帮助别人做好事，就是幸福。

芳　芳　帮助别人进步就是幸福。

大　建　努力劳动就是幸福。

雷　锋　对，都说得对，都说得对，小朋友们，你们今天能得（五个指头）五分……小朋友，你们进步得真快呀！

　　　　（唱）春风吹，草青青，
　　　　　　　百花开放红又红，
　　　　　　　共产主义是明灯，
　　　　　　　照得人心里亮晶晶。

众　　　（唱）帮助同志要热情，
　　　　　　　每天做件好事情，
　　　　　　　团结进步爱劳动，
　　　　　　　建设祖国当英雄。

雷　锋　好啦！天变啦，小心下雨，叔叔送你们回家去，顺便把王安安看一下，好吗？把这个都带上，一人一本，这一本给王安安。小朋友！你们不是说不讨厌王安安了吗？

众　　　不讨厌了。

雷　锋　对，那咱们把这把花带给王安安，这叫作团结友谊之花好吗？
　　　　立正，向右转，齐步走，
　　　　（唱歌）团结就是力量……（下）

第 六 场

［淑华拖小蓓提包裹急上。

淑　华　（唱）一霎时雷鸣又闪电，
　　　　　　　出门偏逢下雨天。
　　　　　　　车票丢了无法办，
　　　　　　　路途遥远难回还。
　　　　　　　前无村来后无店，
　　　　　　　叫我左右两为难。
小　蓓　妈！我走不动了！
淑　华　你把车票丢了，我还没打你呢，你走不动……
小　蓓　妈呀！我头痛！
淑　华　啥？（摸蓓头）哎呀！头咋这样烧的！这，来！妈把你背上，先到没雨处再说！
小　蓓　我要回去！
淑　华　回，回！还有几十里路，我还能把你背回去？
雷　锋　（唱）送罢孩子忙回转，
　　　　　　　大雨哗哗似箭穿，
　　　　　　　见大嫂和孩子雨里站，
　　　　　　　急忙解雨衣给她穿。
　　　　　大嫂，来，这是雨衣，你快披上，你到哪里去？
淑　华　我到青龙镇去。
雷　锋　青龙镇离这儿几十里路，你和娃咋不坐车回去哩？
淑　华　哎，同志呀！
　　　　（唱）我要赶汽车回家转，
　　　　　　　丢了车票和盘缠。
雷　锋　怎么把车票丢了？
淑　华　（唱）她突然发烧染病患，
　　　　　　　怎奈我已无一文钱。
雷　锋　唔……哎，不论咋样，先给娃看病，车票我给你买。
淑　华　同志，今天多亏遇见了你，要不是你，我和娃就不得了。
雷　锋　（唱）大嫂不必那样讲，

军民本是一家人。

淑　华　（唱）我问你姓名和地址？
雷　锋　我住在中国。
　　　　（唱）名字就叫解放军。
淑　华　哎，解放军，解放军也该有个名字！
雷　锋　哎，大嫂，给娃看病要紧，快走，快走。
　　　　〔同下。

第 七 场

〔景同四场。
〔幕开时康虎在床上躺着，随着音乐，慢慢走下床。

康　虎　（唱）窗外红日照满院，
　　　　　　　独在营房自详参，
　　　　　　　写信来要钱爹爹染病患，
　　　　　　　悔我乱用手头有困难！
　　　　　　　思想起叫人心瞀乱，
　　　　　　　我哪有心思把兵练，
　　　　　　　茶饭少用心不安。
〔雷锋引林大夫上，康虎听见声音急忙上床。

雷　锋　（唱）请大夫给康虎把病看，
　　　　　　　他好了大家都喜欢。
　　　　林大夫，康虎最近情绪不好，你多安慰他几句。
林大夫　好好好（进，康虎把头用被子蒙着）噢！病人睡着啦！叫他好好休息休息，也好啊！
雷　锋　你先请坐，喝水，（轻轻地揭开被子）康虎同志，林大夫给你看病来啦！我扶你，来！

康　　虎　（雷扶康起）既然我的病是装的，为什么又给我请医生？

雷　　锋　康虎同志，没有人怀疑你的病，不要多心。

林大夫　是呀！不要多疑善感，病就好得快，噢！（试体温）小伙子参军的时候很健壮，怎么病倒了，他哪里不舒服？

雷　　锋　头痛，肚子痛。

林大夫　噢！把衣服解开！（康解开上衣，林大夫用听诊器诊断）嗯，肺没问题，心脏很好……小伙子别害怕，不是什么大病（看温度表）37度不烧！躺下（又摸肚子）哎哎！肚子有问题啊！

雷　　锋　他拉肚子，有时候吐。

林大夫　叫我看看舌头，嗯，肠胃有毛病！（坐桌旁边开药方）

康　　虎　大夫，肠胃有毛病，也是病吧？

林大夫　当然是病啦！

康　　虎　哎！人倒霉了，害个病也受窝囊气。

雷　　锋　康虎同志，不要生气，这也怪我工作中有缺点。

林大夫　不过，你这个肠胃可纯粹是乱吃乱喝，又受了点凉，喝过酒吗？

康　　虎　有时候不高兴就喝一点儿。

林大夫　啊，有时候喝一点儿，这不行呀，雷班长。

雷　　锋　到！

林大夫　你们要注意啊！康虎同志以后再不禁止喝酒，乱吃乱喝的，发展成胃溃疡，就麻烦了。

雷　　锋　是！（对康）哎！听见没有？发展成胃溃疡就麻烦了。

康　　虎　是，听大夫的话，服从班长命令。

林大夫　好啦，小伙子，不要紧，给你吃点药，就会好的。

雷　　锋　好，林大夫再见，我马上就来取药。（林大夫下，雷锋替康虎盖好被子，倒了开水。由挂包内取出两包饼干）康虎，你肠胃不好，早上还没有吃饭，来！吃点饼干。

康　　虎　这……

雷　　锋　这是咱们班上的同志给你买的，给，吃吧！

（康虎没想到大家今天对他这样关心，深受感动）

雷　锋　吃吧，吃吧！

　　　　（亲切地坐在康虎床沿）康虎同志，那一天咱们去辽化拉粮，关于吃饭的事情，你的意见完全正确，当时我还接受不了，现在我想通了，我是有点主观，康虎同志，请你严格地批评，我诚恳接受。

康　虎　（出乎意料）班长，你……这是……

雷　锋　康虎同志，班上某些同志对你冷言冷语，不愿和你在一块，不愿意接近你……你和大家越来越远了，越来越生，这些……都不能全怪你，虽然我主观上对你没有成见，但是由于你平常有些缺点，就对你有些意见，没有很好地考虑。实际上这就是成见，也助长了同志们对你的疏远，现在我完全想通了，是我的阶级觉悟不高，对你的帮助不够，你看看，人家班都在创建四好班，可是咱们却在闹不团结，咱们都是革命同志，有什么解决不了的问题？你、我、副班长，都是穷人家的孩子，在旧社会受尽了苦难，你娘、我娘都是被地主害死的，没有解放，没有党，哪会有今天？我们连生命都交给了党，交给了人民，我们有什么权利闹个人问题啊？我们能对得起党，对得起同志吗？

　　　　（唱）咱和你骨肉同胞一般样，

　　　　　　　手抓手儿泪夺眶，

　　　　　　　同志同志你想一想，

　　　　　　　咱一起参军拿起枪，

　　　　　　　你赤诚勇敢性豪爽，

　　　　　　　工作中也曾受表扬。

　　　　　　　只可惜你有了骄傲思想，

　　　　　　　竟然把组织纪律丢一旁，

　　　　　　　虽然说同志们和你有顶撞，

　　　　　　　个个都是好心肠，

　　　　　　　你何必仇恨副班长？

　　　　　　　他也是恨铁不成钢，

　　　　　　　你平日聪明又开朗，

　　　　　　　这一回耍糊涂太不应当。

为革命咱定要团结向上，

再不敢闹意气错打主张。

要做革命的英雄将，

为共产主义放光芒。

康　虎　班长，哎……

雷　锋　啊，躺下，躺下，小心受凉，我给你取药去。（下）

康　虎　（深受感动，急忙下床，看着雷去向）

（唱）他对我忠言讲一遍，

不由我珠泪滚滚心痛酸，

同志们平日里好言相劝，

我不该清风过耳丢一边，

副班长他也是好心一片，

我不该闹意气错打算，

雷班长他更是挚诚温暖，

他待我胜似那兄弟一般，

扪心自问我有缺点，

细思想好羞愧心中不安。

徐　明　（上）康虎，同志们在练兵，不放心你，叫我回来看你，你的病怎么样了？

康　虎　好些了！副班长，你都对我有些啥意见？

徐　明　（出乎意料）意见……领导上批评了我，雷班长和我谈了话，我在班务会上做了检查，康虎同志，你看大家都在努力创建四好班；咱们也一样，这回主要的就要看……就看……今后的工作啦！（二人心情现在完全一致）

康　虎　噢！今后就要看……看大家呢？

徐　明　噢！主要的是团结一致……

康　虎　噢！大家努力么！

徐　明　噢！还要积极主动。

康　虎　噢，主动积极么？

徐　明　好，你歇着吧！我到操场上去啦！（欲走，又想起地）哎，这是你家里给你来的信。你在。（下）

康　虎　（看信封）航空双挂号（忙撕！又停住）啊，家里从来没有寄过这么紧急的信……这……这……是不是……

（唱）见家书浑身出冷汗，
　　　未曾看信心不安，
　　　莫不是父病有危险，
　　　心乱如麻发熬煎。
　　　思想起我的娘死得伤惨，
　　　老爹爹抓养我一十三年，
　　　爹为儿常常泪满面，
　　　少吃缺穿真可怜。
　　　老人家今日染病患，
　　　用儿之时儿无钱。
　　　悔当初不听大家劝，
　　　前悔容易后悔难！哎！（擦泪）

雷　锋　（拿药上）康虎，又站在床边干什么？快上床睡着（发现康虎脸上的泪痕）噢！怎么哭啦？是病重了吗？（急摸头）快快躺下，我马上找大夫去。（走）

康　虎　班长，你……不要去了，不要紧。

雷　锋　哎，你躺着，让我去……（欲下）

康　虎　班长……你……我不是病重了，不要紧，你别去了。（流泪）

雷　锋　康虎，你到底怎么啦？

康　虎　（激动地抓住雷的手哭着说）班长，你不知道，哎！完啦！完啦！

雷　锋　你胡说什么？康虎！你到底怎么样了？你的病不要紧的，一个革命战士，怎么说出这样的丧气话呀？

康　虎　班长，你不知道，我……

雷　锋　你怎么啦？快说呀！

康　虎　我……父亲……完啦！

雷　锋　啊！你怎么知道的？
康　虎　家里从来不寄这么紧的信，可这一回，凶多吉少，我想……
雷　锋　你想……你看信了没有？
康　虎　我……我不敢看，哎，看不看都一样，我知道，完啦！
雷　锋　康虎同志，你为什么这样懦弱？即使老人家有一差二错，你也要挺起胸膛，敢于面对现实，你快看信吧！
康　虎　（硬打精神看信后大吃一惊）……啊！！！
雷　锋　（吃一惊）怎么？
康　虎　（由床上跳起来，站在床上跳看）班长，我父亲的病，病！病！
雷　锋　病怎么样，病怎么样？
康　虎　我父亲的病好了！
雷　锋　病好了！？
康　虎　嗯！（由床上跳下地）班长，你看！（二人看）
雷　锋　啊，病好啦！好了就好，你把我吓了一跳！
康　虎　班长！（二人相对不语，康虎不解）
　　　　（徐明、王勇及战士甲、乙练兵回来）
　　　　（徐、王等见雷、康尴尬地站着不语，也跟着尴尬起来）
张振山　你们看，康虎跳开芭蕾舞了，连鞋都不穿！
　　　　（众战士向枪柜放枪）
康　虎　噢，副班长，（穿鞋）我父亲病啦，现在好啦，你们看，（念信）康虎吾儿，我的病完全好啦，你不要惦念，有公社照顾着哩，你要好好地工作，当毛主席的好战士，你寄的二十块钱，也收到了……二十块钱？哎！我没有给家里寄钱呀！
战士甲　（沉住气地）可能是组织上照顾你的。
康　虎　我没有向组织要求照顾呀！
王　勇　你莫说是可能的，但是组织上知道了，给你解决了困难，你父亲的病也好了，这一下就安心了。
徐　明　康虎，党对咱们的爱护，就像母亲一样，这人心，都是肉长的……
康　虎　（含着眼泪）副班长，同志们……我……我……哎！〔荆营长上。

雷　锋　立正！
荆营长　同志们好！
　众　　首长好！
荆营长　坐下，坐下，听你们连长说，最近你们练硬功练得很出色，我专门来看看你们，你们辛苦啦！（雷锋给营长搬椅子）
　众　　为人民服务。
荆营长　对，要继续创建四好连队，就得鼓足干劲！
雷　锋　首长，你放心，我们要叫四好班的红旗在我们班永远生根。
荆营长　好，祝你们在练兵评功的时候，每人戴一朵这么大的大红花，哈哈哈哈！
　　　　（笑）哈……（只有康虎低头不语）
荆营长　康虎同志。
康　虎　到！
荆营长　怎么啦？病好了没有？
康　虎　报告首长，我病好了。（激动、精神焕发地）
荆营长　好啦就好么，这么大个子怎么还哭鼻子呀？（康不语，荆看众，众也不语，荆不解）康虎同志，是不是你父亲的病有什么情况？
康　虎　（痛哭地）首长我父亲的病好了，首长，……我太落后了，我对不起党的培养，对不起首长和同志们的关心，领导给我家寄的二十块钱也收到啦……（递信）
荆营长　（看信莫名其妙）雷锋同志。
雷　锋　到！
荆营长　这事你告诉你们指导员和连长了吗？
雷　锋　没有……
荆营长　没有！（看了看大家，明白了）噢！我猜着啦，雷锋同志，前几天你给辽阳公社寄的钱，他们已经收到了，并且向咱们领导上来信表示谢意，这钱是不是又是你寄的呢？
雷　锋　报告首长，这件事情是这样的，反正是……我想康虎的父亲就是我的父亲，……只要他老人家病好了，比什么都好……

众　　　班长！

徐　明　班长，是你寄的钱？
王　勇

康　虎　班长，首长，同志们，雷班长把我的父亲当成自己的父亲，把别人的困难当成自己的困难，雷班长，对我……哎……（惭愧地低下了头）

雷　锋　康虎同志！

荆营长　同志们，我们革命的战士就应该像雷锋同志那样，对待同志像春天般的温暖，助人为乐，无微不至地关心自己的阶级弟兄，这是多么高贵的共产主义风格。

康　虎　报告首长，我的病不是什么了不起的病，主要是我思想落后，骄傲自大，看不起领导，经常说怪话，犯纪律，今后……我保证改正错误，和大家团结一致，当个好战士。

雷　锋　首长放心，我们今后一定团结一致！

徐　明　团结一致！

众　　　团结一致！（众手拉手紧握一起）

荆营长　好！

　　　　〔幕急落，或急暗灯。

第八场

　　　　〔二幕前。淑华引小蓓提篮拿镰刀上。

淑　华　（唱）玉米结子豆花香，
　　　　　　　　解放军待人情谊长；
　　　　　　　　给我儿治病恩难忘，
　　　　　　　　风雨中解衣送我回家乡。
　　　　　　　　不知名不知姓没处寻访，
　　　　　　　　尘世上竟有这样的好心肠。

福　学　（上唱）徐支书他把我连声催叫，

　　　　　　　　为五队遭水灾天天唠叨；

　　　　　　　　今日里我给他设个圈套，

　　　　　　　　要抓住这机会好把钱捞。

淑　华　蓓娃爸，蓓娃爸！你咋还没去嘛！

福　学　哎，再不要吵，我今天下午就走。看，车票都买下了！现在有要紧事呢。

淑　华　你有啥要紧事哩么？

福　学　淑华，悄悄地！今日事大。

淑　华　不行，不行！啥事都没这事大。

福　学　有公事呢，不能给你说。

淑　华　我知道，当上个队长，今天有公事，明天也有公事。一天拖一天，就说人家救了你娃，咱不给人家还钱，不给人家送点东西，你心里过得去吗？

福　学　看，好我的蓓娃妈呢，今天这是一件大事。

淑　华　什么了不起的大事？我知道你们一开会就没长没短，不行，跟我回家吃饭、吃毕就去。（拉福学）

福　学　（甩开淑华手）你懂个啥呢？蓓娃妈，（低声地）我想借救济五队的机会，要求支书答应我到集市上把队上的花生大价出卖，捎着把咱那三捆棉花也卖了，今天他叫我谈话呢！上门的买卖好做，一定能成功。

淑　华　（很生气地）我不管你卖这个卖那个，今天非去不可，饭熟了娃叫你，你敢不回来？（生气地急下）

福　学　（高声）你还生气呢？你连人家住在哪里，叫个什么名字都没记下，叫我咋找哩么？

淑　华　（又生气地跑出来）只管给你说：人家叫解放军，住在中国，把这人你找不到，我跟你没有个完！（又生气跑下）

福　学　（急的）哎，我说你……

淑　华　（在后台）我跟你没话！

福　学　哎，真个是！（下）

　　　　　[二幕开，青龙大队办公室的院内，中有石桌；秋天，院内树上，金瓜蔓上果实累累。支书上。

支　书　（唱）五队不幸遭水漫，
　　　　　　　　全大队热烈齐支援；
　　　　　　　　只有七队太缓慢，
　　　　　　　　那福学常常打的小算盘。
　　　　　　　　今天找他先试探，
　　　　　　　　我看他又用什么巧机关？

　　　　　[七队副队长德发上。

德　发　（唱）几个队支援五队人称赞，
　　　　　　　　咱七队又落后太得难堪。
　　　　　支书，福学还没来？

支　书　没来，我教人找他去啦！

德　发　唉……支书，我福学哥可太不像话啦。

支　书　咋？你有啥意见呢？

德　发　我有意见，我队上的社员对他都有意见呢。

支　书　有些啥意见？

德　发　啥意见？人家都想支援五队呢，我福学哥不哼不哈，把人能急死！

支　书　那你是副队长，就应当想办法说服他。

德　发　我说来，老是个"不要忙，咱们队上穷，我跟支书谈一下"。我是新上任的副队长，不清底儿，又不好意思在大家面前顶撞人家，我难受得很。

支　书　想必是你们队上真个没办法？

德　发　没办法，支书（低声地）刚才我们队上的会计给我说，我们队上还保存着去年的两千多斤花生呢。

支　书　哎！你福学哥领导劳动生产很积极，就是有点思想不开化，常打的小算盘。

德　发　不行，我要跟他闹事呢！

支　书　不要急躁，等他来了，咱跟他和和气气地谈。看他打的啥主意。
德　发　唉！真丢人，这号干部！（生气蹲下了）
　　　　［福学上。
福　学　（唱）集市上能把大价赚，
　　　　　　　一路上心里打算盘，
　　　　　　　做啥事眼光要放远，
　　　　　　　保管上下转得圆。（见支书问）
　　　　你叫我有啥事呢？（拿得稳稳的，不慌不忙）
支　书　噢！你来咧！
德　发　你咋才来！
福　学　看……这才是，腿脚慢么！（转向支书）啥事？
支　书　（示意叫德发少说话，也拿得稳稳的，不慌不忙）啥事？就是为支援五队咿事！
　　　　（唱）为五队遭灾事谈了几遍，
　　　　　　　各队里都决定大力支援；
　　　　　　　今日里和你俩交换意见，
　　　　　　　但不知你二位有何打算？
德　发　咿……（气得冒出一字）
　　　　（支书示意叫德发少说话）
福　学　支援五队，一点儿问题都没有。
支　书　嗯？
福　学　（唱）五队遭灾有困难，
　　　　　　　咱七队岂能不支援？
　　　　　　　你若能听我的意见，
　　　　　　　保管咱五队七队都喜欢。
　　　　支书，只要你能接受我的意见，我们七队还要带头呢，比他们哪一个队都要支援得美。
德　发　带头？还带头呢！（鄙弃地）
福　学　当然，当然要带头呢！

支　书　德发，你少说几句，想必你福学哥有好意见呢。（向福学）你说。

福　学　你听（得意地）

（唱）我看咱应当这样办，

　　　　我队里保存花生有两千。

德　发　（惊讶，以为真的搞通了）唔……花生？

支　书　花生？

福　学　花生。是去年我们完成统购任务以后多余下的，放心，咱不能犯政策！

（唱）为集体你要行方便，

　　　　集市上明明的能够多卖钱。

　　　　卖下钱咱给五队支援一半，（得意拍腔子）

　　　　剩下的我队里发展副业做本钱，

　　　　大集体小集体照顾全面，

　　　　依我看社员们都会喜欢。

　　　　只要你能把头点，

　　　　一河水能涌满八百里秦川。

德　发　（出乎意料，吃惊地）哦……

支　书　（很稳重说了一句双关语）你真个有办法，能想出好主意！

福　学　天下农民是一家，不能眼看着受灾社员立到雨里，咱的总是事事带头。支书，我看……

支　书　你不但支援了五队，而且还从生产入手，解决了七队发展副业的资金。

福　学　（以为支书同意了，得意忘形地向德发）你看人家支书，真是明白人，看得远。把你能的，好像哥还不如你咧社会主义觉悟高！成天嘟嘟嘟囔囔囔，你想一想，哥比你大多少岁，咋说都比你经验多，往后听哥的话，没有错！

德　发　这叫带头，这就叫带头？

福　学　咋不叫带头？你算一算，花生在集市上能卖多少钱？把一半支援五队，他们哪一队比得过咱么？

支　书　福学同志？

　　　　（唱）我问你为何搞副业生产？

福　学　这还用问，为了增加社员的收入么！

支　书　（唱）为增加收入要赚钱。

福　学　是啊！多赚钱，社员也富，队上也富。哈……

支　书　（唱）集市上价钱很合算，

福　学　保管能卖大价。

　　　　（德发气得扭过去，把耳朵捂住不听）

支　书　（唱）只恐怕没人买也是枉然。

福　学　（不以为然地）那你不要操心，周瑜打黄盖，有个愿打的，就有个愿挨的么！

支　书　（唱）难道说人家是傻瓜蛋？

福　学　那他也为的倒贩赚钱么！

支　书　（唱）我问他赚谁的钱？

德　发　（实在忍不住，一跳站起来）难道咱生产队还搞投机倒把呀！

福　学　（暗示德发，气恨地）你悄着！

支　书　（唱）今日卖，明日赚，

　　　　　　　油嘴越惯就越馋；

　　　　　　　卖完了别处再倒贩，

　　　　　　　难免把统购任务丢一边；

　　　　　　　国家手里物资欠，

　　　　　　　物价一日翻几番；

　　　　　　　旧社会日子又重现，（感慨地）

　　　　　　　忘了你当日里受饥寒。

　　　　　　　假借集体遮体面，

　　　　　　　统购物资押手边。

　　　　　　　图自发害国家你甘心情愿，

　　　　　　　多亏你能说出带头争先。

福　学　哎呀！（不服地）你就把我说成反革命咧！

支　书　反革命，反革命想从政治、军事、经济三方面拆咱社会主义的台，你这是从经济上挖咱社会主义的墙根子！

福　学　天理良心，天知道！

德　发　天知道啥呢！这就是你的社会主义觉悟比我高，你有经验，照你，要把七队引到糜子地里去呢！还夸嘴呢。

福　学　对，咱的落后！

支　书　（唱）怪不得大家对你有意见，
　　　　　　　当队长日谋夜算赚黑钱；
　　　　　　　常跟着富裕中农的屁股转，
　　　　　　　你把咱贫雇中农丢一边；
　　　　　　　假若还你的谋略兑了现，
　　　　　　　把社员能引到沟里边。
　　　　　　　不过是借社员打个遮掩，
　　　　　　　骨子里根本是个人打算。

　　　　（气得扭过头去，背身向福学）

福　学　唉！（垂头丧气，欲说又觉得无词，气愤不满又无可奈何地）这你……你把我……哎！（蹲在一边）

　　　　〔雷锋掂马达，身挎"百宝箱"上。

雷　锋　同志！

德　发　支书，有人找！

支　书　（急转身）唔，同志！

福　学　（抬头，正没好气，见马达急说）就说你背我这马达做啥呢！咹！

雷　锋　我是在咻井边……

福　学　（不容分说）井边也是有主的东西么，年轻轻的……

雷　锋　（解释地）同志，我路过井边，看见这个马达，不知是哪个队的。

福　学　（理直气壮）我队的。

支　书　（莫名其妙）福学同志，你咻是啥态度嘛？

德　发　（看了看马达）同志，这是我们青龙七队的。

雷　锋　那就好，以后把队上的财产，还是保存好，放在外边，风吹雨打的，

支 书	再说，这绝缘坏了，容易出危险！
支 书	是啊，你们队的东西，为啥不收拾好？！
福 学	咻是坏的，使不得咧！
雷 锋	有点小毛病，我把它修理好了！
德 发	（奇怪地）唔！我看……

（雷锋与支书、德发共看，福学怕多要修理费）

福 学	啊！同志，你要修理，也先跟我们商量商量，有个修得起，还有个修不起的。（见众人忙着看马达，急得不安地拉过德发）德发！你记得吗！去年掂到城里修理了一回，花了六十块钱呢，这一回怕……
德 发	（甩开福学）不要胡说，你看人家是啥人吗？！
福 学	啥人？我看好像是个转乡的电工！（又拉德发）是这向，咱只给他三十块，不成了，再给拉半车菜，谁教他不先讲工价呢？
德 发	悄悄地，人家好像是个解放军。
福 学	（显然有心事，只在计算工价）嗯，我不放心，要把话说在头里。同志，（甩开德发阻拦）你看，咱队上也穷……没钱……咻工价……嘿……是不是？（伸袖子，想捏手议价）
德 发	（把福学推了一把）你再不要丢人咧！
雷 锋	（向支书）支书，这是一百元……（伸手在口袋里摸钱）
福 学	啥！一百元？你是吃了碌碡咧？你还要我们的命呀！
德 发	（生气地瞪视福学）看你胡说些啥嘛？
雷 锋	（把钞票取出，拿在手里）同志！

（唱）前几天咱公社遭了水患，
　　　我听说好几户房塌水淹；
　　　不忍心父老兄弟无处安身无处站，
　　　因此捐献一百元。
　　　这不过表示我的心一片，
　　　斤里不添两里添。

支 书	哦！同志，这不能，队上人多应当大家想办法，怎能收你的钱！
雷 锋	支书，大家拾柴火焰高，我也是大家中的一员。

支　书　同志，这问题公社自己能解决！
雷　锋　哎，我也和咱社员一样么！
支　书　看，同志你是个战士，一月收入也有限，听口音你还是远方人！
雷　锋　再远，也不都是中国人嘛！
支　书　你积攒点钱也不容易，也该顾顾家。
雷　锋　家，支书，共产党、人民政府就是我的重生爹娘，人民公社就是我的家。

　　　　（唱）我从南方到北方，
　　　　　　　走到处都是我的家乡；
　　　　　　　从长白我看到昆仑山上，
　　　　　　　立草原我看到万里长江。
　　　　　　　我的家就这样天阔地广，
　　　　　　　六亿人都是我姐弟爹娘。
　　　　　　　祖国的春风吹暖了我的心脏，
　　　　　　　祖国的社会主义建设激荡着我的胸膛。
　　　　　　　咱公社有困难当仁不让，
　　　　　　　为的是早实现理想天堂。
　　　　　　　大家都愿把天堂上，
　　　　　　　就应该合力建天堂。
　　　　　　　添一砖添一瓦何必记账，
　　　　　　　这是我分内事理上应当。

支　书　哦！

　　　　（唱）我面前呈现出一片光彩，
　　　　　　　我看见毛主席思想花开。
　　　　　　　铁铮铮好战士伟大气概，
　　　　　　　把理想他带到现实中来。
　　　　　　　这力量定能够排山倒海，
　　　　　　　千万元买不来这样胸怀。
　　　　　　　叫福学你应该大开眼界，

　　　　　难道说他的头脑真正是个花岗岩。
　　　　　我问你这半响作何感慨？
　　　　　定然间在那里胡说乱猜。
　　同志，我收，我不是收你的钱，我是收你的心，我不是收你的一百元，我是收你这一份伟大的力量。

德　发　哎呀福学哥，你看人家是啥思想，咱的是啥思想！
福　学　唉！天，天！（激动地打自己的头，快哭了）
支　书　同志，你……你在哪个部队，你叫啥名字？
雷　锋　我是咱解放军。
福　学　（有点触动）哦！解放军。
支　书　啊，同志！你叫啥？
雷　锋　（看表）呃……快三点了！我在五点前，还要把车开到吴桥。（说着就走）
支　书　同志，你不能走！
德　发　不行，你一定要在我家里吃一顿饭！（拦住，挽留）
　　　〔三人正在周旋，小蓓急上。
小　蓓　爸爸！妈妈叫你吃饭！（见雷）唔！（大叫）解放军叔叔！你……（向后急跑）妈妈！（下）
雷　锋　（见了小蓓很亲热的）小鬼，小鬼！（想问话，没来得及，小蓓已经跑下）
福　学　嗯！（惊疑地端详雷锋）
支　书　同志，你先坐一会儿。
雷　锋　哎，时间不早了，好，你们在，我还要赶路！（说着就要走）
德　发　（拉住雷锋）同志，你不能走，一定要在我家里吃一顿饭。
　　　〔小蓓、淑华急跑上，淑华气吁吁地手里捧着雷锋的衣服。
淑　华　哎呀，同志，你叔叔！我今天可见了你了！
小　蓓　（拉雷锋）叔叔，走，到我家里去！
雷　锋　你好啦！
福　学　（惊讶失声）啊？

（众被福学的大声喊，愣住了）

福　学　老哥！不，老弟！嗯！同志！（扑上双手抓雷锋）我……哎！我好羞惭也！

　　　　（唱）我自发思想迷了心，
　　　　　　　见了你羞得我无地容身。
　　　　　　　你为咱社会主义把心尽。
　　　　　　　我竟想投机倒把拆墙根。
　　　　　　　半辈子我只当人在世上为吃饭，
　　　　　　　今日里才知道劳动是为众人。
　　　　　　　老哥今日长志气，
　　　　　　　一定要痛改前非重做人。

　　　　老弟！（口袋里掏、迫不及待地）这是车票钱，药钱！（递上去）

雷　锋　哎！（推回）这……点钱……

福　学　老弟！你看，（掏出车票）我是今天搭车找你去呀，你快收下！

淑　华　你叔叔，你收下！

雷　锋　啊呀！大哥！你！（推还）

福　学　（见雷不收，忽然转向支书）好，支书！你收下，救济灾户！我……我队上瞒产留下的花生，卖给国家，我……我私人还有三捆棉花，也卖给国家，一起捐献咱们五队的受难户。

德　发　福学哥！（一把握住福学手）

支　书　福学同志，你是好的，进步啦！

淑　华　你叔叔！这是你的雨衣。（交雷锋）

雷　锋　唔……哎呀，嫂子，你洗干净了，谢谢。

淑　华　（从手巾里拿出两个雪白饦饦馍）还有这。（放在雨衣上）

雷　锋　嫂子，你不要多心，这我不能收。（要给淑华）

众　　　同志，你收下。

雷　锋　不，不能。（又要给淑华）

淑　华　同志，你要不收，你就把我的心伤啦。

众　　　同志，你不收，她太难过啦。

雷　锋　（感到不收，大家心里过不去）好，我收下！再见！小蓓！给！你吃一个，（交给小蓓，撒腿就走，手扬着向大家边走边说）再见，再见！……

众　（都非常激动，一齐追下）同志！同志！……

（幕　落）

第 九 场

［部队医院的病房。

［某日下午。

［二幕前，徐明在轻快的音乐中手拿"四好班"红旗、一把鲜花上。

徐　明　（唱）评比会上评模范，
　　　　　　　我们又评为"四好班"。
　　　　　　　政治思想进步快，
　　　　　　　军事训练常占先。
　　　　　　　三八作风坚持不断，
　　　　　　　完成任务按时间。
　　　　　　　班长有病住医院，
　　　　　　　急忙去把喜讯传。（下）

［二幕开。

［病房、室内整洁，墙上挂着"卫生模范"的奖旗。

王　兰　（上唱）八月桂花香满院，
　　　　　　　雷班长常常不安眠。
　　　　　　　时时刻刻要照看，
　　　　　　　这个人一天不得闲。

　　　　雷班长，雷班长，啊哟，这个雷班长呀！老不好好休息，又不知跑到哪里劳动去了，真是！……

［跑下。

徐　明　班长。（进门）呃，没在！（欲出去寻人，顺手把枕头旁边的《毛选》搬开，看）

（唱）雷班长学习是模范，

　　　　毛主席的著作他最喜欢。

　　　　圈圈道道他画了个满，

　　　　日日夜夜细钻研。

（继续看《毛选》）

康　虎　（红光满面，兴致勃勃，背旅行袋上）

（唱）这次出差一月半，

　　　　高高兴兴转回还。

　　　　听说班长住医院，

　　　　急忙前来看一番。

雷班长！雷班长！

（进门与徐相见）呃，副班长！

徐　明　康虎你回来了！指导员说你这一次出差任务完成得很好。

康　虎　报告副班长，列兵康虎顺利完成向后勤部运送物资的任务，报告完毕。

徐　明　好样的，（拥抱）哎！你把旅行袋背到这里干啥！（想捏）

康　虎　哎！先别动，这里边有秘密。（转语气）哎！咱们班长呢？

徐　明　不知道，我来也扑了个空！

康　虎　咱们班长得的啥病？

徐　明　你还不知道？

康　虎　我刚一进门，听说他在医院，连工作服都没换就跑来了，你不知道离开咱班长和同志们这一个半月，可把人想坏了。

徐　明　这滋味我也尝过！

康　虎　副班长，班长到底是什么病？

徐　明　你先不要忙，（先跑到门口巡视了一下，转过身来）

（念）康虎别着急,坐下先休息,
　　　要知班长事,听我告诉你。
（唱）八月开头那几天,
　　　阴云密布雨连绵。
　　　上寺水库水涨满,
　　　威胁着人民生命财产不安全。
　　　连长号召齐动员,
　　　咱班长带病抢在先。
　　　再说那次的抗洪战,
　　　摆下的阵势可不一般。
　　　抗洪大军千千万,
　　　人人奋勇要当先。
　　　头顶上狂风暴雨呼隆隆……地响雷又闪电,
　　　脚底下半截腿扑哧哧陷在泥里边。
　　　咱班长挥动铁锨猛力干,
　　　好像猛虎扑下山。
　　　一锨下去泥水溅,
　　　两锨、三锨,大块胶泥往上翻。
　　　班长干得正得劲,
　　　锨头掉在泥里边。
　　　黑夜漆漆摸不见,
　　　急得他两眼冒黑烟。
　　　他左看右看无法办,
　　　扔掉了锨把用手挖。
　　　他不顾两手肿胀十指烂,
　　　他不顾冷水齐腰刺骨寒。
　　　满手的血满头的汗,
　　　他咬着牙挖泥不停班。
　　　把我看的心发软,

大声疾呼卫生员。

（夹白）卫生员！卫生员！

我刚喊了一声半，

班长向我翻白眼。

他言说：

轻伤战士不下火线，

你大呼小叫为哪般？

他说完转身继续干，

高唱战歌把干劲添。

他只管社会主义好，社会主义好……（一边唱一边学雷的动作）

唱着唱着没有完，

把大家带动都争先。

直干到水库疏散无危险，

雷班长笑着笑着昏倒在泥里边。

连长叫赶快送医院，

在医院住了整十天。

咱班长真是好模范，

英雄的事儿说不完。

康　虎　（兴奋、赞叹地）

（唱）咱们学习班长向前干，

当一个优秀的驾驶员，

徐　明　（唱）却怎么班长不回转，咱们分头找一番。

康　虎　对！

［二人齐下。林大夫一手提浇花的洒壶，一手揪雷锋上。

林大夫　（唱）雷班长你不像话，

你把大夫活急煞。

叫你休养你闲不下，

不是扫地就浇花。

　　　　　　　假如你再不听话，
　　　　　　　定要叫连长把你罚。
雷　　锋　（唱）林大夫莫生气，
　　　　　　　听我告诉你。
　　　　　　　我要出院你不同意，
　　　　　　　躺在床上干着急。
　　　　　　　浇浇花，扫扫地，
　　　　　　　这就是我的好休息。
林大夫　（唱）你的伤口还未好，
　　　　　　　筋骨受损不能跑。
　　　　　　　流血过多气力小，
　　　　　　　还要补养做治疗。
雷　　锋　我觉得好啦，能出院啦！
林大夫　（白）出院，出院，老是个要求出院，在这儿我就是司令员，就得听我的，快躺下休息。
雷　　锋　林大夫……
林大夫　服从命令。
雷　　锋　是！
　　　　（二人欲进屋，护士急上）
王　　兰　雷班长，理疗刚一完，你就不见了，你倒跑到哪里去了？
林大夫　（瞅了护士一眼，把手里的洒壶扬一下）跑到哪里去了？在后花园干起这个来了。我说你呀，真不负责任，怎么叫他跑了呢？往后要照顾牢呢，快！扶他回去休息！
　　　　（三人同进病室）
徐　　明　雷班长！
林大夫　咦！你怎么又溜进来了？
徐　　明　（支吾地）怎么是溜进来的！我是登记了，光明正大走进来的！
林大夫　（把手一伸）探病证？
徐　　明　（全身上下乱摸）呃，呃，这……（众笑）

林大夫　别装了，副班长同志，请你告诉你们班的同志，要注意雷班长的休息，少来打搅他，你放心，我们会把他照顾好的，等他病好了，马上送给你们。

徐　明　（风趣地。立正）是，大夫同志！

林大夫　你没有什么要紧的事，就请——（做了个让徐明出去的姿势）

徐　明　我有要紧事，说完马上走！看，（伸出五指）五分钟。

　　　　（林大夫犹豫）

雷　锋　林大夫，让他和我谈一会儿再走。

林大夫　好，五分钟，这可是最后一次，王兰，掌握时间，五分钟以后，撵他们出去！

徐　明　是！（立正）

徐　明　（热情地）班长！（二人热情地握手、拥抱）

雷　锋　（看着徐拿来的东西）怎么？你又拿来东西了，我说过多少次，咱们可不能乱花钱……

徐　明　哎！班长，这个你可批评错了，这是炊事班大个老李亲手给你做的拿手点心，这鲜花嘛，是少先队员叫我捎给辅导员的，我么？只给你带来个好消息。

雷　锋　什么好消息？

　　　　（徐展开了"四好班"的奖旗）

徐　明　（兴奋地）终于保持了"四好班"。

康　虎　（急上）班长！（一下扑到雷的怀里，和雷锋拥抱）怎么样？（抓起雷锋手）

雷　锋　没有什么，马上就好，指导员说你这次出差任务完成得很好，咱们全班都高兴！

康　虎　（幸福、自豪地）报告班长，这次出差一个半月，安全行车两万四五千公里，节约汽油一百斤，超额完成了任务，并且做到车子保养好，群众关系好，遵守纪律好！（取出登记本）这是我的登记本。

雷　锋　（看着登记本，兴奋地、情不自禁地为康虎高兴）好啊！（激动地眼里拥抱康虎）好样的！康虎同志，这是咱们全班同志的光荣！

康　虎　（激动地涌着泪花）这都是班长和副班长帮助我、信任我、培养我……

雷　锋　不能这样说，康虎同志，咱们能为人民做一点儿事，有一点儿成绩，都是党教育我们、培养我们的结果，"力量从团结来，智慧从劳动来，行动从思想来，荣誉从集体来"。

康　虎　班长，我知道自己才走了第一步，距离党和人民对我的要求还很远，我有信心，有决心赶上同志们，保证决不自满。

雷　锋　对啊！绝不能自满，（向徐）咱班这次虽然又被评为"四好班"，告诉同志，咱们可千万不能骄傲。牢牢记住。毛主席说："虚心使人进步，骄傲使人落后。"

徐　明
康　虎　对！

康　虎　班长，这是我父亲从家乡给你寄来的，（把橘子送给雷锋）他还叫我向你问好。

徐　明　噢！就是这个"秘密"？

雷　锋　他老人家的病好了，我比什么都高兴，谁叫你给家里写信又提那件事的？累得他老人家又挂念咱们。（取了几个，把其余的橘子交给徐明）把这些带给同志们，作为他老人家对咱们全班战士得了"四好班"的祝贺和奖励。

康　虎　班长，这是……（从挎包里掏出《毛选》）你看，我现在也坚持学习毛主席著作，这一回出差一个半月，我抽空把《毛选》四卷学了多一半了。

雷　锋　（接过《毛选》翻看，对徐明）圈的点点还不少呢！

康　虎　这次出差驾着汽车，越想你说的"汽车没有方向盘不成"这句话越对。方向盘稍一不稳，就会出事故，脑子里稍一不听毛主席的话，就会犯错误。我以前就吃了不好好学习毛主席著作的亏了。

雷　锋　说得对，我们今后永远要好好坚持学习毛主席著作，时刻记住他老人家的教导。

康　虎
徐　明　对！

徐　明　这……橘子……

雷　锋　你拿着吧！（向徐）这次技术测验，咱们班的成绩怎么样？

徐　明　都是五分，王勇同志也翻了一番，从二分提高到四分了，可他还不满足，正在下决心钻研哩！

雷　锋　四分……王勇同志这几天没来，你们回去叫他来一下，我很想念他。
　　　　［护士上。

王　兰　徐明，你怎么还没走？五分钟已经够啦。（指康虎）看，两个人，合起来就是十分钟。

康　虎
徐　明　护士同志，我们……马上……哎！再三分钟。

王　兰　不行，三分钟，我看，再给你们三十分钟也不够，雷班长过几天就出院了，你们两个先回去！

雷　锋　护士同志，对不起，我们实在……好久不见……实在……

王　兰　不行呀，这会影响你的休息，这是医院的纪律。

徐　明
康　虎　好，班长，我们走啦，再见。

雷　锋　再见，别忘了给王勇代好。（示意"别忘记叫王勇来这里"）

王　兰　好，现在该休息了吧！（安排雷锋躺在床上）好好休息，不准出去，也不要看书。（下）

雷　锋　对。（王兰走后，拿起《毛选》，偷看起来）

王　勇　（溜上，找门牌号）班长，我来了！

雷　锋　嘘，小声点，快坐下。（抒情的音乐）
　　　　王勇同志，听说你这次技术测验得了四分，进步很快呀。

王　勇　（有点难受）大家都是五分，就我得了四分，都怪我自己学习不好，你每天晚上睡在被窝里还悄声给我讲，可我……对不起，班长……
　　　　（说到最后又难过……）

雷　锋　（感情充沛，信心十足地）呃！啥时候学会这个调调子，（顺手从枕

　　　　　下又取出一本，翻开）你看，关于汽车内燃机原理，你是不是这个……给答错了。
王　勇　（大声地）对，对，就是这样。
雷　锋　（示意悄声点）（指出）你看，这油路是从这里，这里，然后……你看对不对？
王　勇　对，对。
　　　　（突然，远处传来模糊不清的喧噪声，渐近，渐显，终于听见有人喊）
　　　　〔内喊：加工厂失火了，
　　　　　　　　哎呀，快，加工厂！
　　　　　　　　快救火去！
　　　　　　　　……
　　　　　　　　把灭火器带上！
　　　　　　　　梯子……梯子！
　　　　　　　　快嘛……快！
　　　　〔声音是从四面八方传来的。
　　　　〔雷锋和王勇向窗外望去，天幕上偏左出现浓烈的火焰黑烟）
雷　锋　（急忙穿鞋）咱们快去救火！（说着二人拟走）
王　兰　（急上，严厉地）雷班长，林大夫要我监视你，不准你离开房子。
　　　　（雷锋着急，不知如何是好）
王　勇　班长！我……
雷　锋　王勇，你赶快回去，动员咱班的同志，全体出动，赶快救火。
王　勇　是。（急出门）
　　　　（雷锋本能地跟上去）
王　兰　（双手抓雷）班长，你不能去！
王　勇　雷班长，你不能来！（下）
王　兰　雷班长，你不能动，这是医院的纪律。（硬把雷按在床上落座）
雷　锋　（急起唱）我心里急得如刀绞，
　　　　　　　　　那里的火焰冒天高，

> 怎忍看祖国财产被烧掉?
> 怎忍听婴儿妇女哭号啕?

（猛听得救火车汽笛高鸣一声，急忙又跑到窗前看，此时火焰更高了）

王　兰　（拉雷）雷班长，你要服从命令！

雷　锋　（猛转身双手抓王兰臂，用最坚定的口气）护士同志，我们不能见死不救！我一定要去！（说着向门扑去）

王　兰　（用力挡锋）不行！你要保重身体！

雷　锋　（急不择词）我……我不要紧。（把王兰一推）

（王兰几乎跌倒）

（雷锋向门扑去）

王　兰　（用臂护门，用力把雷锋推开）不行！

（此时，叫喊声、汽笛声、火焰更强烈了）

雷　锋　（着急，猛看见窗开着，像一支箭似的，从窗口跳出去了，大喊）救火啊！……

王　兰　（只顾靠住门，没料到雷锋跳窗，见雷锋跳窗，扑上欲抓，没抓着，急忙开门跑出）雷班长！……

（从房外跑到窗口）

（强烈的叫喊声、汽笛声，火光放射直到幕闭合后为止）

（幕　闭）

第 十 场

［二幕前，只听左右一片锣鼓声，徐明急上。

徐　明　（唱）迈开大步跑得急，
　　　　　　　锣鼓喧天为怎的？

　　　　　　东南西北人似海，
　　　　　　四面八方齐包围。
　　　（拟跑下迎面来了康虎）

康　虎　（急上）副班长，（一口气说了个没停点）快，快！雷班长那一天黑夜救火，领导咱们冒险上楼，加工厂非常感激，发动全体人员前来慰问，这一下不要紧，惹得铁路员工、人民公社、工农商学兵、男女老少，都要前来慰问，快，快。

徐　明　赶快找营长，走！
　　　［二人转场，二幕开。
　　　［营部大院里的鱼池前边，刺柏排列，白杨高耸，蔚蓝的天空，飘着几丝云彩，显得很辽阔，远处可以隐约地看见城市建筑物。

徐　明
康　虎　营长，营长！

　　　（荆生华右手拿一把小锄头，挽着袖子，左手挂上衣，急上。

徐　明
康　虎　快，快，来了，来了！

康　虎　把咱包围了！

荆生华　（见二人的样子，又好笑，又莫名其妙）什么事？快讲！

徐　明　（唱）加工厂锣鼓震破天，
　　　　　　　感谢咱救火的好青年。

康　虎　（唱）公社的锣鼓不停点，
　　　　　　　火车服务员来得欢。

徐　明　（唱）大字报锦旗红光闪，
　　　　　　　男女老少齐动员。

康　虎　（唱）四面八方汇一片，

徐　明
康　虎　（齐唱）学习雷锋喊破天。

荆生华　（徐明、康虎报告时，唱得很紧，这边刚完，那边紧接上，每次开口时，头两三个字，一齐开口，结果是先唱的让给后唱的，荆营长左右应付，放下锄头，穿好上衣，还没等把扣子扣完，马上传令）徐明、康虎！

徐　明
康　虎　（立正）到！

荆生华　赶快叫雷锋到这里来！

徐　明
康　虎　是！（转身向两边急下）

荆生华　（向内）通信员！

通信员　（内）有！（急上，立正）

荆生华　快通知各连集合，布置会场迎接慰问团。

通信员　是！通知各连集合，布置会场，迎接慰问团。

荆生华　好，快去。

通信员　是。（向后转，急跑下）

（锣鼓声近，荆营长不见雷锋来，着急）

［后台听见几处吹哨声。各处脚步急促沉重，只听得乱纷纷的一片，"立正""向右看齐""向前看""报数"在这样的紧张声中，又夹杂着四面八方的锣鼓声渐近。

（荆营长把扣子扣好，齐整衣帽，严肃庄重而紧张的左顾右盼）

徐　明　（气喘跑上）报告营长，找不见雷锋。

荆生华　（急）继续找，一定要找到！

徐　明　是！（向后转，跑下）

（荆生华急得团团转）

康　虎　（紧接着上）报告营长，雷班长不晓得到哪里去了！

荆生华　到处去寻，非找到不可！

康　虎　是！（向后转，急下）

（此时几个士兵抬出毛主席像和红旗，很紧张地挂了起来）

徐　明
康　虎　（使劲把雷锋拉出来了）报告营长，雷班长在灶房里帮助炊事员做饭呢！

（雷锋右手拿擀杖，腰系炊事员的围裙，双手和袖口残留面粉，莫名其妙地）

荆生华　（正在着急）哎呀！你这个同志啊！快，快！工农商学兵都慰问你来啦，准备讲话！

雷　锋　是！

（徐明、康虎急急忙忙给雷锋换帽子，解围裙）

（雷锋很紧张地整理衣服。徐明、康虎也帮忙）

〔此时四面八方的锣鼓喧天，人声欢腾，不知来了多少人，紧接着加工厂厂长及铁路员工等随同各行男女老少一大群由右边拥上，领头一位工人代表拿着一面大锦旗，上写"向解放军舍己为人的精神学习"。其中一位火车服务员代表高举红底白字大字报，上写："学习雷锋同志到处勤苦劳动，为大家服务的精神！"有些人用长竿小红旗空中飘荡。荆营长等刚热情地迎上前去，和他们握手，忽然左边以和平公社的党支书为首，由党支书带领公社男女老少社员一大群，支书拿大锦旗一面，上写："学习雷锋同志的共产主义风格！"众社员高举红底白字大字报，上写："感谢雷锋同志对我们公社无私的帮助。"也有些用长竿小红旗空中飘荡着，荆营长等赶快转身迎左边的人。还有当地驻军代表高举显亮的大字报，上写："雷锋同志是我们全体解放军的榜样！"一位青年学生代表高举显亮的大字报，上写："雷锋同志是我们青年学习的榜样！"

〔在锣鼓震天动地与人声欢呼沸腾，掌声雷鸣，叫好、口哨声中，荆营长先接了加工厂的锦旗，交一士兵，又接了人民公社的锦旗交另一士兵。此时两面大锦旗在当中并列，四个大字报在两面锦旗两边并列。两边的人抢着同荆营长、雷锋握手。忽然台下有一群可爱的少先队员，打扮得花朵似的；有的拿着鲜花，有的拿着红领巾，高声大喊："辅导员，辅导员……"台上众人一齐肃静往台下看，连锣鼓声也停了。只听得那一群花枝招展的少先队员喊"叔叔""辅导员"，一片悦耳的莺歌鸟语，他们连蹦连跳地上了台。顿时又恢复了锣鼓震天动地，人声欢呼沸腾，掌声雷鸣，叫好口哨之声。少先队员们给荆营长、雷锋献花,戴红领巾。荆营长抱起一男一女。有几个小伙子把雷锋高高抬起,雷锋左手抱几束鲜花,右手向欢呼、跳跃、鼓掌、打哨的众人致敬。

——幕闭·剧终——

马健翎剧作选

（下）

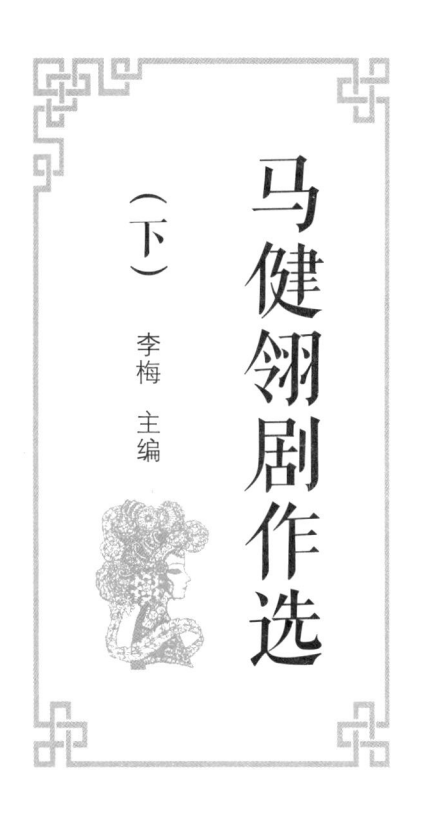

李梅 主编

陕西新华出版传媒集团
陕西人民出版社

《马健翎剧作选》编委会

主　　　编：李　梅
编　　　委：常树华　李东桥　王咸民
　　　　　　董利森　戴　静　谭建春
编辑部主任：戴　静
副　主　任：胡建琴
编　　　辑：闫　娜　王永平　马　骊
　　　　　　王引娟　李　鹏

马健翎剧作选

(下)

李梅 主编

陕西新华出版传媒集团
陕西人民出版社

《马健翎剧作选》编委会

主　　编：李　梅
编　　委：常树华　李东桥　王咸民
　　　　　董利森　戴　静　谭建春
编辑部主任：戴　静
副 主 任：胡建琴
编　　辑：闫　娜　王永平　马　骊
　　　　　王引娟　李　鹏

《飞虹山》剧照 李应真饰郑飞虹，马兰鱼饰王小虹

《四进士》剧照 李继祖、槐保、胡正友等演出

《赵氏孤儿》剧照 苏育民饰程婴，罗士奎饰屠岸贾，许天成饰孤儿

《游西湖》剧照 马兰鱼饰慧娘，李继祖饰裴瑞卿，李应真饰丫环

《窦娥冤》剧照 李应真饰窦娥

飞虹山 秦腔

编剧：马健翎（1960）

人物表

郑飞虹：飞虹山扫清讨逆义军领袖。
王小虹：飞虹山前寨首领，郑飞虹之女。
刘锦云：飞虹山中寨首领，郑飞虹之儿媳。
李华雄：飞虹山中寨副首领，王小虹之未婚夫。
赵大伯（即苍头）：侍候郑夫人的老苍头。
张老大：飞虹山老农。
张汉英：飞虹山民族将领，张老大之子。
彩　霞：飞虹山民兵，王拴虎的未婚妻。
王拴虎：飞虹山民兵，彩霞的未婚夫。
杨振邦：飞虹山某义军将领。
王　鼐：郑飞虹之夫，明朝总兵，后被俘降清。
王步昇：郑飞虹之子。
洪富贵：清朝间谍。
阿尔朗：清朝某部元帅。

哈吉托：清朝某军都统。

飞虹山男女兵将若干人。

飞虹山男女民兵若干人。

飞虹山马童一人。

飞虹山大旗手一人。

飞虹山报子一人。

清兵将若干人。

清中军、报子各一人。

（全剧演员约五十人左右）

第一场 誓 师

地点：长江中游某地，飞虹山，山势峻峭，溪流湍急，树木葱郁，培塿为城寨，裂缯帛为旗帜，台中是以大寨前一片山坡平地作为练兵的校场，大寨遥遥在望。

时间：明末清初

〔一阵紧张激烈的战鼓后，气氛渐趋平静，四更鼓起，幕开，张老大夹镢头，拿扫帚上，将镢头放下，边扫边唱。

张老大　（唱）郑夫人倡大义可钦可敬，
　　　　　　　飞虹山练就了五万民兵。
　　　　　　　昨日里创强敌大获全胜，
　　　　　　　连夜晚又演武直到三更。
　　　　　　　年迈人愧无力阵前效命，
　　　　　　　起四更扫校场略表心情。

苍　头　（夹一根棍，也是拿扫帚上，见有人，站定审视）

张老大　（唱）忽听身后有动静，
　　　　　　　（夹扫帚，拿起镢头来）
　　　　　　　拿起镢头看分明。（截）
　　　　　　　（见苍头影）谁？

苍　头　你是谁？

张老大
苍　头　（二人紧张地对视，逐渐相近）哈……

张老大　赵大伯，你不侍候郑夫人，到这里做什么来了？

苍　头　你做什么来了？

张老大　（拿出扫帚）你看！

苍　头　（也拿出扫帚）你看！
张老大　唔……哈………（会意地笑了）
苍　头
张老大　你看……这些年轻人，男的女的，又是农，又是兵，昨天把满清贼寇打了一个落花流水，连夜操练，真个是子弟兵，就地龙，谁也打不过。
苍　头　我实服郑夫人远见高明，前年满清入关，她就倡议我训练田舍男女，以农为兵，一旦国家有事，奋勇杀敌，那时王总兵调出勤王，夫人让公子随父打仗，她亲自率领女儿、媳妇训练田舍男女，如今屡败清兵，保住了一方百姓，真的令人钦佩。
张老大　哦！照你说来，这王总兵还不如夫人的谋略？
苍　头　岂但王总兵，就连刘璜刘总督，你知道不知道？
张老大　唉！刘总督是郑夫人的亲家，少夫人的父亲，我早就知道了。
苍　头　对！就是他，年前郑夫人差人送了一信，要他资助飞虹山，这些刀枪剑戟，他不但不给，还怪着郑夫人多事呢！
张老大　噢！连刘总督都是这样，叫他们到这里看一看，如今田舍男女个个能杀能战，各路义军纷纷来投，飞虹山连营数十里，威风八面，谁不敬仰。
苍　头　你说得对，等王总兵回来，我要问他几句！
张老大　赵大伯，郑夫人白天晚上不是练兵，便是巡哨，你要劝她好好保养身体，不敢累坏了。
苍　头　哎！她不听话么！
　　　　（唱）郑夫人常言道有备无患，
　　　　　　　为国家保乡土心血熬干。
张老大　（唱）这样人真来是世上少见，
　　　　　　　待将士就如同骨肉一般。
苍　头　（唱）天将明在这里大兵操练。
张老大　（唱）男和女耍刀枪喜笑开颜。
苍　头　（唱）霎时间战鼓响风云大变。

张老大　（唱）咱二人上山坡偷看一番。（截）
苍　头　怎么，你还想看一看？
张老大　当然要看呢！今天是小姐、少夫人两队人马练兵比武，还能不看？
苍　头　你怎么知道的？
张老大　我娃在小姐帐下，你知道不知道？
苍　头　噢噢噢！………
张老大　旁人莫要说起，咱们小姐那一身本领，飞枪走剑，奔雷掣电，真个教人眼花缭乱，你想，我还能不看么。
　　　　［忽然号角齐鸣，战鼓擂响。
苍　头　来了来了，咱们快上山坡！
张老大　对！
　　　　［苍头、张老大隐藏起来了。
　　　　［王小虹带男女若干，男中有一将官，刘锦云也带男女若干，男中也有一将官，分两头上。小虹、锦云也分两头上，小虹握双剑，锦云执单枪，二人如临敌对阵，各看对方兵将一会儿。
王小虹　嫂嫂！
刘锦云　妹妹！
王小虹　今日可是举手不留情。
刘锦云　当场不认父！
王小虹　好！
王小虹
刘锦云　（齐喊）杀！
众　　　呵！
　　　　［大家上场时，很严肃，"呵！"以后都笑了。表演对阵、合围、突围、出手。张老大、苍头看得出神，张老大不时叫好，正在兴高采烈之际。
苍　头　（忽然大喊）哦！大家听着，郑夫人来了！
　　　　［众闻言，列阵肃立。
　　　　［郑夫人带二男将、二女将上。

王小虹　　参见　母亲。
刘锦云　　　　　夫人。

郑夫人　免礼！

王小虹　　让我们再演一遍，母亲验过。
刘锦云

郑夫人　我在山坡看了半会了，大家阵法武艺，突飞猛进，令人可喜。

众　　　都是郑夫人辛苦传授。

郑夫人　啊！还是大家报国心切，勤学苦练，才有今日。彩霞！

彩　霞　（被夫人猛然呼唤，拘谨地站了出来）夫人！

郑夫人　你的剑法，熟练得多了。

彩　霞　实不敢当，我是跟小姐学会的。

郑夫人　王拴虎！

王拴虎　（也因被夫人猛然呼唤，拘谨地站了出来）夫人！

郑夫人　你的枪法如今能上战场了。

王拴虎　（高兴地）谢过郑夫人。

郑夫人　来来来，你二人对打一阵！

众　　　（登时活跃，笑的笑，说的说）好，好，好！对打一阵。

彩　霞　（反而不好意思地）噢！
王拴虎

郑夫人　（微笑地）你们不要害羞，开打！

彩　霞　遵命！（一枪一剑打得生龙活虎）
王拴虎

众　　　（不时喝彩）好！

　　　　〔彩霞、王拴虎不分胜负而止。

郑夫人　你们真个是一对好的。

众　　　好夫妻！好夫妻！（大笑）

　　　　〔王拴虎害羞地入队。

彩　霞　（被其他女兵推推拉拉了一阵）

郑夫人　（一开口，大家便静了）彩霞！你真个出息得多了，是个好的。

彩　霞　（撒娇）嗯！什么时候能赶上小姐，才算好的。

郑夫人　怎么，小虹这样厉害？

彩　霞　小姐是我的师傅。

郑夫人　好，你同小虹对打一阵。

彩　霞　这却不敢。

郑夫人　为何不敢？难道战场上，遇到强敌，你还能不打吗？

彩　霞　好，小姐你让我几分。

王小虹　你也要让我几分。

　　　　〔彩霞、小虹开打以后，夫人不时地示意某男从后打小虹，某女从左袭击，小虹对前后左右的进攻，应付自如，众人不时喝彩。

　　　　〔夫人看得高兴了，甩下斗篷，拔剑出鞘，猛然向小虹刺去，小虹连忙挡住，感到来势甚凶，转身才知是夫人。

王小虹　娘！

　　　　〔郑夫人微笑。

　　　　〔母、女周旋了几下，众严肃观看，小虹被夫人一剑击退几步。

王小虹　（撒娇）娘，你怎么连一点儿都不让人家。

郑夫人　孩子！你的剑法也是不弱的。

张老大　都是英雄好汉！

　　　　（众大笑）

郑夫人　大敌当前，从此更要多加防范，刻苦练武才是！

　　　　（唱）阳光照众英豪红光满面，

　　　　　　长风浪波动了红旗满山；

　　　　　　满清兵恃强暴无理侵犯，

　　　　　　众姐弟赋同仇起自田间。

　　　　　　虽说是败敌寇大煞狂焰，

　　　　　　万不能因小胜心存安闲；

　　　　　　我中华好儿女到处征战，

　　　　　　定能够保乡土恢复中原。

报　子　报！（急上）启禀夫人！

郑夫人　讲！
报　子　李华雄李将军带回几位将官要见夫人！
郑夫人　哦！怎么华雄他们回来了？有请！
报　子　有请！
　　　　〔李华雄带两员将官紧张地上。
李华雄　啊呀夫人！（欲说又住）
众　　　（惊）什么事！？
　　　　〔李华雄转身欲说又住。
王小虹　华雄，有什么事，只管讲来，怎么不声不响？
李华雄　这！……（看大家）
郑夫人　这里都是我们的父老兄妹，有什么话，只管讲来！
李华雄　啊哟夫人！刘总督叛国，投降满清，他将王总兵骗入城中，如今王总兵他……
郑夫人　他怎么样？
李华雄　他……他也投降满清了！
众　　　呵！
郑夫人　哼！
李华雄　我们舍死逃出，投奔夫人。
郑夫人　你们是好的，我儿，王步昇怎么样了？
李华雄　少将军身有重病，不知下落。
　　　　〔众愣住了，瞪着眼看夫人。
郑夫人　这是媳妇，女儿！
王小虹
刘锦云　母亲！
郑夫人　你们怎么样？讲！
王小虹
刘锦云　（怒目切齿）国仇当前，有敌无亲，忠诚不变，死无二心！
郑夫人　众家父老兄妹怎么样？
众　　　绝不投降！

郑夫人　好！敌我大仇，不共戴天，我郑飞虹头可断，血可流，报国大志，绝不动摇，今日就在这飞虹山建立扫清讨逆军府，联络各路义军，誓死杀贼！

众　好！

郑夫人　（唱）站校场咬牙关怒目北指，
　　　　　　　　发宏愿驱清寇重振华夏，
　　　　　　　　我中华亿万人凛凛正义，
　　　　　　　　绝不容猖狂贼侵犯凌欺。
　　　　　　　　天地间浩然气存我田里，
　　　　　　　　今日里建军府扫清讨逆，
　　　　　　　　飞虹山响春雷惊天动地，
　　　　　　　　擂起我堂堂鼓树立义旗。
　　　　　　　　众同胞伸壮志慷慨激励，
　　　　　　　　郑飞虹为国家生死驰驱，
　　　　　　　　我这里剁征袍歃血为誓，

　　　　　（剁袍、歃血，以指为书）
　　　　　（念）咬指誓血语，裂肉绝叛逆，
　　　　　　　　驱寇保华夏，忠心天地知。
　　　　　（唱）将血书示全军以志永矢。（截）

　　　　　张汉英听令！

张汉英　在！

郑夫人　将此血誓，遍传各路义军，今晚宝帐议事！

张汉英　得令！（急下）

报　子　（急上）禀夫人，满清大将图赖率兵过境！

郑夫人　再探！（报子应下）众家兄弟姐妹！

众　有！

郑夫人　随我迎敌，今日之战，不比寻常，定要将图赖首级砍下。

　　　　　（众应）马来！

　　　　　［马童突出，夫人跃身上马，众大喊"杀"！随夫人急下。

张老大　（握紧镢头）赵大伯，我今日非上战场不可！
苍　头　我也要去！
张老大　我要挖贼几镢！
苍　头　我要打贼几棒。
张老大　
苍　头　走。（二人气昂昂，老气横秋，健步而下）

（幕　落）

第 二 场 奴 颜

地点：满清副都统哈吉托军帐。
时间：前场后的数日。

〔哈吉托引四清卒上。

哈吉托　（唱）恨中华忠义军千千万万，
　　　　　　　得寸土流血汗万般艰难，
　　　　　　　最可怕众百姓到处作战，
　　　　　　　何一日才能够统镇中原。
　　　〔中军上。
中　军　禀都统，江北降臣淮南总兵王鼐得胜回营。
哈吉托　什么得胜了？
中　军　是他骗了卢城，斩了明朝大将，果然得胜回营。
哈吉托　好！有请！
中　军　都统有请！
　　　〔王鼐清装，得意扬扬上，遇哈吉托打躬，哈吉托扶。
王　鼐　末将王鼐参见都统。

哈吉托　王总兵赚了卢城，斩了明朝大将，真来可贺！
王　鼐　这是大清皇上洪福，末将不过略施小计，以表忠心。
哈吉托　难得王总兵智勇双全，立功非小！
王　鼐　都统过奖，末将实不敢当。
哈吉托　不必过谦，此番得胜回营，也是本都统的光彩，来！
中　军　有！
哈吉托　摆开酒宴与王总兵贺功了！
中　军　是！（下）
哈吉托　（唱）王将军可算得又忠又勇。
王　鼐　（接唱）斩明将夺小城何敢言功。
哈吉托　（接唱）见大帅定将你高才大用。
王　鼐　（接唱）有王鼐我这里急忙打躬。
　　　　〔中军上，摆好酒宴又下。
哈吉托　（接唱）来来来宝帐里饮酒相庆！
　　　　〔哈吉托让王鼐，王得意忘形，哈吉托坐左，王鼐坐右。
哈吉托　（接唱）王总兵从此后多立功勋。（截）
　　　　（举杯）请！
王　鼐　（举杯）请！
　　　　〔二人杯未到口边。
中　军　（内喊）报！
哈吉托
王　鼐　噢！（二人将杯放下）
中　军　（急上）禀都统，大帅驾到！
哈吉托　大帅来得正好，你我快快出迎！
　　　　〔王鼐得意地，摇头摆尾，随哈吉托出迎）
　　　　〔满清大帅阿尔朗带四将上，气势汹汹，怒目视王。
　　　　〔哈吉托、王鼐打躬，见状，哈吉托、王鼐惊讶，大帅进帐落座，哈吉托、王鼐侍立两旁，不知所措。
阿尔朗　王总兵！

王　鼐　（颤音）末将侍候大帅。

阿尔朗　我来问你，飞虹山有一郑飞虹郑夫人，她是何人？

王　鼐　大……大帅，她……她是末将的贱内。

阿尔朗　王鼐，狗头！

　　　　［王鼐吓得连忙跪伏抖颤。

阿尔朗　郑飞虹率领民兵义军，连营数十里，阻挡我军不能南下，前日刀劈图赖元帅，我问你该当何罪？

王　鼐　小……小人实实不知，大……大帅饶命哪！

阿尔朗　哼！哪里容得，来呀！

众　　　呵！

阿尔朗　你们将这贼拉出去斩首！

众　　　呵！（要拉王鼐）

哈吉托　（阻众）且慢！大帅请息雷霆之怒，王鼐本该问斩，姑念他降顺以来，不无寸功，望大帅本我皇宽宏之度，叫他亲赴飞虹山，劝那郑氏归降，将功折罪。

阿尔朗　好！念你讲情，暂寄儿的狗头。

王　鼐　谢过大帅不斩之恩！

哈吉托　王鼐听令！

王　鼐　（起立）在！

哈吉托　即刻整顿兵马，明日随同本都一同前往飞虹山，不得有误！

王　鼐　得令！（晦气而下）

阿尔朗　哈吉托听令！

哈吉托　在！

阿尔朗　挑选精兵上将埋伏山川，郑飞虹若能降顺，再作计议，若不降顺，必然追杀，等到入我陷阱，四下一齐动手，管教她片甲不回。

哈吉托　得令！

　　　　［同下。

（幕　闭）

第三场 对 阵

地点：飞虹山前寨之外，以土为城，连亘不断，山形奥峭幽阻，层峦复涧，奇花异木杂错菁密中，远远奇峰，高耸入云，无峰不插红旗。前寨城楼，红旗迎风招展，站立四个男女农民武士，提枪执刀，雄赳赳鹰视山川。

时间：前场的次日。

　　〔在战鼓雷动中幕启。

王　鼐　（内唱）战兢兢来到了山川险境。

　　〔四清兵、四清将上，哈吉托伪扮王鼐护将，紧跟王后。

王　鼐　（唱）怨夫人她不该冒犯清兵，
　　　　　　　　飞虹山列刀枪军势严整，
　　　　　　　　满山上插红旗招展临风。
　　　　　　　　心慌惧一阵阵汗如雨倾，
　　　　　　　　但不知今日里是死是生！

四男、女武士　站住！

王　鼐　我乃王总兵王鼐，难道你们就不认识了吗？

四男、女武士　王总兵连头都没有了，早就死了！

王　鼐　不敢胡言乱语，快快请出夫人，就说……

四男、女武士　住口！站到那里，不许乱动！

王　鼐　是是是！

四男、女武士　启禀夫人，贼兵已到。

　　〔登时号角齐鸣，战鼓喧天，吓得敌等张皇互视，头通鼓，城楼上拥上四员将官（李华雄在内），二通鼓，王小虹握双剑，刘锦云手执单枪，各带四男女武士，拥出寨门，严阵以待。

王　鼐　（见女。性急）女儿！（上前）

　　　　［王小虹、刘锦云气昂昂厌而不睬。

　　　　［王鼐垂头。

　　　　［三通鼓起，内外呐喊，震动山川，敌众除哈吉托外，无不抖颤，忽然呐喊声上，低昂沉吟，郑夫人蟒靠威武，挂剑登楼，凛然肃穆，身后树"驱满讨逆"大纛旗，全军肃然，夫人以目扫射敌众，哈吉托与王鼐抬头一望，毛骨悚然，低头恐惧，不敢仰视，肃静一会儿。

　　　　［哈吉托以刀柄催王。

　　　　（王鼐强颜）夫人，夫人！

　　　　［郑夫人气势轩昂，厌而不睬）

王　鼐　夫人，你看明朝气数已尽，天下大乱，满清圣主不忍中原涂炭，仗义入关，吊民伐罪，望夫人万勿逆天行事，速速归顺，才算得女中贤良，巾帼英雄了！

　　　　（唱）清世祖兴义师吊民伐罪，
　　　　　　　立神鼎主中原人心齐归，
　　　　　　　眼看着尧舜世重现宇内，
　　　　　　　顺者昌逆者亡天命难违。
　　　　　　　叫夫人再莫要执迷不悟，
　　　　　　　识时务才算得贤良巾帼。

　　　　夫人！夫人！

　　　　［郑夫人仍如前。

王　鼐　夫人！自古常言讲得好，大厦将倾，一木难支，夫人只知为国尽忠，却不知一人获罪，万命无辜，难道你忍心教这千万黎民遭此浩劫吗？

　　　　（唱）俊杰士识大局投明弃暗，
　　　　　　　怎忍心累百姓生死颠连；
　　　　　　　扬州城血成河前车之鉴，
　　　　　　　望夫人念苍生听人忠言。

　　　　夫人！夫人！

郑夫人　我且问你，扬州哪国之土？

王　鼐	呃……这个！
郑夫人	百姓，哪国之民？
王　鼐	这个！
郑夫人	哼！满清强盗，侵犯我邦，屠杀我父老兄弟姐妹，这叫什么吊民之师？
王　鼐	嗯……
郑夫人	这叫什么仗义之兵？
王　鼐	说！讲！
王　鼐	（逼迫得不得已，情急）啊呀夫人！（跪下）

（唱）叫夫人再莫要执迷不醒，
　　　我的夫人！……呵……

（唱）难道说你全无夫妻之情；
　　　国已破撑残局又有何用，
　　　我本是金玉言理应听从。
　　　夫与妻母与子伦常天性，
　　　步昇儿本是你十月亲生；
　　　纳忠言保全家实为万幸，
　　　也救得这一方父老生灵。
　　　望夫人发慈悲救我性命！
　　　怎忍心叫为夫今日丧生。

夫人！难道你全不念夫妻之情，全不念母子…… |
| 郑夫人 | （神色严厉）住口！

（唱）卖国贼昧天良廉耻丧尽，
　　　飞虹山岂容你狼虎横行；
　　　众百姓忠义侠人广势重，
　　　赶不尽满清贼绝不收兵。（截） |

[王鼐伏地不敢再言。

| 郑夫人 | 国家不幸，出此叛贼，还敢在我郑飞虹面前，说长论短，（指王）王鼐！卖国贼！飞虹山内，早已设下酒宴，摆好钢刀铜铡，贼生而无耻，但 |

愿死能得所,请!
众义士　请!
　　　　〔王已瘫痪,敌众惶恐相视。
哈吉托　(进则不敢,退则丢人,狼狈不堪,气恨不过)来呀!
清　兵　呵!
哈吉托　将王鼐与我呀!绑了!
清　兵　呵!(将王提起捆缚)
　　　　〔王鼐无魂无魄了。
哈吉托　郑夫人!
郑夫人　哈吉托!
哈吉托　郑飞虹!
郑夫人　贼满寇!
哈吉托　若还执迷不悟,定要鸡犬不留!来呀!
清　兵　呵!
哈吉托　收兵!
　　　　〔敌众拉王不时后看,逡巡而退。
哈吉托　(握刀柄咬牙切齿倒退发狠)嗯!……
郑夫人　(冷笑)哼……
　　　　〔此时上下义士也是咬牙切齿,跃跃欲试,郑不点头,不敢乱动。
李华雄　(见贼已去,忍不住了)郑夫人,就该传令追杀才是。
郑夫人　寇兵有备而来,必有埋伏,若还追杀,正中其谋,众将听令!
众义军　在!
郑夫人　贼兵今日未逞,必将再来,传谕各营,日夜提防,若有警报,烽火为号,望各凛遵!
众义军　啊!(应声如雷)

(幕　闭)

第四场 阴　谋

地点：同第二场。

时间：第三场同日下午到晚上。

　　　　〔满清兵将引阿尔朗上。
阿尔朗　（唱）郑飞虹并非是王甯之辈，
　　　　　　　但愿她入陷阱败阵受摧；
　　　　　　　气昂昂打坐在宝帐以内，
　　　　　　　盼只盼大清兵得胜而归。
　　　　〔哈吉托上。
哈吉托　（唱）郑飞虹智谋深忠义可畏，
　　　　　　　不投降不追赶扫兴而归。（截）
　　　　（进帐）参见大帅。
阿尔朗　站下！
哈吉托　呵！
阿尔朗　劝降如何？
哈吉托　飞虹山连营数十里，阵势森严，郑飞虹骂不绝口，令人难忍。
阿尔朗　郑飞虹可曾追杀？
哈吉托　她神色不动，并未来追。
阿尔朗　（起立）什么，并未追赶？
哈吉托　并未追赶！
阿尔朗　这……（落座）郑飞虹智勇双全，本帅虽带来一十五万精锐兵将，看来未必战她得过。
哈吉托　力敌难胜，多用智谋。
阿尔朗　言之有理，唤王甯进帐！

哈吉托　王鼐进帐!

　　　　［王鼐上。

王　鼐　（唱）忽听宝帐一声喊,

　　　　　　　吓得王鼐心胆寒;

　　　　　　　此事还能有权变,

　　　　　　　劝我儿即回飞虹山。

　　　　罪犯王鼐告进!（进帐）与大帅叩头。

阿尔朗　嘁!大胆王鼐,劝妻不降,反受其辱,难道欺我大清。来人呀!

众清兵　有!

阿尔朗　将王鼐拉出帐外千刀万剐!

　　　　［众清兵欲拉王。

王　鼐　啊,大帅!我还有妙计献上。

阿尔朗　讲!

王　鼐　大帅容禀,自古常言虎不伤子,末将之子现在这里何不命他伪装逃兵回寨,明为从母,暗中劝妻劝妹,她们都是年幼之人,念起骨肉之情,必然成功,那时里应外合,大势已去,烈性的郑氏,她也不得不降顺了。

哈吉托　此计甚好,王鼐之子带病来降,尚未出战,倒可瞒过郑氏。

阿尔朗　嗯,倒也可通,本帅仁人之心,不忍伤害生灵,若能成功,保你两家骨肉团聚,飞虹山万众黎民不遭涂炭。事若不成,本帅早已调来精锐大兵一十五万,一声号令,围剿飞虹山,鸡犬不留!

王　鼐　谢过大帅。

阿尔朗　速唤你子,就在帐内商议,他若肯去,你与你的女儿修书一封,我再差人命降臣刘璜与你的儿媳修书一封,即日起程,只许成,不许败。若有差错,说是你小心着你的狗命!

王　鼐　是是是!

阿尔朗　小心着!

　　　　［王鼐伏地。

阿尔朗　众将退后。

［众退下。

阿尔朗　哼！（下）

哈吉托　就在这里等候，待我唤你的儿子前来！（下）

王　鼐　遵命！（怕怯地抬头，见阿尔朗、哈吉托已下，缓缓起立）嗯！

（唱）险些儿我做了刀下之鬼，

　　　　吓得人浑身颤魄散魂飞；

　　　　实感戴大元帅恩同天地，

　　　　但愿得我的儿挽此危局。

［兵引王步昇上。

王步昇　（唱）叹此生不逢时壮志负尽，

　　　　悲家室伤国运万刀攒心；

　　　　老爹爹今日里前去会阵，

　　　　思高堂不由人魂返家门！

孩儿与爹爹叩头。（跪叩）

王　鼐　快快起来！（扶子起）

王步昇　今儿见我母亲，怎么样了？

王　鼐　啊呀儿呀！你母固执不化，破口叫骂，如今大帅调来精锐大军十万，眼看飞虹山千万黎民要遭涂炭，你我性命难保！

王步昇　噢！这便如何是好！

王　鼐　儿啊！为父为了救得千万黎民。保得两家骨肉，恳请大帅，命儿诈回山寨，瞒过你母，劝说你妹你妻，里应外合，献出山寨，不知我儿意下何如？

王步昇　呃……这……爹爹为救两家性命，千万黎民，用心良苦，只是欺骗娘亲，有违忠孝，儿我……

王　鼐　此乃不得已而为之，我儿不敢推诿！

王步昇　唔……只恐我那妹妹……

王　鼐　儿呀！见了你妹，定要劝她成全此事，她若助你，就能瞒过你母，发号施令，大事才得成功。

王步昇　妹妹不听，如何是好？

王　鼐　你们同胞兄妹，骨肉相连，她纵然不顾为父，难道都不救你母吗？

王步昇　儿我有心前去，只怕……

王　鼐　啊哟儿呀！此事万分紧急，我儿不得迟疑，说是你来看，为父与你跪倒了！（跪）

王步昇　啊呀！（跪倒）

王　鼐　（唱）我这里跪倒地苦苦哀告，
　　　　　　　事到此只有这妙计一条；
　　　　　　　你的娘执迷途难以劝导，
　　　　　　　眼看着全家人性命难逃。

王步昇　（唱）手扶起老爹爹泪流满面，
　　　　　　　事已急倒叫我左右为难；
　　　　　　　飞虹山还有那黎民千万，
　　　　　　　怎忍看血成海白骨堆山；
　　　　　　　高堂母妻和妹命悬一线，
　　　　　　　我只得从父命以保万全。

王　鼐　（接唱）事若成咱父子官高位显。

王步昇　（接唱）叫爹爹莫高声听儿一言。（截）
　　　　爹爹！爹爹！孩儿此去只为保全两家性命，一方父老，大事告成，咱们定要辞官不做，隐居深山，再不能残杀同胞！

王　鼐　唉！这个……

王步昇　爹爹若不听我之言，孩儿宁死不去！

王　鼐　是是是，我儿言之有理，为父听从就是，只是我儿此番前去，只许成，不许败，说是你来看，为父的这一条老命全靠我儿了。

王步昇　啊哟！我的爹爹呀！
　　　　（唱）叫爹爹你莫要那样悲痛，
　　　　　　　孩儿我此一去定能成功；
　　　　　　　保全了两家人万民之命，
　　　　　　　那时间不做官深居山中。

王　鼐　孝道的儿啊！

王步昇	爹爹！
王　鼐	我儿这里等候，待为父禀告大帅、都统，有请大帅、都统！

［阿尔朗与哈吉托上，阿尔朗坐中，哈吉托坐左。

王　鼐 王步昇	叩见大帅、都统。
阿尔朗 哈吉托	站起来！
王　鼐 王步昇	谢过大帅、都统。
阿尔朗	你父子二人商议之事，我们都已听见，王总兵忠心一片，王步昇孝心可嘉，此一前去必须把你妹子拿到手里，才能万无一失，王步昇！
王步昇	在！
阿尔朗	这是你岳父刘璜与你妻写的书信一封，这是本帅机密要件，都用丝绢小楷，再等你父把信写就一同带在衣襟之内，大料他们搜查不出。你妻帐下，有一参军，名叫洪富贵，乃是皇清重用之人，飞虹山许多义军大将，都在他的手中，到了那里，就说他是你三年前的故友，会面以后，由他指挥，不许轻举妄动，记下无有？
王步昇	记下了。
阿尔朗	此事若能成功，本帅担保，不动干戈，保全两家性命，一方百姓。
王　鼐 王步昇	谢过大帅！
阿尔朗	事不宜迟，限你三日之内成此大事，那时你身带洪富贵亲笔书信，先来见我，然后举兵行事，说是你附耳来！（与王步昇耳语，王步昇点头）若过三日，俺就要传令大军围剿，鸡犬不留！
王　鼐 王步昇	是是是！
阿尔朗	写好书信，明日起程！
王　鼐 王步昇	遵命！

哈吉托　大帅真乃神鬼莫测，洪将军隐藏飞虹山，连我都不知。
阿尔朗　说什么神鬼莫测，洪富贵混入飞虹山，时日已久，束手无策。
哈吉托　此番王步昇回去，洪将军大显身手了。
阿尔朗　那是自然。
哈吉托　末将万分钦佩！
阿尔朗　都统听令！
哈吉托　在！
阿尔朗　此番大事成功，七万兵马分东西三路并进，先入山寨，本帅随带三万兵马压后以防万一，山寨到手后，定要将郑飞虹全家，飞虹山的刁民，斩尽杀绝，鸡犬不留，得胜回营，刘璜、王鼐立斩不舍，明白了无有？
哈吉托　明白了。
阿尔朗　好，你我后帐饮酒。哈……
　　　　〔哈吉托随阿尔朗下。

（幕　闭）

第五场　探　母

地点：飞虹山大寨中庭，郑夫人议事传令的地方，中悬"扫清讨逆"匾额。

时间：前场后，次日午。

　　　　〔音乐抑沉，幕开，刘锦云上。
刘锦云　（唱）刘锦云只觉得胸怀积闷，
　　　　　　　无面目临校场羞见三军。
　　　　　　　心中事和婆母当面谈论，

却怎么大帐中寂无一人？
满清贼入中原惨无人性，
好河山被烽火遍地烟尘！
我婆婆立大义无限忠悃，
众百姓起田舍感泣鬼神。
恨爹爹与公父良心丧尽，
临大节背中华去事仇人，
我丈夫得疾病杳无音信，
生与死忠与奸令人悬心？
心恍惚神不定废食忘寝，
闷悠悠在帐中等候母亲。

（落座一旁，独泣）

［王小虹上。

王小虹 （唱）强寇入侵风云紧，
抖擞壮志练三军；
我嫂嫂无故地不见人影，
但不知道她如今是何居心？（截）

（进帐，见刘锦云，气汹汹地站立无语）

刘锦云 （见王小虹）噢，妹妹！

（王小虹不理）

刘锦云 这是怎么回事呀？

王小虹 哼！各寨严防练武，你为何静坐室内，散漫军心！

刘锦云 我让华雄严防练武，怎能说散漫军心！

王小虹 人家议论纷纷，难道你都没有听见？

刘锦云 呵！难道华雄也对我说长道短吗？

王小虹 上梁不正，人人都该议论！

刘锦云 旁人议论，算不了什么，你同华雄也是这样对我，太屈人心。

王小虹 你莫要话里带刺，难道你有不是，华雄就不敢议论吗？

刘锦云 哼！你与华雄情投意合，对我如此无理，令人难以忍受！

王小虹　哼！

　　　　（唱）骨肉忠奸难容让，
　　　　　　　你为何儿女情偏长；
　　　　　　　莫非你到如今忠心动荡，
　　　　　　　漫军心怀奸谋有意投降！

刘锦云　好气！

　　　　（唱）你竟敢放肆发狂妄，
　　　　　　　气势咄咄把人伤；
　　　　　　　刘锦云忠心天可谅，
　　　　　　　无端欺辱为哪桩？

王小虹　（唱）说什么忠心天可谅，
　　　　　　　事出可疑应提防！

刘锦云　怎么说！

　　　　（唱）寡恩绝情世无两，
　　　　　　　表忠心解疑虑自刎身亡！（拔剑欲自刎）

王小虹　（将锦云剑入鞘内）

　　　　（唱）你心怀二意志气丧，
　　　　　　　拔刀弄剑太张狂。

刘锦云　（唱）此事与你难辩讲，
　　　　　　　我要与婆婆诉冤枉。（欲走）

王小虹　（阻定）

　　　　（唱）不准你离开中军帐。

刘锦云　（唱）杀出帐外见老娘。（拔出剑气汹汹要出帐外）

　　　　〔王小虹拔出双剑，绞定锦云剑。
　　　　〔二人怒目相视，骑虎难下，周旋一圈。
　　　　〔郑夫人上。
　　　　〔王小虹、刘锦云各收剑入鞘，都觉不安，拱手侍立。

郑夫人　（中间站定，审视小虹、锦云一会儿）嗯……你们在这里干什么？

刘锦云　娘啊！（委屈，跪拉夫人袍）

（唱）儿媳忧闷心惆怅，
　　　他们说我要投降；
　　　气得人阵阵心头上，
　　娘啊！婆婆！
　　　你说我冤枉不冤枉。
郑夫人　（唱）叫媳妇不必太悲伤，
　　　谁敢说你要投降；
　　　此事莫要放心上，
　　　有为娘与你做主张。（扶锦云起）
王小虹　母亲！
　　（唱）她三次不到校场上，
　　　还怪华雄说短长；
　　　散涣军心志气丧，
　　　教人不得不提防。
郑夫人　（对小虹非常严肃地）小虹！
王小虹　（见状惊讶，登时口气变了）母亲！
郑夫人　大胆！（锦云扶夫人落座，小虹跪在夫人面前）
　　（唱）骂一声小虹女太得任性，
　　　儿不该无故地多生疑心；
　　　你嫂嫂平日里忠义可信，
　　　为国事全仗着众志一心。
　　　恨只恨众奸邪背国降顺，
　　　你哥哥到如今生死不分；
　　　心伤痛思伉俪其情可悯，
　　　难道说娘不盼你兄信音。
　　　刺肺腑屈忠节事出难忍，
　　　不谅苦不察表出口伤人；
　　　掌军营率兵将宽厚谨慎，
　　　似这等蛮无礼怎能服人。

王小虹　娘啊！
　　　　（唱）都怪我恃意气出言失慎，
　　　　　　　屈人志触人心恶语伤人；
　　　　　　　今日里蒙母亲谆谆教训，
　　　　　　　儿定要力改过刻骨铭心。
刘锦云　娘啊！（跪）
　　　　（唱）都怪我恋私情贻误重任，
　　　　　　　小虹妹金石言一片忠心；
　　　　　　　从今后我定要力图振奋，
　　　　　　　绝不负肺腑情报答深恩。
郑夫人　（唱）有为娘一霎时欢喜不尽，
　　　　　　　站起来回营去劝勉三军。（截）
刘锦云　谢过婆婆！（起）
郑夫人　女儿为何不起？
王小虹　今日得罪嫂嫂，嫂嫂让我起来，才敢起来！
刘锦云　啊哟妹妹，（跪）你本是忠肝义胆，正言相责，嫂嫂自知大过，惭愧莫名，妹妹快快请起。（扶小虹二人同起）
郑夫人　你们都是好的，大敌当前，定要抖擞精神，格外防范，再不心怀怠慢了！
刘锦云
王小虹　遵命！（分两头下）
郑夫人　（看了看背影，欣喜地）
　　　　（唱）女儿媳妇都忠勇，
　　　　　　　中华儿女尽英雄；
　　　　　　　一片丹心保国境，
　　　　　　　举目烽火指日平。
　　　　［杨振邦引二兵，执刀押王步昇上。
杨振邦　少将军随上！（杨进，王步昇等在外）启禀郑夫人，少将军回营！
郑夫人　嗯！命他见我！

杨振邦　是！（出门）少将军请进！
　　　　［苍头内出看了一下。
王步昇　（进门见夫人）啊呀母亲！（扑夫人膝上，紧抱不放抬头欲言）妈！……
郑夫人　（严肃地）住口！（步昇停声，头贴夫人怀中，夫人以手抱步昇头，向杨振邦）打从哪路而来？
杨振邦　右营前哨入寨。
郑夫人　身边带有何物？
杨振邦　遍搜并无夹带。
郑夫人　可曾盘问底细？
杨振邦　少将军言说：身入虎口，卧病床榻，怀国思母，日夜不安，病体稍愈，冒死回寨，情词恳切，声泪俱下，小将为了防备万一，因而押解到此。
郑夫人　杨将军心存戒备，有识有略，真来可嘉！
杨振邦　郑夫人夸奖了，小将告退！
郑夫人　下边憩息。
杨振邦　（示二兵）随我来！（三人下）
王步昇　（起立）罢了母亲！
郑夫人　步昇！
王步昇　老娘！
郑夫人　儿呀！
王步昇　啊哟！
　　　　（唱）哭了声儿的娘珠泪滚滚，
　　　　我的母亲啊！
　　　　　　今日里见母亲哭放高声；
　　　　　　儿得病睡卧床昏迷不醒，
　　　　　　睁开眼才知晓到了贼营；
　　　　　　心如火咬牙关忍着疼痛，
　　　　　　恨不得插双翅遨游飞虹；

　　　　　　这几日强扎挣起身能动，
　　　　　　冒凶险穿荆棘逃出贼营；
　　　　　　从此后奉高堂晨昏孝敬，（三跪九拜毕）
　　　　　　随老娘我也要杀敌尽忠。
郑夫人　（唱）我的儿回家来烈性肝胆，
　　　　　　可称得好男儿忠义双全；
　　　　　　从今后要学那英雄好汉，
　　　　　　为中华杀强敌恢复江山。
王步昇　谨遵母命！
郑夫人　儿呀！你逃出贼营，王甯狗贼可曾知晓？
王步昇　他们正在宝帐议事，儿我乘机逃脱。
郑夫人　王甯可曾病床劝你？
王步昇　他一来到，我便闭口合眼，未曾交谈。
郑夫人　嗯，这就是。你妻心情烦闷，快去看她。
苍　头　（急上，自告奋勇）郑夫人，待我领少将军前去。
郑夫人　也好，到后边将他的衣帽换了，一同前往！
苍　头　少将军，随着我来呀，哈……（二人拟下）
王步昇　（转身）妈！我妹妹现在哪里？
郑夫人　她巡营放哨去了，即刻回来定让她前来看你。
苍　头　少将军，回家了，谁都能看到，快随我来，哈……〔两人下。
郑夫人　（望子背影，渐渐欢喜）
　　　　　（唱）且喜得我的儿脱险回寨，
　　　　　　　　从此后我再不牵挂胸怀。
　　　　　（徘徊沉思）
　　　　　〔王小虹急上。
王小虹　（唱）闻哥哥回营来急忙来见，
　　　　　（进，看）啊！
　　　　　　　　却怎么娘一人在此徘徊？
　　　　　母亲！我哥哥哪里去了？

郑夫人　你知道了？

王小虹　张将军把什么都告诉我了。

郑夫人　他到你嫂嫂那里去了。

王小虹　母亲，你能全信吗？难道他……

郑夫人　嗯！小小年纪，不敢随意说人长短，你哥哥看来是脱险回寨的。

王小虹　（登时活泼愉快地）这就好了！我要看我哥哥去了。

　　　　（拟走）

郑夫人　哎！（拉住小虹）小孩子，不懂人情，你哥哥刚到那里，让他夫妻二人多谈几句，再去不迟。今日甚是高兴，来来来！随我到后边吃一顿晚餐。（拉小虹）

〔王小虹高兴地随夫人下。

（幕　闭）

第 六 场　会　妻

地点：飞虹山中寨议事厅，天晚，灯光明亮。

时间：紧接前场

〔幕开，场上空。

李华雄　（上唱）少夫人能改过图强发奋，

　　　　　　　　众义士一个个振作精神。（截）

　　　　有请少夫人！

刘锦云　（上）啊，李将军！

李华雄　启禀少夫人，适才小将巡视全寨，左右两营，士卒振奋，都道少夫人一番言谈，感动肺腑，从今以后，更要为公忘私，誓死报国。今晚要在星月之下，练武比艺。

刘锦云　啊！士卒义气冲天，令我感愧，少时我也要前往巡慰。
李华雄　那就更好了。
苍　头　（龙钟蹒跚，笑哈哈地上，进门）少夫人大喜，大喜！
李华雄　老伯伯，喜从何来？
苍　头　少将军脱险而回。
刘锦云
李华雄　嗯！（同惊喜）
刘锦云　可曾见过婆母？
苍　头　见过了。
刘锦云　婆母怎样？
苍　头　郑夫人自然欢喜不尽。
李华雄　快快有请！
苍　头　有请少爷！
王步昇　（急上）罢了妻！（拟上抱之）
刘锦云　（将步昇手抓定）李将军在此！
王步昇　啊！李将军！
李华雄　少将军脱险而归，忠勇可嘉！
王步昇　李将军过奖了。
苍　头　李将军，咱们快走！
李华雄　少夫人，少将军归来，今晚你就不必巡营放哨，由我一人承担。
刘锦云　多谢李将军。
苍　头　李将军，咱们走！哈……（二人下）
　　　　〔王步昇、锦云送华雄、苍头下。
王步昇　罢了娘子！
刘锦云　少将军！
王步昇　哎！我的娘子！（同抱头哭）
王步昇　（唱）今日里回山寨夫妻会见，
　　　　　　　我的娘子呀！
刘锦云　少将军！

王步昇 刘锦云	（同唱场）啊	娘　子……啊！ 少将军

刘锦云　（唱）乍相逢说不出万语千言。
王步昇　（唱）遭离乱一家人东离西散。
刘锦云　（唱）恨杀了叛逆辈降敌从奸。
王步昇　（唱）思老母怀娘子肝肠寸断。
刘锦云　（唱）惦生死虑志节梦魂挂牵。
王步昇　（唱）脱虎口我才把愁眉放展。
刘锦云　（唱）今日里方知你忠孝两全。
王步昇　（唱）从今后不分离一家圆满。
刘锦云　（唱）随母亲灭敌寇收复中原。
王步昇　（唱）盼早日熄烽火河清海晏。
刘锦云　（唱）我的夫不愧为中华儿男。
王步昇　娘子，从今以后，你我再不分离了。
刘锦云　待我与你端茶！
王步昇　慢着！娘子，这中寨之内，可有一位洪富贵洪将军吗？
刘锦云　啊！他乃帐下参军，你问他为何？
王步昇　他是我三年前的故友，快快请他相见！
刘锦云　天色已晚，何不明日相见。
王步昇　哎！情属知己，若不早见，那就不恭了！
刘锦云　既然如此，待我着人请来！（拟下）
王步昇　娘子！（锦云转身）
王步昇　就说我是他三年前的故友。
刘锦云　是。（下，一会儿上）他即刻就到。
　　　　［洪富贵得意扬扬地上，进门。
洪富贵　少夫人！
刘锦云　洪参军！
洪富贵　王贤弟！
王步昇　洪仁兄！

洪富贵
王步昇 　哈……（亲热把臂）

洪富贵 　自从知道王总兵之事，我常想贤弟绝不会投降，果然回来，令人喜出望外，从此飞虹山又添一员上将。

王步昇 　仁兄过奖。（向锦云）洪仁兄足智多谋，文武双全。

刘锦云 　噢！原来大材小用了，请坐！

洪富贵 　呃，贤弟今日回寨，大家之喜，何不摆设酒席，庆贺你们夫妻团聚。

刘锦云 　慢着，大敌当前，军中禁酒，夫人执法森严，怎敢触犯？

洪富贵 　少夫人，军中禁酒，无非怕的是失误戎机，今日咱们各饮一杯，以表庆贺，即便郑夫人知晓，也是高兴的。

王步昇 　洪仁兄美意，我们还是敬领了！

洪富贵 　是啊！待我捧酒来，哈……（下）

刘锦云 　此事若被妹妹看见，必然当场责难！

王步昇 　娘子，如今你有了哥哥，妹妹也要听话呢！

刘锦云 　你真来的淘气！

王步昇 　哈……

洪富贵 　（捧酒上）大家请坐。

王步昇 　仁兄上座！

洪富贵 　哎，贤弟今日回家，半主、半客，理应上座。

王步昇 　如此不恭了。

洪富贵 　恭该，一齐请坐了。

〔步昇坐中，锦云、洪富贵分左右落座。

洪富贵 　（唱）贤弟今日夫妻会，
　　　　　　　飞虹山多了一员战将魁，
　　　　　　　饮酒一杯莫要醉。（与三人酌好酒）
　　　　　请！
〔三人同举杯。

洪富贵 　（借机倾酒）干！
〔王步昇、刘锦云饮酒后，不由自主，挣扎一会儿，倒在桌上。

洪富贵　哈……

　　　　（唱）妙计成功第一回。

　　　　（进室端出一碗，向步昇喷水）

王步昇　（如梦如醉地转醒过来，猛见锦云）她……她怎么样了？！

洪富贵　不必担心，过一个时辰，自然苏醒，来，先把她扶进后帐，有要事商议！

王步昇　啊……是！（二人扶锦云下又上）

洪富贵　（老爷架子摆起来了）王步昇！

王步昇　在！

洪富贵　你可曾带有大帅书信！

王步昇　（拆开衣襟，从缝内取出红、白、粉三封丝绢书信，指红色）这是大帅亲笔。（递）

洪富贵　（指白、粉）这些是什么东西？

王步昇　（指白色）这是我岳父刘璜给贱内的书信，（指粉色）这是家父给舍妹的书信。

洪富贵　唔……原来如此，（拆信看，得意地笑了）哈……
大帅可谓智谋过人，料事如神。你母一介女流，太不自量。

王步昇　但愿洪将军多方护佑。

洪富贵　你母可有疑心？

王步昇　无有。

洪富贵　你父如何吩咐？

王步昇　家父要我先劝小虹妹妹，再劝贱内，方能成功。

洪富贵　哈……真可谓英雄所见略同，大帅也是这样指示。方才我将你妻麻药醉倒，也是此意。你这一回，救了飞虹山万众的性命，可曾见过王小虹？

王步昇　尚未见面，我母言道，让她今夜前来看我。

洪富贵　巧极了，真来妙不可言，此事愈早愈好，郑夫人不是好惹的，若还迟缓，大事必败，那时玉石皆焚，悔之晚矣！

王步昇　是的，是的。

洪富贵　这里许多义军名将，都在我掌握之中，早该里应外合，念起你父、子的功劳，不忍飞虹山血流成河，大帅才派你回家，不动干戈，保全万民。

王步昇　此恩此德，我一概皆知。

洪富家　只是一件。

王步昇　哪一件？

洪富贵　你可要言听语从，若有半点不是，休怪我毒手无情！

王步昇　敢不遵命！

洪富贵　附耳来。（与步昇耳语一会儿）

　　　　（王步昇不时点头）

洪富贵　你妹从下还在罢了，若还不从，（从袖内取出弓箭）这是毒箭，见血身亡，她休想活命！

王步昇　啊哟！洪将军，千万不敢放箭伤人。

洪富贵　她若执迷不悟，你我性命难保，留下这不仁不孝，无父无兄之徒何用？！

王步昇　那岂不坏了大事？

洪富贵　她若不从，只得出此下策，那时劝服你妻，联络各路义军，劫了你母，还可搭救地方万民，保全你母之命。

王步昇　万一不从，将她囚了起来，千万要留她的性命！

洪富贵　不必担心，我想王小虹一定会听话的，待我出去瞭望。

　　　　〔鬼头鬼脑地下。

王步昇　哎！好不担心人也！

　　　　（唱）为万民我怎忍妹妹丧命，
　　　　　　　还望她明大势察我苦衷；
　　　　　　　今夜晚真教人担心受惊，
　　　　　　　我兄妹活在了这贼的手中。

洪富贵　（急上）王小虹来了，我在那边躲藏，你要小心了！

王步昇　（着急）这……（将粉、白丝绢书信收了）

洪富贵　（非常凶恶地）住口！按我的命令行事！（躲藏一边）

王小虹	（急上）哥哥！
王步昇	妹妹！
王小虹	哥哥罢了！哎！（兄妹相抱，痛哭）
王步昇	妹妹
王小虹	哥哥脱险回家，飞虹山万民振奋，母亲欢喜不尽。
王步昇	妹妹，为兄那时大病在身，恨不能绑上双翅，飞回家中。
王小虹	怎么不见嫂嫂？
王步昇	啊……她……巡哨去了！
王小虹	嫂嫂恪尽职守，今晚还去巡哨，真真令人钦佩。
王步昇	（长叹）哎！
王小虹	哥哥今日回家，就该欢天喜地，为何长吁短叹？
王步昇	我身历清营，亲眼看见，满清兵强将广，中原震荡，地方难保，教为兄怎能不愁！
王小虹	（惊）嗯！？
王步昇	哎，妹妹呀！
	（唱）看起来天意绝皇汉，
	豫亲王大兵下江南；
	眼看着地方遭涂炭，
	我不忍万民难保全。
王小虹	呃……哥哥（有些气愤）
	（唱）你只知强敌势凶悍，
	全不见万众忠如山；
	师出不义难久远，
	敌亡我胜势必然。
	飞虹山兵精地又险，
	四海万民举义幡；
	强敌数番来侵犯，
	哪一战不落败阵还。
	增长志气纾国难，

　　　　　　　　　树立雄心义冲天。
王步昇　（唱）空有志气难如愿，
　　　　　　　　　强弱众寡势殊悬；
　　　　　　　　　扬州江阴是前鉴，
　　　　　　　　　想起来叫人心胆寒。
王小虹　（唱）秉忠仗义驱狂满，
　　　　　　　　　一队当十百当千；
　　　　　　　　　楚三户亡秦事可勉，
　　　　　　　　　英雄尽出田舍间。
王步昇　（唱）你莫要单凭匹夫胆，
　　　　　　　　　拖累万民受牵连。
王小虹　（唱）听罢言来愤怒满面，
　　　　　　　　　气得人阵阵咬牙关。（截）
　　　　哼！只当你回得家来，飞虹山又添一员大将，莫料想你才是英雄气短，无用之辈，全不像母亲的儿子，令人可气！
　　　　〔洪富贵咬牙切齿。
王步昇　（急，心在富贵）妹妹不敢这样，飞虹山危险万状，父亲性命，朝不保夕。（取粉绢书）请看！
王小虹　（看信，咬牙打战，怒气冲天）唷……原来你才是个奸细！（用力推步昇一掌）
　　　　〔王步昇摔了一个跟头，急忙起立。
王小虹　走！（拔出宝剑拉步昇）随我去见母亲！
　　　　〔洪富贵拉弓欲射。
王步昇　（着急万分）啊哟妹妹！（用全身将小虹护定）
　　　　〔洪富贵几乎射出毒箭，张牙舞爪，严阵以待。
王小虹　闪开！（将步昇摔倒）
　　　　〔洪富贵又拟射。
王步昇　（连忙仍以全身护小虹）
王小虹　叛国之贼，你非我兄，我非你妹！

王步昇　（祷告）妹妹千万不敢任性，飞虹山各路义军勾通满清，你我性命就在目前！

〔洪富贵得意地仰眉合眼。

王小虹　噢！（惊慌落座愣住了）哥哥，这飞虹山各路义军勾通满清了？

王步昇　妹妹，你嫂嫂帐下洪富贵洪将军，乃是满清重用之人，飞虹山各路义军，都在他掌握之中，你若不听，立刻送命！

王小虹　如此说来，我们已到绝境了？

王步昇　正是的。

王小虹　哎！哥哥呵！

王步昇　妹妹！

王小虹　你有母子之情，难道我就无有父女之义，事已如此，只好保得一方父老，全家性命，千万莫让母亲知晓。

王步昇　妹妹言之有理。

王小虹　但不知道嫂嫂怎样？

王步昇　实不相瞒，你嫂嫂已被麻药闷倒，立刻就会苏醒。

王小虹　事不宜迟，连夜行事，母亲非常人也，若待明日，大事必然败露，如何得了！

王步昇　此事若成，大帅要我身带洪将军亲笔书信，去到那里，仔细盘查，然后行军，不动干戈，逼母降顺。

王小虹　此计甚妙，就在今晚行事，还需将母亲令箭到手，传令各路义军换防，让开大路，以免冲突，坏了大事！

王步昇　妹妹真来见识高明。

王小虹　此事要同洪将军商议，才能妥当。

洪富贵　（得意地露面了，弓箭仍在手中）哈……

王步昇　（向小虹）这是洪将军。

王小虹　洪将军见礼了！

洪富贵　好说，好说！小姐真是英明果断，令人钦佩。

王小虹　还望洪将军在大帅面前多说好话。

洪富贵　那是自然么，哈……

王小虹　此事该如何下手？

洪富贵　刚才小姐所言，头头是道，你我不谋而合，只是李华雄也要谈妥，他是你的心腹，又是……哈……我想他一定要听你的。

王小虹　洪将军言之有理，待我唤他！

洪富贵　（拦小虹）不必，待我唤他前来！

王小虹　也好。

［洪富贵出门转身窃听。

王小虹　哥哥！

王步昇　妹妹！

王小虹　唉！那日爹爹来到山下，苦苦哀求，妹妹心如刀刺，早有此心，只因母亲性烈如火，不敢开口，又怕那边主帅不容，无路可通，如今哥哥回来，大事如愿了。

王步昇　大帅亲口言道，不动干戈，保得两家性命，一方百姓。

王小虹　这就好了。

［洪富贵得意地下。

王步昇　大帅与父亲都说此事成功，全靠妹妹。

王小虹　这话是真的，母亲不降，我若不允，此事万难成功。

［洪富贵引李华雄上。

李华雄　小虹，怎么二更已过，你还在这里？

王小虹　因有要事相商，一会儿你就知道了。（将粉绢书信交李华雄）请看此信。

李华雄　（看信惊讶，旋又镇静）这……

王小虹　如今满清人广势众，飞虹山各路义军大半投降，全由洪将军执掌，大势已去，只好按照爹爹的书信行事，保得两家性命和一方百姓。（说着将粉绢书信拿过，放在怀里）

李华雄　怎样才能瞒过母亲？

王小虹　有我在中军帐不离左右，护定母亲，今晚不让母亲出外巡哨，单怕母亲念起哥哥回来，今晚要到此地谈叙，那就不得了！

洪富贵　这有何难，王步昇亲到郑夫人那里叩头问安，稳定她心，岂不甚好。

王小虹　倒也使得。

洪富贵　事不宜迟，小姐快将令箭盗来交我！

王小虹　令箭盗出自然交你，但定要同华雄一同下令，以免有些义军生疑。

洪富贵　小姐真来想得周到，咱们一同前去，令箭到后，小姐护定夫人，千万勿叫出巡。少将军问安已毕，即来见我，马上起程。

王小虹　应当如此。

洪富贵　即刻就去，不要害怕，我有毒箭保护你们。

王小虹　好，随我来！

　　　　［齐下。

（幕急闭）

第七场　盗　令

地点：第五场原地，天色已晚，庭内一支厅燎高照，庄严肃穆。

时间：紧接前场。

　　　　［场上静，幕开。
　　　　［小虹引步昇、华雄，洪富贵在后，偷偷地上，至墙角，富贵示意叫小虹进去，小虹点头，轻轻地进庭又轻轻地进入内室，下，富贵一面盯小虹后影，一面监视步昇、华雄，手执毒箭，紧张地等待着，少顷，小虹又悄悄地出，到庭外，从袖中取出令箭，交给富贵，富贵得令箭，欣喜，向步昇、小虹示意后，引华雄下。

王小虹　（向步昇）母亲正在阅读兵书，你快快进去请安，待我嘱咐中军，莫让打扰母亲。

王步昇　如此妹妹即去就来！（小虹下）
　　　　［步昇轻轻进去，无限胆怯，强振精神。

郑夫人　（内言）什么人出来进去？

王步昇　孩儿步昇到了。

郑夫人　等着，我就来了！（从容、端庄地上，落座）这般时候，到此做甚？

王步昇　孩儿思念母亲，前来问安。（拜）

郑夫人　军务倥偬，从今以后不必早晚问安！

王步昇　母亲，从今以后，军中大事，自有儿女照料，母亲不必过劳，多多保养贵体才是。

郑夫人　哎！但愿你们忠心报国，娘我就安心了。

王步昇　孩儿定要忠心报国。

郑夫人　那便甚好。

王小虹　（上，进帐）啊！哥哥何时来到？

王步昇　刚刚到此。

王小虹　母亲！快三更了，快快安歇才是。

郑夫人　强敌当前，我怎能放心得下，今晚还要出巡。

王小虹　孩儿已经巡视过了，各寨各营，防范严密，万无差错！

郑夫人　怎么万无差错？

王小虹　万无差错。

郑夫人　（严肃地）步昇！

王步昇　（有点疑虑）母亲！

郑夫人　（以手轻拍桌）到娘这里来！

王步昇　（胆怯地，只好向夫人跟前去）母亲有何吩咐？

　　　　〔夫人冷笑，步昇毛骨悚然看小虹，小虹避其目光。

郑夫人　（从袖内掏出粉色丝绢书信，"啪"地放在桌上，声色俱厉）这是什么？！

王步昇　（大惊失色）嗯！（向小虹）你！……

郑夫人　奴才！（"啪"地打步昇一个耳光）

王步昇　妈！（转身）

王小虹　跑了！（一脚将步昇踢了一个跟头）

　　　　〔夫人上前指步昇，步昇爬起向夫人跪倒，小虹箭步拔剑监视。

郑夫人　（唱）小奴才恨得人气炸肝胆。
王步昇　母……亲！
郑夫人　住口！
　　　　（唱）儿竟敢发病狂甘做汉奸，
　　　　　　　往日里悬梦魂把你思念，
　　　　　　　苦心肠换来了这样的团圆。
　　　　　　　丧志节叛万民弃国降满，
　　　　　　　全不念同胞们苦度艰难；
　　　　　　　众百姓保国土英勇奋战，
　　　　　　　一个个雄赳赳义气冲天。
　　　　　　　满清贼屠扬州天怒人怨，
　　　　　　　中国人杀强敌大报仇冤；
　　　　　　　战则生降则死事理明显，
　　　　　　　汉与满贼与我势难两全。
　　　　　　　郑飞虹掬忠心生死不变，
　　　　　　　一口气一滴血尽付河山；
　　　　　　　卖国贼到头来都难幸免，
　　　　　　　有一日管教他头挂高竿。
　　　　　　　小奴才豹子胆回家弄险，
　　　　　　　儿竟敢虎口里来把牙搬，
　　　　　　　怒狠狠拔出宝剑将儿立斩！
王步昇　（将剑拖住）
　　　　（唱）叫母亲且息怒听儿一言。（起立）
　　　　　　　娘将儿剁肉泥儿不抱怨，
　　　　　　　儿不愿落骂名死在娘前。
　　　　　　　儿情愿杀强敌舍身力战，
　　　　　　　莫让咱坟茔里多一个汉奸；
　　　　　　　娘呵你容孩儿为国赴难，
　　　　　　　才不愧娘的血骨肉相连。（跪倒不动）

郑夫人　这……（恨而欲杀，不忍开刀）哎！（将剑入鞘）
　　　　（唱）小奴才直哭得肝肠寸断，
　　　　　　　一句话说得我噙泪含酸；
　　　　　　　儿呵你有肝胆为国赴难，
王步昇　（唱）为中华我不怕虎穴龙潭。
郑夫人　（唱）王鼐贼你肯不肯一刀两断？
王步昇　（唱）他本是卖国贼绝不容宽！
郑夫人　（唱）娘问你满清贼怎样打算？
王步昇　（唱）七万人东南西入口进山。
　　　　　　　敌大帅压后阵雄兵三万，
　　　　　　　约定了各义军撤离要关。
郑夫人　（唱）娘要你今夜晚将贼哄骗，
　　　　　　　小奴才可有胆不露机关。
王步昇　（唱）今日里受娘训忠心义胆，
　　　　　　　王步昇再不是懦弱儿男。
郑夫人　（唱）我儿莫跪且立站。
王小虹　（唱）上前忙把哥哥搀。（截）
　　　　〔内喊"走"！李华雄与锦云押洪富贵上。
刘锦云
李华雄　（厉声）跪了！
　　　　〔洪富贵不敢说话了，抖颤不止。
李华雄　请收令箭！（将令箭扔给小虹）
刘锦云　（向步昇）卖国叛贼，有何面目见我！娘呵！
　　　　〔扑到夫人怀中，哭。
郑夫人　（抚摸锦云）媳妇，不必伤心，步昇回心转意，他要立功赎罪。步昇！
王步昇　母亲！
郑夫人　随你媳妇下边用膳，即刻动身！
王步昇　遵命！（不动）

刘锦云　还不快走！
王步昇　是！
　　　　［步昇与锦云下。
郑夫人　洪富贵！
洪富贵　啊呀夫人，留我一条性命，教我干什么我就干什么。（叩头如捣蒜）
郑夫人　你们大帅不是要你一封亲笔信吗？劳你的贵驾，与我写来！
洪富贵　哦……夫人，我已写好了。（从怀里掏出递上）
郑夫人　（接信看一下）信中有无暗言密语？
洪富贵　若有隐瞒，千刀万剐。
郑夫人　（向华雄）此信何时所写？
李华雄　这是他令箭到手，得意扬扬的时候写下的，写信已毕，小将才将他拿下。
郑夫人　（喜悦）噢！华雄，你如今能干得多了。
李华雄　夫人，这是小姐的指点！
王小虹　（俏皮地）你懂得个啥呢！这是母亲的妙计。
郑夫人　你们都是好的，华雄！
李华雄　在！
郑夫人　将这贼与我押下去！
李华雄　得令！（向洪富贵）走！
洪富贵　啊呀，夫人饶命！饶命！
郑夫人　等将你家大帅拿回山寨，一同斩首！
洪富贵　啊呀！我不得活了，不得活了！
郑夫人　住口！
　　　　［洪富贵不敢喊叫了。
李华雄　（将洪富贵提起）走！
　　　　［洪富贵被华雄押下。
王小虹　母亲，今晚此事定能成功，就该大放宽心，到后帐憩息憩息。
郑夫人　如此大事，怎能大放宽心。
王小虹　我哥哥看来不会生变了！

郑夫人　虽然如此，不得不防万一，还有……

王小虹　还有什么？

郑夫人　满贼诡计多端，毒辣阴险，即便成功，唯恐你哥哥性命难保！

王小虹　母亲，让孩儿与哥哥一同前往，万无一失。

郑夫人　你怎能去得？

王小虹　他们若见我也投降，亲身约会，贼子必然深信无疑。

郑夫人　小虹，你这一去，干些什么？告诉为娘！

王小虹　我哥哥万一变卦，绝不容他活在人世！

郑夫人　好！为娘迎接你回山。

王小虹　大事成功，临到危急之时，孩儿定要先下手为强，保我哥哥不被贼子所害。

郑夫人　小虹！你把强盗太得小看了！

王小虹　嗯！（想）母亲，我兄妹二人到了那里，贼子必然不许挂刀带剑，危急之时，贼子有刀，儿便有刀，贼有枪，儿便有枪。娘！你放心！

郑夫人　你是好的，待我修书一封！（写信毕）小虹，为娘即刻传令各营各寨，部署周详，我要亲自出马，带领精锐将士，绕出山外，不灭贼寇，绝不罢休！（将信交女）让洪富贵照抄一遍，你兄妹二人连夜起程！

王小虹　遵命！（急下）

郑夫人　啊……（看女后影，又高兴，又担心）

　　　　（唱）我儿一身都是胆，

　　　　　　　谁道巾帼胜儿男；

　　　　　　　奋勇为国负重担，

　　　　　　　直踩虎穴不畏难。

〔王步昇、小虹、锦云、华雄同上。

王步昇　（唱）今夕重振英雄胆，

　　　　　　　壮气直冲九重天；

王小虹　（唱）一诚铭骨赴国难，

　　　　　　　此心已如箭离弦。

王步昇	母亲，我们就要起身了。
王小虹	
郑夫人	洪富贵照抄书信可曾写好？
王小虹	已经拿到手了。
郑夫人	（将洪富贵写的信交步昇）步昇！
王步昇	母亲，孩儿就走了！（跪，小虹亦跪）
郑夫人	（唱）身入虎穴事艰险，

　　　　　　国家大任负儿肩；
　　　　　　正气能使贼丧胆，
　　　　　　贞心应比铁石坚。
　　　　　　手足相依同患难，
　　　　　　制胜只在指顾间；
　　　　　　事败莫要见娘面，
　　　　王步昇，儿呵！
　　　　　　弃国怯敌非我男！

| 王步昇 | 母亲！（与小虹同起） |

　　　（唱）母亲大义儿深感，
　　　　　　此身何惜为国捐；
　　　　　　儿本是娘的血一点，
　　　　　　我要做母亲好儿男。

| 郑夫人 | （唱）手扯小虹连声唤！ |

　　　　　　牢牢记下叮咛言。
　　　　　　紧夺刀，猛用剑，
　　　　　　事事谨慎着着先。
　　　　　　你哥哥倘若把国叛，
　　　　　　砍下贼头回帐前，
　　　　　　你哥哥若是忠义胆。
　　　　小虹，儿呀！
　　　　　　全靠你机智英勇，眼疾手快，莫让你兄被贼杀害，娘的儿，娘的女一同回还。

王小虹　母亲！

（唱）为国效忠把敌赚，

　　　入死出生破难关，

　　　不怕贼子心肠短，

　　　我要保哥哥活命还。

郑夫人　（唱）好好好，兄妹二人（用双手抓步昇、小虹臂，左右看之，再抱入怀，然后下决心推开二人）放大胆。

（毅然地）去！（扭头不视）

王步昇
王小虹　遵命！（急下）

郑夫人　（左看、左看，扑出遥望）

（唱）灯影昏，人影远，

　　　月色朗朗飞虹山；

　　　耳听萧萧马嘶喊，

　　　一双儿女跨征鞍；

　　　歼灭贼寇在今晚，

　　　霎时战鼓闹喧天；

　　　忙把中军一声唤，

　　　众家将领到帐前。（截）

中军！

中　军　（内应）在！

郑夫人　吩咐各营各寨将领，宝帐等候！

中　军　（内应）呵！

　　　［咚咚咚大鼓三响。

　　　［郑夫人在人声呐喊中气昂昂地急下。

（幕　闭）

第八场 大 战

[必要时,王小虹、王步昇兄妹二人,可以双趟马,在二幕前过一场,甚至可以载歌载舞。

[幕开隐约可以看见前寨、中寨与大寨,山峰云绕,树木苍茫,还可以看出红旗到处飘扬。

[先是李华雄带男兵将若干,严肃地、蹑足地,观察地势,指明路径后,并相继传送耳语,紧张急下。

[其次张汉英带领男女兵将若干,也是严肃地、蹑足地,观察地势,然后指手画脚,表示如何围剿,如何进攻,紧张地下。

[接着郑夫人带男女兵将若干,手执大刀,马童引上,趟马向四方审视,然后气昂昂急下。

[寂静一会儿。

[清兵若干兵将偷偷摸摸,有时是爬行过场。

[敌都统带领兵将若干,偷偷摸摸,押着手无寸铁的王小虹与王步昇上,缩头缩脑,四方张望,然后站定。

哈吉托　王小虹!前哨人马,若还进不得前寨、中寨、大寨,你该当何罪?
王小虹　一切都已说妥,万无差错。
敌　探　报!(急上,压喉低喊)启禀都统,前哨人马分头进入前寨、中寨、大寨了!
哈吉托　再探!(敌探应下,哈吉托得意地低声笑)哈……来呀!
众　　　呵!(王小虹、步昇紧张而镇静地,精神上做了准备)
哈吉托　砍了!

[清兵押王小虹之将一刀向王小虹砍去,押王步昇之将一刀向王步昇砍去,王小虹顺手夺过砍她之刀,同时一脚踹飞了砍王步昇之刀,左右开刀,砍倒两个清将。霎时,大炮三响,战鼓雷鸣,喊杀之声震撼

山谷，敌惊慌失措，混打乱杀，兵对兵，将对将，最后王小虹与哈吉托一场恶战，刘锦云乘机一枪将哈吉托挑下马来，王小虹砍下哈吉托之头。

王小虹
刘锦云 追！（众急下）

［阿尔朗得意扬扬，带若干将押王鼐，大模大样地上。

阿尔朗 （斜视王鼐，冷笑）哼……（王鼐惧怯缩颤）
敌　探 报！（急上）启禀大帅大事不好了！
阿尔朗 怎么样了？
敌　报 前部我军，死的死，亡的亡，大半投降了！
阿尔朗 这！这！唔啦……奸贼！（一刀砍倒王鼐，又被其他清将踹了一脚，尸首滚到后边了）众将听令！
众 在！
阿尔朗 我等已入绝境，不顾生死，杀出一条生路，即刻逃走！
众 呵！

［清兵刚要转身，郑夫人所带兵将冲上，挡住了去路，只得交锋。
［郑夫人电奔星驰而上，阿尔朗将长矛狠狠地向郑夫人刺去，郑夫人拿刀挡定，气势逼人，将刀一压。

阿尔朗 （倒退了几步）呵！（慌了，无心恋战，心想逃跑，左转右弯，都被郑夫人所阻，不得已只好舍死一战，二人一场恶斗，最后郑夫人一刀将阿尔朗砍下马来，步昇急上，砍下阿尔朗之头。
（郑夫人下马，被步昇、小虹扶定，胜利地微笑着）
［众义军呐喊雷鸣，罪拜郑夫人。

——幕闭·全剧终——

四进士 秦腔

改编：马健翎（1951）

（根据传统戏《四进士》改编）

人物表

宋士杰：年七十余岁，耿直，有胆有识，专爱打抱不平。先是刑房书吏，后以开店为生。简称"宋"。

万　氏：宋之妻，年四十余岁，为人好强，能打能说。简称"万"。

杨素贞：年二十八岁，为人良善。简称"贞"。

杨　春：商贩，年四十余岁，为人正直。简称"杨"。

毛　朋：年四五十岁，官居八府巡按，为人清正刚直，执法无私。简称"毛"。

顾　读：年四十余岁，凶狠的贪官污吏。简称"顾"。

田　伦：年二十余岁，尚有廉洁之心，但经不起考验，意志不坚定。简称"伦"。

刘廷俊：年三十余岁，贪官小吏。简称"刘"。

田　氏：官宦人家之女，地主之妻，自私、嫉妒、阴险毒辣。年三十余岁，素贞之嫂。简称"田"。

姚庭春：年三四十岁，田氏之夫。贪财好利，愚蠢懒惰。简称"春"。

田　　母：年六十余岁，只顾私情，不讲道理。简称"母"。

姚庭美：岁二十七岁左右，书生，素贞之夫。简称"美"。

杨　　清：年四十余岁，秀才，游手好闲，无所不为，是一个唯利是图的无耻之人，素贞之兄。简称"清"。

小　　梅：田氏丫鬟，小姑娘，穷家子女，心肠很好，常受田氏打骂。简称"小"。

中　　军：简称"黄"。

酒　　保、衙役头丁丑、推车人冯二、毛朋的佣人等。

师　　爷、中军及其他衙役、龙套等。

第 一 场　定 计

田　（上念引）娘家居官婆家富，娇生惯养我为头。（坐念诗）金银万贯把心操，不愿旁人沾分毫，二弟不死心中恼，设法害他赴阴曹。（白）我，姚门田氏，自从二公婆死后，家中大小事情都由我掌管，说东就东，说西就西，倒也威风八面，安然自在。只有一件大事，教人心中不快，但愿兄弟得病身亡，这万贯家业，才能全到我手！为此想来想去，日夜不安，等得人着实不耐烦了，今天我要同丈夫商议，把他们除灭掉才得心安。（唤丈夫）来呀！他又出去了，哼！（唤丫鬟）小梅，小梅，（大声）小梅！

小　（内连应跑上，胆怯慑懦的）来了来了。（进门）大奶奶。
　　［田不理。
小　大奶奶。
　　［田仍不理。
小　大奶奶，有什么事？
　　（田歪着眼猛转身斥责）
　　［小吓得倒退。
田　你聋啦，你不长耳朵！
小　大奶奶，我不在前院。
田　你到哪里去啦？
小　（不敢说）我……
田　你到哪里去啦？快说！
小　（害怕地望着田）我……我……
田　快说！
小　二奶奶叫我去说了几句话。
田　（咬牙瞪视小）嗯！
　　［小吓得退了一下。

田　（点头示意小）来！

［小不敢动。

田　（更大声发狠地）来！

小　（战战兢兢地声带哭音向田移步）大……大……大奶奶。

［田等小到了跟前，猛站起来，出手就给了一个巴掌。

小　哎哟！（手掩脸痛处，哭）

田　你敢哭！

［小低声抽泣。

田　（又做扑打势）你哭！

［小不敢哭了，只在抽送压着气。

田　把手放下来！

［小手离开了脸，害怕地看田。

田　二奶奶是你的妈呢，你常到那里做什么呢，是不是说我的坏话？

小　大奶奶，我不敢。

田　告诉你，再要看到你到后院去，我要拿红铁条把你烙死！

小　大奶奶，我不敢去啦，我听你的话。

田　去，到门上叫曹先生把你大爷叫回来。

小　是。（出门，擦泪下）

田　哼！（唱二六）丫鬟小子真可恼，

　　　　　　他们常常后院里跑；

　　　　　　这一门定要除灭了，

　　　　　　免得时刻把心操。［留］

春　（上唱二六两句截）

　　　　　　大爷本是一富汉，

　　　　　　闲游闲转到处玩。（进门）

田　（生气地）你又到外边做啥去咧？

春　哎！你就常不给我一个好脸。

田　你还想要个好脸！每天起来，就是去闲游闲转，家里的事你一点儿都不操心。

春　好你呢，咱家的事有你经管，我放心着呢。
田　你放心我不放心。
春　你还有什么事不放心么？
田　我问你，你说家业多了好还是少了好？
春　你不要问我，你问世上的人去，谁都知道家业多了好。给你说，我姚庭春什么都懂得。
田　懂得就好，我心想把咱家这份产业，都拿到咱俩的手里，你愿意不愿意？
春　我愿意。哎，你是管家的，好金子好银子悄悄地锁到咱们柜子里，不要让兄弟知道。
田　哼！把你精的灵的，这家业终究你兄弟要分一半呢。
春　哎哟，那不行的，不能给他分一半。
田　要不分，除非他死了。
春　阎王不要人家的命么。
田　阎王不要他的命，你想个办法要了他的命，还不一样吗？
春　他不死，谁也没办法。
田　你听我说，你兄弟现在是个年轻的白面书生，什么事都不懂，等他翅膀硬了就来不及了。
春　你是什么意思？
田　什么意思？咱们想办法把他害死，再把他的媳妇卖了，这万贯家业就都到咱们手里了。
春　呃呀！人命关天，我害怕呢。
田　本县刘廷俊、道台顾读、巡按大人毛朋同我娘家兄弟田伦都是同榜进士，咱们有钱有势，谁敢申冤告状？就是有人申冤告状，蚂蚁搬泰山哩，量也无妨。
春　那你说不害怕？
田　不害怕，有我一面承当。
春　对，你说不害怕，咱就不害怕。
田　明天是你的生日，把你兄弟请过来，你我多劝他喝酒，灌醉了，他就不得活。

春　对。

田　明天你兄弟来，你要装得好好的，不要露出马脚。

春　对，我看你眼色行事。

田　（唱二六）明日害死姚庭美，

春　（接唱）金银全到咱家里。

田　（接唱）不准你露手露脚多言语，

春　（接唱）你说的怎的就怎的。（留）（二人下）

第 二 场　毒　害

美　（上唱二六）今日兄长寿诞期，我急忙要到他家里，但愿他多福多寿多荣贵，好兄好弟百年齐。（截）（进门）（唤）哥哥，嫂嫂。

　　〔田、春齐上。

田
春　兄弟来啦，快坐下。

美　哥哥今日生日，应当早来。

田　我知道兄弟你要早来，如今二老爹娘都去世了，你们弟兄是一母同胞，应当亲热才是么。

美　那是自然。

田　小梅，摆酒。

　　〔小端盏上，将酒摆好。

田　兄弟，你同你哥哥坐在上边。

美　还是嫂嫂坐在上边。

田　咱们虽是一家，进了我的门你是客，我是主，快坐在上边。

　　〔美坐在上边。

春　兄弟，今天我们要把你灌醉，你要多喝酒。

美　哥哥，我不能饮酒。

田　你不要听他的话，今天来了多饮几杯，不要喝醉了。（对春示意不满）你不会说，少说几句成不成？

春　对，你说你的。

田　（给美、春斟好酒）兄弟，今天是好日子，你虽不能饮酒也要多喝几杯。（举杯请酒）

美　（举杯）哥哥，嫂嫂，请。

春　（举起杯细看酒，问田）哎！这酒能喝吗？

田　（非常生气）这是咱家的上等好酒，今天请兄弟过来，还能给你喝掺水酒吗？什么能喝不能喝，把你的嘴闭了。

春　能喝了就喝，我就是爱喝酒。

田　兄弟，请。（三人同饮）

春　（觉得酒很美）好酒好酒。

田　你也给兄弟斟酒才是，看你那个样子。

春　对，兄弟，来来来，我给你斟一杯。

　　［美起立受酒。春给每人斟了一杯。

田　请。（三人又喝一杯）

美　（起立）今日是哥哥寿诞之日，待为弟与哥哥嫂嫂斟酒，拜寿。（把酒斟好）请。（美斟酒时，田命小再取酒）

田　小梅，把锅灶上边暖的那一壶酒拿来。

小　是。（下）（三人又饮一杯）

　　［美有点头昏了。

小　（提酒壶上）大奶奶，酒到。

田　（接过酒）兄弟，再饮一杯。

美　嫂嫂，我头昏了，不敢再饮了。

田　兄弟，这是我备下的冰糖玫瑰长寿酒，今天是你哥哥的生日，你再难为也要饮上一杯。

美　（昏昏迷迷的）好，我只饮一杯。

田　好，这杯喝了就对了，（给美斟好，然后用指头将壶嘴压住，装着给春与自己斟酒）兄弟，请。

春　（端起酒杯，见无酒）唉，怎么没酒？

田　（气极啦，但装着平静，一边使眼色，一边说）你睁大眼看一看，这是长寿酒，一口喝完。

春　噢……

田　（斥责春）噢什么呢！

春　噢……好酒，好酒！

田　兄弟，请。（三人同饮）

美　（昏得趴到桌上）（唱慢带板）

　　　　一霎时只觉得窗摇房转，（挣扎起来）

　　　　头又昏眼又花所为哪般；

　　　　强挣扎出门院东摇西摆，

　　　　回家去见我妻细说一番。

〔当美挣扎摇摆时，春有时还想上去扶一下，被田拉住。他们看着美由上场门下，春望呆了，田恶狠狠地把他拉下。

第三场　威　胁

贞　（内唱尖板）

　　　　一阵阵把人的心肝疼烂，（上）

　　　　左一思右一想他……死得屈冤；

　　　　急忙我把嫂嫂见，（进门）

　　　　此事我要问根源。

　　（白）嫂嫂，兄长。

田
春　（齐上）什么事？

贞　我不明白，为什么你兄弟从你们这里回去，一句话都讲不出来，莫等上床，倒在地下就死过去了。

春　嗯！他死啦！

田　你不要多嘴，他今天到我们家这里欢天喜地，多饮了几杯，想是酒伤心肺而死。哎！可惜，年轻轻的！

贞　平日他没有这样的病症。

田　天有不测风云，人有旦夕祸福，哪能保得长生不老？

贞　嫂嫂，他死得不明，咱们请来官府检验检验。

田　你说什么？

贞　我要告状！

田　（冷笑）告诉你，你能不失和气，我把你养活起来，生下一男半女，还能给我那兄弟承继香烟。你若告状，管叫你死无葬身之地。

　　（唱带板）你莫要讲大话胡吵胡闹，
　　　　　　听我把话说根苗：
　　　　　　各州府县让你告，
　　　　　　到头来看谁坐监牢；
　　　　　　不失和气还罢了，
　　　　　　要见官教你赴阴曹。

春　（接唱）一家人不必再吵闹，
　　　　　　和和气气万事消；（指田）
　　　　　　她娘家官大你掀不倒，
　　　　　　告状连你也命难逃。

贞　（接唱）啊哟！
　　　　　　听一言把人的肝胆气炸，
　　　　　　眼巴巴大冤屈没有办法；
　　　　　　我有心去告状他家势大，
　　　　　　告不准反遭祸一点不差，
　　　　　　放大声哭一声夫君难见，
　　　　　　那……那是夫君！冤死的人！
　　　　　　哎……恨为妻我不能替你申冤！
　　　　　　到如今我只有一条心愿，

　　　　　生儿男好与你承继香烟。

　　　　　无奈了含悲泪回我家院，（出门）

　　　　　孤零零我只能埋怨苍天。（由上场门下）

　　［贞悲痛时，田恶毒地把头转过去，春低头不语］

春　（出门偷看贞下）没事咧，回去咧，哎哟……

田　有事她能咋？我们托人给刘县令送上几十两银子，疏通疏通，再把她娘家哥杨清找来，把她哄出去卖了。往后管她生养不生养，与咱无干。

春　县令那里容易，只要有钱，他会听话的，她娘家哥肯办这事么？

田　杨清是一个飘风浪荡的臭秀才，只要给他银子，还怕他不愿意？

春　你把银子不敢多给人家。

田　你放心，我会算账呢！

春　待我给咱请杨清去。

田　（一把将春拉回）回来，你哪里还像个办事的！睡在家里，不准你出门。啥事都由我办。

春　对，我啥也不管，由你办去。（二人齐下）

第四场　卖　妹

杨　（上唱）东奔西跑做买卖，

　　　　　这回生意又赚钱。

　　　　　一心我要办亲眷，

　　　　　进城见人便开言。

　　　　　正行走来抬头看，

　　　　　一家酒店在面前。

　　（进门）（白）酒家，酒家。

保　来了，来了。（跑上）客官莫非要吃酒？

杨　正是。

保　请坐。

杨　（落座）好酒取来。

保　好酒一壶。（端一酒壶与杯）酒到。

杨　酒家，你也坐下吃一杯。

保　我们卖酒不吃酒，吃酒没来由。

杨　咱们见面就是朋友，今天我请你喝酒。快坐下。

保　如此，扰你一杯。

杨　（给保斟酒）

保　唉……这不能，这不能。（阻挡不接受）

杨　什么不能？今天我是主你是客么。

保　你来到我这里，按理我是主你是客。

杨　你要是主，酒钱我就不管了。

保　可惜我不是酒店的掌柜，要不然当真我该是主人。

杨　取笑了。

保　取笑了。（二人同笑，保接受了杨的斟酒）

杨　请。

保　请。（二人同饮）

保　请问客官，尊姓大名？

杨　在下，姓杨名春。

保　杨大哥，你是哪里人？

杨　家在南京。

保　做什么买卖？

杨　贩布匹为生。

保　大买卖。

杨　小本钱。

保　过谦了。

杨　酒家，请问此地可有贩捎之人？

保　这话不敢提，我们这里按院大人新出的告示，若提"贩捎"二字，四十大板，一面长枷。

杨　不是的，我心想娶一房妻室，回家侍奉老母，我不是贩捎之人。

保　有的是。（手指）隔壁有个姓杨的，爱给人说媒拉线，待我把他给你叫来。（说着便动身）

杨　有劳了。

保　（出门，向上场门）哎，姓杨的，哎，杨清。

清　（上）咳，你那是叫谁呢？

保　叫你哩。

清　谁不叫我杨先生！你怎么大名小字的，随随便便？

保　不要耍你的臭秀才架子咧，看你欠下我们多少酒钱，再不还账，我还想骂你哩。

清　君子不与小人斗，去你的。（转身要回）

保　哎，你不要走，我请你发财呢，来了个有钱的人，要办个女人呢。

清　（马上喜眉笑脸的）那好得很，你快引路，跟你去。

保　你是君子，跟我这小人，怕把你给屈驾了呢。

清　啥君子小人？看你多心眼的，我给你作揖。（给保作揖）

保　算咧，算咧，跟我来。（清随保进门）
　　这就是杨先生。

清　噢！杨先生坐了喝酒。

杨　还要先生多多帮忙。

清　新近有一小寡妇，有意嫁人，怕你嫌她晚婚。

杨　只要人好，晚婚也无妨。

清　她是有钱人家的媳妇，你还得宽待宽待。

杨　多大年纪？

清　二十八岁。

杨　几分人才？

清　八分人才。

杨　身价多少？

清　三十两，一个也不能少。

杨　只要人好，三十两就三十两，我要相看相看。

清　管保教你满意。

杨　哪里相看？

清　哪里相看？（想着说）好，就在西门外柳林相看。

杨　什么时候？

清　明日午时。

杨　好，（怀中掏出零碎银子）酒钱放在桌上，（叫板）你我暂别了。（二人齐出门，保随之）

杨　（唱二六）明日柳林再相见，

清　（接唱）不见不散等路边。

杨　（接唱）辞别先生回店转，请！（由下场门下）

清　（接唱）得了银子又发财。（截）哈……（得意忘形地摇摇摆摆转身要下）

保　（拉清）哎，我要问你一句话。

清　问啥呢？

保　听你刚才的口气，好像要卖你妹子呢，是不是？

清　你知道还问啥呢？

保　哎，我真想把你骂驴日的呢。

清　看你口里不干不净的，难听不难听？

保　你还嫌难听呢，你就不想一想你做的是啥事么？你还算秀才呢，把孔夫子叫你这读书人给卖完咧。（指清）你……

清　好，我的小哥哩些，你知道就对咧，不要给外人宣扬，得了银子，先给你们还账。

保　去，把你这亏心银子讨了酒账，连五谷糠都对不起咧，以后少来我家酒店，我们这里是干净地方，狗屎不进门。

清　看你这娃才是个……（推保）快回去。

保　（推清）去！

清　（倒退一步）哎哎，你……（意思想再嘱咐几句）

保　（唾清）呸！

　　[清把脸一擦，垂头丧气地下。

保　（气愤愤地关门下）啥东西！

第五场 骗 妹

[桌上支小灵帐与小牌位同小香炉一个,点着的蜡两支。

贞 （在哀音声中,着孝装上;点香烧纸,叩头,起立）哎！（唱尖板）站灵旁不由人泪如雨洒,
（夹白）我的夫君！
（转慢板）越思想你死得太得屈冤;
　　　　最可恨亲骨肉把你残害,
　　　　仗势力我不敢告状申冤;
　　　　她每日把我高声叫骂好几遍,
　　　　忍气吞声实可怜;
　　　　我只有站在灵前把你唤,
　　　　你为何静悄悄不语不言！（伏案啼哭）

清 （上）（唱二六两句截）
　　　哄骗妹子去郊外,
　　　三十两白银到手边。（进门）
（白）妹子,你还是保养身体,节哀才是。

贞 兄长到了,请坐。

清 有坐。

贞 咱娘可好。

清 哎！我就为咱娘来的。

贞 咱娘怎么样？

清 咱娘偶得重病,卧病不起,口口声声要见你一面。

贞 嗯！兄长,你妹夫三七未满,血迹未干,不好离灵外出。

清 咱娘病重,今日不去,一辈子也见不上了。

贞 嗯！

清　妹子，你暂时把孝衣脱了，咱们多走小路，避开熟人，把老娘见得一面，也就是了。

贞　我还得同嫂嫂商议。

清　不要去了，我见过了，她让我引你去。

贞　如此兄长前边稍等，待我换好衣衫，一同前去了。

（唱二六）杨素贞来泪淋淋，

　　　　　这才是苦命人祸不单行，

　　　　　急忙换衣后房进。（下）

清　（接唱）正午时分到柳林。（留）（下）

第六场　暗　访

[毛朋带一佣人上。

毛　（官居八府巡按，乔装算命先生）

（唱花音慢板）

　　　　有毛朋来郊外用目观望，

　　　　见青山和绿水万物呈祥；

　　　　天盖地（转二六）

　　　　地连天风光爽朗，

　　　　为什么人的心罪恶包藏？

　　　　来此地好几日私察暗访，

　　　　见万民大都是苦痛悲；

　　　　想必是官吏失民望，

　　　　贪赃枉法太猖狂。

　　　　世道令人心惆怅，

　　　　害人贼我要他命丧法场。（截）

（白）下官毛朋，大明为臣，官居河南八府巡按。是我来到这上三府，假装算命先生私察暗访。观见万民苦痛，想必是官吏贪赃枉法；若犯我手，定斩不饶，来。

（佣背一小箱）大人。

毛　嗯！（很镇静地四下看了一下）临行怎样吩咐？一路之上伙伴相称，怎么又叫起"大人"来了？

佣　小人失口了。

毛　你有何话说？

佣　观见大人……

毛　嗯！怎么又来了？

佣　天气炎热，看你满面汗流，衣袖湿透，太苦了，还是找一民家，歇息歇息再走。

毛　（向下场门观望）前边有一柳林，你我去到那里乘凉，单等午时过了，再往前方行便了。

（唱二六）为国就要不辞苦，

　　　　　方算男儿大丈夫；

　　　　　你我二人向前走，

　　　　　柳林下清风润干喉。（留）（二人齐下）

第 七 场　柳　林

杨　（上）（唱二六）

　　　　杨春催马到柳林，

　　　　不见杨清为何情；

　　　　下得马来（下马）树下等，

　　　　但不知此事成不成。

[做拴马手势，将马鞭放在下场门一带，在那里徘徊。[清引贞上。

清　（唱二六）走走走行行行，

　　　　　　不觉来到柳林中。
贞　（拉清）拉住兄长开言问，
　　　　　　来到柳林为何情。（截）
　　（白）兄长，我们不向南走，为什么来到这里？
清　妹子，你看天色正午，十分炎热，在这柳林之下，凉爽凉爽。
贞　老娘病重，恨不得插翅相见，谁还有心乘凉。
清　妹子，是你不知，为兄我口干得要命，你先坐在这里，稍等一时，待我走到深林之处，喝几口清水就来。
贞　兄长，你要早去早来。（落座于古槐前）
清　那是自然。

［兄妹二人讲话之时，杨已发觉，细看素贞，点头满意。清走到杨跟前，指贞让杨看，用眼色表示问杨"满意不满意"，杨点头出拇指表示满意。清向杨跷起三个指头，示意杨交出三十两银子。杨用右手指向展开的左手摇画，示意清把婚书交出。清从怀里取出婚书交杨，杨从怀里掏银锭交清。清走近杨身向杨耳语少许，转过身很快地就向下场门溜了，杨要拉没有抓住，追了两步，向下场门遥望片刻，表示很奇异。

杨　（走到贞身旁）娘子，起来走路。
贞　（听声见人，大吃一惊，猛起倒退）你……你是什么人，叫我娘子？
杨　方才引你走进柳林，他是你的什么人？
贞　他是我的兄长。
杨　他得了我银子三十两，把你卖给我了。
贞　此事当真？
杨　当真。
贞　哎，好贼！（唱带板）
　　　　　　骂兄长做此事不如禽兽，
　　　　　　把人气得断咽喉；
　　　　　　至死不能跟他走，
　　　　　　开言我要问根由。
　　（白）既是他将我卖了，有何为证？

杨　（从怀里掏出证书一纸）婚书为证。

贞　拿来我看。

杨　慢着，你是有气之人，三把两把将婚书扯碎，我倒做了一场何事！站到那里，听我念来。（念）立婚书人姚庭春，二弟亡故，弟媳杨氏，在家吵闹不贤，只得改嫁他人，受财礼银三十两，胞兄杨清代笔。（念完）你还有什么说的？

贞　哎，我好苦也！

　　（唱二六）听罢婚书恨长兄，
　　　　　　贪财爱利无良心；
　　　　　　客官你要多行好，
　　　　　　放我回家看娘亲。

杨　（接唱）三十两银子你兄用，
　　　　　　我岂能人财两头空！

贞　（接唱）你若放我恩不尽，
　　　　　　日后定要报大恩。

杨　（接唱）你若随我享福分，
　　　　　　不受饿来不受穷。

贞　（接唱）我把主意早拿定，
　　　　　　至死不能随你行。

杨　（接唱）劝你不必再争论，
　　　　　　要想回家万不能。

贞　（接唱）你家也有姐和妹，
　　　　　　你姐妹嫁了多少人！

杨　（接唱带板）
　　　　　　贱人出言惹人恨，
　　　　　　开口骂人理不通；
　　　　　　怒气冲冲将你打，

　　〔杨打贞，毛与佣人上。

毛　（上，挡住杨）

（接唱）拷打妇人为何情？

（白）请问兄台，郊外旷野之地，拷打妇道人家，是何道理？

杨　先生有所不知，她兄长得我银子三十两，把她卖给我了。我要她随我回家，她执意不肯，出口伤人，因此打了她几下。

毛　待我问来。

杨　烦劳先生，多方劝解。

毛　这一妇人，你兄长把你卖给他了，就该随他回家。

贞　先生，我的丈夫，死得冤屈，三七未满，血迹未干，我岂肯跟随他人！

（滚白）哎，我岂肯跟随他人改嫁了！（叫慢板）

毛　有什么冤屈请讲。

贞　（唱）未开言不由我泪流满面，

　　　　　老先生与客官细听我言。

（转二六）家住在汝宁府上蔡小县，

　　　　　四都里姚家庄有我家园。

　　　　　遭不幸我翁婆早把命断，

　　　　　我哥哥我嫂嫂恶毒凶残。

　　　　　霸土地霸金银灭门霸产，

　　　　　毒死了亲兄弟万恶滔天；

　　　　　我嫂嫂她娘家官高位显，

　　　　　我不敢去官府告状申冤；

　　　　　可怜我怀有孕三月未满，

　　　　　盼只盼暮生子是个儿男；

　　　　　谁知晓兄和嫂将我偷卖，

　　　　　又可恨杨清贼小人爱钱；

　　　　　亲骨肉一个个都把心变，

　　　　　杨素贞活在世好不可怜。

　　　　　哭了声我的夫难得相见，

（喝场）那……那是夫君，冤死的夫君，哎……丢下我孤零零千难万难，最可叹尘世上人心都坏，

无一人有良心除恶锄奸。（留）

毛　（叫板）哎！

　　（唱二六）听罢言来心自惭，

　　　　　　民间苦难有万千；

　　　　　　这件事儿莫小看，

　　　　　　奸套奸来官连官。

　　　　　　转面我把兄台唤，

　　　　　　你说她可怜不可怜？

杨　（接唱二六两句截）

　　　　　　漫说我是血肉汉，

　　　　　　铁石木人也心酸。

毛　兄台，这一妇人含有奇冤，如此可怜，这件事你是不是……

杨　先生，我也觉得她很可怜，只是我小本生意，落一个人财两空，经受不起。

毛　兄台，如此我给你三十两银子，你可放她回去。

杨　先生有此美意，难道我就没有人心？你给二十两我就放她。

毛　小伙计。

佣　在。

毛　取银三十两。

杨　二十两。

佣　银子用完了。

毛　哎！惭愧！惭愧！

杨　先生，你们这跑江湖算卦的，总是不说实话。

毛　我没有银子，你说什么就是什么。

杨　先生请回，此事我同她再来商议。

毛　莫非你还是要她？

杨　你不要管，银子是我杨春花的，人情要我杨春送呢。先生，人情是实的，不能赊账。

毛　好，看你怎么办。（向贞）这一妇人，你的冤仇甚大，主意拿定，不敢变心。

杨　去去去！满是一片干嘴空话。

毛　哎！（唱）杨春开言把我怪，
　　　　　　他的心事人难猜。
　　　　　　柳林深处稍等待，
　　　　　　此事儿我看他怎样的安排。（留）

［冷笑，同佣下。

杨　（接唱二六两句截）
　　　　他本是走东跑西把人骗，
　　　　干嘴空舌讨人嫌。
　　（白）这一妇人，听你之言，十分可怜，待我送你回到娘家，找杨清算账。

贞　嗯？客官，你这可是一句实话？

杨　我若骗你，天诛地灭。（取马鞭）来来来，骑在马上，一会儿就到。

［贞伸手上马，露出金镯。

杨　（看见金镯，非常生气）呔！（将贞踏了一脚，甩过马鞭）

贞　哎哟！（就地坐下）

杨　我把你个贱人，方才哭哭啼啼，言说你丈夫三七未满，血迹未干，怎么手戴金镯，卖弄风流？原来你是下流之辈，令人可恼！

贞　哎！（滚白）我叫……叫一声客官客官，你哪里知道，这是我那婆婆在世的时候，给我夫妻一对金镯，我夫妻各戴一只，这只金镯如今不离我手，如同我夫君不离我身，你把我……哎，错怪了。
　　（二六）我夫妻生前多恩爱，
　　　　　许下白头并蒂莲。
　　　　　戴金镯如见夫君面，
　　　　　戴金镯不忘夫君言。（留）

杨　（接唱）杨素贞可算得真心一片，
　　　　　　不由我杨春动心田；
　　　　　　罢罢罢放她回家转，

　　　　　　三十两银子丢一边。
　　　　　　你自己回家莫怠慢，
　　　　　　即刻上马登阳关。
贞　（接唱）客官既是讲实话，
　　　　　　身带婚书为哪般？
杨　（取出婚书）
　　（接唱带板）将婚书撕毁你当面，（撕碎婚书）
贞　（接唱）杨素贞叩头谢恩还。（与杨叩头）
　　（连起带唱带转带走）
　　　　　　我急忙转身回家院，（慢步往下走）
杨　（接唱）忽然想起事一番。
　　　　　　自古道为人要到底，
　　　　　　杀人见血才算完。
　　　　　　忙将妇人一声唤，
　　　　　　转回来有话对你言。
贞　（转身视杨）呀！
　　（尖板）客官身后一声唤，
　　　　　　吓得我胆战心又寒。
　　　　　　走上前来把脸变，（走上对杨）
　　　　　　大丈夫讲话不能反。
　　　　　　婚书撕毁无证见，
　　　　　　想要反悔难上难。
杨　（接唱）杨春本是男儿汉，
　　　　　　岂能改悔把眼翻？
　　　　　　劝你莫要回家转，
　　　　　　听我把话说根源。（截）
贞　客官为何唤我回来？
杨　你回不得。
贞　怎么回不得？

杨　你婆家兄嫂刁恶不容，娘家兄长又是无耻之徒，终究难以久留。说是你来看，世上只有一个杨春。

贞　哎！走投无路，听天由命了！（哭）

杨　你还是舍命告状。

贞　县令不准，也是枉然。

杨　你就该越衙上告。

贞　我一个女人家，路途遥远，怎能上告！（哭）

杨　也罢，一不做，二不休，我带你越衙上告。

贞　你我非亲非故，男女有别，同行不便。

杨　如此你我结为仁义兄妹，一同前往。

贞　我却不信。

杨　对天盟誓！

贞　我先跪了。

杨　嗯？

贞　兄长，难道你要后悔了？

杨　哎，我不悔！（跪下）
　　（唱紧带）杨春跪倒地流平，
　　　　　　过往神灵听分明：
　　　　　　我若存心有歹意，
　　　　　　死在五黄六月中。

贞　（接唱）你我如同亲兄妹，

杨　（接唱）好比同胞一母生。

贞　（接唱）二人同心要雪恨，（毛与佣人上）

毛　（接唱）（截）柳林内又来了算命先生。（放声大笑）
　　哈！……（杨、贞起立）

杨　（对毛不满意）你笑什么呢？

毛　我笑你们太无志气，方才哭叫冤屈，却怎么又拜起天地来了？

杨　你要做了官，一定是个糊涂官。

毛　怎见得？

杨　你不问青红皂白，随便说话么。

毛　到底是怎么一回事？

杨　我见她十分可怜，退了婚事，同她结为仁义兄妹，与她出力，告状申冤。

贞　先生，我那兄长，是一位大义之人，你不要胡言乱语。

毛　噢，（审视二人）请问，婚书现在哪里？

杨　我将婚书撕毁了。

贞　（指地下）这些碎纸零片，就是婚书。

毛　噢，（看地下，转笑脸）果然大义之人，令人可佩。你们可有状子？

杨　进城请人代作。

毛　那就费事了，我与你们代写一状如何？

杨　先生，你会写状？

毛　略知一二。

杨　无有笔墨格子纸，也是枉然。

毛　我都带有。

杨　我看你不是个好人。

毛　怎见得？

杨　你一定常常包揽词讼。

毛　兄台哪知，只因前村两家吵闹，硬要写状告官，经我劝解，了事一场，故而留下这张格子纸，这叫作闲时置下……

杨　忙时用。（二人同笑）

毛　（向佣）取纸笔上来。

　　［佣取出纸笔，将箱就地放下，将纸铺在上边。

　　［毛提起笔来，稍作思忖，提笔就写。

贞　兄长，是不是要我将冤屈之事，细表一番？

杨　真的，（向毛）你怎不问原告就写起状来了。

毛　我们算卦的耳朵长，什么事情听上一遍就记下了。

杨　原来如此。

毛　（一挥而就）状子写好了。

贞　兄长，有烦先生将状子念上一遍，对与不对，当面更改。

杨　先生，我那妹子言道，烦你将状子念上一遍，对与不对，当面更改。

毛　兄台，令妹可算聪明细心之人。

杨　先生夸奖。

毛　待我念来："具状人杨素贞，河南上蔡县四都八甲里姚家庄人氏。状告大伯姚庭春、刁嫂田氏、胞兄杨清等，为灭门霸产，鲸吞串卖事……）（接白）兄台，这是八个字的主语，叫令妹牢牢记下。

杨　妹子，记下这八个字，先生往下念。

毛　（接念）"大伯姚庭春、刁嫂田氏，打盘定计，用药酒毒死亲夫姚庭美，又串通胞兄杨清，将民妇卖予贩捎人杨春……"

杨　（一把将状子夺来）你拿来吧，这状我不告了。

毛　怎么不告了？

杨　按院大人，出了告示，若有贩捎之人，四十大板，一面长枷，这岂不是把我自己告下了？

毛　噢，你不是贩捎之人？

杨　我是娶妻奉母。

毛　原来还是一位孝子。

杨　不敢当。

毛　拿过来，待我改过。

杨　改得好，我就告。

毛　改得不好？

杨　我就不告。

毛　管保改得好。

杨　（状子交毛）你先改来。

毛　（提笔改字）"贩捎之人"改为"异乡人"。

杨　改得好，往下念。

毛　（接念）"民妇哀哀痛哭，杨春细问情由，心中不忍，舍弃身价银两，撕毁婚书，并与民妇结为仁义兄妹，申冤告状。闻得大人爱民如子，法不妄断，恳请速提凶犯到案，问明情迹，以律锄奸。亡夫瞑目泉下，小女子草命得生。叩天上告！叩天上告！"

杨　写得好！

毛　见笑了。

贞　兄长，请问先生尊姓大名，日后知恩答报。

杨　先生，尊姓大名，告知我们，日后知恩答报。

毛　行善不望报，望报非行善。只知有此人，何必问姓名。

杨　真来的好度量。

毛　好，你们在，我就走了。

　　（唱二六）今日此事真凑巧，

　　　　　　热闹官司在后头。（毛下，佣随之）

杨　（接唱带板）叫妹子上马莫怠慢，（取马鞭与贞带马）

贞　（上马，二人走圆场）

　　（接唱）急忙告状去申冤。

杨　（接唱）正行走来且立站，

　　　　　　忽然想起事一番。（截）

　　（白）妹子，我把账本子还有几个银叶子丢在店房了，你骑着马前边慢走，待我回去取来。

贞　早去早来。（二人分两头下）

第 八 场 救 女

［大流氓甲，带乙、丙小流氓上，鬼头鬼脑的，向四方遥望，又一小流氓丁跑上。

丁　（跑上，向甲）哎，好买卖，有一个女子手戴金镯，骑一匹马，马上驮的东西不少。

甲　我们追赶上去，将她扯下马来，拉到无人之处，再作道理。

众　对。（紧腿裹袖，一齐跑下）

［贞内喊："救命！""救命！"慌张跑上，不时后顾，催马而下。

［甲等紧跟贞后追上。
甲　赶上去。（众一拥而下）
宋　（急急忙忙由上场门上，开门，出门，向下场门遥望）哈！光天化日，竟敢明火抢人；我若不救，那一女子必被贼人所欺。待我打上前去。（提袍起腿，复又收住）且慢，想我宋士杰，也曾在这道台衙门前，当过一名刑房书吏，只因爱管不平之事，得罪了上司，革了职守，万般无奈，在这西门以外，开店为生，今日此事，还是不管的好。
　　［贞在内喊："救命！""救命！"
　　［甲等内喊："乖乖地下马，跟着我们走，这里谁也救不了你的命！"
　　［贞内哭："异乡人好苦！"
宋　嗯！那一女子言道，"异乡人好苦！"难道这信阳州就无有一个好人！旁人不管，还有可说，摆在我宋士杰的眼前，岂能置之不理！也罢！待我唤出婆儿，打他一个抱不平！便是这个主意，婆儿走来。
万　（急上，出门）老头子，你气喘声粗的，有什么大事把人吓得心都跳了。
宋　是我看见一个女子前跑，一伙贼人后边追，我们就该前去搭救。
万　哎！老头子，你又忘了，为了多管闲事，丢了衙门的差事，又管闲事，我不去！
宋　不去也好，一个女子遭难，管她做甚！
万　她要是男子呢？
宋　她要是男子，我老汉虽然年迈，也要舍命相救。
万　哈哈，我把你老天杀的，说来说去，你才是看不起我们女子。
宋　我看不起女子，还有心救她，你看得起女子，为何不救呢？看来你们这些女子，咳咳，不中用。
万　好恼！（念）（扑灯蛾）老头子太无理，开口把我欺把我欺。紧紧腰中带，拿起双棒槌，出门（出门）四下望，不知东和西。（白）老头子，带路！
宋　（万出门时，即随之出门）说是你，随我来！（踢腿提袍，拉万急下）（甲拉贞，众背褡裢等一拥而上，贞挣扎）
万　（先扑上）你们给老娘造反呀！（出手就打）
　　［乙、丙、丁见万来势甚凶，先后溜下。甲拉贞，手执单刀与万交战，万

先将甲刀打落，又将贞抢过来，正当此时宋亦赶到，刚碰甲扑了过来，宋一脚将甲踢倒，甲爬起抱头逃跑。

万　（放下贞）待我赶上前去！（说着要走）

宋　（拉万）算了，饶了他们的狗命。我们即刻回店。（万拖贞，宋扶之，三人由上场门下）

第九场　拜　父

［宋、万、贞又由下场门上，进门，分三角形落座，万中，贞在万右，宋在万左。

宋　这一小娘子，听你刚才所言，冤屈甚大，十分可怜，既要越衙告状，可有状子？

贞　有状子。

宋　拿来我看，若有不到之处，我还能更改更改。

万　你把状子给他看一下，他当过刑房书吏，打官司的事儿，他是能手。

［贞将状子递予万。

［万拿过状子，一边看着，一边往宋跟前走。

宋　（一把将状子拿过来）你拿来吧，你能看见什么！

万　我看见字是黑的，纸是白的。你当就是你会看。

宋　好好好，你也会看。待我念来你听。

万　大声一点儿。

宋　（念状子）"具状人杨素贞，河南上蔡县四都八甲里姚家庄人氏，状告大伯姚庭春、刁嫂田氏、胞兄杨清等，为灭门霸产，鲸吞串卖事……"

万　把这八个字记下。

贞　记下了。

万　往下念。

宋　（念）"大伯姚庭春、刁嫂田氏，打盘定计，用药酒毒死亲夫姚庭美，又串通胞兄杨清，将民妇卖予贩捎人……噢……卖予异乡人杨春……"（将状子停起来）（白）好，将"贩捎人"三字改为"异乡人"，改得好，这样一改，免去了杨春的四十大板。

［贞听到宋的言语，点头钦佩。

宋　（接念）"民妇哀哀痛哭，杨春细问情由，心中不忍，舍弃身价银两，撕毁婚书，并与民妇结为仁义兄妹，申冤告状。闻得大人爱民如子，法不妄断，恳请速提凶犯到案，问明情迹，以律锄奸。亡夫瞑目泉下，小女子草命得生。叩天上告！叩天上告！"（赞叹）啊哟好状子！好状子哪！小娘子，此状何人所写？

贞　是一算命先生。

宋　唉！此人可谓不得时，若要得时，必然是高官大位。可惜这一张好状子，递不上去，也是枉然。（把状子交万）

贞　为什么递不上去？

万　为什么递不上去？

宋　道台衙门，衙役甚多，大人难见，她又是异乡人，谁肯与她递上！

贞　哎！异乡人好苦！（哭）

万　哎！可惜你跟我一不沾亲，二不带故，但有一点点牵连，我就不信这一张状子，递不上去。

［贞跪下抓着万哭。

万　你这是什么意思？

贞　老人家你看我身遭大难，举目无亲，我情愿把你老人家拜为干娘。干娘！你要可怜你的干女了。

万　（高兴地）不要哭啦，快起来！快起来！告状之事，我自有办法。

贞　（起拜）多谢干娘。

万　（一手叉腰，一手将状纸向宋展开）来！

［宋不理。

万　来！

［宋仍不理。

万　（大声）咳！老头子，你耳朵聋咧！

宋　什么事？

万　告状去。

宋　告什么的状？

万　替我干女告状去。

宋　谁是你的干女？

万　（指贞）就是她。

宋　她是你的干女，与我什么相干？（说着转过头去）

万　（撇嘴）哎，我知道你又不高兴了，一点儿亏都不吃。女儿。（向贞示意）

贞　（连忙与宋下跪叩头）干父请上，受儿一拜。

宋　快快起来，哈……女儿不要担忧，为父与你做主。

万　快递状子去。（与宋递状）

宋　（接过状子）我这就去了。

　　（唱二六）女儿不必泪汪汪，
　　　　　　听我把话说心上。
　　　　　　为父生来有胆量，
　　　　　　不让恶人耍强梁；
　　　　　　你们二人在家望，
　　　　　　此事自有我承当；
　　　　　　急忙上衙去递状，（出门）

〔万、贞随出。

宋　（接唱）我老汉常常为人忙。（下）（万、贞转回）

万　（接唱）但愿官府把理讲，

贞　（接唱）申冤告状到公堂。（留）（万关门拖贞下）

第 十 场　击　鼓

宋　（内叫尖板）（唱）

美酒喝得醺醺醉，（脚步有点不稳地上）

顾大人退堂误了期；

手拿状子回家去，

姥姥女儿必不依。（截）

哎！我老汉也就当真的多管闲事了。进得城去，本当先把状子递上，谁知遇着了衙门里的朋友，有几件官司办理不清，硬要我指点指点，拉拉扯扯到了一家酒店，高谈畅饮，喝了个醺醺大醉。顾大人退堂，状子没有递上。回得家去，姥姥生气莫要说起，女儿必然言道："我不是你亲生女儿，若是你亲生女儿，这酒也不喝了，状子也递上了。"哎，不管怎样，回去再作道理。

（唱二六）（走圆场）此事做得不大好，

见了女儿说根苗。（拍门）

开门来！（万、贞上）

万　（接唱）忽听门外有人叫，

贞　（接唱）想是爹爹回来了。（截）

［万开门。

宋　（进门，不言不语地站在一旁）（万、贞审视宋）

贞　爹爹，状子递上无有？

宋　嗯，状子么……

贞　状子怎么样？（担心的）

宋　我……

万　（忍不住啦）递上就说递上，没有递上就说没有递上，咿咿呀呀，惹人讨厌！

宋　是我进得城去，遇着三朋四友，问长问短，将我拉到酒馆，多贪了几杯，大人退堂了，状子没有递上。

贞　爹爹，我不是你亲生女儿，若是你亲生女儿，这酒也不喝了，状子也递上了。

宋　这两句话，我知道你要说的。

万　你还打什么岔哩，七十多岁的人了，越活越不能办事啦。今天误了，明天又不是放告的日子,越推越远了。

宋　啊哟是的,你这一句话提醒了我,这状若不早告,被告有钱有势,必然生变。

贞　哎!我好苦!(哭)

宋　儿呀!不必啼哭,若是有胆,随我上堂,击鼓鸣冤。

贞　事到如今,孩儿还怕个什么!

宋　如此事不宜迟,马上前去。

　　(唱带板)叫孩儿你要放大胆,

贞　(接唱)孩儿情愿见当官;

宋　(拉贞连唱带出门)来来来随我出庄院,

万　(接唱)为申冤哪怕他滚油刀山。(截)

宋　儿呀,到了,击鼓鸣冤,大人必然怒气不息,高声问案,说是你不要慌,

贞　儿不慌。

宋　不要忙,

贞　儿不忙。

宋　不慌不忙,有话便说,儿呀,你能办到?

贞　能办到。

宋　能办到,就是好的。(与贞递状)状子带在身上,上前击鼓。(指鼓)

　　〔贞接过状子,击鼓三响,内喊堂,吓得跑到宋跟前,两手抓宋。

宋　心放定,胆放正。(丁丑、四青袍,紧张,呐喊,引顾读猛上)

顾　何人大胆击鼓?(连打惊堂木)与我拉……拉上来。

丁　是,(出门见宋)怎么你老人家在此?

宋　噢,今天是你值班。

丁　正是的。

宋　这一民妇有冤,还得帮言帮言。

丁　晓得了。

宋　儿呀,头顶状子,放大胆回话。

丁　(示意贞)随我来。

贞　(胆怯身颤地慢步进堂下跪)大老爷,冤枉!

顾　唗！大胆刁妇，本道放告，自有日期，为何擅击堂鼓，该当何罪！
贞　民妇有血海深冤，因而击鼓告状。
顾　状子呈上来。
　　［丁将状子递顾。
顾　（把状子看了一下）走！上蔡县来到信阳州越衙告状，必然是个刁妇，看大刑侍候！
丁　（跪下）启禀大人，观见这一民妇，泪流满脸，想是冤屈甚大。求大人谅情！
顾　起去！
　　［丁起立。
　　［宋在外点头表示。
顾　呔！杨素贞！
贞　大人。
顾　你是女流之辈，竟敢越衙告状，击鼓鸣冤，必然有人从中教唆，我来问你，住在谁家？
贞　住在宋士杰店中。
顾　什么！宋士杰他……他还在？
贞　他在堂口。
顾　传宋士杰！
众　传宋士杰！
宋　大人传我，少不得要见。报，宋士杰告进，（转进公堂，用帽子做垫子，跪下）大人在上，宋士杰叩头。
顾　宋士杰，你还没有死！
宋　阎王不要命，小鬼不勾魂，死不了自然活着。
顾　你为何包揽词讼？
宋　怎见得我包揽词讼？
顾　杨素贞哪里人氏？
宋　上蔡县人氏。
顾　她从上蔡县来到信阳州，越衙告状，住在你家，竟敢击鼓鸣冤，必然有你教唆。
宋　原有下情。
顾　讲！
宋　小人那年，被大人革职，也曾出外谋生，行至上蔡县，与杨素贞父相交甚好，结为异姓兄弟。今日杨素贞有冤，本县太爷不与她做主，自然要越衙告状，有道是，是亲者不能不顾，不是亲者不能相顾，她不投我家，难道让她住在城隍庙里不成！
顾　一派胡言。
宋　句句实情。
顾　来，将杨素贞押下去，取保。
宋　小人愿保。
顾　你怎么能保？
宋　干父不保干女，（手指众青衣）他们哪个敢保！
顾　就要你保！
宋　保保何妨！
顾　哼！领下去！
宋　这就走！（宋、贞出门）
贞　爹爹，你这两句话回得好。
宋　连这句话回他不上，还称得起什么的包揽词讼么？哈……〔宋、贞下。
顾　丁丑。
丁　有。
顾　这是文书，去到河南上蔡县，速将姚杨两家，送案听审。
丁　领命。
顾　掩门。（众同下）

第十一场 求 情

［四青袍与一衙役头王还有另一差役引刘廷俊上。
刘 （念引子）每日贪酒醉，万事不关心。（白）本县刘廷俊，二甲进士出身，官做河南上蔡县正堂。今乃三六九日，放告牌下。（丁丑带一役上）
丁 （进门）上蔡县请了。
刘 贵差有何公干？
丁 现有文书，一看便知。
刘 来，文书呈上。贵差请到下边用茶。（王将文书递予刘）
丁 另有公干，不能久待，请。
刘 请。
［丁下。
刘 （看文书）杨素贞越衙告状，上司提拿姚杨两家，我想杨家莫要说起，姚庭春乃是田大人之姐丈，还得关照关照，来。
王 有。
刘 这是签一支，提拿姚杨两家，须要宽待宽待。
王 是。
刘 退堂。（四青袍随刘下）
王 伙计，快去捉拿姚杨两家。
差 大人要咱们宽待他两家。宽待是啥意思？
王 宽待是带面子，咱给他带面子，还能少得了（以手做拿银子状）这个？
差 我明白，快走。（两人转圆场）
王 行行去去，
差 去去行行，
王 来此已是，
差 到了杨家。

王　开门。

清　（上）（念）为人做了亏心事，但听叫门心内惊。（开门，一见是差役，吓得说话都口吃了）唉！二……二位兄……

王　带了。

　　［差将绳绑在清身。

清　啥……啥事？

王　（拿火签让清看）你看。

清　（一见火签）原为此事，你们是初做衙门的。

王　此话怎讲？

清　姚家有的是钱，到了那里，我说得几句话，有了好处，是你们的。何必锁人绑人的？留得宽路，自己好走。

王　好，绳子解了。

　　［差解了绳子。

王　跟我们走。

清　走。（三人转圆场）

清　你们在门外等候，待我进去通融通融。

王　快去快来。

清　（进门）姚兄，姚兄快来。（春、田上）

春　你又来要钱，快去。

清　大事不好了。

田　什么事？

清　我妹子把咱们上告了，公差在门外等候。

春　哎！这……这该怎办！

清　快拿出白银二百两，先打发公差回去，你快到娘家托面子讲情，官官相卫，量也无妨。

田　（取银子）这是银子，先送公差。（在门缝里偷听）

清　（藏了一半银子）公差老爷，这是银子百两，请你收下，我们随后就到。

王　（收下银子）不行，（嫌银少）我们要带人呢，把人拉出来！

田　大舅，事到如今，还是这样，把银子都给人家。

清　好，再送一百两。（交王）

王　（接过银子）哼！随后就到，不得有误。伙计，咱们先回。（王、差下）

清　大嫂子，赶快投亲，千万不敢迟延，我回去收拾收拾。（下）

春　（乱喊乱叫）哎！车辆！车辆！

冯二　（推着车旗上）来了，来了。（跑上）

春　你是个做什么的？慢吞吞的，这又不是逛庙会，这是打官司呢，你……（欲打）

田　少说几句。

春　我没说啥。

田　我先到娘家去，你同杨清随后就来，无论是到哪里，不准你说话。

春　是。

田　下去收拾收拾，我就去了。（上车）

春　对。（下）

田　（唱二六）（转圆场）

　　　　杨素贞好大胆，
　　　　越衙告状欺了天；
　　　　急忙我把兄弟见，
　　　　管教贱人命难全。（截）

　　（下车）（车夫下）（整衣，进门）兄弟在家么？

伦　（上）噢！姐姐来了，快快请坐。

田　我顾不得坐。

伦　有什么要事请讲。

田　兄弟哪知，大胆的杨素贞在信阳州把我告下了，你要修书一封，前去说情。

伦　闻听人说，你在姚家做出无头无尾之事，要我修书，万万不能。

田　你敢不写！

伦　我就不写。

田　哎，好恼！

　　（唱带板）骂声田伦太无理，

　　　　　　不念骨肉把人欺。
　　　　　　姐姐从小抱大你，
　　　　　　你不修书我不依。
伦　（接唱）不依不依全由你，
　　　　　　看你能把我怎的？
田　（接唱）兄弟与我做了对，
　　　　　　见了老娘说根底。（留）（下）
母　（内唱尖板）听一言来吓破胆，（田扶母上）
母　（接唱）倒叫老娘心胆寒。
　　　　　　急忙我把小儿见，
　　　　　　此事还要你周全。（截）
伦　老娘请来上坐。（坐过一旁，低头不语）
母　（母落座中间）儿呀，你姐姐之事，到了这般光景，非同小可，为何不修书讲情？
伦　啊，母亲，八府巡按毛大人、信阳道台顾读、上蔡县令刘廷俊，我四人同榜进士，曾在双塔寺对天盟誓，不许贪赃枉法，哪家贪赃枉法，棺木一口，仰面还家。要儿修书，万万不能。
母　这就难了。
田　什么难了？他是我的兄弟，我是他的姐姐，官司输了，我要偿命，传出一片风声，兄弟，你的面子也不好看。
伦　说来说去，我还是不写。
田　好，不用你写，你既无骨肉之情，我也顾不得兄弟之义，到了堂上，我说害人事，原是田伦出的主意，贼咬一口，入骨三分，叫你也不能好过。
伦　量你不敢。
田　我说敢就敢。
母　你姐弟不要失了和气，说是儿呀你来看，为娘与你跪下了。
田　田伦，娘给你跪下了。
伦　啊哟！（跪下）母亲请起，孩儿修书就是，修书就是。（同起）
伦　（向田）既要求情，就得送礼，你要拿出三百两银子。

田　银子有的是，你快修书。

伦　如此你们请回，我到书房写好书信，即刻差人送去。

母　这就是了，女儿，随娘来。（田、母下）

伦　（目送母、田，长叹一声。）

　　（唱二六）姐姐母亲紧相逼，

　　　　　　　同胞骨肉难推离；

　　　　　　　急忙书房修书去，

　　　　　　　讲私情我才是第一回。（留）（下）

第十二场　偷　信

　　［子、丑二人带银送书信上。

子　（唱）一路走来天色已晚，

丑　（接唱）投送书信到明天。

子　伙计，天黑了，就在这城外小店，住上一晚，明日进城。

丑　也好。

子　店家开门来。

宋　来了，（开门）二位可是住店的？

子　正是。

宋　请到里边。

子、丑　（进门落座）

宋　二位用什么，只管讲来。

子　明灯一盏，美酒一壶。

宋　（取灯酒放在桌上）二位有何公干？

丑　我们是给道台大人送信的。

宋　（留意了）哪一家大人给道台大人送信？

子　我们是办公事的，你何必多问！

宋　噢,怪我多嘴!二位还用什么?
子　什么都不用了,你先下去。
　　(宋审视子、丑出门,子关门,子、丑对饮)
宋　(出门自语)这两个公差,要给道台送信,其中必有缘故,待我听他们讲些什么。
丑　对,睡觉,哎,你小心三百两银子,丢了就要咱的命哩。
子　我小心着呢,咱是个做啥的么。
丑　哎,你说田大人为什么要给顾大人送银子?
子　这些事与咱无干,不敢多问,睡觉。
宋　哈!听他二人之言,这"顾",必然是顾读,这"田",莫非是田氏之弟田伦?既送书信,又带银两,倘若他们徇私讲情,女儿这场官司如何得了!待说是这……(想)有了!单等他们睡熟,盗出书信,拿到账房,看个明白,也好做一准备。嗯,便是这个主意。(下,复上,摸着了门,细听内边,子、丑正在酣睡,取小盆沿门缝溜水毕,再听无动静,用簪子将门插拨动,然后慢慢将门推开,摸了进去,取出包裹与书信。此时台前近文场处,摆有小桌低凳,桌上放一二本旧账本,并有烛台与笔砚等物。宋出了二差房门,将门慢慢闭好,夹着包裹进了账房门,在烛下打开包裹,看信封,点头,把袖蘸湿,用袖潮信封处,用簪慢慢挑开,取出信纸,越看越紧张)哈!果然是田伦修书,向顾读求情;他们官官相卫,干女儿性命难保,这……(想)有了!我不免将衣襟喷湿,一字一句,写在上边,作为凭证。我可莫说,顾读!狗官!你不贪赃受贿,还则罢了,若是贪赃受贿,这袍襟便是尔的对头了!
(唱尖板)(在板头声中,喷水濡襟,抓笔吸墨,提起笔发抖)
　　　提起笔来浑身颤,
　　　顺几口气儿把心安;
(均匀地吹几口气,停止发抖,展开原信,一边看一边写)(换带板)
　　　上写田伦叩首拜,
[子、丑在内呻吟说梦话。
(吓得收了袍襟,在急促的丝弦过门中两手按了书信,发愣静听一会儿,

（立起，出门，观望，走到公差所住门口，停下再听一会儿，内边鼾声如雷。点头放心，进账房，长出一口气，其他如前状）

（接唱带板）（先把第一句重复校对一遍）

　　上写着田伦叩首拜，
　　拜上信阳顾年兄。
　　双塔寺前两分手，
　　算来数载未相逢。
　　姚家庄有个杨女氏，
　　本是吵家人不正；
　　药酒害死亲丈夫，
　　诬赖好人理不通；
　　三百两银子押书信，
　　看在年兄年弟情；
　　此案官司早判定，
　　日后登门谢恩情。（截）

（继续写了几句，互相对照一番，将信封好，收拾了笔砚等，边走边扇袍襟，出门，进门，放下书信，将门闭好，用簪子将插子拨上去，很小心地把门试推一两下，长长地出了一口气，表示一场难事办妥了。接着打哈欠瞌睡了，踉跄下）

子　伙计，天明咧，走。
丑　走。
子　店家，店家。
宋　（上）客人起得早。
子　借你一件东西。
宋　想是坛子。
子　你倒是个内行，就是坛子。
宋　（取坛上）这可能用？
子　正好正好。坛子回头送来，你在，我们要走。

　　（二人抬坛出门）

宋　转来吃酒。

子、丑　一定要来的，请回。

宋　不远送了。（唱花音慢带板）

　　　这两个小娃娃呆头呆脑，

　　　看起来年轻人做事不牢；

　　　背地里把顾读一声高叫，

　　　宋大爷袍襟下藏有钢刀；

　　　尔不贪赃还罢了，

　　　尔若贪赃命难逃。

　　　我这里回小房安然睡觉，

　　　看一看道台官怎样的开交。（留）（下）

第十三场　受　贿

　　［师爷引子、丑上。

师　（唱二六两句截）

　　　田大人派公差送信来到，

　　　请出了顾大人细说根苗。

　　（白）你们在这里等候，待我进去传禀。（进门）有请顾大人！

顾　（上）（念）师爷一声请，上前问分明。（白）何事？

师　有书呈上。（将信呈顾）

顾　（拆书观看）噢，原来是田大人的书信，银子可曾收下？

师　现在门外，待我叫他们抬进来。（说着就要出门）

顾　（生气地）回来！

师　（急忙转身低头）侍候大人。

顾　跟随下官好有几载，还是这样粗心大意。送到我手，成何体统，难道你就不能代收？

师　噢噢噢，我明白了，我明白了。

顾　哼！还不下去？

师　遵命。（出门，向子、丑）随我来。（子、丑随师下）

丁　（上）（念）人犯齐拿到，回禀老爷知。（进门）启禀老爷，姚杨两家一齐带到。

众　（内应）有。

丁　大人吩咐，五刑俱全，打鼓升堂！（四青袍各带刑具一拥呐喊而上）

顾　（凶煞煞地猛上入座）（念诗）胜负安排定，王法岂容情；谁敢不招认，拷打用五刑。（白）来呀！

众　有！

顾　姚杨两家，上堂回话。

丁　姚杨两家，上堂回话。（春、田、清齐上下跪）

春、田、清　叩见大人。

顾　姚庭春，

春　有。

顾　田氏，

田　有。

顾　杨清，

清　晚生在。

顾　口称晚生，莫非在庠？

清　一个秀才。

顾　既是秀才，为何串卖胞妹？

清　我那妹子不贤，他家主事人兄嫂二人，万般无奈，将她改嫁，晚生看不过眼，将她卖了。

顾　低头。这是姚庭春。

春　有。

顾　为何用药酒毒死胞弟？

春　我什么都不懂，问我老婆。

顾　田氏。

田　有。

顾　为何用药酒毒死亲叔？从实地讲来。

田　启禀大人，杨素贞私通奸夫杨春，毒死亲夫，小人安分守己，不敢害人。

顾　嗯，这就是了。你们下去。

春、田、清　（同叩）谢过大人。（同起同下）

顾　来呀，带杨素贞！

丁　（出门高喊）杨素贞上堂回话！

宋　（内喊）来了。

　　（内唱尖板）忽听道台一声唤。（贞随宋上）

贞　（接唱）吓得我心惊胆又寒。

宋　（接唱）儿呀，你要放大胆。

贞　（接唱）怕只怕官官相卫冤上加冤。（截）

　　爹爹，孩儿今天有些害怕。

宋　儿呀！莫要害怕，该说的就说，该讲的便讲。纵有天大祸端，有为父与你做主，快去。

贞　是，（胆怯地上了公堂，下跪）小妇人叩见大人。

顾　下跪的是杨素贞？

贞　小妇人在此。

顾　谁叫你告此谎状？

贞　启禀大人，民妇有证有据，何言谎状？

顾　方才田氏供道，你私通奸夫，害死本夫，就该从实地招来！

贞　我那嫂子枉口咬人，大人不要听她的话。

顾　唉！不上大刑，量你不肯招认，来呀！

众　有！

顾　将这刁妇与我夹起来！

众　哦！（众将贞夹起来）

众　大人传令。

顾　问她肯招不肯招。

众　快讲！

贞　民女有奇冤大屈，我……我该招什么！（哭）

众　不招。

顾　唉！事到如今，还敢不招。说是你们与我拶！

众　哦！（用力抽夹贞指）

贞　（疼痛难忍）哎呀！

　　（唱带板）堂上五刑实难忍，
　　　　　　　十指尖尖疼在心；
　　　　　　　大人松刑我招认，

［众松刑。

顾　哼！哪怕你不招！画供上来！

［丁取纸笔与贞。

贞　（提笔发抖，声泪俱下。在纸上画了一个十字）

　　（接唱）害死亲夫果……果是真。（截）

［将口供单转呈顾。

顾　将她上锁收监。

丁　（与贞戴了枷肘）下去。

贞　是，（出堂见宋）哎呀爹爹，冤仇未报，又入监牢，好不命苦！（哭）

宋　（在堂外始终留神听审，表情动作，随着堂内的变化而变化）儿呀！此事为父一概明白，且在监内坐他几天，为父自有道理。

贞　事到如今，孩儿的性命也全仗爹爹搭救了。

宋　我儿你先下去，待为父上堂回话。

贞　爹爹呀！（哭下）

宋　（高喊）冤枉哪！冤枉！

顾　外面何人喊冤？

丁　宋士杰喊冤。

顾　是他……！这个老匹夫，不比寻常之人，上得堂来，给他一个下马威，管叫他不敢胡闹，来呀！

众　有！

顾　传宋士杰！

丁　宋士杰上堂回话。

宋　呔！宋士杰告进，（弯腰作揖，从容慢步上堂，脱帽做垫，下跪）宋士杰叩见大人。

顾　唉！胆大的宋士杰，无缘无故，喊的什么冤？

宋　大人这案官司，审得不公。

顾　哪些不公？

宋　原告收监，被告放回，岂有此理！

顾　杨素贞告的是谎状。

宋　怎见得是谎状？

顾　因奸害死本夫，诬赖好人，岂不是谎状？

宋　奸夫是哪一个？

顾　杨春。

宋　哪里人氏？

顾　南京人氏。

宋　杨素贞哪里人氏？

顾　河南上蔡县人氏。

宋　这就奇了，一个是南京人氏，一个是河南人氏，路隔千里，怎能通奸？

顾　嗯！

宋　还有，

顾　讲！

宋　杨素贞既是通奸害夫，她不去逃走，反来越衙告状，难道她自来送死不成！

顾　这个……

宋　这个什么？

顾　唉！是你这样包庇杨素贞，我问你受了她多少贿赂？

宋　受贿不多。

顾　多少？

宋　三百两！

顾　这……！哎哟宋士杰！

宋　我在这里。
顾　大胆！竟敢在本道堂上，胡言乱语，哪里容得，来呀！
众　有！
顾　扯下去，重打四十！
宋　打不得！
顾　说打就打得。
宋　身无过犯。
顾　打你自有过犯。
宋　身犯何律？
顾　我要打个欺官傲上！
宋　好一个欺官傲上，今天不挨你几十板子，看你不好下台。打！
顾　打！
　　〔众打宋四十板。
宋　多谢大人的板子。
顾　从今以后，不许你见我！
宋　见见何妨！
顾　再见本道，定要你的狗命！
　　（唱带板）宋士杰老儿太大胆，
　　　　　　　上得堂来胡乱言。
　　　　　　　今日打你四十板，
　　　　　　　再多事送你鬼门关。（留）
　　（白）赶出去！（下）
众　（推宋出）出去！（齐下）
宋　（跌倒在地，挣扎起来）噢！
　　（唱）大堂口打我四十板，
　　　　　万般疼痛咬牙关。
　　　　　大话吓不倒英雄汉，
　　　　　狗官不死我……我心不甘。（留）哼！（下）

第十四场　过　路

［毛带佣人上。

毛　（唱二六两句截）
　　　　东南西北到处转，
　　　　风吹雨洒转回还。
　　（进门，落座）来。
佣　有。
毛　唤中军。
佣　中军上来。
黄　噢，大人回来了，卑职这里参拜。（拟跪）
毛　免了大礼，站过一旁。
黄　谢过大人。大人唤我前来，有何吩咐？
毛　吩咐大小人役，全身披挂，明日信阳州下马。
黄　得令！（下）
毛　好，你我内边换衣了。
　　（唱带板）进后堂我把衣衫换，
　　　　官衣官帽登阳关。（留）（佣随毛下）

第十五场　上　告

宋　（内唱尖板）恨顾读把人的心肝裂断，
　　（上，肩背包，用沉重的脚步颠跛着行走，跌倒挣扎起来）
　　（接唱）我女儿杨素贞太得屈冤；

（两句连唱）

　　一心要把巡按见，

　　一状要告官两员。

　　迈开了大步往前赶，（紧张地走圆场）

　　赃官不死心不甘。

［杨慌慌张张地走出与宋迎面相碰，扬长走去。

宋　（被杨将背包碰落，见杨扬长走去，大为不满）呔！回来！

杨　（转回）什么事？

宋　你这人太不讲道理，走路不长眼，胡碰乱撞，大模大样，叫人好恼！

杨　大路通天，各走一边，你说我碰了你，我还说你碰了我呢。

宋　我是心中有事。

杨　我也是心中有事。

宋　我是赶路告状的，你有什么了不起的大事？

杨　我也是赶路告状的。

宋　哎，你莫要胡说八道，你在这信阳州查访查访，哪一个敢在我宋士杰面前这样的无礼。

杨　噢，你就是宋士杰？

宋　哼！

杨　听说我妹子落在你家，告状坐监了，是也不是？

宋　你是哪一个？

杨　我叫杨春。

宋　哈哈，你就是杨春，你妹子遭了一难又一难，你跑到哪里去了？

杨　咳！我回得店去，账本子银条不见了，找来找去，没有下场，跑了出来，杨素贞也找不见了，只好又回店房，不料得了一场大病，卧病不起，这几天才好了。今天我正要找你老人家，为她申冤告状。

宋　噢，这就是了。我为干女之事，舍死要上告按院。

杨　如此甚好，我们一同前往。（忽听远处鸣锣）

宋　（指）那里响锣，看是哪家大人过路。

杨　对。（下）

宋　且住，按院大人，有告条在外，有人拦路告状，重责四十大板。想我腿上还在流血，如何受得？不免将这四十板分给杨春。嗯，就是这个主意。

杨　（上）正好正好。

宋　什么正好？

杨　前边鸣锣开道，正是按院大人在此路过。

宋　什么，按院大人到了？

杨　正是。

宋　好好好！这就省事多了。杨春。

杨　在。

宋　我问你有胆无胆？

杨　有胆怎说，无胆怎讲？

宋　若是有胆，拿了状子，拦路喊冤；若是无胆，站过一旁。

杨　杨春我有的是胆。

宋　好！你要马上前去了，

　　（唱带板）放大胆拦路去告状，

　　［将状子交与杨，捡起背包下。

杨　（接过状子）（接唱）为干妹妹出力理应当。（下）

第十六场　拦　告

［四校尉、四龙套、中军，雁字排列好，毛坐轿上。

毛　（唱带板）有本院行至阳关道上，（众控门列正）

毛　（走到中场）（接唱）

　　　　人和马走到处尘土飞扬。
　　　　我一路思来一路想，

杨　（上）（接唱）

　　　　有杨春拦马头口喊冤枉。（截）（下跪）（喊）冤枉！

众　有人喊冤。

毛　重责四十。

众　哦!

杨　异乡人好苦!

毛　(止众)慢着。

众　呵!

毛　你是哪里人氏?

杨　南京水西门。

毛　名叫什么?

杨　名叫杨春。

毛　念你异乡人,饶你四十板。

杨　谢过大人。

毛　可有状子?

杨　有状。

　　[黄将状呈与毛。

毛　杨春,你告下谎状了。

杨　不敢。

毛　状子上面,乃是宋士杰的名字。

杨　他是小人的干父,年纪老了,挨挤不上,小人是与父代劳。

毛　好,准你告状,候本院拿齐人犯,按院衙门听审,下去。

毛　中军。

黄　有。

毛　速派人役,提拿姚杨两家到案,还要约请田、顾、刘三位到衙叙话。

黄　遵命。

毛　人役们!

众　有。

毛　开道起程了。

　　(唱带板)宋士杰老儿真有胆,

　　　　　　一状告下官两员。

人役们催马莫迟慢。

[众在下场门处列为胡同。

毛　（接唱）这官司本院我一目了然。（留）（齐下）

第十七场　试　步

宋　（上）（唱二六）
　　　大路旁边多盼望，
　　　等杨春到来问端详。
杨　（上）（接唱）
　　　大人准了我的状，
　　　这一场官司有了名堂。（截）
宋　杨春，你回来了。
杨　回来了。
宋　状子呢？
杨　递上去了。
宋　递上去了？
杨　递上去了。
宋　你走过去。
　　［走了几步。
宋　走过来。
　　［杨又走了回来。
宋　哈哈！我当你是个好汉子，原来你才是个不老实。
杨　这话从哪里说起？
宋　你敢告就说敢告，不敢告了我老汉自然会告，堂堂男子，口中无实，真来得可气！
杨　老人家，我当真把状子递上去了。

宋　这事你瞒不过去，按院大人，有告条在外，有人拦马告状，重责四十大板，我看你行走自如，并没有挨打么。

杨　大人要打哩，是我言道："异乡人好苦！"他把我免了。

宋　还问你什么没有？

杨　他说我告下谎状了。

宋　是的，这是必然要问的，你怎样回话？

杨　我想，你老人家是我妹子的干父，自然也是我的干父，所以我说我是与父代劳。

宋　嗯，这两句话回得好，大人怎样吩咐？

杨　大人准了状子，他要拿齐人犯，按院衙门审问。

宋　（高兴地拍杨肩）杨春，大人准了状子，你我的官司，有了八成的把握，来！将我的包裹背好，找一酒店，饱饱地吃上一顿，好来打这一场（后是一字一句）热闹官司。（与后一字同时，将包裹掷于杨）哈……

杨　（接过包裹与宋同笑）哈……

　　〔二人兴高采烈地齐下。

第十八场　大　审

黄　（上）（念）三位大人到，回禀按院知。（白）启禀大人，田大人、顾大人、刘大人三位大人齐到。

毛　（内应）有请。

黄　（向外）按院大人，有请三位大人。（随毛侍候）（在鼓乐声中毛由下场门上，伦、顾由上场门上，叙礼进门）

伦
顾　大人在上，小弟等拜揖。

毛　免礼，请坐。

伦
顾　谢座。（毛坐中，伦、顾坐两边，伦左顾右）

毛　不知二位大人驾到，未有远迎，望祈海涵。

伦
顾　岂敢？我等来得匆忙，大人恕罪。

毛　岂敢？怎么不见刘年兄？

伦
顾　他官微职小，不敢进来，外边侍候。

毛　哪里话来？都是年兄年弟，论什么官大官小！来（向黄），有请刘大人。

黄　有请刘大人。

刘　（上）（进门）大人在上，卑职参见。

毛　少礼，坐了。

刘　列位大人在此，哪有卑职座位！

毛　有话叙谈，哪有不坐之理，请坐。

刘　如此告座。（落座）大人奔走风霜，万民沾恩不尽。

毛　刘年兄，请问上蔡县官民情形如何？

刘　官是清官，民是顺民。

毛　既是那样，为何有人越衙告状？

刘　这个……呵呵，大人，这民不告，官不究。

毛　（冷笑）什么民不告，官不究？分明是你趋炎附势，不理民事，为官不正，回衙听参！（刘惊起抖颤，伦、顾亦惊起）

刘　大……大人，宽……

毛　不必多言，下去！

黄　下去！

刘　谢过大人。（出门踏足长叹而下）

毛　二位请坐。

伦
顾　谢座。

毛　这是二位年兄。

伦
顾　大人。

毛　为弟我有不明之事，要在二位年兄台前领教。

伦
顾　"领教"二字，担当不起，有何贵言，当面指教。

毛　这是田年兄。

伦　大人。

毛　有一官长，身为巡按，官里过财，该当何罪？

　　［伦惊怕吸气，低头不敢发言。

毛　该当何罪？

伦　他他他该当问斩。

毛　噢，该当问斩。（转向顾）这是顾年兄。

顾　大人。

毛　有一官长，身为粮道，贪赃枉法，该当何罪？

顾　嗯……他……他也该问斩。

毛　噢，他也该问斩？

顾　正是。

毛　二位年兄，有人把你们告下了。

伦
顾　嗯！（互相偷视）可有状子？

毛　（取出状子交伦、顾）请看。

伦
顾　（看状，互相目语）有状必有证。

毛　自然有证。来，传宋士杰。

黄　传宋士杰。

宋　来了，（上）（念）心中有主意，谁敢把我欺。报，宋士杰告进，宋士杰叩见大人。

顾　咄！宋士杰！

宋　嗯，宋士杰就是我。

顾　你也来了。

宋　我还是先到。

顾　少时大人问你，当讲的你讲，不当讲的不准你讲。

宋　我老汉不会道谎，有的都要讲，无的一字不提。

顾　你若胡言乱语，我要将你一刀两断！

伦　你若攀张拉李，要你的狗命！

顾　你要打点了！

伦　你要仔细了！

宋　这是说理的地方，你们何必张牙舞爪！

顾　哎！我把你……（恨拟踢宋）

毛　嗯！

　　〔伦、顾低头拱手。

毛　请问二位，这是什么所在？

伦　　　这……
顾

毛　来来来，下官我才学太浅，不懂词讼，请二位上坐问案。

伦　　　我们不敢。
顾

毛　哼！还不坐了！

　　〔伦、顾慌张落座，如坐针毡。

毛　这是宋士杰。

宋　大人。

毛　状告田、顾二位官员，一个官里过财，一个贪赃枉法，有何为证，从实地讲来。

宋　启禀大人，是我开店谋生，有一天来了二位公差，他们言语之间露出是非，是我怀疑在心，单等半夜三更，将书信偷去，那时我有剜目之罪。

顾　来，剜去双目。

毛　本院恕你无罪，往下讲！

宋　谢过大人，是我打开一观，原是田大人送到顾大人那里求情的书信，唯恐

官官相卫，共害良民，因此我一字一句誊在衣襟上边，大人请来观看。（向毛展开衣襟）

毛　（唱慢带板）

　　　　上写田伦叩首拜，
　　　　拜上信阳顾年兄。
　　　　双塔寺前两分手，
　　　　算来数载未相逢。
　　　　姚家庄有个杨氏女，
　　　　本是吵家人不正；
　　　　药酒害死亲丈夫，
　　　　诬赖好人理不通；
　　　　三百两银子押书信，（白）撤座！

［伦、顾离座起立拱手。

毛　（接唱）看在年兄年弟情；
　　　　　　此案官司早判定，
　　　　　　日后登门谢恩情。（截）

宋　大人天断。

毛　本院自有裁断，你先下去。

宋　谢大人。（下）

毛　二位年兄，事到如今，人证俱全，你们这是知法犯法，叫为弟我哪里去访，哪里去查？

伦　为弟我是老母所逼。

顾　为弟我是一时昏迷。

毛　说什么老母所逼，一时昏迷？分明仗势贪财，草菅人命，为官不正，万民遭殃，纵然无人告发，你们居心何忍？

伦
顾　大人谅情一二。

毛　人命关天，怎能谅情？这是二位年兄。

伦顾　大人。

毛　小弟我要得罪了。来！

黄　侍候大人。

毛　击鼓升堂！

黄　（向外喊）击鼓升堂！（四校尉、四龙套由两边一拥而上，呐喊助威）

　　〔毛庄重严肃地审视伦、顾。

　　〔伦、顾垂手、发抖、不敢抬头。

毛　（稳步坐堂）人役们。

毛　剥了他二人衣帽，绑了。

众　呵！（四校尉脱了伦、顾之衣帽）

伦顾　（一齐跪下）与大人叩头。

毛　这是田伦、顾读。

伦顾　大人。

毛　你二人若有分辩，当堂回话。

伦顾　我二人犯罪事实是实，但求大人恩宽。

毛　既无分辩，按律当斩，来呀！

众　有！

毛　押在监牢，听候发落。

众　呵！

四校尉　（推伦、顾）下去！

伦顾　（彼此相顾）唉！（垂头丧气而下）

毛　带姚、杨两家。

黄　姚、杨两家，上堂回话。

春
田　（齐上下跪）与大人叩头。
清

毛　姚庭春。
春　有。
毛　田氏。
田　有。
毛　你就是杨清？
清　晚生在。
毛　呸！卖屋又卖脊，能剥几层皮！读书之人，太无羞耻。来！
众　有。
毛　打在监牢。
众　下去。
　　［清起立慢走，看众人。
众　看什么！
　　［清吓得溜了下去。
毛　姚庭春，怎样害死胞弟，从实招来。
春　我家的事都是我老婆做主。
毛　哼！田氏，怎样害死亲叔，从实招来。
田　大人，杨素贞私通奸夫，毒死亲夫，小人安分守己，不敢害人。
毛　我来问你，既是杨素贞害死亲夫，你为何拿出三百两银子投亲修书？
田　无有此事。
毛　你兄弟田伦亲口招认，你还这样，不上大刑，量你不招。来！
众　有。
毛　动起大刑。
众　呵！
春　不要打，我说我说。
毛　讲！
春　是我二人为了独占家业，毒死兄弟，我们错了，再也不敢了。

毛　唉！灭门霸产，罪恶深重，哪里容得！押下去，明日问斩。

众　下去！

［田、春下。

毛　宋士杰、杨素贞、杨春上堂。

黄　宋士杰、杨素贞、杨春上堂。

宋

贞　（齐上下跪）叩见大人。

杨

毛　杨素贞替夫申冤，名节可嘉；杨春舍财为人，可谓义士；宋士杰有胆有识，见义勇为。只是一件——

宋　哪一件？

毛　平民百姓，一状告倒两员封疆大臣，罪过不小，按律当斩。

宋

贞　嗯！（由跪而坐）

杨

毛　念你上了年纪，从轻处理，发在边外充军。

宋　（意外的打击，非常气愤不平，连喊带站，表示抗议）冤枉，冤枉！（贞、杨亦随之起立）

毛　怎么你又喊起冤枉来了？

宋　大人此事，处理不公。

毛　朝廷王法如此，我是按律定罪。

宋　请问大人，两位封疆大臣，一个逆案徇情，一个贪赃枉法，该告不该告？

毛　该告。

宋　既是该告，我宋士杰一不为名，二不为利，舍己为人，抱打不平，到头来落一个犯罪之人，这是从何说起？

　　（唱带板）大堂口越讲越生气，
　　　　　　按院大人听明白：
　　　　　　见义勇为有何罪，
　　　　　　告倒赃官我为谁？

　　　　　　看起来到处不讲理，
　　　　　　宋士杰高喊太冤屈！
毛　（接唱）宋士杰你该明大义，
　　　　　　居官万事不由己。
杨　（接唱）此事叫人过不去，
　　　　　　我情愿替父受苦凄。
贞　（接唱）你们二人都莫去，
　　　　　　斩了我自然无是非。
毛　（接唱）大家不必再多嘴，
　　　　　　王法律条难改移。
宋　（接唱）怪不得是官皆污吏，
　　　　　　王法律条造就的；
　　　　　　宋士杰不怕刀下鬼，
　　　　　　请大人当堂（指头）斩首级。
毛　唔嘿！（急倒，挣扎起，难为而紧张）
　　（唱尖板）大堂口难坏了八府巡按，
　　　　　　这件事倒叫我左难右难；
　　（转带板）宋士杰老儿把我怨，
　　　　　　讲出话来似刀尖；
　　　　　　免罪我把王法犯，
　　　　　　定罪问心太不安；
　　　　　　罢罢罢放下律条先不管，
　　　　　　此事我要另周全；
　　　　　　人役们退堂低声喊，（众低声呻喊而退）
毛　（离位，走了出来）
　　（接唱双锤子）听我把话细对你们言：
　　（向宋）按律条我把罪过犯，
　　　　　　一状告倒官两员；
　　　　　　按情理你有豪侠胆，

　　　　　　　见义勇为好儿男。
　　　　　　　王法律条我不管，
　　　　　　　岂肯让你受冤屈；
　　（扯带板）我情愿不把乌纱戴，
　　　　　　　今日放你回家园。

宋贞
杨　（接唱）谢过大人开恩典，（下）
　　　　　　父子三人转回还。

毛　（接唱）放他我把律条犯，哪怕职革不做官。（下）

　　　　　　——剧　终——

游龟山 秦腔

改编：马健翎（1952）

（根据《蝴蝶杯》改编）

人　物

田玉川：小生

田云山：须生

田夫人：正旦

胡　彦：老生

胡凤莲：小旦

卢　林：净

卢世宽：丑

卢夫人：老旦

郝子良：须生

董　威：丑

徐锡公：老生

姚大廉：净

家　郎：小丑

田　明：老生

唐将军：武生
中　军
四家丁
四校尉
四渔翁：简称甲、乙、丙、丁
四龙套
四　卒

第 一 场　游　　山

［田玉川上。

田玉川　（引）三更灯火五更鸡，正是男儿立志时。（坐）

（诗）庭前多栽栖凤竹，池塘常养化龙鱼。

要知古今中外事，必须读尽五车书。

学生田玉川，父名云山，两榜进士，与明为官，官居湖广江夏知县。学生既读诗书，又习拳棒，学就了文武全才。（看）今日天气晴和，不免去龟山游玩一回。田明！

田　明　有。

田玉川　老爷若问，就说我游学未归。

田　明　是。

田玉川　正是：到处留心皆学问，游山玩水爽精神。

（唱慢留）我这里出门来龟山游玩，

东边看西边望慢步向前；

青的山绿的水风景一片，

游一游散一散快乐心间。（下）

第 二 场　打　　鱼

［胡彦，胡凤莲上。

胡　彦　（拉船）

（唱二六）父女们孤零零愁眉不展，

家贫穷每日里打鱼吃穿；

　　　　　这几日只觉得身体困倦，

　　　　　为日月我还得打鱼一番。（留）

胡凤莲　（唱二六）遭不幸我的母早把命断，

　　　　　丢下了父和女实实可怜；

　　　　　老爹爹这几日身体困倦，

　　　　　为日月他还得打鱼江边。（齐板）

胡　彦　儿呀，观见船头水浪乱滚，必是有鱼，我儿将船撑稳？待父撒他一网。

胡凤莲　是。

胡　彦　（脱衣，撒网拉了三下）儿呀！网内甚重，必有大鱼，我儿将船撑稳，待父用力拉来。（再用力拉网上舱）我儿看过。

胡凤莲　（见鱼惊）啊呀，爹爹！那网内不像是鱼，好像是个小孩子。

胡　彦　这水内哪来的小孩子？待父看过。（看）哈哈哈！

胡凤莲　爹爹发笑为何？

胡　彦　此鱼人头鱼身，其名叫娃娃鱼，世所罕有之物，若是到大街市上，就能多卖几贯铜钱，你叫为父怎得不喜？怎得不笑？噢……（腰酸气喘）

胡凤莲　爹爹怎么样了？

胡　彦　为父这几日身体不爽，方才打鱼，多费力气，因而有些难过。

胡凤莲　既然如此，爹爹就不必上街卖鱼去了。

胡　彦　儿呀，为父若还不去，你我吃穿从何得来？还是去的好。

胡凤莲　还是不去的好。

胡　彦　蠢材！前日不让父前去，昨日不让父前去，今日又不让父前去，难道等着饿死不成？

胡凤莲　爹爹……

胡　彦　嗯！不必多言，看过鱼篮，快快搭了扶手。

胡凤莲　（搭扶手，送胡彦登岸）爹爹，你要早去早回。

胡　彦　啊！儿呀！

　　　　　（唱软二六）

　　　　　　我儿不必把心担，
　　　　　　为父心中自了然；
　　　　　　卖了鱼儿就回转，
　　　　　　我不在外边多流连。（留）（下）
胡凤莲　（唱）老爹爹发白年纪迈，
　　　　　　带病上街实可哀；
　　　　　　将船儿撑在江心待，
　　　　　　单等爹爹早回来。（截）（下）

第 三 场　打　架

［卢世宽带众小子、家郎拉犬上。

卢世宽　走哇！
　　（唱摇板）步行儿来在了龟山脚下，
　　　　　　一河两岸好生涯；
　　　　　　盐店当铺本钱大，
　　　　　　京货铺内货物杂；
　　　　　　古董行道有字画，
　　　　　　画上画的女娃娃。
　　　　　　摇摇摆摆笑哈哈、哈哈哈，
　　　　　　忽听前边闹喧哗，
　　　　　　不行走、且坐下，
　　　　　　叫家郎前边去问他。（留）

［胡彦提鱼篮上。

胡　彦　（唱摇板）行步儿来在了龟山地面，
　　　　　　　　手提着娃娃鱼要卖铜钱。（截）
　　　　卖鱼来，我的鱼是怪鱼。

家　郎　老汉你喊叫什么？
胡　彦　我是卖鱼的。
家　郎　你卖的什么鱼？
胡　彦　我卖的是怪鱼。
家　郎　鱼就鱼嘛，还是什么怪鱼？
胡　彦　此鱼人头鱼身，名字叫娃娃鱼，世所罕有之物，岂不是个怪鱼！
家　郎　（看鱼）果然不错。禀大爷，那边有一个老汉，卖的什么怪鱼。
卢世宽　叫他过来。
家　郎　老汉，我们大爷喊你。
胡　彦　哪个大爷？
家　郎　湖广总督的儿子卢大爷。
胡　彦　参见卢大爷。
卢世宽　罢了，罢了。老汉你喊什么？
胡　彦　我老汉是卖鱼的。
卢世宽　你卖的什么鱼？
胡　彦　我卖的是怪鱼。
卢世宽　鱼就是鱼，什么怪鱼？
胡　彦　此鱼人头鱼身，名字叫娃娃鱼，世所罕有之物，岂不怪鱼！
卢世宽　娃娃鱼？
胡　彦　娃娃鱼。
卢世宽　呈上来，大爷观看观看。
胡　彦　是。（以篮示卢世宽看）
卢世宽　（取鱼看了一下）小子们，果然人头鱼身，是个娃娃鱼，好鱼！好鱼！
众家丁　好鱼，大爷就该买下。
卢世宽　对，买下。哎，老汉，你这条鱼要卖多少钱？
　　　　〔田玉川暗上，看这一边的事情。
胡　彦　要卖三贯铜钱。
卢世宽　嗯！你这老汉这样大年纪，怎么不会讲话？你这个鱼长不过一尺，重不过三斤，就要三贯铜钱，就该送与大爷才对。
众家丁　是呀！就该送与大爷才对呀！
胡　彦　啊哈大爷！你看我老汉打鱼之家，指鱼度日，若送与大爷，我老汉的吃穿该从何而来？
卢世宽　什么，你指鱼吃穿？
胡　彦　正是。
卢世宽　既然如此，我就与你三百文铜钱。
胡　彦　三百文铜钱太少，我便不卖。
卢世宽　怎样不卖？
胡　彦　不卖。
卢世宽　你卖也得卖，不卖也得卖！
胡　彦　呃！鱼是我打的，不卖还是不卖。
家　郎　这一老儿，你好不识时务，我家大爷乃是少年任性，他若动怒，你如何惹他得下？不如暂且将就应允，下次上得街来，我们帮你多买几个。
众家丁　老汉，卖了吧！
胡　彦　（长叹一声）好！我就卖与大爷。
卢世宽　怎么你卖了？
胡　彦　卖了。
卢世宽　哎！你看我大爷今天闲游龟山，未曾带钱，改日你到帅府来领。
胡　彦　哎！你看我家中米面全无，我老汉卖鱼是不欠账的。
卢世宽　怎么你不欠账？
胡　彦　不欠账。
卢世宽　混账！大爷今天买你这个烂鱼，你说了多少啰唆话？你与我滚！（摔鱼）
胡　彦　（去抢鱼，家丁叫犬去咬，犬把鱼咬住，胡彦去抢鱼，犬将胡彦手咬烂）你们放出恶犬，咬烂我的双手，你们站在旁边取笑，真是六畜一般！
众家丁　你还敢骂大爷。大爷，他骂你呢！

卢世宽　什么骂哩？这还了得！小子们！重打四十大鞭！
　　　　［众家丁打胡彦，正打间，田玉川挡定。
田玉川　呔！你们好生无礼，买去民鱼，不给铜钱，纵犬伤人，又来拷打，真是岂有此理！
众家丁　哎，禀大爷，打不成了。
卢世宽　怎么打不成了？
众家丁　来了。
卢世宽　谁来了？
家　郎　一个小伙子来了。
卢世宽　待大爷看过。哎！大爷打这一老汉，莫非你心中不服？
田玉川　你少爷心中有些不服！
卢世宽　哎！世上怎么还有一个少爷？
众家丁　问个明白。
卢世宽　对，要问呢。这一狂生，口出大言，你是谁家的儿子？
田玉川　江夏县之子田玉川。
卢世宽　哈哈，怪道！怪道！草蛇吞起象来了。
　　　　（唱二六）骂声狂生好大胆，
　　　　　　　　　少爷面前敢多言；
　　　　　　　　　我的父总督官爵显，
　　　　　　　　　难道说不如你七品官？
田玉川　（唱）我与你讲的是情理，
　　　　　　　谁与你比的大小官；
　　　　　　　大小官，大小官；
　　　　　　　官大无礼招祸端。
卢世宽　（唱）虽然不比你大小官，
　　　　　　　总督知县不一般；
　　　　　　　你大爷虽把王法犯，
　　　　　　　娃娃你不敢送当官。
田玉川　（唱）王子若把律条犯，

　　　　　　　与庶民百姓都一般；
　　　　　　　纵犬伤人理有欠，
　　　　　　　拷打渔夫太横蛮！
卢世宽　（转浪头）大爷威风谁敢管？
　　　　　　　　　打死他与你屁相干！
田玉川　（唱）见死不救非好汉，
　　　　　　　以官欺人理不端。
卢世宽　（唱）口出大言你真大胆，
　　　　　　　竟敢虎口把牙拔。
田玉川　（唱）今日你把王法犯，
　　　　　　　难道律条不斩官！
卢世宽　（唱）你大爷今日把法犯，
　　　　　　　你大睁两眼把我观。（截）
　　　　　不用管，你滚蛋！
田玉川　不合情理，令人可恨！
卢世宽　你手之舞之，莫非还敢打我不成？
田玉川　乱臣贼子，人人得而诛之！
卢世宽　量你不敢！
田玉川　你料不就！
卢世宽　量你不敢！（起浪头）
　　　　（唱带板）骂声狂生太大胆，
　　　　　　　　　井内蛤蟆翻了天！
　　　　　　　　　吩咐小子放虎犬。
　　　〔众家丁放犬，犬去咬田玉川，田玉川将犬一脚踏住。
田玉川　（唱）一脚踢犬面朝天。（截）（将犬踢死）
家　郎　（快板）吃、吃得肥，咬得急，咬咬咬，怎么不咬顺地倒？
　　　　禀大爷，不好了，狂生把咱虎犬打死了！
卢世宽　待我看来。（见犬死）真个死了，拉过，拉过！呔！好一狂生！打死了老爷的虎犬，哪里容得？来，给我带了！

田玉川　你们谁敢来?
家　郎　我敢来。(被田玉川一拳打倒)
卢世宽　(走到田玉川跟前)你是不想活了,真要打架?
田玉川　说打便打!(顺手将卢世宽打了一拳)
卢世宽　(挨了一拳,简直连气都换不上来了)小子们,打!打!
　　　　［卢世宽、家郎站在一边,四家丁打田玉川。
众家丁　(围上)打!
田玉川　怎么要打?
众家丁　要打。
田玉川　哈哈!
众家丁　哈哈!
田玉川　嘿嘿!
众家丁　嘿嘿!
田玉川　好!(说着脱衣卷衣)此地倒也宽阔,打出个名目,教你们见识见识。说是你们,来来来!(出手打甲、乙,二人爬起同时起浪头)
　　　　(唱尖板)怒发冲冠心火冒,(打倒四人)
　　　　　　　　大胆的奴才敢撒刁。(截)
　　　　［田玉川又将四人打倒,家郎和田玉川打,被一脚踢倒,卢世宽上来向田玉川扑去,被田玉川几拳打倒。
　　　　［胡彦呻吟。
田玉川　(向胡彦)老伯,你还不走去?
胡　彦　浑身疼痛,难以立站。
田玉川　待我搀你一把。(将胡彦扶起,胡彦下。用手摸卢世宽)啊哟,不好!一时失手,将贼打死,只说这……有了,不免暂且躲在龟山后边,再作道理。正是:推开生死境,逃出是非坑。好贼!(下)
家　郎　(起来偷看,见田玉川已去)快起来,快起来,找大爷。(四家丁先后起来)哎!这不是少爷么?(众家丁将卢世宽扶坐起)
卢世宽　小子们!(昏昏迷迷)田玉川呢?
众家丁　我们打跑了。

卢世宽　跑了？
众家丁　跑了。
卢世宽　小子们，快给大爷抬轿去。
众家丁　哪里来的轿子么！
卢世宽　不行，我得坐轿！
　　　　〔丙使了一计大喊："田玉川来了！"卢世宽同众家丁慌张齐下。

第四场　哭　父

　　　　〔胡凤莲上。
胡凤莲　（唱紧拦头）
　　　　　　老爹爹去卖鱼不见回转，
　　　　　　站船舱望得人两眼发酸。
　　　　　　这边不见那边看，
　　　　　　叫声爹爹你早回还。（下）
　　　　〔胡彦内喊，紧三锤子。
胡　彦　（唱）恨卢贼打得我皮开肉绽，
　　　　（叫头）我把你贼呀！我把你贼呀！
　　　　（接唱）犬咬烂两只手痛烂心肝。
　　　　　　猛抬头见女儿船头游转，
　　　　　　招招手叫女儿快把父搀。
　　　　〔胡凤莲遥望上，猛见父状，慌忙搭了扶手，扶胡彦上船。
胡凤莲　爹爹怎么样了？
胡　彦　唵，儿呀！
　　　　（拉锤子接唱二六）
　　　　　　有为父提篮儿卖鱼上岸，
　　　　　　行走在龟山地起了祸端。

父遇见卢总督公子之面，
买去了娃娃鱼不给父钱。
放恶犬将父的双手咬烂，
差家人又打我四十皮鞭。
多亏了江夏县公子来见，
怀抱着不平事气愤上前；
他一足踢死了赛虎恶犬，
叫骂那无理人做事不端；
将那些害人贼一起打散，
才救下你的父转回江边；
霎时间，

（转带板）只觉得头昏气喘，
不由我一阵阵心血上翻；
左手儿抓住了亲生女，
右手儿不住地拍胸前；
爹爹我今一死阴魂不散，
我的儿与为父要去申冤！

胡凤莲 爹爹！

胡　彦 噢！噢！（死）

胡凤莲 爹爹，爹爹！（见父死放声大哭）哎呀！
（唱带板）见爹爹直挺挺血冷气断，
（扯合场）老爹爹！老爹爹！
（接唱）丢下了女孩儿好不可怜；
我这里不住地大声哭喊，
惊动了满江的打鱼船。
爹爹……

［渔翁甲、乙、丙、丁分两头上。

众渔翁 （唱）走上前来把话问，
凤莲啼哭为哪般？（截）

凤莲为何放声大哭？
胡凤莲　众位伯伯叔叔，我爹爹叫人家打、打、打、打死了！
众渔翁　现在哪里？
胡凤莲　现在船舱。
渔翁甲　我们将船挽住，同过船去。（众渔翁到胡凤莲船）
众渔翁　啊！胡大哥呀！
渔翁甲　好气呀！

（唱带板）一见大哥把命断，
渔翁乙　（唱）不由叫人恼心间；
渔翁丙　（唱）大姐你可知凶犯？
渔翁丁　（唱）打他一顿再见官。（留）
胡凤莲　众位伯伯、叔叔请听了！

（唱）未开言不由我将心痛烂，
　　　众位伯伯听心间：
　　　总督儿子卢世宽，
众渔翁　噢！
胡凤莲　（唱）买去鱼儿不给钱；
　　　犬将我父手咬烂，
　　　差家人又打四十鞭；
　　　回到船舱把命断，
　　　临死嘱咐千万言；
　　　众位伯伯多怜念，
　　　快与我父申屈冤！（截）

众位伯伯叔叔，快快与我父申冤报仇……
渔翁甲　唉！这就难了。若是旁人打死，还能申冤报仇。你想卢公子乃是湖广总督之子，湖广两省，就是他的官大，我们向哪里去告？
胡凤莲　打死我父，难道白白罢了不成！
渔翁乙　他的官大，也不该无故欺负百姓，打伤人命，我们有理，还是设法申冤告状才是。

渔翁丁丙　无故打死人命，此事不能甘休！

渔翁甲　你们都说得对，咱们大家帮忙，凑些零碎银子，然后再去告状。

众渔翁　对的。

胡凤莲　（哭）爹爹！

渔翁甲　哎，凤莲！

　　　　（唱二六）凤莲不必泪涟涟，

渔翁乙　（唱）大家与你凑银钱；

渔翁丙　（唱）满江渔家都转遍，

　　　　[各人跳上自己的船舱。

众渔翁　（唱）帮助凤莲去申冤。

胡凤莲　（哭）爹爹呀！

众渔翁　凤莲不要啼哭，你父虽死，大家关照，不能让你为难。（齐下）

胡凤莲　多谢众位伯伯叔叔。（左右望，众渔翁不见）

　　　　（唱带板）众伯伯一个个把我怜念，

　　　　　　　　胡凤莲在船舱好不心酸；

　　　　　　　　含悲泪我把世事怨，

　　　　　　　　为什么做高官无法无天？

　　　　　　　　为什么老百姓有冤难喊？

　　　　　　　　为什么女孩儿不如儿男？

　　　　　　　　放大胆我不怕官高位显，

　　　　　　　　舍性命我要与老父申冤！（截）

　　　　卢林呀！卢林！姑娘与你势不两立！罢了爹爹！（下）

第 五 场　横 行

　　　　[卢林上。

卢　林　（引）堂堂总督府，号令鬼神惊。

（坐、诗）奉王旨意镇武昌，腰挂宝剑放毫光；
官居高位身荣贵，威风凛凛谁敢当。

老夫卢林，与明为臣，官拜湖广总督，真乃官高爵显，富贵荣华。今日闲暇无事，不免唤出全家老少，谈叙谈叙。

家　郎　报！禀大人！大事不好了。

卢　林　何事？

家　郎　公子被人打伤。

卢　林　现在何处？

家　郎　现在府门。

卢　林　快快抬进二堂。家院，快请大夫！

〔四家丁抬卢世宽上，即下。

〔卢夫人上。

卢　林　儿呀！怎么样了？

卢世宽　打坏了！打……打坏了！

卢　林　家郎过来。

家　郎　在。

卢　林　你少爷在何处被人打伤？

家　郎　在龟山被江夏县之子田玉川打伤。

卢　林　他打我儿为何？

家　郎　他说我家少爷私养虎犬，苦害良民，心中不服，因而打伤。

卢　林　你们为何不救？

家　郎　我们二十名小子上前拦救，不料田玉川力大无穷，把我们打得东来的西倒，西来的东倒，三拳打了我四跤，把我头上打了一个血包，还把咱赛虎犬也踢死了。

卢　林　你可认得凶犯？

家　郎　认下了。

卢　林　既然如此，料他飞走不脱，传中军。

家　郎　有请府爷。

中　军　参见帅爷。

卢　　林　　中军听令：赐你令箭一支，命左营唐将军带领五百名兵丁，去到龟山，捉拿江夏县之子田玉川，急去莫误！

中　　军　　得令，带路。（同家郎下）

卢　　林
卢夫人　　我儿醒得，我儿醒得！

卢世宽　　爸爸！

卢　　林　　儿呀！

卢世宽　　妈妈！

卢夫人　　儿呀！

卢世宽　　我……（倒、死）

卢　　林
卢夫人　　（急叫）儿呀！儿呀！

卢夫人　　（见卢世宽死）（哭叫）哎呀老爷，娃不出气了，娃死了！

卢　　林　　待我看过。（看卢世宽）田玉川，小孺子！打死我儿，老夫岂能与你甘休！

卢夫人　　（哭）呵！儿呀！

卢　　林　　夫人不必啼哭，待本帅去到江夏县衙，捉拿凶犯，与我儿偿命。将尸掩下。

　　　　　〔卢夫人下。

卢　　林　　校尉们！

　　　　　〔四校尉上。

四校尉　　参见帅爷！

卢　　林　　本帅要到江夏县捉拿凶犯，你们辕门等候。

四校尉　　呵。（齐下）

卢　　林　　正是：急忙换衣帽，要报杀子仇。（下）

第六场 搜 筒

［田云山上。
田云山 （引）做官要与民做主，方算男儿大丈夫。
（坐、诗）十年寒窗非等闲，只为功名加熬煎；
幸喜榜上鳌头占，七品花堂是县官。
下官田云山，两榜进士，与明为臣。所生一子，名叫玉川，不知这几日功课如何？田明。
［田明上。
田 明 有。
田云山 唤你家少爷见我。
田 明 我家少爷游学未归。
田云山 请夫人。
田 明 是，有请夫人。
［田夫人上，田明下。
田夫人 忽听老爷唤，上前问一番。
田云山 夫人到了！
田夫人 到了。
田云山 请坐！
田夫人 有坐。老爷，唤为妻到来，有何话讲？
田云山 你看玉川奴才，清早外出，至今未见回来，不知在外边所干何事？
田夫人 老爷，你看玉川孩儿，文武双全，并非浪荡之子，老爷你何必挂心？
田云山 少年任性，叫人不得不挂心！
［田明上。
田 明 禀老爷！
田云山 何事？

田　明　总督大人带领大队校尉，恶森森来到县衙。

田云山　哦，有这等事！夫人回避。快快有请！

田　明　有请。

　　　　［校尉在内呐喊："下轿！"卢林带四校尉上。

卢　林　（见了田云山）好不气、气煞人也！

田云山　不知大人驾到，未曾远迎，罪该万死。

卢　林　江夏县！

田云山　大人！

卢　林　我来问你，你有几个儿子？

田云山　卑职只有一子，敢劳大人动问。

卢　林　现做何事？

田云山　少年浅学，寒窗读书。

卢　林　好！好一个少年书生！请出来我见！

田云山　噢？田明，唤你家少爷出堂。

田　明　我家少爷游学未归。

田云山　老大人，卑职之子游学未归。

卢　林　狗官胡道！适才言说在学读书，如今又说游学未归，好好将你儿献出还则罢了，若有迟慢，与你狗官不利！

田云山　大人今日来到县衙，只要卑职之子，不知大人有何教训？

卢　林　呔！事到如今，你还假装不知。校尉们！两廊搜拿！（抓住田云山不让动）

　　　　［四校尉分两边下，复上。

四校尉　无有！

卢　林　站起去！江夏县，狗官！好好将你儿子献出还则罢了，如其不然，要拿你狗官定罪！

田云山　老大人！卑职之子所犯何罪，也要说个明白。

卢　林　江夏县，狗官！谁叫你的儿子在龟山无故打死我的儿子！

田云山　（惊呼）哦……

卢　林　绝了我卢门之后，你还假装不知，佯装不晓！

（走浪头、唱）

　　　　你儿打死我亲生子，

　　　　绝了我卢门后代男；

　　　　一足踢死赛虎犬，

　　　　我与你结的哪里冤？（留）

田云山　（接唱）听罢言来浑身颤，

　　　　（转双锤）奴才惹下祸滔天；

　　　　　　急忙向前放大胆，

　　　　　　前因后果问根源。（截）

　　　　老大人，既是卑职之子打死公子，尸首现在何处？

卢　林　现在帅府。

田云山　虎犬死在何处？

卢　林　现在龟山。

田云山　何人见证？

卢　林　本府的家丁。

田云山　大人！家丁一偏之词，何以为证！外人还有哪个？

卢　林　狗官！无故打死我亲生的儿子，还敢多言。来！将狗官与我带了。

田云山　慢慢慢着！老大人！就是卑职之子打死公子，也要问个明白，因何事而打死？情通理顺，卑职自然要绑子投案。杀人者偿命，欠债者还钱，还有何说。就是这样糊里糊涂要拿俺七品县官，只怕你拿俺不了！

卢　林　难道本帅诬赖你人命不成？

田云山　大人！且息雷霆之怒，待卑职说个青红皂白。卑职身为七品县官，堂上有法，堂下有案；每日查办民非，岂不知自己犯法。譬如民间若有杀人命案，也要问个明白：或因忤逆不孝；或因争夺田产；或因强占民女；或因奸盗邪淫。打死人命，尸首不离寸地；审出口供，一字不敢草率。今大人之子，被人打死，未经验尸，抬回帅府，如何致命，真假难分。如此行为，大人你未免有些莽撞！

卢　林　这个……

田云山　　老大人！既知凶犯的姓名，或出海票，或下帅令，赶紧捉拿。自古常言："人生三尺，天下难藏。"量他飞不上天去。等到拿住凶犯，然后协同布按三使，审清问明，依法惩办，才是正理。大人今日带领大队校尉，恶森森来到县衙，又是搜，又是查，张口要带人，闭口要捉拿。卑职一非贼人，二非强盗，不过一儒生而已，何必这样是非颠倒，小题大做！大人如此行动，未免有些于理不通。况且未经三使审出口供，又不知凶犯底实，就是这样糊里糊涂要捉拿俺七品县官，大人你自己，哎，天断了！

（唱二六）大人不必怒冲冠，
　　　　　卑职有言听心间：
　　　　　国法条条从头看，
　　　　　事大事小理通天；
　　　　　打死公子在府院，
　　　　　打死虎犬在龟山；
　　　　　打死人命无证件，
　　　　　凶手逃亡在外边；
　　　　　未经三使审明案，
　　　　　糊里糊涂拿县官；
　　　　　七品官怎敢把总督犯？
　　　　　有理不怕见高官；
　　　　　这事儿大人自己断，
　　　　　卑职我浑身无弊端！（截）

卢　林　你倒推了个干净！

田云山　卑职不敢。

卢　林　纵然不是你儿打死，你乃父母之官，也该捉拿凶犯。

田云山　卑职所管之事。

卢　林　倘若你儿打死？

田云山　卑职绑子投案。

卢　林　倘若他人打死？

田云山　卑职情愿跟踪。
卢　林　走脱了凶犯？
田云山　走脱不了七品县印。
卢　林　哼！量你也飞走不脱，校尉们！
四校尉　有。
卢　林　打轿回府。正是：可恨狗官理不端，纵子行凶在龟山；无故打死亲生子，想逃活命难上难！（卢林同四校尉下）
田云山　天，苍天！不孝之子，闯此滔天大祸，看在其间，好不气、气、气煞人了。

　　　　[田夫人上。

田夫人　老爷醒得！
田云山　啊！好奴才！
田夫人　帅府的公子，是不是你的儿子打死，还得细查细问。
田云山　卢元帅来衙搜查，十有八九，奴才闯下祸了！
田夫人　就是你我的儿子打死，定是那公子在龟山做下大大非理之事。不然，我那儿子岂肯轻易打人？
田云山　哎！咱家不幸，从此要遭大祸了！
田夫人　事到如今，老爷如何发落？
田云山　这有何说！即出海票，捉拿奴才到案，难道还叫旁人替他偿命不成？田明，着书房里速出海票一张，即差捕快两班，去到龟山，捉拿你家少爷归案。快去！
田　明　是。（下）
田夫人　哎！不好！
　　　　（唱）小冤家太任性惹下祸端，
　　　　　　　叫为娘心儿里好不胆寒；
　　　　　　　盼只盼玉川儿莫要回转，
　　　　　　　平平安安逃外边。（截）
　　　　老爷请到下边休息。
田云山　哎！（与夫人同下）

第七场 藏 舟

［田玉川上。

田玉川　一时怒气冲牛斗，曾与冤家做对头。学生田玉川，适才人在龟山，抱打不平，失手打死帅府公子，他父差人捉拿于我，前有大江，后有追兵，我该逃向哪里？（兵在后喊）啊呀！不好！

（唱浪头）耳听得山后人声喊，
　　　　　定是那贼来搜山；
　　　　　后有追兵把我赶，
　　　　　前有大江把路拦；
　　　　　满山人马全布满，
　　　　　叫学生逃往哪一边？（看）
　　　　　猛然抬头用目看，
　　　　　那边有一打鱼船。（截）

那边有一打鱼小舟，不免叫她渡我过江。呔！那一大姐，快快驾舟转来！

［胡凤莲上。

胡凤莲　（唱二六）耳听岸上有人唤，
　　　　　　　　想必是伯伯们送银钱；
　　　　　　　　船到江边用目看，
　　　　　　　　却怎么面生一少年？（截）

那一相公，唤我到来，有何话讲？

田玉川　渔大姐！学生我是遇难之人，大姐快快渡我过江，日后知恩当报！

胡凤莲　咳！相公，说是你来看，你看我船舱血淋淋的尸首！

（唱二六）叫声相公往里看，
　　　　　血淋淋尸首在舱前；

　　　　　相公前边自方便，
　　　　　我这里不是渡人船。（截）（转身拟走）

田玉川　（先是失意，后来观此情况，猜想死者可能是龟山被救之人）船上尸首，他是何人？

胡凤莲　乃是我父。

田玉川　怎样得死？

胡凤莲　被那卢公子打、打、打死……

田玉川　可是卖娃娃鱼的老伯？

胡凤莲　（转过身来）正是我父，相公如何得知？

田玉川　渔大姐！学生乃江夏县之子田玉川，因在龟山，为你父抱打不平，失手打死帅府公子，他父差人捉拿于我，大姐快快渡我过江！

胡凤莲　噢！原是救父恩人到了，待我搭了扶手。（田玉川上船，胡凤莲开船，转一圈，将船稳住）相公你看我这打鱼小舟，长不过一丈，宽不过几尺，该在哪里藏身？

田玉川　我就藏在舱内，将你父尸首盖在上边，岂不是好？

胡凤莲　如此速快藏来。（田玉川藏，胡凤莲将尸盖上）哎呀！耳听岸上人喊马叫，不免将船撑在江心无人之处。正是：有恩不报非人类，见死不救枉为人。（下）

　　［唐将军带家郎、四兵上。

家　郎　有一女子，驾舟过江。

唐将军　列开旗门。（兵列右边）叫那女子驾舟转来。

家　郎　哒！那一女子，驾舟转来！

　　［胡凤莲上。

胡凤莲　不好！

　　（唱）江岸上官兵齐布满！
　　　　　凤莲心中好胆寒；
　　　　　此事我要放大胆，
　　　　　巧言冷语将他瞒。（截）

　　　　将爷！唤我转来，有得何事？

唐将军　这一女子，有所不知。只因江夏县之子，打死帅府公子，帅爷有令，命我捉拿凶犯。你这船中可有凶犯？从实的说来，免得我手下人动手。

胡凤莲　你们这些将爷官兵，何不把眼睛睁开！你看我这船舱血淋淋的尸首！

（唱尖板）尊一声将爷睁双眼，

血淋淋尸首卧舱前；

既是官府把民管，

快与我父申屈冤。

唐将军　你父怎样死的？

胡凤莲　将爷！

（唱摇板）我父名儿叫胡彦，

卢公子打死在龟山；

将爷既来把船验，

快与我父申屈冤。（截）

唐将军　啊？帅爷言道，县子打死公子。今这女子又说，公子打死她父，这话从何说起？家郎过来。

家　郎　伺候将爷。

唐将军　你家少爷打死渔夫之事，你可知道？

家　郎　（吞吞吐吐）知……知道。

唐将军　打来没有？

家　郎　打是打来，没有打死。

唐将军　站起来！好一帅爷，这就不是了！县子打死公子就命小将捉拿凶犯，公子打死渔夫，你就挂口不提，难道说民间父母，就不是命吗？哎！此事与我无关，何必多管闲事？待我回府交差。正是：民间多少冤枉事，不责自己反责人。马来！（上马欲下）

胡凤莲　将爷转来！

唐将军　这一女子有何话讲？

胡凤莲　就该与我父申冤。

唐将军　州有州官，县有县衙，我们武将不理民事。

胡凤莲　住了！既然不理民事，为何领兵搜验船舱？捉拿什么凶犯？你与我说，你与我讲！
唐将军　这一女子，好张利嘴，不消啰嗦，马上加鞭。（下）
胡凤莲　（心虚，看）好贼！
　　　　（唱尖板）几句话顶得他回头自散，
　　　　（转带板）险些儿吓坏胡凤莲；
　　　　　　　　驾小舟离了龟山岸，
　　　　　　　　再把相公问一番。（截）
田玉川　（内）请问大姐，岸上官兵走了无有？
胡凤莲　我将他们哄走了。
田玉川　（内）如此学生我就出舱来了。
胡凤莲　慢着。待我将船撑在江心无人之处，相公再好露面。
田玉川　（内）多谢大姐。
胡凤莲　相公不必多心，将身藏好，我便开船了。
　　　　（唱二六）人到难中失检点，
　　　　　　　　独身漂泊实可怜；
　　　　　　　　看看日落天将晚，
　　　　　　　　无人之处挽了船。（截）
田玉川　（内）请问大姐，来在什么地方？
胡凤莲　来在江心无人之处，相公请出舱来。
田玉川　学生出舱来了。（出舱）大姐转上，受学生一拜。
胡凤莲　相公不必施礼。
田玉川　适才若非大姐相助，学生险遭毒手，哪有不谢之理？
胡凤莲　你为我父遭大难，我未曾谢恩，你倒来谢我，叫我怎样担待！
田玉川　学生搭救令尊，令尊终是一死；学生今得活命，实蒙大姐相救，哪有不谢之理！
胡凤莲　如此我也有一拜。（互相拜）
田玉川　一拜了！
　　　　（唱二六）走上前来拿礼见，

　　　　　　　多谢大姐救命还！
胡凤莲 （唱）相公本是英雄汉，
　　　　　　　仗义勇为好男儿。（截）
田玉川 大姐你看四顾无人，速快放我逃走。
胡凤莲 慢着，你看他们派兵四处捉拿，如今天色尚早，你如何逃走得脱？等到半夜三更，才好放你逃走。
田玉川 大姐言之有理。只是你我青年男女，夜半三更，有些不便。
胡凤莲 唉！你我患难相逢，也顾不了许多！（哭）
田玉川 如此多谢了。
　　　　　（唱二六）大姐果真英明女，
　　　　　　　讲出话来有道理；
　　　　　　　但愿学生能免死，
　　　　　　　报答大恩后有期。
胡凤莲 （唱）相公不必那样讲，
　　　　　　　我今救你理应当；
　　　　　　　船舱以内莫外望，
　　　　　　　单等夜半逃他乡。
　　　　　相公请坐船舱，不必探身观望。
田玉川 大姐自便。（看什么地方坐下合适，胡凤莲转身见老父尸大哭）
胡凤莲 罢了爹爹！
田玉川 （惊慌急止）哎呀！大姐，千万莫要啼哭，岸上有人听见，与学生大不方便。
胡凤莲 哎！我哭也不敢哭了！
　　　　　（唱）我不敢高声哭只把泪掉，
　　　　　　　为相公忍着气等待今宵；
　　　　　　　放哭声唯恐怕惹人来到，
　　　　　　　我只得坐船舱静静悄悄。
田玉川 （唱二倒板）
　　　　　　　耳听得谯楼上起了更点，

（转慢板）田玉川在小舟好不为难；
　　　　　恨只恨卢世宽行事太短，
（转二六）害得我伤人命闯下祸端；
　　　　　若不是渔家女聪明有胆，
　　　　　险些儿落虎口性命难全；
　　　　　月光下把渔女用目观看，（绕）（看胡凤莲）哎！
（唱）这样人真叫我替她心酸；
　　　她那里哭啼啼泪湿粉面，
　　　贫家女遭灾难实实可怜；
　　　为救我她不怕官兵凶险，
　　　讲出话就如同钢刀一般；
　　　渔家女她能有如此肝胆，
　　　真可算难得的女中英贤；
　　　我为她抱不平身遭大难，
　　　她为我顾不得男女避嫌；
　　　我二人真乃是共同患难，
　　　倒不如结亲眷相好百年。
　　　患难中又不好讲话当面，
　　　但愿她报父仇明我屈冤；
　　　闷悠悠坐船舱左盘右算，
　　　痴呆呆对流水想后思前。（留）（睡）

胡凤莲　（唱慢板二六）
　　　　　耳听得谯楼上二更四点，
　　　　　小舟内难坏了胡氏凤莲。
　　　　　哭了声老爹爹儿难得见，
　　　　　要相逢除非是南柯梦间。
　　　　　田公子遭大难并无抱怨，
　　　　　静悄悄坐一旁低头安眠。
　　　　　月光下把相公仔细观看，（歇）（看田玉川）哎！

（接唱）好一个奇男子英俊少年；
　　　　他必然读诗书广有识见，
　　　　能打死帅府子文武双全；
　　　　为我父抱不平身遭大难，
　　　　他本是英雄胆大好儿男；
　　　　孤身女到后来有谁照管，
　　　　无亲眷无依靠有谁可怜；
　　　　假若还我和他结为亲眷，
　　　　女孩儿到后来好将身安；
　　　　怕只怕他嫌我出身贫贱，
　　　　这件事我还是不好开言；
　　　　眼看着就到了三更三点，
　　　　叫醒他与我父报仇申冤；
　　　　我这里把相公一声呼唤，
　　相公！相公！
　　　　他那里只睡得十分香甜；
　　　　我这里上前去拉他起站，（绕）
　　　　女孩儿拉少年礼上不端；
　　　　我这里用手儿将船摇转，（摇船，田玉川醒）
　　　　叫相公你醒来我有语言。（截）

田玉川　大姐有何贵言请讲。
胡凤莲　请问相公有何高见与我父申冤？
田玉川　请问大姐高名上姓，家中还有何人？
胡凤莲　相公既问，听我道来：
　　　　（唱二六）未开言先掉下恓惶泪点，
　　　　　　　　我的父名胡彦受苦江边；
　　　　（转二道板）
　　　　　　　　我的母去世早难得相见，
　　　　（转慢板）我的父又遭难丢我孤单；

上无兄下无妹又无亲眷，

（转二六）我二老生下我名叫凤莲。

因家贫在江边打鱼求饭，

到如今一个人好不为难！

唉！唉！我好不为难！（绕）

田玉川 大姐可曾许人？

胡凤莲 （唱）一句话问得我红了脸面，

羞答答应一声无有姻缘。

你既是读书人必有高见，

有何计与我父报仇申冤？（截）

相公有何高见，好与我父申冤！

田玉川 要与令尊申冤不难，不知大姐胆量如何？

胡凤莲 为父报仇，粉身碎骨，我也不惧！

田玉川 如此大姐请听：大姐明日去到县衙喊冤，状告卢公子打死你父，我父推问明白，必然替你申冤。卢公子行凶霸道，因而被我打死，我父据理相辩，会同布按三使，以律定罪。那卢大人虽然官高势大，国家法律自有一番公论。结案之日，学生我虽不敢冒量，大约大姐也不致吃他人之亏。此一前去，不但与令尊报仇，龟山之事，也让人知晓原委曲折，依理公断，还能减轻学生的罪名。不知大姐意下如何？

胡凤莲 甚好，甚好！请问相公原籍哪里？家中还有何人？

田玉川 大姐请听了：

（唱二六）未开言不由人笑容满面，

学生我家住在山西太原；

我的父做湖广江夏知县，

我名儿就叫田玉川；

上无兄下无妹只身孤雁，

守寒窗还未订结发姻缘。（截）

大姐，明日去到县衙喊冤，可有状子？

胡凤莲 正愁无有状子，该拿什么去告？

田玉川　这有何难？取笔砚来，待我与你写一张申冤大状。

胡凤莲　打鱼小舟，哪里来的笔砚！

田玉川　既然如此，大姐明日去到县衙，深入二堂，见了我父我母，哭诉你父冤屈；再将学生逃难之事说明，我父必然斟酌料理，岂不甚好？

胡凤莲　诚恐你父不见，也是枉然。

田玉川　嗯！这就难了……（想）有了，（怀中取杯）大姐接来，这是我传家瑰宝蝴蝶杯，大姐带在身边，明日去到县衙，家父必然见你。来来来，请来接杯。

（将杯递与胡凤莲）

胡凤莲　（接杯在手仔细端详）小小酒杯，何言瑰宝？

田玉川　大姐你莫要小看了它呀！

　　　　（唱）此酒杯虽然小千金难买，
　　　　　　　斟美酒它引动蝴蝶飞来；
　　　　　　　凭此宝到县衙家父必见，
　　　　　　　你要把前后事细说开怀；
　　　　　　　我爹爹若听说玉川尚在，
　　　　　　　那时节与你父好报仇来。（截）

胡凤莲　照你这样说来，这是传家瑰宝，今日给我，倘若遗失，如何是好？

田玉川　大姐暂且收杯。学生我有句不敬之言，讲出口来，大姐莫要见怪。

胡凤莲　公子有何贵言，但讲何妨。

田玉川　适才大姐言道，你——你尚未许人，学生我也并未婚配，若还不嫌，咱二人就结为百年之好，此杯作为聘礼，不知大姐意下如何？

胡凤莲　啊！

　　　　（唱）他那里提婚姻我心情愿，
　　　　　　　女孩儿羞答答不好明言；
　　　　　　　手拿着蝴蝶杯反复观看——（绕）

田玉川　大姐意下如何？（胡凤莲、田玉川转对头）大姐意下如何？

胡凤莲　（唱）羞答答将宝杯藏在身边。

田玉川　（唱二六）只见她羞答答藏杯不见，

　　　　　　不由我田玉川喜在心间；

　　　　　　恨只恨身有难分别难免，

　　　　　　叫大姐近前来听我一言。（截）

　　　　大姐此番申冤告状，千万不要害怕，小心误了大事。

胡凤莲　　你看我遭此大难，若还胆小，就对不起死后的爹爹。

田玉川　　如此大姐请在，学生我走了。

胡凤莲　　慢着，且听谯楼几更几点。（打三更）（二人惊讶）

田玉川　　哎呀！三更三点，学生我走了。

　　　　（唱尖板）听谯楼打三更急忙要走，

胡凤莲　　（拿起田玉川的长袍，恋恋不舍）

　　　　（接唱）虽然价舍不得不敢强留。

　　　　（将袍递与田玉川，田玉川来接袍，胡凤莲又不舍，终于给了）

田玉川　　（接唱）叫大姐你那里搭了扶手，

　　　　（田玉川欲下船，拟跳，胡凤莲抓住田玉川臂）

胡凤莲　　（接唱）逃外边再莫要生事出头。

　　　　［田玉川向胡凤莲点头，然后跳上岸去，拱手，退步遥望，恋恋不舍而下。

胡凤莲　　［望田玉川不见，将船向前划去，一望再望。

　　　　（唱）恨只恨江岸上树林一片，

　　　　　　看不见田公子他在哪边。

　　　　　　将船儿撑在了武昌对岸，

　　　　　　到明日与我父前去申冤。（截）

　　　　卢林，卢贼！你姑娘与你作了对了！（下）

第 八 场　献　杯

　　　　［田云山、田夫人上。

田云山　蠢子不孝闯祸端，
田夫人　每日叫人操心间。
　　　　［田明上。
田　明　禀知老爷太太。
田云山　何事？
田　明　门外来了一个女子，说是太太娘家侄女前来投亲。
田夫人　这个？老身娘家并无侄女，难道你还不知？就有侄女，山高路远，如何能到此地？
田云山　是呀，难道你就不晓吗？
田　明　我也那样言讲，是她言道，有两句相逢的话儿。
田夫人　什么相逢的话儿？
田　明　"若要重相逢，除非蝴蝶杯。"
田夫人　什么蝴蝶杯？老爷，蝴蝶杯乃咱家传家瑰宝，玉川孩儿随身所带，那一女子如何得知？
田云山　其中必有缘故。田明，命那一女子来见。
田　明　是。那一女子，到这边厢来。
　　　　［胡凤莲上。
胡凤莲　怀揣无价宝，斗胆来申冤。
田　明　我家老爷唤你，须要小心。
胡凤莲　民女告进。老爷太太在哪里？老爷太太在……冤枉！冤枉！（跪下）
田云山　噢！你适才在衙外言说是太太娘家侄女，进得二堂，却怎么喊起冤来了？
胡凤莲　民女有杀父之仇，不能击鼓鸣冤，因而冒充太太娘家侄女，前来投亲。恳求老爷与民女做主！
田云山　夫人！你我的儿子，打死人命，事还未结，这一民女又喊杀父之冤，我田云山就如此的不幸啊！
　　　　（唱二六）儿打死人命未结案，
　　　　　　　　民女又喊杀父冤；
　　　　　　　　一案未了又一案，

　　　　　　　左右难煞田云山!

田夫人　（接唱）老身二堂用目观，

　　　　　　　观见女子好容颜;

　　　　　　　愁锁眉头泪满面，

　　　　　　　其中必有大屈冤。（截）

　　　　　老爷，你看这一女子，进得二堂，眼含珠泪，必有很大的屈冤，老爷就该问个明白。

田云山　这一女子，有何杀父冤仇，还是有状，还是口诉?

胡凤莲　杀人的凶犯势大，尸首抛在船舱，无人敢写状子。

田云山　啊呀! 他有多大的势力，竟然连状子也无人敢写。他是何人? 你慢慢地讲来。

田夫人　是呀，他是何人? 慢慢讲来!

胡凤莲　老爷太太容禀!

　　　　　（唱尖板）未开言不由我泪流满面。

田夫人　不要啼哭，慢慢讲来!

胡凤莲　（接唱慢板）

　　　　　　　叫老爷和太太细听我言:

　　　　　　　我的父名儿叫胡彦，

　　　　　（转二六）所生下我一人名叫凤莲，

　　　　　　　清早间我的父卖鱼求饭，

　　　　　　　龟山下遇见了凶徒盗奸;（绕）

田云山
田夫人　凶徒盗奸他是何人?

胡凤莲　（接唱）总督儿卢世宽仗父官显，（绕）

田云山　怎么说卢总督的儿子，在龟山打死你父?

胡凤莲　是的。

田云山　这一女子，你站起来讲。

田夫人　快快站起来讲!

胡凤莲　谢过老爷太太。

田夫人　卢公子便怎么样？

胡凤莲　（唱）买去了娃娃鱼不给父钱；

　　　　　　　　放恶犬将我父双手咬烂，

　　　　　　　　差家人打我父四十皮鞭；

　　　　　　　　直打得年迈人皮开肉绽，（绕）

田云山　难道说就无人解劝吗？

胡凤莲　（接唱）那时间多亏了一位少年；（绕）

田夫人　那一位少年，他怎么样？

胡凤莲　（唱）那少年抱不平上前解劝，

　　　　　　　　那贼子不听话口骂多端；

　　　　　　　　少年怒才将那恶人打散，

　　　　　　　　我的父强挣扎回到舟船；（绕）

田夫人　你可知那一少年逃向哪里去了？

胡凤莲　（唱）父一死小女子心慌意乱，

　　　　　　　　并不知那少年逃向哪边。（留）

田云山　（唱）听罢言来气破胆，

　　　　　　　　果然是小奴才闯下祸端；

　　　　　　　　霎时间到帅府要审此案，

　　　　　　　　儿逃去父难免要受牵连。（截）

田夫人　这一民女，你可知那一少年他是何人？

胡凤莲　（犹豫一下）民女不知。

田夫人　那就是我的儿子，为了你父，抱打不平，闯下滔天大祸；帅府差人到处捉拿，我那儿子不知逃向哪里，生死存亡亦未可知。一时帅府要拿我家老爷前去偿命。你又假充老身娘家侄女，前来与你父申冤。看在其间，我全家被你父女害得好苦！

　　　　（唱）我的儿为你父惹下祸患，

　　　　　　　　你今日到县衙与父申冤；

　　　　　　　　害得我全家人东离西散，

　　　　　　　　平白的惹下了天大祸端；

    我的儿到如今生死未见，
    吉和凶愁得人日夜不安；
    霎时间帅府里差人提案，
    他必然拿老爷前去申冤。
胡凤莲　（唱）他二老霎时间愁眉不展，
    这件事倒叫我左难右难；
    我这里把实情讲在当面，
    且免得他二老愁锁眉尖。（截）
   老爷太太，公子的下落……
田夫人　（急问）怎么样？
胡凤莲　我还略知一二。
田夫人　怎么？你还知我儿的下落？
胡凤莲　正是。
田夫人　田明，快与这一女子看座。
田云山　坐了。
胡凤莲　民女谢座。
田夫人　快快坐了，快快坐了！既知我儿的下落，快快讲来。
胡凤莲　这个……（以目示意，有田明在不好讲）
   〔田夫人以目示意田云山，让田明下去。
田云山　田明！
田　明　有。
   〔田云山示意田明下去，田明犹豫，下。
田夫人　如今就该讲来。
胡凤莲　老爷太太请听了：
   （唱）只因公子闯大祸，
    帅府差兵五百多；
    围住龟山如铁锁，
    纵然有翅难飞脱；
    大呼小叫江边过，

　　　　　　千人万马赶下坡；
　　　　　　田公子在江边无法躲，
田夫人　哎呀不得了！他该怎么办？
胡凤莲　太太！
　　　　（唱）我让他上船舱开到江河。（绕）
田夫人　噢！你让他上船了？
胡凤莲　上船了。
田夫人　（高兴地）哦！我娃上船了。
田云山　窝藏凶犯，难道你就不害怕么？
田夫人　是呀，难道你就不害怕吗？
胡凤莲　（唱）民女我虽年幼知理大半，
　　　　　　这件事我岂能袖手旁观！
　　　　　　田公子为我父身遭大难，
　　　　　　我救他为的是恩报恩还。（绕）
田夫人　（愉快地）你是个好的，你是个好的。
田云山　官兵到来，难道无有搜查船舱？
胡凤莲　他们要搜船舱。
田夫人　怎么！他们要艘船舱！天哪！天哪！这该怎么办？
田云山　被他们搜出无有？
田夫人　是的，被他们搜出无有？
胡凤莲　（唱）把公子用我父尸首掩盖，
　　　　　　那官兵霎时间来到江边；（绕）
田夫人　来了！来了！
田云山　你急什么？叫人家慢慢地讲。
田夫人　快讲快讲！
胡凤莲　（唱）那官兵到江岸凶怒满面，
　　　　　　恶森森硬要搜民女舟船；
　　　　　　我手指血淋淋尸首执辩，
　　　　　　哭诉了我的父血海仇冤；

>   那官兵一个个无言答辩,
>   转回头离江岸快马加鞭。（绕）

田夫人　（高兴地）噢！他们走了？
胡凤莲　走了。
田夫人　哎呀！（感激，以手抚渔女）
田云山　官兵走了以后，你们……？
田夫人　噢！官兵走了，你们……？
胡凤莲　（唱）两岸上尽都是官兵围满，
>   放公子又恐怕重起祸端；
>   无奈何等到了更深夜半，
>   月光下离船舱逃往外边。

田夫人　哎呀！

（唱花音二六）
>   好一个聪明女有识有胆，
>   救我儿可算得女中英贤；
>   男和女患难中相亲相爱，
>   他二人在船舱必有牵连；
>   这件事还要我一一判断，
>   回头来把民女细问一番。（截）
>   这一女子，我那儿子什么时候上船？

胡凤莲　日色过午。
田夫人　什么时候下船？
胡凤莲　（犹豫）嗯！
田夫人　（追问）什么时候下船？
胡凤莲　（含羞的口气）三更以后。
田夫人　什么三更以后……？渔大姐，老身有句不敬之言，讲出口来，你莫要见怪。
胡凤莲　（微弱的声音）太太有何贵言请讲，民女不敢见怪。
田夫人　像你那打鱼小舟，长不过一丈，宽不过几尺，舱前舱后不过一席之地，我那儿子下午上船，三更以后下船，你们必然讲话不少，是也不是？

［胡凤莲羞得转过头去。

田夫人　以老身看来，你二人言语之中，必有别的……

［田云山咳嗽，示意不让说。

田夫人　（用袖甩田云山，继续说了下去）必然有别的意思了。

（唱二六）渔大姐你不必羞容满面，
　　　　　有老身我还得细问根源；
　　　　　我的儿正青春年方弱冠，
　　　　　渔大姐你本是女中英贤；
　　　　　他为你抱不平身遭大难，
　　　　　你救了他的命恩报恩还；
　　　　　你谢他他谢你真情一片，
　　　　　你二人患难中同病相怜；
　　　　　从下午直到了更深夜半，
　　　　　难道说心中事没有明言？

胡凤莲　（唱）几句话问得我无言遮辩，
　　　　　羞答答低下头不敢多言；
　　　　　到如今顾不得羞口红面，
　　　　　撩衣襟跪在了二老面前。（留）

田云山　噢！你下跪为何？

胡凤莲　（唱）手拿着蝴蝶杯请来观看，
　　　　　这是你传家宝原物交还。（绕）

［田云山、田夫人见杯十分惊讶，田云山以手招田夫人，二人目语，推测此事根由。

田夫人　（恍然大悟）噢！我明白了。

（唱）我一见蝴蝶杯笑容满面，
　　　走上前将我儿媳用手来搀。（绕）

田云山　夫人，你疯了不成？

田夫人　怎见得我疯了?
田云山　你既然不疯,怎么将那一女子叫起儿媳来了?
田夫人　老爷你倒罢了。
　　　（唱）可惜你为进士七品知县,
　　　　　　断不明这件事怎样为官?
　　　　　　蝴蝶杯本是他聘礼一件,
　　　　　　我的儿患难中订下姻缘。（绕）
　　　老爷你说是也不是?
田云山　是的,是的,是的!
田夫人　着,着,着,是的呀!
　　　（唱）儿虽是渔家女有识有胆,
　　　　　　救我儿可算是女中英贤;
　　　　　　将宝杯藏身旁好好收管,
　　　　　　我的儿他回来好拜花毡。（绕）
田云山　夫人,你醒来!
田夫人　我非做梦。
田云山　你既然不是做梦,说什么藏宝杯,拜花毡,我来问你,眼前大祸如何了得?
田夫人　这个……
田云山　哎!我的夫人!
　　　（唱）叫夫人你莫要心宽意满,
　　　　　　难道说忘记了大祸滔天?
　　　　　　藏宝杯拜花毡你胡思乱算,
　　　　　　打死了卢公子谁把命填?
田夫人　怎么说?
　　　（唱带板）一句话问得我浑身是汗,
　　　（合唱）田——田玉川,我的儿,小冤家!
　　　　　　　骂了声小娇儿田家玉川;
　　　　　　　非是娘背地里将你埋怨,

　　　　　　　谁让你在龟山惹下祸端。
胡凤莲　（唱）你二老再莫要将他埋怨，
　　　　　　　他本是抱不平英雄儿男。（截）
　　　　［田明上。
田　明　禀老爷，帅府差官来到。
田云山　不必胆怕，你们内边躲闪，有请。（胡凤莲、田夫人下）
田　明　有请。（下）
　　　　［中军带二校尉上。
中　军　江夏县请了。
田云山　请了。
中　军　将你儿子可曾拿到？
田云山　生不见人，死不见尸。
中　军　哼！哪里容得？校尉们，带了！
田云山　慢着！七品县官，难道走了不成，何用你带？
中　军　现有帅爷令箭，不得不带。
田云山　带了就带了，哎呀！知法又带犯法索，布按三使待如何？
中　军　将狗官带上走！
　　　　［中军、二校尉押田云山下。
　　　　［田夫人、胡凤莲上。
田夫人　儿呀！帅府差官将你公公拿去，必吃他人之亏。
胡凤莲　待儿去到帅府告状，状告卢公子，看那老贼怎样发落！或者能救回我家公爹，也未可知。
田夫人　我儿有此胆量？
胡凤莲　替父报仇，死而不惧！
田夫人　我儿是好的！只是帅府衙门甚是威严，不让你进去也是枉然。
胡凤莲　这该怎处？
田夫人　（思考）儿呀！你到那里，不告卢公子。
胡凤莲　该告何人？
田夫人　状告江夏县。

胡凤莲　他是我家公爹，如何告得？
田夫人　若不告他，有状难告，有冤难申。
胡凤莲　怎样的告法？
田夫人　你就说你父被人打死，江夏县不拿凶犯。那卢贼正与你家公公作对，必然让你进去。见了布按三使，再提卢公子打死你父之事，管叫卢贼进退两难！
胡凤莲　如此母亲请在，儿我就前去了！
　　　　（唱）儿到帅府把冤喊，
　　　　　　　哪怕他帅府用油煎。
田夫人　（唱）我的儿浑身都是胆，
　　　　　　　敢作敢为女英贤。
　　　　　　　但愿他们早回转，
　　　　　　　老身才把心放宽。（截）（下）

第九场　会　审

　　　　［四官坐轿上，兵喊，下轿。
徐锡公　武昌府院徐锡公。
董　威　布政使董威。
郝子良　按察使郝子良。
姚大廉　武昌道姚大廉。
徐锡公　众位大人请了。
四　官　请了。
徐锡公　今日帅府有帖到来，会审之时，还得看帅爷的眼色行事。
董　威　啊呀！龟山之事嘛！
姚大廉
郝子良　我们该怎样判断？

董　威　卢公子平日无法无天，此事有些……

姚大廉　我们还是按帅爷的意思判断才好。

董　威　哎！那就不公了。

郝子良　到了帅府，再作计议。请！（齐下）

　　　　［卢林带四龙套上。

卢　林　怒气冲冲只为仇，每日怀恨在心头！（入帐）

　　　　（唱）紧锁双眉皱，怒气总难消；
　　　　　　　打死亲生子，岂能把尔饶！

　　　　本帅卢林。只因田玉川打死吾儿，江夏县藏子不献；本帅约请布按三使，前来会审，这般时候，还不见到来。

　　　　［内："众位大人到！"

中　军　禀大人，众位大人到。

卢　林　有请。

中　军　有请。

　　　　［内："请！"四官出场。

卢　林　众位大人到了。

四　官　到了。

卢　林　请！

四　官　请！

徐锡公　请问大人，江夏县可曾带到？

卢　林　早已带到，众位大人请来上坐。

四　官　还是大人上坐！

卢　林　如此不恭了。

四　官　公该。

卢　林　校尉们，喊堂！（同拜，依次入座）

卢　林　来呀！江夏县上堂！

中　军　江夏县上堂！

田云山　怀抱法律，看看帅府的虎威。报，江夏县告进。（与众官员打躬屈膝后，站立一旁）

中　军　有刑。

郝子良　去刑。

卢　林　江夏县！

田云山　大人。

卢　林　我只说你不来，你倒来了。

田云山　大人传唤，卑职怎敢不来！

卢　林　将你儿可曾拿到？

田云山　已出海票捉拿，生不见人，死不见尸。

卢　林　呔！打死我儿，窝藏凶犯不献，哪里容得？来人！推下砍了！

田云山　慢着！老大人！帅府钢刀虽快，但也不可胡乱杀人。打死人命，不知凶犯底实，先斩七品县令，国法要紧，只怕大人你斩俺不了！
（唱）国法条条从头看，
　　　事大事小理通天；
　　　打死人命无证见，
　　　因何事该斩七品官？（截）

徐锡公　江夏县这就不是了。你的儿子打死帅府公子，你还敢在帅府堂上如此冒犯，该当何罪？

田云山　大人！卑职之子打死帅府公子，你是眼见，还是耳闻？

徐锡公　这是卢大人亲口说出，难道我们布按三使无故诬赖你不成？

田云山　哎呀老大人！自古常言，官凭证定罪，虎仗山而施威，是非曲直，要有证见，人命事大，必审的确。大人未接诉状，单听一偏之词，难免屈了被告，这岂是为官者，哎！所为呀？
（唱）卑职身为七品县，
　　　无非与民断屈冤；
　　　是非情理凭公断，
　　　国家法律不容宽。（截）

郝子良　江夏县，是不是你儿子打死公子，自有公论。就该绑子到案，大家公审，为何藏匿不献？

田云山　卑职之子，自从那日游学未归，不知去向。

郝子良　想必是逃走了。无故逃走，情理难通。

卢　林　狗官！你与我说，你与我讲！

田云山　帅府差人去到龟山，摇旗呐喊，捉拿卑职之子，他乃少年书生，必然惊慌失措，不是盲目逃走，便是投江自尽。这一条人命要是无故被人逼死，卑职还得追究追究。

卢　林　哼！

郝子良　江夏县！你开口什么一偏之词，闭口什么无有证见，说来说去，到底是怎么一回事呢？

田云山　卢大人不容分诉，就要问斩，卑职我话有千万，从何说起？

卢　林　身为县令，窝藏凶犯，你还强辩什么！

郝子良　大人！既是审问，就该让他分诉明白。

董　威　着哇，让他讲个明白，才好判断。

卢　林　哼！就容你狗官分诉。

郝子良　江夏县！你就该从实地讲来。

田云山　众位大人请听：既是大人之子被卑职之子打死，尸首现在帅府；又说打死什么赛虎家犬，家犬现在龟山；尸离原地，无法得知真假；况且龟山乃是万商云集之地，人有千万，然而直到如今，并无旁人证明。人命事大，一无凶犯，二无干证，也未见地方呈报。大人私派官兵，前后搜山；又带五百校尉亲搜县衙；今日竟然差人手执令箭，捆缚卑职到此，不容分说，就要推下问斩。难道说堂堂总督，兵权在手，就是这样的不顾国法，胡行乱为。众位大人，哎，你们天断了！

（唱）大人官居总督位，
　　　卑职身为七品官；
　　　往日无仇又无怨，
　　　无故拿人为哪般？
　　　打死公子在帅府，
　　　打死恶犬在龟山；
　　　龟山人儿千千万，
　　　难道岂无一人观？

打死人命无证据，
又无地方来报官；
未经三使审明案，
差人调我理不端！
是非不把情理按，
全仗总督压县官；
众位大人以理断，
谁是谁非问根源。

董　威　啊呀，是呀！想龟山乃是万人游玩之地，难道就无一人看见？

卢　林　本府家丁送回，个个身带重伤。

郝子良　既是大人的家丁送回，唤出家郎一问便知。

卢　林　来！传家郎。

中　军　是。家郎上堂。

〔家郎、二家丁上。

家　郎　什么事？

中　军　江夏县现在堂上，命你们前去质对。

家　郎　好，好，好，正要找寻这个狗官，他倒自己来了。伙计们！在大人面前报伤。

家丁甲　把我头打烂了！

家丁乙　把我腿打断了！

家　郎　把我头上打了这么大的一个疙瘩。哈哈！好个狗官，是你那专横的儿子，打死我家少爷又打死我家赛虎犬，把我们个个打得头破、腿跛，你还装聋卖哑！伙计们！打死这个狗官，与咱少爷报仇！（举拳拟打）

董　威　唵！好一胆大家郎，竟敢在堂堂帅府堂上，对着布按三使，拷打七品县官，这还了得！

郝子良　好一家郎，竟敢这样放肆！

卢　林　奴才还不退下！

家　郎　（退下时自言自语）咦？帅府的家郎，难道还不敢打一个小小的七品县官？
中　军　下去！（家郎退缩与众下）
徐锡公　江夏县，众家郎将你证住，你还有何话说？
田云山　哈……
董　威　你发笑为何？
田云山　哎呀老大人！帅府家郎个个如狼似虎，竟敢在众位大人面前，拷打下官，平日行为，于此可见；这是大人亲眼看见，并非卑职强词；况帅府公子乃将门之子，岂无拳棒之力？卑职之子，乃一读书学生，岂能打死将门之子？又说打伤二十名家丁，还说打死什么赛虎犬，推情测理，万万不能！

（唱）众大人今日亲眼看，
　　　这些家丁讨人嫌；
　　　帅府堂上多凶险，
　　　扬拳要打知县官；
　　　今日竟敢如此干，
　　　平日行为更难言；
　　　公子本是将门汉，
　　　家丁如狼虎一般；
　　　田玉川纵有虎豹胆，
　　　怎敢虎口把牙扳？
　　　推情度理凭公断，
　　　望大人莫把人屈冤。（截）

〔胡凤莲上。

胡凤莲　冤枉！冤枉！
中　军　州有州衙，县有县官，总督衙门，不理民事。滚出去！
胡凤莲　民女冤仇甚大，州县衙门管他不下。
中　军　状告何人？
胡凤莲　状告江夏县！
中　军　什么？江夏县？这一狗官又闯下祸了。候着候着。

中　军　禀老爷，有一民女喊冤。
卢　林　州有州衙，县有县官，总督衙门，不理民事。打出去！
中　军　民女冤仇甚大，州县衙门管他不下。
卢　林　问她状告何人？
中　军　状告江夏县。

　　　　［田云山在旁闻言惊讶。
卢　林　什么？
中　军　状告江夏县。
卢　林　快快命她上堂！快快命她上堂！
中　军　命你上堂。
胡凤莲　民女告进！

　　　　［田云山稍有惊讶之状，一见胡凤莲，放心了。
胡凤莲　众位大人！冤枉！冤枉！
董　威　这一民女，你是有状，还是口诉？
胡凤莲　杀人的凶犯势大，无人敢写状子，只得口诉。
董　威　口诉也好，但不知你状告何人？
胡凤莲　状告江夏县七品县官。
董　威　告他为何？
胡凤莲　我父被人打死，他不该不拿凶犯。
卢　林　什么？你父被人打死，江夏县不拿凶犯？
胡凤莲　正是。
卢　林　众位大人可曾听见？
四　官　听见什么？
卢　林　适才这一民女言道，她父被人打死，江夏县不拿凶犯。看在其间，狗官为官不正，欺压百姓，罪该万死！罪该万死！这一民女，江夏县怎样压制于你？不要害怕，从实讲来。
胡凤莲　请问大人，民女被人压制，骂得骂不得？
卢　林　骂得。
胡凤莲　骂下祸来如何是好？

卢　　林　说是你来看！

胡凤莲　看什么？

卢　　林　本帅在此，你还怕什么？

胡凤莲　大人如此讲话，莫非就是卢元帅？

卢　　林　正是本帅。

胡凤莲　（猛站起）卢大人！

卢　　林　嗯。

胡凤莲　卢林！

卢　　林　呵！好一民女，竟敢呼叫老夫名讳，哪里容得！来呀！

四校尉　哈！

卢　　林　推下砍了！

四校尉　哈！（拔刀）

董　　威
郝子良　慢着！慢着！慢着！

董　　威　问明白了再斩，问明白了再斩。

卢　　林　如此无理，还有什么问的！

董　　威　（止）哎哎……

郝子良　大人！观见这一女子，上得堂来，满脸是泪，必有很大的屈冤，岂有不问之理？

董　　威　着着着，焉有不问之理？

郝子良　这一女子，你父被何人打死？不必啼哭，慢慢地讲来。

胡凤莲　卢大人！卢林！

卢　　林　哼！

胡凤莲　是你倚官挟势，纵子行凶，凭仗家丁恶犬，大闹龟山，打死我父，你姑娘与你势不两立！

董　　威　这案官司有了头绪了。

胡凤莲　（唱带板）渔家女来怒满面，
　　　　　　叫骂卢贼总督官；
　　　　　　你儿打死我的父，

　　　　　　　我和你结的哪里冤？
　　　　　（卢林着急，以目瞪中军，表示抱怨）
董　威　（见卢林状，故意幽默地说）哎呀！这事有些古怪？
郝子良　就该问个明白。
董　威　这是你的差事，你叫谁问？
郝子良　大家同审同问。
董　威　哦！你我大家同审同问，哈……
郝子良　这一女子。
胡凤莲　有。
郝子良　你父怎样被人打死？不必胆怕，从实地讲来。
胡凤莲　众大人容禀：
　　　　（唱尖板）未开言不由人泪流满面，
董　威　不必害怕，慢慢地讲来。
胡凤莲　众位大人请听！（众校尉喊威，胡凤莲吓得坐倒）
　　　　（接唱慢板）
　　　　　　众大人坐上边细听民言；
　　　　　　我父女因家贫指鱼求饭，
　　　　（转二六）清早间父卖鱼路过龟山；
　　　　　　　总督儿卢世宽一声呼唤，
　　　　　　　买去了我父鱼硬不给钱；
　　　　　　　放虎犬将我父双手咬烂，
　　　　　　　差家人打我父四十皮鞭，
　　　　　　　直打得年迈人皮开肉绽，（绕）
郝子良　难道就无一人来解劝吗？
董　威　是呀！难道就无一人解劝吗？
胡凤莲　（唱）来解劝多亏了一位少年；（绕）
郝子良　众位大人，那一少年，大半就是县衙之子了。
董　威　大半是的，这案官司有了头绪了。
郝子良　这一女子，你可知那一少年他是何人？

胡凤莲　（唱）那少年将恶人一齐打散，
　　　　　　　我的父昏沉沉未问根源；
郝子良　你可知那位少年，现在何处？
胡凤莲　（唱）不知名不知姓又不识面，
　　　　　　　我怎知那少年走向哪边？（绕）
郝子良　哎哎哎，弦又断了。
姚大廉　接不上了。
徐锡公　没路了。
郝子良　麻烦了！麻烦了！你再往下讲来。
胡凤莲　（唱）我的父回船舱就把气咽，
　　　　　　　停尸首进城来与父申冤；（绕）
郝子良　何人的保状？
胡凤莲　（唱）明知晓总督府官高位显，
　　　　　　　无一人敢出头受此牵连；
　　　　　　　这是我杀父仇详情一片，
　　　　　　　叫大人在上边与民申冤。（截）
郝子良　众位大人可曾听见？
四　官　听见什么？
郝子良　县子打死公子，回到帅府才死；公子打死渔人，回到船舱断命。这事该叫哪一个偿命？
董　威　（斜目视林）这事还是大人明断才是。
卢　林　打死吾儿，难道白白罢了不成？
胡凤莲　住住住了！打死你儿，晓得叫人偿命；你儿打死我父，难道民间父母就不是命吗？
卢　林　这个……
胡凤莲　这个什么？像你这样倚官挟势，仗势欺人，武昌两岸，哪有百姓活命！众位大人，哎，天断了！
　　　　（唱带板）倚官挟势伤人命，
　　　　　　　　可怜百姓好伤情；

　　　　众大人不能把罪定，
　　　　一头碰死早丧生。（截）

董　威
郝子良　挡住，挡住。

郝子良　这是众位大人，这一女子口如利刃，叫下官我是怎样的断法？

董　威　打死她父也要个证见，不然，一面之词，也有些不妥。

郝子良　此事谁人敢证？

董　威　帅府公子打死渔人，难道是帅府公子亲手打的不成？

郝子良　明白了。来！传家郎。

中　军　传家郎。

　　　　[家郎上。

家　郎　参见大人。

郝子良　这是家郎。

家　郎　侍候大人。

郝子良　我且问你，县子打死公子，可是你亲眼看见？

家　郎　我还挨了几拳，焉有没见之理！

郝子良　你家少爷怎样打死卖鱼老汉？从实说来。

家　郎　哎……这事我……我不知道。

董　威　（冷笑）哼！……！好一大胆家郎，县子打死公子，你就亲眼看见；你家公子打死渔夫，你就没见。不动大刑，料你不肯实招。人来！大刑伺候！

家　郎　大人不必动刑，我说就是，我说就是。

董　威　若有半句虚情，定要砸坏你的股拐！

家　郎　哎呀！小人不敢！

董　威　讲！

家　郎　众位大人请听：我和我家少爷去到龟山游玩，碰见一个老头儿，卖的叫什么娃娃鱼，我家少爷要买，那老儿要三贯铜钱，我家少爷给他三百文铜钱，那老儿嫌少不卖，我家少爷又说，就是三百文铜钱，今日我闲游龟山，未曾带钱，改日你到帅府来领；那老儿言道，我指打鱼吃穿，卖鱼不欠账；我家少爷大怒，将鱼摔在地上，不料被犬吞去；那老儿不舍，上前抢鱼，被犬咬了这么大两个窟窿。

胡凤莲　苦呵！

家　郎　哼！苦？那老儿疼痛难忍，骂我家少爷六畜一般。

郝子良　你们就该打呀？

董　威　着哇，你们就该打呀？

家　郎　打来么！我家少爷叫我们打他四十皮鞭，只打了三十五下。

郝子良　为何不打了？

家　郎　来了。

郝子良　谁来了？

家　郎　江夏县之子来了。是他上前一把挡定，言说你们好有不是，买去民鱼，不给民钱，这就无理，又来拷打，真是岂有此理！我家少爷言道，拷打渔夫与你屁不相干；那少年骂我家少爷私养恶犬，苦害良民；又说什么王子犯法，与民同罪；又说什么乱臣贼子，人人得而诛之；我家少爷大怒，命我们放犬咬他，不料他上边一拳，下边一脚，将犬打死。我们二十名小子，上前拿他，不料他拳似泰山一般，把我们打得东来的西倒，西来的东倒，三拳打了我四跤，把我头上打了一个血包，我看事色不好，撒腿就跑，跑回帅府，禀明帅爷知晓，出得帅府，就把我家少爷活活地抬回来了，一会儿就死得硬邦邦的了。

郝子良　这可是你的实招？

家　郎　若有半句虚言，叫我死后变一个大王八。

卢　林　奴才还不退下！

家　郎　退下就退下，没有这两句蹬答，焉敢同少爷玩耍。

中　军　做的好事，还来夸嘴。

家　郎　不是我这嘴，板子挨了个美。

中　军　下去！（家郎退缩下）

郝子良　众位大人。

四　官　大人。

郝子良　照家郎口供断来，县子打死公子是实，公子打死渔夫是真；县子打死公子，即通知府县捉拿县子到案，与公子偿命；公子打死渔夫，将此女如何发落？

卢　林　嗯？此事你们还得……

姚大廉
徐锡公　哦，大家想来，大家想来。

胡凤莲　众位大人，民女我今天看出来了。

郝子良　看出什么来了？

胡凤莲　看出众位大人在帅府堂上，官官相卫，不肯得罪卢大人。也罢！依民女之见，吩咐你们手下人等，将民女一刀两断，斩草除根，一免与父申冤，二免众位大人作难，岂不甚好！

　　（唱带板）帅府官高势力重，
　　　　　　国法律条看得轻；
　　　　　　众位大人把眼瞪，
　　　　　　官官相卫太不公；
　　　　　　喝民之血如饮水，
　　　　　　吃民之肉如吃羹；
　　　　　　百姓有冤不敢问，
　　　　　　胆小害怕为何情？
　　　　　　来来来杀了我的命，
　　　　　　免得与父把冤鸣。（截）

董　威　哎呀！家家，这一女子好一张利嘴，将我们布按三使问得闭口无言，喂！郝大人，你乃是掌刑之官，为什么也叫人家问得闭口无言？

郝子良　这件事，实在有些（以目视林）难断。

董　威　说什么难断？还怪你没有才干。

郝子良　大人有何高见？下官只是领教。

董　威　好，我就赐教于你，（笑啊）嘿……县子打死公子，即通知各州府衙，急出海票，捉拿到案，与公子偿命。

郝子良　此事断得不错，我们也晓得；公子打死渔人，将此女如何发落呢？

董　威　公子打死渔人，也要问个明白，按律行事，难道……

卢　林　难道什么！来呀！将狗官押了起来，将民女赶了出去！

董　威　慢着！县官并非杀人凶犯，限期命他捉拿凶手到案，也就是了。这一民女有杀父之冤，也是一条人命，我等不能置之不理。

卢　林　你就多管闲事！

董　威　这一来是我们应管之事，二来是大人请我们前来，专为此事，何谓多管闲事？

卢　林　此事难道由了你不成？

董　威　难道说由了你不成？

徐锡公　大人不必争论，总得从长计议，完满结案才是。

卢　林　好气！

　　　　（唱带板）

　　　　　众大人不遂我的愿，

　　　　　气得人阵阵咬牙关；

　　　　　怒冲冲离了总督位，（起立）

　　　　　哪一个胆大（看众）敢多言！（拍惊堂木）哼！（下）

〔此时董威稳坐不动，其他三人起立目送卢林下，目瞪口呆。

董　威　众位大人为何不言？为何不语？

姚大廉　卢大人退堂，此事越发难断了！

董　威　卢大人退堂，难道国家就没有法律了？

郝子良　该怎样判断才是？

董　威　我等只要依理公断，料也无妨。

四　官　就请吩咐。

董　威　这是江夏县。

田云山　下官在。

董　威　是否你儿打死公子，总得即出海票，捉拿凶犯，限期到案。这一女子，有杀父之冤，即日送回舟船，将你父尸首验明棺殓，暂寄小庙之中，审清问明，速来上报。

田云山　大人高见，卑职遵命。（向胡凤莲）这一女子随着我来。（胡凤莲起

　　　　　立，田云山拟转身）
董　威　慢着，回来。
田云山　（转回，疑心）大人有何吩咐？
董　威　（向众官）列位大人，以为如何？
四　官　就按这样判断。
董　威　好！你们下去。
田云山　遵命，民女随着我来。（下）（胡凤莲随下）
董　威　众位大人。
四　官　大人。
董　威　卢大人不欢而退，我们给他来一个不辞而去了。
　　　　（唱带板）倚官挟势太横蛮，
郝子良　（唱）帅府堂上坐针毡；
姚大廉
徐锡公　（唱）此事最好莫要管，
董　威　（唱）难道说总督他敢欺天！（节）
　　　　请！
　　　　（众齐下）

————落　幕————

赵氏孤儿 秦腔

改编：马健翎（1955）

（根据《八义图》改编）

人物表

赵　朔：晋国的驸马。
公　主：晋侯之女，赵朔妻。
赵　盾：晋上卿，赵朔之父。
公孙杵臼：赵氏门客，年迈苍苍。
韩　厥：晋朝官，三十余岁。
程　婴：赵氏门客，四十岁左右。
晋灵公：春秋时代晋国之王。
屠岸贾：晋国大臣，位在赵盾之下，四十余岁。
卜　凤：公主的侍女。
赵　武：即赵氏孤儿，后屠岸贾为他取名程勃。
魏　诚：韩厥的门客。
张　千：屠岸贾的侍从。
宫女甲、乙、丙　武士甲、乙、丙、丁。
宫人甲、乙、丙、丁、戊　老宫人。

第一幕

第一场 忧 国

〔在春秋列国时候。
〔在一个春光明媚、万紫千红的花园里,中间假山石左右,摆列几个石座。
〔赵朔与公主,随带卜凤、宫女甲及二侍从,刚从桃花下饮酒毕。青年夫妇,富贵荣华,赏心玩景。二人互视,得意地笑了。

赵　朔　（唱二六）适才间白玉堂笙歌欢宴,
公　主　（接唱）手携手肩并肩又到花园;
赵　朔　（接唱）杨柳枝春风吹青丝摇摆,
公　主　（接唱）春光放射霞光锦绣一般。
赵　朔　（接唱）公主你金枝玉叶桃花面,
公　主　（接唱）驸马你相门种俊秀英年;
赵　朔　（接唱）咱二人向前走池边游玩,
公　主　（接唱）到那里倚栏杆去把鱼观。
　　　　〔二人兴高采烈地齐下。
　　　　〔赵盾与公孙杵臼上,随带家院一人。
赵　盾　（心中忧郁,慢步而行）
　　　　（唱二六）我主公贪酒色不理朝政,
　　　　　　　　　倒叫我为大臣坐卧不宁。
杵　臼　（接唱）赵相国你莫要心意不定,

明日里见晋侯以理相争。

赵　　盾　（听到笙歌管乐之声）家院！

家　　院　相爷！

赵　　盾　什么人笙歌管乐，游玩花园？

家　　院　禀相爷，驸马与公主今日清早在桃花之下饮酒赏春，如今笙歌管乐，游玩花园。

赵　　盾　噢！孺子真乃大胆！家院！

家　　院　相爷！

赵　　盾　唤赵朔到此，就说我有话讲！（落座）

家　　院　是！（下）

赵　　盾　杵臼兄请坐！

杵　　臼　请！（让座）

〔二人落座。

〔赵朔上。

赵　　朔　参见爹爹！

赵　　盾　（生气）哼！

赵　　朔　（惊讶）爹爹唤孩儿前来有何教训？

赵　　盾　你不知稼穑之艰难，受荣华之富禄，朝夕饮宴，夜夜笙歌。如今奸佞屠岸贾，胁肩谄媚，主上昏迷，朝纲不振；为父身为晋国上卿，不能教导其子，焉能谏诤朝廷？你……你好不争气也！

（唱紧拦头）

　　　　谁教你

（转二六）每日里笙歌欢唱，

　　　　　儿莫非矜夸你招为东床？

　　　　　从此后读诗书苦心向上，

　　　　　到后来才算得国家栋梁。

〔公孙杵臼表示满意赵盾训子。

赵　　朔　（起立）爹爹！

（唱二六）爹爹的话儿记心上，

从此再不学荒唐；

孩儿要对公主讲，

她本是好心人女中贤良。

爹爹，孩儿知过必改。

赵　盾　这就是了，下去！

赵　朔　遵命。（下）

杵　臼　相爷，你看晋侯挑选良家女子，充实后宫，黎民叫苦连天，东奔西逃，国家要遭大难。我有心回得家去，访问百姓苦楚，然后细禀相爷得知，你看如何？

赵　盾　好！访问百姓有何苦难，俺要上殿奏本。

杵　臼　如此我便告辞。（下）

家　院　（上）韩大人到！

赵　盾　请到花园叙话！（起，出迎）

家　院　是！（下）

　　　　［韩厥上。

赵　盾　韩大人！

韩　厥　参见相国！

赵　盾　少礼，请坐！

韩　厥　慢着，相国在此，焉有下官的座位？

赵　盾　你来我家，乃为贵客，理应坐了叙话。

韩　厥　如此谢座。

　　　　［互相谦让，赵盾坐中间，韩厥坐右。

赵　盾　韩大人到此何事？

韩　厥　相国，下官有不敬之言，但不知当讲不当讲？

赵　盾　有何贵言？请讲！

韩　厥　晋侯荒淫无度，屠岸贾助纣为虐，万民叫苦，外患难免。想我韩厥，人微言轻，难入君耳；相国身为上卿，何忍坐视国家危亡而不理乎？

　　　　（唱带板）晋灵公贪酒色荒淫无度，

　　　　　　　　众百姓一个个东奔西流；

满朝中文和武无人谏奏，
却怎么老相国也不出头？

赵　盾　（接唱）那昏王不登殿难把本奏，
因此上坐相府日夜忧愁。

韩　厥　（接唱）朝有事如水火岂能等候？
早不言成大祸洪水难收。

赵　盾　（接唱）前几日我进宫武士拦路，
君与臣难见面气断咽喉。

韩　厥　（接唱）你就该清早间桃园等候，
他每日和屠贼那里去游。（截）
相国，你就该在桃园门前面见君侯！

赵　盾　老夫出头露面，非同小可，还须三思而行。

［内喊："相爷！相爷！"］
［赵盾、韩厥惊起。］

程　婴　（急上，见韩）噢！韩大人在此。

韩　厥　程婴兄！

赵　盾　你为何这等慌张？

程　婴　有事相告！

赵　盾　但讲无妨！

程　婴　相爷，晋侯随带宫娥美女，还有屠岸贾，在那桃园绛霄楼台饮酒欢乐，忽然张弓射弹，打得良民百姓，头破血流，臂折腿拐，呼号奔走，死伤无数，他二人反而哈哈大笑，以杀人为乐。

赵　盾　好恼！
（唱带板）到如今顾不得思前想后，
明日里放大胆面见君侯；
恨不得把屠贼拔剑斩首，
俺赵盾替万民申冤报仇！（截）
老夫明日见君，比不得平常，主公准奏，万民之幸；主公不准，难免一场争辩。俺要大闹御桃园，叫骂屠岸贾，那时吉凶福祸，难测难料。韩大人！

韩　厥　相国！

赵　盾　晋国存亡要靠你们后辈忠良，唉！要靠你们后辈忠良了！

　　　　（唱紧拦头）到明日

　　　　（转摇板）见君侯直言谏奏，

　　　　　　　　　他不听我岂能善罢甘休！

　　　　（换带板）那时间俺难免生死不顾，

　　　　韩大人，韩大人！

　　　　（唱）保晋国靠后辈多出良谋。

韩　厥　（唱）老相国在朝中忠良为首，

　　　　　　　大料想晋灵公要把情留。

赵　盾　（唱）咱二人离花园同到相府，

　　　　　　　我还有千万语细说从头。（截）

　　　　［韩厥与程婴扶赵盾下。

（幕　闭）

第 二 场　忠　谏

［桃园门前，大门敞开着，上有石刻"桃园"两个大字，两边红墙覆翠瓦。从门外向里望，可以看见园内的花草树木，亭台楼阁，金碧辉煌，雕梁画栋。

［幕启：武士甲、武士乙手握大刀，徘徊于大门左右，不时向远处探望。

赵　盾　（朝衣朝帽，气昂昂地上）

　　　　（唱二六）今日放开破天胆，

　　　　　　　　　俺要舍身跳龙潭。（截）

[走到门前。

二武士 （向赵盾单跪，以双刀交叉，挡住门口）赵老丞相！
赵　盾 你们这是何意？
二武士 主公有旨，不许文武大臣进园！
赵　盾 主公进园了？
二武士 主公未曾进园，吴姬娘娘进园了。
赵　盾 嗯！（做想状）你们站起来！
二武士 （收刀起立）
赵　盾 （唱）今日里俺要把主公参见，
　　　　　　　等一个日出东海落西山。（由下场门下）

[宫人甲、乙、丙、丁、戊、晋灵公、屠岸贾、张千牵灵獒上。

屠岸贾 （唱浪头）保主公游桃园欢乐同享，
　　　　　　　受重用只觉得喜气洋洋；
　　　　　　　恨赵盾为相国功高居上，
　　　　　　　何一日除老贼独霸朝纲。
晋灵公 （唱二六）有寡人出宫来天摇地转，
　　　　　　　屠爱卿率勇士保孤安全；
　　　　　　　每日里去桃园笙歌欢宴，
　　　　　　　帝王家真富贵快乐无边。（截）
赵　盾 （转上，激昂慷慨）臣，赵盾叩见主公。（下跪）
晋灵公 （很不满意）嗯！寡人未曾召卿，到此做甚？
赵　盾 主公，微臣有本启奏。
晋灵公 讲！（将脸转门一边）
赵　盾 臣闻："有道之君以乐乐人，无道之君以乐乐身。"主公贪恋酒色，荒淫无度，信任奸佞，大兴土木；昨日，弹弓乱射黎民，以杀人为乐，此有道之君所不为也。诚恐百姓内叛，诸侯外离，晋邦危在旦夕。愿我主斩杀奸佞，重振朝纲，改革前非，与民兴利，以免桀纣亡国之祸！
晋灵公 竟敢在寡人面前讲此不祥之言，若不念你赵家几世保国，定斩不饶！

赵　盾	主公，臣不忍坐视君国之危，因此舍身谏奏，主公若能痛改前非，臣虽死而不恨。
晋灵公	满口胡道！屠爱卿随寡人进园！（说着转身向桃园走去）
赵　盾	（以身挡门）主公，今日不听微臣之言，微臣死也不退！
屠岸贾	相国！如此欺君，太得无礼！
赵　盾	（唾之）呸！害国的奸贼，还敢多口！
晋灵公	屠爱卿！
屠岸贾	主公！
晋灵公	命你把守桃园，寡人我要赏春玩景，不许打搅！
屠岸贾	臣遵旨。闪开！（一把将赵盾扯过一旁，以身阻赵盾，怒目视之）

〔赵盾跌倒在地，挣扎着起立，气得浑身打战。

〔晋灵公怒目视赵一会儿，同宫人进园下。

〔屠岸贾等众进园后，向园内看了一下，因灵公离身，自己官职在盾之下，不得不向赵盾低声下气。

屠岸贾	相国，唉！这……嘿……！（走近赵身）

〔赵盾昂然气愤而不理。

屠岸贾	岂不知君喜者臣奏也，君怒者臣就已矣！不必生气，请回相府。
赵　盾	屠岸贾，害国贼！
屠岸贾	哼！
赵　盾	你每日胁肩谄媚，逢迎主上，老夫绝不容你这害国的奸贼！
屠岸贾	老丞相，你口口声声骂我是害国的奸贼，请问，奸在哪里？害在何处？
赵　盾	你听！
屠岸贾	你讲！
赵　盾	你听！是你监修御桃园，起盖绛霄楼，挑选民间美女，充实后宫；引诱主公荒淫无度，百姓叫苦连天，晋国危在旦夕！你的好主意，你的好谋略！
屠岸贾	唉！这个……
赵　盾	这个什么？你与我说！

屠岸贾　这……

赵　盾　你与我讲！（以身逼屠岸贾）

　　　　［屠岸贾被赵逼得以袖遮面，羞怯退步。

赵　盾　（唱带板）修桃园选民女百姓遭难，

　　　　　　　　　引主公贪酒色作恶多端；

　　　　　　　　　眼看着俺晋国内忧外患，

　　　　　　　　　还敢说你不是害国的奸谗。

屠岸贾　（唱）修桃园选民女晋侯之意，

　　　　　　　君有旨臣效忠理之当然。（截）

赵　盾　哼！

屠岸贾　相国，唉！这……嘿……修桃园，选民女乃是晋侯旨意；下官我是奉旨而行，有何罪过？

赵　盾　我来问你，君听臣？

屠岸贾　社稷久。

赵　盾　君有过，

屠岸贾　臣当奏。

赵　盾　好说好道！修桃园选美女，于国不利，就该直言谏奏，你为何不言？

屠岸贾　这……

赵　盾　为何不语？

屠岸贾　这……

赵　盾　讲！

屠岸贾　赵相国，晋国乃是大邦，灵公乃是国王，修建御桃园以乐其心，挑选民间女以悦其意，下官理应效忠，这也算不了什么！

赵　盾　（冷笑）这且不言，你与主公昨日在那绛霄楼上，张弹弓打死无辜百姓，这是什么娱乐？

屠岸贾　这……

赵　盾　这叫什么效忠？

屠岸贾　这……

赵　盾　讲！（以身逼屠）

［屠岸贾被赵盾逼得以袖遮面，羞怯退步。

赵　盾　（唱带板）绛霄楼同主公张弓射弹，
　　　　　　　　　直打得众百姓叫苦连天；
　　　　　　　　　君臣们哈哈笑全不羞惭，
　　　　　　　　　尔好比狗豺狼太得凶残。
屠岸贾　（唱）老匹夫骂得我无言答辩，
　　　　　　　　忍住了心头火咬紧牙关。（截）
　　　　赵相国，今日如此讲话，莫非你酒醉心迷了？
赵　盾　老夫未曾吃酒，俺是心中有痰。
屠岸贾　有痰就该服药。
赵　盾　心想用血！
屠岸贾　当用何血？
赵　盾　要用你奸贼的心血！
屠岸贾　这……赵相国，今日在这桃园门外，气势汹汹，骂不绝口，莫非仗你官大，欺我官小？真乃无理！
赵　盾　慢说叫骂，惹得老夫性急，便是一打！
屠岸贾　赵相国，今日如此无理，难道欺我不敢还手？
赵　盾　莫非你敢打着老夫？
屠岸贾　打你何妨？
赵　盾　料尔不敢！
屠岸贾　你料不敢！
赵　盾　好贼！（打屠一袖）
　　　　（唱尖板）狗奸贼气得我团团打战，
　　　　　　　　　仗势力对老夫敢把脸翻！
　　　　　　　　　俺手执笏板往下打，
　　　　（照定屠胸膛连打三笏板）
　　　　（唱）打死你除大患万民心安。
［当二人厮斗时，官人已陆续由桃园门走上。当赵盾一笏打屠时，晋灵公刚刚闪上。

晋灵公　嗯！

　　　　［赵盾与屠岸贾一齐向晋灵公低头拱手。

晋灵公　赵爱卿，这就不是，在这桃园门前，争吵厮打，成何体统！

赵　盾　主公，屠岸贾目无大臣，就该斩首，为国除害！

屠岸贾　主公！赵相国目无皇上，就该斩首，以正国法！

赵　盾　主公……

晋灵公　不必争吵，赵爱卿！

赵　盾　臣在！（执笏敬立）

晋灵公　明日寡人早朝登殿，召宣文武大臣，议论朝事；赵相国须要早临。退下！

赵　盾　臣遵旨！（拜过晋灵公，瞪视屠岸贾一会儿，下）

晋灵公　唉！这个老匹夫口如利剑，常来纠缠，今日游园，真乃扫兴。

屠岸贾　（长叹）唉！主公，从此休想桃园取乐了。

晋灵公　寡人为君，为所欲为，谁敢拦阻，定斩不饶！

屠岸贾　微臣不敢伴驾，另选哪家大员才是。

晋灵公　屠爱卿何出此言？

屠岸贾　赵相国执掌大权，欺上压下，诚恐主公有不测之祸，微臣危在旦夕！

晋灵公　唉咦！自古君制于臣，不闻臣制于君。此老不除，寡人何为君乎！

屠岸贾　主公！（指灵獒）灵獒乃是神犬，能识忠奸，明日埋伏武士于宫门左右，赵盾上殿，难免一场争辩，那时放出灵獒，喊出武士，何愁老贼不灭！

晋灵公　如此甚好，速快安排！（随官人下）

屠岸贾　臣遵旨！（转一周得意抖威）

　　　　（唱）君臣们定巧计风雨不露，
　　　　　　　放灵獒咬赵盾老命难留。
　　　　　　　从此后满朝中咱家为首，
　　　　　　　到将来屠岸贾要夺王侯。（下）

（幕　闭）

第三场 托 孤

［驸马官院，左边有楼房，正面栏杆曲折，栏杆后有花草树木，隐约有红墙露出天空，阴云密布。

［赵朔与公主上，卜凤随之。

赵　朔　（唱二六）爹爹清早上金殿，
公　主　（接唱）夫妻二人把心担。
赵　朔　（接唱）屠贼害国成大患，
公　主　（接唱）但愿父王除奸谗。
程　婴　（内喊）驸马，驸马！（汗流满面，慌张急上）啊哟，驸马！
赵　朔　何事惊慌？
程　婴　屠贼设下圈套，陷害忠良，老相国他……
赵朔、公主：怎么样了？
程　婴　他……不在人世了！
赵　朔　啊哟！（昏倒）

　　　　［公主、卜凤扶之，连忙呼唤。
　　　　［赵朔倒凳上。

程　婴　（向外照望，转身）公主，快快唤醒驸马，待我再去打探。（急下）
公主、卜凤　驸马醒得，驸马醒得！
赵　朔　（唱）听一言来吓破胆，
　　　　　　　珠泪滚滚洒胸前；
　　　　　　　骂声屠贼太阴险，
　　　　　　　咱两家结下山海冤。
公　主　（唱带板）我这里把驸马一声呼唤，
　　　　　　　待为妻进宫去查问根源。（截）

　　　　［转身要走。

赵　朔　公主！（拉住）你要怎样？

公　主　待我去见父王，杀了屠贼，与爹爹报仇！

赵　朔　公主，父王正在昏迷之时，去之无益！

公　主　嗯？（明白了，不知如何是好）

程　婴　（内喊）驸马，驸马！（急上）闻听人说，屠贼点动人马，就要剿杀赵家满门！

赵　朔　天哪！想我赵家几世忠良，如今落得全家灭亡，日后谁是报仇之人？

公　主　驸马，大料屠贼不敢杀我，为妻身怀有孕，若生儿男，将来抚养成人，日后报仇雪恨！

赵　朔　公主，你有此心？

公　主　我有此心！

赵　朔　你有此胆？

公　主　我有此胆！

赵　朔　公主若生孤儿，就名赵武，日后报仇雪恨，俺赵朔纵然一死，黄泉之下感恩不尽了！

公　主　（哭）驸马！

赵　朔　啊哟不妥，只怕屠贼不容，宫中不是抚养孤儿之地，如何是好？

程　婴　公主，孤儿落地，你要装病不起，出榜求医，我本是草泽医人，时刻打探，若见榜文，揭榜承担，天明清早来见，你们早做安排，我好平安抱孤儿出宫，牢牢记下！

公主、卜凤　记下了。

赵　朔　还有，屠贼耳目甚众，孤儿落地，性命难保，也是枉然。

卜　凤　驸马，我情愿舍命，保孤儿不死！

赵　朔　什么？卜凤姐，你保孤儿不死？

卜　凤　保孤儿不死。

赵　朔　程婴兄！你养孤儿成人？

程　婴　养孤儿成人。

赵　朔　如此你们请上，受我夫妻一拜！（说着跪下）

　　　　〔公主与赵朔齐跪，程婴、卜凤也跪下。大家痛哭流涕。

赵　朔　（唱带板）程婴兄卜凤姐受我一拜，
公　主　（接唱）搭救下赵门后恩重如山。
赵　朔　（接唱）这件事难免有许多凶险，
公　主　（接唱）咱三人费心机舍死周全。
程　婴　（接唱）哪怕他受折磨千灾万难，
　　　　　　　　养孤儿长成人大报仇冤。
卜　凤　（接唱）同公主共患难永远做伴，
　　　　　　　　保孤儿落地后不受摧残。
赵　朔　（接唱）程婴兄莫久待速离相院，
程　婴　（接唱）从此后千斤担日夜心悬。
　　　　〔程下，众目送之。
赵　朔　（接唱）程婴兄真乃是忠心一片，
公　主　（接唱）卜凤姐可算得女中英贤。
赵朔、公主　（同唱）一霎时夫妻们永别难见，
　　　　　　（喝场）那……那是公主、驸马！啊……
公　主　（接唱）为孤儿我不死活在人间。（截）
屠岸贾　（带武士甲、乙、丁、戊与宫女乙、丙大喊而上）公主，太后命你进宫！
　　　　〔赵朔与公主面面相觑。
二宫女　公主，同我们一同进宫！（要扶公主）
卜　凤　（推二宫女）闪开！待我搀扶公主。
屠岸贾　且慢！主公有旨，相府侍女不准进宫！
卜　凤　我从小侍候太后，与公主一齐长大，难道也算相府的侍女不成？
屠岸贾　既是太后的宫女，快扶公主进宫去吧！
卜　凤　（扶公主）公主，咱们走！
公　主　（看赵朔）驸马！
赵　朔　公主！
　　　　〔公主难过地倒退而下。
　　　　〔卜凤、二宫女随公主下。

［赵朔呆望公主去处。

屠岸贾　嗒！

赵　朔　（猛转，怒视屠岸贾）屠岸贾，害国的奸贼！迷惑圣上，陷害忠良，恨不得吃你之肉，喝你之血！唉！（愤恨扑打）

屠岸贾　（一脚将朔踢倒）绑了！

众武士　啊！（将赵朔捆绑）

屠岸贾　主公有旨，赵盾全家不忠不孝，满门剿杀。念你身为驸马，不忍加诛，来呀！

众武士　有！

屠岸贾　将赵朔扯到后院，三绞送命；满门人等，斩尽杀绝！

众武士　啊！（推赵朔）走！

赵　朔　哼！（下，众武士随朔下）

张　千　（急上）屠大人！

屠岸贾　讲！

张　千　赵家满门三百余口斩尽杀绝！

屠岸贾　什么，斩尽了？

张　千　斩尽了！

屠岸贾　杀绝了？

张　千　杀绝了！

屠岸贾　（得意扬扬）哈哈！嘿嘿！这……哈哈……校尉们！

众武士　有！

屠岸贾　上殿交旨！

［齐下。

（幕　闭）

第 二 幕

第四场 搜 孤

〔公主内室前庭，左侧有通内室之门，正面有窗，窗外秋色凄凉，庭内窗前琴桌，有几件苍老古雅的摆设，桌前有凳。

〔在凄凉的音乐中，宫女乙扫地，宫女丙擦桌上尘土，二人一边做活一边谈。

宫女乙 （向周围，直到小门往后看了一下）妹妹！公主该分娩了，怎么还不见消息？

宫女丙 可恨卜凤不让咱们（指门）到后边去，公主就是分娩了，咱们也不得知道。

宫女乙 要是公主分娩了，你我不报屠相爷，咱们就不得活了！

宫女丙 姐姐！咱们每日轮流偷听，听见婴儿啼哭，报知屠相爷，就再不必担心了。

宫女乙 妹妹，你我今日何不放大胆闯进后房，看一看动静？

宫女丙 对！（拟进小门）

卜　凤 （由小门出，挡住二宫女）你们想到哪里去？

二宫女 （二人局促不安）我们不到哪里去。

卜　凤 哼！只管说公主有病，不许生人进去，你们进去，公主的病要是越发沉重，太后知道了，我担当不起，你们能担当得起吗？

二宫女 我们不敢。

卜　凤 听我吩咐，公主今日一心要看菊花，你们快去桃园，端两盆大菊花，快去！

二宫女　嗯！（互视，为难地）

卜　凤　快去！

二宫女　（只得去）是！（下）

卜　凤　（随二宫女下，又转上）公主，她们走了！

公　主　唉！嗯！（精力不足，愁苦万状地上）

公　主　（唱慢板）在深宫哭啼啼以泪洗面，

　　　　　　　　过一日就如同过了一年；

　　　　　　恨父（转二六）贪酒色朝纲大乱，

　　　　　　　　信奸佞全不念骨肉相连。

　　　　　　　　幸喜得前几日平安分娩，

　　　　　　　　生下了小孤儿赵家儿男；

　　　　　　　　那屠贼差侍女在此做伴，

　　　　　　　　心慌慌战兢兢日夜不安。

　　　　　　　　昨日里请草医出榜在外，

　　　　　　　　清早间程婴兄要来这边；

　　　　　　　　唯恐怕母离子痛苦难免，

　　　　　　　　卜凤姐她让我坐在庭前。

　　　　　　　　但愿得小孤儿平安出院，

　　　　　　　　风瑟瑟桐叶响敲断心弦。（落座）

卜　凤　（唱）叫公主你把那愁眉放展，

　　　　　　　韩大人后宰门早有安排；

　　　　　　　程婴兄进宫来抱儿出院，

　　　　　　　管保他一路上无人查盘！（截）

　　　　公主不必担心，韩大人安排妥了，程婴若来，抱孤儿从后宰门出去，管保平安无事。

公　主　这就好了。

卜　凤　公主！韩大人再三叮咛，他在暗地里保护孤儿出宫，只许咱二人知道，不许程婴知道，你要牢牢记下。

公　　主　记下了。（忽听拍门之声惊起）
卜　　凤　（向后走几步，问）谁？
程　　婴　（内白）草泽医人张鼎，前来看病。
卜　　凤　谁呀？
程　　婴　（内白）草泽医人张鼎，前来看病。
卜　　凤　（高兴）公主，程婴来了。（跑下）
程　　婴　（身背药匣，随卜凤上，情不自禁）程婴叩见公主！（下跪）
卜　　凤　住口！
　　　　　［程婴一愣，吓得坐下了。
卜　　凤　（压低嗓子，哭）你……你低声些！
程　　婴　（压低嗓子，哭）我……明白了。
卜　　凤　公主，你在这里等候，我二人进去将孤儿装在匣内，即离此地。（向程婴）随我来！
　　　　　［程婴随卜凤入小门内。静寂，公主坐立不安，不时地以手压心头，忽又听拍门声。
公　　主　（吓得起而复坐，无力地呼唤）卜凤！卜凤！
卜　　凤　（慌张急上）公主！什么事？
公　　主　你……你听。
　　　　　（拍门声又起）
卜　　凤　（吃惊，向后退几步，问）谁？
二宫女　　（在内）是我们，菊花端回来了。
卜　　凤　（也慌了，搓手顿足不知如何是好，忽然有了主意，双手抓住公主）公主，你先到后边，等她们端花进来，我扶你到小门旁边，花是红的，你要黄的，花是黄的，你要红的。快去！
　　　　　［公主身软跌，往内走，又一阵拍门声。
卜　　凤　来了！来了！（眼看着公主进了小门，才开门去）
　　　　　［二宫女各端红、黄菊花一盆，随卜凤上。
卜　　凤　你们将花放在桌上，待我搀扶公主。
二宫女　　是！

　　　　　〔卜凤进小门。二宫女一边摆菊花，一边互相挤眉弄眼，表示必有缘故。卜凤扶公主到小门边。

卜　凤　公主，请来观花！

公　主　（见菊花）唉！我爱白菊花，怎么连一朵白菊花都没有？

卜　凤　谁叫你们不端白菊花，惹得公主生气。

宫女乙　（噘着嘴）公主！卜凤说的要两盆大菊花，这是桃园里最大的两盆菊花。

卜　凤　什么大菊花，小菊花？再去端两盆白菊花！

　　　　　〔宫女乙看宫女丙。

卜　凤　快去！

二宫女　是！

卜　凤　公主请到床上歇息。（扶公主转身）

　　　　　〔宫女丙拍宫女乙肩，以手做势，比肚大肚小。宫女乙恍然大悟。宫女丙与宫女乙耳语，宫女乙点头，二宫女急下。卜凤随即由小门外望，见二宫女走，急下。公主抖战着，扶小门上，卜凤上。

公　主　她……她们……

卜　凤　她们走远了！（扶公主落座）

公　主　快……快请程……程婴走！走！

卜　凤　（走到小门边，低声地）程婴兄！

程　婴　（抱药匣上）她们走了？

卜　凤　走了，此地不可久待，快速从后宰门出宫！

程　婴　后宰门哪家官员把守？

卜　凤　不必细问，只管放心去吧！

程　婴　好！（将匣挂起，向公主作揖，一边倒退，一边哭着说）公主，如此，我……我们就去了！

公　主　（情不自禁，大声地）罢了孤……

卜　凤　住口，（压住公主，低声而深沉地）你……你哭什么？
　　　　　（又哭着说）你……你还不快走！

程　婴　噢！噢！我……我就走，（沉着地）我就走了！（双手捧匣，急转直

下）

公　主　啊哟！

　　　（唱带板）忍不住伤心泪哭声大喊，
　　　　　　　　好一似万把刀挖我心肝；
　　　　　　　　我的儿生世来未见父面，
　　　　　　　　不满月离娘怀要受饥寒。

卜　凤　（唱）叫公主你莫要悲声大喊，
　　　　　　　忍住了伤心泪咬紧牙关；
　　　　　　　有一日天雷响风吹云转，
　　　　　　　小孤儿长成人大报仇冤。（截）

〔一阵敲门声——表示很多人的脚步声——公主、卜凤大惊，公主紧抱卜凤。屠岸贾气势汹汹地带剑上，后随四武士。公主吓得几乎从凳子上溜下去了，卜凤扶起。

屠岸贾　公主，恭喜！

〔公主吓得说不上话来。

卜　凤　公主小产，病势沉重，喜从何来？
屠岸贾　但不知是男是女？晋侯要我前来看过！
卜　凤　不满十月，落地而死。
屠岸贾　现在哪里？
卜　凤　既不成人，留下无用，我将他扔到沟里去了。
屠岸贾　哼！一片谎言，满口胡道！
卜　凤　你低声些，莫要惊坏了公主！
屠岸贾　（冷笑）嗒！晋侯有命，如不献出孤儿，俺硬要搜！
卜　凤　哪个敢搜？
屠岸贾　来呀！
众武士　有！
屠岸贾　（以手指小门）内边搜查！
众武士　呵！（拟进小门）
卜　凤　（以身挡住小门）慢着！（众武士止步）这是甚等之地，岂容你等随便出入！

屠岸贾　俺要搜！

卜　凤　我不许！

屠岸贾　俺要搜！

卜　凤　我不许！

屠岸贾　来呀！（一把抓过卜凤）

众武士　有！

屠岸贾　只管去搜！

众武士　啊！（进去搜查一阵，上）无有！

屠岸贾　什么，无有？

众武士　无有！

屠岸贾　四下搜来！

众武士　啊！（分两头下，搜了一阵，又上）无有！

屠岸贾　无有？

众武士　无有！

屠岸贾　（着急，搓手踏足，审视公主与卜凤一阵后）来呀！

众武士　有！

屠岸贾　出宫！

众武士　啊！（拟走）

卜　凤　慢着！（众武士止步）屠大人！我来问你，有孤儿无有？

屠岸贾　哼！

卜　凤　咦！无故搜宫杀院，该当何罪？

屠岸贾　这个……

卜　凤　什么？

屠岸贾　这……

卜　凤　（逼屠岸贾）你说！

屠岸贾　这……

卜　凤　你讲！

屠岸贾　这……（一掌将卜凤推倒）来呀！

众武士　有！

屠岸贾　出宫！

众武士　啊！（下）

屠岸贾　（怒视卜凤，咬牙切齿，倒退而下，猛然拔剑扑上）嗯！

　　　　［公主见状强挣扎颤簸急上，颤嗦嗦以身护卜凤。

屠岸贾　（只得低头垂袖，倒退几步，恶狠狠收剑转身）哼！（下）

　　　　［卜凤随屠欲下。

公　主　（急得呼唤）卜凤，卜凤！……

卜　凤　（急上）公主大放宽心，这就妥了。

公　主　卜凤，孤儿已去，你不该同那屠贼争辩。

卜　凤　我是有意拖延时间，好让孤儿平安出宫。

公　主　唉！屠贼咬牙切齿，愤愤而去，恐怕你要招祸！

卜　凤　公主，我只知保护孤儿，顾不得招祸不招祸。

公　主　（非常感动地拉住卜凤）卜凤，我的卜凤姐姐！

　　　　（唱二六）卜凤姐可算得英明果断，

　　　　　　　　　有你在我不觉独身孤单；

　　　　　　　　　从此后咱二人小心防范，

　　　　　　　　　怕只怕那奸贼绝不心甘。

卜　凤　（唱）想起了赵相国忠心赤胆，

　　　　　　　　为孤儿我不怕火海刀山；

　　　　　　　　叫公主你莫要心惊胆战，

　　　　　　　　来来来上牙床静养安眠。

　　　　［卜凤扶公主下。

（幕　闭）

第五场 救 孤

［公孙杵臼所住的地方，是一个农家院落，右边有一茅屋，正面土墙。秋色萧条，风吹叶落。
［公孙杵臼由茅屋小门而上。

杵 臼　（唱二六）有老夫在房中心慌意乱，
　　　　　　　　　却怎么程贤弟不见回还？
　　　　　　　　　但愿得把孤儿抱出宫院，
　　　　　　　　　我这里往空拜大谢苍天。

程 婴　（上唱）程婴低头把天恨，
　　　　　　　　可怜把丞相命归阴；
　　　　　　　　三家庄前来传信，
　　　　　　　　但不知他心似我心？

杵 臼　噢！贤弟！孤儿怎么样了？

程 婴　孤儿平安出宫。

杵 臼　这就好了，这就好了！

程 婴　哼！说什么好了，屠贼贴出榜文：三日之内有人献出孤儿，赏赐千金；三日之内，无人献出孤儿，要将全国与孤儿同年同月的儿童，一律斩尽杀绝！

杵 臼　啊哟，贤弟！如此说来，孤儿还是难逃活命！

程 婴　仁兄！为弟新生一子，名叫惊哥，我将孤儿抱来交你，你去屠贼那里出首，就说我隐藏孤儿不献，屠贼杀了我父子二人，那时仁兄就好安心抚养孤儿长大成人，一来搭救忠良之后，二来搭救全国儿童，岂不甚好？

杵 臼　（手抓程婴，非常感动地）贤弟，你能舍死救孤，可称忠义之士，只是一件……

程　婴　哪一件？
杵　臼　抚养孤儿，至少二十余年，才能长大成人，报仇雪恨。说是你来看，（将白发示出）为兄偌大年纪，有如风前之烛，立孤之事，焉能担当得起？
程　婴　哎呀！这……这……
杵　臼　为兄有两全之计。
程　婴　快快讲来！
杵　臼　贤弟舍得亲生之子，难道为兄舍不得老命一条！依我之见，将惊哥送到这里，用锦绣包裹，藏将起来，你到屠贼那里出首，就说为兄我隐藏孤儿不献，屠贼欣然带领人马前来搜庄，那时为兄破口大骂，屠贼必然拷打为兄，拷打不出，必然拷打贤弟，那时叫他翻地挖墙，搜出惊哥，杀了我老小二人，孤儿交你抚养，岂不是好了！
程　婴　噢！（拉住杵臼，非常感动地，一阵说不出话来，将头伏杵臼胸，哭了）
杵　臼　贤弟，这是何意？
程　婴　（哭语）为了忠良，咱弟兄同该舍命，只是我生你死，弟心不忍！
杵　臼　此乃大事，为兄不过一死而已，有何难哉！只是贤弟从此以后，难免世人叫骂，你要忍得住，熬得来，有一日为国除害，与赵家报仇，那时为兄我就含笑于九泉了。
程　婴　（放声大哭）哎呀！
杵　臼　（唱带板）从此后你要受万般痛苦，
　　　　　　　　　　二十年费心机困难重重；
　　　　　　　　　　叫贤弟咬着牙忍辱负重，
　　　　　　　　　　把孤儿养成人万古留名。
程　婴　（唱）为孤儿你舍死令人可敬，
　　　　　　　　叮咛语为弟我牢记心中；
　　　　　　　　到明日年迈人必然丧命，
　　　　　　　　我不忍仁兄你血染地红。
杵　臼　（唱）你何必为此事那样苦痛？

　　　　　　兄一死也算得为国尽忠；
　　　　　　到明日你不要心中不忍，
　　　　　　兄骂弟弟骂兄角力相争。
　　　　　　似这样才能把屠贼瞒哄，
　　　　　　真孤儿活在世安然太平。
　　　　　　叫贤弟在此地不敢久停，
　　　　　　回家去抱惊哥交与为兄。
程　婴　（唱）到如今为弟我只得从命，
　　　　　　回家去抱惊哥交与为兄。
　　　　　　等孤儿长成人报仇雪恨，
　　　　　　那时间咱弟兄地下相逢。
　　　　［看着杵臼倒退而下。
杵　臼　（目送程婴不见后）
　　　　（唱）程贤弟可算得英雄出众，
　　　　　　好男儿大丈夫赤胆忠心；
　　　　　　到明日见屠贼厮打拼命，
　　　　　　留下个忠良后奸贼难存。
　　　　［慢步往茅屋走去。

　　　　　　　　（幕　闭）

第 六 场　拷　打

　　　　［在屠岸贾的公堂上。
　　　　［屠岸贾带张千与四人役上。
屠岸贾　（唱带板）听人说草医人进宫看病，
　　　　　　　　想必是将孤儿抱出宫门。

　　　　　　今日里用五刑拷打卜凤，
　　　　　　俺要把赵门后挖苗除根。
　　　　（走到桌案后边）带卜凤！
卜　凤　（内唱尖板）枪刀密密人声喊，
众武士　（内喊）啊！（各执钢刀，推卜凤上）
卜　凤　（怒气满面地对抗众武士）
　　　　（唱带板）屠贼好比鬼判官。
　　　　　　咬牙切齿把他见，
　　　　　　纵然一死也心甘。（截）
　　　　［走进公堂，气昂昂立而不跪。
屠岸贾　你是卜凤？
卜　凤　嗯！
屠岸贾　我只当你不来，你可来了？
卜　凤　白牌相调，不得不来！
屠岸贾　我问你孤儿？
卜　凤　什么？
屠岸贾　孤儿？
卜　凤　（冷笑）哼……我当为着何事，原来为着孤儿这点琐碎小事！
屠岸贾　此事为小，何事为大？
卜　凤　孤儿已死，算得了什么大事？真格的好笑也！
　　　　（唱带板）你明知小孤儿早把命丧，
　　　　　　今日里审问我所为哪桩？
　　　　　　我看你全不像堂堂首相，
　　　　　　做此事惹得人大笑一场。
屠岸贾　唗！好好招出人情还在，如若不招，大祸临头！
　　　　［卜凤不理。
屠岸贾　讲！
　　　　［卜凤仍不理。
众武士　（以刀围逼卜凤）讲！

卜　凤　该讲的都讲了，还讲什么？

屠岸贾　（冷笑）哼！有一草泽医人，进宫看病，将孤儿抱出宫去，你说是也不是？

　　　　［卜凤一愣，有点慌。

屠岸贾　讲！

　　　　［卜凤恢复镇静，不理。

众武士　讲！

卜　凤　孤儿已死，抱他何用！

屠岸贾　孤儿莫要说起，我来问你，草泽医人他是哪个？

卜　凤　我不认得。

屠岸贾　难道你就没问？

卜　凤　我没问。

屠岸贾　难道他就没说？

卜　凤　他没说。

屠岸贾　卜凤！

卜　凤　我在这里。

屠岸贾　孤儿分明在世，你若说出，享不尽荣华富贵！

卜　凤　孤儿已死，我无福享受你的荣华富贵！

屠岸贾　（气得大喊大叫）什么，你当真不知？

卜　凤　（气汹汹地回答）当真不知！

屠岸贾　果然不晓？

卜　凤　果然不晓。

屠岸贾　卜凤！

卜　凤　嗯！

屠岸贾　再若不招，人头落地，悔之晚矣！

卜　凤　孤儿已死，我无话可说。

屠岸贾　孤儿已死，草泽医人还在人世，他是哪个？

卜　凤　我不认得。

屠岸贾　他到哪里去了？

卜　凤　（气愤地高声回答）我不知道！

屠岸贾　（急问）当真不知？

卜　凤　当真不知。

屠岸贾　果然不晓？

卜　凤　果然不晓。

屠岸贾　难道你不怕动刑？

卜　凤　动刑何妨？

屠岸贾　难道你不怕死？

卜　凤　死而甘心！

屠岸贾　呔！不动大刑，量尔不招，来呀！

　　　　［众武士将卜凤抓起摔倒在地，众人役将卜凤十指夹了起来，二人役分左右拉绳索，一人役抓了卜凤的头发，一人役以膝顶卜凤背。

四人役　大人验刑！

屠岸贾　卜凤！王法难容，我问你有招无招？

卜　凤　无招。

屠岸贾　动刑！

　　　　［四人役使劲拉绳。
　　　　［卜凤疼痛万分，咬牙挣扎。
　　　　［四人役第一次拉毕。
　　　　［卜凤合眼欲倒。

屠岸贾　有招无招？

卜　凤　（咬牙瞪眼）无招。

屠岸贾　动刑！

　　　　［四人役又使劲拉绳。
　　　　［卜凤十指出血，仍然咬牙挣扎。
　　　　［四人役第二次拉毕。
　　　　［卜凤有点昏迷。

屠岸贾　有招无招？

卜　凤　（未睁眼）无招。

屠岸贾　动刑！

　　　　［四人役再使劲拉绳。

卜　凤　（挣扎，冷笑）哼……（一声比一声低微，最后昏过去了）

四人役　（将卜凤放倒）卜凤昏倒！

屠岸贾　松刑！

张　千　（内喊："报！"急上）启禀大人，有人出首孤儿！

屠岸贾　什么？有人出首孤儿？

张　千　正是。

屠岸贾　快快命他进来！（离桌走出）

张　千　是！（下）

　　　　［当程婴上堂时，众正围卜凤，为之去刑。

程　婴　（上）叩见大人！

　　　　［卜凤苏醒，挣扎爬起。

屠岸贾　（将剑拔出一半）你是何人？

程　婴　我是程婴。

　　　　［卜凤听到"程婴"二字，猛惊，瞪视程婴。

屠岸贾　到此何事？

程　婴　出首孤儿！

卜　凤　（闻言，怒发冲冠，咬牙恨叫，声色俱厉）嗯！（挣扎起立，指程婴）你……做什么来了？

程　婴　（一愣）我……我出首孤儿来了！

　　　　［大家都因出其不意而一愣。

卜　凤　（逼近程婴）谁教你出首孤儿？

程　婴　（故作傲慢地）我要出首孤儿！

卜　凤　唉！我把你……好贼！（说着扑上去，一口将程婴臂咬住不放）

程　婴　啊哟！（忍痛而不忍对卜凤怎么样）

　　　　［有一武士将卜凤拉开，摔倒。
　　　　［卜凤再向程婴扑去。

屠岸贾　看剑！（一剑将卜凤劈倒）

［卜凤躺倒死去。

程　　婴　（情不自禁，非常难过地）啊呀！卜凤！
屠岸贾　那是怎样？
程　　婴　小人我怕见杀人。
屠岸贾　真乃的小胆！
程　　婴　小人无能。
屠岸贾　程婴！
程　　婴　小人在！
屠岸贾　何人抱出孤儿？
程　　婴　小人抱出孤儿。
屠岸贾　你从哪路而出？
程　　婴　我从前门而出！
屠岸贾　哪家官员放你出宫？
程　　婴　黑夜漆漆，小人溜出宫门，无人看见。
屠岸贾　孤儿现在何处？
程　　婴　小人将他送在城外乡下，三家庄，公孙杵臼家中。
屠岸贾　你救孤儿出宫，为何又来出首？
程　　婴　小人观看榜文，大人要杀全国儿童，小人年过四旬，刚生一子，唯恐连累在内，一来救我儿不死，二来领大人赏金来了。
屠岸贾　此事可曾与杵臼商议？
程　　婴　人心不同，各如其面，此事不敢商议，唯恐走漏风声。
屠岸贾　程婴，三家庄搜出孤儿还则罢了，搜不出孤儿你要小心了！
　　　　（唱）程婴随爷到乡下，
　　　　　　　一字有错把尔杀；
　　　　　　　校尉带过千里马，
　　　　　　　斩草除根不发芽。

（幕　闭）

第七场 死 节

〔公孙杵臼所在的地方，静悄、寂寞、凄凉。

〔程婴在前，屠岸贾与四武士蹑足慢上，二武士藏在茅屋门的一边。

程　婴　仁兄在家吗？

杵　臼　（内应）贤弟！怎么今日迟到？教为兄好等。（说着由茅屋门内走出，猛见屠岸贾等，吃惊，转身欲回）啊……？

二武士　站住！

程　婴　仁兄，屠相爷到了！

杵　臼　（怀疑地看程婴，并审视屠岸贾等一会儿）参见屠相爷！

屠岸贾　（冷笑）哼……（一把抓住杵臼）来呀！

众武士　有！

屠岸贾　搜！

众武士　啊！（二人进茅屋，二人在院内四处搜寻了一会儿，上）无有！

屠岸贾　老狗，你藏得好！你藏得妙！（一掌将杵臼推过一旁）

杵　臼　屠相爷来到敝舍，怒气满面，为了何事？

屠岸贾　我问你，孤儿？

杵　臼　我辞官不做，隐居多年，我不知什么孤儿不孤儿！

屠岸贾　当真不知？

杵　臼　当真不知。

屠岸贾　果然不晓？

杵　臼　果然不晓。

屠岸贾　程婴面对！

程　婴　仁兄！快快献出孤儿，以免杀身之祸！

杵　臼　未见孤儿，叫我拿什么献出？

程　婴　仁兄，你道下谎了。

杵　　臼　道下什么谎了？

程　　婴　为弟把孤儿抱出宫来，亲自交与你手，怎么能说未见孤儿？

杵　　臼　嗯！（故作惊异之状，瞪视程婴）你……

屠岸贾　快讲！

众武士　（以刀逼之）讲！讲！

杵　　臼　啊哟程婴哪！狗贼！赵老丞相为国为民，几世忠良，如今被奸贼所害，三百口家眷全都丧命，只留孤儿一点儿骨血，公主命你我二人抚养，谁知你这无耻之徒，贪生怕死，令人好恨也！

　　（唱带板）平日里只当你有些义气，
　　　　　　却原来是小人无耻至极！
　　　　　　恨奸贼害忠良阴谋鬼祟，
　　　　　　赵丞相为国家死得冤屈。
　　　　　　三百口同遭难身犯何罪？
　　　　　　一点血留在世还要催逼；
　　　　　　似这样坏心肠残忍无比，
　　　　　　狗豺狼天不容龙抓雷击！

程　　婴　（接唱）杵臼莫要太无理，
　　　　　　听我把话说心里；
　　　　　　隐藏孤儿犯大罪，
　　　　　　白送性命悔不及。
　　　　　　尘世上哪一个不贪富贵？
　　　　　　我不愿为旁人害了自己。
　　　　　　大料想小孤儿成不了大器，
　　　　　　快交与屠相爷免得吃亏。

　　［杵臼狠狠地打程婴一耳光，以手指程婴而叫骂之，一步一步地逼程倒退。

　　［程婴羞愧难当，低头倒退。

杵　　臼　（唱紧带板）讲说此话你不羞愧，
　　　　　　口口声声为自己。

　　　　　　　　一股恶火心头起，
　　　　　　　　恨不得……
　　　　　　　　唉！活剥了你的皮！
　　　　　〔扑上抓程，被屠一脚踢倒。
程　婴　（见状不忍，拟抱杵白状）
屠岸贾　（向程婴）呸！（审视程、杵二人）
　　　　（唱）挨打挨骂你不言语，
　　　　　　　莫非定计把我欺？
　　　　　　　一条皮鞭交与你，
　　　　　　　打不出孤儿罪归一。
程　婴　遵命！（接过皮鞭）
　　　　（唱）手执皮鞭浑身战，
　　　　　　　强打精神咬牙关；
　　　　　　　不打仁兄露破绽，
　　　　　　　打仁兄如同把心剜。
屠岸贾　打！
程　婴　（指杵白）
　　　　（接唱）老贼做事心太短，
　　　　　　　　连累好人你欺了天；
　　　　　　　　今日不把孤儿献，
　　　　　　　　管教你性命难保全。
　　　　（打杵白几鞭）有招无招？
杵　臼　（不理）
众武士　讲！
杵　臼　（冷笑）孤儿不在这里！
屠岸贾　哪里去了？
杵　臼　我将他送与旁人了。
屠岸贾　送与哪个？
杵　臼　我知道，他知道，就是你老贼不知道！

屠岸贾　哎！满口胡道！（一脚踢过杵白）来呀！
　　　　（杵白倒在一边）
众武士　有！
屠岸贾　二次搜查！
众武士　啊！（进内，又上）无有！
屠岸贾　站起来！（一把抓过程婴）程婴哪！狗贼！不见孤儿哪里容得，看剑！（扯剑拟杀）
程　婴　啊哟大人！此事小人并未走漏风声，就该翻地挖墙，必然搜出孤儿！
杵　臼　啊！
屠岸贾　校尉们！
众武士　有！
屠岸贾　翻地挖墙！
众武士　啊！（下，一武士捧着龙凤锦绣包裹的小婴儿上）相爷，相爷！夹墙内搜出孤儿！
屠岸贾　待我看过！
杵　臼　（猛扑起抢过婴儿，紧抱怀中）天哪！苍天！小小孤儿身犯何罪？请留性命，我情愿替他一死。
张　千　（一把夺过婴儿）拿过来！（交屠）相爷请看。
屠岸贾　（抓婴儿在手）孤儿，孤儿！只说你远走高飞，今日落在我手，我把你……（咬牙切齿地，将孤儿使劲摔在地上，随着又砍了一剑）
　　　　（程婴目不忍睹，转过头去，难过打战）
杵　臼　啊哟！（浑身抖战，跪着行走，摸婴儿一阵，挣扎起立）
　　　　（唱）骂声屠贼太可恨，
　　　　　　　断了赵家后代根，
　　　　　　　上前去舍死把命拼。
　　　　〔咬牙扑上，以头碰屠。
屠岸贾　嗯！（一剑将杵白劈倒）
　　　　（接唱）一剑送你命归阴。
　　　　（杵白倒地而死）

（程婴情不自禁，拟扑抱，没敢出声，强装镇静）

屠岸贾　程婴！

程　婴　相爷！

屠岸贾　你是个好的，今日献出孤儿，消除我心腹大患，立功非小，但不知你要升官，还是领赏？

程　婴　我一不升官，二不领赏！

屠岸贾　你要怎样？

程　婴　屠相爷！你看赵家的亲朋好友一个个都是不怕死的侠义儿男，小人我家势单薄，请求将我一家老小收留在相爷家中庇护，以免他人谋害。

屠岸贾　言之有理。你是我心腹之人，就在我家做一门客，我定要抬举你那孩儿习文练武，日后长大成人，少不了领兵带将，你享老福，我添臂膀，岂不甚好？

程　婴　多谢相爷。

屠岸贾　这就好了，张千！

张　千　在！

屠岸贾　相府设宴，与你家程老爷庆功！

张　千　是！（下）

屠岸贾　（向程）随着我来！嘿……

　　　　（唱）斩草除根消后患，
　　　　　　　赵家从此无人烟，
　　　　　　　忙回相府摆酒宴。（下）

程　婴　（审视杵臼与惊哥的尸首，咬牙切齿地）

　　　　（接唱）仇中仇冤上冤岂能心甘！

　　　　〔发狠仰天冷笑，下。

（幕　闭）

第 三 幕

第八场 还 朝

　　[在绛州城较远的郊外。春光明媚，山清水秀，桃红柳绿，一望无际。
　　[十五年后，韩厥胡须苍白，头戴风帽，身披斗篷，跨马带二卫士上。
韩　厥　（唱尖板）有韩厥在马上自思自叹，
　　　　（转慢板）离朝庙到如今一十五年；
　　　　　　　　今日里来到了绛州地面，
　　　　　　　　想起了赵相国好不心酸。
　　　　（转二六）自那年谏桃园忠良命断，
　　　　　　　　孤儿死我辞朝隐居深山；
　　　　　　　　君无道用奸佞朝纲大乱，
　　　　　　　　老百姓一个个叫苦连天。
　　　　　　　　晋灵公去世后小王登殿，
　　　　　　　　金牌调银牌宣催我回还；
　　　　　　　　但愿得我朝中改头换面，
　　　　　　　　杀屠贼除大祸国泰民安。
　　　　　　　　我这里催马加鞭往前赶，
魏　诚　（韩厥的门客，上，挡住马头，施礼）韩大人！
　　　　（接唱）有魏诚走上前忙把马拦。
韩　厥　贤弟，为何远道相迎？
魏　诚　有机密之言相告！

韩　厥　好！待我下马。（下马）快快讲来！
魏　诚　大人为何还朝？
韩　厥　新主召宣，因而还朝。
魏　诚　今日还朝凶多吉少！
韩　厥　贤弟！你怎么讲出这样话来？
魏　诚　大人！是你不知，新主登基，屠岸贾越发专权，目无朝廷，欺压同僚，老贼作恶多端，莫要说起。那程婴的儿子名叫程勃，如今长大成人，勇力无比，每日骑马射箭，好不厉害，屠贼十分重用，立逼新主封程勃为下军元帅，作为心腹。他们领兵带将，耀武扬威。大人！你今日还朝，岂不是不识时务！
韩　厥　此事我早已知晓，贤弟！新主乃是有道之君，召我还朝锄奸立贤，纵然赴汤蹈火，义不容辞。
魏　诚　以我看来，新主也非有道之君。
韩　厥　因何见得？
魏　诚　公主尚在阴陵受苦，屠贼依然作威作福，何言有道？
韩　厥　贤弟乃忠义之士，为兄实言相告。只因屠贼兵权太重，操之过急，诚恐激变，因而秘密其事。为兄归来，还得暗地网罗忠良义士，伺机锄奸，方保无失。
魏　诚　屠贼奸险残暴，岂能容你？诚恐大事不成，反遭其害！
韩　厥　自古道：忠臣不怕死，怕死岂为忠。新主有道，我们为大臣者就该挺身而出，除灭奸佞，为国效忠。
魏　诚　大人可算忠臣良将，令人可敬。
　　　　〔忽听人喊马叫。
韩　厥　前边为何人喊马叫，尘土飞扬？
魏　诚　想是程勃又来纵马郊外。
韩　厥　你我站立高背之处，看他是怎样的耀武扬威。
　　　　〔二人上山观望。
程　勃　（内喊尖板）
　　　　有程勃跨骏马横冲直撞！

〔马童跌扑上，后随二家将背弓挂箭。

程　勃　（上，年已十五，文武双全）

（接唱）俺的武艺比人强。

　　　　练就双枪无人挡，

　　　　百步穿杨世无双。

　　　　吩咐人役上围场，

　　　　不见大雁怒满腔。

二家将　禀少将军，那边飞来一群大雁！

程　勃　看过弓箭！（射）

二家将　禀少将军，那只大雁带箭而飞！

程　勃　赶上前去！（齐下）

〔韩厥与魏诚下山，望程勃下处。

韩　厥　（唱）那小儿雄赳赳英武凶猛，

　　　　骑马射箭好威风；

　　　　为虎作伥令人恨，

程婴哪！狗贼！

（接唱）狗程婴犯我手决不容情。

贤弟，为兄今日朝拜新主，明日拜访屠贼，你与我一同前去，若见程婴，诱他过府一见，就说我有事相求。

魏　诚　无耻之徒，何必见他！

韩　厥　（咬牙、切齿、冷笑）哼……！我要将老狗饱打一顿，要他说出屠贼的底细。

魏　诚　嗯！我明白了。大人就该马上进城！

韩　厥　你我弟兄一路叙话，携手而行。

〔同下。

（幕　闭）

第九场 阴 谋

张　千　（上唱二六）
　　　　　　人不知，鬼不晓，
　　　　　　韩厥还朝为哪条？（齐）
　　　　　有请相爷！
屠岸贾　（上）何事？
张　千　韩厥还朝！
屠岸贾　什么，韩厥还朝？
张　千　正是。
屠岸贾　此人还朝，必有后患。
张　千　就该除灭才是！
屠岸贾　张千听令！
张　千　在！
屠岸贾　命你精选心腹勇士，埋伏宫门以外，三日后，新主登殿，韩厥必然朝觐，等他出宫，一拥而杀之，不得有误！
张　千　得令！（转身拟下）
屠岸贾　回来！
张　千　（转回）侍候相爷！
屠岸贾　此事只有你知我知，不可泄露机密，违令者斩！
张　千　记下了。
屠岸贾　速快前去！
张　千　啊！（下）
屠岸贾　（唱）背地里我把暗箭放，
　　　　　　大料韩厥不提防；
　　　　　　自古道要强先下手，

免得日后遭祸殃。

（下）

（幕　闭）

第 十 场　屈　打

［晚上，在一个大厅内，屏风书架，灯烛明亮。

韩　厥　（上唱）适才间到屠府前去拜访，
　　　　　　　　那老贼合着眼不把眉扬；
　　　　　　　　压住了心头火暂且忍让，
　　　　　　　　等贤弟他回来细问端详。

魏　诚　（上唱）程婴果然上了当，
　　　　　　　　大料老狗活不长。（截）
　　　　韩大人！

韩　厥　贤弟，怎么样了？

魏　诚　程婴来到！

韩　厥　什么，程婴来了？

魏　诚　正是。

韩　厥　可曾走漏风声？

魏　诚　并未走漏风声。

韩　厥　现在哪里？

魏　诚　现在门房。

韩　厥　好，附耳来！（与魏耳语）

魏　诚　是！（下）

程　婴　（上，他身体衰弱，胡须雪白，行步艰难）
　　　　（唱二六）为孤儿十五年吞声饮恨，

　　　　　在人前强笑脸苦在心中；
　　　　　今夜晚见韩厥细盘细问，
　　　　　看一看他如今是奸是忠。
韩　厥　（换便衣便帽上）程婴兄到了，久违了！
程　婴　噢！韩大人，你今还朝，万民庆幸。
韩　厥　好说，程婴兄请坐。
程　婴　不敢！不敢！韩大人在此，哪有我的座位！
韩　厥　仁兄，如今你是屠相爷的心腹，少将军的太爷，韩厥焉敢慢待，快快请坐！
　　　　［程婴怀疑地看韩厥。
韩　厥　请！
程　婴　请！（落座）韩大人，你见过新主无有？
韩　厥　见过了！
程　婴　新主怎样？
韩　厥　新主要我与屠相爷和好相处，为国效忠。
程　婴　嗯……？
韩　厥　程婴兄！
程　婴　韩大人！
韩　厥　你是他的有功之人，就该多说好话，屠相爷若能将我升官提拔……
程　婴　（忍着气愤）什么，升官？（摇头）
韩　厥　着啊！屠相爷若还将我升官提拔，我情愿与仁兄奉送千金！
程　婴　奉送千金？……
韩　厥　莫非你还嫌少？
程　婴　（气愤地冷笑）哼……？
韩　厥　（以为程婴傲慢如此，气得忍无可忍了）呔！（一把抓住程婴胸）我把你这卖友求荣、奴下之奴的奴才，还敢如此傲慢，令人好气！（将程婴拉倒在地）
　　　　［魏诚手拿粗棍与二卫士由两边猛上，二卫士一个按头，一个按腿。
程　婴　（莫名其妙）噢！（未及回话，已被拉倒，挣扎喊叫）韩大人，韩大人！

［二卫士不许程婴呼叫，只管使劲用力压迫，意思是"你还有什么说的！"

韩　厥　（唱带板）赵相国在世时把你夸奖，
　　　　　　　　　却原来你才是豺狼心肠；
　　　　　　　　　今日里犯我手先吃棍棒，
　　　　　　　　　管叫儿贪富贵无有下场。

［将程婴乱打一阵。

魏　诚　大人，大人！（示意暂时留他一条活命，要从他口中问出屠贼的虚实。将棍夺下，命卫士下去）

程　婴　（战抖，疼痛而兴奋地）
　　　　（唱尖板）韩大人打得我心宽意满，
　　　　　　　　　他还是大忠臣并非奸谗；
　　　　　　　　　十五年无知音愁眉不展，
　　　　　　　　　今日里乌云散见了青天。

　　　　韩大人！

韩　厥　哼！

程　婴　（出拇指表示夸奖）你……你打得好，打得好！

韩　厥　打得不好，你便怎么样？

程　婴　怪我不识忠良，不敢明讲，该打，该打！

韩　厥　（闻言很奇怪，转身看程婴）事到如今，你还有何话讲？

程　婴　韩大人，难道你当真把我当作忘恩负义、卖友求荣的小人么？

韩　厥　是你出首孤儿，害死杵臼，罪恶滔天，还有何说！

程　婴　韩大人，是我们将孤儿抱出宫去，那贼贴出榜文，要杀全国儿童，眼看孤儿难保，我与杵臼商议，我舍出亲生之子，他舍出一条老命，这才救得孤儿不死。又怕旁人不明，加害于我，万般无奈，住在老贼家中庇护，如今孤儿长大成人了！

韩　厥　孤儿他……他是哪个？

程　婴　韩大人，你在绛州郊外看到的那位骑马射箭的少年将军，他……他就是孤儿!

韩　厥　噢!啊哟!我的程婴兄!(扑上,跪倒程婴眼前,给程婴揉腿)
(唱带板)这怪我做事太鲁莽。
程婴兄,程婴兄!
(接唱)屈打了年迈人疼烂肝肠。

程　婴　(接唱)韩大人不必这样讲,
你不打我不知你是忠良;
这一打把我的愁眉展放,
从此后我再不独自悲伤。

韩　厥　(接唱)程婴兄真乃是宽宏大量,
可算得忠义侠盖世无双。(截)
程婴兄请起!

程　婴　韩大人请起!

韩　厥　你我同起!(双手扶程婴)
〔魏诚非常敬爱地跑到程婴身后扶起。程婴被扶落座,一阵疼痛,只好手抓椅背站立。

韩　厥　(难过异常)程婴兄受苦了!

程　婴　不妨事,不妨事,韩大人!我有一事不明。

韩　厥　请道其详!

程　婴　怎么公主还在阴陵守墓,难道新主又是昏庸之君吗?

韩　厥　新主乃有道之君,宣我还朝除灭老贼。

程　婴　噢!这就好了。韩大人,事不宜迟,就该剿杀老贼,为国除害,与赵相国报仇!

韩　厥　此事我日夜思谋,速则不达,速则生变,正在两难之处。

程　婴　这有何难!韩大人在外,孤儿在内,出其不意,内外夹攻,何愁老贼不灭?

韩　厥　程婴兄!孤儿在老贼府中长大,恐怕一时难以醒悟,此事不敢轻举妄动,必须从长计议,方保无失。

程　婴　孤儿虽在老贼府中长大,平日我时刻教训,言听语从。待我与他说明出身根本，以作内应。韩大人明日晚上带领人马，暗暗将老贼包围，若见内边射出火箭，立刻杀入相府，保管一举而成功也！

（唱带板）放雕翎如流星空中火起，

　　　　　内外攻量老贼插翅难飞；

　　　　　杀仇人见公主母子相会，

　　　　　登高山祭烈士望空拜揖。

韩　厥　（唱）似这样巧安排真乃好计，

　　　　　见小王与公主细说根底。

程　婴　（唱）韩大人早安排我便要去，

　　　　告辞了！（魏诚扶之，挣扎着走了几步又转身）

　　　　（唱）到明日把老贼剁成肉泥。

　　　　（拱手）请！

韩　厥　请！

　　　　（程婴被魏诚扶下）

韩　厥　（唱）老程婴可算得忠义无比，

　　　　　这样人真令人可歌可泣；

　　　　　除灭了害国贼忠良奋起，

　　　　　从此后俺晋邦谁敢来欺！（下）

（幕　闭）

第十一场　挂　画

［晚上，花园里，池畔偏左有一大树，树前有桌有凳，桌上有香炉、烛台等物，风清月朗，水波不兴。

程　婴　（随带故事画轴与弓、箭、刀及锡箔等物）

　　　　（唱二六）忠义人一个个画成图样，

　　　　　一笔画一滴泪好不心伤；

　　　　　　　幸喜得今夜晚风清月亮，

　　　　　　　可怜那众烈士一命皆亡。（截）

　　　　　[唱毕，将所带之物放在桌上。

程　勃　（上唱）老爹爹今日里精神不爽，

　　　　　　　又长吁又短叹两泪汪汪；

　　　　　　　此事儿真教人难猜难想，

　　　　　　　后花园设香案所为哪桩？

　　　　　爹爹！为何设下香案？

程　婴　思念祖先，烧香祭奠。

程　勃　噢！（见画）这是一张什么画？

程　婴　故事画。

程　勃　故事画？

程　婴　你看画内是什么故事？

程　勃　（端详一会儿）好像穿白的与穿红的两家不合，穿红的害死穿白的，穿红的见人就杀，男的、女的、老的、小的，谁也不饶。

程　婴　嗯！看得不错。

程　勃　爹爹就该将故事情由与孩儿说一遍！

程　婴　儿呀！那穿红袍的引诱皇上，每日贪酒作乐，苦害良民百姓，穿白的骂他是害国的奸贼，因而大闹起来。

程　勃　噢！穿白的是一个好人。

程　婴　大大的好人。

程　勃　爹爹再往下讲来！

程　婴　那穿红袍的在金銮殿搬弄是非，残害忠良，喊出武士，放出恶犬，穿白的为国为民，他……他也被人杀害了！

　　　　（唱尖板）那奸贼喊出了众武将，

　　　　　　　又放恶犬把人伤；

　　　　　　　可怜把忠良一命丧，

　　　　　　　为国为民无下场。

程　勃　好恼！

（唱尖板）听罢言来气满腔，
　　　　　奸贼行事太猖狂；
　　　　　若要犯在我的手，
　　　　　管教他有命难久长。（截）
　　　　穿红的真乃可恨！
程　婴　这还不算，那穿红袍的，杀了穿白袍的满门家眷三百余口！
程　勃　嗯！爹爹，难道连一个人都没有留下吗？
程　婴　（以箭指之）那穿绿袍的是穿白袍的儿子，他的妻子乃是皇上的女儿，身怀有孕，躲在宫中去了。
程　勃　但不知是生男生女？
程　婴　公主生下一个孤儿。
程　勃　名叫什么？
程　婴　名叫赵武。
程　勃　噢！这就好了，这就好了！
程　婴　说什么好了？那穿红袍的一心要斩草除根，带领兵将，冲入宫中，搜杀孤儿！
程　勃　啊哟！不得了！孤儿怎么样了？
程　婴　那孤儿么……
程　勃　死了无有？
程　婴　无有！
程　勃　怎么他无有搜出孤儿？
程　婴　（以箭指之）那穿黑袍的早将孤儿抱出宫去了。
程　勃　啊哟！穿黑袍的又是一个好人。
　　　　〔程婴合眼微微点头。
程　婴　那穿红袍的将公主的侍女抓来审问，要她讲出孤儿的地方，那侍女一字不说，破口大骂，被那贼一剑，哎！被那贼一剑劈死了！
　　　　（唱二六）那侍女本是女中贤，
　　　　　　　　五刑拷打不招言；
　　　　　　　　骂得老贼红了脸，

　　　　　　　　一刀杀她丧黄泉。（截）
程　勃　噢！都是好人，总算把孤儿救下了。
程　婴　儿呀！那穿红袍的贴出榜文，限期三日，有人献出孤儿，还则罢了，如若不交，就要把全国的婴儿一律杀尽！
程　勃　这样说来，孤儿还是不得活……
程　婴　（以箭指之）那穿黑袍的同那穿黄袍的商议，穿黑袍的舍出亲生之子，穿黄袍的舍出一条老命，穿黑袍的将自己的儿子交与穿黄袍的，然后跑到穿红袍那里，将穿黄袍的告下，说他窝藏孤儿。穿红袍的跑到穿黄袍的家里，搜出一个小婴儿，一刀两断，穿黄袍的气恨不过，拼命厮打，可怜（以箭指之）那一位忠义的老年人，他……他也被那奸贼杀死了！
程　勃　噢！（非常感动地注视画内的好人）
程　婴　（唱二六）提起了这件事心肝疼烂，
　　　　　　　　忍不住伤心泪洒在胸前；
　　　　　　　　可怜把年迈人刀下命断，
　　　　　　　　为孤儿好多人不在人间。
程　勃　（唱带板）这些人尘世上真乃稀罕，
　　　　　　　　为忠良舍生命离了人间；
　　　　　　　　一个个称得起英雄好汉，
　　　　　　　　留下了穿白的后代儿男。（截）
　　　　爹爹！后来怎么样了？
程　婴　那穿红袍的以为孤儿已死，大放宽心，将那穿黑袍的留在他家，如今孤儿长大成人，文武双全。（说到此不语了）
程　勃　噢！文武双全？
程　婴　嗯！文武双全。
程　勃　爹爹，他？……
程　婴　你问的是哪一个？
程　勃　赵家孤儿！
程　婴　问他做甚？

程　勃　难道他不与他家报仇吗？

程　婴　哼！他在穿红袍的家中长大，如今领兵带将，跟着穿红袍的耀武扬威，不肯报仇了。

程　勃　唉！好气也！

　　　　（唱带板）骂一声小孤儿忘了根本，

　　　　　　　　　气得我浑身颤咬断牙根；

　　　　　　　　　这样人活在世要他何用？

　　　　　　　　　有一日犯我手决不容情！（截）

　　　　爹爹！那穿红袍的与孤儿现在哪里？我要将他们碎尸万段！

程　婴　噢！（将程勃抓定）儿呀，你有此胆量？

程　勃　有此胆量。

程　婴　说是你……（将程勃推开）你来看！那穿白的就是赵相国赵盾，穿绿的就是赵驸马赵朔，穿黄袍的就是公孙杵臼，穿黑袍的就是我老汉程婴。

程　勃　这……

程　婴　穿红袍的就是奸贼屠岸贾！

程　勃　这……

程　婴　你就是赵家的孤儿！

程　勃　啊哟！（昏迷颠倒，双手向画招摇，昏倒）

程　婴　（扶孤儿坐下）孤儿，孤儿！

孤　儿　（此后程勃改为"孤儿"）

　　　　（唱紧拦头）

　　　　　　一霎时，

　　　　（转二六）只见那天摇地摆，

　　　　　　　　　浑身无力头难抬；

　　　　（换带板）我强打精神将身站，

　　　　　　　　　原是恩人在面前。

　　　　　　　　　你为忠良受苦难，

　　　　　　　　　大恩大德重如山；

多少烈士把命断，

俺赵武枉活十五年。

哭了声爷爷爹爹难相见，（向着画）

（扯唱场）那……那是我的爷爷！

程　婴　（与孤儿齐唱）那……那是赵相国！

孤　儿　（唱）那是……那是我的爹爹！

程　婴　（与孤儿齐唱）那……那是赵驸马！

孤　儿　（大声哭唱）唉哟！（向画跪下叩头）

程　婴　（与孤儿齐唱）唉哟！

孤　儿　（起立，接唱带板）

拜罢了众烈士擦泪不干。

但不知我的娘在也不在？

程　婴　（接唱）她如今在阴陵孤苦身单。

孤　儿　（接程婴唱）

今夜晚我要把娘见，

程　婴　（接唱）斩仇人除大患母子团圆。

孤　儿　（接唱）怒冲冲拔出了青锋宝剑，

杀死了老奸贼大报仇冤。（截）

〔拔出宝剑，转身向后走。

程　婴　（拉住孤儿）儿呀！哪里去？

孤　儿　我要杀了老贼，报仇雪恨！

程　婴　那老贼前有兵丁，后有武士，只你一人，寡不敌众，不敢前去！

孤　儿　难道罢了不成？

程　婴　岂能罢了！韩将军带领兵将，在这周围等候，（取箭示之）火箭为号，他便杀人。你如今先到相府门口，一见天空火箭发光，杀了守门之人，打开大门，迎接韩将军，大料老贼难逃！

孤　儿　如此甚好，我就去了！（猛转身，下）

〔程婴张弓按箭，将箭头在烛上一燃而生火，两手抖颤，稍待一会儿，咬着牙，向空飘斜将箭射出。猛然千人万马，杀声大喊，将灯吹灭，紧张而兴奋地抖颤着，等待消息。

〔屠岸贾非常狼狈，帽不端，衣不扣，慌张奔上。

〔程婴认出是屠贼，握紧刀，紧张地移步，举刀正拟砍去。

屠岸贾　什么人？

程　　婴　（急忙将刀藏起）是……我！

屠岸贾　程勃哪里去了？

程　　婴　忽听人喊马叫，他手执宝剑杀出去了，我在这里躲避。

屠岸贾　相府闯进千人万马，难以阻挡，赶快随我逃走！

　　　　（说着转身走去）

程　　婴　好贼！（狠狠地向屠背砍下）

屠岸贾　呵！（猛转身举剑将程婴一剑砍倒）

　　　　（程婴栽倒在地）

　　　　（屠岸贾扑上举刀斩程）

　　　　（孤儿如猛虎一般的跳上，一脚将屠剑踢飞）

屠岸贾　啊！（愣住了）

孤　　儿　屠岸贾！

　　　　（屠岸贾痴呆直视）

孤　　儿　（连抓带喊）老贼！

　　　　（程婴此时爬起紧握刀以待）

屠岸贾　这？……

孤　　儿　你把我当就何人？

屠岸贾　你……

孤　　儿　我就是杀不死的赵氏孤儿！

屠岸贾　啊哟！

〔屠岸贾伸手夺孤儿刀，扑了一空，二人厮打起来。程婴握刀等机会下手。

孤　　儿　（最后将屠岸贾一臂弯于背后）看剑！（戳进屠腹）

　　　　（程挣扎起，砍屠一刀）

屠岸贾　啊哟！（挣扎而尖叫着倒下去了）

　　　　　〔程婴跌倒，孤儿扶之。

公　主　（在战鼓声后高喊）儿啊！……
　　　　　〔韩厥带四武士，公主带二宫女、老官人上。
韩　厥　少将军，公主来到！
孤　儿　啊！（直视公主）
公　主　孤儿！
孤　儿　妈！（扑到公主怀内）
　　　　　〔公主紧抱孤儿啜泣。
　　　　　〔稍静一会儿。
程　婴　（挣扎叫）公主！（倒）
韩　厥　程婴兄……
　　　　　〔公主、韩厥、孤儿忙扶。
程　婴　（挣扎地睁开眼）公主！
公　主　程婴兄！
程　婴　韩大人！
韩　厥　程婴兄！
程　婴　（把孤儿连抓带叫）孤儿！
孤　儿　爹爹！
程　婴　但……愿你忠心保……国，爱……民如子，我……
　　　　　（说着说着，支持不住了，又闭眼欲倒）
　　　　　〔公主、孤儿、韩厥三人呼唤之。
程　婴　（又挣扎地抬头睁眼，向空而望）杵……臼兄……卜……凤！成功
　　　　了！成功了！（最后胜利的笑声）
　　　　　嘿！……（最后完全不能支持了）
　　　　　〔公主、孤儿、韩厥三人呼唤之。
　　　　　〔程婴闭上眼后，仍然是微笑的面容倒下去了。
孤　儿　爹爹！（扑到程婴的身上，放声大哭）
　　　　　〔公主、韩厥及众人一齐向程婴下跪。

——幕急闭——

游西湖 秦腔

改编：马健翎　黄俊耀　张棣赓　姜炳泰（1957）

（根据《红梅阁》改编）

人物表

裴瑞卿：简称"裴"。
李慧娘：简称"慧"。
霞　英：简称"霞"。
贾似道：简称"贾"。
贾　化：简称"化"。
孙蕊娘：简称"孙"。
李　生：简称"李"。
郭　生：简称"郭"。
金　娘：简称"金"。
银　娘：简称"银"。
土　地：简称"土"。
廖　寅：简称"廖"。
二丫鬟、船夫甲乙丙。
四家丁、四校尉。

第一场 游 玩

［景：春光明媚，景色宜人。

裴　（上唱慢板）

　　　喜今朝天气晴乌云散尽，
　　　出门来只觉得爽朗胸襟。
　　　枝头上黄鹂叫两两相应，
　　　真个是春光好处处怡人。（下）

第二场 赠 梅

［景：花园。南方的初春，杨柳初青，红梅怒放，东风微吹，花香鸟语。远处有画阁高耸，侧边一墙与红梅相近。
［慧内唱二倒板。
　　　天朗气清精神爽，
［在优美的音乐声中，带着丫鬟霞英，轻步飘飘地上。愉快地这边看看，那边望望。

慧　（唱慢板）花园里一片好风光。
　　（转二六）那杨柳迎风翻波浪，
　　　　　　　遍地青草味芬芳。
　　　　　　　鸟语声声情歌唱，
　　　　　　　双双对对诉衷肠。
　　　　　　　东风常与人方便，
　　　　　　　阵阵送来梅花香。

霞　（接唱）红梅枝头花开放，
　　　　　　满院生辉换新装。
　　小姐，你看那红梅开得多么可爱！
慧　就该与我折一枝赏玩！
霞　待我折来！（折梅一枝，看着，闻闻，高兴地跳跃到慧娘前，将花递给慧娘）
　　［慧接花，看看，闻闻，甚是喜爱。
霞　小姐，你看这花笑人哩！
慧　笑谁呢？
霞　笑谁呢？笑你哩！
慧　笑我什么呢？
霞　（意味深长地）唉，小姐！
　　（唱）人面桃花相照映，
　　　　　红梅花开笑美人。
慧　（唱）这枝花儿真娇嫩，
　　　　　香魂荡漾动人心。
霞　（唱）你比红梅更娇艳，
　　　　　红梅比你早逢春。
慧　（唱）低头不语自沉吟，
　　　　　红梅笑我是孤身。（呆呆出神）
霞　小姐，我不过是一句戏言，何必在意？来来来，待我将这枝红梅压在你的鬓边上。（拿过红梅，插在慧娘的鬓上，捉臂端详）小姐！你头上添了一枝红梅，越发的好看了。
慧　（推霞）
霞　小姐，咱们再到那边看一看白梅。
慧　我爱红梅，就在这里多看一会儿。
霞　咱们看看再来。
慧　也好。（二人下）
裴　（上唱）一阵阵香风惹人醉，

墙头梅花分外红。

呀！好一树红梅，待我折它一枝。（在音乐与莺歌燕语中爬上墙头，小心翼翼，伸臂折梅枝，好容易抓着一枝，正要折花……）

霞　（转上，见墙头有人，惊叫）谁？

〔裴被惊，掉下墙来。

〔慧惊跑上。

霞　小姐，有贼，有贼！

〔慧惊。

裴　我不是贼！我不是贼！

霞　你是谁？

裴　我是太学生员裴瑞卿。

慧　原来是裴相公，快快扶他起来！

霞　（扶裴起立）快快请起！

〔裴起立，难为情地看慧娘，裴被慧吸引而出神，二人目遇，慧娘含羞低头。

霞　（看见如此情况，会意地笑了）哎，裴相公！

裴　（惊醒转身，不好意思地）噢！

霞　妨事不妨事？

裴　不妨事，不妨事，我是路过此地，观见红梅盛开，甚是喜爱，心想折下一枝，带回书馆，插瓶玩赏，不料一时失足误落院内，请勿见怪。

霞　对不起，对不起，这是怪我太得鲁莽。裴相公，你也莫要见怪！

慧　霞英！

霞　小姐！

慧　（拿下鬓边红梅）既是相公爱花，就将我这枝压鬓红梅赠送与他！（羞答答地转身低头微笑）

〔裴心喜微跳，不知所措。

霞　（把慧与裴看了一会儿）裴相公，这是我家小姐的压鬓红梅……（将花展出）

〔裴展手接花。

霞　（又将花缩回）赠送与你！（将花递裴）

　　〔裴又展手接花。

霞　（又将花缩回）插瓶赏玩！（将花递裴）

裴　（接过红梅，珍贵而爱惜地）好花，好花！

霞　这是我家小姐的好心！

裴　（高兴地看花，环顾）我还未曾请教，这是……

霞　这是御史李老爷的花园；李老爷去世，丢下母女二人。我家小姐名叫慧娘。

裴　噢，原是李小姐，小生失敬失敬。（施礼）

慧　（羞答答地还礼）裴相公！

　　（唱二六）这花儿鲜艳又干净，

　　　　　　它与那桃李不相同；

　　　　　　桃李遇风花落尽，

　　　　　　红梅站立风雪中。

裴　（唱）多蒙小姐把梅赠，

　　　　　小生施礼谢深情。

霞　（唱）此花莫让别人动。

裴　（唱）诗书案上分外明。（绕）

　　小姐请在，小生告辞了！

慧　霞英！送你家裴相公。

裴　呀！

　　（唱）我轻声唤来她低声应，

　　　　　满面春风笑眼明。

　　（拟转身，见霞也转身，又转过去，见霞不看，拿出玉坠，把玉坠放在地下）

　　〔慧看见玉坠，羞答答地微笑低头。

　　〔裴见状甚喜。

霞　裴相公！

裴　噢，来了！来了！（转身下）

慧　（见裴、霞走远，急忙拾起玉坠，很爱惜地抚摸、观看）
　　（唱）小玉坠本是有心掉，
　　　　　临行几番把我瞧。
　　　　　但愿月老早来到，
　　　　　牛郎织女渡鹊桥。
　　（又转身看裴去处，与霞迎面相碰，急忙转身将玉坠藏在袖中，装着无事的样子）
霞　（会意地微笑着，观看慧一阵后）小姐，他走了！
慧　他向哪里走了？
霞　（指向亭阁处）他出了小门，向西去了！
慧　霞英！我们上楼消散消散。
霞　（已知慧的心事，故意逗趣）小姐，你不是爱看红梅吗？就在这里多看一会儿。
慧　哎！上得楼去，也能看见红梅。
霞　噢噢噢！楼高看得远，看见红梅，还能看见……
慧　不要多嘴，快走！
　　（唱二六）霞英前边先引路，（整理服装）
　　　　　　咱二人急忙去上楼。（留）
　　（慧与霞上楼，瞭望，慧娘看得出神）
霞　（望裴，又端详慧的表情，觉得很有趣，故意问慧）小姐，你看裴相公为什么那样的高兴呀？
慧　我不晓得。
霞　你不晓得？
　　〔慧推霞。
霞　（唱）你看那手拿红梅多愉快，
　　　　 闻来闻去香满怀；
　　　　 行走一步三摇摆，
　　　　 扬扬得意他为谁来？（与慧逗趣）
　　〔慧推霞。

〔二人望裴不舍，霞不时地逗趣。
〔贾似道微服带贾化上。

贾　（唱二六）三十六房不称意，
　　　　　　　　为看美人到这里。
〔化示意贾看楼上。

贾　好美貌的佳人，嘿嘿……
化　哈哈……
〔慧、霞闻声，转面一看，慌忙下楼去了。

贾　莫非那就是李慧娘？
化　正是李慧娘。
贾　果然美貌。
化　亚赛天仙。
贾　嘿嘿……
化　哈哈……
贾　贾化！
化　相爷！
贾　随带花红彩礼，去到她家，就说相爷要娶慧娘做妾，若能应允，享不尽的荣华富贵，若不应允，抢回府来！
化　此事交与小人，保管成功。
贾　好，即刻回府！（同下）

第 三 场　抢　亲

化　（上念）可恨慧娘太无礼，
　　　　　　不该恶言将我欺。
　　小子们！小子们！
〔四小子打盹上。

众　半夜三更，把人唤醒，有什么事？

化　什么事？大事！

众　什么大事？

化　听着，只因李家慧娘生得十分美貌，相爷有心将她娶过府来，做一房妻妾，是我前去提亲，她不但不允，反恶言伤人，是我回报相爷，相爷大怒，命我们今晚前去，定要将李慧娘抢过府来，哪个不听，定要砸坏股拐。

众　（懒洋洋地）是。

化　（气）快走！（踢小子下）

第四场　谢　梅

［景：红梅墙外，隐约见楼角。

［裴着新衣，兴高采烈地上。

裴　（唱）昨日里在花园邂逅一见，

　　　　　多情女赠红梅意态缠绵。

　　　　　我也曾掉玉坠偷眼观看，

　　　　　她那里低下头含笑不言。

　　　　　回家去插花瓶摆在桌面，

　　　　　整一夜观梅花未曾安眠。

　　　　　今日里见红梅越发娇艳，

　　　　　却怎么那人儿不在花园？

（站在墙外，望红梅出神）

［霞手提药包，颠簸挣扎上。

［与裴相碰，跌倒。

裴　（吃惊）噢！……你你……你是霞英？

霞　噢！（手中药掉地）

裴　（扶霞起）怎么是一服汤药？莫非小姐她……
霞　（唱）昨夜晚贾平章差人来见，
　　　　　要小姐做妻妾言语横蛮。
　　　　　可怜把黄花女抬到相院，
　　　　　老夫人直气得病卧床边。
裴　（唱）听一言气得人浑身打战，
　　　　　好一似万箭把心穿。
　　　　　裴瑞卿不怕遭凶险，
　　　　　此事我要拿本参！
　　　　　待我参贼一本。
霞　噢！可怜老夫人病势沉重，举目无亲，大料不久于人世了！
裴　快快领我去见老夫人。
霞　如何见得？
裴　霞英！事到如今，顾不了许多，就该将花园之事禀知老夫人，就说小姐虽被老贼抢去，小生岂能无情无义，若有为难，极力相助。
霞　如此相公请！
裴　前边引路。
　　〔霞哭。二人下。

第 五 场　思　念

　　〔景：慧娘房中。
慧　（唱慢板）李慧娘在房中自思自叹，
　　　　　　每日里懒梳妆少戴花钿。
　　（转二六）心儿里念裴郎肝肠欲断，
　　　　　　好鸳鸯遭棒打不能团圆。
　　　　　　虽然有美味珍肴难以下咽，

　　　　　绫罗绸缎不爱穿。
　　　　　取出玉坠泪眼看，（从袖中取出玉坠，抚摸观看）
　　　　　裴郎裴郎叫几番。
　　　　　但愿你我见一面，
　　　　　把我苦心对你言。
　　　［孙蕊娘上。
孙　（唱二六）相爷要到西湖玩，
　　　　　　众家姐妹到厅前。
　　　　　　我再把慧娘妹妹好言劝，
　　　　　　单怕她年幼任性惹祸端。（截）
　　　（进门）慧娘妹妹！
慧　（急忙收起玉坠）噢！蕊娘姐姐到了！请坐！
孙　我不坐了，相爷今日要带众家姐妹游玩西湖，庭院会齐，一同前往。
慧　我身体不爽，不能前去！
孙　妹妹！大家都去，你也同去才好！
慧　我不愿前去！
孙　何必为此小事得罪相爷，自己为难？
慧　你们是好的你们去，我就是不去！
孙　唉！妹妹，难道你把我当作势利的小人么？
　　　［慧不理。
孙　唉！咱姊妹们，大家心里都是有苦难言，你不要太任性了，还是梳妆梳妆，快到庭院会齐才好！
　　（唱二六）妹妹莫要太任性，
　　　　　　因小失大坏事情；
　　　　　　改日姐妹再谈论，
　　　　　　我要把心事对你明。（留）
　　　还是去得好！
慧　如此姐姐前行，我就来了。（孙下）
　　（唱二六）伴老贼如同伴猛虎，

活在人下不自由。

强打精神往内走，

梳妆打扮去西湖。（下）

第六场　游　湖

［景：西湖春色。

［裴、郭、李驾舟上。

李　（唱）艳阳春色惹人爱，

郭　（唱）桃红柳绿迎面来；

裴　（唱）好山好水我不爱，

　　　　　春风笑我太无才。（低头烦恼，无心赏景）

郭　年兄！你的心思我能猜着，清明佳节，触景生情，伤心苦闷，想念慧娘，你说是也不是？

李　（怨郭）何必提念此事？

郭　何必提念？想起此事，我便咬牙切齿，贾似道老贼祸国殃民，荒淫无度，抢夺良家女子，真道的可杀。

李　贤弟，不敢胡言浪语！

郭　我越讲越生气——年兄，听说你连奏二本，可有下落？

裴　连奏二本，石沉大海。

郭　老贼一手遮天，有本不能见君，也是枉然！

李　闲话少说。（向裴）看！远远望见许多画船，到那边游玩游玩。

郭　好！开舟！

［船夫乙、丙，手执金光龙头系红绸的船板，驾舟上。贾似道带众妻妾丫鬟等上。

［贾观风景看美人，兴高采烈地拍慧肩大笑。

［慧对贾冷淡，转过头去。

贾　（唱）宋天子他虽有三宫六院，
　　　　　我也有众姬妾赛过天仙。
　　　　　驾龙舟拥美女西湖游玩，
　　　　　每日里醉醺醺快乐无边。
　　　〔裴瑞卿等迎头上。
船乙　什么人的船舟？
船甲　三个太学生的船舟，你是什么人的船舟？
船乙　贾相爷的船舟，各报其主。
船甲　你报你的！
船乙　禀相爷！
化　　什么事？
船乙　与三个太学生的船舟相撞一处。
化　　什么太学生、小学生，候着！禀相爷！
贾　　讲！
化　　与三个太学生的船舟相撞一处。
贾　　我想三个太学生乃是皇家太学生员，容尔一次也就是了。来！
化　　有！
贾　　将船拨到东湖！
化　　是！将船拨到东湖！
　　　〔贾似道在前，贾化紧随，其他依次下，个个张望风景。
　　　〔慧先是闷闷不乐，无心玩景，因之听而未闻，视而不见，气愤地什么也不看地走着。
　　　〔贾临下时看见慧，拍其肩诡笑。
　　　〔慧长叹了一声，转身扬长而下。
　　　〔裴看到慧时很痛心的，见贾拍慧不忍观，转过头去。
郭　　（一直注意慧娘动静，等贾似道船去远后，向裴）年兄，那位绿衣女子，想必就是慧娘？
裴　　正是！
郭　　啊呀！慧娘是好的！（大声赞叹）

李　贤弟，讲话低声些！
郭　刚才龙舟之上，老贼对慧娘喜眉笑脸，拍拍打打，慧娘不理不睬，唉声叹气。
裴　唉！慧娘太苦了。
郭　年兄！慧娘必是对你日夜思念，就该赶上前去，让她见你一面。
李　不必去了！
郭　不去不行，来！
船甲　有！
郭　赶到东湖！
裴　（唱）此事叫人真气愤。
郭　（接唱）见了慧娘表知音。
李　（接唱）到了东湖要谨慎。
裴　（接唱）富贵不淫情意深。（齐下）
贾　（上唱）船到东湖用目望，
　　　　　　到处一样好风光；
　　　　　　满眼桃红与柳浪，
　　[裴等船吆喝上。
贾　（接唱）又听得前边闹嚷嚷。（截）
船乙　什么人的船舟？
船甲　三个太学生的船舟。
船乙　怎么你们又来了，奇怪？
船甲　你们来得我们也来得，这有什么奇怪？
船乙　各报其主。
船甲　你报你的！
船乙　禀相爷！
化　什么事？
船乙　又与三个太学生的船舟相撞。
化　哈哈，这三个小子捣的什么鬼？禀相爷！
贾　讲！

化　又与三个太学生的船舟相撞。

贾　啊！好你三个太学生，又来阻挡老夫船舟，莫非有意作对？唉！想我船内姬妾甚多，有些不便，再容尔一次也就是了。来！

化　有！

贾　将船拨到西湖！

化　将船拨到西湖！（贾似道下，众随之）

〔慧见裴瑞卿惊喜交加，取出小玉坠示意，无限伤心，不能答言，随舟倒退下。

郭　（目送慧不见了，转身拍裴）年兄，慧娘拿出一个小玉坠，翻来覆去，莫非那是你？……

裴　那是我送与她的。

郭　请问年兄，慧娘送过你什么东西？

裴　她曾送我一枝红梅，早已枯萎了。

郭　年兄，慧娘拿出玉坠，要你明白她不忘你，你就该赶上前去，表明心迹，才不负当日赠梅之情。

李　贤弟，你也就太多事了！

郭　此事不如此，我心上不得下去！

李　还是不去的好，小心惹祸。

裴　仁兄！我们再去这一回了。

郭　是啊！再去这一回了。来！（向甲）开舟！

船甲　是！（用力开舟）

郭　（唱）加力开舟向前行，

裴　（唱）船到湖心快如风。

郭　（唱）知己相遇非容易，

裴　（唱）她有心来我有情。

　　（急转一个圈子与贾似道龙舟相遇）

船乙　哼！

船甲　哼！

船乙　禀贾爷，又与三个太学生相撞。

化　哼！这三个小子不想活了？禀贾爷！又与三个太学生相撞。

贾　什么？

化　又与三个太学生相撞。

贾　呔！好你三个太学生，这就不是，老夫躲在东湖，赶到东湖；躲在西湖，赶到西湖，顽石碰泰山，难道尔等不怕死么？贾化！

化　有！

贾　将龙船稳住，打开亮窗，摆开宴席，俺要观景。（气汹汹入座，此时丫鬟等已将酒宴摆好）

化　（向乙）将龙船稳住！

船乙　是！（抛锚稳船）

　　〔贾似道与姬妾等落座饮酒，裴瑞卿比方诉情，二人不时相视，孙非常担心。

裴　（同郭谈鱼诉情）贤弟呀！你看这水中鱼儿游来游去，金光灿烂，可惜我钓"她"不来呀！

　　（唱）见鱼儿不由我双泪流，

　　　　手中无有钓鱼钩，

　　　　我盼望鱼儿且等候，

　　　　情愿同"她"四海游。（留）

　　〔贾撤了酒宴，与众四处游玩。

慧　（听到裴诉情，偷偷擦泪，又不敢到船边去；思索了一会儿，拉蕊娘，一同看水，从袖内取出玉坠，也是借谈鱼苦诉心情）

　　姐姐！

　　（唱）姐姐同我把水看，

　　　　你看那湖中鱼儿游来游去上下翻。

　　　　我娘家住在鱼池畔，

　　〔贾转身拟拉慧，见状止步；发现慧、裴感情交流，暂且压住心头之火，留神二人的动静。

慧　（唱）今日里看见鱼儿想起从前好心酸。

　　　　多少亲人不见面，

　　　　　　想他们，为他们我白昼思念，
　　　　　　晚来做梦日日夜夜泪不干；
　　　　　　何一日见了他们表白我的心一片，
　　　　　　纵然一死也心甘。（留）
孙　（接唱）妹妹你且抬头看，
　　　　　　桃红柳绿实可观。
　　　　　　那边厢一对麻雀树梢站，
　　　　　　你看那老鹰在后边。
李　（心神不宁，怕惹是非）
　　（唱）叫贤弟此间莫久站，
裴　（唱）我还要看鱼把景观。
李　（唱）将舟急忙拨回转，
裴　（唱）咱弟兄定要拿本参。（截）
李　（向甲）用力拨舟！
船甲　（喊）开舟了！
　　〔慧甩开孙，扑到船边，手中暗露玉坠，难过地目送裴等下。
　　〔孙离开慧，见贾状，甚为担心。
贾　（气得团团转，等裴等走远，压着气低声地）慧娘！
　　〔慧没听见，仍在聚精会神地呆望着裴等船的远影。
贾　（扑上夺过玉坠）慧娘！
　　〔慧大惊，转身拟夺玉坠。
　　〔贾一袖向慧击去。
　　〔慧几乎被击倒，被一丫鬟扶定。
贾　（气急）哈哈！嘿嘿！这……龙舟靠岸！（齐下）
裴　（上唱）李慧娘，太苦痛，
　　　　　　越思越想越伤情。
　　　　　　老贼真是豺狼性，
　　　　　　祸国殃民实难容。
李　唉！贤弟不必为此伤心，还是苦读诗书，以求上达。

裴　此事令人实难忍受。

郭　年兄！你连奏二本，未见音信，我们就该联络所有太学生员，联名上奏，将老贼祸国殃民之罪，条条不漏，你看如何？

裴　甚好甚好！

李　嗯？

裴　年兄你……

李　噢！此事么？

郭　年兄，旁的莫要说起，难道你还能本上无名么？

李　对！把我也写上！

裴　如此我们各自回家，明日四下奔走，再动贼一本了！（唱）老贼不灭成大患。

郭　（接唱）明日联名拿本参。

［裴、郭气汹汹地下。李低头沉思下。

第七场　杀妾

［景：半间堂，红灯高挂。

贾　（上唱）一时间怒气冲牛斗，
　　　　　　要将贱人一命休。（截）
　　贾化！

化　相爷！

贾　今日游湖，慧娘手执玉坠，眉来眼去，必然是裴生私赠之物，今晚你差一心腹丫鬟，拿着玉坠去见裴生，就说慧娘约他花园相会，神不知鬼不觉将裴生骗进府来。（将玉坠交化）

化　（接过）真乃好计！

贾　将我的宝剑取来！

化　是。（取宝剑）相爷，宝剑拿到！

［贾拿到宝剑，表示狠心。
［化拿玉坠欲下。

贾　回来！
化　（转身）伺候相爷！
贾　吩咐众家夫人免见，单唤李氏慧娘前来叙话。
化　是！下边听着，相爷吩咐，众家夫人免见，李氏慧娘前来叙话！
慧　来来来了！
　　（唱）且听老贼一声唤，
　　　　　吓得我胆战心又寒。
　　　　　西湖之事巧言辩，
　　　　　留得活命再周旋。（截）

　　参见相爷！
贾　慧娘！
慧　相爷！
贾　今日游湖，为何不与老夫谈心玩景？站立船边做甚？
慧　我自幼儿湖边长大，喜爱鱼儿，站立船边看鱼。
贾　看鱼也罢，为何泪流满面？
慧　是我看见鱼儿，想起娘亲，因而落泪！
贾　你手中的小玉坠从何而来？
慧　那是我自幼佩戴之物！
贾　（冷笑）哼！……
　　［慧提心吊胆。
贾　慧娘，你看老夫年苍高迈，耽误了你的青春，还是另行改嫁才是。
慧　相爷怎么讲出这样的话来？
贾　我看裴生娃娃与你年貌相当；老夫做主，与你纳聘，岂不甚好？
慧　相爷不必多心，我并无此意。
贾　你敢对天盟誓？
慧　平白无故，为何盟誓？
贾　跪了！（用力击慧）

慧　（被贾击跪）

　　（唱）李慧娘跪尘埃，

　　　　　无故盟誓为何来？

　　　　　为人若把良心坏，

　　　　　苍天与他降祸灾。

　　［贾当慧最后落音时，恶狠狠地将慧娘一剑砍死。

化　（刚刚跑上）啊呀，我的妈呀！

贾　住口！

化　（吓得简直站不住了）嗯！

贾　喊叫什么？

化　小人不敢。

贾　将慧娘尸首掩盖，埋在牡丹花下，首级放在金匣之内！

化　是！（战战兢兢，将尸首掩盖，捧匣发抖上）相……爷！

贾　放在那边！

化　（顺着贾所指之处放金匣）是……

贾　贾化！

化　（吓得一跳，转过身来）相相爷！

贾　唤你家众位奶奶见我！

　　［化下，内喊："相爷吩咐，众位奶奶来见。"

　　［孙、金、银，战战兢兢，互相顾盼，慢步怯怯地上前。

众　参见相爷！

贾　有一件稀罕之物要你们看过！

众　什么稀罕之物？

贾　慧娘喜爱美貌少年，我已替她纳聘了。

众　嗯！

贾　彩礼就在这金匣之内，你们去看！

众　（战战兢兢走到金匣前，揭开一看，大放悲声，齐跪匣前）

　　啊呀，慧娘！

　　（唱）一见人头吓破胆，

慧娘死得太可怜！
　　万般伤心不敢怨，
　　　忍气吞声泪涟涟。（截）
　罢了慧娘！
贾　（气得要命）哼！
　　［众吓得连忙擦泪站起，低头侍立。
贾　从今以后，哪个若贪恋青春少年，与慧娘一律同罪！
众　我们不敢。
贾　下去！
众　遵命！（慢步怯怯，转身擦泪下）
化　（得意地上）禀相爷，裴生娃娃果然上当了。
贾　现在哪里？
化　到了花园。
贾　快快抓来见我！
化　是！（下）
　　［引家丁一、二，推裴上。
裴　（念）老贼做事太横蛮，
　　　裴瑞卿上了无底船。
贾　裴瑞卿，小孺子，尔有多大本领，竟敢屡次三番与老夫作对，今日落在我手，哪里好逃！
裴　贾似道，老贼！是你祸国殃民，罪恶滔天，量尔不得长久！
贾　事到如今，还敢猖狂，来呀！押在花园冷房！（与化暗下）
裴　（怒目瞪贾，拟扑打之，被家丁一、二推下）好不气，气，气煞人了！

第八场　鬼　怨

　　［景：星月惨淡，天地苍茫。

慧　（内唱尖板）
　　　　　　怨气腾腾三千丈，（像一股旋风一扫而上）
　　　　　　屈死的冤魂怒满腔。
　　　　　　可怜我青春把命丧，
　　　　　　咬牙切齿恨平章。
　　　　　　阴魂不散心惆怅，
　　　　　　口口声声念裴郎。
　　　　　　红梅花下永难忘，
　　　　　　西湖船边诉衷肠。
　　　　　　一身虽死心向往，
　　　　　　此情不泯坚如钢。
　　　　　　钢刀把我的头首断，
　　　　　　断不了我一心一意爱裴郎。
　　　　　　仰面我把苍天望，
　　　　　　为何人间苦断肠？
　　　　　　飘飘荡荡到处闯，
　　　　　　但不知裴郎在哪方？
　　　　　　一缕幽魂无依傍，
　　　　　　星月惨淡风露凉。
裴　（内白）老贼呀！
慧　（唱）忽听得花园里悲声大放，
　　　　　孤灯寂寂照纱窗。
　　　　　想必是裴郎为我遭罗网，
　　　　　老贼做事太张狂。
　　　　　生前未聚春罗帐，
　　　　　死后我要叙鸳鸯。
　　　　　恨只恨阴阳难合鸿沟挡，
　　　　　咫尺天涯各一方。
　　（焦急万状，惨然喊叫）裴郎！裴郎！裴郎！

土　（闪出面来，笑眯眯地低声呼唤）慧娘！

　　〔慧猛惊，后见土地笑容满面，感到他是善良之神，心安下了。

土　（唱）叫慧娘莫要太悲伤，
　　　　　听我把话说心上：
　　　　　九天玄女怜念你，
　　　　　她叫我土地来帮忙。（下）
　　（转二六）天灵灵地灵灵空中一望，
　　（空中一缕火光坠下，土地手拿一把折扇）
　　　　　飞下了阴阳扇万道金光。
　　（土地唱到最后一字，打开扇的阳面，登时红光闪闪：舞弄一阵，阳面向外，红光闪闪，阴面向外，绿光闪闪，慧娘惊异地随之舞动）

土　（唱）此物你可莫小量，
　　　　　它本是护身法宝阳变阴来阴变阳。
　　　　　我今交你带身上，
　　（将扇递与慧娘）
　　　　　你快到花园冷房会裴郎。

慧　（唱）展开笑脸把愁眉放，
　　　　　多谢老人好心肠，
　　　　　辞别了土地爷花园往。
　　（又将扇翻覆两三遍，灯光随之明暗，飘然急下）

土　哈哈……
　　（唱）我老汉又做了好事一桩。（留）（下）

第九场　幽　会

　　〔景：在一个冷清清的室内，油灯一盏，甚是凄凉。

裴：（唱）黑压压冷清清孤灯一盏，

　　　　悔不该太粗心误入龙潭。
　　　　到如今困囚笼遭人暗算,
　　　　恨不得插双翅飞上青天!
　　　　想必是游西湖露出破绽,
　　　　平章贼夺玉坠巧用机关。
　　　　定巧计差丫鬟将我哄骗,
　　　　猛想起李慧娘性命难全。
嗯! 想必是西湖相遇,老贼看出破绽,夺去玉坠。哎呀,慧娘不得活! 慧娘不得活!(放声大哭)啊呀!
(唱)从今后慧娘难得见,
(喝场)那那那是李慧娘! 慧娘! 啊……
(唱)可怜你正青春命丧黄泉。
　　　　何一日裴瑞卿鹏飞翅展,
　　　　舍性命除老贼报仇申冤!
　　　　强挣扎再把四下看,
(看有无可以出去的地方,用力开门,无效)
　　　　铜墙铁壁门倒关。
　　　　浑身无力难立站,
　　　　昏昏沉沉倒一边。(落座入睡)

慧　(着游湖衣,兴高采烈地上,一见冷房上锁,难过万分)
　　(唱)房门上锁好凄惨,
　　　　苦命夫妻苦团圆。
　　　　一溜风进门去把他见,
　　　　见裴郎面黄肌瘦我好心酸。
(羞答答地低声唤"裴郎",几声不应,最后以手触裴肩)

裴　(猛醒,大吃一惊)谁?
慧　裴郎,是我!
裴　你……
慧　裴郎,我是慧娘。

裴　噢！你……你是慧娘？

慧　裴郎！（二人互相抱肩相望）

〔裴忽然想起一件事来，将慧双手轻轻推过，怀疑地上下打量慧。

慧　（惊异）裴郎，你……（又拟上前）

裴　（阻止）怎么你……你还在人世？

慧　裴郎你……你怎么讲出这样的话来？

裴　原来你……（长叹）唉！

慧　裴郎你这是何意？

裴　如今我什么都明白了。

慧　裴郎，你明白什么了？

裴　慧娘，我不怨你，单怨我裴瑞卿太得痴情了！

（唱）我为你终朝没人常挂念，

　　　我为你奏本当今报仇冤；

　　　你如今既然把心变，

　　　咱二人从此不粘连。

　　　此地莫要久立站，

　　　难道说害我不死你……你们心不甘？

慧　（接唱）裴郎讲话好奇怪，

　　　　　为什么对我这样加疑猜？

　　　　　到相府享荣华我心不爱，（转二六）

　　　　　无一日把裴郎不挂心怀。

　　　　　我为你不死苦等待，

　　　　　西湖相见诉悲哀；

　　　　　我好心好意来相会，

　　　　　你胡言乱语该不该？

裴　（接唱）纵然你能巧言辩，

　　　　　休想能将我来瞒。

　　　　　请你睁大眼睛看，（将玉坠取出）

　　　　　小玉坠骗我到这边。（将玉坠扔在地下）

慧　（抓起玉坠打战）

（唱）手拿玉坠浑身战，
　　　气得我阵阵咬牙关。
　　　好姻缘老贼硬拆散，
　　　还要人间把鬼冤。
　　　转而我把裴郎唤，
　　　听我把话对你言：
　　　狠毒的老贼把你骗，
　　　此事与我不相干。

裴　哼！

（唱）老贼既然把玉坠见，
　　　焉能留你在人间？
　　　看起来你也把心变，
　　　慧娘……设圈套又来把我缠。

慧　噢！唉，唉唉！

（滚白）我叫叫一声裴郎裴郎，我的裴郎！自那日西湖相遇，被那老贼看出破绽，夺去玉……玉坠，老贼夺去玉坠，一怒拨船回府，将我一刀——

裴　（惊）怎么样？

慧　哎哎哎！

（滚白）要将我一刀两断！

裴　噢！

慧　（滚白）多亏众家姐妹苦苦哀告，老贼将我打在冷房受罪；是我听说你到这里，因此偷偷来见，只说一对苦命夫妻今晚相会，谁知你是这样的屈人了！（气，扭过头去）

裴　噢！慧娘！

［慧不理。

裴　我把你错怪了！

（唱）你本是好心肠肝胆义气，
　　　适才间错埋怨受了委屈。

　　　　叫慧娘多原谅莫要生气，
　　　　我也是为了你才到这里。
慧　（唱）一句话说得人疼烂心扉，
　　（喝场）那……那是裴郎！
裴　慧娘！
裴、慧　（同）唉！我的慧娘（裴郎）！
裴　（唱）患难相遇好伤悲。
慧　（唱）相思话儿从长叙，
　　　　擦干眼泪展愁眉。
　　　　今夜晚好鸳鸯同枕共语，
裴　（唱）定巧计出牢笼并肩齐飞。
裴　慧娘！
慧　裴郎！
　　〔二人互视一会儿，相抱，幕落。

第 十 场　谋　杀

　　〔景：半间堂。
化　（上唱）唤来廖寅到后院，
　　　　见了相爷禀一言。
贾　（上）何事？
化　廖寅到了。
贾　命他进来！
　　〔慧飘然飞来。
化　（向内喊）进来！
廖　（上）外为拦路犬，内做心腹人。相爷！（拜贾）
贾　老夫待你如何？

廖　相爷待我深厚而不薄。

贾　老夫有一家仇人，你可晓得？

廖　相爷的仇人，不是别的，定是那裴生娃娃无疑。

贾　嗯！正是那裴生娃娃。

廖　相爷就该差一心腹之人，手执钢刀，将他杀死。

贾　什么？你说杀得？

廖　杀得。

贾　只怕无人敢去！

廖　小人敢去！

贾　好！取刀来！

　　〔慧咬牙切齿，以手指廖，飘然而下。

　　〔廖毛骨悚然，莫名其妙。

　　〔化取刀递贾。

贾　（将刀递廖）

　　（唱）当面赐你刀一把，

廖　相爷请回！

　　〔贾、化同下。

廖　（唱）今夜要把裴生杀。（下）

第十一场　报　惊

　　〔景：晚上，裴原室冷房，孤灯一盏，凄凉残光。

裴　（唱）每晚慧娘到得早，

　　　　　却怎么今夜还不来？

慧　（内唱尖板）

　　　　贾似道老贼把人害，（急上）

　　　　霎时间廖寅就要来。

急急忙忙往内闯，

（扇一扇，门开人进，难过呆立）

裴　（见门猛开人进，甚为惊恐）

（唱）却怎么未曾动手门儿自开？（截）

慧娘，却怎么未曾动手门儿自开？

慧　苦啊！

裴　嗯！你往日前来，欢天喜地，今晚为何双目捧泪？

慧　（转身欲言）裴郎！

裴　怎样？

〔慧话到口边，又咽下去了，抽搐啜泣。

裴　噢！想必是小生哪里得罪于你，来来来！我这里赔罪！

（慧哭）这我就不明白了。

慧　裴郎！（抓裴）你的大祸到了！

裴　啊！何事惊慌？

慧　老贼派来廖寅，手执钢刀，前来杀你！

裴　啊呀慧娘！

（唱）听罢言来吓破胆，

　　　叫骂平章老奸谗。

　　　慧娘急忙躲深院，

　　　待我一人逃外边。

慧　（拉裴，唱）

我岂肯叫你一人遭凶险？

舍身救你出龙潭。

裴　慧娘你……

慧　不必多言，走！

〔慧娘拉裴齐下。

第十二场 搏 斗

〔景：在黑夜的花园里，远处有高墙。
廖　（手执钢刀、火把急上）
　　（唱）冷房不见裴生面，
　　　　　想必是躲藏在花园。
　　　　　点起火把往前赶，
　　　　　打量儿难逃鬼门关。（急下）
裴　（内唱尖板）远远望见火一片，
　　（急上跌倒，挣扎起颠簸打战）
慧　（上拉定裴生）
　　（唱）恨老贼做此事太得凶残。
　　　　　叫裴郎强挣扎往前赶，
　　　　　有为妻我保你性命周全。
　　（肘挽肘急转几个圈子，二人滑脱，裴倒左角，慧倒中场后边）
　　〔廖猛上，照定裴生一刀砍下。
　　〔裴惊跳闪过。
　　〔廖二次举刀砍去。
　　〔慧以扇扇廖寅。
廖　（刀砍不下，倒退）啊……
　　〔慧吹火一口。
廖　（见火光突大）啊……
　　〔慧将扇阴面示出，闪出阴光来，怒目瞪廖。
廖　（顿时毛骨悚然，手软心慌）嗯！
　　〔慧步步逼廖。
　　〔廖呆然倒退，大声咳嗽。

〔慧惊退护裴。

〔展开了一场惊险的战斗,几次吹火跌扑。其中有一次廖被慧惊倒,裴扑上压之,廖挣扎起立,扇子时阴时阳,灯光时红时绿,慧娘时隐时现,最后慧夺过火把,裴将廖压倒,廖跳起,慧一把白灰又将廖击倒,慧拉裴急下,廖挣扎起立,昏迷颠簸退下。

第十三场 分 离

〔景:花园外的一条路上,树木阴森,远处有百姓人家。

慧 (内唱尖板)手拉裴郎往前赶,

(拉裴急上,二人转一圈,裴跌倒)

慧 裴郎!裴郎!赶快逃走,咱夫妻就此永别了!

裴 (猛起)啊呀,慧娘!我夫妻好容易逃出虎口,为何讲出这样话来?

慧 裴郎哪知,为妻在那(指)牡丹花下安身,不能远离了!

裴 慧娘,你……你这是何意?

慧 (以手抓裴,悲痛万分)裴郎呀哈裴郎,为妻怎忍舍你?可恨我如今并非是人了!

裴 此话从何说起?

慧 裴郎!房门不动自开,难道你就忘了么?

裴 嗯!(有点吃惊)唉唉!你与我同床共被,明明是人,快快同我逃走!(拉慧)

慧 裴郎!那日西湖相见,老贼一怒回府,将我一刀两断,为妻我……我是刀下之鬼!

裴 我却不信。

慧 裴郎!说是你……你来看!(登时绿光照面,随即掩面啜泣)

裴 啊呀!(倒地)

〔慧急忙用扇扇裴,将裴扶起呼唤。

裴　嗯……

　　（唱）她果然是鬼她她她不是人。

　　　　　背地里我把平章恨，

　　　　　你为何下此狠毒心？

　　　　　舍不得慧娘双膝跪，

　　　　　再叫声慧娘你当听：

　　　　　我不愿做人愿做鬼，

　　　　　咱夫妻阴曹同路行。

（二人紧抱至悲至痛）

慧　（唱）裴郎不忍夫妻散，

　　　　　李慧娘怎舍好姻缘？

　　　　　今日分离永难见，

　　　　　好似钢刀把心剜！

（裴拉慧不放）

　　　　　下狠心离裴郎登空不见。

（摔倒裴，在空中两把火不见了）

裴　（向空中抓去）

　　（唱）一阵阴风她……上了天。

　　　　　贤妻贤妻连声唤，

　　　　　慧娘慧娘在哪边？

　　　　　千声呼来万声唤，

　　　　　无影无踪她……她不答言。

　　　　　到如今我只得先逃难，

　　　　　日后定要报仇冤。（截）

　　罢了慧娘！（下）

第十四场　鬼　辩

　　［景：晚上，半间堂红灯高挂。
廖　（慌张颠簸上）相爷！相爷！
　　［贾上。化随之。
贾　怎么样了？
廖　相……相爷！是……是我去到花园，远远望见裴生，一刀砍去，不料闪上一个穿白的妇人，将我打打倒在地，她拉拉……着裴生跑了。
贾　唗！无用的东西，坏了大事。下去！
化　（夺过廖刀）下去！
廖　啊！（神经错乱，抱头转了一圈）打鬼！打鬼！（下）
贾　嗒！想是哪一房贱人放了裴生，哪里容得，贾化！
化　有！
贾　传话下去，哪个贱人放了裴生，赶实招来！
化　是！下边听着，哪一位奶奶放了裴生，赶实招来！
　　［众姬内喊："我们不敢！"
化　相爷，她们不敢！
贾　如若不招，将她们一个一个吊在二廊，皮鞭拷打。
化　如若不招，要将你们一个一个，吊在二廊，皮鞭拷打。
　　［慧内喊："慢着！是我来！"
化　嗯，相爷！是我来！
贾　唗！是你个奴才来！
化　嗯……不是的，不是的，她说是我来！
贾　报上名来！
化　是是是……你是何人？
慧　（内白）李氏慧娘！

化　我的妈呀！（吓得爬跑）相……爷，她她……她是李氏慧娘！
贾　哈哈，嘿嘿！唉这……贱人凶了，贱人凶了！贾化！
化　有！
贾　吩咐家丁校尉，点起灯笼火把，相爷我要审鬼！（下）
化　是！（抖战地）下……下边听着！相爷吩咐，家……家丁校尉，点起灯笼火把半间堂会齐！
　　〔内喊："嗒！"
　　〔化吓得跑回。
　　〔家丁校尉各执火把与钢刀，一对一对气昂昂地上。
贾　（着相衣相帽上念）
　　　　半间堂前杀气旺，
　　　　老夫亚赛活阎王。
　　〔慧一把火后，猛上，指贾。
贾　（感到阴森森的毛骨悚然，但看不见什么，恐惧，坐入正堂）贾化！
化　有！
贾　唤慧娘！
化　是！（害怕地走向前边）传……传慧娘！
慧　哼！
化　（吓得跌倒）我的妈呀！（缩回）
慧　你家李奶奶在此。（说着昂然移立于左）
　　〔贾与众人同视慧发声处。
贾　你……你从哪里来？
慧　我从来处来！（说完移立于右）
贾　（向慧娘发声处）你……你到哪里去？
慧　我到去处去！（说着又移立于左）
贾　（又向慧娘发声处）好你贱人！死后还与裴生交往，真乃无耻！
慧　贾似道！老贼！（以手指贾出火一把）
　　（唱）提起此事咬牙关，
　　（舞扇，左扇一把火，右扇一把火，扑上从左到右扫吹众火把一圈）

〔众吓得缩作一团，战战兢兢。

慧　（唱）恨不得把贼挖心肝！

贾　（强挣扎地）嗒！老夫堂堂宰相，官高位显，死鬼魍魉，焉敢逞强，吃我一剑！（握剑柄欲上）

〔众随贾拟上。

慧　好贼！（一扇扇出火一把）

〔众退缩打战，再不敢向前。

慧　（唱）说什么老贼是宰相，

（转一圈，左扇一把火，右扇一把火，最后从左到右扫吹众火把一圈）

〔众如前状。

慧　（唱）恶贯满盈不久长。（截）

〔慧扑上，左手抓贾领口，右手拔贾须，贾吓得目瞪口呆，双手捧须，众惊恐万状，不知所措；化吓得软骨了，瘫在桌上，失去知觉；慧一手抓贾，一手将化提在空中摇晃一阵，最后将化摔到地上；推过贾，脱身不见；贾用相帽扣化，骑在化的身上，以为拿住慧了，恨得用力压之。

贾　（趴在化身上）贱人哪里逃，贱人哪里逃！

〔众围贾。

慧　（在空中）贾似道！

众　嗯！（向慧发声处呆望）

贾　（与众同时）嗯！（吓得起立）

慧　老贼罪恶满盈，谅你不得长久，你家奶奶我升天去了。

（向贾指冲下一把火来）

〔贾被火击，又趴下去了。

〔众围贾。

〔慧在上下两把火合并后不见了。

众　相爷，相爷！

贾　（半死不活地，张口吐不清字了）啊……啊……

〔众抬贾下。

——幕落·剧终——

窦娥冤 秦腔

原著：关汉卿　改编：马健翎（1958）

人物表

窦天章

窦　娥

窦端云（窦娥七岁时）

蔡婆婆

张　妈

张驴儿

赛芦医

祗　候

桃太守

张　千

衙役四个

刀斧手两个

校尉八个（先四个，后四个）龙套四个

注：剧中共二十八人，其中衙役换后边的校尉，校尉前后改装，前边的刀斧手、校尉换后边的龙套，至少可以省八个人，所以演此剧有二十个人就够了。

第 一 场 送 女

　　［景：在一个比较富裕的读书人家的厅房内。
　　［窦天章带其小女窦娥上。

窦天章 （年四十左右，为人正直，是一个穷秀才。简称"窦"）
　　　　（唱慢板四句成）
　　　　　　手拖着无娘儿慢步行走，
　　　　　　忍住了伤心泪痛断咽喉；
　　　　　　但愿得进京去功名成就，
　　　　　　父女们重相会再不担忧。
　　　　（白）婆婆在家么？

蔡婆婆 （年四十左右，心地善良，简称"婆"。上，出门）
　　　　噢，窦秀才来了。请到屋里。（三人进门）

婆　请坐！

窦　有坐！

　　［窦娥，七岁的小女儿，简称"娥"。紧靠着窦，低头畏缩。

窦　（向娥）端云，快与蔡婆婆叩头！
　　［娥连头都不敢抬，向婆跪倒叩头。

婆　（连忙扶娥）快快起来！快快起来！
　　（两手托娥肩，端详之）这娃越看越好看，疼人得很。（丢开手再端详之）
　　［娥低着头又缩到窦的身旁了。

婆　娃还害怕呢！

窦　这是蔡婆婆，是我借你家的白银本利一共四十两，只因家贫手中无钱，甚是惭愧。目下我要上京赶考，将小女送来与婆婆早晚使用，权当还债。望乞婆婆收留才是。

婆　窦秀才你说哪里话来，我岂能为了四十两银子，逼你卖女。你看，我丈夫去世了，我只有一个孩子，心想将端云抓养成人，日后就是我的儿媳。你看如何？

窦　只要婆婆不嫌弃，我还有什么说的。

婆　如此，你就是我的亲家了。

窦　这就高攀了。

婆　亲家，从此将借钱文书，一笔勾销，再送你十两银子，以作路途盘费。

窦　多谢婆婆，异日必当重报。

婆　如今我们是亲家了，不必过谦。

窦　这是婆婆！

婆　亲家！

窦　你看我们本是长安人氏，流落在你们这楚州地面，端云三岁丧母，我将她抓养了几年，父女二人，孤苦伶仃，举目无亲，今日将她交与婆婆，还要婆婆耐心教养，我便感恩不尽了！

（唱二六）小孩子年幼不懂礼，
　　　　　还望婆婆多爱惜；
　　　　　该打了将她骂几句，
　　　　　念起她是没娘的儿，
　　　　　蔡婆婆！她……又和我分离。

婆　（接唱）亲家不必多忧虑，
　　　　　听我把话说心里；
　　　　　我把她当就我的亲生女，
　　　　　抓养成人做儿媳。

（白）放心，我绝不能错待孩子。亲家，你们谈一谈，我到后边取银子去！（下）

娥　爹爹，我不愿在这里！

窦　嗯！不敢糊涂。儿呀，从前你在为父跟前，顽皮淘气，为父该将就的就将就了，如今你要好好侍候蔡婆婆，千万不敢顽皮淘气，若要顽皮淘气，儿啊！人家就要打你了！

［娥哭扑窦怀……

窦　（接唱）到蔡家不能和咱家比，
　　　　　　千万莫要耍顽皮，
　　　　　　倘若任性又淘气，
　　　　　　你挨打为父心悲凄。
　　（扶起娥）儿呀，你记下了无有？
娥　记下了！
婆　（上）这是纹银十两。亲家收好！
窦　（接过银子）如此婆婆请在，我便去了！
　　（唱）多谢婆婆有恩义，
　　　　　窦天章临行作一揖，
　　　　　辞别了婆婆和小女。
　　（出门）
　　〔婆、娥随之出门。
娥　（拉窦）爹爹，我要跟你去呢！（哭）
窦　儿呀！为父科场以毕，即刻就回来了。
婆　（拉娥）你爹爹科场以毕，就要回来，你不要难过，我把你当就自己的儿女看待，绝不会受屈。
娥　（哭叫）爹爹！（还想扑去）
婆　（拉住娥）亲家，你只管放心，快去吧！
窦　好，婆婆请回了！
　　（接唱）人生最苦是分离。
　　〔看着娥，难过地倒退几步，转身下。
婆　不要难过，我会疼你的，从此改名窦娥，我把你当女，你把我叫娘，岂不甚好。（拉娥进门）
　　（接唱）只要你听话守规矩，
　　　　　我绝不让你受委屈；
　　　　　如今咱是母和女，
　　　　　到将来你是我的好儿媳。
　　〔婆拖着哭泣的娥下。

第二场 乞 讨

［景：荒郊野外。

［张妈拄拐棍上，张驴儿随之。

张妈 （年六十余，面黄肌瘦，简称"妈"）

（唱慢板）

每日里饿得人昏迷转向，

张驴儿他本是不孝儿郎；

年轻人怕受苦不务正当，

害得我到老来无有下场。

张驴儿 （年二十余岁，好吃懒做，不务正业，简称"驴"。夹枣棍）

（接唱二六两句截）

你总是慢腾腾一摇三晃，

急得人一阵阵好不心慌。

（对妈嫌怪的）你不要摇摆，走快些！

妈 为娘腹中饥饿，寸步难行。

驴 咱是讨饭呢，又不是赶庙会，错过了午时，又要挨饿半晌，我等不得，快走！

妈 哎，奴才！你若能受苦，为娘焉能成了这般光景。

驴 这怨你的命苦，该受罪！

妈 奴才不怕雷打，你父去世，为娘给人家缝衣做饭，把你抓养成人，谁知你长大了，这样的不孝。哎！

驴 闲话少说，我听得不耐烦了。走！走！（推倒妈，气愤愤地立看）嗯，跟纸糊的一样！

妈 （被驴推倒）我把你个畜生呵！（挣扎起立）

（唱二六）

　　　　张驴儿他如同畜生一样，

　　　　大料想我的命不得久长。（留）

驴　（推妈）走，走快些！

　　［妈被驴推得颠簸下。

第 三 场　要　账

　　［景：在一个偏僻的乡镇的小药铺门前。

婆　（老了瘦了，着青素衣裳上）

　　（唱）一路走来一路想，

　　　　死了儿子好心伤；

　　　　亲身下乡来讨账，

　　　　怕只怕坐食山空受栖惶。（截）

　　（向铺内）赛芦医在家么？

赛芦医　（年四十几岁，是一个阴险毒辣的人，简称"芦"。内喊）谁呀？

婆　是我。

芦　（上，冷淡的）原来是蔡婆婆，莫非前来讨账？

婆　是的，我家如今光景不好了，但有奈何，我就不来了。

芦　如今我手中无钱，再等几时。

婆　你知道，我的儿子也去世了，我们妇道人家，出门不便，你多少给上一些，权当求你顾盼。

芦　不必啰唆，随我到庄上取银子还你。

婆　也好。

芦　你先前行，我随后就到。

婆　你要快来！

芦　即刻就到！

　　［婆下。

［芦进铺内取绳子一条，咬牙切齿地，将绳子卡在腰里，气势汹汹地下。

第四场　遇　害

［景：荒郊野外，乌鸦飞鸣。
婆　（上唱二六）
　　　　赛芦医太无礼凶怒满面，
　　　　他欺我孤苦人故意为难。
　　　　我婆媳在世上谁人怜念，
　　　　哭一声早死的儿泪洒胸前。
芦　（上接唱）今日里下毒手将她命断，
　　　　　　　从此后再无人讨账要钱。（截）
　　（白）蔡婆婆，憩一憩再走！
婆　我要午时以前赶回家中，过了午时，行路不便。
芦　无妨，我今天送你回家！（向四下观望，手暗握绳子）
婆　那便甚好。
芦　（抽出绳子）蔡婆婆！
婆　（猛惊）嗯！
芦　欠你几两银子，常常讨要，今日教你知道我的厉害！
婆　你……你？我……我不要了。（转身欲走）
芦　哪里好逃！（说着猛然将婆项用绳套定）
　　［婆挣扎大叫了一声。
芦　（发狠地用力勒婆）嗯！
驴　（猛然跳出，连说带打，给芦当头一棒）这还了得！
　　［芦大惊，落荒而逃。
　　［婆昏迷坐地。
　　［驴追，望芦。

妈　（颠簸上）什么事？什么事？

驴　贼娃子要勒死这一妇人，我若迟来一步，她就完了。

妈　待我看过。噢！原是蔡婆婆。（呼唤）蔡婆婆！蔡婆婆！

驴　蔡婆婆？

妈　正是的。蔡婆婆，蔡婆婆醒得。

婆　（唱）耳听得有人将我唤，
　　　　　只觉得昏沉沉难把头抬；
　　　　　强挣扎用力睁开眼，
　　　　　原来是张妈在面前。（截）

妈　蔡婆婆，你这是怎么一回事？

婆　我向赛芦医讨账，他骗我到庄上取钱，不想他……

妈　哎！你是个妇道人家，不该出门讨账，就该让少爷前来。

婆　张妈不知，我那儿子亡故了。

妈　嗯，怎么他亡故了？

婆　张妈，我们如今婆媳守寡，举目无亲了。

妈　真来的可怜。

驴　（听完心中生鬼）蔡婆婆，你们太可怜了。

婆　（向妈）这是……？

妈　这是驴儿。

婆　噢，驴儿也长大了。

妈　哎，长大了有什么用啊！

驴　你说我无用，全凭有我，才救活了蔡婆婆的性命。

婆　如今你母子是我的救命恩人，从此就住在我家，驴儿看守门户，只要我们有一碗饭吃，也不能让你们受饿！

驴　这就好了。

妈　多谢蔡婆婆的好意。

婆　理应如此。（从怀取出一些散碎银子）驴儿！

　　［驴见银子，恨不得一下抢去。

婆　你将这点散碎银子拿着，去到大街市上，买上几件衣衫，好进我家门户。

驴　是！（轻浮得意地，把银子玩来弄去）

婆　张妈妈，咱们一同回家了。

　　（唱二六）世道人心真可畏，
　　　　　　　人穷了到处被人欺。

妈　（扶婆）咱们快回。驴儿！

驴　哎！

妈　早些回来！

驴　那是自然么！

妈　蔡婆婆，慢慢地走！

　　〔妈、婆下。

驴　好哇！

　　（接唱）张驴儿，嘻嘻嘻嘿嘿嘿，
　　　　　　从此后，吃好的，穿好的，
　　　　　　但愿那个小寡妇，
　　　　　　长得好，生得美，
　　　　　　我二人眼去眉来、眉来眼去成夫妻，成夫妻！

〔张驴儿轻浮得意地下。

第 五 场　调　戏

〔景：原第一场的厅房，门户陈旧色彩暗淡。

娥　（已是二十岁左右的小寡妇了，穿白戴孝，缝补衣衫，恬静地自悲自叹）
　　（唱慢板）
　　　　有窦娥在厅房焦急等候，
　　　　一个人闷悠悠紧锁眉头。
　　　　我的父多年来音信无有，
　　　　盼只盼还在世性命保留。

　　　　最伤心我的夫得病亡故，
　　　　好夫妻恩爱情常记心头。
　　　　每日里总有个黄昏白昼，
　　　　昼忘餐夜废寝几时罢休。
　　　　春花放蝴蝶飞断人肠肚，
　　　　见明月挂妆楼珠泪双流。
　　　　从此后无心情再把花绣，
　　　　缝一件又一件素衣白绸。
　　　　老婆婆她待我恩义深厚，
　　　　守节操尽孝道苦练苦修。
　　　　猛抬头只见那日色过午，
　　　　婆婆呀快回来儿担忧。
　　〔妈扶婆上。
婆　（唱二六两句截）
　　　　泪涟涟走到了自己门口，
　　　　见媳妇我与她细说从头。（进门）
娥　婆婆回来了。
婆　回来了。
婆　这是从前在咱家待过的张妈妈，媳妇见过！
娥　（上前见礼）张妈妈好！
妈　（连忙还礼）不敢当，不敢当！
　　〔婆因妈离身，几乎跌倒。
娥　（急忙挽婆，惊讶地）婆婆怎么样了?!
婆　咳！赛芦医骗我到庄上取钱，到了无人之处，要将我一绳勒死。
娥　嗯！
婆　多亏张妈妈母子二人，将他赶走，为娘才得活命。
娥　（哭）受苦的婆婆呵！
婆　她母子二人，家道贫寒，沿门讨膳，我将他们收留咱家，以报救命之恩。
娥　嗯？

驴　（在内咳嗽一声，穿戴不合身材的新衣帽，轻飘飘地上）
　　（唱二六两句截）
　　　　　戴新帽，穿绸缎，
　　　　　轻飘飘好像上了天、上了天。
　　（进门，一眼盯视娥，上下端详，轻浮地喜眉笑脸）噢，这就是小寡妇，漂亮得很，漂亮得很。

妈　奴才，你胡说些什么！

婆　驴儿，到了我家，从今以后，须要规规矩矩！

驴　对对对！我是个粗人不懂礼，你们莫要见怪。（向娥）妹子，我这里有礼。（作揖）

妈　奴才，你胡叫什么！她是少奶奶。

驴　噢！少奶奶，我这里有礼。（又作揖）
　　［娥厌恶地转过头去。

婆　（为了打破僵局）张妈妈，驴儿，随我到后边用膳！
　　［妈、娥扶婆往下走。

婆　媳妇，你快端饭去！

娥　是！（转身）
　　（妈、婆下）

驴　（随妈、婆走了几步，转身偷步走到娥身后，用手拍娥肩）少奶奶！

娥　（如蝎蜇一般，紧缩、生气）你这是何意？

驴　（没眉脸地）嘿嘿……咱们是一家人了，没有什么，来来来，我同你到厨房端饭！（说着用手拉娥）

娥　（怒不可遏，推驴一掌）滚！（瞪眼怒视，森严逼人）
　　［驴被娥严肃的神色弄呆了，倒退而下。

娥　（怒气不息，忽然伤感起来）
　　（唱二六）
　　　　　张驴儿鬼头鬼脑不是货，
　　　　　气得我浑身颤嗦嗦；
　　　　　婆婆呀！这件事儿你做错，

岂不知寡妇门前是非多。

［怨、气、隐忧，慢下。

第六场　买　药

［景：原芦药铺。

驴　（上唱二六）

　　　　窦娥性强不上套，
　　　　把人急得好心焦；
　　　　若把蔡婆害死了，
　　　　丢她一人哪里逃，哪里逃？（截）
　　（白）赛芦医在家么？
芦　（走上，端详）你是谁？
驴　咱们是打过交道的好朋友，怎么你倒忘了！
芦　（再端详）有点面善，怎么一时想不起来！
驴　你还挨了我一棍呢？
芦　（吃惊）嗯！（转身欲跑）
驴　（将芦抓住）跑啥呢？我又不告你的状。
芦　你学个好，我给你送些钱就是了。
驴　我如今有的是钱。
芦　（向驴作揖）你把我饶了！
驴　不行，到衙门里再说！（说着拉芦）
芦　（拽住驴，跪下）你把我饶了，要怎就怎！我绝不亏负你。
驴　好，起来！
　　［芦起立。
驴　（高声地）听我说！
　　［芦吓得一抖。

［驴慢慢地往芦跟前走。
　　［芦吓得退缩。
驴　（拉住芦）怕啥哩些，（耳语之）你给我取一服毒药！
芦　嗯！毒药！
驴　（按芦嘴）你低声些！
芦　你要它何用？
驴　你不要管，快快取来，我就饶你了！
芦　（顿时变了态度，不害怕了，而且大模大样地）我明白啦！你如今住在蔡婆婆家中，心想灭门霸产，是也不是？
驴　你不要胡说，快取药来！
芦　慢着。这事犯了，我还要受害呢！
驴　我不犯你的事，你不犯我的事，岂不是没事了。
芦　说得好听，犯了事，你招了口供，岂不是把我也连累在内吗？
驴　犯了事，花几个钱就过去了。
芦　你能有几个钱，我不放心。
驴　（看周围，悄悄地）蔡婆婆把金子、银子，窖在后院，我已拿到手了，有钱不怕打官司，你放心，快取药来！
芦　不行，你贪财，谁不爱利嘛！
驴　只要事成了，重重地谢你。
芦　多少？
驴　二十两。
　　［芦摇头。
　　［驴出三指。
　　［芦摇头。
　　［驴出五指。
芦　五十两？
驴　五十两。
芦　好，我配一服毒药，只要一撮，放在饭内，碗落气断。
驴　越毒越好。

芦　随我来！

　　（唱二六）五十两银子要牢记。

驴　（接唱）此事岂敢把你亏。

芦　（接唱）你为我来我为你。

驴　（夹白）我为你。

芦
驴　（合唱）咱二人都是一样的。

　　（留）

　　〔二人互看，得意地笑下。

第七场　服　毒

　　〔景：同第五场。

　　〔妈、娥扶婆上。

婆　（垂头合眼地，精神很不好）

　　（唱）自那日受惊慌饮食少进，
　　　　　强挣扎到前庭消散心情；
　　　　　好媳妇受辛苦日夜侍奉，
　　　　　昼不离到晚来坐到天明。

娥　（接唱）叫婆婆莫担忧多加保重，
　　　　　　家业事你不必挂念心中。（截）

　　〔妈、娥扶婆落座。

娥　婆婆，家中的事儿，不必挂念，安心息养，病就会好的。

婆　哎！我怎能安心得下么！

妈　蔡婆婆，人常说，病人想吃什么，就吃什么，吃了就会好的，你想吃羊肚汤，吃了羊肚汤，一定会好的。

婆　但愿如此。

妈　少奶奶，驴儿把羊肚子买回来无有？

娥　买回来下锅了，一会儿就熟。

驴　（得意地上）

　　（唱二六两句截）

　　　　偷偷地我把毒放进，

　　　　霎时要除眼中钉。

　　（向娥）羊肚子熬烂了，快快端去！

娥　婆婆，我去了。

婆　噢。

驴　蔡婆婆今天能到前厅游转，想必好些了？

婆　嗯，好些了。

　　［娥端碗、筷上。

驴　（故意用鼻子闻）唉！香喷喷，一吃就好，羊肚子要热汤下口，不敢冷了，蔡婆婆快用，我到前边看守门户！（下）

娥　婆婆请用！

婆　（端碗到口，停下来）哎！心里想吃，端到口边，膻腥难闻，我，不用了。（将碗递娥）

娥　婆婆。你少用些。

婆　闻见了就想呕吐！（用手推碗）

娥　你喝上几口汤也是好的。

婆　我不想喝，张妈妈你用了吧！

妈　我不用，放下，等你想吃了再吃！

婆　你快吃了，天气炎热，放下就坏了。（说着头垂下了）

娥　（见状，叹了一口气，将碗放在妈面前）张妈妈你先用了，婆婆想吃了，咱们再做。

妈　（端起碗筷）这样的好饭，不敢糟蹋，待我用了！（吃完了）少奶奶会做饭，真个香甜美味。（刚把碗放下，忽然不对了，瞪眼）嗯！（起立，两手压肚）这，这，这……

娥　张妈妈怎么样了？

［妈翻眼跌倒，趴下。

娥　（随着妈的倒地，吓得扬起两手，碎步扑到妈身，摇之，轻轻地呼唤）张妈妈！张妈妈！（将妈翻过一看，大惊哭叫）啊哟婆婆！（翻身跑到另一边，面向婆）

婆　（闻声吃惊，挺腰抬头，展开两臂扳桌棱）嗯！（呆视娥）什么事！？

娥　张妈妈她……

婆　她怎么样？

娥　她……她七孔流血而亡了！

婆　啊哟！（一扑身伏在桌上，两手水袖掷向桌外，惊慌地抖了起来）

　　［娥……配合着蔡母的动作，翻转身一手扬起水袖，一手指着张母抖作一团。

婆　（唱尖板）张妈死吓得人浑身打战，
　　　　　　 冷森森汗淋淋湿透衣衫；
　　　　　　 叫媳妇你忙把驴儿叫喊。

　　［紧张之后，又软下来了，气喘。

娥　张驴儿！张驴儿！

驴　来了！

　　（上唱）想必是蔡婆婆命丧黄泉。（截）

　　（见婆坐在那里，仔细端详，又倒退看，碰着妈尸，摸之）嗯！？这……这是怎么回事！？

婆　张妈妈吃了羊肚汤，不知怎么，倒地而亡？

驴　你怎没吃？

婆　我嫌膻腥，让她用了。

驴　哈哈，我明白了，（对婆）这是你把心坏了！

婆　这是什么话呀，哪里说起？

驴　哪里说起，羊肚汤是给你吃的，你不吃也罢，如何下进毒药，毒死我娘！

婆　怎么能说是毒死的？

驴　不是毒死，我娘为何七孔流血？

婆　不敢胡言乱语，快快买副棺木，将你娘埋了就是。

驴　埋了，随便就埋了？我要报仇！
婆　（吓得）嗯！
娥　（早就忍不住了，挺身而出）张驴儿！这毒药从何而来？
驴　没有你的事，你不要言传。
娥　嗯！分明是你在羊肚汤里放了毒药，想要毒死我婆婆，你说是也不是？
驴　羊肚汤是你做的，我又没到厨房里去，你不敢胡说！
娥　我来问你，你既没到厨房里去，怎知羊肚子烂了？
驴　嗯……这……这个……
娥　这个什么？
　　（唱带板）骂一声张驴儿良心尽丧，
　　　　　　　做此事无人性虎豹豺狼；
　　　　　　　你毒死张妈妈有何话讲，
　　　　　　　还敢把好人攀如此张狂。
驴　（接唱）这些话你都是胡言乱讲，
　　　　　　谁能信亲儿子害死亲娘。
　　　　　　此事儿若告到公堂以上，
　　　　　　管教你婆媳们都遭祸殃。
婆　（接唱）叫媳妇你莫要和人吵嚷，
　　　　　　这件事还须要仔细商量。（截）
　　（白）这是张驴儿，我们情愿受穷受苦，多给你些银钱，不要胡闹，好好的商量。
驴　对，你要好商量，咱就好商量，此事只有两条路，不是官休，便是私休。
婆　官休怎说，私休怎讲？
驴　若要官休，我把你拉到太守堂上，三推六问五刑拷打，杀人者偿命，管教你不得活！
婆　还是私休了好。
驴　若要私休吗，蔡婆婆，你看我快三十的人啦，还没有成家呢，把窦娥给我做妻，我娘死了也不要紧。
　　[娥气得抖颤。

婆　岂有此理！（转过头去）

驴　（向娥）嘿……窦娥，你是个明白人，咱小两口儿亲亲热热地过活在一起，岂不甚好！（说着用手向娥扭花子）

娥　（气破了胆，连骂带打给了驴一个响亮的耳光）好贼！

驴　啊哟！你……你咋是这些！

娥　（唱紧带板）

　　　　张驴儿你把狗眼瞪，

　　　　你看我是什么人，

　　　　无耻恶棍该死尽，

　　[恨得用手指驴。

　　[驴迎上去。

婆　（挡娥推驴）

　　（接唱）你赶快离开我家门。

驴　好恼！

　　（接唱）我要与老娘报仇恨，

　　　　　　今日岂能把你容，

　　　　　　来来来随我把衙门里进。

　　（拉婆）

　　[婆惊慌失措，目瞪口呆，软了，毫无抵抗力了。

娥　婆婆！（跪下拽婆）

　　[驴拉婆碎步移动，娥抓婆衣襟跪步随之。

驴　（一脚将娥踢开）你是寻的送死呀，回去！（拉婆下）

娥　（一个屁股坐子从下场门飞跌到上场台口。昏昏沉沉了。挣扎一阵，站了起来，向婆去处望了几望，下决心）

　　（接唱）舍性命到公堂以理相争。

　　（有力地舞袖立式子，急下）

第八场 受 贿

［景：太守衙门里随便的一个僻静地方。

祗候 （太守的心腹人，简称"祗"上）

（唱二六两句截）

耳听有人将冤喊，

叫来原告问一番。

（白）班头走来！

班头 （上，简称"班"）侍候。

祗 什么人喊冤？

班 张驴儿喊冤！

祗 为了何事？

班 有人毒死他的老娘。

祗 嗯，教他先来见我！

班 是！（向内喊）张驴儿上堂！

驴 驴儿叩头。

祗 张驴儿！

驴 小人在！

祗 你告下谎状了！

驴 大……大人，都……都是实情。

祗 （冷笑）哼……

驴 （吓得打战，取出一个元宝）大……大人，这……这是五十两银子，你……

祗 混账！这是什么意思？

驴 大……大人，冤……冤枉！冤……

祗 住口！（示意班）你先下去！

班　是！（下）

衹　张驴儿！

驴　大……大人！

衹　难道太守大人就值你这五十两银子？

驴　（觉得有门，又取出一个元宝）大人，你看！

　　［衹摇头。

驴　（又取出一个元宝）大人，这？

衹　（才将三个元宝接过手）好，霎时审问，口要硬，嘴要利，不敢颠三倒四。

驴　小人记下了。

衹　这就是了！

　　（唱）我立刻见太守话讲当面，

　　　　　你即忙大堂口击鼓鸣冤。

驴　（接唱）这事儿望大人多寻方便，

　　　　　　张驴儿叩响头接二连三。

衹　快去！

驴　是！（作揖倒退下）

衹　（唱）几句话吓得他心惊胆战，

　　　　　白花花好银子拿到手边。

　　［得意地下。

第 九 场　审 问

　　［景：太守公堂。

　　［三声鼓响，三班衙役齐声呐喊与衹、太守急上。

桃太守　（是个贪官污吏，简称"桃"。威风凛凛的，提袍甩袖，登堂落座）什么人击鼓鸣冤？

祗　张驴儿击鼓鸣冤。

桃　（打惊堂木）带上来！

班　张驴儿上堂！

驴　（上）与大人叩头！

桃　你是张驴儿？

驴　是小人。

桃　为何击鼓鸣冤？

驴　我娘被蔡婆子毒死！

桃　你娘当真是蔡婆子毒死的？

驴　就是的。

桃　她为什么要害死你娘呢？

驴　我母子救过她的命，留在她家吃饭，日子久了，她后悔了，我娘在着，不好开口，因此下此毒手，害死我娘，然后好将我赶在门外。

祗　（向桃）大人，蔡婆子害死张妈，看来是实的了。

桃　（点头）嗯！（又向驴）有何为证？

驴　我娘七孔流血！

桃　（向祗）来！

祗　有！

桃　前去验尸！

祗　是！（班头随下，随即上）大人，张妈妈七孔流血，中毒而死。

桃　（打惊堂木）带蔡婆子！

班　蔡婆子上堂！

婆　（挣扎着颠簸上）叩见大老爷！

桃　这是蔡婆子！

婆　大人！

桃　你是怎样毒死张妈？从实地招来！

婆　（有气无力地）大老爷，容禀了！

（唱慢二六）

　　只因我得疾病想吃羊肚，

　　　　　临到口嫌膻腥难下咽喉，
　　　　　好意儿让张妈她竟亡故，
　　　　　到如今还不知是何情由？

桃　咦！
　　（唱带板）说什么嫌膻腥不能下口，
　　　　　　　分明是巧计谋饭内有毒；
　　　　　　　我劝你说实话免得受苦，
　　　　　　　若不然动五刑皮烂血流。

婆　（害怕、着急、打战，用哀告的声调）
　　（唱）大老爷问一声邻左舍右，
　　　　　他母子一同在我家养留；
　　　　　张妈妈是好人曾把我救，
　　　　　我焉能坏良心将恩反仇。

桃　好恼！
　　（接唱）我看你心有鬼浑身发抖，
　　　　　　这才是不认赃背着牛头。（截）
　　（白）来呀！

众　（大声喊）有！

桃　将这蔡婆子与我哪……夹起来！

众　（大声喊）呵！
　　［班在喊声中，将夹棍掷在婆眼前。
　　［婆吓得目瞪口呆，昏倒。
　　［娥内尖喊："冤枉！"

桃　什么人喊冤？

班　蔡婆子的媳妇窦娥喊冤。

桃　命她上堂回话！

班　窦娥上堂！
　　［驴着急地……

娥　（急上，见婆状与刑具，连跪带喊）大老爷冤枉！

桃　你喊叫什么?!
娥　大老爷！张妈妈不是我婆婆害死的。
桃　不是你婆婆害死，想必是你害死的?
娥　大老爷容禀！
　　（唱紧带板）
　　　　那一日我做饭好汤好肉，
　　　　张驴儿进厨房暗地下毒；
　　　　害死了亲生母自作自受，
　　　　屈打我老婆婆太无来由。
驴　（向娥）谁要你多口，回去！大老爷，她是胡说呢，世上哪有亲儿子害死亲娘的道理。
桃　（接唱）亲生子害亲娘世上少有，
　　　　　　赶出去岂容你混乱春秋。
祗　（赶娥）出去！
娥　大人！
　　（接唱）张驴儿狗贼子如同禽兽，
　　　　　　要害死我婆婆居心狠毒。
桃　胡说！张驴儿平白无故为什么要害死你的婆婆?
娥　（一个女子，轻易不愿在人前提出旁人调戏她的话来，因之犹豫了一下）嗯！
桃　讲！
娥　（下决心）大人！
　　（唱）张驴儿常对我动脚动手，
　　　　　只因我无好脸不敢强求；
　　　　　他心想婆婆死由他摆布，
　　　　　这件事望大人细察根由。
驴　大……大人，无……无有此事。
娥　哼！既无此事，为何向我婆婆提出，将我嫁你，便不告状?
驴　（吓慌了）大……大人！她……

祇　大人，这个泼妇，胡言乱语，就该拷打蔡婆子，招出口供，自然就水落石出了。

驴　是是是！这……这是蔡婆子做的坏事。

桃　（点头）嗯。

娥　大人！

桃　住口！上得堂来，胡言乱语，不准你讲语，来呀！

众　有！

桃　将这蔡婆子与我哪，夹起来！

众　（大喊）呵！（把婆拉起，掷倒）

婆　冤枉！（跌倒）

　　〔众将婆夹起来，用力勒。

娥　（哀号）婆婆！（扑到婆身上）

　　（唱）见婆婆受五刑肝胆气炸，
　　　　　年迈人眼看着命染黄沙；
　　　　　罢罢罢咬牙关一口认下，
　　　　　张妈妈本是我将她毒杀。（截）

　　（白）你们不要拷打我那年迈的婆婆，张妈妈是我毒死的。

桃　什么？

驴　（急的）你……你……

娥　张妈妈是我毒死的。

桃　毒死好人，你要偿命！

娥　死而不惧。

桃　好，命她画供！

祇　（取纸笔，向娥）画供！

娥　把我婆婆放了下来，自然画供。

桃　将蔡婆子放下来！

　　〔众将婆解开。

祇　（催娥）画供！

　　〔娥接过笔，拟画。

婆　（猛抱娥）啊哟媳妇！你……你……

娥　哎！我的婆婆！

　　（唱）大堂口这些人谁把理讲，

　　　　　我岂忍年迈人命丧无常；

　　　　　叫婆婆撒开手莫要拦挡。

婆　使不得！使不得！（夺笔）

　　［娥最后将婆甩过，下决心。

班　（抓婆）松手！

　　［婆跌倒。

娥　（接唱）天大事有窦娥一面承当。

　　（娥唱完画供毕，祇给桃看完供）

桃　戴了枷锁！

　　［班与娥戴了手铐。

　　［娥瞪视铐。

婆　唤！（颤嗦嗦地看娥）媳妇！

娥　婆婆！

婆　罢了……（拟抱娥）

桃　拉下去！

班　闪开！（一脚将婆踢倒，向娥）走！

婆　（哭叫）媳妇！（挣扎起来，目瞪口呆地向娥走去）

　　［娥咬紧牙关，不忍看婆，昂然而下。

祇　（向婆）下去！

　　［婆昏昏沉沉，颠簸下。

桃　（冷笑）哼……退堂！（下）

　　［祇与众齐下。

一衙役　（气愤地把驴用力推了一掌）下去！（下）

驴　（晦气地长叹了一声）哎！

　　（唱）大堂口心中事不敢明讲，

　　　　　莫料想这件事如此下场，

白白地多花了一百五十两，
把金银装满怀逃往他乡。
［灰溜溜地慢下。

第十场 降 雪

［景：六月时候的楚州城外旷场，布置森严。
［鼓三通、锣三下。幕开，四位校尉，其中甲、乙提刀肃立。

娥 （身着囚衣，两臂被捆，背插亡命旗，蓬头垢面，内尖喊：冤哪！）
（内唱夹板）
　　没来由犯王法横遭刑宪，
［二刀斧手押娥上。

娥 （接唱）放大声喊冤屈动地惊天；
　　　　神与鬼却原来不灵不验，
　　　　日和月又何必昼夜高悬；
　　　　良善人无故的身遭大难，
　　　　该死的作恶人性命保全；
　　　　怒狠狠睁眼把天怨，
　　（白）天哪！天哪！
　　　　天哪！你不辨贤愚枉为天。
　　　　地呀！你不分好歹何为地，
　　　　辜负了苍茫茫绿水青山。
　　（白）爹爹！爹爹！
　　　　平日里盼只盼父女会面，
　　　　到如今怕只怕爹爹回还。
　　　　想起了老婆婆年纪高迈，
　　　　从此后孤零零好不可怜。

　　　　　我这里泪涟涟弯身下拜。

二刀斧手 （以后简称"二"）这是何意？

娥　恳求二位大爷，少时我典刑之后，将我尸首隐藏一边。

二　却是为何？

娥　（接唱）怕只怕老婆婆一见心寒。

二　真来的贤孝，我们照办就是。

娥　多谢了！

　　（接唱）咬牙关强挣扎将身立站，
　　　　　　单等着时辰到头挂高竿。

　　（昏沉沉直立一边）

婆　（内唱）放大胆杀场来祭奠。

　　〔婆手提小篮急上。

校尉甲、乙　（以后简称"校"，扑上）嗒！（一脚踢倒婆）

　　〔婆跌倒，篮子被踢飞空中，纸钱飘扬。

校　做什么的？

婆　二位大爷开恩，容我在杀场以上，祭奠我那孝顺的儿媳。

二　容她祭奠！

校　哼！（退回）

婆　（起立）那……那是窦娥女！

　　〔娥闻声惊讶，向远望，没有对婆。

婆　我……我在这里！

　　〔娥转过头来，见婆。

娥　
婆　（齐声哭喊）我的 婆婆／媳妇 ！

　　〔喊哭时，娥挣扎下跪，跪步向婆，婆扬袖而颤，扑上前去。
　　〔婆抱娥在怀。娥合眼，依在婆怀。

婆　（接唱）抱住了窦娥女疼烂心肝，
　　　　　　叫媳妇睁开眼把我观看。

　　（白）窦娥哪！媳妇！（叫时急得摇娥）

娥　（睁眼）婆婆！

婆　（接唱）你为我舍性命娘心不安。

娥　（接唱）忘不了你把我儿女看待，

　　　　　　忘不了我夫妻恩爱相怜；

　　　　　　再不能陪婆婆从早到晚，

　　　　　　再不能尽孝道侍奉堂前；

　　　　　　婆婆呀！从此后你莫把儿女思念，

　　　　　　权当了我夫妻未来人间。

娥
婆　（同唱）杀场上婆媳们高声呼唤，

娥
婆　（扯合场）那……那是 婆婆／媳妇 ！那……那是 我的婆婆／好媳妇 ！哎！……

娥
婆　（同唱）舍不得好 婆婆／媳妇 哭叫苍天。（截）

　　〔内喊："闲人闪开，监斩官到了。"

校　（扑上）呔！闪开！（用力撕娥、婆）

娥
婆　（同喊）婆婆／媳妇 ！

　　〔校将娥、婆撕开，推过娥，娥几乎跌倒，被二刀斧手扶定，一脚踢倒婆，并用刀逼之。
　　〔娥被二刀斧手架着，咬牙低头……
　　〔婆昏昏迷迷被校逼着，颠簸下。
　　〔紧张的锣鼓声中，校尉丙、丁，祗，桃急上。

桃　（下马，斜眼看娥一阵，冷笑）哼！……

　　〔娥闻声，见桃状，转过头去，昂然直立。

桃　（登台）什么时候了？

众　午时二刻。

桃　这是窦娥，你犯了十恶大罪，霎时大炮三响，人头落地，有什么说的，快快讲来！

娥　我窦娥质得天地,见得鬼神,临死之前,允我说出三桩誓愿,死而甘心!
桃　我且问你,这第一桩?
娥　第一桩,请用七尺白练,挂在旗枪以上。
桃　要它何用?
娥　我的一腔热血要飞在白练以上,不让半点落在尘埃污秽之地。
桃　真来好笑,这不是说白话么。
娥　哼!

　　(唱)我本是贞节孝妇肝胆见,
　　　　满腔怨恨怒冲天,
　　　　不让鲜血落尘埃,
　　　　红花点点练旗悬。(截)

桃　好,小事一桩,就依你的。来,挂起白练!
袛　(给娥亡命旗上挂白练)禀大人,挂起白练。
桃　白练挂起,我再来问你,这第二桩誓愿?
娥　第二桩,窦娥身死之后,天降大雪,将我的清白尸首掩盖。
桃　(微微冷笑)哼……这三伏天气,红日高照,岂能下雪?
娥　哼!

　　(唱)六月飞雪因邹衍,
　　　　窦娥也算女中贤;
　　　　三尺琼花骸骨掩,
　　　　浑身干净雪一般。(截)

桃　(不耐烦地)这第三桩呢?
娥　第三桩么!我窦娥死得委实冤枉,从今以后,看这楚州亢旱三年!
桃　满口胡道!
娥　哼!

　　(唱)昔日三年天大旱,
　　　　只为东海孝妇冤,
　　　　如今轮到你山阳县,
　　　　百姓有口苦难言。(截)

桃　（咬牙切齿地）哼！

　　［内喊："午时三刻！"

桃　刀斧手！

众　有！

桃　将这十恶大罪的刁妇哪！砍了！

众　呵！（七手八脚，恶狠狠地，将窦娥拉了过去）

　　［娥瞪着眼，咬牙气愤。

　　［长筒号鸣，配合着擂鼓三通，同时乌云满天，霎时阴暗。最后刀斧手将刀在靴上磨了三下，向娥砍去。忽然大风怒吼，天昏地暗——灯灭——一会儿由暗转明，只见大雪纷飞，山川变色，娥尸被雪掩盖，白练之上，血斑与血点，红光夺目。杀场上的人们，雪堆衣帽，一个个抱臂抖颤。

桃　（惊讶抖颤）呀！

　　（唱）果然红血上白练，

　　　　　乌云遮日冷风旋；

　　　　　鹅毛大雪将尸盖，

　　　　　吓得我胆战心又寒。（截）

　　［抖颤着唱完最后一句，浑身发软，从台上溜下来了。

众　（扶定桃）大……大人……

桃　人……人役们！

众　大……大人！

桃　将窦娥的尸首，快……快送与蔡……蔡婆子！

众　是。

桃　搀……搀我来！

　　［众扶桃下。

（幕　闭）

第十一场 过 路

[景：暑天大路。

[上场闭幕后，后台一阵人役吆喝之声，校尉戊、己、庚、辛，四龙套，窦扬马加鞭而上。

窦 （官拜参知政事，身居台省。职掌刑名。此时由黑须变为苍须）

（唱）蒙圣上赐宝剑先斩后奏，

　　　掌刑名复四海神鬼皆愁；

　　　那贪官和污吏若犯我手，

　　　一个个斩首级不把情留。

张千 （如中军之类的人物，跨马上，简称"千"）

（唱）到山阳转回头连夜奔走，

　　　下马来对老爷细说根由。

（白）参见窦大人！

窦 张千你回来了？

千 回来了。

窦 可曾见到我那女儿？

千 大人，蔡婆婆家里，房屋倒塌，不见人影。

窦 可曾问过左邻右舍？

千 山阳县三年大旱，百姓逃亡甚多，问了几个，都说不知向哪里去了。

窦 这怪我离家以后，大病十有余年，那时穷苦潦倒，不愿同她们通书带信，如今她们不知逃往哪里去了？哎！难见的女儿哪！

千 大人，是我一路之上，闻听人说，山阳县有一孝女窦娥，死得冤屈，因而三年大旱。

窦 此话从何说起？

千 那位孝女，被人诬告，临死之前，对天发下三桩誓愿。

窦　哪三桩誓愿？

千　第一桩鲜血飞溅白练之上，第二桩六月大雪掩盖尸体，第三桩死得冤屈大旱三年，桩桩灵验。

窦　噢！竟有这等奇事，想是此地奸民作祟，官吏贪赃枉法，因而天怒人怨。

千　正是的。

窦　张千！

千　大人！

窦　此事我要追根到底，你变作商人模样，一路明察暗访，我们紧随于后，到了山阳，将有关人等，提堂审问。

千　是。

窦　好，人役们！

众　呵！

窦　带马了！

　　（唱）这一案官司我要断，
　　　　　窦娥好比孝妇贤；
　　　　　急忙下边把衣换，
　　　　　楚州地面访屈冤。

　　〔齐下。

第十二场　追　赶

〔景：暑月小路。

驴　（有了胡子了，急上，气喘得四下惊慌张望）

　　（唱）跑东跑西哪里去，
　　　　　赛芦医后边把我追，
　　　　　急忙躲在深林里，

〔急下，跌倒，连爬带滚下。

芦　（胡子也苍了，紧追上跌倒，立起，四下张望）

　　（唱）张驴儿气得我两眼墨黑。

　　（向前照，看见了）哪里走！（急下）

千　（变作商人模样，紧随上，向前看）

　　（唱）这两个人儿都有鬼，

　　　　　四面八方齐包围。（截）

　　（向后看，拍掌三下）

〔校尉戊蹑足上，简称"戊"。

〔千与戊耳语。

〔戊点头，转身急下。

〔千向前张望，弯腰躲闪下。

第十三场　巧　遇

〔景：郊外深林。

〔驴跑出，芦追上抓驴，驴闪过，芦跌倒爬起，追一圈，芦将驴抓住了，二人气喘地说不出话来，驴简直软瘫了。

芦　（芦气喘地紧抓驴领口）张驴儿，我把你寻了三年啦！

　　〔驴气喘身软，说不出话来。

芦　你把窦娥害死，把蔡婆婆家里的金子银子都拿光咧；好东西，发了财咧，连面都不见啦。嗯！

驴　你……你低声些！

芦　低声些，你把我气坏了！

驴　好我的哥哩些，我也难受，窦娥的亲事没有成，没有毒死人家，毒死我的老娘，你看我心恓惶不恓惶。

芦　我不管，三年大旱，快把我饿死了，才把你给抓到啦，五十两一文没见，今天，今天非给我五百两不可！

驴　五百两？

芦　五百两。少一个都不行！

驴　我连骨头带肉都不够五百两。

芦　（拉驴）走！

驴　哪里去？

芦　来了大官咧，我要告状！

驴　你告的啥状呢，我图财害命，你卖毒药，我半斤你八两，王八三十鳖三十。要告就告，咱们都死。走！

芦　那你把五十两银子交我。

驴　你把手放开，咱们慢慢地商量么！

芦　手放开，手放开你就跑咧！

千　（早就在树后隐藏偷听，而且不时地向周围示意，此时从容微笑而出）跑不了。

　　［驴、芦闻声失色，芦放开手，二人惊呆了。

千　莫要害怕，（向驴）再给我五十两银子就无事了。

驴
芦　啥？

千　来来来！咱们坐下商量商量！（转身寻坐的地方）

　　［芦示意驴打死千，二人猛扑千，"嗒"的一声大喊，校尉从左右上，将驴、芦打倒在地，捆了起来，同时龙套齐声呐喊，窦上，驴、芦吓得跪下，抖作一团。

　　（窦审视驴、芦后落座）

千　启禀大人，谋害窦娥的凶犯，就是他们两个。

窦　我，听见了。（向驴）报上名来！

众　讲！

驴　我……我叫张驴儿。

窦　（向芦）你叫什么？

众　讲！

芦　我……我叫赛芦医。

窦　你们害死孝女窦娥，（示意周围）这些人都已听见。还有什么话讲？

驴　大……大人！我……我没说啥。

芦　大……大人，我们是耍呢！

窦　哓！事到如今，还敢不招，来呀！

众　有！

窦　动刑侍候！

驴　大……大人，我……我认了。

窦　（向芦）你怎么样？

芦　我……我也认了。

窦　哼！将这两个刁民装在囚笼，押下去！

众　是。

　　〔校尉戊、己一人拥一个，将驴、芦推下。

　　〔婆在内喊："冤枉！"

戊
己　（急上）启禀大人，有一讨饭的老婆子喊冤！

窦　命她上前回话！

戊
己　上前回话！

婆　（白发苍苍，讨吃模样，上）大老爷冤枉！（跪下）

窦　（见婆有点面善）嗯？你……你……

婆　（转身看窦，也有点面善）噢！你……你……

窦　你是蔡婆婆？

婆　窦秀才！

窦　蔡婆婆！

婆　你……你才回来了！

窦　蔡婆婆，我那端云女儿她？

婆　（血泪奔放）她！

窦　她怎么样？

　　（婆抖颤地说不出话来）

窦　她怎么样？

婆　（放声大哭）啊哟！

　　（唱）十几年她把你日夜盼望，
　　　　　我的儿短命鬼一病早亡；
　　　　　为救我舍性命认罪堂上，
　　　　　可怜把窦娥女死在了杀场。

　　（窦昏倒）

千　大人醒得，大人醒得！

窦　（唱）一霎时昏沉沉神魂飘荡，
　　　　　哭了声苦命女痛断肝肠。
　　　　　这时候顾不得悲声大放，
　　　　　收住了伤心泪气压胸膛。

　　（扶婆起）
　　　　　蔡婆婆莫啼哭听我言讲，
　　　　　我定要将此案细问端详；
　　　　　害人贼一个个难逃法网，
　　　　　报了仇到坟前痛哭一场；
　　　　　人役们催马加鞭楚州往。

　　（白）带马！

　　〔校尉等给窦与婆带马。

窦　（接唱）恨不得插双翅飞到山阳。

　　〔齐下。

第十四场　迎　接

〔景：衙门二堂。

祗　（慌张急上）

(唱)顾不得传禀往内闯，

　　　钦差大人到山阳。（截）

（白）大人！大人！

桃　（慌张急上）什么事？

衹　钦差大人来到山阳！

桃　嗯！这……

　　［内喊："上差到！"

衹　上差到！

桃　嗯！有……有请！

衹　有请！

戊　（提金牌上）桃太守听了！

桃　下……下官在！

戊　钦差大人，已在郊外，命你去到杀场，有事相议，不得有误，说是你小心了！

桃　是是是！

戊　小心了！（急下）

桃　呀！（抖颤）

（唱）听罢言来心内慌，

　　　十有八九不吉祥，

　　　此事教人难猜想，

　　　硬着头皮到杀场。

［腿不由自主地抖颤下，衹随之。

第十五场　下　雨

［景：与"降雪"同，只是草木枯黄，赤地千里，一片荒旱景象。公案整齐。

［千身挂宝剑上，向前张望了一会儿，雄赳赳地直立不动。

桃　（蹑足而上，惊疑地四下观看）

　　（唱）杀场上站定一员将，

　　　　　摆设公案为哪桩？（截）

千　什么人？

桃　（拱手）下官楚州太守桃杌，奉命前来，参见钦差大人。

千　往下站！

桃　（退一步）是是是！

千　再往下站！

桃　（又退一步）是是是！（拱手不敢抬头）

千　哼！（向内）有请大人！

　　［鼓声三响，龙套、校尉齐声呐喊而上，窦瞪视桃，桃拟上前参拜，见状，吓得垂手抖颤。窦向公案走去。桃又拟进前下跪，刚转身，猛见婆，吓得目瞪口呆。婆瞪视桃一会儿，回忆、难过，转身向窦拜。窦让婆坐于案右，婆落座。

桃　（战战兢兢，下跪）参见大人！

窦　不必大礼参拜，请坐！

桃　大人在此，哪有卑职的座位。

窦　有事相议。坐了叙话！

桃　谢过大人。（叩头，起立，落座于案左）不知大人驾到，有失远迎，多多得罪。

窦　未曾报到，恕你无罪。

桃　大人恩宽。

窦　好说。

桃　大人唤卑职前来，有何吩咐？

窦　有一桩案件，请你前来，重新审问！

桃　嗯？（偷看婆一下）但不知是哪一桩案件？

窦　窦娥毒死张妈，是真是假？

桃　大人，那是窦娥亲口招认，有张驴儿为证，卑职乃是按律判断。

窦　（冷笑）哼……！好一个按律判断。来！

千　有！

窦　将人犯与我押上来！

千　呵！（下，在内台"哦！"推出驴、芦）

　　　［驴戴着手铐，灰溜溜地上。

芦
驴　跪了！

　　　［驴、芦下跪。

　　　［桃一见驴，发抖了。

窦　（向桃）这是张驴儿、赛芦医两名要犯，就请审问。

桃　……大人审问，卑职一旁侍候。

窦　单要你问！

桃　卑职遵命，（向驴）张驴儿，当年你来告状，窦娥亲口招承毒死你娘，你要以实地讲来，但有半点差错，小心狗命！

驴　你不要问了，我把啥都招认了。

桃　你招认了什么？

驴　是我心想霸占窦娥为妻，因之买来毒药，要害蔡婆一死，不料害死我娘。

芦　毒药是我卖给他的。

桃　（拍案）哦！我把你这两个刁民，不说实话，害得我屈杀窦娥，哪里容得！大人，就该将他二人砍头问罪！

驴　慢着！这事有你的一份呢！

桃　胡说，拉下去砍了！

驴　不要忙，我还有话！

桃　无耻之徒，还敢多讲，砍了！

窦　（止桃）慢着！（向驴）有什么话，以实地讲来！

驴　山阳县祗候将我唤去，我拿出五十两银子，他还嫌少，提出太守二字，我又加了一百两，（向桃）难道你都没见吗？

桃　混账！哪有此事。

窦　来！

千　有！

窦　带祗候！

千　呵！（下，内喊："哦！"推出祗）

祗　（战战兢兢下跪）叩见大人。

窦　张驴儿言说，你用他一百五十两银子，可曾是实？

祗　无有此事。

窦　哦！人证现在，还敢抵赖，来呀！

众　有！

窦　动刑侍候！

众　呵！

祗　大……大人，不必动刑，果有此事，果有此事。

桃　哦！竟敢私受贿赂，哪里容得！大人，将他三人一同斩首。

祗　（向桃）你……你要救我才是。

桃　混账！事到如今，还敢求救，拉下去砍了！（坚决地）

祗　如此说来，我只有一死了？

桃　死了都不亏！

祗　（向窦）大人，受人贿赂，都是太守的主意。张驴儿的银子，他用了一百两。

窦　噢！

　　〔桃吓得从椅上溜下去了。

窦　哦！

　　〔桃吓得只管叩头不止……

窦　（唱）手指赃官咬牙恨，

　　　　　害死了多少好黎民；

　　　　　你们为官的贪赃枉法心不正，

　　　　　放纵了坏人们霸道横行；

　　　　　全不念百姓受苦痛，

　　　　　怪道天下不太平；

　　　　　今日此事如铁证，

　　　　王法律条岂肯容。（截）

　　（白）来呀！

众　有！（四校尉，一人抓一个犯人，恶狠狠提刀在手）

窦　将这贪官污吏、杀人的强盗哪！一齐斩首！

众　呵！

　　［戊、己、庚、辛将刀一齐砍下，桃、祇、驴、芦一齐跌倒。
　　［忽然电光闪射，雷声大起，天昏地暗——灯灭——霎时微明，大雨倾盆，雷声不断，只听得万民欢呼："老天爷下雨了！""老天爷下雨了！"

窦
婆　（仰望天空，齐声哭喊）啊哟！我的女儿／媳妇！

　　（齐唱）哗啦啦雷声响倾盆大雨，

　　（扯合场）

　　　　那……那是 父的儿／窦娥女 贞节的女儿／孝道的媳妇 哎！……

　　（接唱）甘露降水淋淋万物生辉；

　　　　我的儿／好媳妇 受冤屈感动天地，

　　　　咱二人到坟前痛哭悲啼。（截）

　　［窦、婆在大雨泥泞中走动，滑倒，被众扶起，挣扎着重步急下。

　　　　　　——幕落·剧终——

编 后 记

　　2017年适逢我院创建人之一、首任院长，著名剧作家、戏剧家马健翎先生诞辰110周年。马健翎先生一生致力于秦腔、眉户、碗碗腔的改革与发展，他用新的剧作内容重塑了传统古老的戏曲生命，用传统的表演程式表现了不同历史时期的现实生活。他坚持"中国气派，民族形式，工农大众，喜闻乐见"的原则，毕生笔耕不辍，成就斐然，创作、改编的传统戏、现代戏多达50余部，其中《血泪仇》《十二把镰刀》《赵氏孤儿》《游西湖》《窦娥冤》等许多剧目已成为经典作品，至今盛演不衰，深受群众欢迎。

　　在延安时期，马健翎先生带领陕甘宁边区民众剧团长年累月在基层演出，以戏曲形式唤醒民众，鼓舞民心，充分体现了文艺参与现实生活的社会功能。"秦腔，对革命是有功的。"这是毛主席对马健翎以及他所领导的秦腔工作者功绩的高度评价。在和平年代，马健翎广揽艺术人才，壮建艺术队伍，为陕西省戏曲研究院的发展和陕西文艺的繁荣奠定了坚实基础，为秦腔事业留下了宝贵的精神遗产，在中国戏剧现代发展史上写下了灿烂的一页。

　　人民需要艺术，艺术更需要人民。马健翎所具有的人民性以及开拓精神、创新精神和淡泊名利精神，在当今具有特别的时代价值和意义。值此隆重纪念马健翎先生诞辰110周年之际，我院将马健翎先生的主要作品收集成册，重新编辑出版，就是为了缅怀马健翎先生的丰功伟绩，继承和弘扬老一辈革命家和艺术家的崇高情怀和创新精神，希望为今天的艺术工作者营造一个精神家园，为明日的艺术继承者建立一个精神坐标。

陕西省戏曲研究院
2016年11月30日

图书在版编目（CIP）数据

马健翎剧作选/李梅 编.—西安：陕西人民出版社，2017
ISBN 978-7-224-12345-6

Ⅰ.①马… Ⅱ.①李… Ⅲ.①剧本-作品综合集-中国-当代 Ⅳ.①I230

中国版本图书馆CIP数据核字（2017）第180931号

马健翎剧作选（上中下）

主　　编	李　梅
出版发行	陕西新华出版传媒集团　陕西人民出版社
	（西安北大街147号　邮编:710003）
印　　刷	西安市建明工贸有限责任公司
开　　本	787mm×1092mm　16开　66.5印张　13插页
字　　数	1045千字
版　　次	2017年9月第1版　2017年9月第1次印刷
书　　号	ISBN 978-7-224-12345-6
定　　价	298.00元